dtv

Die atlantische Mauer liegt zwischen der Neuen und der Alten Welt. Was treibt die Menschen heute dazu, in den USA ein neues Leben zu suchen? Eine Frau aus Berlin faßt den Entschluß, jegliche Bindung zu kappen und in New York ein Leben nach ihren ureigensten Wünschen zu beginnen. Doch der erste Anlauf ins *Gelobte Land* schlägt fehl, und sie muß zurück. In Berlin haben die Veränderungen einen Menschen-Typus geformt, der ebenfalls den Wandel bezeichnet: arbeitslos, heimatlos, ruhelos. Sehr verschiedene Menschen mit einer Gemeinsamkeit: Sie glauben an die Verwirklichung ihres Glücksanspruchs, selbst wenn sie dafür um die halbe Welt gestoßen werden und manchmal auch abprallen an der atlantischen Mauer.

»Daß es verblüffend viele Gemeinsamkeiten zwischen der DDR und den USA gibt, zwischen dem entindividualisierten Osten und den leeren weiten Feldern des Kapitalismus, kommt Jirgls Wahrnehmungskunst augenscheinlich zugute. Sein ›Pointillismus der Nacht‹ ist aber noch lange nicht erschöpft. Das Nichts, das Jirgl sich wegschreibt, auf das er scheinbar zuschreibt, bringt immer wieder neue glühende Farben hervor.«
(Helmut Böttiger in der ›Frankfurter Rundschau‹)

Reinhard Jirgl wurde 1953 in Berlin (Ost) geboren. Ausbildung zum Elektromechaniker, nach dem Studium der Elektronik Hochschulingenieur. Ab 1978 Arbeit an einem Berliner Theater, seit 1996 freier Schriftsteller. Bisher sind erschienen: ›Mutter Vater Roman‹ (1990), ›Uberich. Protokollkomödie in den Tod‹ (1990), ›Im offenen Meer‹ (1991), ›Das obszöne Gebet. Totenbuch‹ (1993), ›Abschied von den Feinden‹ (1995), ›Hundsnächte‹ (1997). Reinhard Jirgl erhielt u. a. 1993 den Alfred-Döblin-Preis und 1994 den Literaturpreis der Stadt Marburg. ›Die atlantische Mauer‹ wurde mit dem Berliner Literaturpreis und der Johannes-Bobrowski-Medaille ausgezeichnet.

Reinhard Jirgl

Die atlantische Mauer

Roman

Deutscher Taschenbuch Verlag

Von Reinhard Jirgl
sind im Deutschen Taschenbuch Verlag erschienen:
Abschied von den Feinden (12584)
Hundsnächte (12931)

Ungekürzte Ausgabe
August 2002
Deutscher Taschenbuch hVerlag GmbH & Co. KG,
München
www.dtv.de

Umschlagkonzept: Balk & Brumshagen
Umschlagfoto: Michael Nischke
Satz: Fotosatz Reinhard Amann, Aichstetten
Druck und Bindung: Druckerei C. H. Beck, Nördlingen
Gedruckt auf säurefreiem, chlorfrei gebleichtem Papier
Printed in Germany · ISBN 3-423-12993-X

Ostwestfleisch

Auflodernd Sonnengelb, als hätten plötzlich stille Flammen den Vorhang ergriffen. Vor das hohe Fenster gezogen, hat der grobe schwere Stoff bislang dem Warteraum nur karges Licht gelassen, 1 Patientenlicht gewissermaßen, Rationen aus dem Vorraum für die Eingeschlossnen : Nun taucht der Raum wie aus trübem Gewässer auf, die Luft scheint aufzuleuchten und 1zelheiten schreiben sich ins Flammengelb. Auf niedrigem Tischchen dargeboten die gefalteten Zeitungsausgaben im Stapel, 1 ironischer Lichtstreif berührt, als seis 1 plattgepreßter Barren, leuchtend in Limonadengelb die Schlagzeile der obersten Zeitung als umgebrochene Meldung

Bundesbank block
Rückschlag für Waigel: Kein Geld an

Ein Licht, eilfertig zugreifend in den stockig harrenden Raum. Um diese Morgenstunde, lange vor den Besuchs- & Sprechzeiten, liegt das hohe, schmale Wartezimmer verlassen im Seitenflügel der Klinik. In den Böen das helle Rauschen aus den Bäumen – Laubschatten von Buchen Eichen & Kastanien benagen zinkfarbenes Himmelsblech – draußen im weithin zu Schneisen u Buchten sich streckenden Park, darin 1zeln wie Stummelzähne in einem großen Gebiß die Klinikhäuser –, Windrauschen also hat alle übrigen Töne wie ein silbern glänzender Strom mit-sich fortgeschwemmt –.– Stille auch in den Fluren & Zimmern hier-drinnen, die Stille einer Luft, die in ihren Atomen die unsichtbaren Gestalten all der Abwesenden bewahrt; das Linoleum die schlurfenden Schritte, die Sitzflächen der Stühle die Hosenböden & den Schweiß hockender Leiber, Lehnen & Tischkanten Türholz & Klinken die Unzahl schmieriger Fingerabdrücke, winzige verwischte sich überlagernde Abziehbilder der Unsichtbarkeit aufgeprägt. Der in seinen großen Längsfalten herabhängende, sich streckende Vorhang (von Schattenlinien der Gitterstäbe vor dem Fenster gesäumt), eine flammengelbe Membran zwischen einem unfaßbaren Drinnen=hier u: den unfaßbaren Weiten eines Draußen –.

Ein Draußen wo die-Irren Ausgang haben – unförmige wie von inneren furchtbaren Schlägen geschwollene Leiber drauf die halslosen Köpfe, die aus den plumpen Gestalten hinaufzudrängen scheinen so, als sei in ihrem Innern noch ein weiterer, bislang ungeborener Körper, der aus diesen Leibern durch die Köpfe hindurch ausfahren wollte, doch in dieser teigigen Unform inmitten der Beschleunigung einst steckengeblieben und erstickt war. Erstarrte Gestalten wie schräg in sumpfigen Grund eingesunkene Putten od mit kurzatmigen Schritten tippelnd od weiträumig als sei der Schuh eine Rasenfläche, das Gelände wie ein Forscher kurz vor dem 1 Moment seiner Lebensentdeckung durcheilend –; begleitet od gefolgt von Gestalten, weißen Schatten wie leere gipserne Zyklopen.

Seit geraumer Weile ist meine Schwester hinter der mit dunklem Leder bepolsterten Tür, der Tür zum Zimmer des Klinikchefs, verschwunden. Sie ist zu früh hier erschienen, früher als *er mich zu-sich bestellt* hat – :Diese Formulierung gebrauchte sie vorm Weggehen am Morgen, u mir wurde aus ihren Worten klar, daß dieser weißhaarige Mann mit den jugendlich-sportlichen Schritten von-nun-ab nicht länger ihr Geliebter war –. Und ?welcher Beginn folgt dem Ende einer Liebe..... Gewiß, er würde ihr fristlos kündigen müssen nach jenem Geschehn vorletzte Nacht: der Flucht ihres ehemaligen Mannes, *dieses Schauschpielers=dieses Verrückten.....* (wie sie diesen Mann seit-Jahren nennt), der !ausgerechnet hier=in dieser Klinik interniert gewesen ist, in der sie als Krankenschwester, in ihrem gelernten Beruf, nach fast zehn Jahren Unterbrechung, wieder zu arbeiten begonnen hat. Von der Internierung ihres ehe-Mannes in genau=!dieser Psychiatrie, einst vom Gericht als Strafe für etliche Totschläge verfügt, hat sie vor ihrer Einstellung mit Sicherheit nichts gewußt (sie hätte es mir erzählt). Sie hatte vielmehr überhaupt keine Verbindung mehr zu diesem Mann – er schien aus ihrem weiteren Leben mit größerer Endgültigkeit verschwunden, als 1 Toter verschwinden kann. Doch ?wer außer ihr & mir wüßte etwas darüber zu sagen.– Denn die Flucht dieses Mannes in der vorletzten Nacht allerdings müßte schließlich jedem als verdächtig erscheinen, zumal sie, meine Schwester, ausgerechnet zu dieser Nacht Dienst auf dieser Station gehabt hat.– Was ?anderes sollte er also tun, ihr Chef, als sie zu entlassen –.

Doch ist dies ja !beiweitem nicht Alles, das es zu dieser-Stunde zu verhandeln gilt zwischen ihr u: ihm, ihrem Chef u Geliebten bis vor kurzer-Zeit. Denn einer Begierde kann Niemand kündigen, erst recht einer vergangenen nicht, die, aus der eigenen Vergangenheit hervorgekommen, als die einem-Selbst zugehörige Gleiche stets sich zur Seite stellt. ?Ob dieser Mann seine ehemals Geliebte dennoch von sich abweisen wird – dabei ?bedenkend, daß unter diesen Umständen seine Vorsichtsmaßnahme gegen sie, meine Schwester = die-Gefahr, ihn selbst in die Gewalt aus dieser Gefahr versetzen würde –. ?Was mag hinter dieser Tür soeben besprochen werden. ?Würde dieser-Mann sein Wort !wirklich halten & – wie sie unbedingt glauben will – ihr zur Hilfe sein beim 2. Versuch, ihr Leben in **NEW YORK** anders & neu zu beginnen..... !Darum schließlich würde es ihr am meisten zu tun sein in *diesem Gespräch* mit ihm, jenem ehemals Geliebten, u selbst die Kündigung=hier dürfte in diesem Zusammenhang für sie nur 2.rangig sein. Noch heute-Morgen ist sie voller Zuversicht gewesen, daß er Worthalten & ihr seine Hilfe nicht versagen würde.– Kein Laut dringt von-Dort heraus; mit allen Arten von Lärm & Lauschern hat man beim Bau solcherart Türen gerechnet.

Die frühmorgendliche Stille liegt wie ein alter Wachhund schwer u faul hier-drinnen im Warteraum. Das Mobiliar ist alt – niedriger Tisch, 1ige Holzstühle, vor dem Fenster eine lange Sitzbank (mit gitterartiger Lehne & einstmals weißem, heute zum eierschalfarbnen Ton verschmutzten Anstrich).

Zwischen dem in Sonnengelb ruhenden Raum u: dem Draußen-im-Park erscheinen Bank & Stühle nun als Zuschauersitze, aufgestellt zu einem Drama, das, vom Faltenwurf des schweren Vorhangs zu Krümmungen & Biegungen verzerrt, mit dem hellen Licht auf dieser Leinwand als Schattenspiel erschienen ist.

Kennedy Airport – eine der vielen Schleusenkammern zu einem Land, zu einer-STADT=NEW YORK. In der trockenen Luft der Einreisehalle Unmengen darin aufglühender Stimmen – als probe hier im Atrium, in diesem Orkestergraben, diese-STADT ihre Instrumente auf noch unsichtbarer, hinter einem Vorhang aus Glas & stahlfingrigen Sperren verborgenen, indes schon längst hergerichteten Bühne, für das zu erwartende ungeheuere Spiel auf Bataillonen präparierter Klaviere..... Draußen, hätte sie erzählen können, strich lauernd ein regnerischer Septembertag an den großflächigen Fensterscheiben vorüber. Die Rümpfe abgestellter Flugzeuge, im Nieselregen glänzend wie frisch lackiert u in Pfützen auf Beton sich spiegelnd als schwebten sie noch immer überm Trugbild einer festen Erde, mit Aufschriften & Abzeichen fremdartiger Luftfahrtgesellschaften, sie staken dort in jener verfrüht herbstlichen Nebelstunde wie in einem Himmel aus milchigem Gelee. Dort=draußen mochte es kühl sein, die Flughafenarbeiter, zumeist Schwarze u: Latinos, trugen dicke wulstige Anoraks, Strickmütze & Fausthandschuh. / Hier=drinnen in der Einreisehalle jene künstliche Atmosfäre, aus der man weder Temperatur noch Wind&wetter herausfühlen konnte. Eben die unfühlbare Plastikluft wie in allen Flughäfen, weder zugig noch kühl – u dennoch eher ahn- als spürbar jenes unaufhörlich nervös Voranziehende, treibend Ruhelose – so daß niemandem auch nur die Idee kommen konnte, hier in diesen Gängen Fluren Hallen länger als unbedingt nötig sich aufzuhalten –, wodurch flug- od abfertigungsbedingtes Wartenmüssen an dieserlei Unorten – in diesem nichtfaßbaren nicht aufhaltbaren Verschwinden – besonders peinvoll u beklemmend wirken mußte. (Indes durchsetzt auch vom Empfinden einer vagen Befreitheit, einem Ausatmen so, wie das mitunter beim Gang über Brücken od beim Überschreiten der Grenze von einem Land in ein anderes Aus-Land geschieht); Räumlichkeiten, die selber aus jenem plastikartigen Luftströmen zu bestehen schienen, in rastloser Konvektion von Stimmen Lautsprechermusik & Maschinenrumor getragen – immerfort schon woanders seiend, sofern sie – Räume Menschen Luftstrom Geräusche – von irgendjemandem überhaupt je recht wahrgenommen wurden. Hier, hätte sie gesagt, ist jeder=zu-Tausenden..... all-1.

Durch den Abstand der wuchtig nach außen gewölbten Gitterstäbe zum Vorhangstoff hinter der Fensterscheibe erscheint die Spinne in ihrem Netz als Schattenprojektion auf dem zu schweren Falten gezogenen Vorhang übergroß; von borstig gesträubten, winzigen Haaren bepelzt 8 Beine, die fest & kräftig wirken als würden sie von Knochen gestützt, u strahlenförmig vom Spinnenleib abgespreizt in der Pose des Zugreifens in einer der oberen Ecken des Netzes im Lauern erstarrt..... Auch das Schattenbild 1 im Fadengewebe hängengebliebenen & mit ruckhaftem Zittern sich zu befreien suchenden Fliege erreicht auf der faltenverzerrten Projektionsleinwand des Vorhangs mitunter Walnußgröße. Beiden, Spinnen- u: Fliegenschatten, schreibt die wabenartige Maschenstruktur des sonnengelben Stoffes sich ein u läßt diese beiden Leiber porös, aus Unzahlen winziger Facetten zusammengesetzt wie digitale Bildschöpfungen erscheinen. Von Windböen getroffen dehnt das Spinnennetz sich bauschend aus und gerät somit näher dem Fenster, dem Vorhangstoff, so daß für diese kurzen Momente wie 1 filigranes Kalligramm Segmente des Spinnennetzes mitsamt der darin gefangenen Fliege als Schattenmuster erscheinen, als seien Netz Spinne u: Fliege mitsamt dem Draußen, Park Bäumen u Rasenflächen, in die Atemstöße eines großen Wesens einbezogen. Auch dem Insekt in seiner Gefangenschaft werden durch die

Schwingungen des Netzes Bewegungen aufgezwungen, wodurch (wie es scheint) die zwirndünnen Fliegenbeine von Mal-zu-Mal nur umso stärker in das Spinngewebe sich verstricken. Die Fliege, zumal durch die eigenen Versuche sich loszureißen, wird somit fester und fester an das Netz gefesselt..... Indes zeigt die Spinne keine Eile, über die Fliege sich herzumachen – 1 der nächsten Böen, mit der das Netz dem Vorhang wieder entgegenschnellt, läßt im unteren Netzbereich wie 2 leere, luftige Schalen von Hülsenfrüchten die ausgesogenen & kokonierten Hüllen bereits toter Fliegen erkennen; die Spinne ist nicht hungrig. Der Schattenkörper mit seinen 8 drahtig abgespreizten Beinen hat nur 1ige tastende Bewegungen hin auf die zappelnde Fliege getan, 1 Reflex, od während der heftigen Bö die Suche nach Halt in den Maschen des eigenen Netzes. Die Fliege indes hüpft zuckend in den Fesseln – die Spinne lauert, kommt ihr noch nicht zunahe; sie kann warten.....

–Neben der bunt in Sprachentupfen langsam voranrückenden Warteschlange, erzählte sie, –mit den fahrigen Bemühungen von Erwachsenen, Gepäck & Kinder wie Beutestücke zusammzuhalten und Schritt-um-Schritt den Einreiseschaltern zu Paßkontrolle & Zoll sich entgegenschiebend – patrouillierten langsam & stumm, mit fensterblauen Hemden, tintschwarzen Hosen & ebensolch Schirmmützen ausstaffiert, Polizisten – unmerklich die in der Schlange vorantrippelnden Passagiere taxierend, und ebenso unmerklich hin & wieder Blicke tauschend mit jenen *Officers* hinter Schalterfenstern in den kioskähnlichen Kabinen, denen die zugewiesenen Passagiere ihre Einreiseformulare vorzulegen haben. 1=dieser scheinbar lässig dafür unablässig auf-&-ab patrouillierenden Beamten hatte mich inzwischen aufs Korn genommen. Er verkürzte deutlich sichtbar seinen Pantherweg, sagte sie, –so daß er immer häufiger an mir vorüber konnte. Das war 1 kleiner, schmächtiger Weißer, die ungesund helle Haut mit Sommersprossen überschüttet. Der Schatten seines Hemdes warf obendrein blaues Schimmern über sein Gesicht, so daß er aussah wie ein Kinomonster; auch ich mußte unentwegt zu ihm hinstarren, doch glaubte ich, das sei unauffällig geschehn. Obwohl es nicht heiß in der Kontrollhalle war (wie gesagt, meinte sie, –es herrschte eigentlich überhaupt keine fühlbare Temperatur) bemerkte ich, daß dieser Mann stark zu schwitzen schien; immerfort wischte er mit einem Taschentuch über Stirne & Gesicht, wozu er die außen verspiegelte Sonnenbrille 1 ums andere Mal abnahm und sofort wieder aufsetzte, dann mußte er zu mir herüberstarrn. Das war offensichtlich 1=dieser Männer, fügte sie hinzu, –wie ich sie auch vom-Theater..... her kenne.– Sie hatte, seinerzeit als sie 1 Job an einem Berliner Theater hatte, in den Pausen dort ihren Stammplatz in der Kantine an 1 Tischchen an der hinteren Stirnwand, direkt unter der großen, synchronisierten Uhr –; wollte sie zum Tresen od zum Ausgang, führte ihr Weg 1 der beiden Gänge an etlichen Tischen entlang. 1 Mal, als sie in ihrer Manier, sehr aufrecht, gerade & voller Eigensinn mit weitenfesten Schritten (die Mosaikfliesen des Kantinenbodens gaben jedem ihrer Schritte lauten derben Steinklang) an den Tischen vorüber dem Ausgang entgegenstrebte, beugten, als striche sie mit der Sense drüberhin, sämtliche der um die Tischinseln sitzenden Männer die Köpfe nieder – –grad wie in einer umgestülpten Laolawelle, lachte sie. –!Solche Männer..... na !Prostneumann: Und jetzt derselbe Typ hier, bei der Einreise, am Kennedy Airport als Bulle..... !Tausende Meilen vom Theater weg & immer dasselbe.....

–Aber, meinte sie, –vielleicht wäre auch garnichts passiert, hätte ich diesem Schweizer, den ich im Flugzeug kennengelernt hatte, nicht versprochen, auf ihn zu warten. Er fühlte sich unsicher, war zum 1. Mal in NEW YORK, sprach wohl auch nicht sonderlich gut Englisch – nunja, ich wollte ihm helfen. Aber das, wenn ich ehrlich bin, hatte nur !einen=wahren Grund. Entfernt, u immer nur aus bestimmten Perspektiven, erinnerte seine Erscheinung – an !ihn. Ich hätte !nie geglaubt, daß die Erinnerung an !ihn..... nach sovielen

Jahren Trennung so unvermittelt & mit dieser Stärke zurückkehren könnte: die Erinnerung an diesen Schauspieler=diesen Verrückten..... Und, hätte sie weitersagen können, weil die Begierde stets auf das dem Eigentlichen nur in wenigen Details Ähnliche sich stürzt –:es darf nur in 1igen, lustvollen Punkten !stimmen – um sogleich aus-sich=selbst-heraus das Begehren immerfort aufs Neu anzufachen –. Denn das Ähnliche, das immer in ein Zwischenreich gehört, in die Gefilde des trügerisch greifbaren Scheins wo die Leidenschaften gefahrvoll=frei u ungebunden blindlings dem größten Faszinosum folgen –, dem-Doppelgänger, dem vertraut=unnahbar Fremden, halb & täuschend=echt vom Lebendigen noch durchströmt halb vom toten Spiegelbildnis schon fixiert; dieses Ähnliche also zeigt durch sich mit allem Pathos das große Versprechen auf den Stillstand, auf das bewahrte Begehrte, die »zweite«, die »ewige Chance«. Und mit zwar glücklicher, doch stets unvorhersehbarer Wahl verlieben wir uns, und dürfen daher noch 1 Mal überleben, mit lebendiger Begierde in die Maske der Aphrodite, mit der wir uns von der Faszination deren Spiegelbilds als der unnahbaren Persephone..... abkehren.

–Ich wollte das nicht !wahrhaben (rief sie) –wehrte mich vom 1. Moment dagegen: *Ich !Blödekuh, ?!weshalb hastu dich denn getrennt von ihm: !Frag dich das mal & !erinnere dich !gefälligst an diese ver!fluchte Letztezeit..... Als du vor lauter 1samkeit angefangen hast dich vollzufressen..... Fressen und immer weiter Fressen..... Stundenlang, tagsüber, nachts, ohne Pause – bis du alles wieder auskotzen mußtest. Und kaum fertig warst mit Reihern, du schon wieder mit vollen Händen die Fresserein in-dich stopfen mußtest. Und dann das !Saufen..... Wie oft hast du gefehlt im Theater – fadenscheinige Entschuldigungen, bizarre Lügen dir ausgedacht – 1 Mal sogar ne Schwangerschaft & nachfolgend ne Abtreibung vorgetäuscht, bloß um deine Ausraster zu kaschieren. Du !Blödegans: Frag dich doch, obs auch nur 1 1zigen Grund noch gibt, weswegen du diesem-Kerl hinterherheulen könntest –; Dussligekuh: das Gefühlsleben vonner kitschigen Hausfrau –* :Umsonst. Alle Selbst-Beschimpfungen !umsonst. Immerfort mußte ich im Flugzeug zu ihm, zu diesem Schweizer, hinüberschielen. Auch in seiner Art, fiel mir dabei auf, mit unbekannten u befremdlichen Dingen umzugehn, furchtsam daher überkorrekt, erinnerte er an ihn: der, sobalds an Verreisen-mit-der-Bahn ging, am liebsten einen Abend vor der Abreise schon zum Bahnhof gepilgert wäre, um den Lokführer !persönlich kennenzulernen, denn es könnte ja ?Was sein, mit dem Zug, mit den Abfahrtszeiten, mit der-Welt..... – :Und diese gleiche Art auch jetzt bei dem, bei diesem Fremden=dort im Flugzeug. ?!Warum nur, rief sie, –kriegen die-Menschen immer genau !das, was sie !nicht wollen. Jedenphalls, ich sah in diesem Schweizer: ihn u nochmals ihn –. Ich sah so !lange zu ihm hinüber, peilte ihn so !intensiv an, bis eben auch dem schüchternsten Mann nichts weiter übrigbleibt, als die Blicke zu erwidern. Und das wars. Und war auch gleichzeitig das Ende..... Denn !was wird doch geschehn, später, am Flughafen, vor den *Officers* : Er, der in der Warteschlange sich ganz-dicht hinter mir hielt, hatte in der Aufregung seine Einreiseformulare versiebt, wühlte sein ganzes Gepäck durch, konnte nichts finden, wahrscheinlich im Flugzeug irrtümlich zu dem Zeitungs&reklame-Wust gesteckt – er mußte schließlich die Formulare neu ausfüllen. Eigentlich kein Problem, lagen ja überall greifbar genügend davon in Fächern herum. Aber – !verdammt – es dauerte zu !lange. Ich sprang aus der Warteschlange raus, mußte ihm nochmal, wie zuvor schon im Flugzeug, die Fragen 1zeln übersetzen, nicht unbedingt weil er sie nicht verstand, sondern weil er Alles !richtig, Alles !ganz !korrekt machen mußte..... Also ließ ich in der Schlange etliche Andere an mir vorüber, scherte ein ums andere Mal aus – Alles nur, um diesen Lahmarsch nicht hängenzulassen. :!Nein. – Rief sie. –Alles nur, weil ich=Dummekuh glaubte, ich hätte an ihm irgendwas wiedergutzumachen, weil damals schließlich !ich es gewesen bin, die ihn sitzenließ – & !jetzt, !ausgerechnet !hier, sei gerade der rechte Zeitpunkt & der rechte Ort fürs Wiedergutmachen gekommen – –

–Durch die Türen der Abfertigungshalle hindurch, wie durch etliche über- u hinter1ander gestaffelte Glasgemälde, konnte ich das ältere Ehepaar, die Leute sehen, die mich abholen und bei-sich aufnehmen wollten, zumindest in der Erstenzeit; die Leute, sagte sie, –die für meinen Start=hier Alles klargemacht hatten – :Fürs erste den Job, eine Schwarzarbeit, als Krankenschwester an einer Klinik in **NEW YORK** – sie hatten mir die Bewerbungsformulare zugeschickt, die lagen jetzt, ausgefüllt, obenauf in meinem Gepäck : Mein !erster Job in der Andernwelt –; & hatten zugleich die Fühler nach dem Eigentlichen auszustrecken: in den Museums- & Galeriebetrieb einzusteigen –. Einen Schritt (hatte sie vor-Nächten, vor ihrer Abreise, noch gesagt) –den ich hier=in Deutschland !nie zustande kriegen würde. Schon all-1 weil mir gewisse Abschlüsse Referenzen & schmierige Beziehungen fehlen.– Ich winkte den beiden älteren Leuten zu, sie erschienen wie auf alten Photographien Menschen, die für den großstädtischen Sonntagsspaziergang sich angekleidet hatten, in jener Manier aufeinander abgestimmt u zueinander gehörend, daß bereits ihr Anblick lückenlos das aussprach, was sie=beide gewiß ihr-Ganzesleben=lang auch getan hatten: bedingungslos fürein=ander *da zu sein.* (Wobei eben beides: Sowohl dieses Ganzeleben, diese Jahrzehnte aus Anstrengungen Unglücken Abstürzen dann wieder Hinaufwühlen den sandigen rutschenden Abhang hinan, den Anderen mitschleifend od vom Anderen nachgezogen; diese Jahrzehnte ängstlichen furchtbaren Tastens nach Sicherheiten Geborgenheiten auf den Geröllfeldern zwischen Alltagsgescherbe Brotverdienen Krankheiten Essen&kaffeekochen Quartalssaufereien & wieder Krankheiten dann wieder Brotverdienen Geschirrabwasch Staubwischen Zahnschmerz & abgebrochne Nägel, Jahrejahrzehnte mit dem Mehltau kurzflammiger Untreuen. Als auch dies Fürein=ander da sein, dies Hoffen & Sichstützen über & auf Gründe, & seis nur, damit beim Zusammenbrechen des Einen der Andere nicht mit in den Sturz gerissen werde – !Los !Weiter Komm Wir !schaffens schon –, Fuhrknechtsgefühllosigkeiten, Eselstreibermentalität, Feldwebelzuversicht, & dann wieder jene aus tausenden Einsamkeitsfalten heraufdringend Wärme, Stille, Lauschen, dies Sichfügen in Beidsamkeit wie Pflanzen in die Stunde heraufziehender Dämmerungskühle sich fügen –. Schließlich dem=Allen folgend die endgültige Annäherung, die Ähnlichkeit bis hin zur Vertauschbarkeit dieser altgewordenen Paare, so daß jener vor Zigjahren geschlossene Bund, der Akt des Heiratens von einem Mann u: einer Frau, schon nicht mehr geglaubt wird, und lediglich die geschlechtsspezifisch ausgesuchten Kleidungsstücke mochten der physiognomischen Gleichheit widersprechen. Den Gesichtern des Alters eingeschrieben die Besonderheit der Milde, derart, als sei ausgerechnet eine Eigenschaft wie Milde jenes menschliche Grundgestein, das nach dem Durchlaufen der Meilen- & Stolpersteine von Niedertracht Mißgunst Neid Gewinnsucht Lüge & Gier während einer Überlebenszeit in deren Schlußfase all-1 das Beständige das, selbst gegen alle immerfort gemachten Erfahrungen der Vergeblichkeit u des Verlierenmüssens (od: zumeist nicht einmal das, sondern Erfahrungen von Halb&viertelheiten), in den Zügen eines Menschen übrigbleiben könne. Und nur weil eben=diese Zeit-des-Lebenmüssens dem-Mann wie der-Frau dazu kaum Gelegenheiten bietet, bleibt letztlich nur jenes Stadium des Ineinanderübergehens übrig, als würde 1 Analfabet einem Briefsteller die Zeilen seines Abschieds diktieren, und so (hätte sie sagen können) liegt denn in diesen mild ergrauten Mienen auch dieser beiden Leute das Eigene, das Männliche der Frau wie das Frauliche des Mannes, in den Schriftzügen aus fremder Hand den Gesichtern eingeschrieben –. –Aber nur 1 nicht: Eben !niemals Verrat. Das !niemals. Niemals auch nur 1 von diesen so leicht verfügbaren Krähenfüßen aller Chancen: nicht 1 Mal diesen grandios=schäbigen Verräterblick hin zu 1 neugierig=dienstbeflissen aufkreuzenden Kellner (sagte sie) –wenn eine Frau am Tisch im Restaurant in Tränen und Heulkrampf ausbricht –. Nein: eben !niemals Verrat zwischen diesen=Beiden. Niemals die immer lausige 1fachheit 1 Verratz (könnte sie weiterreden), der in kleinen=kleinsten dreckig giftig bitteren Münzen ausgeworfen, immer Heimzahlen ist von jenem Konto, das täglichnächtlich anwachsend in den Zeiten der Angst vor der nachlässigen Leere, niemals abgegolten, nicht mal gestundet ist, weil Menschen-mit-Menschen über ihre-Zeit sich gehenlassen, nicht all-1 in Unterhemd Hosenträgern Unterröcken gorgonisch aufgedrehten Lockenwicklern Kamelhaarpantoffeln, sondern auch in immer kleineren, dürftigeren Wörtern Sätzen lauwarm fade ihr Atem wie abgestandenes Sommerwasser in den Zubern von Schrebergärtnern – Du gleichst der Angst die dich beherrscht & Fürchte deinen Nächsten wie dich=selbst –, kleine kleine pfennigkleine Funken zum Feuer Amok=Hassen, & in den Brüchen den Sprüngen Lebenszeit immer dasselbe, derselbe schwere Staub, & das Atmen, als sollte haldenweise Staub fortgeschaufelt werden, & die Herzen, ja die Herzen schlagen an dagegen, pumpen rittmisch, lehmig dumpf ergeben den 1 Mal in Gang gebrachten Vorgang Leben auszuführen so brutal stupide getaktet & ex-Akt wie Fließbandarbeiter die Maloche..... vollführen –.– Nein: !Niemals also Verrat bei diesen beiden Alten. Deren Augen (hätte sie sagen können) von solch Lausigkeit !niemals zerbrochen, sondern klar geblieben, denn schließlich nur der keinmal getane Verrat kann wirklich !Unschuld heißen –.– So daß letztlich der Tod Eines dieser Beiden den jeweils Anderen, den auf der Erde Zurückbleibenden, in 1 Schatten, in 1 hilf- u gestaltlosen Schemen verwandelt, aus dem od der Gebliebenen sozusagen alles Fleisch, alle Sehnen & Knochen zu dessen od deren Überbleiben mitfortgenommen, dem eigenen Tod miteinverleibt werden, so daß ähnlich zwei Halbkugeln, die über ungezählte Zeit hinweg an1andergelehnt sich stützend aufrecht blieben – nun, nachdem die 1 Halbkugel plötzlich fortgerissen, die andere, die gebliebene, noch für kurze Momente zitternd aufrecht stehen- u erhaltenbleibt, um gleich darauf nicht einmal zu stürzen, nicht einmal laut umzufallen, sondern vielmehr eben wie 1 Schatten, den eine andere Lichtquelle plötzlich überströmt, 1fach ohne den geringsten Laut mit dem Flügelschlag 1 Nachtfalters ausgelöscht zu werden.

Diese beiden alten Leute, sie lächelten der Frau durch die Schichtungen aus gläsernen Türen entgegen – winkten – die ältere Frau, als könne sie dadurch die Abfertigungsprozedur beschleunigen, stellte sich auf Zehenspitzen, lachend & eifriger winkend – –diese beiden (meinte sie) –schienen sich – mit der für mich unbegreiflichen u nirgendwoanders jemals wiedergefundenen Freundlichkeit vieler Amerikaner – auf mein Kommen regelrecht zu !freuen –. Die !Lust darauf, in NEW YORK Menschen zu treffen (meinte sie) –ist vielleicht das unbewußte Wissen aller, daß Menschen immer die letzten Haltegriffe sind in der Brandung alles Unmenschlichen, das Menschen je verwirklicht haben. Nur also noch Paß- & Zollkontrolle, 1 Formalität (wie die beiden alten Leute glaubten). Sie sollten vergebens warten. Aber das wußte zu diesem Zeitpunkt noch nicht einmal ich selbst. Der Schweizer fragte mich nach 1 Wort – ich mußtes ihm wieder übersetzen, mußte dadurch !nochmals Leute-in-der-Schlange an mir vorüberlassen –:Das !mußte ja geradezu so aussehen, als traute ich mich nicht an den Schalter heran, als suchte ich das was ich bei mir trug – die unterschriebenen Bewerbungsformulare für die Klinik in NEW YORK – !tatsächlich zu verbergen – : Und !das musses auch gewesen sein, weshalb ich dem Bullen, der immerfort, mit immer verächtlicheren Blicken, vorüberschlenderte, schließlich verdächtig vorgekommen bin; weshalb Man beschloß, aus der Schlange vor den Einreise-Schaltern mich herauszuholen & !ordentlich zu filzen..... Als 1. fanden sie !natürlich meine ausgefüllten Bewerbungsformulare für meine Schwarzarbeit an der NEW YORKER-Klinik, die lagen ja fein=säuberlich obenauf im Gepäck : Die haben daraufhin (meinte sie) –ihr Volles=Programm an mir durchgezogen.

–Das war eines langen Tages Reise in die Nacht. (Zitierte sie.) –Und die hat soeben erst begonnen..... Im INS : IMI-

GRATION NATURALIZATION SERVICE, plötzlich Wut u Schrecken. Kontraindikation. Panik. Als wäre da eine Weiche: entweder Kaninchenstarre od Offensive. Also (sagte sie) –!Flucht=nach=vorn. Ich bleib stehn da wo ich steh, mitten-im-Raum. Ringsum Scharen ängstlich=devot Wartender, Aufgegriffene wie ich. Gesichter, im Gespräch=Verhör mit den *Officers*, die mit zur Schau gestellter Langeweile aus dem Ekel vor uns=Kriminellen & nach geheimnisvollem Code lächelnd=lachend sich untereinander verständigen. Als wären hier=drinnen (hätte sie sagen können) zwei Welten zufällig aneinandergerückt, & jede dieser Welten ist von der anderen durch eine unsichtbare doch unüberwindliche Mauer, eine Barriere, getrennt.

–Denn die sichtbare Barriere (sagte sie) –war ein Tresen, so hoch, daß die davorstehenden Reisenden beinahe die Kinnspitze hätten auflegen können – was natürlich keiner tat. Auf der anderen Seite vom Tresen mußte der Fußboden um ein Gutesstück höher liegen; die *Officers* schauen über den Tresen auf uns = wie auf Kinder od Zwerge herab. !Was für Theater..... Und (hätte sie weiter sagen können) die Beamten wie Schmieren=Komödianten lässig hin&herlaufend & miteinander redend so, als hätte es ohnehin keinen Zweck, an diese geängstigten *Aliens* vor der Schranke Aufmerksamkeit & Stimme zu vergeuden. Denn, so wahrscheinlich hier=wie überall in den Polizeibüros der Ganzenwelt die feste Ansicht, wer vor !solcher Schranke landet, der hat sowieso Dreck am Stecken.....

–Dieser Raum muß sowas wie ein Sammelbecken für alle Rausgefischten vom gesamten Kennedy Airport gewesen sein. Danach verteilte Man die 1zelfälle auf verschiedene Bürokabinen in den Tiefen der Airport-Gebäude..... Auf dieser Seite der Schranke aber, unter all den übrigen, hilflos umherstehenden Reisenden, die beobachten müssen, wie ihre Pässe hin&her gereicht – abgelegt – wieder aufgenommen und wieder rumgereicht werden, alles mit derselben Lakonie & Pikiertheit, liegt so etwas wie eine eiserne Luft, eine Luft wie sie glühenden Blechen entströmt, beizend & rot – das Atmen, als müßte man Eisenspäne schlucken.....

–Es dauerte bei mir weit über einehalbe Stunde, bevor überhaupt Jemand das Wort direkt an mich richtete. Ein dicker schwarzer *Officer* wars schließlich, der mich herrisch mit kurzknappem Fingerschnips an den Tresen heranwinkte. Sofort beginnt er das Verhör mit einem Schwall aus genuscheltem Amerikanisch, wobei er abwechselnd mit meinem Paß & den gefundenen Bewerbungsformularen wie mit Fliegenklatschen wedelt –; ich versuch, ihm zu folgen, zu antworten, der tut so als hört er meine Antworten nicht, verstünde überdies nichts von dem was ich sage. Er legt grinsend seine Hand muschelförmig ans Ohr –. Dann, 1 ums andere Mal, als hätte er grad erst=!jetzt mein Barbaren-Englisch verstehen können, hätte dank seiner überragenden Intelligenz aus meinem Kauderwelsch & Geredekleinholz die brauchbaren Scheite rausgezogen, wandte er sich breit grinsend an seinen Nachbarn & wiederkäute meine Antworten, als hätt ich nen dreckigen Witz gemacht. Die beiden amüsierten sich bestens. Das trieb=Der eine hübsche Weile so – ich versuchte sehr lange mitzuhalten –, dann platzte mir der Kragen : Ich knall die Faust auf den Tresen, brüll ihn an, daß ich einen Dolmetscher verlange. *–Juu spiekinglisch wärri well*, antwortet der Kerl breit grinsend, *–batt juufgattu änser !mie.* Ich zurück: Entweder Dolmetscher od ich sage !kein Wort mehr. Darauf schraubt der dicke schwarze Schrank von seinem Stuhl sich in die Höhe, holt tief Luft als wolle er den ganzen Saal einatmen & brüllt – beinahe akzent!frei – durch den weiten Raum:

–S-PRICKT HIER YEMAND !DOITSCH.....

–Keine Antwort. Nach ner Weile ist 1 Flughafenangestellter zur Stelle, 1 kleiner zurückhaltender, grauhaariger Mann, der (wie er sich gleich vorstellte) nach Dem-Krieg aus Jugoslawien geflohen war, dann in Deutschland gelebt & mit einer Österreicherin verheiratet sei. Der (sagte sie) –trug seine Lebens=Geschichte mit solcher Selbstverständlichkeit offen u jedem zur Ansicht wie andere ihre Identitätskarten am Revers. Der Mann versucht zwischen mir u: dem *Officer* zu vermitteln. Sie redeten lange & schnell – der Dolmetscher gestikulierte, mich schienen sie allmählich zu vergessen. Das war wie auf ner Theaterprobe zum Steinernen Gast: Alles, was der Dolmetscher redete & tat – der seit langem schon weder den *Officer* mir, noch mich dem *Officer* übersetzte, schien den dicken Schwarzen stets nur zu 1-&-derselben Folge von Bewegungen – abwechselnd das Fliegenklatschen mit meinem Paß & dem Formular – & zu immer demselben Satzstereotyp zu bringen: –*Schies kamm ässe tuerist batt schiesgadde saint kaantreckt tu öörn hier in NJUU JOOK JUNAI TITT STEHTS OFF ÄMMERIKKA* – (wobei er *New York* und *United States of America* derart prononcierte, als wäre die Tatsache, daß **New York** in den Vereinigten Staaten liege, die merkwürdigste & daher die betonenswerteste Feststellung seiner Replik). Das schweißtreibende Tun des armen Dolmetschers, sagte sie, –der sich offensichtlich als mein Anwalt verstand, war gradeso als mühte sich ein Mechaniker eifrig aber vergebens um einen kaputten Automaten. Mir !langtes: Ich beginne lauter und lauter zu reden – !schreie, so daß jeder gefangene Fisch in dem großen Sammelbecken hören kann, daß ich 1 gültiges Visum, sogar die Aufenthaltsgenehmigung bekommen habe – (der Dolmetscher übersetzt jetzt beinahe bittend & wedelt, mich zu beschwichtigen, aufgeregt in meiner Richtung mit den Händen als wolle er Mücken verscheuchen, was den dicken Schwarzen offenbar königlich amüsiert) – ich schreie weiter, daß, wie die Rechtslage augenscheinlich in *You Ass* sei, nämlich die Absicht = mein ausgefülltes Formular, schon als ein Vergehen angesehen wird (und schreie noch lauter) das hatte ich in Deutschland nicht erfahren, das hatte niemand mir erklärt. Der Schwarze grient immer breiter, steht schließlich auf von seinem Stuhl hinterm Tresen & winkt mir & dem Dolmetscher wie 2 Hunden, ihm zu folgen, nach hinten, in 1 der vielen kleinen Büros in den Tiefen der Flughafengebäude.....

–Winzige Kabinen, durch Glaswände getrennt, drinnen je 1 Schreibtisch & 2 Stühle, wir stecken zu dritt dortdrin wie

Schauobjekte in 1 Gefäß der Pathologie. Wobei in diesem 1, u gewiß auch in all den übrigen, ein Geruch wie in langezeit ungelüfteten Brotbüchsen stak. Auf jedem der Schreibtische 1 Ventilator mit siebförmigem Schutz wie eine Fechtermaske vor den surrenden Propellerköpfen, die sich langsam & ruckartig hin- und herbewegen, als wären sie Antennen winziger Radarstationen, diese 1 enge Kabine & alle Nachbarskabinen anzupeilen, um Alles hier=drin Erfragte, Erpreßte sofort weiterzusenden..... Immerfort mußte ich, u durch die Glasscheiben aller benachbarten Büros hindurch, auf diese in Halbkreisen sich drehenden Ventilatoren starren – ich höre den beiden, dem *Officer* wie dem Dolmetscher – nicht mehr zu, es hatte ohnehin keinen Zweck (meinte sie): –Im Kampf Mechaniker gegen Automat siegt im Ende, & wie beim Schachspiel, immer der Automat.....

–Ja (nahm sie nach einer Weile die Sentenz wieder auf) –das war eines langen Tages Reise in die Nacht..... Und ich war noch immer erst am Anfang, hatte erst 1 Schritt getan, hinein in diese Nacht –. Und wußte damals, das war Heute der letzte Schritt. Denn Die in den winzigen Büros..... trugen Alles auch weiter, von Automat zu Automat; um die Halbewelt schicken Die meinem verfügten Rückflug stante pede eine Art Frachtbrief voraus: Und, erzählte sie, –als ich aus diesen Behördenmühlen ichweißnich-wann ichweißnich-wie am Kennedy Airport schließlich & endlich entlassen werde, vielleicht nur deshalb (nach Zichstunden, 1gezwängt & weitergeschoben von 1 stickigen Büro zum andern, am Schluß für ne Weile sogar in 1 Arrestzelle & so auf diese sehr überzeugende Art dort-drin »freiwillig« zur Unterschrift unter ein Protokoll, das ich kaum richtig lesen konnte, mit dem Hinweis gebracht, daß im Weigerungsfall ich mit !Anklage-vor-Gericht & mit !Knast zu rechnen hätte), weil Die sehen, daß – ohne Essen Trinken seit sechzehn Stunden, seit anderthalb Tagen ohne Schlaf – ich nicht mehr lang durchhalten und Denen am-Ende unter-den-Händen zusammenklappen würde – : !Scherereien, !Protokolleschreiben – :!Das fürchten die-Bullen auf der Ganzenwelt wie ne Frau-als-Boß..... : Also besser !raus & !fort mit der durchgedrehten *dschörmänn weit bitsch* – Draußen=im Flugzeug kann sie ja zusammenklappen & draufgehn solangs ihr Spaß macht –; ich also sehen mußte: Auch dort=drüben sind Beamte Dreck im Nabel der Welt.

–Und das erstebeste Flugzeug zurück nach Europa, das war von der Air France nach Paris. Und wurde dort, nach wiederum neun=schlaflosen Stunden Flug, angekommen, kaum aus dem Flugzeug gestiegen: !sofort umringt von einer !bewaffneten Eskorte. *Unser Empfangskomitee* (so sagte später einer der französischen Beamten (er sprach sehr gut Deutsch) und deutete auf die Polizisten, die, mit der Maschinenpistole im Anschlag, mich umstellt hatten, nun im Gänsemarsch wieder abtraten) *unser Empfangskomitee ist nur zustande gekommen, weil Die-Amis uns entsprechend benachrichtigt hatten.* Und, nachdem er mir Gelegenheit gegeben hatte, *Jemanden daheim*, wie er das nannte, anzurufen, zu sagen *Ich bin wieder zurück.....* und der Einzige, den ich zu dieser frühen Stunde am Telefon angetroffen hatte, du gewesen bist –; nachdem also dieser Offizier die Geschichte meines Rausschmisses aus New York angehört hatte, wollte er sich hinschmeißen vor Lachen: *!Was haben Sie, 1 zierliche Frau, dort=drüben mit denen bloß ?!veranstaltet – : die-Amis haben Sie uns angekündigt als wären Sie ein Terrorist.....*

Zweifellos, jene nicht zustande gekommene, vielmehr durch einen xbeliebigen Beamten bei der Paßkontrolle abrupt verweigerte Einreise in die USA – *weil du, Schwester Herz, halt eine Deutsche bist, u für Deutsche sprich=wörtlich nichts wichtiger & bedeutsamer ist als Akten, Formulare, Unterlagen – & die, je größer der zu erwartende Sturm, müssen umso dichter am Leib gehalten werden – »als seis ein Stück von mir« – so daß du also deinen Arbeitsvertrag mit der Klinik in New York, ausgefüllt & unterschrieben, nicht etwa der Post anvertraut & vorausgeschickt hattest –: !Nein: du mußtest dieses Formular, den* Saint kaantreckt, *!natürlich gansdicht bei=dir & obenauf im Gepäck tragen, damit es auch !ja das Erste* *wäre, das nem Kontrollör in die Finger käme – und so geschah es dann auch – und daraufhin der Kurzeprozeß: Weil er, dieser xbeliebige Beamte der dich filzte, in deinem Reisegepäck, dem Gepäck einer Person die sich selbst & gewissermaßen offiziell per Formular zum Touristen erklärt, die ausgefüllten Bewerbungsbögen für 1 Anstellung als Krankenschwester in einer staatlichen* NEW YORK*er Klinik gefunden hatte, was mithin die Absicht der Erwerbstätigkeit bekundete & also dem Touristen-Status zuwiderlief: Keine Einreiseerlaubnis : Statt dessen retour nach Europa, nach Deutschland, auf dem !kurzesten Weg & in !kürzester Zeit.....* – kein Zweifel: solch fremdverfügte, unfreiwillige Rückkehr vor Wochen, solch Abweisen-von-der-Türschwelle zu einem Land, zu einem Leben, dem du dich seit Längerem bereits *zugehörig* fühltest, hatte nun Wesentliches in dir verändert. Eine *Zugehörigkeit*, die seit jener ersten Reise nach **NEW YORK**, gemeinsam mit ihm, dem alten Stationsarzt = deinem Geliebten, damals zu Beginn der Neunziger Jahre (nachdem er dich od: du ihn gerade erst kennengelernt hattest, er dich als *Meine Junge Geliebte* für=sich hatte placieren wolln & so gewissermaßen das hierfür angemessene Programm dir geboten hatte –), für dich seither bereits als *Abgemacht* gegolten hat. Seither auch durchzog deine Sprechweise 1=gewisser Ton der Anmaßung, der Vermessenheit. Vermutlich ohne daß du selbst nach deiner Rückkehr von diesen zwei Wochen **NEW YORK** vielleicht schon genau wußtest, daß es auch genau=!Das sein würde, was du Einestags, vielmehr Einesabends, zu ihm, zu diesem alten reichen Arzt, deinem Geliebten, in den weingetragenen Stunden eines italienischen Lokals als *!Meine Pläne für !meine=Zukunft* würdest formulieren können. (Und was ihm, diesem reichen Mann vor dem Hintergrund seiner gegen die skandalöse Direktheit dieser Beziehung sich aufbäumenden Familie gerade recht, sozusagen *wie-gerufen* gekommen sein mußte, so daß er nur eine ganz=bestimmte Intrige od: nicht mal Intrige, nur 1=gewisse kleine Maßnahme veranlassen mußte, um *dieses-Problem*, nämlich dich, Schwester, auf elegante Weise loszuwerden, ohne daß dir auch nur 1

1zige Folge seines Verrats in deine immerhin selbstgewählten Pläne dazwischenfahren würde, sondern im Gegenteil.) Hingegen jetzt & heute du vorerst wieder hierher, in dieses Land/in diese Stadt, zurückgeworfen bist, hat dich von jener *Zugehörigkeit* nun auch die Zugigkeit empfinden lassen.– Wobei sie zuvor aus beidem, aus dem Land wie aus der Stadt, aus den inneren wie äußeren Verflochtenheiten Schritt-für-Schritt sich herausgelöst, herausgeschnitten hatte, plötzlich, von 1-Stunde-zur-andern, in ebendiese Landschaft der Unbehaustheit & gekappten Adern wieder zurückgestellt sich finden mußte. Diese Rückkehr hatte wirklich Etwas in ihr verändert..... Hatte sie vielleicht in jenen Zustand versetzt, der den Spieler nach dem Blick auf die Karten in seiner Hand zu der Einsicht zwingen kann, mit der Glückssträhne ist es nun fürs Erste vorbei. Ihr Tonfall, als wüßte sie selbst (ohne daran wirklich glauben zu wollen), daß sie, u gegen ihren Willen, von nun=ab wird warten..... müssen.

–Laß mich für 1 Weile bei dir wohnen. Bitte. – Sagte sie zu mir, damals nachdem sie aus der Einreisehalle zurück vor die wartende Schar Verwandtschaft am Flughafen im matthellen Licht eines Herbstmittags getreten war. –Du wirst sehen, ich komm dir nicht in die Quere. Weder bei deinen Fotoarbeiten noch bei – :Sie wird !dieses Mal !nicht zurückkommen (entfuhr es ihr hastig) –ich kenne sie du wirst dir eine andere Frau suchen müssen wenn du nicht allein bleiben willst dieses Mal ist sie dir !wirklich davon – :Sie unterbrach sich, schluckte und, die plumpe Ungeschicktheit, gerade zu dieser Gelegenheit die Trennung von meiner Frau zu erwähnen, 1 Trennung, der die Scheidung folgen sollte, setzte sie lauter & hastig stammelnd hinzu, als könne so das Gesagte wieder eingefangen, überdeckt & für ungesagt erklärt werden: –Du – weißt doch ich hab meine Wohnung weitervermietet. Kann dort also nicht mehr hin. Ich wußte ja nicht – daß – das=Alles so – so schiefgehen würde –.– Dann fing sie sich rasch. –Von !jetzt=ab läuft Alles !anders, verkündete sie mit fester Stimme, als könne ebenjener Spieler-in-der-Klemme durch die plötzliche, unverhoffte Zuwendung eines unbekannten, ungesehenen Spenders über neue Barschaft zum Weiterspielen & möglichen Gewinnen verfügen (denn jenes unverschämte Glück, das ihr seit Kindertagen beisteht, das sie zu ungezählten Malen mit der Unbewegtheit u dem Schweigen aus der Selbstverständlichkeit her zu Kenntnis & Gebrauch entgegennahm, jene Art von Glück, die einen rasend machen konnte, von dessen nochmaliger Verfügbarkeit schien sie jetzt bereits wiederum überzeugt). –!Einen Anlauf werd ich mir noch verschaffen. – Sagte sie, und ihre Hände näherten sich einander an. –Und !Den werde ich !nuttsen. In !voller Breite. Ver!laß dich drauf. Aber bis dahin brauche ich eine Wohnung, 1 Zimmer; 1 Bleibe nur für kurz. Laß mich also bei dir wohnen, so wie früher.

Und, völlig in der Stimme verwandelt, setzte sie dann eine Bemerkung hinzu, die sie in all-den-Jahren zuvor !niemals ausgesprochen hatte – und die nun, so hilfesuchend wie beschwörend, auch den leisen Beiklang des Komischen wie des Ekligen enthielt, ähnlich wenn unter1ander Kinder..... *Kinder* sich nennen.

–Du bist doch mein Bruder. – Sagte sie leise.

!Keine Wohnung !fremder, !peinlicher als die eigene, sobald man sie gleichsam mit den Augen Fremder betritt.

Meine Schwester folgte mir dicht, hielt, als ich die Wohnungstür aufschloß, 1 Mal sogar an meinem Ärmel sich fest, als befürchtete sie, ich könne sie jetzt noch abschütteln & ihr die Tür vor der Nase zuwerfen. Dicht-an-mich gedrängt, betrat sie das Zimmer, das angeblich *Mein Zimmer* sein sollte.

Darin gefangen ein Rauschen aus verlebten Jahren, jenes dunkle Tosen das wie aus weiten Landschaften zu tiefnächtlichen Stunden kam. Zudem stets darin nistend das Verschlafene, das als Lebensabbild Verkehrte, alles Daneben-Seiende, dessen Anblick jene langweilige Verrücktheit gab, als schaute man auf den geschmückten Weihnachtsbaum zu Ostern –. Und schamlos lagen nun in ihrer Offenheit die Nächte

Schlaflosigkeit hier=drinnen, im sauren Geruch der allein=Stehenden; u Scherbenkämpfe Wille gegen Wille, festgehalten noch im Geweb mildsüßen Parfümgeruchs meiner verschwundenen Frau..... – Duft der als unsichtbarer Staub allen Dreck des Privaten & des Versagens zusammen mit dem wirklichen Kehricht auf den Dielen unterm hellen Lichtwurf auszubreiten schien –, u in Kissen Laken Bettzeug, in der Färbung von feuchtem Gips, Handtüchern Vorhängen hingeworfnen Kleidern Schuhen Einkaufstüten Zeitungsbögen, auf Tisch u Fensterbank im Geschirr das Angeschlagene, Zerkratzte, das zusammgeknüllt Verknautschte wie in schwer benennbarem Zorn Weggeschmissne festgehalten, in die Falten Fältchen Knitter hin1gepreßt und liegengeblieben –:Und dann aus Nachtstunden plötzlich hochschreckend, träumezerscherbt, in kaltem Schweiß u in Panik wie von Mal zu Mal mit knapper Not einem Unfall entronnen, und hastvoll das Greifen Tasten Suchen nach dem Festen in all den haltlosen Wirklichkeiten..... Peripetien ohne besonderen Grund.....; letztlich in ebenjenes Zerknüllte, Weggeschmissne mit seinen Hundertfältlichkeiten sich=selbst immerfort hin1zuflüchten gesucht. Und so wie 1 Fürwort in der Deklination unkenntlich zu werden, vom einstigen Ich immer mehr zu verschwinden beginnt –:nur das Verzehrende, jetzt beim Wiedereintritt mit dem fremden Blick, schien geblieben hier, nur das verkniffen Ruhlose das verschwitzt Aufgeregte ohne ersichtliches Motiv in jener Ungreifbarkeit, wie nach Jahrzehnten über Landschaften, über die einst Schlachten od: nicht mal das, vielmehr halbheimliche, verbissne Gemetzel & hinterhältiges Abgemurxe hinweggezogen sind, noch so etwas wie ein ätherisches Spüren von jenem unheroischen=Geschlachte klebengeblieben schien. Und noch in den allerkleinsten Dingen nistete die Größe der Unmöglichkeit zum Verzeihn.– Ebenso wie jene hier=drinnen an Wänden & auf Tisch&-stühlen über den Boden verstreut – im Raum eher als 1 Geruch der Geschmack von Chemikalien, ausgekühlt u fade wie von säuerlicher Lauge – die Schütten ölig schillernder Fotografieen, Bestands-Aufnahmen, schwarzgrauweiß u in Farben geronnen die Lebenssplitter, in den Fotografierten das Zerschundne das Verstörte u Zerstörte festgehalten & aufbewahrt. In der einen Zimmerecke die Auftragsarbeiten: Fotografien von Hochzeiten, Kindstaufen, Geburtstagen (die stereotypen Wiederholungen einstiger Ge-Brutstage), Firmenjubiläen kleiner & kleinster Unternehmer – Fotos, die mir selber schon als *die Richtigen* vorkommen (weil sie mit ihrer niederschmetternden Gleichförmigkeit mir immerhin *richtiges Geld* 1bringen). Am liebsten sind mir dabei die Fotografien von Toten: Deren sowohl herrische als auch milde Physiognomien zumindest haben jeglich dummen=Hoffnungsblick od den der anzüglichen Blödigkeit der Lebenden verloren; die inneren Gesichter der Toten, das was aus ihrem Werden geworden war, trat dann für 1-kurzes hervor. Ja, u dann die anderen Fotografieen (für die Niemand je sich interessieren wollte, weil der Anblick solcher Unverstelltheit auch die Urangst alles Lebens vor dem Sturz ins Nicht-mehr-Lebenkönnen preisgibt & die Masken des übrigen blödiggrinsenden Lebens – das mit 1 Mal als die-Ausnahme, als der-Rand von Gesellschaft erscheinen muß – als etwas künstlich zurecht-Gemachtes..... erahnen lassen. Daher müssen mir !diese Fotos noch-immer als *die richtigen* vorkommen): Gesichter eingesunken, Augen u Münder als seien Löcher in lehmgelbe Haut gestoßen, angefüllt von erdgrauem Wasser, verständnislos, verstört die Blicke als sei jede Stunde ihnen neu u fremder als die vergangene, an die es schon keine Erinnerung mehr gibt; gequälte Gesichter, als wären sie im Schmerz aus Schlägen, die sie einst verformt, stehngeblieben, als müßten diese Schmerzen immer spürbar sein –: Der 1 der nicht mehr wagt auf den Straßen all-1 um Hausecken zu gehn, als sei Alles was dem direkten Blick entzogen, voller Bedrohung Gemeinheit & Irrsinn; Gesichter voll Brandschleif&schlagspuren aus allem unlebbaren Lebenmüssen..... Mit *sowas* ist im Alten- wie im Noienstaat kein Staat zu machen. In früheren Jahren blieb mir stets der Glaube, einestags wird mein Tod die Langeweile sein – Heute ist mir das !gewiß. Und lag vor allem an der Wiederkehr ebenjener, in immer kürzeren Zirkeln ablaufender, gleichartiger Vorkommnisse, so daß nicht einmal mehr die Gnade-des-Vergessens Zeit hatte, sich dazwischenzustelln. : ?!Was von Männschen=wie-mir sollte Heut so wertvoll zum Erinnern sein, daß 1 Stück Fotopapier 6x6 od paar KB Speicherplatz auf der Festplatte nicht die pure Ver!?geudung wär ––

Das ist der Gesang der Schlaflosen, der Abgestellten u der Eigenbrötler – mein Gesang zu jeder Nacht. Vielleicht, was Ich gewesen, ist längst schon zu-Ende dekliniert. Denn auch das-Ende-von-1-Lied ist in den Falten den Fältchen u Knittern in den feinen Staubgesichtern in alle Muster des Zerkratzten hier in dieser Wohnung eingeschrieben, wie die Träume in meinen Nächten –. Nächte als Kampf. Die zerrten u würgten u nicht losließen vom Tag wie Tage nicht von den Nächten ließen. Nächte wie ein langsames Morden Stunde-um-Stunde. Kein Ende kein Tod. Und jedesmal vor dem Erwachen: Für 1 Kurzes, im Lichtgeflimmer-ringsum, zerstäubten sich Anblicke dieser Wohnung, die Glühlampe an der Decke winzigweiß 1 Sonne, explodierend, Wände zerbarsten unter mörteligrauhem Steinegepolter, die Möbel verwehten im Gestöber windgeworfener Funkenglut..... – Dann glätteten sich Bilder u Licht – – und weithin hallend flog noch 1 Schrei von jenseits eines breiten Stroms wie 1 spitzer Stein herüber, und traf auf die bleiche Stirne naß vor Schweiß eines schon Erwachten : ?Was für ein Geschehn dort=Drüben im Dunkelhag auf jenem andern Ufer –, !wehe dem, der in solchen Träumen sich verstrickt.....

Nacht schaute ruhig u mit erster Herbsteskälte durchs Fensterge4t – fahl erbleicht die Häuserstaffel vor dem bissigen Mond u Sternennägel hielten blauschwarz fleckigen Leinenhimmel= hoch –.– In den Räumen hallend Dunkelheit. Wieder all-1 aus Allem hervorgekommen, übrig geblieben u noch einmal um 1 Stück Leben verkürzt. Nachdem alle Plätze besetzt, alle Orte betreten, alle Gegenstände begriffen

& alle Finsternisse von Irrenärzten & anderen Feuilletonisten katalogisiert – blieb den-Menschen, von allen Wassern gewaschen, nur noch die unbarmherzige, die schneidende Helligkeit..... Aber die Sonne ist der Ort, den Menschen glücklicherweise !niemals werden betreten können.

All=!Das war !niemals nur Traum gewesen. Und Alles=Weitere seither werden Berichte aus dem Leben..... nach einem großen Abschied sein. .....1 Tür schlug zu : der Krach der rohe Zugriff aus dem anderen = dem altbekannten Bild, durchschlagen der Rahmen –. Jetzt endgültig wach begegneten meine Augen dem Anblick meiner fremden Wohnung, aufgesperrt & hohl wie der Mund eines Taubstummen beim Schrei.

Sie bemerkte gewiß nichts von allem, was Dunkelstunden hier=drinnen aufbewahrt, Radau aus affigen Nächten, Suff & Sau & welkes Gemünd, geil stotternd 1 Lippenherz, verschwunden, Schnee verweht –. Und wenn, so hätte sie sich Heut&jetzt bestimmt um nichts geschert, war, viel zu sehr in=sich selbstvergraben, gradenwegs (mit solch Grobheit aus Unmaß an Selbst-Sucht, zu dem nur Frauen fähig sind) auf das Zimmer meiner verschwundenen Frau zugelaufen, rannte dort hinein, und warf die Tür hinter sich ins Schloß.

Dort=drin blieb sie während der nächsten drei Wochen.

In den Stunden, als sie mich schlafend glaubte, streunte sie wie ein verirrtes Tier od schlich wie 1 Einbrecher durch die Räume (:!seltsam das Wort *Einbrecherin* – als sollte das Feminine den Einbruch weicher, unglaubhafter machen). Nacht=all-1 u still harrend diese Wohnung, so daß zu solch Nachtstunden alle Räume immer leer erschienen –. Mitunter stieß sie gegen Stuhl Tisch od Schrankecke :– in die Stille gezischt dann ihr Flüsterfluchen (obwohl sie in den ersten Jahren meiner Ehe desöftern hierher zu Besuch gekommen war – später dann kam sie wie auch viele Andere aus früheren Jahren Bekannte, immer seltener her; man raunte, es sei die Eigen-Art meiner Frau, ihr flüchtiges, zerrissenes Wesen, das sie schnell streitsüchtig, rechthaberisch, u aus nichtigsten Anlässen beleidigt werden ließ, weshalb Besucher immer seltener zu uns kamen; auch ging das Raunen, man sei enttäuscht von mir, weil mein Auftreten gegenüber meiner Frau den-Leuten als nicht entschieden genug vorkam. Immerhin, sie konnte stets wieder zurückkommen zu mir – :*er wird immer kleiner*, so hörte ich dann diese-Leute einmal sagen über mich). Meiner Schwester mithin waren die Dimensionen dieser Zimmer im Dunkeln seit langem nicht mehr vertraut; mit rauhen Wortbrocken fluchend tappte sie dann weiter, in die Küche, hin zum Kühlschrank – eine Schütte Kaltlicht prallte beim Türöffnen gegen ihren nackten Körper, sie griff mit beiden Händen gierig nach allem Eßbaren hin – Kartoffelsalat Konfitüre Salzheringe & Honig Leberwurst Joghurt Gehacktes Salami Gänseschmalz & Apfelkuchen – das schlang sie unterschiedslos in=sich-hinein, später, im Badezimmer, in schweren Stürzen kotzte sie schübeweis alles ins Klo – durch das offene Badfenster in den Hof hinaus hallend ihr grausiges Würgen –;– und gleich darauf, von den Kotzanfällen noch schlotterig im Schweiß, kehrte sie, mit Händen & Armen gegen die Wände gestützt, zum Kühlschrank wieder zurück. – Manches Mal auch blieb sie im Badezimmer, hockte sich in die Wanne & begann mit Duschen – ausgiebig – Stundenlang – – zu Tagen&nächten rauschend Wasser mit den schweren Herbstregen=Draußen – und manch Mal, plötzlich, nichts mehr dort hinter der Tür, im Badezimmer. Und Regen=Draußen schlug seine Nägel in die Stadt, kratzte als einziges Geräusch über die Fensterscheiben, schnürte blechern plirrend die Dachrinnen hinab – jene angespannte Stille die niemals Gutes ahnen läßt (solch Stille muß um Selbstmörder sein in den 1. Augenblicken, nachdem der Schnitt durch die Pulsadern getan ist & das Blut aus der Wunde zu fließen beginnt – –) :Aber das nicht; !nicht !sie, meine Schwester (und warf von Mal-zu-Mal mit der Furcht vor dieser Stille-dort nur meine=eigenen geheimsten Wünsche..... auf mich selber zurück). Stets aus solch beklommner Stille dann ihre Stimme, erst ein wankendes beinah singendes Stöhnen, verschluckte wie von nervösen Fingern u hinter zusammgepreßten Lippen eingesperrte Laute – und, als würd ein Gatter schließlich aufgestoßen: plötzlich heisere Stakkati – lauter, schluchzend, und in spittsigen Höhen nach Langerzeit ihr Schrei – ! ! –, dann: *Geh !weck gehdoch!weck du !du ich weiß du bist dort an der Tür !wekk!wekk !laß mich !bloß !allein* – :ihre Stimme im schartigen Diskant, als schlüge nächtelanger Suff gegen ihre Wörter. Aber sie hatte nichts getrunken, keinen Tropfen Alkohol fand sie jemals hier in dieser Wohnung (anfangs hatte sie in allen Möbeln rumort, hatte selbst im Wasserkasten der Klospülung nach Schnapsflaschen gesucht wie Säufer wenn kalte Feuer sie ausbrennen im Entzug).

Ihre verbrannte Stimme, das waren Schübe aus anderem Wahn, darin das Taumeln u Zucken von Fieberflammen, die in ihr loderten drei Wochen lang u die Reste unlebbarer Vergangenheit fraßen, alles Fremdverfügte das zuerst von unseren Eltern einst in-sie gekommen war, unmerklich, aus jenem Mann u: jener Frau, die vor einer Reihe-von-Jahren so etwas wie 1 Vertrag miteinander geschlossen hatten, daraufhin sie, dieser Mann diese Frau, sich dh. ihre Geschlechtsteile in1ander führten. Wahrscheinlich taten sie das im Liegen im bürgerlich eingerichteten & ebenso bürgerlich=abgedunkelten Schlafzimmer in jenem großen Jugendstilhaus am Stadtrand von Dresden, ein Haus das wiederum von den Eltern an jenen Mann, der nach diesem 1. rechtlich sanktionierten Geschlechtsakt mit einer Frau & den nachfolgenden Neunmonaten nicht allein als Besitzer dieses Hauses, das im Ewigengeschäft aus Sperma&geld an ihn vererbt worden war, sondern darüberhinaus nun als Familien-Vater m. 1 Tochter sich bezeichnen durfte. Und sie, diese bislang sozusagen einfachen Eltern, taten nach 3 Jahren noch 1 2. Mal das Ihrige, um nach wiederum Neunmonaten also der nochmaligen Elternschaft sich rühmen zu können (was ihnen somit gewissermaßen die Idealbesetzung 1 Familie bescherte: *Schwesterchen & Brüderchen*); sie taten das vermutlich aus jenen sowohl unerfindlichen wie gleichwohl fundamentalen, unbenenn- wie unbeweisbaren Gründen auf denen auch das Allersimpelste der Rechenkunst – jenes 1 plus 1 – beruht; unbenennbar, unbeweisbar denn vielleicht ist schon all-1 die Frage nach Gründen die falschgestellte Frage, u weder *Die-Stimme-des-Blutes*, *Das-Gesetz-der-Gene* noch die 1fache Annahme *Unaussprechbare Langeweile* wie sie jedes Lebewesen in andauernder Gegenwart immergleicher Lebewesen schließlich befallen muß, können hinreichend Gründe od gar Erklärung sein für diesen Drang nach Zusammenrottung & Vermehrung aus 1 Löffelvoll käsigbleicher Schmiere, dem dann aus solchermaßen gesäter Nachkommenschaft der über Langejahre währende Zwang zu Anhänglichkeit & Gefolgschaft entwächst. Diese Anhänglichkeit: dies Streben & Verlangen nach Berührungen, sanften gefühlvollen rauhen derben & immer auch Schläge um das nach Sanftem Gefühlvollem nach Rage Wollust & Wärme strebende, heranwachsende unheilvolle Fleisch zu bändigen, gewissermaßen in-Form zu bringen & zu erhalten wie vor dem wirklichen Feuer den Lehm, den der Ziegelbrenner in Preßformen drückt, schlägt & zwängt, um ihn, den Lehm, danach den endgültig härtenden Flammen auszusetzen (wobei immer unentschieden u also fraglich bleibt, wodurch der größere Schaden, die wirklich verstaltende Prägung entsteht; durch jenes Drücken, Schlagen, Zwängen od durch das Sanfte, die gefühlvolle Unmerklichkeit). Beides jedoch kam nicht vor, jedenfalls nicht in benennbarer Form, und so nicht einmal jenen fantomartigen Schmerz wie bei amputierten Gliedmaßen hinterlassend, denn zuvor war eben niemals etwas Amputierfähiges an diesem Familien-Körper gewesen, so daß ihr, meiner Schwester, Empfinden von-kleinauf eher ein Warten in einer beständigen dunklen Luftströmung gewesen sein mußte (ein Warten, in dessen Armseeligkeit jeder 1zelne Krümel von Lebendigkeit, der einem aus der Luft zuweht, mit-der-Zeit die Ausmaße des gesamten=Lebens annehmen mußte), und dieser Luftstrom von jener Zugigkeit wie sie auf Bahnhöfen herrscht, daraus später dann Erkältungen hochfiebern. Denn !wer kennt sie nicht, diese Sucht nach dem Verlieben –, und immer nur das 1 zurücklassend: Flüchtiges, Nichtgebliebenes, Sichzurückziehen, unablässig, und daraus das Alltagsempfinden *Wieder Nichts denn auch das isses wieder mal !nicht gewesen* –, & also nichts übrigblieb als wiederum seine Siebensachen zu packen & weiterzuziehen, wieder zu warten & zu lauern in all den winziger und windsiger geratenden Bruchstücken von Er-Wartungen auf die nächste Flüchtigkeit, die dann natürlich ebenso rasch verflog, aber eigentlich ebensowenig wirklich gegriffen od geprägt hatte wie all-das-Zuvor u *Wieder Nichts* geblieben ist so, als wäre niemals anderes als stets nur Händevoll Flugsand in jenen zugigen Bahnhofswind geworfen, Schütten Staubes die nirgendwo haften blieben u wie lichter Nebel dahingetrieben waren über die glatt & fugenlos geschliffenen Steinplatten markenloser Plätze & Wege –. Und muß tatsächlich den Geschmack von Staub zurückgelassen haben, als wären Lippen u Zunge der einzige Ort, wo solch windverwehte Flüchtigkeit aus frühen Jahren sich hat festhalten können, jener sauerpelzige Staubgeschmack, die Nerven wenn nicht betäubend so doch unempfindlich machend bis zu 1=gewissen Grad – bis zu 1=gewissen Tag, als etwas in ihr, meiner Schwester, durchbrach, Etwas das möglicherweise zum 1. Mal sich bemerkbar machte. Und nun war die regenkühle Luft jenes Sonntagvormittags im Frühling vor beinahe dreißig Jahren zurückgekehrt, blendendweiß das Licht zu Millionen Sonnentropfen geronnen, der Wind im Geschmack von kühlem Metall, Böen kämmten durch noch winterborstig starres Gras u Geschilf, u der Weg auf dem wir, neben unseren Eltern, liefen schimmernd im Gleißen 1 Sonnenstrahls, von hunderten kleiner Kiesel festgenietet auf der Erde; und vielleicht wars dieses 1-Mal-!zuviel, das 1-Mal-!zuoft vorgeführte Ritual: Als er, unser Vater, neben ihr, unsrer Mutter, stehnblieb & umständlich die Hände auf ihre Wangen legte, die Augen schloß & ihr, unsrer Mutter, schließlich 1 Kuß, flüchtig nur den Lippen aufzutupfen suchte, so daß der 1 Kuß lediglich als Zeichen eines Kusses erschien. Jedoch selbst das mißlang, denn unsere Mutter, zum Beginn dieses Vorgangs, wie vermutlich stets bei solcherart Gelegenheit, hatte ihrerseits die Augen geschlossen, das Lippenauftupfen des Mannes indes früher als geschehn erwartet, und sie hatte das Gesicht, wie ebenfalls vermutlich stets bei solcherart Gelegenheit, bereits wieder abgewendet (als wolle sie sich zwar dem-Mann in seinem Anspruch, mittels dieser flüchtigen Geste 1 Kusses gewissermaßen den Besitzstand zu demonstrieren, grundsätzlich nicht verweigern; durch ihr Keine-Sekunde-länger jedoch ihren Mann !keinesphalls zu Weiterem, dh. zu später=Weiterem im kühlen Leibergeruch ehelichen Schlafzimmers, ermuntern), so daß also selbst dies gegenseitige Lippenbetupfen mit den gespitzten Mündern jetzt danebengeriet; der Mann, unser Vater, erwischte mit seinen Lippen in dem bereits wieder abgewandten Gesicht der Frau, unsrer Mutter, nur die Wange, und seine Lippen patschten drauf mit dem Geräusch 1 winzigen Ohrfeige wie von der Hand 1 Zwerges ausgeteilt. Sie beide, unsre Eltern, begannen zu straucheln, beinahe hätten sie das Gleichgewicht verlorn, die Hand der Frau, unsrer Mutter, tastend nach Halt, fand die Schulter ihres Kindes, meiner Schwester, der das Geschehen vielleicht bis hierher entgangen war; sie meinte gewiß, diese Berührung der Mutter sei wieder nur 1-jener zögerlichen & mechanisch=vereckten Zärtlichkeitsimitate wie nur je elterliches Vergaffen in die Theorie 1 pädagogischen Plans sie ersinnt, u !das war eben nach ihrem Empfinden jetzt & hier genau das 1 Mal Imitation !zuviel, wie Jedermensch nur ein=gewisses Maß an Falschheit von Anderenmenschen ertragen kann, woraufhin sie, mit dem Instinkt des Kindes für Echtes u: Falsches, die unbeholfen zugreifende Hand mit einem Aufschrei von sich stieß & auf dem gleißenden Weg fort&davonlief, in die blaukühle Leere eines Sonntagvormittags hinein –.– Ebenso, mit gleicher Bestimmtheit, wird sie dann Jahre später die bleichen gierig=feuchten Finger der nach ihren Körperdetails tappernden Halbmänner von sich stoßen –. Aber das ist Es ja nicht allein, das ist ja nicht Alles; da ist immer noch ein Anderes, das !nicht warten will, jenseits von Stolz (denn ?wozu in diesem verfügten Leben sich noch auf den siechen Klepper Stolz&ehre schwingen & Großetöne spucken vom *würdevollen Dasein*, von *Schuster bleib bei !deinem Leisten – Ehrlich währt am längsten – Bleib im Lande & nähre dich redlich* & diesem ganzen Tralala der Jungfern Pfaffen & Eunuchen) :also jenseits von Selbstverlogenheit dies Andere umso fester eingepflanzt; das nicht 1fach still & ergeben bleiben will bis dann 1tags das-Ganzeleben abgelaufen & ihr-bißchen-Zeit vorüber wäre, sondern aus jenem triebhaften unzerstörten Willen alljene gekappten, amputierten Gliedmaßen ausstreckt um sie dort einen festen Grund suchen zu lassen, wo nicht nur Flugstaub den Lebensgeschmack austrocknet & versäuert, sondern wo sich zumindest das-Suchen noch zu lohnen scheint, wo die-Aussichten=unversperrt noch vorkommen, und wird sie mit jener Ausdauer & Energie umherziehen & die-Suche vorantreiben lassen aus dem von-altersher vererbten Empfinden für die unbedingte Sterblichkeit 1 Lebens. Und dabei ist seit langem schon die Sucht nach ebendiesem nur flüchtigen Gepacktsein ins Fleisch gesenkt, so daß jenes Suchen ihr das Wissen & das Unterscheidenkönnen von Verzweiflung u: Triumfieren vergessen machen wird; und bleiben soll, vollkommen unempfindlich gegen all-jene Angebote jesuslatschiger Schmutzigkeit nach Glauben, einzig diese Sucht nach der steten Wiederholung, nach dem Immernoch-einmal & Immer-wieder in dann immer größere zunehmend leer werdende u im Unerfüllbaren sich verlierende Räume gestreckt –. Eben dies Verlangen, das in seinem Drängen & Streben nur den so simplen wie entscheidenden Nachteil hat, daß es eben nur selten bei zwei Menschen zur gleichen Zeit im gleichen Maß u, noch seltener, mit Dauer auf dieselben Personen sich richten will, und somit von Allem-Ursprung-an in diesen gezeugten Wesen eines Familien-Körpers auch der Defekt als eingebaut erscheint, das Selbstzerstörerische als Zeit-Bombe, die, nachdem ihr Uhrwerk abgelaufen, diesen Familien-Körper zersprengt zerreißt, die all das mit all-den-Jahren=zuvor als ein unsichtbares Flecht&-wurzelwerk verbindend Gewachsene – !plötzlich – aus ein anderfetzt, und die übriggeblieben unselig Zerrissenen mit all ihren nun gleichfalls zerrissenen Verlangen von ein ander abstößt & davonschleudert mit demselben unerklärlichen wie unbeweisbaren Drang, der sie vor-Jahren hatte zusammenfinden lassen. Und somit unsere Mutter sich in ein Anderesleben mit ihrer Freundin, dieser Fremdenfrau aus-dem-Westen, hineingetrieben hatte, wie desgleichen unser Vater dann gewissermaßen seinen-Weg-ins-Verschwinden antrat, das Weiterexistieren auf dem Dachboden desselben Hauses, in dem 1 Stockwerk tiefer vor mehr als 2 Dutzendjahren im bürgerlich gedämpften Geruch & in der lediglich auf 1 Ejakulation hin bemessenen Ekstase zweier Körper 2 Mal auch sozusagen das Fundament für jenen heute zerstörten Familien-Körper geschaffen wurde.

Und so ragten seither diese einstmals fremd 1gepflanzten, heut verstümmelten Flecht&wurzeladern wie Körperstümpfe aus den Stehen- & Zurückgelassenen, so daß dieser einstigen Operation od: Explosion & damit Herausgerissenheit nun die Folgeoperationen, das Ab&ausbrennen all dieses von Eltern Fremd- & ungelenk & schief Verfügten von ihr, meiner Schwester=selbst vorgenommen werden muß, denn sie war bereits auf dem Weg gewesen, demselben gedankenlos=dumpfen wie unbenennbaren Drang nach Zusammenfügung Fleisch-mit-Fleisch im sanktionierten Ritual 1 Ehelebens mit ihm, jenem verrückten Schauspieler (dessen größte Karriere schließlich seine Einweisung in die Psychiatrie gewesen war), nachzugeben und sich ihm & seinen Leitbahnen zu überlassen – –

Und mehr als Das mußte sie Jetzt & Hier ausbrennen, was in zurückliegenden Jahr&tagen in=ihr sich wieder & neu eingenistet hatte von jenem unheilvollen Drang & Verlangen, & das sie mit ebendiesem Zwang denken reden handeln ließ aus *seiner* Sicht mit *seinen* Worten bis Heute, u nicht genug damit: Sie, immerhin schon Mitte Dreißig, u: außer ihrem vor Zigjahren erlernten Beruf der Krankenschwester nichts weiter vorzuweisen hatte als Bruchstücke von Lebensanfängen, die sich allmählich mit-den-Jahren um ihre Füße häuften wie Gescherb & Ziegelbruch von einem Haus um das sich endlich einmal Jemand kümmern müßte damit es nicht 1tags nur als Ruine übrigbleibt, aber da war kein Jemand: nicht dieser Knattermime – nicht der reiche Alte *dein Chef, Schwester Herz, auf der Klapper im Krankenhaus, den du dir hast durch die Lappen gehn lassen auf eine Art&weise, wie nur du das fertigbringen kannst* –; Jetzt & Hier wüteten die Fieberfeuer wie durch ausgedörrtes lebloses Kieferngehölz, all jene Brandgerüste fremderfalscher Bestimmung angefacht & niederbrennend – und ?Was nach solchem Feuer würde ihr ?bleiben, würde ?Bestand sein unversehrt als ihr Eigentum. Fauchend schroff u katarrhös ihre Stimme, als sie aus dem Badezimmer zu mir heraus schrie: *!Scher dich !weck ich weiß du spannst wieder hinter der Tür belauschst mich würdest am liebsten zukucken ?!wie* (ihre Stimme kreischte bösegeil) *aber nachts, nachts höre ich !dich im Bett=all-1 den Namen deiner Frau keuchen – aber du kriegst sie durch Handarbeit nich wieder zurück, Bruder Herz, also ?was !willstu. !Komm rein od !verschwinde von der Tür* –. Die Badezimmertür war nicht abgeschlossen; sie, meine Schwester, lag, die Schenkel weit gespreizt & die Handbrause tief in ihrem Geschlecht, in die Wanne gelagert wie die plumpe Imitation einer Diva (sie hatte die Schamhaare abrasiert, auch in das Haar auf ihrem Kopf mußten Schere & Rasiermesser gefuhrwerkt sein, Büschel sträubten sich wirre, grantige Strähnen schraffierten Wangen u Stirn) sie starrte mich an (ihre Schamlippen vom stundenlangen Wasserbestrahlen in fälteligem Spülichthell wie Haut an den Händen von Waschfraun ausgelaugt) in ihren Augen flackernd Geilheit Wut u jenes schamvolle Grauen, wie das jeder nur vor sich=selber empfinden kann. Ihr Blick war stärker als meiner; wieder draußen vor dem Bad schob die schließende Tür wie eine große Hand das Bild aus den Augen des schand-Vertrauten..... hinaus.

Und dann & immer-wieder aus ihrem Zimmer=dort zu allen Nachtstunden : MUSIK : Radio Schallplatten, klassische Konzerte – Lärmattacken, die gegen die Wände fuhren mit Schallfäusten als sollten die Mauern des zu engen Raums gesprengt & zerschlagen werden, in die Steinbrüche geschleudert jeder 1zelne Ziegelstein zum Geröll zurück – ECCOLA IL DOLCE SUONO ARDON GL'INCENSI – TU CHE LE VANITÀ CONOSCESTI DEL MONDO – :Der erste Schwall von Tönen stets wie Überfälle von Sturmtrupps, Hunde Polizei, schwere Stiefeltritte von Bässen Chorgewalt aufschwellend wie Pogromgeschrei & Orchesterstampfen tief dröhnend mit Stanzenwucht..... Sprünge derb einschlagend ins Gehäuse der Nacht – Dielen raunzten Fensterscheiben zankten klirrig – – \\zersägt vom Klingelgeschrill an der Wohnungstür : Nachbarn kamen, fragten, maulten immer öfter, beschwerten sich. Sie glaubten noch meine Frau in dieser Wohnung, hier. Was ihr mit !1-Mal ?fehle, meiner Frau, ob sie denn ?krank sei; sie wußten Nichts. Antwort kam von ganz-allein : Von Mal-zu-Mal und immer derber wurden die Nachbarn von der MUSIK aus ihren Nächten hochgeschreckt –, Lampenlicht in Schlafzimmern grellend ins pertinax Weckergesicht zu empörend früher Stunde. Sorge & Neugierde um das ungewohnte Geschehen in meiner sonst so stillen Wohnung waren rasch gewichen, wuteilends im Schlaftaumel zusammgerafft Hose Hemd Jacke drüber Bademantel – *!dem zeikichs jetz isses ge!nuk der !spinnt wohl da=drühm diese Arschgeige das is heut das !Letztemal dassich rübergeh ab=Morng wern !Anderesaiten aufgezoong* –, und schlotternd im abgebrochnen Schlaf standen sie vor meiner Tür: Wut in bettverwirrtes Haar gesträubt, die Augen visiereng blitzten Böses & schlafbleich stotternd ihre Zornesbrocken gegen mich=den-Unverschämtenkerl, Bitten gegen Drohungen schwankend, energisch Bademantel festgezurrt, so stehn sie im 3-Minuten-Treppenlicht, aufrecht gehalten vom Korsett der gerechten Empörung –. Das Treppenlicht aus, zerbrach noch vorm letzten Wort ihren Epilog, die letzte Drohung dann bitterfaul wie Aule ins wiedergeholte Trüblicht gespieen gegen mich –, & ihr Gang-treppab, jede Stufe polterig voll Empörtheit niedergetreten; dann zurück ins lauwarme, krachzerschlagene Dämmer ihrer wenigen Reste Nacht – (und dorthin zurückgekehrt gewiß ebensooft in ihre Betten gestreckt konnten sie Schlaf nicht wiederfinden vor banger=wütender Erwartung – !jeden Moment konnte aus dieser Wohnung=Imzimmer-dort=drüben..... das Gelärme von neuem & mit unberechenbarer Wucht losschlagen. Denn das war es: das Unberechenbare, das Maßlose – jene Attacken, die den Rahmen der gewöhnlichen Lärmeinbrüche zersprengten –) – Es gab nichts zu sagen, sie, die Nachbarn, waren mit all=ihrer Wut im Recht.

Deren Angst vor dem neu losschlagenden Lärm war begründet – :Nächte später dann kam Polizei. Die beiden Uniformierten, grün & beamtenbehäbig, sie machten keine Anstalten, ins Zimmer vorzudringen, hinter dessen Tür meine Schwester sich verschanzt hielt (es war ja still zu dieser Stunde), man begnügte sich mit Ermahnungen & schließlich holte der Eine ein Stück Papier hervor, stumm, mit der machtvollen Geste des Vollstreckers hielt Er mir nur die-Anzeige entgegen; viele !sehr viele Unterschriften von Nachbarn standen darauf –

Aber meine Schwester war nicht ansprechbar während dieser Stunden. Die Tür zu dem Zimmer hielt sie jetzt immer verschlossen (bis auf die Momente, wenn sie ohne Licht anzuschalten wieder hin zum Kühlschrank schlich –), die Gardinen blieben zugezogen, kein trügerisches Licht, keine Dämmerung ungebrochen, unverfälscht sollte zu ihr dringen von diesem alten=verbleichenden Dortdraußen..... Manchmal, wenn sie ins Badezimmer verschwunden war & die Tür zu ihrem Zimmer 1-Spaltweit offenblieb: Ein Dämmerschein in der Färbung von schmutziger Milch die in kaum unterscheidbar trägen Wellen heller & dunkler Grau über die Stunden vieler Tage hinweg das Zimmer=dort mit seinem diffusen Schimmer wie einen Bottich füllte, der umso kehrichtfarbener zu geraten schien, je weiter dieses Spülicht all-das Gift..... aufnehmen mußte. Denn diese Stunden&tage ihrer selbstgesuchten Zellenhaft in meiner Wohnung mochten ihr zu einer Entgiftung, zum Kalten Entzug, geworden sein, für sie so etwas wie ein inwendiger Bürgerkrieg, ein Aufstand ihres Körpers gegen Alles, was ihren Körper bis dahin bestimmend hielt.

–Dann bekam ich Meinetage – überall Blut (und erzählte mit jener Offenheit, mit der Frauen mitunter Details ihres Körpergeschehens zum verbalen Angriff benutzen) –Blut, das ich in Klumpen zwischen meinen Schenkeln spürte – es machte mir Lust, dieses geronnene Blut aus mir rauslaufen zu spüren. Und ich stank. Aber vielleicht wollte ich auch stinken – so wie ich bluten wollte –

So daß sie bei lebendigem Leib ihr Innerstes, all=jene durch Fremder-Willen vergifteten Eingeweide von diesem Milchlicht im Raum ergreifen & durchtränken ließ, als suchte sie sich=selbst tatsächlich in Vorbereitung auf eine jener halb religiösen halb kannibalistischen Zeremonien zu reinigen, was hieß, ebenjenes Innerste bei lebendigem Leib in unzählige dünne Scheiben zu sezieren, wovon jedes 1zeln ihr Eingefleischte aus jedem 1zelnen dieser von ihr abgetrennten Teile gesondert herauszuschneiden wäre –, & dazu bedurfte es der Skalpelle !unerhörter MUSIK; einer MUSIK, wie sie aus keiner Apparatur, aus keinem Lautsprecher jemals hätte kommen können. Das bedurfte noch ihrer eigenen Stimme samt dem Instrument ihres Körpers den sie (schien es) stets in völliger Nacktheit den derben Schallwürfen MUSIK ebenso aussetzte wie den rohen Zugriffen ihrer eigenen Hände – & sie jener wuchtigen, in höchste Formen gesetzten MUSIK ihre eigenen Schreie hinzugab; das Unartikulierte – Glucksen Rülpsen die Schluckaufs & Stakkati aus Stöhnen irr aufschwellend und tonlos zu Scherben zerschlagenes Lachen, und immerwieder SCHREIE – noch nie von ihr aus ihrem Mund gehörte SCHREIE – langanhaltend u tobsüchtig wie freigelassenes Wild – solange, bis ihre Stimme u gewiß auch sie=selber erschöpft zusammenbrach. Dann wieder Stille in dem kleinen Zimmer, immer jene bedrohlich hallige Stille wie sie um Ohnmächtige sich legt –. Und es dauerte stets lange, bevor von-dort die kurzen rauhen Scharrgeräusche des Lebens wieder herausdrangen, zu mir. (:Etliche Ordnungsstrafen waren schon zu bezahlen – :?Wie lange noch & Man würde uns aus der Wohnung rauswerfen.....)

Diesem Zimmergefäß in den Tagen&stunden aus Lärm & Wahn begann allmählich fad die Atmosfäre zäher Säuerness vermischt mit der Brodemwärme in 1 Krankenzimmer zu entströmen, heraus in die anderen Räume der Wohnung. Jene stockend schmutzigen Lichtwogen mit dem nun langsam herausgepreßten herausgeschwitzten, einst von Fremden über Jahre-hinweg verabreichten 1geflößten Lebensgift aus einem Menschen schienen nun auch die Atemluft der übrigen Wohnung zu sättigen, Stickluft breitete sich mit verdorbener Wärme aus. Obwohl (wie sie später erzählte) sie während dieser-Zeit entsetzlich fror wie Menschen nach schweren Verbrennungen, ihr gesamter Leib (meinte sie) lag als sei tatsächlich Allesleben in Brand geraten im Schüttelkrampf der sie ächzen ließ (und meinte damals, die Wände zu diesem verschlossnen Raum müßten wie vordem unterm Schalldruck der MUSIK nun in ebensolch dumpfem Pulsieren sich wölbend die Atemstöße übernommen haben, als seien diese Wände Haut geworden), während die Haut auf ihrem Körper erstarrt schien zu jener klebrigen Eiseskälte, wie das mit bloßer Hand die Berührung von Metall an hoher stechender Winterluft erspüren läßt –.– Und das war ja noch längst nicht Das Ganze gewesen, war lediglich der erste Teil in einer langen Entziehungskur von all-diesen Anderenmenschen; das Ende solcher Entziehung mochte in irgend fernen Jahren liegen. ?Vielleicht aber würde Soetwas niemals wirklich abgeschlossen sein – –

Ihr Gesicht noch ausgelaugt u bleich, als hätt 1 eng=schließende Maske über Langezeit hinweg dieses Gesicht zusammgepreßt gehalten: Ihr Körper war während der vergangenen Wochen beängstigend abgemagert, dürr, als bestünde sie 1zig aus fahlem, seltsam lang u zum Kinn hinab unnatürlich spitz zulaufendem Gesicht, so stand sie plötzlich eines späten Nachmittags in der weitoffenen Tür (das Zimmer hinter ihr schon im Finstern, wodurch ihr Kopf mit dem wirrborstigen Haar wie ein Wappen auf einem dunklen Fahnenstoff erschien, 1wenig schwankend als bewege Wind den Stoff dieser Dunkelheit). Auflodernd Nächteschwarz. Als hätten dunkle Flammen wie hinter geschlossenem Bühnenvorhang die Szene-dort=im-Zimmer ergriffen; eine Szene angefüllt mit Geschehnissen, sämtlich unausgesprochen, u: sie, meine Schwester, wie 1 Schauspielerin die, in solch Szene hineingestellt & ihr preisgegeben, in ihrer eigenen Geschichte den 1. rechten Satz nicht finden kann. So daß in der Zimmerstickluft, in dem Gestank einer Fieberkranken, jedes 1zelne Wort ihres Stammelns Stotterns Schreiens steckengeblieben wie unzerkaute Brocken in einer großen, nun stumm aufgerissenen Mundhöhle erschien – aus stumpfem Druckerschwarz dann die 1. Wörter, herausgebrochen wie Zähne aus einem Gebiß.

Die Frau bewegte sich nicht, stand still, blickte zu mir herüber. Doch jetzt, nachdem sie jene imaginäre Gesichtsmaske abgenommen hatte, atmeten die Poren frei, und mit jeder Sekunde=weiter kehrten die Lebensfarben in die Haut zurück. Auch schien sich nun ihr Körper wie 1 dünner Schemen aus dem finstern Hintergrund herauszuheben, als hätt er sich besonnen und wäre nun dem kreidigen Gesicht mit Augen im Fieberschimmern zu Hilfe gekommen, damit dieses Gesicht nicht womöglich zurückstürzen müsse ins haltlose Dunkel einer vergifteten Zeit..... Zum 1. Mal seit langem ihre Stimme, fest & klar, mit Nachdruck viel zu stark für diesen kleinen Raum auf der Bühne eines lauen Nachmittagdämmers: –?!Wo ver!dammtnochmal giebtz hier Was=Richtiges zu !essen. Ich habe !Hunger.

Fortan begann sie tagsüber nach-Draußen zu gehen, lief durch die Straßen (1zig Zögern vorm Betreten von Geschäften –, aber sie zwang sich dazu & kehrte stets mit vollen Plastiktüten Lebensmitteln zurück); das Haar, die wirrborstigen Strähnen, hatte sie abscheren lassen bis auf wenige Millimeter Stoppeln=kurz, diese färbte sie zu flammendem Rot, so daß ihre Kopfhaut im beständigen Glühen erschien. Dann, nach wenig Tagen, versuchte sie Bekannte von einst wiederzusehn, die sämtlich=arglos meinten, sie müsse längst *in Amerika* sein – :Deren Verblüffung beim ungeahnten Wiedertreffen, noch dazu bei ihrem veränderten Aussehn, konnte sie, meine Schwester, offenbar nicht aus dem Gleichgewicht bringen, auch ließ sie sich vermutlich nicht ein auf mühlradähnliches Wieder&wiederberichten über jene Vorkommnisse bei der verkorxten Einreise in die USA – : Sie war 1fach wieder da; ließ jedoch keinen Zweifel daran: !Nicht für Dauer, sondern wie 1 Reisende nur, die zwischen verschiedenen Anschlüssen lediglich 1-paar Stunden Zeit hat zum Aufenthalt für eine ihr aus früheren Jahren bekannte Stätte (deren Reiz von-einst jedoch war längst verflogen) –, hastig, kühl, zugig dieser Gestus, mit dem sie von 1 Ankunft zur nächsten Abreise zu eilen schien, und jene Stätten aus all-den Jahren=zuvor, niedergebrannt zu rissigen von Asche grau gezeichneten Konturen, glichen nurmehr erloschenen Feuern. Zudem sehr leicht durchschaubar heute all die darum hochgerankten Illusionen & mit jenem Anflug von Lächerlichkeit wie zum Verpacken zusammengestellte Wände & Zeltbahnen der Schaubuden auf 1 Rummelplatz, was in früheren Jahren von einer Jetzt nicht mehr nachvollziehbaren Attraktivität gewesen war –.– Besonders ihn, jenen älteren Mann = ihre letzte Affäre, suchte sie auf, doch stets & fein dosiert nur am Tage; vielleicht eher ohne recht zu wissen, tat sie damit !genau das-Richtige – –

Mit sinkender Stunde kehrte sie nach ihren Streifzügen durch die Stadt regelmäßig hierher zurück, um danach Stunden-über-Stunden an diesem und an den folgenden Abenden in meinem Zimmer nahe dem Fenster sitzend beim Erzählen zuzubringen. Mitunter schwieg sie plötzlich, unterbrach ihre Erzählung mitten im Satz, und starrte die von Dreck&regengriffeln schraffierten Scheiben an, als wären solch lichtgrauen, verwischten Mäandern die Wörter zu ihrer=eigenen Geschichte eingeschrieben, über die sie nur staunen könnte, sollte sie sie erzählen.

–!Eines aber !weiß ich seit dem Morgen auf dem Flugplatz. (Rief sie dann, stets an derselben Stelle jenes Rondos angelangt) –Und ich habe mir geschworen: Hier=in diesem abgewürgten Leben wirst du !nicht bleiben. Du wirst schon bald !sehr bald wieder Anlauf nehmen. Du wirst das=Alles noch 1 Mal, & !besser als zuvor, beginnen. Ich werde – –

Dann schwieg sie plötzlich, unterbrach ihre Erzählung mitten im Satz. Oftmals nach einem=jener plötzlichen Schweigen nahm sie ihre Erzählung nicht sogleich wieder auf; sie lachte einige Töne in dunklen kehligen Lauten od: sie stieg mit ihrer Stimme in diese Tiefen, mit der Frauen jene Berührungen registrieren, die sie unvermittelt das Zentrum von Lust am Monströsen empfinden lassen, damit so viele ertaubte Wünsche nach Abwechslung und Veränderung, nach Dem Aufbruch verratend. – Und als sie dann wieder zu reden begann, waren die 1. Laute ihrer Stimme, als käme solch Wörterbruch hervor, der Reisenden im Augenblick des Erwachens aus der-letzten-Nacht=daheim vorm Beginn der Großen Fahrt geschieht, dürres Silbengras aus Wüsten Traum herausgetrieben – und tastend im Dunkeln die schlafblinden Augen nach dem Wecker, die Fosforspuren zu entziffern (hoffend auf noch einige Stunden nächtlich hüllender Stille u Wärme in vertrautem Dunkel) –. Der Blick zur Uhr: Erschrecken !doch (& Frösteln auch sogleich) : Nur 2 !Minuten noch, dann schlägt das Hundewerk des Weckers an –. Die Nacht ist aus, ihr Schutz vorbei. Draußen windkalt u frisch aus Schummerdüster hellt Frühlicht auf zum Anderntag.

Jetzt hat die Spinne zum 1. Angriff sich entschlossen : als hätte sie das eigene Netz als Trampolin verwendet, schnellt der Spinnenschatten quer über die feinen Webfäden hin zu der gefangenen Fliege –, versetzt wie der Degenfechter, der seinen Gegner erprobt, dem auf&nieder hüpfenden Fliegenkörper nur 1 1zigen Stoß –, und kriecht danach behäbig in 1 Ecke ihres Netzes, als langweile sie die Verausgabung innerhalb eines längst entschiedenen Kampfes, wozu die nutzlose Gegenwehr der Fliege sie immerhin nötigt. Währenddessen zerrt & zappelt der Fliegenschatten mit der Heftigkeit aus dem kurzen Kampf immer weiter, so als müsse diese Fliege neben der wirklichen Spinne zusätzlich gegen das Fantom einer Spinne sich wehren, gegen die Spinne ihrer Angst.....

Langsam, als geschähe das mit präziser Überlegung, nähert sich der Spinnenschatten der jetzt wieder ruhig im Netz hängenden Silhouette der Fliege – und ebenso langsam beugt der Spinnenschatten sich über den der Fliege. Die gefangene Fliege, sie muß die Bedrohung durch die Spinne längst bemerkt haben, hält trotzdem still, wehrt sich nicht mehr – hängt, als sei sie vom Blick der Spinne erstarrt, ohne Bewegung unlösbar ins feinfädige Gewebe verstrickt –, der Schatten der Spinne legt sich über den Schatten der Fliege – gemächlich aber ohne Ausweg wie beim jahrmilliardalten Kreisen ein großer Planet 1 kleineren verdeckt – : Als würden Spinne u: Fliege nun 1.....

Vor den Türen zum Herbst, noch bevor die Blätter sich färbten, schienen Baumkronen u Sträucher den Blicken plötzlich durchlässiger geworden: Zwischenräume taten sich auf, die Bäume Sträucher rückten von-ein-ander fort u zogen sich in sich=selbst zurück. Als schrumpften insgeheim die unverändert dicht belaubten Äste u Zweige, sobald die Üppigkeit der in Grün & Wachstum schwelgenden Sommertage verschwunden waren. Nun zeichnete Aufbruch in die Gestalten, in die Bildnisse der Natur sich ein – Durchblicke Herbsthimmel, kalt schimmernd u grellweiß wie Schnittkanten durch Metall. Jetzt war der späte September in seinen besonnten Innenhof gezogen – mit buntem Laub zahlten Bäume ihren Tribut auf Asfalt, streckten helle Stunden sich im warmen Honiglicht durch Straßen hin. Bis vor wenig Wochen auf abgemähten Kornfeldern zurückgelassen das zu großen, walzenförmigen Rollen zusammengepreßte gehäxelte Stroh; diese Rollen, wild in die Felder verstreut als seien das Reste von Tempelsäulen auf einem Ruinen-Feld, wie letzte Zeugen verbannten Heidentums, herbstliche Gottheiten, roh aus Wurzelholz geschnitten & in dieser Unförmigkeit einzig Zeugnis gebend von ihrer unbedingten Notwendigkeit angesichts des tiefen sumpfigen Elends..... zu jenen Zeiten; Gottheiten & Götzen nun in einem ze-realen Himmel aus Stroh, und ihrerseits u für ein Jahr von den kurzgeschorenen Feldern verschwunden. Zeit auch der großen Spinnen, die aus Abflußröhren krochen, keine Netze webten, sondern wie schwarze magische Zeichen unvermittelt auf dem Emailleweiß in Spülbecken & Badewannen erschienen..... Die Lüfte mittagsstill sonnensatt u noch voll mit Düften, als wollte überalter Sommer aus solcher Luft noch einmal letzte Blüten treiben – ein leises ruhiges Atemholen im blätterherben Mittagslicht –, bevor in taumeligen Stürmen dann das Jahr in Schauern u Nebel sinken muß.–

–Hätte die Jahreszeit doch einen Sprung gemacht, wären diese goldflutenden Tage doch schon vor der Stunde meiner erzwungenen Rückkehr in die eisigen Regenwürfe, ins naßkalte Heulen dämmeriger, sturmverzerrter Stunden hineingestürzt – wenigstens !das hätte mir die Wiederkehr, wenn auch nicht grad erträglicher, so doch zumindest passender gemacht, als diese boskoproten Sonnentage. !Was für ein !Hohn (rief sie nur) – –dieses schön sich machende Zurückgelassne, Verlassene, das immer Herbstliche, alles Alte, das sein Herbstisches auch noch zu Feiertagen aufschwingt. Den ewigen, den in Nebel Eis u Hagel festgefrorenen November wünschte ich mir. Der hätte mich sogar den Anblick der Familie ertragen lassen. Wie Eine Mauer stand am Flughafen die Verwandtschaft. Nach jenem unseligen Familienfest von einst zum 1. Mal wieder vereint zu !dieser Gelegenheit: Vater & seine *Neue Lebensgefährtin* & Mutter samt ihrer *Schwesterfrau* & du, allerdings ohne deine ewig weg=läufige Gattin –:zum

?wievielten Mal war sie damals wieder von dir ausgekniffen, nach der ?wievielten Reunion, um gleich=darauf wieder die Fliege zu machen –, von Blumen- & Kranzspenden ist abzusehen (und ihre Stimme flackerte bös) –Hohn – Hohn – nichts als Verhöhnung (rief sie) – –die ernsten=besorgten= Hilfe=Zuspruch anbietenden Gesichter – :aber ?!welche Gesichter hättet ihr auch machen solln : Du hättest sie nicht hinkommen lassen dürfen auf den Flugplatz (sagte sie) –ihr hättet mir Gelegenheit lassen solln, mich zurückzuschleichen wie ein Schwindler, wie n ertappter & verprügelter Dieb & Einbrecher, der, vom Großenschatz-im-Tresor träumend, dabei schon am Aller1fachsten, dem Aufbrechen der Vorgartentür, gescheitert ist –:!Nein (wehrte sie sich jedoch augenblix selber ab) –!Neinein. Es war doch !gut, daß ihr=Alle gekommen ward. Euer Anblick=damals in den 1. Minuten auf dem Flugplatz wars, der mir letztendlich gesagt hat: Hier wirst du !nicht bleiben. Du wirst schon bald !sehr bald wieder Anlauf nehmen. Du wirst das=Alles noch 1 Mal, & !besser als zuvor, beginnen – –

–Aber (so begann sie) –es war nicht einmal das Ganzandere, das ich Damals bei meiner ersten Reise mit ihm – (jenem alten Stationsarzt, ihrem Geliebten) – –schon während dieser zwei Wochen **New York** gesehen habe, und dieses Mal wollte ich nicht nur sehen staunen und vorübergehen –: Nein: !dieses Mal wollte ich *!bleiben*, selbst *!dazugehören* –: Darauf hatte ich mich gefreut wie ein Kind zur Bescherung. Und mit-1-Mal konnte ich begreifen, !weshalb damals, paar Monate nach dem Verschwinden der-Mauer, in diesen Tagen&nächten ohne Übergang ohne Grenzen im Brandungsschaum aller Wirklichkeiten als mit 1 Stundenschlag Müdigkeit Niedergeschlagenheit u Schlaf aus den Körpern wichen als seien ebendas jene Vampire aus vergangenen mulmiggrauen Jahren gewesen die nun, ihrerseits zu lange vom fremden Blut am Scheinleben gehalten, die Rückkehr in Moder u Finsterness verpassend, in Bunt&blendlichtern aus neu eröffneten Sonnen verbrennen mußten; !weshalb also in einem dieser Tagenächte du=all-1, plötzlich, von 1-Stunde-zur-andern, nach Tegel mußtest um den nächstbesten Flug nach New York zu kriegen –

– – Die schweren nassen Schneeflocken eines Märzabends noch auf dem Mantelstoff, mich selbst hineingestellt in den Torus des Flughafens Tegel in die Plasmaströme Menschen & Gepäck ohne Halt vorangetrieben mit der Beschleunigung aus Magnetfeldern fern in der-Welt liegender Wünsche & Ziele (mir wollte auch jetzt nicht gelingen Ich zu sagen, erst recht nicht im Hier u Jetzt eines Flughafens in dieser neu gesuchten, neu über mich gestürzten Fremde mit dem Hineingerissenwerden in die Stromschnellen aus einer Ganzenwelt –), im Gehirn jenes Flirren Zittern Knistern wie unter tief zur Erde herab sich senkenden Starkstromleitungen, dessen elektrische Felder noch die winzigsten Nerven Muskeln & Sehnen erfassen & in ihr oszillierendes Taumeln versetzen, der Schnee auf Kleidung u Haar längst zu schillernden Wassertropfen getaut, und jetzt auf dem Flughafen erneut wie vor Monaten nach dem Aufbrechen der Berliner-Mauer beim 1.–Mal-Hinüber das Empfinden von Starrheit, von eigenem Stillstand, während Alle=Umgebung unter Lärmen Stimmen Lachen u Geschrei Böllern Polizeisirenen & Glockenläuten hallend schlurfend grollend in wirbeligen Turbulenzen auf unsichtbaren Karnevalswagen drapiert an mir vorübergezogen wurde, ?od: war es nur weil die-Erde sich dreht & somit der-Westen vorüberkommt, diese über Jahrhunderte-hinweg gegen soviel Torturen Eisen & Feuer behauptete Theorie einer sich drehenden Erde, zum 1. Mal !jetzt wenn auch verschwommen !sichtbar durch wirkliche, eigene Tränen hindurch als !Tatsache Das zu erblicken : ?Und waren das danach wirklich neun vergangene Stunden im Düsengelärm eines Überseeflugs tausende Meter überm langsam erblauenden Schwarz einer Himmelshöhle – ?und war der in Böen schwer herabschlagende Schneeregen, der mich dann empfing am Ausgang vom Kennedy Airport, ?derselbe Schneeregen dessen Flocken tauend mir gefolgt waren wie Träume überallhin folgen können vom einen zum andern Ende der Nacht – ?od: war !Das ?wirklich: der grauschimmernde Bus, hinterm Lenkrad ein gutmütig blickender & geduldig alle dahergestolperten Fragen beantwortender Fahrer, ein noch nicht alter Mann, ein Schwarzer, dessen Körper die Uniform & den Fahrersitz mit einer Selbstgewißheit u Ruhe-in=sich ausfüllte, als sei !er=allein dazu auserwählt, diesen Bus in heftigen Beschleunigungen einer kurvenreichen Strecke durch die öde Endlosigkeit der Flughafengefilde von Station-zu-Station gleiten zu lassen, bis ich, in Taumel&trance einer Gruppe anderer Reisender folgend, mich unter neu einsetzendem Schneeregen inmitten nasskalt schmeckender Windzüge den Bahnsteig von Howard Beach entlanghasten sah (gar keine Zeit keine Aufmerksamkeit dafür fand, daß !Jetzt&hier ich zum 1. Mal seit ?Wielangerzeit zu mir=selbst Ich hatte sagen können), stolpernd den Tragriemen der Umhängtasche von der Schulter rutschen spürte, in der Ellbogenbeuge blieb die Tasche pendelnd hängen, schlug schwer gegen die Kniescheibe & zerrte wie die Ungeduld selber am Ärmelstoff des Mantels mich voran den lärmend & krachend einfahrenden Blechwaggons der Subway entgegen. »A« las ich auf dem runden blauen Schild im Fenster des 1. Wagens und »168 St Broadway« im Sichtfenster neben der Tür –:Schmerz wie von 1 inwendigen Messerschnitt fuhr durch meine Kehle u das Würgen wie von anströmenden Tränen : !Das war doch !Ich : Und ebenso Stunden später auf der Aussichtsplattform des Empire State Building: 1 Stück Papier von 1 Zigarettenschachtel warf irgendjemand durch die Maschen & Stäbe der Absperrungen – zuerst schwebte das helle Stück Papier fast bewegungslos über dem Abgrund, dann griffen die Luftströmungen um das Gebäude zu und, vom Sog erfaßt, schoß das kleine Stück Papier im senkrechten Fall direkt in die bizarren Täler aus Häusern hin-1, in diese bewohnten ocker&rußfarbenen Stalagmiten, u jeder 1zelne 1 gewesener Sieg – und ich sah das helle Papier von einer speziellen Gravitation gepackt, wie ein schweres Projektil hinabstürzend u hinein direkt in den Mittelpunkt-der-Welt. : !Das=Alles war doch !wirklich – !ich habe Das gesehen – aber mein neu gewonnenes Ich aus der 1. Stunde in **NEW YORK**, mein Ich aus Schnee, es schwand bei der Rückkehr nach Berlin wieder von mir wie einst die schmelzenden Flocken aus denen es gekommen war – –

Und dann vom Geschmack der brennendblauen Schärfe der ersten Frühlingstage in **NEW YORK** hätte sie erzählen können, über die Vielzahl kleinster Details, die aus dieser weißen Luft herausgeschnitten sind u den Raum ausfüllen, bis hin zu den Posen & Uniformen der Polizisten – jede 1zelheit eine Folge von Mehrfachbelichtungen, die allesamt hier & jetzt aus Erinnerungen & Filmen immerfort aus dem Gehirn & den Kinoleinwänden heraustraten – 1 déjà-vu nach dem anderen –, –das (fügte sie in Erzählschwung gekommen, mit fremdartig intonierter Stimme als wolle sie jemand Anderes nachahmen, hinzu) –das macht jenen Realismus der-Amerikaner aus, und auf den hatte ich mich tatsächlich wieder gefreut wie zur Kinderzeit auf den Weihnachtsabend. Denn (hatte sie gemeint) –die-Amerikaner benutzen in ihren Filmen ebenso wie in der Präsentation ihrer Künste Wirklichkeit nicht um sie zu deuten, sondern um sie zu !zeigen. Genauso in Ausstellungen die Bilder u Gemälde : !Die werden ausgestellt u: nicht wie hierzulande Wichtigtuerei & Eitelkeit des Veranstalters. Die !Bilder sollen !gesehen werden u: nicht erklärt. Daher ist deren Realismus *wirklicher* als jeder akademisch gesiebte Realismus in Europa – (ihr Arm vollführte eine ausladende, ins Unbestimmte gerichtete Gebärde, sie sprach dann langsamer, mit 1dringlicher, noch immer mit jener fremden, anderen Stimme weiter:) –Denn der Realismus der-Amerikaner ist rein mythisch, vorgeschichtlich, sich=selbst präsentierend. Und (mußte sie dann ebenso langsam, 1dringlich mit jenem geborgten Stimmengestus weiterreden) –nicht wie in Europa, um durch sich etwas Tiefes, Doppelbödiges, eine verborgene, soziale Wahrheit zu *!re*-präsentieren..... Sondern: Der falsche Glamour Amerikas ist viel *echter* als die Suche nach dem Wahren im Falschen Europas. (Und nach kurzer Pause, als sei sie über den Klang ihrer eigenen Stimme soeben aufgewacht, unsicher geworden:) –Aber – eigentlich – das=Alles sind Gedanken & Formulierungen gar nicht von mir : !Seine Gedanken..... !seine Sätze..... – u wahrscheinlich hat das=Alles auch irgendwann einmal !er..... gesagt. Und nicht genug !damit, daß er, dieser Schauschpieler=dieser Verrückte, jetzt wieder in=mich sich 1zunisten beginnt (mußte sie zornig in Fahrt gekommen loslegen) –das–Alles könnte ebensogut auch !Vater gesagt haben. !Ausgerechnet Vater: daheim vor seiner Staffelei auf dem Dachboden – Vater, dieser – (sie wurde noch unsichrer, nervöser) –ich muß ihn – muß ihn lossein..... 1=für=!Allemal. – Und es blieb unklar, wen sie meinte: ihren geschiedenen Mann od unseren Vater.

Denn sie beschwor !dieses Mal nicht das viel zu oft schon wiederholte, aus der Erinnerung heraufgezerrte & von Mal-zu-Mal denselben nicht ermüdenden Schmerz hervorrufende Bild des alternden Mannes, unseres Vaters, in dem langsam verfallenden Jugendstilhaus, dem Haus unserer Kindheit und der-Jahre-danach in Dresden. Das Bild eines Mannes, der, je nach seiner momentanen inneren Verfassung, korpulent od dürr wirken konnte; von dem jedoch mit den-Jahren stärker, zwingender werdend der Eindruck entstehen mußte, er habe sich jenem lautlosen unaufhaltsamen Zerbröckeln überlassen, genau wie das für den nun allein lebenden (vielmehr all-1 zurückgelassenen) Mann viel zu groß geratene Haus, das ihn barg u verbarg wie der Bau ein Tier im Wald (ein ausgesetztes und nun längst verwildertes, ehemaliges Haus-Tier) – –Vater, dieser – und sie führte auch beim 2. Mal ihren Satz nicht zuende, womit sie jenen Mann zu bezeichnen suchte, der, nachdem die Jahre gewissermaßen seiner Lebensnützlichkeit als Dozent an der Kunsthochschule vorüber waren, während des Fortlaufens der Lebensjahre seiner (wie er das einmal genannt hatte) einstigen Domestizierung weiter und immer weiter entrückte, sich selber stehenließ, so daß er zum Ende dieser durch- & überstandenen Jahre..... ohne große Störungen auf seinem geräumigen, von Staub & künstlichem Licht erfüllten Dachboden im Geruch der Ölfarben 1fach in Vergessenheit geraten konnte. Und genau wie des Vaters Bilder, die er seither malte in dem seltsamen, zu ihm=selbst=allein gehörenden Ablauf von Tagen&nächten, und die, 1 Mal von der Staffelei genommen & in einer der ferneren, staubgrauen Ecken & Spinnwebwinkel des Dachbodens abgestellt, er kein 2. Mal je wieder hervorgekramt und angesehen haben mochte, genauso rührte auch sie jetzt nicht an jenem An-Blick von vor beinahe zehn Jahren, als er, unser Vater, eben erst damit begonnen hatte, unterm Balken- & Sparrenwerk des Dachbodens sich immer häufiger u immer länger aufzuhalten, nachdem seine Frau (unsere Mutter, damals schon über die Vierzig) nach einem solangen-Leben mit & neben diesem Mann, beschlossen hatte, plötzlich von 1-Tag-auf-den-andern (so zumindest erschien es uns u gewiß auch ihm) mit einer uns fremden Frau, ihrer Freundin, zusammenzuleben. Das heißt, diese Freundin, ebenfalls wie unsere Mutter Ärztin, lebte damals noch in Westdeutschland – die beiden hatten sich auf einer Vortragsreihe in Dresden kennengelernt, einer Veranstaltung, zu der auch westdeutsche & Ärzte aus anderem Ausland eingeladen waren; beschlossen also sic beide, unsere Mutter u jene Fremde aus Bochum, u jede für=sich, alles familiär Bisherige stehen&liegen zu lassen – wegzulaufen wie Teenager – und zusammenzuleben in für alle-Umgebung zweifach unverständlich=skandalöser Weise: in einer lesbischen Lebensgemeinschaft, wobei – und das blieb das !Unerhörte, das Anrüchige & das Verdächtige..... bis auf den heutigen Tag – wobei also damals die West-Frau zu ihrer Freundin in den-!Osten..... übersiedelte.

Gewiß, diese immerhin ungewöhnliche Tat, aus dem-Westen in den Ostteil Deutschlands zu übersiedeln, geschah aus ähnlichen Gründen, aus denen so manch links=liberal=sozialistisch gestimmter (zudem mittlerweile nicht eben unbegütert gewordener) Mensch im alten Westteil Deutschlands, seine Herkunft aus jugendlichen Bruchkantenexistenzen der 60er 70er & 80er-Jahre – APO SDS Sponti Hausbesetzer Ökologen & all-jene übrigen politisch gezeichneten Szenen & Nischen –, seine politischen Sympathien & Wunschprojektionen jenem Land im-Osten zugewendet hatte, mit ähnlicher Verklärung, wie ein Großteil der im-Osten..... lebenden Menschen verschleierten Blickens auf die angenehm farbige, zu Jederzeit sowohl überschau- als auch wieder verlöschbare Oberfläche des Fernsehbildschirms, mit dem Rückenwind aus den Werbespotts, die allabendliche Landesflucht-in-der-Wohnstube vollführten (:dabei zuweilen sogenannte West-Begriffe wie bunte Legosteinchen herausgeklaubt – *Arbeitnehmer Plastik Supermarkt* –, um fortan voll kaum verhohlenen Triumfes, mit dem unterschwelligen Empfinden von Verruchtheit & Widerständlerei, vor Kollegen od: unmittelbar Vorgesetzten diese Fundwörter zu placieren, ähnlich jenen Bierbüchsen & edlen Schnapsflaschen daheim im Allerheiligsten der Schrankwand-Vitrine, zu bedeuten, daß auch diese Ecksistenz für 1 Kurzes der Engel-des-Westens mit 1igen Flügelschlägen gestreift hat –).

Und noch einmal jetzt all=diese Fotografieen, Schnappschüsse aus der Deutschen=Prowinz, auf denen längst Staub zu kleben begann wie auf ruhenden Steinen Moos –, Steine, die, sobald sie umgewendet wurden, in den Senken im weichen lichtentwöhnten Boden jenes Wimmeln unzähligen Lebens, schreckhaft & bleich, offenbar werden ließen; so alltäglich u im Alltag so vergessen wie je das vermeintlich Bekannte, Gewöhnliche, und im Entgleiten eigener Lebensjahre liegengelassen und schließlich verdrängt, vielleicht aus jenen unbestimmten Ängsten heraus, das-ganze-Leben=selbst möge zu solcher Bleichheit ohne nennenswerte Form zum unansehnlichen Stückwerk verfallen sein.

In Innerstes Hinabgesunkenes, das !so als *nicht haltbar* erschienen war, und an dessen äußersten, obersten Spitzen wie verblaßte, strohharte Blüten ohne Duft als Staubfänger nun jene Fotografien erschienen, die mir der Zufall einesabends wieder in die Hände spielte, als die-Mauer verschwunden war u auf der Anderen Seite plötzlich Menschen sichtbar wurden, gewissermaßen an-gleicher-Stelle mit mir, ihre Jahre abgelaufen waren jenseits vom Beton, gelebt Dort im & durch den gleichen ver!fluchten Reißwolf jener=Zeit & getrieben durchs Alltag's Unkraut zwischen Verweigerung & Muß –, und wir uns desöftern zu manch Gelegenheiten erstaunt die Augen rieben angesichts von soviel ungleichen Gemeinsamkeiten. Kurz, Fotografieen also von jenen Menschen, die zu Hoffnungsvollen, zu radikalen Sanften geworden & ein Gebilde, das sie als DAS-SCHWEINE=SYSTEM zu nennen gewohnt waren in seiner als rabiat empfundenen Funktionsweise langsam, stetig wie der-Tropfen den Stein zu durchlöchern, poröse zu machen suchten, um all jene Kräfte, die (meinte man) DEM-SYSTEM zum Funktionieren auf diese Weise verloren gingen, in eine letzthin als *Lebensqualität* der-Gesellschaft verfügbare Existenzform zu verwandeln. Indes (mußte man sehen) Stein blieb Stein, wenn nicht ganz genau der alte, dann eben Stein in einer anderen Form..... Und jene solcherart Enttäuschten – gewiß zählte jene Fremde aus Bochum dazu –, mußten irgendwann erleben, daß ihre Langsamkeit, ihre Sanftheit im Porösemachen vom Gebilde *System* ohne weiteres einverleibt & daraus eben andere, letztlich jedoch gleiche Funktionen DES-SYSTEMS entstehen konnten; übertrugen nicht eben wenige ihre daraus folgende Enttäuschung vom Gang-der-Dinge&jahre in ihrem Halbteil Deutschlands nun in Sympathie gegenüber jenem anderen Gebilde im-Osten=DeDeR..... : Abneigung gegen sowie Verachtung für das bestehend Gewordene im-Westen (& jene verachteten mit ähnlicher Inbrunst, wie Frauen untereinander sich verachten können, weil das Wissen von der anderen Gleichen zu groß, zu umfassend und letztlich so enttäuschend ausfallen muß wie der Blick in den Mechanismus 1 Theaters, hinter die in Glanz & Helligkeit hergezeigten Ausschnitte einer Bühne). Solch Unzufriedenheit & Verachtung also ließ jene=Enttäuschten in ihrem Habitus ungewollt Etwas nachzeichnen, das vor Jahrzehnten – und noch mehr Fotografieen u noch mehr geronnene Zeit –, in der Generation ihrer Väter=im-Nach=Krieg, schon einmal in deren Beziehung zu Hitler u: zu Stalin erschienen ist: Je größer die Untaten des Einen, desto weiter entschwanden die des Anderen aus dem Blick, weil, was dem Einen Völkermörder als Epitheton anhaften sollte, mußte daher beim Andern umso heftiger in Abrede stehn : Stalins Waagschale stieg mit jeder Tat Hitlers weiter in den lichten Himmel der Unschuld hinauf – :Die Hexenwippe der fatalen Propaganda. Die Verachtung vor dem Einen verführte zu Hoffnungen u Blindheit gegenüber den Un-Taten des Andern..... Und durch die Tatsache, daß die hitlersche Diktatur den Maßstab für das Absolute an Schrecken an jegliche der hitlerschen folgenden Diktaturen nachreichte, können fortan die Apologeten jener Nachfolger, mentaliter vom selben Schlag, höhnisch ihre eigene Unvergleichbarkeit mit dem Vorläufer behaupten, indem sie bis zum heutigen-Tag vorrechnen, es ja nicht so weit wie Hitler getrieben zu haben. Wobei ihr Argument vergessen lassen soll, daß ebenjenen kleinen Hitlern im-Osten & in der DeDeR zu ihren Maßnahmen – begonnen mit dem Bau von Internierungslagern – lediglich & als !1ziger Grund fürs Ausbleiben ihrer Gleichheit mit Hitler nicht genügend Zeit..... zur Verwirklichung geblieben war.–

Und, im Unterschied zu den-Vätern, bei jenen radikalen Sanften, den Enttäuschten=Heute hinzukommend insgeheim das hartnäckige Nichteingestehnwollen des eigenen, im-Lauf-derselben-Jahre langsam, unmerklich vollzogenen Hinübergleitens in die-Arriviertheit, mithin zu jener Kategorie Menschen – dem *Establishment* – dem die tiefste Verachtung & aller Gegendruck seinerzeit gegolten hatte –.

In dies Verhaßte also sie=selber durch eigene Lebensführung Heute sich hineinmanövriert finden müssen & somit – ob gewollt :od nicht – 1=jener Zugehörigen zur sanftlinks= saturierten Kamarilla darstellen, die nunmehr seit Jahren diese als *öffentlich=rechtlich* apostrofierten Institutionen

– Redaktionen von Illustrierten wie von Verlagen sogenannt großer Tageszeitungen Rundfunk&fernseh-Anstalten Schulen & Universitäten – im clanmäßigen Bestreben durchsetzten & durchdrangen, mittlerweile als Selbstverständlichkeit..... & naturgemäß mit Erfolg installiert haben (denn letztendlichen Triumf hat immer nur das-Mafiose) : (Indes bei jenen gegenüber der uneingestandenen Selbstverachtung nur eines die noch größere Verachtung hervorzurufen imstande ist, nämlich Verachtung gegenüber *Alljenen-aus-Früherentagen* die *Es nicht geschafft* haben, entweder aus eigener Entscheidung od: 1fach aus Unvermögen. So daß hieraus jene Art Mißtrauen erwuchs, wie das nur aus innigem Wissen sowie aus dem heute peinvollen Erinnern rührte, einstmals sich=selbst mit Enthusiasmus & tiefster Bewunderung in ebendiesen Anderen versetzt zu haben – :die Verachtung des Hof-Hundes für den Wolf.....). Denn, wie jeder wissen kann, teilt das-Schicksal offenbar jedem einer Avantgarde Zugehörigen ironischerweise im Avant der eigenen Garde auch den unspektakulären Verrat, das lau Reaktionäre zu (es sei denn, dem Betreffenden habe ein glückliches Schicksal den Tod-zur-rechten-Zeit beschieden. Viele aber überleben ihren Tod u: leben fortan 1 Leben..... als unkrepierte Tote weiter –). Bei solch Zwiespalt also nur mittels Wohlleben all-jene Risse dürftig bandagiert – denn aus Bruchstücken geleimt auch das Saturierte: zumeist aus mediterranen Zitaten aller Art, seit einigen Jahren kommen die nordamerikanischen hinzu: Das künstlich fremdtuerische Genuschel & stakkatomäßige Geredeholpern durchs Deutsche wie einst in den 50ern die Schlagersänger, dazu die akzenthaft tänzelnden Zuckungen mit den Unterarmen –; daheim dann all=jene Auftritte in Bars Cafés & Pizzastuben, worin sie beharrlich Situationen herbeiziehen, um mit Kellnern lauthals italienisch französisch od amerikanisch zu reden – diese Gerede-Brocken sich-selbst aber insbesondre den anderen immerfort herzeigend wie Schnäppchen vom Sprachenschlußverkauf, dazu begleitende Gesten, die sie dann für *mediterrang*, für *orritschinell ämerrikänn* erachten – :deren 3.

Auge also starr gerichtet über die atlantische Mauer –, dahinter das Fleisch der Träume..... Ein weiches Nachgeben, ein schlaffes Einverständnis mit dem starken Anderen, Sichinfizierenlassen, weil Auflehnung gegen DAS-SYSTEM letztlich die Bestätigung DES-SYSTEMS ist so, wie der-Verbrecher immer nur DAS-GESETZ bestätigt.–

Darüberhinaus in besondrer Weise verstandesvoller, bis zur Glanzlosigkeit arbeitsam im Praktischen hatten längst jene Menschen sozusagen auf-der-Anderen-, auf der SYSTEM-Seite sich erwiesen, denen alles Schwärmerische fremd, alles moralisch offen Insistierende eher unangenehm frivol & pubertär erschienen war; jene Unauffälligen, deren Denken und Handeln vermutlich schon im Kindsalter eine=gewisse praktische Penibilität & Gedankenruhe prägte; und, ohne der Verführung zum Zynismus der Staat's Träger od nur der Rechthaberei zu erliegen, waren das in Späterenjahren oftmals, wie der Anschauungsunterricht lehrte, dann jene Menschen, die mit der unerschütterlichen Geduld der Sammler & Restauratöre den Konvoluten lautstarker Forderungen und skizzierter Ideen nachgingen, nachdachten ohne jemals die Leidenschaftlichkeit alles Bruchstück- und Skizzenhaften an Ideen jemals auch nur erahnen zu wollen od zu können. Aus Ebendiesem aber einen Extrakt zogen und schließlich Neues, wenn auch unter veränderten, wenig schillernden Etiketten, mitunter !tatsächlich ins öffentliche-Leben einbrachten, weil (wie sie vielleicht sehen mochten) der Kern alles Neuen das Konservative, wie der der Moden das Tradierte ist. Und das geschah dann zu Zeiten, als die Stakkati der Demonstranten in den Hörsälen & auf den Straßen längst mitsamt der Jugendlichkeit ihrer Rufer verhallt und unterm Regen-der-Zeit & der-Moden davongeschwemmt waren –.

So daß ebenjene einstigen Rufer durch solcherlei Anschauungsunterricht in jahrzehntelangen Abwehrgesten sachte & im zweifachen Sinn beinah unauffällig widerstandslos geworden, nun im matten Ein&niedersinken bereitwillig sich öffnen dem Allgemeinen Konsens Transfer & der-Werbung..... Ein allumfassendes Effeminieren der geschlechtslosen Art, ihre hausgebackenen Gebärden mit dem Salz der fremden Sprachen zu würzen..... Sich selbst geschmacklos Fremdgemachtes, und was vom wirklich Fremden bleibt: katzensilbrige Lebensgestik, die fremden in trauriklaunsmäßige Mimesis hin1gestellten Leben's Weisen zu implantieren gesucht derart, wie Subbürger & Proleten überall=Aufderwelt nach dem Jahresurlaub all den mitgeschleppten Andenkenkram in ihren abgemieteten Zimmern zur Schau stelln als seien das bereits Grabbeigaben für die eigenen Totenkammern. Menschen auf der Echoseite vom Wir-sind-wiederwer –; der Höhlenruf aus rauhkaltem Felsgebirg in schuttenträumte Städte *LSR- & leichenfrei* geschlagen – :und der kurze Antwortschall Wer-sind-wir-denn, 1 Blechruf, 1 abgesprungne Radkappe vom *Mercedes* scheppernd quer über den Asfalt – haute diesen Menschen die Beine weg –. Und nun jene blassen, duftlosen Blüten voreilig zur Frucht getrieben, Menschen wie herabgefallenes Obst, noch vor der wirklichen Reife, durch Wind&regenschlag verfrühten Herbstes gefallen, Äpfel im Gras, Fäulnis u Unreife in=1, während rückkehrend Sommerschwüle die Wiese mit jenem Fallobst, vom Summen aus Insektenscharen überdeckt, allmählich süßlichen Gärgeruch ausschwitzen läßt –.

Durch solcherart Wohlleben, in *2-Auto-&-2-Kind-Ehe m. gemütl. Eig.heim*, zudem *unkompliz. Paar 45/49, sie leicht bi, sucht ebensolch. Paar (auch einz. D., H. angen.) m. Sinn f. all. Schöne, bei geg.seit. Symp. PT u. GS, auch Dauerfrd.schft. erwü., kein anal od. MS/NS, 100% Sauberk. u. Diskret.*, letzthin vorübergehend stumm zu kriegende Klemme also brachte einen Gutteil dieser Menschen im-Westen dazu, jenem Gebilde DeDeR mit all der eigenen=unerfüllten Sympathie zu begegnen – denn in der-Welt=Vollerübel vermutet man das kleinere Übel immer dort, wo man selber !nicht zu leben hat & man erhofft Ab-Hilfe stets von solchen Verhältnissen am meisten, die man am wenigsten hat erleben müssen –.

Und diese als Ärztin im Lauf ihrer Jahre durchaus nicht ohne selbst=verdientes Vermögen gebliebene Frau aus Bochum tat mit ihrer Entscheidung in die DeDeR..... zu ihrer Freundin überzusiedeln, allerdings Den-Einen-Schritt, den im-Westen alljene halb&heimlichen Sympathisanten-mit-der-DeDeR !niemals !ernsthaft auch nur in Erwägung gezogen hätten : Insbesondere zwei Stützen des Selbstbewußtseins & der Existenz – DeMark + Reisepaß – aufzugeben, und danach *rüberzugehn in den-Osten*, in die DeDeR..... 1 Ostbürger unter Ostburgern zu sein.

Konnte doch in jener DeDeR – scheinbar – ein=gewisser Sieg Triumfe feiern: Der Sieg der-Parole über den Dreck-des-Alltags..... :Eine !Illusion, sollte sich zeigen, eine Metafiesik, grandios blendend laut & hinterhältig banal. Eine eisige Theatergroteske, deren Szenen sämtlich während Bombenangriffen & Kriegsgedröhn im Operationssaal eines Bunkers spielten, dort mit Emsigkeit werkende Menschen an reihenweise aufgebahrten Patienten ununterbrochen Eingriffe an offenen Herzen vornahmen, die allesamt, sobald das rhythmisch zuckende Organ freigelegt war, 1-ums-andere-Mal abgebrochen, aus Mangel an Verstand od Zeit, od: 1fach nur aus Überdruß am Fortführen der chirurgischen Handgriffe beiseite & liegengelassen wurden – um mit demselben Eifer sogleich auf die nächste Operation sich zu stürzen, jene bekannten Skalpellschnitte in den Brustkorb zu tun, die nötigen Rippen aufzusägen, das Herz freizulegen, um damit ebenso zu verfahren wie mit all den Patienten aus früherer Zeit – : Ein Saal in der Fleischfabrik voll hektischer aber hilf- & nutzloser, letztendlich nur grausamer Betätigung..... Denn ein dämonischer Verdacht stellte seit langem sich ein, wonach nämlich einzig an jenen Operatören seinerzeit diese Eingriffe wirklich zu=Ende ausgeführt worden waren. So daß aus jener Bunkergroteske, worin Zuschauer & Aktöre im-Lauf-der-Jahre längst zu 1-&-derselben Kategorie zu verwertender Mengen Fleisch geworden waren, durch solcherart blindgestellten Bürgerkrieg zum Schluß scharenweis Verstümmelte hervorkamen; jene, denen Niemand ihre spezielle Verstümmlung ansehen konnte: die Herzamputierten – –

Wozu jene mit unserer Mutter etwa gleichaltrige Frau, um in den-Osten..... überhaupt kommen zu dürfen, sie, neben einer Unzahl anderer, aus Mißtrauen Häme & Boshaftigkeit bestehender=erniedrigender Formalitäten, im-Osten schließlich angekommen, zunächst für sechs Wochen in eines der Auffanglager für Westaussiedler gesteckt wurde, worin ihr, wie sie einmal erzählte, sofort ab der 1. Minute klargemacht wurde, daß für sie (u somit für beide Frauen) von-nun-ab *Privatsfäre* nicht mehr existierte – : – Bücher, Briefe, Tagebücher wurden ihr abgenommen, von Schreibtisch-zu-Schreibtisch weitergereicht & damit jedem zugänglich gemacht. *Man hätte* (erzählte einst die Frau) *was in meinen Briefen & Tagebüchern stand, getrost über die Lagerlautsprecher ausrufen können, der Verrat wäre derselbe geblieben.* Weder Besuchsempfang noch Telefonanrufe waren erlaubt, ihre Wäsche wurde regelmäßigen Inspektionen unterzogen (so als müßten Slips, Büstenhalter, Hemden & Toilettenartikel, selbst die benutzten & weggeworfnen Tampons, von einer *schwulen Arztschickse* (wie die lagerweite Sprachregelung ihr gegenüber galt) geradezu prädestiniert sein für Schmuggel, Spionage & andere sinistre *Wühlarbeiten & Machenschaften* einer *Eingeschleusten* gegen dieses Land DeDeR.....) – :Solch Verdacht stand bei den Lager&verhörbeamten als pure Tatsache ohne jede Chance auf Widerrede fest; jedes Leugnen bei den Verhören galt zusätzlich als Bestätigung dieses Allumfassenden Verdachts – AUF-DIE-SCHLICHE-KOMMEN, DIE-TARNUNG-DES-FEINDES-ZERSTÖREN & DIE-MASKE-RUNTERREISSEN – :Vermutlich allein !deswegen & immerwieder die-Verhöre. Unzählige, längere kürzere niemals enden wollende Verhöre zu allen Tag&nachtzeiten, & stets in derselben Steinbaracke, hinter 1 der zwölf Türen, die den langen Flur entlang die Wände zu beiden Seiten in regelmäßigen Abständen unterbrachen, & über jeder Tür in Flurmitte an dünnem Metallrohr hing jeweils eine große fleckige Porzellankugel wie der Augapfel eines Leberkranken herab, eierschalgraues Licht glomm in der ölsatten Bohnerwachsluft die unter den Ritzen zwischen Tür & Linoleum aus den dahinter befindlichen Amtszimmern herauszuziehen schien. Und immer hieß es Warten – warten vor 1 dieser Türen –, die irgendwann von-innen geöffnet wurden wie ein Mund beim Gähnen. Und dann war Eintreten in scheinbar immer denselben Raum, drinnen wie Mundgeruch stockende Luft, 1 Raum wie 1 Schachtel mit Wänden aus priembraunem Sprelacart (ein Holzimitat aus Kunststoff, das die Frau zum 1. Mal in diesem Auffanglager des-Ostens sah); 1 Raum, flach, scheinbar ohne jegliche Ausdehnung u Tiefe, nur aus Pappdeckel zusammengeklebt, darin alle Stimmen noch bevor sie klingen konnten, abgewürgt, wie hinter vorgehaltner Hand durch klebrige Finger hervorgepreßt erschienen; Wörter, die gleichfalls klamm schwitzig & schließlich 1zeln dann wie durchnäßte Bierdeckel aufs Linoleum patschten. Diese Räume, hatte die Frau erzählt, die erst beim 1tritt aus der 2dimensionalität der Sprelacartplatten sich herauszuheben schienen und in ihrer Immergleichheit zunächst harmlos, nach Gewisserzeit beinah vertraut wirken konnten *wie jene Märchenbücher für Kinder, die beim Aufklappen der Seiten eine ganze Landschaft mit Häusern Bäumen Tieren u Pflanzen sich entfalten ließen – :Daran mußte ich blöderweise denken*, sagte sie noch. *Allerdings, die Illusion des kindlich Harmlosen, Vertrauten mußte hier=drin sofort verschwinden*, als hinter dem immergleichen kargen Tisch (blaßgrünes Sprelacart bedeckte die Platte, darauf das gebuckelte Gestell der Schreibtischlampe, deren beständiger Lichtwurf zur Helligkeit aus Neonröhren od zu Tageslichtzeiten 1 bissiges Zwielicht ergab) die Stimme des Beamten, 1 Mannes od 1 Frau (die, in Uniform od in ziviler Kleidung, die allerdings weitaus mehr an Uniform erinnerte als die eigentliche Dienstbekleidung, manchmal allein assisitiert von Zweien od Dreien) hinter Papieren, Aktenordnern, Tonbandgerät & Mikrofon, hervordrang & sogleich beim

Eintritt das Niedersetzen auf den 1zigen Stuhl vor dem Tisch befahl, & das Verhör begann. Das Mikrofon, leicht in die Schräglage auf den Mund der Verhörten eingerichtet (*?kannten die meine Körpergröße beim Sitzen im ?Voraus –*), glotzte dummobszön wie 1 erigierter Phallus der Frau entgegen. *Diese !Uniformierten*, hatte sie sich kopfschüttelnd erinnert, *Frauen Männer, die sie unter ihrem steifen Uniformstoff doch sein sollten; deren Erscheinung indes wirkte, als sei die-Uniform wie 1 Ofenrohr aus Blech: 1 Rüstung, die zudem Körper verborgen hielt nicht aus Fleisch Haut u Wärme, sondern Körper aus stählernen Gehäusen*. Aber je öfter die Frau dieserart Verhöre über-sich ergehen lassen mußte mit der immergleichen Abfolge immergleicher Fragen & Angebote, durchsetzt von kleinkrämerischer Fürsorge & echten Drohungen die allesamt durchs beständige, schulgemäße Wiederholen sowohl im Heucheln der Fürsorge als auch im Drohen einunddieselbe Stumpfheit erhielten. *Eigentlich erinnre ich mich nur an mein Gefühl der Erniedrigung*, hatte die Frau einmal gesagt, *Erniedrigung durch Angebote, die waren vom selben Schlag wie schmierige Offerten von Schleppern für Kleinstadtpuffs : schamlos & doof; von denen diese uniformen Blechseelen tatsächlich glauben mußten, derlei würde verfangen bei mir, müßte ge!nau meine geheimsten Erwartungen & Wünsche treffen – :hh-!Ach diese Dummfschlaumeier mit ihrer wurmhaften Beharrlichkeit*, setzte sie damals hinzu, *von Meisenwärtern-im-Hintergrund mühsam das Lebenlang in Balance gehalten auf dem immer dünner werdenden Seil ihrer Profession, dem Aufspüren Des-Echten-Feindes, Tag-für-Tag Nacht-für-Nacht dahinstrauchelnd überm Abgrund zur Paranoia..... Die Schule-des-Zersetzens*, sagte sie noch, *die solcherart Blechgemüter überall-auf-der-Welt absolvieren, bleibt ja niemals ohne Folgen für die Absolventen: jedem Blechbehälter sein Dosenöffner –*.– Je häufiger also die Frau solcherart behördlichen=Nötigungs&erpressungs-Zähremonien ausgesetzt war, desto rascher erreichte man, auf beiden Seiten des Tisches (denn offenbar ging die Frau auf keines der »Angebote« zur konspirativen Zusammenarbeit mit den Blechbehältern ein), das Ende. Als legten die 3 Schritt Tiefe dieses

Raums mit dem standardisierten=Honeckerbild an der Sprelacartwand auch die Länge der »Gespräche« fest – so hießen diese anberaumten Zusammenkünfte offiziell –, versanken diese »Gespräche« umso länger dann im halitösen Schweigen..... *Und jedes 1zeln hier-drin bereits gesprochene und abgestürzte Wort schien von einer Pfütze aus gärfauligem Bier am Boden zerweicht, & diese Gegenüber in ihren Metalluniformen mit Atem aus schlechtem hastig runtergeschlungenem Essen, ihren grundlos rauhen schartigen Stimmen die für mich aus unerfindlichen Gründen !plötzlich wie rostige Messer über-den-Tisch auf-mich zufuhren, sie verlangten von-Mal-zu-Mal das Wiederaufheben dieser fauligen zerweichten Wörter, auf daß ich sie in den Mund nehme, wieder-&-wieder, und ausspucke danach, wieder hinein in diese Pfütze aus pissigem Bier, & bei jedem Mal war diese Pfütze wieder hergerichtet; lag sie wieder schillernd in Fettaugen aus Bohnerwachs auf dem Linoleum für mich bereit, als sei dieses Geschehen aus einemjener sadistischen Märchen abgekupfert, darin die-Arbeit wie das Steinewälzen des Sisyphos geschieht..... Zuerst dachte ich, das sei das Ticken 1 irgendwo verborgenen Uhr – aber das war das Klopfen von Fingerknöcheln auf der Tischplatte, & mußte deren Zeitmaß für die Dauer tag&nächtlicher Verhöre sein, das sie 1hielten mit der perversen Pedanterie aller beamteten=Lemuren – :!Da waren sie wieder: Nächte aus frühen Jahren.....* (die Frau zog wie unter plötzlichem Frösteln die Schultern ein) *Nächte damals in dem eltern Haus in Bochum –:klockerndes Geschlurfe von Holzpantinen, die Stufen zum Kinderzimmer – zu !mir – herauf – die Tür sprang auf, grelles Licht vom Flur, & diese dunkle breite Gestalt mit Schnapsatem & Männerschweiß das Krächzen von Vaters..... Stimme & die Schläge mit den Holzpantinen* – Immerdasselbe. Zu Tagen&nächten zu Allenzeiten : Immerdasselbe. Und das 1zig Vertrauengebende bei diesen Verhören in 1 der vollkommen verwechselbaren Sprelacartkäfige mit dem seifigen Honeckerkonterfei an der Wand, das war in 1 dieser Räume der längliche Riß od: vielmehr 1 lanzenförmiger Ausbruch im Plastebelag der Tischplatte, direkt vor dem Platz, wo man der Frau sich zu setzen befahl. *Holz*, sagte die Frau u sie sprach dieses Wort als erzählte sie von einem seltenen Fund, *HOLZ, das unter dem Plastikbelag dort hervorschimmerte, helles wirkliches Holz mit alten Leimtropfen, ausgehärtet in Bernsteinfarben als gäb es auch für Holz hier=drinnen Schweiß aus Angst u Wut.* Und danach, am immer nur vorläufigen Ende eines Verhörs, den Weg den langen Flur mit seinen leberkranken Lampenaugen entlang, aus der Baracke zurück in die andere Baracke, in den Schlafsaal mit einem Dutzend fremder Frauen. *Die Bünde um die Beine der alten Trainingshose umschlotterten die Knöchel, von der Oberlippe die salzig schmeckenden winzigen Tröpfchen im Mund. Aber auf diesem Weg zwischen der Verhör- zur Unterkunftbaracke,* erzählte die Frau, *gab es 1 paar Schritte lang, nur wenige Meter, eine wie aus weiten Fernen heranwehende Frische, Momente großer Stille u Einsamkeit. Immer, wenn ich zur tiefen Abendstunde von einem dieser Verhöre zurückging, blieb ich stehn an diesem Ort, der wie ein kleines Land war das zu niemandem gehörte, jedenfalls zu keinem Un-Menschen. Dort, auf diesen paar Metern, trank ich diese kühle blaue Abendluft –.* Schon mit dem nächsten Schritt wieder schmutziger Interniertengeruch fettig gelb wie Brodem von Fieberkranken schob sich als eine faserige Decke über die Frau, wobei von dieser Decke windsige Schwebeteilchen, unsichtbar & spittsig wie Partikel von Glaswolle, die gesamte Atemluft-ringsum zu erfüllen schienen, so daß ihre Kehle dauernd wund, Halsschmerz u Hustenreiz die Folge waren, und diese schmutzstarre Decke immer weiter mit jedem Schritt, der sie den Unterkünften näherbrachte, sie wieder unter sich vergrub. Dann, aus der Küchenbaracke, glasiger Kartoffelwrasen & Kochfisch – auf den Tellern später chemisch geschälte, holzige Kartoffelbrocken mit grauen Flusen bedeckt, Spuren vom Sudschaum in der Färbung vom Flanell der Lagerunterwäsche (:*Nur die wurde von der zentralen Reinigung angenommen* (erzählte die Frau), *es gab zwar 1 halbkaputte Waschmaschine, aber nur die Neulinge wuschen dort ihre eigene Wäsche & hängten sie vertrauensselig danach auf die Leine –, anderntags war die Wäsche verschwunden. Vielleicht* (meinte sie) *haben nicht immer die anderen Lagerbewohner die Sachen von der Leine geklaut; vielleicht haben das die Bewacher getan, damit die-im-Lager ein:ander mißtrauen und sich nicht näher kommen wolln, denn* Freundschaft, *das ist immer ein Mittel gegen den-Staat.....*) Und mit dem nächsten Schritt dann wechselte der Brodem aus der Küchenbaracke mit dem Faulgeruch schwarzgenäßter Holzrasten aus dem Waschraum, kachelkalt die Luft u der Boden in Seifenschmiere gliddschich, in den Ecken immer weggeschmissne dreckige Schlüpfer & blutig verschorfte Wattezausen; zähes Parfönggewölk im Wasserdunst, auf ertrübten Spiegeln Kremschlieren und Büschel ausgerissener Haare die Abflüsse verstopfend; Weiberschlamperei; in den Unterkünften die versengten Stimmen anderer Fraun, keifend weinerlich voll kleinmädchenhafter Bosheit; die Nächte schwer, Schlafes Splitter u: darin die Träume, Schutt immer nur Träumebrocken wie öligfett glänzende Schottersteine aus einem langen Gleisbett über sie hingeschüttet –. Und weil Frühsommer war, damals, aus überhohen Baumkronen die über den Lagerzaun ragten, unbarmherziges Vogelgekreisch, zerkratzte frühblaue Morgenfarben, Schnittkanten zerbrochener Nächte. *Dabei war das Lager ja keineswegs überfüllt*, sagte die Frau, *ich habe nie herausbekommen, !weshalb die anderen Fraun, die mit mir im gleichen Schlafsaal hockten & die übrigen, auch ganze Familien, in den beiden anderen Räumen, in dieses Lager gekommen warn. Die Einzige, von der offenbar Alle das wußten: das bin !ich gewesen. Jede hielt die Anderen im übrigen für Spitzel, also blieb jede, & gewiß zurecht, soweit wie möglich für=sich & all-1.*

Jene Frau-aus-dem-Westen, sie erduldete diese Strecke dumpf=beamtischer Erniedrigungen, jene Mischung aus Umerziehungsheim & Zuchthaus, ohne die Chance auf Widerspruch (denn Widersprechen, schärfte Man ihr ein, hieße letzenendes *Raus & zurück nach Westdeutschland*). *Das Reuelager*, wie sie jene sechs Wochen beschrieb: *Sechs Wochen: Das war wie Grundausbildung-beim-Militär.... = meine Grundausbildung & Eintrittserlaubnis in dieses Land. Selbst Aussätzige in Quarantäne hätten nicht schärfer bewacht werden können als ich.–* Aber, obwohl sicher war, daß beide Frauen fortan unter permanenter, teils heimlicher teils unverhüllter Bewachung leben mußten (*Wie !viele Arbeitsplätze haben damals wir=beide= allein geschaffen –*), zogen die Frauen, weg von Dresden, in eine gemeinsame Wohnung im Osten Berlins.

–Das 1. was mir damals beim Eintreten in die Vorhalle des Plattenbaus, in den stagnierenden Geruch aus feuchtem Zementstaub & erwärmtem Plastik – es dauerte lange, bis ich das Ostwort Plaste verwenden lernte (sagte damals die Frau und setzte die Fingerspitzen ihrer eigenen Hände, als wollte sie sie abzählen, gegen1ander) *–das 1. also was mir dort-drin vor Augen kam, das war vor den offenen Aufzugsschacht gehängt & den Zutritt verwehrend ein großes, rechteckiges Schild in grellgelber Farbe u wie eine Kondolenz mit schwarzer Umrandung. Und inmitten von einem Kreis gedruckt das Piktogramm 1 Menschen, von einem breiten schwarzen Balken quer durchgestrichen..... Langsam stiegen wir die Treppen ins vierzehnte Stockwerk, zu unsrer Wohnung, hinauf.*

Und er, unser Vater, zog damals in gewisser Weise seinerseits in eine andere Wohnung & in 1 anderes Leben ein – auf den Dachboden des Hauses, in dem er über Jahrzehnte mit einer Frau zusammengelebt hatte, die – wegen einer anderen !Frau – ihn u uns (meine 4 Jahre ältere Schwester hatte bereits die Lehre als Krankenschwester abgeschlossen) in dem alternden Haus in Dresden zurückgelassen hatte. So daß, und besonders nachdem auch sie, meine Schwester, aus dem Haus des Vaters fortgezogen war, die Aufwartfrau 2x in der Woche zum Saubermachen hereinkam, zwischen dem Ensemble unbenutzter Möbel & Geschirr, das bleich spiegelnd in den alten Nußbaumvitrinen harrte, in dem großen, von Lebensabgewandtheit u Menschenleere widerhallenden Haus wie ein Geist umherging, den Staub abzuwischen, der nicht vom Alltag lebendiger Menschen herrührte, sondern vielmehr selber eine Art geisterhafter Staub war, den hier all-1 der Stillstand des Lebens u die sperrig umherstehenden Möbel abzusondern schienen –. Die Aufwartfrau schneiderte daraufhin Schutzüberzüge für das Mobiliar; mit fahlem Schimmern schmiegten die Stoffhüllen den Gegenständen sich an, als seien sie zugeschneit, wodurch die Räume noch mehr den Eindruck jener Scheinbelebung in Museen od: den eines Totenhauses erweckten.....

Räume, die nur 1 1ziges Mal noch mit Geräuschen & Lärmen von einer Schar Menschen..... sich anfüllen sollten, zu jenem grausamen=Familienfest, das von beiden Ehe-Maligen anberaumt worden war. Durch nichts, durch kein Bedenken, hatten sie sich davon abbringen lassen, wollten doch offenbar mittels solcherart Zusammenkunft sowohl die Frau, unsere Mutter, mit ihrer *Schwesterfrau*, wie sie untereinander (und häufiger & demonstrativ lauter als das nötig gewesen wäre) sich nannten, als auch er, der Vater, mit 1 neuen, wie er u: ebenso demonstrativ häufig & laut als *Meine neue Lebensgefährtin* sie nannte, sich vor- u: gegen:ein:ander präsentieren. Wonach, u trotz der Geräusche Stimmen & Gerüche dieser Menschen, die Räume & das gesamte Haus nur umso tiefer in Stille u Totenähnlichkeit versanken, als wären seit diesem Familienfest die letzten atmenden Wesen dieses Hauses von der Teilnahme an der Atemluft des Lebens abgerissen worden & !endgültig erstickt. Denn jenes Fest (sofern diesem Rachekreuzzug übers Familienfeld die Bezeichnung *Fest* zukam) war ein Ereignis, das, als es wie ein alle Luft-ringsum in Bleischwere erstickendes Gewitter voller Blitze u Donnerkrachen, jedoch ohne den erfrischenden Regenfall, sondern als ein trockenes, mit heißen Staubwirbeln & mit Schwüle lastendes Unwetter, dann !endlich doch vorüber- & abgezogen, also hier beendet war, den Vater nur umso entschiedener in seine Dachbodenecksistenz hin1getrieben hatte & der, anstatt neue Lebens=Versuche unter-Menschen..... zu beginnen, dort-oben auf dem Dachboden gewiß lieber verhungert wäre.

Zumindest dieses Schicksal blieb ihm erspart. Denn 2x in der Woche, & zusätzlich zum Saubermachen, kochte die Aufwartfrau dem seither allein im Dachboden hausenden Vater ein warmes Essen, das sie vor der Tür zum Dachboden auf 1

Tischchen abstellte (das Betreten der Räume dahinter wagte sie nach einem Wutanfall des Vaters nicht mehr). Von jenem Tischchen auch holte sie das benutzte Geschirr wieder ab – in ebensolch geisterhafter Unbemerktheit, mit der sie sich durch das gesamte übrige Haus bewegte. In gewisser Weise gehörten diese beiden Menschen zusammen, besonders seit jenem Zornesausbruch des Vaters (es hieß, sie hätte ihn damals bei-intensiver-Arbeit gestört, –aber, so meinte meine Schwester, –in Wahrheit war sie wohl ausgerechnet in dem Augenblick nichtsahnend zur Tür hereingeplatzt, als Vater vor dem kleinen Waschbecken im Alkoven direkt neben der Tür, die Hosen runtergelassen, vorm Spiegel zu onanieren begann). Seither also hatten die beiden so gut wie kein Wort wieder miteinander gesprochen, hatten sich wohl kaum jemals wieder zu-Gesicht bekommen. Und dennoch, od: gerade deswegen, kam diese stille, alterslos erscheinende Frau getreulich ihrer Aufgabe nach. Vielleicht aus jener Dankbarkeit, zu der Menschen ebenso fähig sind wie andererseits zum Nachtragen 1 Geschehens ohne Vergessen. Dankbarkeit, weil der Vater dieser Frau vor vielen Jahren durch ihre Anstellung die Gelegenheit zu 1, zwar geringen, aber immerhin zu 1 Einkommen verhalf, nachdem Man ihr auf der Hochschule als Putzfrau gekündigt hatte, weil sie einst im Zusammenhang mit der durch Unterschrift zu leistenden Erklärung, jegliche Verbindungen zu Verwandten & Bekannten im-Westen bedingungslos abzubrechen, vorsätzlich falsche Angaben gemacht, die Verpflichtung nicht eingehalten hatte. Kollegen..... waren damals ihrer Bürgerpflicht nachgekommen & hatten die Frau angezeigt. Daß unser Vater diese Frau daraufhin ohne weiteres als Haushälterin einstellte, sorgte nur kurze Zeit für Aufregung –, sein eigener Austritt aus dem aktiven Lehrverhältnis stand Langezeit & ohnedies schon fest. Er hätte nach dieser »Tat« allerdings auch kaum Gelegenheit gehabt, seine Dozentur an der Hochschule fortzusetzen –.

Seither also trug diese Frau, zusammen mit jenem Mitgefühl, das Frauen gegenüber einem von einer Frau verlassenen Mann entgegenbringen können (Mitgefühl, das im Empfinden jener Frauen den Mann in gewisser Weise der Differenz & Diskrepanz zur-Frau enthebt und ihn in eine Art weiblich warme Verständigkeit ohne Geschlecht einbettet), trug also diese Frau die Stille worteloser Dankbarkeit zu unserem Vater in das große dämmerige Haus..... als das vielleicht dort einzig verbliebene, wirklich menschliche Gefühl.

Aber es muß ganz-!anders sein dort=Draußen: !zwei Spinnennetze breiten zwischen den Gitterstäben vorm Fenster sich aus.

Gerüchte, Fragen und ein »
Die SPD vor ihrer Kandidate

Denn soeben wird mit der nächsten Bö, die in der Fensternische sich verfängt, auch die nächste Schütte hellen gelben Lichts gegen das Fenster geworfen – der große Spinnenschatten, der zuvor über die gefangene Fliege sich geschoben hat so stetig so unabwendbar als sei das einer jener seit Jahrmilliarden kreisenden Planeten, dieser Schatten einer Spinne hat die Fliege nicht berührt, gar nicht berühren !können, ist vielmehr lauernd u stetig über-sie in einem anderen, darüber- od darunterliegenden Netz, hinweggeglitten –. Nun erscheint am oberen Rand des Spinnenschattens das in dem anderen Netz wie 1 Weberschiffchen hin&her zappelnde Insekt, noch immer unversehrt von seinem Bezwinger, jener anderen großen Spinne (die, sollten dort=Draußen zwei Netze übereinander ausgespannt sein, es ja geben müßte), deren Existenz mir bislang entgangen, wodurch für=mich irrtümlich die eine Spinne mit der anderen identisch gewesen ist. Das Licht vor dem Vorhang verliert sein Leuchten, erlischt – neuerlich Wolken verglühen das Gelb zum grauen flachen Eisen.

Wenn seinerzeit überhaupt 1 Grund für diese Familienzusammenkunft bestand – denn schon die Begriffe *Familie* wie *Zusammenkunft* mußten vom 1. Moment der Idee für solch

Veranstaltung lediglich als die freigelassene katastrofische Ironie, die heutzutage in allem Existierenden wie der Kern in der Frucht sich findet, erschienen sein –, wenn also überhaupt 1 Grund Dafür existierte, so mochte das der Versuch gewesen sein, Unrettbares zu retten in einer Weise *Als sei nichts geschehen*...... In Verbindung mit jener Familien eigenen & zum Reflex gewordenen Gewohnheit, zu Fest&feiertagen, sowohl in Allenjahren-davor als auch heute & hier, zum Pfingstfest sich zusammenzufinden (vielleicht der Trägheit wie dem Zwang aus den menschlichen Genen sowie den langen Molekülketten folgend) zu Gruppen & Knäuln sich zu ballen, war es wieder nur die-Angst, das längst Verlorene als Verlust zugeben u sich damit abfinden zu müssen. Angst im Zusammenklang mit 1 diffusen Hoffnung auf den *Guten Ausgang*, die indes ebenso zwangsläufig das Katastrofische wie den zynischen Witz bescheren mußte, und das in jener Weise, die selbst die leiseste Berührung des Anderen sofort zum Schlag u noch das als sanft gedachte Streicheln zur Ohrfeige ausarten läßt.....

Unser Vater, bei Tisch sitzend wie 1 Professor spielendes, für solcherlei Spiele bereits zu altgewordenes Kind. Wobei er das Professor-Gehabe keinesphalls vor seiner ehemaligen Frau od gar vor dieser *Schwesterfrau* zur Schau stellen mochte; sicher 1zig & all-1 gedacht für jene *neue Lebensgefährtin* (obwohl rätselhaft, zudem bei Vaters damals bereits einsetzender Abkehr von aller Gesellschaft u den weiter und weiter sich zurückziehenden Kontakten vom Leben=Draußen schwer vorstellbar blieb, wie dieses Gefährtin-Sein denn in der Praxis sich gestalten mochte –, denn auch späterhin, als der Vater endgültig unterm Dach seines Hauses sich 1genistet hatte u nicht mehr das Haus=verließ, wurde diese Frau dort=oben !kein !1ziges Mal gesehen). 1 Frau – gewiß zehn bis fünfzehn Jahre jünger als unser Vater, sie trug (?ihm zuliebe) eine Schüttelfrisur wie in den 70ern (:mochte sein, dies waren die Jahre ihrer ersten Begegnungen, als sie noch seine Sekretärin an der Kunsthochschule war), unter dem Pony zwei starke, dunkel u gerade gewachsene Brauen, die im Kontrast zu ihrer hellen Iris den Augen etwas Porzellanhaftes, Unrührbares gaben, in Verbindung mit jungenhaft geschwungenen, in zu grellem Rot geschminkten Lippen eine stehngebliebene, wenn auch nicht mehr ahnungslose, Kindlichkeit, die, je nach Verfassung des Betrachters, faszinierend od abstoßend wirken mußte. Zudem besaß die Frau offenbar zwanghaft die Marotte, alle Halbestunden hinauslaufen & die Bekleidung wechseln zu müssen. Sie reiste stets mit einer Menge Koffer & Taschen & Beutel voller Kleidungsstücke, nur um diesem Umkleidezwang in ausreichender Weise gehorchen zu können. Auch sonst benahm sie sich scheu, gegenüber unserem Vater mit jenem hellen, kindhaften Gesichtsausdruck scheinbar vollkommen unterwürfig (was Angriffslust & Wut jener *Schwesterfrau* nur umso heftiger anstacheln mußte); sie, jene *neue Lebensgefährtin*, schien sich in dieser bitter-giftigen Atmosfäre einer als Familientreffen getarnten Fleischbeschau vollkommen dem Schutz ihres Geliebten, unseres Vaters, zu überlassen, suchte offenbar dessen Schatten auf als Unterstand wie bei einem Gewitter, & das in jener selbstverständlichen Manier, in der man in einen dargebotenen Sessel sich niederläßt und der Rückenlehne ohne Bedenken sich anvertraut. Indes, so der Anschein, war unserem Vater auch die Einsicht in solch Verhalten seiner Freundin nicht gegeben; ihm, der für=sich u für sein eigenes Überstehen längst begonnen hatte, die-Wirklichkeit mitsamt der ihr zugehörigen Gestalten in eine Welt der Schatten u Schimären zurückzudrängen, mußte eine solche Rolle des **Liebhabers & Beschützers** ebenso fremd wie unmöglich zu übernehmen geworden sein, wie jene andere Rolle an diesem Tag zu dieser Zusammenkunft, nämlich die Rolle **des-Feindes**, der zu sein ihm von jener Anderen, *Schwesterfrau*, aufgeladen wurde.

Jene *neue Lebensgefährtin*, die gegenüber unserem Vater vielleicht um fünfzehn Jahre jüngere Frau (neben meiner Schwester die jüngste der anwesenden Fraun) sprach kaum 1 Wort & schien im übrigen, wie ängstliche Kinder od Proleten-bei-Tisch, vollauf damit beschäftigt, in dieser (wie sie gewiß meinte) *noblen ostwestlichen Gesellschaft* sich zu benehmen, um !keines Falls aus der Rolle od über den Rand zu kippen..... (Was ihr natürlich, wie jedem Menschen, der in solchermaßen maschinenhaft abgezirkelten Manier jede 1zelne seiner Bewegungen wie seiner Worte peinlich zu kontrollieren sich gebietet: gründlich danebengehen mußte.) Gleich zu Anfang des Haupt-Gerichts geriet ihr offenbar in 1 Zahnzwischenraum eine Fleischfaser, die überdies in den Schlund hinabzuhängen & dort festzukleben schien, so daß die Frau hustend & würgend vom Tisch aufspringen, mit glutrotem Gesicht den Oberkörper gekrümmt u die Hand-vor-den-Mund-gepreßt, hinaus- und ins Badezimmer stürzen mußte – (:*Schwesterfrau* schwieg jetzt 1 Mal sozusagen ostentativ & schnitt den Braten auf ihrem Teller mit derben kuhragierten Schnitten klein, führte die aufgespießten Brocken in den weitaufgesperrten Mund & zerkleinerte die Bissen unter rohbusten Mahlbewegungen ihres Kinns.) Ihre Abwesenheit von der Tafel hatte die Frau, nachdem sie in der Toilette von dem Fleischbrocken sich befreit & den magensauren Geschmack mit eisenkühlem Wasser ausgespült hatte, sogleich dazu verwendet, wieder mal die Kleider zu wechseln –.

Von Anbeginn hatte *Schwesterfrau*=energisch-&-laut die Gesprächsführung zu übernehmen gesucht (wie alljene Menschen, die in der Geschlossenheit einer Begegnung, zumal in einer !solchen, die Gefahr aus der Gewalt einer=jeden Begegnung herauslesen; aus einer Begegnung 1 Begegnung pressend). Zudem hatte diese Frau in ihre Gesprächsbahnen ohnehin nur die anwesenden Frauen zu führen gedacht (mit gewisser Reserviertheit & mit Vorsicht gegenüber meiner Schwester) – von den anwesenden Männern, meinem Vater u mir, fühlte in dieser Hinsicht die Frau offenbar keine Gefahr; Männer zählten hier nicht.– Dagegen der 1 Frau, jener *neuen Lebensgefährtin* unseres Vaters, galt *Schwesterfraus* größtes Interesse, als wollte sie zum einen in einer Bekehrungs- & Missionarsaktion gewissermaßen den guten=weiblichen Kern in dieser Frau erwecken; jenen Teil schlummernder Weiblichkeit, von dem *Schwesterfrau* denken mochte, er müsse ebenjener Kern im weiblichen-Wesen sein, der allem Männlichen von-Natur-aus Feind u daher allein zum anderen=gleichen Weiblichen auf das Natürlichste sich hingezogen fühlen müsse – : Zum anderen jene Geste wiederholend, so ururalt wie Frauen u Männer, die das Tasten nach des-Fremden Begierde zu befragen sucht; das angstvolle, blinde Suchen am Stummen, als könne dadurch für ebenjene Momente die Gewißheit außer Gültigkeit kommen, die Gewißheit *Mein Körper kann !niemals deiner sein* –, u jene Suche vielleicht nur aus dem 1 Grund, 1ige Momente betäubenden Tuns zwischen sich und dieses Unglück unserer Natur..... zu schieben. – Unverfänglich plaudernd suchte sie daher diese Frau in die Wege & Bahnen ihres Redens hineinzuziehen, indes ihr Sprechen alles Andere als jenes landläufige, hell wässerige & rasch vorüberfließende Plaudern war. Vielmehr suchte sie dabei die kantigsten, unhandlichsten, fürs Tischgespreche denkbar ungeeignetsten Themen herbei, um insbesondere diese andere Frau zu beeindrucken, bis auch diese an 1 Gesprächs-Ort gelange, an dem sie die Orientierung verloren haben würde, schließlich auf die hilfreiche Zuwendung von *Schwesterfrau* angewiesen wäre. Und an !diesem Ort, dem Ort der Verführung (so vielleicht ihr Kalkül), stünde dann die Ent-Scheidung: *Entweder gibt sie auf & wendet sich zu !mir – od sie bleibt hartnäckig bei sich & ihrer alten Abhängigkeit von diesem unsäglichen Mann an ihrer Seite : Dann laß ich sie fallen –; diesen Sturz jedoch soll sie dann als sehr !hart empfinden..... Denn im Innern meiner Rede-Mauern, ist nur noch Ich. Der-Stein. Und dann werde ich* (schien es aus der Frau mit Zweiter Stimme wie ein Bauchredner zu flüstern) *und dann werde ich jeden, der Hier=drinnen noch gegen mich ist, an meinem Stein zerquetschen – –*

Währenddessen saß unsere Mutter still neben diesem Geschehn. Vielleicht waren ihr derartige Auftritte = das lautstarke Inderwelt-Sein & die Lockrufe des Egos ihrer *Schwesterfrau* nichts Ungewöhnliches mehr, und sie wußte längst, Auseinandersetzungen bösartige Angriffe & Geschrei von seiten *Schwesterfraus* mitsamt endlosen Maßregelungen wegen der Spießigkeit, der Verkitschtheit ihrer, unserer Mutter, Gefühle – *–Du !Heimchen: mit Kochen Pantschen Händchenhalten die-Männschheit verbessern ?!wie* – seien nur dann zu befürchten, würde sie Eifersucht u Verletztheit ebenso laut & offen bekunden, wie *Schwesterfrau* die Fremde umwarb. So fügte sich unsere Mutter schweigend, beugte, als bete sie im Stillen, sich tief über ihren Teller hinab, während an ihrer Seite *Schwesterfrau* über den Tisch hinüber die fremde Frau weiter-&-weiter in ihr lautes Sprechen zu verstricken suchte.

–Denn glauben Sie bloß !nicht, ich hätte !nicht gewußt, !was ich tat (rief sie soeben über den Tisch) –als ich vom Westen in die DeDeR gegangen bin. Ich war, wie Viele-Andere meiner Generation im-Westen, dumm & gläubig all-die-Jahre zuvor : Gläubig, weil ich meinte, jetzt zöge !wirklich !Frieden u !Gerechtigkeit in diese Gesellschaft=nach-dem-Krieg ein. Dumm, weil ich den Modergestank aus den Bunkern des Hitler-Kriegs nicht riechen wollte, der sobald SIE in dem neuen *Bundes-Bunker* am Rhein mit Faseln begannen, aus den Mäulern dieses alten Offiziers=Gesindels wehte, das damals die-Regierung..... war. Heute sind die-Flakhelfer..... dran, die Ex-Pimpfe = die Wegläufer-wenns-Ernst-wird; die Generation, die Entnazifizierung von Kindesbeinen=an gelernt..... haben. Aber (sagte sie, trank 1 Schluck Wein, und sprach weiter zu der Frau am Tisch=gegenüber) –das war ja wieder nur das alte Schwülstige, das wolkig=nebelig Wabernde um dieses Instrument Staat – (unsere Mutter hielt den Kopf noch immer gesenkt, sie wollte nicht daß wir ihr Gähnen bemerken – : ?!Wie oft mochten *Schwesterfraus* derartige Reden schon über-sie ergangen sein, & wie ?!oft mußte sie sich dabei in der gleichen Art *schuldig* fühlen, wie bei den Erzählungen & Berichten älterer Leute, Deportierte aus dem-Letztenkrieg..... Weil sie weder über deren Erfahrungen verfügte noch irgendetwas an deren Vergangenheit hätte ändern können, mußten all-diese Wort gewordenen Geschichten nicht etwa als Bericht gegen das-Vergessen, nicht als die leidvolle Markierung des menschlichen-Weges, sondern zum einen nurmehr als Angriff-gegen-ihr-jetziges-Lebendigsein & als Schuldlasten in der xten Variante der katholischen Erbsünde-Vorstellung empfunden werden. Zum anderen, & noch-immer & immer aufs-Neu, verbanden jene Erzähler mit ihrem Status als Kriegs-Opfer – & alle von allen Seiten durch&gegen&miteinander, auch handfeste Geldinteressen; die-Koofmichs..... mit der Registrierkasse der Firma *Schicksal* vorm Bauch, die mit Vorliebe immer dort & dann sich melden, wenn die wirklichen Opfer verschwunden sind.)

Zudem mußte unsrer Mutter die Konsequenz von *Schwesterfraus* Ansprache natürlich sattsam bekannt sein; jene Konsequenz, die sie, *Schwesterfrau*, unabänderlich auch dieses Mal würde aussprechen müssen u die unsere Mutter !so !niemals würde gelten lassen wollen, nicht so sehr weil ihr politisches Empfinden gegen solch 1fachheiten Schwarz u: Weiß, zu denen *Schwesterfrau* neigte, sich wehren müßte, sondern weil sie an diesem 1 Punkt jedes Mal von Neuem die Zweifel spürte, nämlich ob diese-Frau-aus-dem-Westen, ihre Geliebte, ?vielleicht im-Grund gar nicht wegen !ihr u ihrer !Liebe zu-ein-ander in dies zugesperrte Land DeDeR gekommen war, sondern aus ganz anderen Gründen, die sie, unsere Mutter, von dieser Frau ebensowenig noch zu erfragen suchte, wie sie den Widerspruch indessen längst nicht mehr wagte, mochte sie den darauffolgenden Disput erst recht nicht mehr ertragen. Würde der doch auch heut&hier nur das mit aller Schmerzlichkeit wiederholen, was sie schon unzählige Male ebenso schmerzlich hatte ertragen müssen: Wiederum & auch hierbei das Gefühl unnennbarer, ihr=all-1 aufgeladener schwerer Schuld.....

–Dieses Instrument Staat (redete unterdessen *Schwesterfrau* mit Eifer weiter): –Anstatt den Staat als praktischen Regulierungsapparat zu betrachten, der Probleme löst etwa dieser

Art: ?Welche Industrieform ist zu fördern : ?Soll der Index der menschlichen Population ?steigen od ?sinken; ?soll der Konsum in der Bevölkerung in Abhängigkeit von der Konjunktur ?gefördert werden od ?nicht – kurzum (sagte sie, trank Wein, redete daraufhin noch schneller) –?Was ist zum !Wohl der Menschen zu tun, für jene Bürger, die solcherart Staat schließlich am Leben erhalten durch ihre Arbeit & somit den Anspruch auf das Grundrecht Schutz für Gehorsam besitzen : !Das wäre Staatspolitik, nüchtern funktionierend & sozial=effizient. Stattdessen heißt Staat in Doitschland immer: dummfe Metafiesik um das Doitsche Staats-Wesen (:die Frau verzog das Gesicht zur Grimasse) –schon !dieses-Wort: Als sei der-Staat ein Mensch, dem Mitgefühl u Emotionen zukämen. Solch ranziges Gemengsel aus Theo Logie Filosofei & Speckulatzjon, das doitsche Staaten von Jeher zum kristlich durchwaxenen Bewußtseinsschinken macht – dieses ewige Einfordern von menschlicher Zuwendung, weinerlich verkitscht (:?schaute sie zu unserer Mutter hin – nein: Sie starrte unverwandt der Frau-gegenüber ins Gesicht:) –ein er!niedrigendes Possenspiel, sag ich Ihnen. Und dann. (Sie stockte 1 Moment.) –Dann, im Herbst Neunzehnhundertsiebenundsiebzig: Da war das Theater mit !1 Mal vorbei. Zu !Ende der Kindertraum: Und wir mußten sehn: Eine dumm=brutale Totschlagmaschine, eisern mit Chemie & Maschinenpistolen = !Das war & das !ist der-Staat..... Sogar für die Eigenenleute, wenn sie in der Klemme sind, ist der-Staat Nichts als Der Schlächter: Die haben, 1zig aus der ver!fluchten Räsong, den Schleyer über-die-!Klinge-springen-lassen..... !Dieses Datum :November Neunzehnhundertsiebenundsiebzig: Hat alle-politischen-Parteien in diesem Lande gleich & reaktionär gemacht : Gleichschaltung durch Feigheit & Verrat an der-Demokratie. Also Der Saubere Doitsche Ruf..... (Wieder schwieg sie abrupt für 1 Kurzes, am Tisch kein Wort.) –Damals habe ich Scham empfunden, tiefe endlose Scham. (Sprach die Frau in die kalte, nadeldünne Stille.) –Der Traum war !aus. Für !immer. Welch !Omen in dem Namen Schleyer. Und als der fiel: kam wieder nur Das-Alte=das-Doitsche..... zum Vorschein : Polizeisirenen in den Straßen – Stiefelgetrampel durchs Treppenhaus :– !hören :– !luchsen durchn Türspion: ?Meinen DIE..... ??mich – !Hat ?WER mich ?angezeigt – ?denunziert –. Die Sturmtrupps die Einsatzkommandos Knüppelgarden & Hundestaffeln..... Lederkluften schimmernde Pißbudengelüste die Polizeikokarde wie nen Anus an der behelmten Stirn Kameradenschweiß losgelassen zum Weih-Wasserwerfer der Staat's Koprolithen..... Wir | Alle, im-Westen | im-Osten, hatten Den-KaGeBe, nur jeder zu verschiedenen Zeiten, & die Ljubjanka heißt manchmal auch Stammheim : Die=Zeit wo wir=Alle wieder erleben konnten !was es heißt: SIE HOLEN MICH AB..... : Seither !hasse ich den Doitschen-Staat..... wie die !Pest. (Für 1 Augenblick Schweigen, dann wieder hallend die Stimme der Frau allein:) –Er scheint so übermächtig, so unbezwingbar & unverletztlich: dieser Deutsche Leviathan –: !Bewaffnet euch, den-Bossen die !Guillotine – :sowas bringt Den nur zu müdem Grinsen. Er kennt sie genau, seine Pappenheimer: kein Deutscher würde je zu denken, geschweige denn auszuführen wagen: aus einem Oberhaupt ein Ohnehaupt zu machen –. Doch wenn (sagte sie jetzt langsam, 1dringlich) –wenn auch nur !Einer aufsteht und sagt: Zahlt !keine Steuern mehr – :!Da kreischen SIE los, die Mini-Stranten aus dem katholischen Führerbunker, Alle wie SIE gebacken & gebraten sind. Mit Schwarzer Ruhr & salatgrünem Dünn-Pfiff inn Hosen stürzen SIE auf die Rednertribünen & plärren ihr unterirdisches Vokabular, zum Innungsinzest das hermetisch abgeschottete Bunkergekwatsche, immer die gleichen Formeln wie grobbehaune Betonklötze unter die-Leute geschmissen – das halten !die für volksnah – : Diese sich=selbst horrend & permanent !überbezahlenden Politschlampen, Damen & Herren Geschlechtslosen beiderlei Geschlechts, sind mit ihrem hirnfaulen Maulklapp: eine grobe !Beleidigung für die Intelligenz der !Menschen. Denn so wie s Leute gibt, die n paar Tassen zuviel im Schrank haben, so gibts welche, die sind dichter als dicht: verriegelt & verrammmelt. – :Und !deshalb (kurz schaute sie zur Seite, zu unsrer Mutter, aber dann sprach sie mit ebenso lauter Stimme weiter, sagte das Unvermeidliche, das sie offenbar stets an dieser Stelle gesagt hatte, ebenso laut wie alles zuvor; diesen 1 Satz, dem unsere Mutter längst nicht mehr zu widersprechen wagte:) –Und !deshalb habe ich dieſen=Staat..... verlassen, habe ich mich entschieden: Hierher = in die !DeDeR zu gehen.

Im Schweigen am Tisch der Zwang zum Widerspruch, zum !Aber, jenes Vibrieren der Luft wie unter Hochspannungsleitungen : der-Westen gibt dem-Osten, anstatt sich seiner zu entledigen, Geld=!Milljahrden als Transfer zum Über-Leben –:– Also, Liebefrau, ist Ihr Doitſcher=Staat..... der Hanswurst nur für den-Osten..... & !?Was erst muß der-Herr parat haben, wenn sein Gescherr ihm so sehr gleicht –

Solch !Aber lud die Atome der Luft wie zum Gewitter auf – –, im Gesicht meiner Schwester Wut, die zweifache Wut: *?!Was Zumteufel erzählt mir die-von-Draußen aus den Logenplätzen des-Westens über dieses Land=hier DeDeR.....* und *Mit ?!welchem ?Recht drängt diese Fremde von-Draußen mich in die Ecke derer, denen das !Schert-euch-doch-!rüber-in-die-Zone aus den Mäulern wäxt – :Nun, rübergeschert hat sie sich !wirklich : ?Was aber ??will sie hier..... mit ihren ficksen Ideen, ?will sie sich das Puppenheim der privaten Weltrewohlutzjon 1richten, !ausgerechnet hier=in der DeDeR..... wo Revolution u Welt nicht vor-, sondern verkommen. Man nennt, was Sie getan haben, Liebefrau, vom Regen in die Jauche gehn..... Und haben schon !viele vor Ihnen getan, & noch immer nicht genug der Götzendämmerungen.....* Doch blieb es still am Tisch, niemand wollte das Aber laut in den Raum hinaussprechen; es blieb das Schweigen aus jenem Wissen, jedes Wort hier kehrte sich zum verkehrten Wort.

Die Frau hatte sich inzwischen Wein nachgegossen – sie beugte sich über den Tisch zu der jüngeren Frau=gegenüber, als wollte sie zutiefst Vertrauliches ihr nun enthüllen. Sie schien am Höhepunkt ihrer Verführung angelangt, ihre Stimme beinahe flüsternd jetzt u rauh, die Augen glänzend: –In meiner Jugend war ich Pazifistin (raunte *Schwesterfrau*)

–jede Waffe war mir zutiefst verhaßt – bis ich (sie trank hastig ihren Wein) –Einestags bemerkte, was für eine vor!treffliche Schützin ich bin. Im Leben eines=jeden Menschen, meine Liebe, ob er politisch, geistig od leibhaftig von Übermächtigen die Bedrohung fühlt, kommt der-1-Moment wo er zurückschlagen: wo er !töten soll. ?Warum, was meinen ?Sie, ist der-Pazifist der beste Schütze. : Weil der-Pazifist die Waffen haßt, kann er Waffen mit äußerster Kälte handhaben. Als !Perfektionist. (Jetzt streckte sie die Hand nach dem Arm der Frau=gegenüber, ihre Stimme weinfarben:) –Et qu'est-ce que vous croyez : ?Qui sera le meilleur amant –

Darauf die junge Frau, bemüht die Bissen in ihrem Mund eilig runterzukaun, sah mit großen Augen zu *Schwesterfrau* hinüber, um dann im schnödesten=Sächsisch treuherzig mit bedauernder Stimme (1 Tonfall, mit der sie vermutlich auch erklärt hätte, daß der Kuchen den sie gebacken hat leider angebrannt sei) zu entgegnen, daß sie Französisch nicht verstehe & ob das, was *Schwesterfrau* gesagt hatte, nicht auch auf-Deutsch sich hätte sagen lassen, während sie beflissen & ungerührt unserem Vater, danach sich selbst Kartoffeln auf die Teller häufte – –

Schwesterfrau verschlugs die Sprache. Den Mund offen (drin unzerkaute Brocken hell schimmernden Fleisches), die Hand mit der Gabel noch erhoben, starrte sie der Frau entgeistert ins Gesicht – während über ihre Miene die Kalkfarben ungeheueren Enttäuschtseins fielen. Daraufhin verzogen die Lippen sich zur Grimasse des Ekels; sie mochte plötzlich in eine jener Erinnerungen sich verstoßen fühlen, als sie bis vor wenig Jahren (wie unsere Mutter einmal erzählt hatte) noch in Lesbenbars in Westberlin einkehrte. Sie war dort zumeist mit Abstand die Älteste und von Mal-zu-Mal 1samer inmitten der Frauen=dort, immer schwieriger mit einer anderen Frau länger zusammenzubleiben als einen Abend :od 1 Nacht. Vielmehr schiens, jede hatte *ihre feste=Beziehung* bereits gefunden, sie benutzten die Bar um sich vor & gegen andere Frauen zu zeigen, sich auszustellen, *ihre feste=Beziehung* zu feiern – :

Nichts, das für 1 Zugereiste (noch dazu 1 für diesen Markt schon Altefrau) aus Westdeutschland noch hätte übrig sein können in dem engen, für-sich=selber dahinköchelnden Fleischtopf Westberlin..... Bis sie einmal (hatte unsere Mutter weitererzählt) an 1 jener Langenabende im gelbbrandigen verzweifelten Giersuff an 1 Unbekannte sich geklammert hielt, fast 1 Göre noch, rotzig & jungklug, aber diese Fremde blieb !bei !ihr, den Ganzenabend –. Sie war ein be!geisterndes junges Ding: rasant schlagfertig intelligent u: sinnlich versponnen – begehrenswert –, und sie ließ ganz selbst!verständlich nach Lokalschluß sich abschleppen ins Hotel –. Und dort, auf dem Zimmer, beim Ausziehen, mußte *Schwesterfrau* den mit Spermaflecken verdreckten Slip dieser kleinen Schlampe entdecken..... Sie mußte ihr daraufhin wohl eine Szene gemacht haben wie 1 eifersüchtige Ehefrau. Woraufhin im übelsten=Berlinisch sie dann zu hören bekam *Ja ?!gloobstedenn dettick alleene von euch=Zippm üwer?!lehm könnte. Den Janzenabend=lang heute nur mit eene wie dir: Detzn Lucksus den ick mir nich leistn kann: Det mussick wieder !rinnbring vaschtehste. Mit ?watt sollickng sonzt meen Schtudjumm finansiern –: Ssweehundert plus Speesen: !All so: !Watt wirtnu mit unz – –*

Schwesterfrau schwieg. Stille klirrte mit Besteckgeklapper, zermalmt von Kaugeräuschen. Die Frau wußte, sie hatte wieder einmal verloren. Noch dazu jene uralte Lektion für Kinder, die jeder ½wüxige schon aus dem Eff Eff beherrscht, auch hier & heute außer Acht gelassen: Daß nämlich Gewinnen Die Ausnahme, Verlieren Scheitern u Versagen dagegen den-Alltag..... mit all jenen Halb- u Viertelheiten u noch viel kleineren Kleinheiten ausmachen, die dem Verlierer zum Verlust obendrein die Erniedrigung, die Demütigung noch bescheren –:– In die Stille trat die Stimme meiner Schwester, u das klang wie ein lange zurückgehaltenes tiefes Ausatmen, als hätte sich während der Ganzenzeit von *Schwesterfraus* Reden die Atemluft aller übrigen Anwesenden (unserer Mutter desgleichen) in 1 1zigen Person angesammelt; ein seltsames Etwas das aus den stummgehaltenen Empfindungen 1iger Menschen zu einem Wesen sich verdichtet zu haben schien, das, von den reglos u stumm Dasitzenden abgetrennt, allein deren Atembeklemmungen übernommen hatte. Und !jetzt, durch 1 1zige Bemerkung meiner Schwester an diese Frau, hatte solch erstickender Atemstau !endlich seinen Losbruch und seine Befreiung erfahren:

–Je mehr Sprachen 1 spricht, desto mehr Wörter hat 1 für Rechthaberei.....

Schwesterfrau hieb Gabel & Messerschneide ins Fleisch auf dem Teller, als wollte sie auch das Porzellan tranchieren. Nach langer Zeit mühsam, kwälerisch mit unterdrückter Wut entrang sich ihr, während sie das zerschnittene Fleisch auf dem Teller anstarrte, die 1zig noch verfügbare Bemerkung: –Da sieht Man wo!zu die-Mauer=gut ist, ich haps !immer geahnt: Der tüpische DeDeR=Bürger ist der geborene Wähler für die Zähes U..... – und stieß roh den Teller von sich weg. Aber sie wußte auch, daß hier Niemand ihr länger zuhören mochte.

Auch unsere Mutter war schweigsam geblieben über All-die-Zeit. Aber ihr Gesicht erschien nach diesem Ausbruch weicher nun, als wäre unter die Haut ein Lächeln eingezogen –. Nicht aus dem stillen Triumf über die Niederlage eines anderen Menschen, vielmehr jenes Lächeln über die Tatsache des endlich, u seis auch nur für 1 Kurzes, auch hier eingetretenen Friedens. Ein Lächeln, derentwegen sie von ihrer *Schwesterfrau* üblicherweise getadelt wurde, denn nur der wirklich friedvolle Mensch kann zu solchem Lächeln befähigt sein, hell freundlich u groß wie die Blüte einer Sonnenblume.

Solch Frieden indes mußte trügerisch sein.

Denn hatte auch jener Ausbruch die Situation zunächst entspannt, so hatte er zur gleichen Zeit die Fronten klar & unüberbrückbar gezogen; Frieden, aus dem das Signal zum Angriff tönte.

Beim Nachtisch geschah der Frau an unseres Vaters Seite das neuerliche Malheur, vom Dessertlöffel etwas Schokoladepudding auf die Damasttischdecke zu klexen, was *Schwesterfrau* nur mit höhnischem Seufzen registrierte so, als sei sie über solchermaßen kinderleicht 1geheimsten Triumf über 1 ihr offenbar nicht gewachsene Gegnerin lediglich gelangweilt od: in dieser ärgerlichen Weise belustigt, wie beim Anblick eines Boxers der, u noch bevor überhaupt der 1. Schlag ihn trifft, bereits unterm Gewicht seiner Angst auf die Matte niederstürzt.– Ihr neuerlicher Fehler war dieser Frau Anlaß, wiederum rasch u aufschluchzend aus dem Zimmer zu rennen & sich umzukleiden. Sie blieb lange fort; Gelegenheit für *Schwesterfrau* laut in die Runde zu fragen, ob Mann hierzulande noch immer mit Ausziehpüppchen spiele, und – mit gelbdrohendem Blick hinüber zu unserem Vater – Mann sein Spielzeug dann nicht lieber im Bett lassen sollte, anstatt es unter-Leute mit zu-Tisch zu schleppen, wo solche Püppchen doch nur kaputtgehen müssen. Und (setzte sie giftig beinahe zischend hinzu) ob Mann hierzulande in diesem stehngebliebnen Tümpel der Phallokratie vielleicht auf derart billige Weise über Frauen Triumfe sich verschaffen müsse – :

–!!Sylfe.

Rief unsere Mutter schmerzlich=verzweifelt den Namen von *Schwesterfrau*. (Wegen der zwischen beiden Frauen üblichen, sozusagen Dienstrangbezeichnung *Schwesterfrau*, hatten wir jetzt=in-!diesem-Moment zum 1. Mal den Vornamen dieser Frau erfahren, so daß die Nennung eines-!solchen Namens nun für jene Frau als unverhofft=erniedrigende Entblößung wirken mußte. (:Solchen Angriff mit dem ihr von jeher verhaßten Namen, ausgerechnet von seiten unserer Mutter, schien die Frau weder erwartet zu haben noch war sie daran gewöhnt; böse, verwirrt, schielte sie unsere Mutter von der Seite-her an –) :Vielleicht auch befürchtete *Schwesterfrau* für 1-Moment=lang, ihre Geliebte könne hier, am Ort ihrer Vergangenheit, ihr plötzlich in den Rücken falln od: gar auf die Seite des früheren Ehemanns überlaufen..... Während unsere Mutter ihren Zwischenruf gewiß lediglich aus jenem Frauen eigenen Verständnis fürs kurzerhand-Bereinigen von brenzligen Situationen getan hatte.) Ein weiteres Mal, zum Verdruß von *Schwesterfrau*, war der Situation die Spitze genommen.

Wodurch der Vater automatisch 1 Vorteil erhielt, für den er weder etwas getan hatte noch den er gewiß als Vorteil überhaupt wahrnehmen wollte. (?Vielleicht das letzte mögliche Signal von seiner ehemaligen Frau, wenn schon nicht der stillschweigend in 1igen Fäden noch immer bestehenden Verbundenheit, so doch zumindest der Fairness halber.)

Natürlich hatte sich auch sonst niemand weiter einfallen lassen, auf *Schwesterfrau* Sylfes Attacken Widerrede zu geben; unser Vater übrigens hatte inmitten dieser schwefligen Stille insofern reagiert, als er kurzerhand eine Serviette über den Puddingklex auf der Tischdecke legte, und friedlich löffelnd sein Essen beendete. Was *Schwesterfrau* mit grimmigen Blikken von-nun-ab schweigend verfolgte, als könne sie damit jetzt diesen Mann zu Unachtsamkeiten verleiten, möglicherweise nur zu dem Zweck zu verhindern, sein Triumfgefühl über ihre zwar offenkundige doch ebenso augenscheinlich von unserem Vater bislang gar nicht zur Kenntnis genommene Niederlage an diesem Punkt des Treffens !endlich !auskosten zu wollen, um diesen Mann damit !endlich dorthin zu bringen, die ihm zugedachte Rolle des-Feindes anzunehmen.– Solch Höhepunkt indes blieb ihr versagt, im wesentlichen durch des Vaters dauernde Weigerung, seinen Feindes-Status überhaupt wahrzunehmen, geschweige denn ihn zu akzeptieren.

Unser Vater also, der, in gesuchter Welt=Fremdheit von seiner Dachbodenexistenz gewissermaßen in die Niederungen des-Alltags herabgestiegen, bei der Sonntäglichkeit seines Professor-Gehabes, als seien frühere Jahre zurückgekehrt & nur die Familie-bei-Tisch sei heut etwas größer als in den Jahren davor, vielleicht weil zwei neue ?Kinder hinzugekommen wären – hatte gewiß !wirklich !nicht begriffen, daß dieses Familientreffen zu Pfingsten eben ein Treffen im Sinn einer Schlacht, & daß erklärtermaßen darin der-Feind, den es von mindestens zwei der anwesenden Frauen aus vielerlei Gründen mit vielerlei Mitteln vor Alleraugen niederzukämpfen galt, niemand anderes als er=selbst sein mußte. Weil es im Grund nicht mal um ihn, unseren Vater, ging, sondern vielmehr um Etwas, das zumindest für diese *Schwesterfrau* das männliche-Prinzip=schlechthin zu heißen & er, dieser ehemalige Mann ihrer Geliebten, im Augenblick der von anwesenden Männern einzig akzeptable zu sein schien, der zu diesem jahrejahrzehntelang unterdrückten Rachefeldzug Hier & Heute in idealer Weise als Feind & Opfer herhalten konnte. War unser Vater doch ein Mann, der sozusagen von der-Natur dafür geschaffen war, stets weitaus mehr bezahlen zu müssen, als er schuldig war.

Schon seit dem 1. Moment, als unsere Mutter am Arm der *Schwesterfrau* das Haus und die Wohnung, in der sie immerhin etliche Jahre ihres Lebens in der Ehe neben einem Mann zugebracht hatte (der heute & jetzt als Körper zwar anwesend jedoch in seinem Status-der-Verlassenheit (1 Status, der sozusagen allen zurück- & liegengelassenen Ehekrempel noch zu bewahren schien, wie 1-jener dumpfrüchigen Lageristen & Hauswarte, über spinnwebverstaubte Gerümpelkammern wachend, immer selbst schon zu 1 dieser verbleichenden Hinterlassenschaften geworden war) nur als das verstummte Bild aus seinen eigenen Jahren mitsamt den ebenphalls stumm gewordnen Lauten empfundener Demütigungen herausgetreten, nun grad wie 1 Spuk od als Schattenformation hier, in dieser Gesellschaft, erschienen war), unsere Mutter also zum 1. Mal diese Räumlichkeiten eines Hauses nach Monaten wieder betreten hatte, gab jene hochgewachsene stämmige *Schwesterfrau* (deren Haar wie mit grauen Zwirnsfäden durchsetzt, glatt u schwer vom Mittelscheitel herab auf die Schultern fiel) den Ton im wahren Wortsinn an : In aufreizend-überlauter Manier redete sie unablässig auf die Frau an ihrer Seite (unsere Mutter) ein, so als sei nur diesen Beiden das Recht zu sprechen verliehen worden, während allen übrigen 1 Art Zuschauerrolle anbefohlen war, so daß der Auftritt dieser beiden Frauen (unsere Mutter versuchte anfangs, Ton & Manier ihrer *Schwesterfrau* zu übernehmen (vielleicht wollte sie uns = ihrer ehemaligen Familie vorführen, !wie sehr & wie sehr zum westlich 1gefärbten Selbstbewußtseinhin sie ihr=Neuesleben an der Seite dieser Frau ver!ändert hatte), sie ließ davon jedoch nach-und-nach ab, vermutlich weil ihr der Zustand dauerhaften Posierens & Radschlagens ebenso unmöglich durchzuhalten war, wie in früheren-Jahren der 1 liebevollen Ehe=Frau.....). So daß das Auftreten dieser beiden Frauen an Schauspieler auf 1 Freilichtbühne erinnerte, die, um sicher zu gehen daß auch die am weitesten abgelegenen Zuschauerplätze noch von ihrem *Spiel* erreicht werden können, unterschiedslos selbst die nebensächlichsten Bemerkungen mit derselben gespreizt-wichtigtuerisch=brülligen Stimme herausstellten, 1zig & all-1 zu dem Zweck, Allerwelt vorzuführen, daß sie, *Schwesterfrau* & unsere Mutter, ein !wirkliches !Paar darstellten –. Während dem früheren Ehemann, dem Ziel der Konfrontation, in dieser Freilicht-Posse fortan 1 ähnlich nichtswürdige Rolle zuzukommen hatte wie dem Spanner in der sämig-muffigen Kabine 1 Peepshow; bei der allerdings niemand (als letzter er, der geprellte & sitzengelassene ehe-Mann) das Markstück einwerfen mochte & somit das Rollo untenblieb.– Laut immerfort weiterredend zudem unaufgefordert durch die Räume fegend als sei sie der Nachlaßverwalter im Haus 1 Verstorbenen, begutachtete *Schwesterfrau*, 1-ums-andere-Mal mit spöttischen Bemerkungen, die Zimmer & das Mobiliar die Bilder an den Wänden & das Porzellan in den Vitrinen, abschätzig die Piefigkeit Kleinheit u Geschmax=Armut jener als saturiert geltenden Ostler herausstellend, um schließlich nach ihrem furiosen Marsch durch die Räume des Hauses zu ihrer Geliebten, unserer Mutter (die, längst vollkommen verstummt, nurmehr beschämt auf den Parkettboden niederschaute, als könne sie dort 1 Öffnung zum Verschwinden entdecken), zurückzukehren & mit weit ausholender Gebärde den Arm um deren Schulter zu legen, während sie mit unverminderter Lautstärke in Richtung auf unseren an der Tür stehngebliebenen Vater rief: –!Kinndchen: in !Was für Ver!hältnissen hastu hier nur !vegetieren müssen..... Da sindja !reineweg die Zwanziger&dreißigerjahre stehn&!stockengeblieben –:!!Kinntkint – !o wie !schrecklich !o wie !furchtbar – !was für ein Mief. !Was für eine !Spießigkeit –

–Was diese Person aber !keineswegs daran gehindert hat (wie meine Schwester später einmal erzählte) –vor der anberaumten Gütertrennung unserer Mutter ordentlich Dampf unterm Hintern zu machen, sie solle !janicht klein-bei-geben, solle ihr !Vollesrecht & !Sämtlicheanschprüche auf Hausrat wahrnehmen, !janicht auch nur im-!Kleinsten gegenüber diesem Mann Nachgiebigkeit..... zeigen. Und, als sie sehen mußte, daß sie bei unsrer Mutter wenig Erfolg damit hatte, sich schließlich nicht entblödete, überfallartig selbst im Haus unseres Vaters, an der Spitze einer Kolonne Möbelträger, wie ein Zenturio zu erscheinen, die Haushälterin, die mit ausgebreiteten Armen (in der 1 Hand noch den Besen) sich in-den-Weg-stellen wollte, kurzerhand beiseitefegte wie 1 Motte – ins Haus eindrang & eigenhändig von den Möbeln die weißen Schonbezüge runterzerrte, als würden sich darunter Gespenst-spielende Kinder verbergen, denen 1-für-Allemal das Ende-der-Kindheit & der !endgültige Beginn des Lebens-!Ernstes klarzumachen war. Unser Vater=auf seinem Dachboden mußte den Lärm dieses Einmarsches von *Schwesterfrau* ins Haus gehört haben, doch hütete er sich wohlweislich, in diesen Tumult sich 1zumischen..... Den Möbelträgern gab die Frau derweil Anweisungen, welche der Stücke herauszuräumen seien. Und hätte gewiß die gesamte Wohnung leergeräumt, wäre nicht – ?zufällig – meine Schwester am Ort erschienen. Ihr gegenüber verhielt *Schwesterfrau* sich indifferent; sie hatte längst bemerkt, daß meine Schwester kein unterwürfiges Weibchen, wie etwa jene *neue Lebensgefährtin*, sei; die schweigsame, aufrechte Dominanz meiner Schwester seinerzeit bei jenem Familientreffen hatte *Schwesterfrau* einen Typus Ost-Frauen kennengelehrt, den sie offenbar weder erwartet hatte noch mit dem sie je würde umgehen können, so daß sie, *Schwesterfrau*, bestrebt war, solcherart Frauen gegenüber Distance zu wahren. Anderseits verabscheute sie die von meiner Schwester offen u klar herausgestellte Lust am Geschlechtsverkehr mit Männern, eine unverhohlene Freude am Sex wie selten bei Frauen (:ein Umstand mehr, der *Schwesterfrau* gegenüber dieser Anderen-Frau verunsichern mochte).– Und so stellte meine Schwester auch jetzt in ebenso stiller wie resoluter Art, die Widerrede od Zuwiderhandeln selbst bei Jemandem wie *Schwesterfrau* nicht zuließ, jenem tabula-rasa-machenden Beutezug sich in den Weg, & verhinderte somit die vollkommene Ausplünderung des väterlichen Hauses. Das eine od: andere Möbelstück mußte demzufolge von den murrenden Packern ins Haus zurückgetragen werden; *Schwesterfrau* ließ das geschehen, stand in böses Schweigen gehüllt wie 1 Gestalt gewordenes Anathem daneben –, und schritt zum 1. Mal ein, als sie bemerkte, daß ein Geschenk, das sie seinerzeit unserer Mutter gemacht hatte – eine Porzellan-Vase aus dem vorigen Jahrhundert – ebenfalls wieder den Weg=zurück ins Haus nehmen sollte. Meine Schwester hatte zweifellos gewußt, !was es mit dieser Vase auf-sich hatte & wollte diesen Gegenstand vermutlich als eine Art Feindschaftserklärung gegenüber *Schwesterfrau* benutzen, gewissermaßen als den hingeworfenen Fehdehandschuh, denn im Wortsinn sollte alles Folgende dieser Geste der Altvorderen entsprechen. In ihren Gebärden, indem beide Frauen, von verschiedenen Seiten her, die Vase gepackt hielten, wiederholten sie die trübe Schwank-Stereotype in 1 Scheidungskomödie, und, die Gewöhnlichkeit sowohl dieser Situation als auch der Geste des Fehdehandschuhwerfens zu vollenden, zogen die beiden Fraun solange an der Vase, bis sie beider Hände entglitt & zur Erheiterung der Möbelträger auf den steinernen Treppenstufen zum Hauseingang unterm Krachen wie von einer Explosion zu Füßen von *Schwesterfrau* zum Scherbenhaufen zerschellte. –Zum 1. Mal (erzählte meine Schwester) –sah ich *Schwesterfrau* – nunja: weinen ist nicht der rechte Ausdruck. Stocksteif hielt *Schwesterfrau* die Arme noch immer ausgestreckt, ihr Gesicht verzerrte sich, wie soll ich sagen, als würde eine enorme Beschleunigung ihren ganzen Körper mit-sich fortreißen, & aus ihrer Kehle kwetschten sich 1ige kurze Geräusche, 1 Art Kwietschen od Greinen, als hätte man 1 kleines Tier aus Versehn getreten..... *Schwesterfrau* wandte sich dann rasch ab, schnauzte die Möbelträger an & übernahm die Kontrolle über die im Möbelwagen zu verstauenden, restlichen Sachen, die meine Schwester passieren ließ.– Solcherart Beutezug, Auflösen & Ausräumen & Plündern eines fremden Heims, tat sie zum einen vielleicht aus jener Frauen eigenen Neigung zum Raffen; zum anderen, wahrscheinlicher, gab es noch einen weiteren Grund für ihr Verhalten, einen Ur-Grund gewissermaßen, der sie vermutlich ihr Leben=lang dort in neue Attacken & Grabenkämpfe hineinstürzen ließ, wo immer sie auf Etwas traf, das **Familie**..... heißen konnte.

–Ich will euch etwas über die Kindheit meiner Freundin erzählen (hatte unsere Mutter einmal das Gespräch mit uns begonnen, nachdem die Schatten jenes Familientreffens bereits seit Langem vorübergezogen waren). –Sicher wäre es ihr nicht recht, wenn sie es wüßte. Aber ihr sollt Vieles erfahren, was sie mir=selbst einmal darüber erzählt hat – ihr werdet nach mir die Ersten sein, die davon hören. Denn ich weiß (räumte unsere Mutter ein und ihre Stimme bekam einen betrübten Klang) –ihr könnt diese Frau nicht leiden (sie winkte rasch unsre Widerspruchsgeste ab) –ihr haltet sie für anmaßend, rechthaberisch, streitsüchtig, voll mit linkem Politkitsch & gemäß all der trübselig vergrätzten 1heiz-Wörter, die Heutzutage im Kalten Frieden Deutsche für Deutsche übrighaben, für eine tüpisch härbe West-Zicke – gradezu für eine protestantische Erinnye..... : Ihr werdet sie nach meiner Erzählung nicht besser leiden können, denn ihr=beide wart noch niemals gute Heuchler. Nur (die Stimme unserer Mutter bekam 1 für uns bis dahin unbekannte Entschiedenheit)

–nur sollen euch alle Einwände gegen diese Frau nach meiner Erzählung etwas schwerer werden als bisher.

–Sie wäre in dieser Familie, die im Ruhrgebiet lebte, das 4. Kind gewesen. Doch drei Fehlgeburten hatten ihre Mutter gesundheitlich ruiniert (der Arzt hielt die Lebendgeburt des 4. Kindes – das der Vater, Gymnasiallehrer für Englisch & Geschichte, *Sylphe* nennen mußte – für ein ausgemachtes Wunder). Die Mutter jedoch war seither zunehmend kränkelnd, unter niemals mehr verschwindenden Schmerzen unablässig nörgelnd u voll haßerfüllter Tiraden gegen die-Männer, die sie in nimmer enden wollenden Jeremiaden ein ums andere Mal für all ihr Elend u für ihre verpfuschte Gesundheit verantwortlich machte. Solcherart Klagen erfüllten die Räume der Wohnung in der das Kind aufwuchs, u obwohl nur eben diese Mutter als die 1zige Frau darin lebte, dennoch die gesamte Wohnung mit der kompakten Aura weiblichen Herrschens, einer Mischung aus Gram Vorwürfen & einer muffigen Sorge um Wohlanständigkeit, ausfüllte, so daß selbst das elektrische Licht in Zimmern & dem langen Flur gleichsam blakend, mühsam gegens Verlöschen anzukämpfen schien. Unerbittlich blieb diese für immer längere Zeiten bettlägerig gewordene Frau *Mutter* selbst noch im Fieber bei ihren dann heiser geflüsterten u an rauhen Atemluftschnüren hervorgezerrten Anklagen & Verwünschungen. Im Lauf-der-Jahre verkörperte die Frau gewissermaßen die Kehrseite des Nonnenhaften, wobei solch Wort schon durch seine darin enthaltene Verneinung in der Silbe *non* die Frau wie 1 Korsett zusammenpreßt; das Fleischliche, das sie nicht von sich abgewehrt, sondern im Gegenteil das Schmerz- & Blutvolle dieses Fleischlichen sämtlich hatte erfahren müssen, hatte die Frau tiefer und immer ausgiebiger hassend zurückgelassen, als wäre ihre Lebenskraft in Schatten & selbstauferlegtem Verzicht in einem negativen Zölibat..... versiegt.

–Bevor jedoch der Mann, Sylphes Vater, auf solch pausenlose Attacken nurmehr mit klamm=leisem Verschwinden in die Kneipen reagiert hatte, ereignete sich in jenem gramstockigen Leben, das nach-Außen=hin die Geschlossenheit jener Oberfläche harmlosen Bürgertums zeigte, noch Anderes..... Gewissermaßen floß durch das Aderngeflecht dieses Familienlebens dort, unter der angenehmen, verschlußsicheren Membran der Gutbürgerlichkeit, eine besondere Sorte Gift, so wie das Blut mit seinem hastigen, aber gleichgültigen Fließen eben auch jene Stoffe durch den Körper schwemmt, die ihn schließlich zersetzen..... ?War er, dieser Vater & Lehrer, schon damals der Säufer wie in späteren Jahren, und war er in dieser einen, aus entrückendem Sommer erwärmten Septembernacht ?besoffen, als er, Holzpantinen an den Füßen hohl schlurfend & klockernd die Treppen hinauflief, die Tür zum Kinderzimmer aufriß –: die 5jährige Tochter schreckte hoch aus dem Schlaf die Arme schnellten vor die Augen gegen die scharfkantige grelle Lichtplatte die vom-Flur=draußen hereinstürzte & sie überfiel, und aus dem gelbweißen Lichtblech ein Wesen herausgeschnitten & über-sie geworfen wurde, groß dunkel & schwer mit dem Atem dem Geruch u der Stimme des Vaters, u diese Stimme brüllte auf sie ein, verlangte von der im Schlaf Erschreckten: sie solle !antworten, !antworten solle sie, ob sie Es !gelernt habe, ob sie Es !könne –. Das Mädchen wußte nicht, was diese Stimme die wie die Stimme des Vaters war von ihr jetzt=in-der-Nacht denn wissen wolle – *?fragt er mich nach meinen ?Hausaufgaben : !Vater – ich bin doch noch gar nicht in der !Schule* – sie wollte weinen, brachte keinen Laut zustande, und noch ehe sie schreien konnte, plötzlich die zu klumpigen dicken Fäusten geballten Hände krachten auf den Kopf der 5jährigen nieder, *ein Hagel aus !Rüben* (dachte im Augenblick des Erschreckens stilldenkend das Kind) *jemand der aussieht wie Pappa schlägt mich mit !Rüben – woher hat der soviele ?Rü-* : Fäuste, die auf=sie niederprasselten schneller und schneller als hätten die Holzpantinen des Vaters sie dem rauschhaften Zwang nach Unaufhörlichkeit aus der blutig schmeckenden taumeligen Helle dieser Zimmerwände wie eine Lawine losgetreten – :*Und dann ein Schmerz* (hatte sie unserer Mutter erzählt) *als* *würd ein Knüppel dort=unten reingestoßen – ein !Schmerz wie ein Hundebiß* dort wo sie sich noch niemals verletzt hatte, an dieser 1 Stelle an ihrem 5jährigen Körper von der sie überhaupt keine Vorstellung hatte, wozu die wohl außer zum Pinkeln überhaupt da-sein könnte – – *Und mit Schnapsatem Speichelfäden & einer unrasierten Wange schabte sich Grunzen in mein Gesicht hinein, solche noch niemals aus dem Mund eines Erwaxenen gehörten Rauhlaute u genauso eklig wie das Schluchzen & das schluckhaft sumpfige Glucksen aus den Mündern dieser Alten mit denen das Flennen aus Ihnen hervorbrechen kann* –. Kurz darauf trat der dunkle Schatten mit der Stimme dem Schweiß&alkohol-Gestank des Vaters wieder zurück ins hellgelbe Lichtblech aus dem er wie von der Stanze geschnitten herausgestürzt war, *er ließ mich liegen wo ich lag* (hatte sie unsrer Mutter erzählt), *die hohl schlurfenden klockernden Holzpantinen zählten behäbig tappsend die Treppenstufen vom Kinderzimmer in die Wohnstube hinab, der Schmerz ist mit dem Blut & diesem anderen Zeug, das ich in-mir spürte u keine Ahnung hatte wasses war, von dort=unten rausgesickert wie ein brennendes Rinnsal –. Dann ist Mutter im Zimmer erschienen.* –Ich sehe sie vor mir. (Hatte unsere Mutter gesagt.) –Hoch aufgerichtet im elektrisch=grellen Zimmerlicht, in den Zügen jene Unbarmherzigkeit aus einem Großen Triumf – denn nun – (die Stimme unsrer Mutter stockte) –nun hatte sie *!ihn* in=ihrer=Hand, ihrem Gutdünken ausgeliefert: diesen gehaßten Mann mit seinen dumpfen Trieben, die der Suff aus ihm herausjagte; dieser Mannestrieb, ein-Leben=lang in anderes Fleisch 1dringen zu müssen um dadrin seinen Samen abzuspritzen, diesen Löffelvoll unersättlicher fataler Gier, die sie, diese Frau vor dem Bett der Tochter (die ja ebenphalls aus dem verfluchten Samen dieses Mannes hervorgekommen war), im Verlauf etlicher Ehejahre in ihrer Gesundheit letztendlich zugrunde gerichtet hatte, und jetzt – (Es dauerte lange damals, ehe unsere Mutter weitersprach; immer öfter schwieg sie, weil sie für ihre Erzählung nach Worten suchen mußte, die viel eher durch die Augen als durch den Mund passen wollten) –

–Die Holzpantinen (sagte sie dann) –das hohl schlurfende klockernde Geräusch, das in den Nächten die Treppe zum Kinderzimmer hinauf- und *Danach* wieder hinablief – : mit !diesem Takt, der wie der Schlag einer hölzernen Uhr die Stunden-und-Jahre im Kinderzimmer der heranwachsenden Tochter zerschlug : !Damit hatte diese Frau *Mutter* den eigenen Mann unentrinnbar in der Hand. Und jedes Mal, nachdem die hölzernen Pantinen die Stufen hinab sich entfernt hatten, im grell ins Licht zurückgerissnen Zimmer die Frau, ein neues Bettlaken in der Hand, die Tochter aus dem Bett hochzerrend, mit ihr das zerwühlte Laken, & mit dem Kind an der Hand raus ins Badezimmer unter derbem Rütteln, als müßte sie dadurch bei jedem Mal 1 widerstrebendes, dummstörrisches Haus-Tier an seine andressierten Pflichten erinnern. Denn das-Geschäft, das die Frau dem ehe-Mann diktiert hatte, war 1fach: Solange du mich in Frieden läßt, solange laß ich dir deine Tochter –: Rührst du mich auch nur !1 Mal noch an, bin ich bei der-POLIZEI..... : Damit sorgte die-Mutter auch der einzigen Schwachstelle in ihrer Erpressung vor, nämlich daß dieser Mann irgendwann einmal auf&davonrennen und gar von ihr sich scheiden lassen könnte. Die Drohung mit der-POLIZEI, !das war die eigentliche Fessel, und sollte sie, diese Mutter, auch getrost selber dabei zugrunde gehn. Unter solch Umständen ist gut Geschäfte..... machen. Aber – (sie stockte erneut, doch einem Zwang folgend, mußte unsere Mutter bis ans Ende auch dieser Nacht in einer Geschichte gehen) –Der Mann, Sylfes *Vater*, nutzte seine verfluchte=Freiheit aus; das hohl schlurfende klockernde Holzgeräusch füllte immer öfter die Nächte seiner Tochter. Der Mann steigerte sich dabei in alles niederbrechenden Prügelrausch hinein, er schlug mit Fäusten & Holzpantinen auf den Kopf des Kindes – ein Hammerwerk aus Prügel – und – (–) *– Einmal nachts, als der Vater in seinem Suff in mein Zimmer kam, verlangte er brüllend, ich solle das Tapetenmuster beschreiben, solle sagen was ich sehe –. Ich hatte zum ersten Mal seit langem wieder fest geschlafen, denn Vater war am vorgehenden und an diesem*

Abend nicht nachhaus gekommen, es hieß, er sei auf einer Dienstreise. Ich schlief einen Schlaf ohne Traum, ohne Kälte u Angst –. So hatte ich seine Rückkehr spät am Abend verschlafen, und war nicht wie sonst durch das hölzerne Schlurfen der Pantoffeln aufgewacht. Jetzt aber war er wieder !da – jetzt brannten die Augen unterm plötzlichen bohrenden Licht, ich konnte nichts sehen, nichts sagen – darauf stieß er mich mit Stirn u Gesicht gegen die Tapete. –Als das Kind auch dann noch nichts sagte, nur weinte u den Kopf unter ihren Armen vor den Schlägen des Vaters zu schützen suchte, packte der Mann das Mädchen, hob sie hoch und warf sie mit voller Wucht gegen die Wand. Das Kind mußte dabei ziemlich verletzt worden sein. Denn diese *Mutter*, die offenbar nichts fürchtete, nicht einmal durch Fremde die immerhin mögliche Entdeckung !Was im Kinderzimmer dieses Hauses..... geschieht, sie ist anderntags mit dem Kind zum Arzt gegangen – das Kind sei die Treppe runtergefallen, teilte sie dem Arzt sofort mit & tat alles damit das Kind nicht selber zum Sprechen kam. Es tue ihr beim Atmen weh & die Rippen schmerzten. Sagte sie, rasch dahinplappernd mit Fürsorge heuchelndem Ton, die Verstörtheit des Kindes geschickt ausnutzend. Der Arzt stellte tatsächlich fünf gebrochene Rippen fest, den angebrochenen Hüftknochen bemerkte er nicht (denn diese *Mutter* verstand es geschickt, jegliche Untersuchung des Arztes, die allzu nahe dem Unterleib des Kindes geraten wäre, zu verhindern –). Diese niemals richtig ausgeheilte Verletzung macht ihr bis-Heute zu schaffen..... – *Mit Zehn dann bekam ich meine 1. Regel. Von nun=ab änderte Mutter ihr Verhalten, jedesmal sobald die hohl schlurfenden die Treppe hinabklockernden Holzpantinen verschwunden warn :* –Wie zuvor in all-den-Jahren zerrte sie *Danach* die Tochter ins Badezimmer, warf mit schwer unterdrückter Wut Kind & Laken in die Wanne in den kalten rauschenden Wasserstrahl & mit groben Seiflappen & Bürsten schrubbte die Frau den Körper der Tochter, als müsse sie der Haut aufgeschmierte obszöne Krakel entfernen. *Doch jetzt hatte Mutter ein Gerät dabei, eine Art Klistier, das sie mir zwischen die Beine schob & mich auswusch. Langezeit. Ich mußte, während der Wasserstrahl den Samen des Vaters rausspülte, jedes Mal an die Putzfraun denken, die ich früher am Bahnhof gesehen hatte, wie sie im öligtrüben Arbeitslicht durch die abgestellten Eisenbahnwaggons zogen, Abfall Dreck & Kotze der verschwundenen Reisenden aufzuwischen & wegzuschaffen – ein Kotzefleck, das war auch ich* – –Von=jetzt-ab unterlag die Tochter einer dauernden=peinlichen Kontrolle durch die Mutter. Die Zeit für die nächste Regel war heran, die Familie saß zum Essen beisammen.....

–!Wie soll man sich Das ?vorstellen: *die Familie saß zum Essen beisammen* – (unterbrach zum 1. Mal voller Empörung damals meine Schwester die Erzählung unsrer Mutter). –Nicht etwa, als sei in den-Nächten davor nichts geschehn (erwiderte sie:) –die Feindschaft dieser *Mutter* duldete im-Innern des Gehäuses Familie..... keine Heuchelei; die Nächte der Tochter waren: !normal..... Zudem, wie ich hörte, stand fest, dieser Mann..... war in dem Haushalt die einzige Person, die wirklich Kochen konnte. Der Zwang zum Essen und der Zwang zum Entleeren (sagte unsere Mutter noch) –das sind stets die beiden stärksten Einwände gegen den freien-Willen.

–*?!Und.* Herrschte die Mutter die Tochter beim Essen an. *?Was und,* sie schaute verblüfft ohne zu begreifen zur Mutter hinüber. *!Ob du sie ?!bekommen hast: deine Schweinerei.* Die Tochter hatte ihre Tage nicht zum errechneten Zeitpunkt bekommen, *Schwankungen sind ja nichts Außergewöhnliches bei Mädchen in so frühen Jahren.* Baute die *Mutter* einem=bestimmten Plan bereits vor. Daraufhin ist sie anderntags mit der Tochter zum Frauenarzt gegangen. Auch dieses Mal unterm Schutzmantel der Fürsorge erreichte sie geschickt, daß der Arzt (als käme der Einfall zu dieser Therapie von ihm) dem 10jährigen Mädchen !Hormonspritzen gab, die angeblich !extrem unbeständigen Perioden des Kindes zu stabilisieren. Da-Heim unterdessen führte Die Mutter von-nun-ab peinlich=exakt in einem schmal liniierten Diarium (das vor Jahren das Mädchen als Poesiealbum geschenkt bekommen hatte) den Regelkalender der Tochter, damit der *Vater.....* an den-günstigen-Tagen in gehabter Manier zur Tochter konnte..... *Gewiß hat Mutter jedesmal schon mit dem Klistier vor meiner Zimmertür gewartet; der letzte rausgekrächzte Laut des Vaters und der klockernde schlurfende Holzklang=Danach, sobald er auf dem Boden mit den Füßen nach den Pantinen stocherte, hatte nun für uns beide, für Mutter u: mich, dieselbe Bedeutung bekommen – : – Zerschlagen, zwischen Holzpantinen & Klistieren vom eigenen Vater zu Schanden gefickt : Das war meine Kindheit in den Fünfzigern, in einem Eltern-Haus in Bochum.....*

–Aber (an der Stimme unserer Mutter zerrte Wut) –aber Das war schon immer so, war & ist Nichts=Anderes als der-Alltag..... Dreißigjahre bevor der Alltag Mode wurde, von verkitschten geldgeilen=Fernsehziegen&laberoxen leer&totgekwatscht.....

Unsere Mutter schwieg dann – schien zu überlegen –: –Einmal habe ich sie gefragt: ?!Warum hast du diese *Eltern* nicht einfach, (und ich stockte gleich, redete nicht weiter, denn ich merkte plötzlich, wie !dumm diese Frage war) – *Du meinst: !Warum ich diese Eltern nicht einfach ?umgelegt habe* (half sie mir ungerührt damals den Satz zu vollenden) *Denk dir: ich bin nicht darauf gekommen – auf alles bin ich gekommen: Weglaufen – mich-umbringen (ich hatte einesnachts aus dem Apothekenschrank Tabletten geklaut, weil ich gehört hatte, die-Erwachsenen bringen sich mit Tabletten um. Ich wußte zwar, daß nicht mit allen Tabletten das Sichumbringen klappt, aber ich wußte nicht, ob diese Tabletten, die ich geklaut hatte, zum Sichumbringen taugen; so wie ich sie da unter meinem Bett in 1 Reihe hingelegt hatte, schienen sie mir zu winzig, weiß u zu harmlos für Tod – also nahm ich sie nicht aus Angst, es wären die falschen Tabletten). Auf Manches bin ich gekommen – nur nicht !darauf, die-Eltern umzulegen* – : –Ich habe sie nie wieder Der=Artiges gefragt (sagte unsere Mutter, dann schlug sie die Faust auf den Tisch) –!O diese !gottver!fluchten hundsmieserablen Säue..... (Und es war nicht mehr recht klar, !wen unsere Mutter am Ende ihrer Erzählung damit meinte: diese *Eltern* od jenes Fernseh=Geschmeiß, das zwischen Popmusik & Werbeblöcken das Elend ihnen vollkommen fremder u gleichgültiger Leute zerkwatscht..... Od: sie=Alle=zusammen, weil man ja weiß daß unverfälschte Bosheit ebensowenig existiert wie unverfälschte Güte, sondern nur Mischmasch von Beidem, nur lausige Kompromisse zu denen das Lebenmüssen..... zwingt & somit die gütige Bosheit & die boshafte Güte erscheinen lassen, wodurch selbst die niedersten Gemeinheiten & Teufeleien, zehnmal verderbter als die reine Bosheit sie jemals ersinnen könnte, als immerhin noch lebbar, als wie-auch-immer grad noch annehmbar & schließlich sogar fürs eigene Weitermachen Weiterkriechen&wurschteln letztlich als gute Einnahmequelle sich ausleben können, indem jene einst von den nächstverwandten Un=Menschen Behelligten Vergewaltigten und Zuschandengeprügelten die eigene Schmach in Geld zu verwandeln trachten. Der von den Torturen des-Alltags..... Verletzte Erniedrigte, zum Koofmich geworden, nunmehr mittels Honorar dem einstigen Geschehen im Pferch der Eltern-Häuser durch eine 3- od: 4stellige Summe vor Aller Öffentlichkeit die nun endgültige Rechtfertigung..... & Bestätigung..... für=alle Verletzungen, Erniedrigungen zukommen zu lassen.)

–Dann, später, die Tochter war bereits über 12 Jahr alt, hatte der *Vater & Lehrer* die Lust am Tochterprügeln&vögeln ein=für-Allemal verloren. Denn die Halberwaxene, sie hatte inzwischen verstanden: ihr Erschrecken in der Nacht, das Sichwehren zuerst und das Unterwerfen im Flennen zum Schluß, !das macht ihn scharf den Mann..... Also änderte sie ihr Verhalten: *Starr, ergeben, ohne Regung wie 1 Puppe aus Bakelit* (erzählte mir die Frau) *ließ ich ihm sein Getu. Sobald er grunzend in-mich-drang, wandte ich das Gesicht zur Seite & als müßt ich in der Religionsstunde das Vater=unser runterleiern, ließ ich meine Stimme sagen: Komm. Komm. Mach. Ja doch. Komm.* –Das auf-Dauer mußte den Kerl zermürben, die Schönezeit=für-ihn war vorbei. Er ging immer seltener, schließlich gar nicht mehr ins Kinderzimmer, wagte es nicht mehr; das Vieh-in-ihm witterte unbestimmt die Gefahr..... Die Nächte der klockernden schlurfenden Holzpantinen & der Schläge blieben aus. Der Mann, ein Säufer seit Jahren, fand nun 1zig Gefallen noch am Alkohol & immer häufiger Anlässe, in Kneipen Abende-und-Nächte=lang zu versumpfen. Dazu war er mit dem Auto durch die Vororte gefahren, durch Gegenden wo in jenen Jahren ersten Wiederwohlstands nach Dem-Krieg die Städte über brachliegende Felder herfielen, Bagger rissen Gestrüpp aus, planierten Wälder zu traumlos kahler Erde – zugige Landschaften, wo zwischen Gruben & Tümpeln voll mit grauem Wasser wie hingeworfne Sandbauklötze die 1familienhäuser lagen. Dort gab es keine Kneipen; die Häuser mit Vorgärten wachten wie Grabstellen still überm geharkten Frieden (:der Eindruck von Gräbern trieb ihn wohl noch eiliger durch die Siedlungen hindurch) – er mußte weiterfahren, mitunter bis nach Essen od bis Witten, manchmal sogar in Ortschaften am Rand zur Kirchheller Heide, dorthin fuhr er am liebsten. Immer hatte er Kneipen in weit vom Wohnbezirk entfernt liegenden Ortschaften heimgesucht. *Mutter war felsen=fest überzeugt davon, daß er dort-irgendwo 1 Freundin habe,* 1 Weibstück mit einem Loch *(sagte sie stets an dieser Stelle immerderselben Verwünschungen angekommen, denn 1 !fremdes Weib mit Vater, das wäre ihrer Verachtung für alles=Männliche nur zurechtgekommen),* ein Loch, in dem diese-Männer=diese-Jammerlappen, verschwinden können & seis nur für n paar Zentimeter *(:dann lachte sie jedesmal über diese uralte Zote, laut & roh wien Lanzer. Ich hatte damals diese Anspielung naturlich nicht begriffen, aber es war die 1zige Gelegenheit an die ich mich erinnere, daß Mutter lauthals gelacht hat, ein grellflackerndes Lachen, und so ahnte ich, daß gar nicht jenes seltsame Weib, das angeblich ein Loch haben sollte, der Grund zum Lachen war, sondern wieder einmal nur Vater –). Später,* hatte sie mir dann weiter erzählt, *später vor-Gericht ist jedoch rausgekommen, daß er in irgendwelchen keimigen Absteigen, besonders nach den Wochenend-Eskapaden, lediglich seinen Rausch ausgeschlafen hatte (:was zu erfahren Mutter sicher in gewisser Weise enttäuscht haben mußte). Manchmal jedoch versuchte er im Vollrausch mit dem Auto wieder zurück, nach-*

Hause, zu fahren – : Als er einesnachts sturzbesoffen am Steuer in 1 Polizeistreife geriet, war er den Führerschein los. *Das*, hatte sie dann noch gesagt, *war gewissermaßen der Anfang-vom-Ende*..... Seither, & von Mal-zu-Mal mit sinkender Hemmung, trieb Es ihn in die Kneipen der Umgebung –. Die-Leute..... begannen zu raunen, zu reden..... und nicht etwa allein über die Sauftouren dieses Lehrers. Als schließlich die letzte seiner Affären mit Schülerinnen aufflog – er hatte zuletzt hemmungsloser, unbedacht & in rascher Abfolge sich an einigen seiner Schülerinnen vergriffen –, wurde er verhaftet, & es kam zum Prozeß.

Als hätten die-Behörden grad auf !solchen Fall-eines-Lehrers gewartet, erfolgte die Verurteilung des-Kinderschänders (wie man ihn jetzt stadtweit nannte) !erstaunlich schnell. Zwar setzte das Gericht seine Strafe zur Bewährung aus, doch wurde er durch die Entscheidung der übergeordneten Schulbehörde zunächst vom Schuldienst suspendiert & schließlich erfolgte sogar die Aberkennung seines Beamtenstatus. Insbesondere die wiederholten Affären mit den minderjährigen Schülerinnen waren vermutlich schwer ins Gewicht gegen ihn gefallen & hatten solch eine harte Entscheidung der Behörden hervorgebracht. Damit wäre normalerweise in der-Öffentlichkeit dieser-Fall-eines-Lehrers wieder in Vergessenheit geraten.– Jedoch in der unmittelbaren Folgezeit nach der Relegation aus dem Lehrerberuf lauerte ihm der Onkel 1=jener Schülerinnen auf (dieser Mann, dem die behördlichen Strafmaßnahmen offenbar keine Befriedigung verschafft hatten, mußte über all-die-Zeit hinweg auf eine Gelegenheit zur Vergeltung gewartet haben, denn das Kommende verlief wie nach lange einstudiertem Plan). Der Fremde stellte sich ihm in den Weg, verwickelte ihn in eine Schlägerei, hatte plötzlich 1 Messer gezogen & den ehemaligen Lehrer seiner Nichte kurzerhand erstochen –.– Das Geschrei über diese Affäre schwebte noch einmal wie der Trichter eines Wirbelsturms über der Stadt; das folgende Gerichtsverfahren nunmehr gegen den Messerstecher zerrte natürlich Familiäres.....

auch aus der düsteren Wohnung des Getöteten auf den lichten Gemein-Platz in die Strudel der-Öffentlichkeit..... heraus. (Was in all-den-Jahren mit der Tochter seit ihrem 5. Lebensjahr in dieser Familie..... geschehen war, davon war indes kein 1ziges Mal die Rede, dieser *Vorfall* blieb in den Falten des Stillschweigens..... wie Staub&dreckpartikel in alten Kleidern verborgen.) So wie bei der Entdeckung von *Wahrheit* (=dieser 1fachen, sozusagen für=Alle vor Dem Gesetz Gleichen = gültigen Fassung von *Wahrheit*) immer etwas Unentdecktes übrigbleibt, dieser bestimmte Rest, das dunkles Blut schlagende Herz im Innern der Wahrheit – das herauszuschneiden niemand wagen mochte, & das somit weiterschlagen, unentdeckt das schwarze giftige Blut durch Adern & Gefäße eines Leibs kreisen lassen konnte solange, bis dieses 1 Wort, das diesen verborgenen Körper einer=ganzen Wahrheit wie 1 Skalpell bei der Vivisektion hätte öffnen können, verschwunden zerfallen als nun längst nicht mehr taugliches Wort ausgelöscht..... worden ist. Ebenso wie der Körper jener Frau *Mutter*, vom Schnee des Alters verweht, längst schon jenseits des Glaubenkönnens an ihre Verbrechen im Schattenwurf aus Langenjahren erloschen ist.

–Der Stolz dieser Frau *Mutter* indes konnte die SCHMACH, die ihr seinerzeit in diesem Gerichtsprozeß angetan wurde, niemals verwinden. Denn nicht genug, daß ihr vorheriges Ehe-Dasein = ihr Verhältnis zu dem nun toten Mann vor Aller Öffentlichkeit durchleuchtet wurde & gewissermaßen vom Sog einer Gerichtsmaschine, deren Werken mit mechanistisch unduldsamer wie zutiefst ignoranter Geste, in jenem Gemisch aus Kälte & Geilheit, mit dem in früheren Jahrhunderten hl. Inquisitoren die nackten Frauenkörper Millimeter-für-Millimeter mit den begierig tatternden Pfoten der Legalität nach Teufelsmalen absuchten, so mußte sich diese Frau=heute von jenen dienstlich=glatten Richtermienen & wiederum vor Aller Öffentlichkeit Ohren der GEFÜHLSKÄLTE bezichtigen lassen. Und das in einer Weise, als stünde mittlerweile nicht mehr jener Mörder ihres Mannes, sondern nurmehr sie=all-1 im Brennglas der Anklage & des Aburteilens vor Alleraugen am Pranger. Solch eine SCHMACH also !ihr, einer Frau die zeitlebens im Besitz des !Rechtes u der !Überlegenheit gegenüber den dürren schwankenden Stegen allgemein anerkannten wie gesuchten Dahinfühlens&lebens sich gesehen haben mochte, u: nun von jenen richterlichen Durchschnitzkarakteren des *Gesunden Volxempfindens* (:Die natürlich *ihr* Recht meinen & Menschlichkeit nach *ihrem* Bilde, woraus (mußte sie erfahren) stets nur 1 sklavische Befriedung, 1 Dienstboten-Recht basierend auf simpelster Lakaien-Vernunft hervorkommen kann : ?!Denn (mußte sie fragen) ?wer setzt die Gesetze & ?!wo ist Schutz des 1zelnen vor diesen Setzern..... der Gesetze.....), von den Talare tragenden & Rechtsprechen dürfenden Figuren also gewissermaßen als VERSAGERIN & zur Sitzenbleiberin noch in der 1. Grundschulklasse in den 1fachsten Dingen-des-empfindenden-Miteinanderlebens..... sich hatte brandmarken lassen müssen, und somit ihr, dieser Frau & *Mutter*, nun vor den aufgesperrten Ohren eines Mobs, der als Publikum den Gerichtssaal mit dem Dunst der Leiber & dem Rumoren aus Eingeweiden wie einen Stall anfüllte, Das=Alles vorkommen mußte, als würde von Aller Hände über ihren Kopf ein Kübel nach dem anderen voll verdorbener Fleischbrühe ausgegossen.....

–Fortan also mußte diese Frau, mit der Tochter in 1 Häuslichkeit, die noch enger noch umfassender & bestimmend unerbittlicher von strikter Weiblichkeit ausgefüllt war, existieren. 1 Häuslichkeit, die wie ein lebendiger Organismus den Mann als den 1 Mal eingerissenen Dorn aus dem weiblich beherrschten Fleisch letztendlich herausgedrängt hatte od: vielmehr der mit fremder Klinge aus ihrem Körper herausgeschnitten worden war, grad so als sei eine (in dieser Frau gewiß seit Langerzeit, nicht an Gott od 1 anderes übersinnliches Wesen, vielmehr an 1 so zufällige Erscheinung wie an das Messer eines Mörders bestehende) Fürbitte erhört worden, indem dieser lastvolle wie lästige ehe-Mann durch solch unverhofften u simplen Zugriff des-Schicksals !endlich von ihr genommen worden war; und nun durch den Tod dieses Mannes zwar jene vor Jahren gerissene Wunde für=!immer sich hatte schließen können, jedoch diese andere, große, ihr durch öffentliche SCHMACH geschlagene Wunde !niemals heilen wollte. – Und waren nach einigen Wochen dem-Interesse jener Öffentlichkeit..... bereits längst andere Brocken für deren öffentlich=schmieriges Empfinden & für ihre Spannergelüste hingeworfen worden (kaum jemand, der in den Vororten od: gar in der Stadt sich noch dieses *Falls 1 gefühlskalten Frau* erinnerte od: im inflationären Aufmarsch der Schlagzeilen noch erinnern wollte) – :So galt für die Frau seither, in weitaus grimmigeren Maßen als eh zuvor, nun ihrem eigenen Körper u damit auch dem, was ihr Körper einst durch die schändliche Besamung durch 1 Mann hatte hervorbringen müssen: der mittlerweile 13jährigen Tochter (die immerhin auch Teil jenes gehaßten u verfluchten Männerfleisches war, das nun seit etlicher Zeit, mitsamt jener im Verschweigen erstorbenen Geschichte aus den Jahren der Kindheit ihrer Tochter faulend im Dreck 1 Grabes verscharrt lag), die ihr auch weiterhin die Schmerzensmale der Erinnerung 1grub..... sowie den Körpern aller-Anderen samt deren Verlangen Begierden & Gefühlen die volle, die nunmehr durch niemanden u Nichts behinderte Angriffs- & Vernichtungswut dieser Frau..... Denn nicht allein jene zweifache Herabsetzung durch die über-Jahre-hinweg getriebenen Eskapaden eines Mannes, mit dem sie die-Ehe..... 1gegangen war, sondern letztlich jene immer aufs Neu erinnerte, ihr vor der-Öffentlichkeit..... angetane SCHMACH=im=Gerichtssaal..... mochte diese Frau in der dunkel glühenden Hermetik ihrer Wohnung zu 1 anscheindend nicht nur körperfeindlichen sondern selbst zu 1 körperlos werdenden Wesen verwandeln, das, weil sie den Selbstmord als Feigheit ablehnte, statt dessen beschlossen zu haben schien, Teil-für-Teil ihres eigenen Leibes (u damit auch das Leibliche an ihrer Tochter) absterben zu lassen, sozusagen in Zeitlupe sich selbst ausmerzend, und das bei lebendig schlagenden Herzen stattfindende Reduzieren solange fortzuführen, bis sie u: ihr Kind 1-Tags gewissermaßen das letzte abgestorbene Teil beider als schuldhafte Last empfundenen Körper würden von sich & fortwerfen können.....

–Nicht daß diese Frau etwa in skopzischer Manier Hand-an-sich od ihr Kind, die damals bereits 14jährige Tochter, gelegt hätte; das Absterben verlief sozusagen von-Innen her, als sei auch die letzte Spur des-Lebens schal geworden und verraucht, und habe 1 mehr-und-mehr von sämtlichen Ansprüchen & Empfindungen entleerte Hülle zurückgelassen; 1 körperloses Wesen, dessen Materialität 1zig in der Demonstration der Nichtfarbe Schwarz zu bestehen schien: das um 1 imaginär gewordenen Leib als Kleidung geworfene Schwarz, das Schwarz alles Schattenhaften, Düsteren u Vergeltungssüchtigen, das von ihrer Person ausgehend die Zwingburg dieser Wohnung erfüllte & selbst das weißeste Sonnenlicht od die helläugig scharfblickende Blauheit 1 Wintertags, hier in dieser Wohnung darin eine Hekate dem mütterlich dunklen Racheprinzip lebend hauste, zum Grauschimmern ausgeglühten Eisens verwandelte..... – Natürlich verstand die Heranwachsende diese Fluten aus Anklagen & Verwünschungen insbesondere alles Männlichen..... nicht; sie, die Tochter, war verdammt zur Spannerin an verschlossen gehaltenen Schlaf- und Badezimmertüren, zum Herumlungern auf dem düsteren Hausflur, mußte, sobald die Mutter jammernd & klagevoll den Unterleib umklammernd sich zeigte, in den lichtlosen Nischen & Winkeln des Flures, hinter zugezogenen Vorhängen schwer im Geruch von Staub & Medizin sich verbergen, mußte Schutz suchen zwischen den schwarzen Schrankzyklopen im langen hohen Korridor, der wie ein ausgestreckter Finger an dunkelbehandschuhter Hand herrisch ins Zentrum ihres kindlichen Erschreckens wies: auf die zweiflügelige Tür, dahinter das Schlaf&krankenzimmer der *Mutter*..... (Einmal versteckte sich das Kind in der Speisekammer, und als die Mutter nach Stunden zuerst wütenden dann verzweifelten dann wieder wütenden Rufens & Suchens die Tochter dort=drinnen schließlich entdeckte, starrte das Kind, ohne sich zu rühren so wie sie gewiß über Stunden-hinweg ohne Regung dort=drinnen gestanden hatte, der Mutter mit unbewegten Augen=groß wie zwei runde dunkle Steine entgegen – jene Augen, die auch die Augen der Mutter..... waren.) Um in !solchen Momenten also der-Mutter..... besser nicht begegnen zu müssen, hielt sie sich im Schatten, mit angehaltenem Atem all-die unverständlichen, dahergeraunten Empörungen über Betrogensein & Verlorenes, Rechthaberei & Verfluchungen aus dem Mund einer Frau *Mutter* angstvoll erschreckt angeekelt u fasziniert abzulauschen..... Um von Mal-zu-Mal in Ratlosigkeit 1sam stehngelassen inmitten der Kargheit 1 schmuck- u reizlosen Jugendzeit all-das zwar Gehörte & Gesehene, all-das dem Dämmerlicht zwar Abgelauschte Abgeluchste & Ausspionierte doch eben immer nur höchstens zur Hälfte Verstandene jener Fluten Gram Überdruß & Ekel als das Unaufhörliche, das zäh & unerbittlich in diesen Räumen Herrschende, an großen verwundert erschreckt geweiteten Augen ohne Tränen vorüber sich wälzen zu lassen. Denn ?was außer jenen Nächten der hohl schlurfenden klockernden Holzpantinen die Treppen zu ihrem Zimmer hinauf, sollte denn ?noch sein, ?was an Geheimnissen außerdem noch zu ?ergründen –. ?Sollte es ?noch Dunkleres, in einer Familie noch ?Anderes zu verbergen geben als diese Nächte der Prügel mit Holzpantinen dem Schweiß & dem Samengeruch des nun toten Vaters..... der mitsamt den hölzernen Schritten immerfort nur in ihren Träumen..... noch wiederkehrte.– Aus solcherlei Fragen, die sie niemals an niemanden zu richten wagte, erschuf die Heranwachsende schließlich eine eigene Welt der Vorstellungen, bestehend aus kleinmädchenhaft=schmuddeligen Intrigen & Fantasieen, frühreif & 9xklug, gewissermaßen als dünnes weitmaschig & grob geknüpftes Netz für das eigene Überstehenkönnen, das sie sich zurechtzumachen & über diesen mütterlich dunklen Abgrund auszuspannen begonnen hatte.

Nur 1 Mal hatte in diesen Jahren Mutter so etwas wie 1 Annäherung an mich versucht, hatte sie unserer Mutter einst erzählt, *je-*

denfalls ist es das 1zige Mal an das ich mich erinnere. Sie mußte Einesnachts leise zu mir ins Zimmer gekommen sein, und hatte sich dann ebenso leis auf die Kante meines Bettes gesetzt. Dort – ?wer weiß wie!lange – hatte sie im Dunkeln gesessen u mich angestarrt..... Als ich aufwachte, sah ich nur den großen unbewegten Schatten dahocken direkt vor mir. Ich fuhr aus dem Schlaf hoch: !Vater..... Er ist wieder !da, und schrie: Geh !weg Vater – du bist doch !tot Vater !!tot – –. Erst als der Schatten aufstand, leise behutsam als wolle er meinen Aufschrei begütigend wie ein Tafelschwamm auslöschen, und als dieser Schatten seltsam in sich zusammengesunken zur Tür hinausging ohne 1 Wort – erkannte ich den Schatten: Mutter..... Sie hat in allen späteren Jahren so etwas !niemals wiederholt.

–Das (erzählte unsere Mutter weiter) –muß die Zeit gewesen sein, als der stete Ringkampf zwischen Tochter u: Mutter ums GELDVERDIENEN-Können begonnen hatte. Ein worteloser, aber unerbittlicher Ringkampf gegen das immer offensichtlicher werdende Unvermögen dieser all-1 in Gram & Verbitterung dahinvegetierenden Frau *Mutter*..... Geld für die verstümmelte=Familie herbeizuschaffen. Denn seinerzeit durch die verfügte Aberkennung des Beamtenstatus des Gymnasiallehrers, ihres toten Mannes, war der Frau die Zahlung der ihr sonst zustehenden Beamtenrente verwehrt worden; sie u: ihre Tochter lebten, nachdem alles Ersparte aufgebraucht war, von der Fürsorge. – Auch war das Kochenkönnen jener Frau *Mutter* nicht grad in die Wiege gelegt worden, und ihre Feindschaft gegen alles Leibliche, wozu auch die leiblichen Bedürfnisse des Essen&trinkenmüssens zählten, taten ihr Teil an der Gleichgültigkeit dieser Frau gegenüber der Nahrungszubereitung, die mehr-und-mehr lediglich zum Niederstrecken des Hungergefühls, beiweitem aber nicht zum Genießen einer Speise, runtergekommen war. Und so staken diese Jahre im ewigen Provisorium 1 Haushalts zwischen Geiz & den achtlos in heißes Wasser geworfenen Makkaroni. Der Brodem kochender Makkaroni – die, weil sie stets ein Stückweit oben aus dem Topf herausragten, dort also hart geblieben, unten aber zerkocht waren, so daß sie schmeckten wie heiß & weich gewordne Trinkröhrchen aus Plastik, & dazu immer 1 wässerig rote Plirre aus Tomatenmark in der Färbung vom Sud ausgekochter blutiger Wäschestücke, als steckte alles Morose, Unversöhnliche, Inzestuöse & Verrohte aus dieser 1 Wohnungs=Welt als Bodensatz in dieser labberigsüßen Tunke – hatte sich gradezu als der Körpergeruch dieser Häuslichkeit im echten Wortsinn niedergeschlagen. Der war Begleiter jenes Kampfes, der ihr, der Tochter, einen Triumf nach dem andern einbrachte über eine zwar noch immer fürchterliche, plötzlich aber auch furchtbar lächerliche=versagende *Mutter*..... (die immer häufiger all-1 in der vom Dunst nach Makkaroni&tomatenplirre stockigen kleberigen Küchenluft saß & appetitlos den zubereiteten Fraß noch aus dem heißen Topfblech hinunterschlang.....)

–Im Alter von 14 (erzählte unsere Mutter) –hatte sie nämlich begriffen, daß die Lösung von vielerlei Dingen – so auch die (zumindest teilweise) Lösung aus jener dunklen=machtvollen Abhängigkeit von dieser *Mutter* – mittels GELD sich erreichen ließ : Die 14jährige gab Mitschülern Nachhilfeunterricht. Geduldig mit unermüdlichem Eifer & mit unvorstellbarer Nachsicht gegenüber den Begriffsstutzigkeiten, Dumm&frechheiten ihrer, finanziell ungleich bessergestellten, Mitschüler mußte sie tagtäglich an den Nachmittagen zu Werk gegangen sein. Sie lehnte ein-ums-andere-Mal alle freundlichen Einladungen von den Eltern ihrer Schüler zum Essen-im-Kreis-der-Familie ab (was als Entlohnung von diesen-Leuten für das 14jährige schmächtige Kind gedacht war, weil Man weder glauben konnte noch wissen wollte, !was GELD für dieses Halbekind bedeuten mochte). *Obwohl*, hatte sie mir gestanden, *ich manchmal nahe dran gewesen bin, beim heimeligen Essensduft, der durch die Räume zog, schwach zu werden. Ein einziges Mal*, sagte sie, *habe ich nachgegeben & habe die Einladung angenommen. Mein Magen hatte wohl zu lange zu laut geknurrt, als daß man mir das Ich-hab-gar-*

keinen-Hunger geglaubt hätte. Und !?was wurde bei dieser Familie ?aufgetragen: Makkaroni mit Tomatensauße. !Ausgerechnet. Im 1. Moment hätt ich kotzen mögen – dann begann ich, vorsichtig, 1 nach dem andern, die gelbweißen Teigröhrchen zu essen –: Die schmeckten ganz-!anders als dieser laue, halbgare Fraß, den Mutter daheim vorsetzte, und die Sauße schmeckte würzig nach dem fleischlich-erdigen Mark von Tomaten als seien sie grad im sonnenheißen Garten von der Staude gepflückt. Zum 1. Mal merkte ich, daß ein-solches Essen auch !schmecken kann. Aber, sagte sie dann rasch, *es blieb das einzige Mal, daß ich als Bezahlung statt Geld Essen angenommen hatte. Vielleicht war eben diese Gelegenheit der Grund, weshalb ich auf eigenes Geld, das immer auch eigenes Essen bedeutete, vonnun-ab nicht mehr verzichten wollte.* : Sie bestand also fortan hartnäckig auf Bezahlung mit GELD dem üblichen Stundensatz für Nachhilfe, & sie wußte genau, bei !wem sie für ihre Nachhilfestunden gut bezahlt werden würde u bei wem nicht; den Gutzahlern half sie. (*!Schaumalan: so 1 kleines geldgieriges Aas.....* – raunte Man hinter ihrem Rücken. *Da wäxt n !schönes Früchtchen ran – kein Wunder bei !den Eltern –.*) Aber Man gab ihr, was sie haben wollte: GELD : GELD (von dessen Vorhandensein die *Mutter*, dort in der schwarzerfüllten Wohnung, nichts wissen durfte); GELD = für das die 14jährige von-nun=ab Sovieles an FREIHEIT sich erhandeln konnte.

–Und dieser Kampf, sagte unsere Mutter, –er währt noch Heute, dauert noch-immer an, selbst zu !dieser Minute; ein Kampf seit nunmehr über Dreißigjahren. In seinem Verlauf gönnt sie sich mitunter den Triumf, in teuren Restaurants das Essen beinahe unberührt zurückgehen zu lassen. Doch ist das eher selten u die einzige Art Vergeudung, die sie sich erlaubt. Dominierend ist die Angst vor dem Verlust-von-GELD in diese Frau eingegraben, obwohl sie keineswegs arm ist; ihr Einkommen & meines als Ärztin ist nicht grade gering. Aber sobald aus welchen Gründen auch immer Erspartes zur Neige geht, die 3-stelligen Summen auf den Bankauszügen mit dem Minus-Zeichen hinter dem Betrag sich häufen & im gleichen Maß die Summe auf dem Giro-Konto von der Vier- zur

3-Stelligkeit abnimmt, verfällt diese Frau in unkontrollierte Angst-Zustände. Dafür gäb es wie gesagt keinen direkten Grund (sagte unsere Mutter) –sie ist in keinem Sinn 1 Kirchenmaus. Ich habe sie einmal danach gefragt, und sie hat geanwortet: *Als seien die Ziffern auf dem Kontoauszug die Codierung für eine gramerfüllte Wohnung, für den Gestank nach kochenden Makkaroni & heißer wässerigsüßer Tomatenplirre, Gestank nach Geiz Pflicht & Züchtigung – und von 1 Moment zum nächsten wird Alles wieder so wie Damals..... Die Jahre haben mich eingeholt & bescheren dasselbe Elend in derselben düsterverhangenen Wohnung, darin herrscht im Mittelpunkt der Schatten noch immer Die Mutter..... Heute wie vor Dutzenden von Jahren..... So als seien die vergangnen Jahre jenseits der Kindheit nichts als ein Traum gewesen. Und !jetzt ist er vorüber u aus. Und da stürzt die-Eine-Wirklichkeit wieder auf mich zurück; die ganze Eine-Wirklichkeit: ich = immer noch Kind, immer noch die Vater-Nächte der klockernden schlurfenden Holzpantinen die die Stufen rauf zu meinem Zimmer abzählen & Schweiß Alkohol Prügel, dann in Händen ein fleischrotes Poesiealbum die Mutter Eiswasser & das Klistier zwischen meinen Beinen – von Mal zu Mal, von einer Nacht zur andern – u Nichts was anders, Nichts was wirklich wäre außer diesem.....*

–Und es hat beinahe dreißig Jahre gedauert bis zum 1. Wort, mit dem sie einem anderen Menschen – mir – von ihrer Geschichte zu erzählen begonnen hat. Und wenn ich euch das=Alles heut weitererzählt habe (hatte unsere Mutter damals hinzugesetzt) –dann nur aus dem !einzigen Grund, weil dadurch diesem viel-zu-!spät totgeschlagenen *Vater* !endlich die ihm zustehende Anklage widerfährt : Der !jetzt u !hier als !das genannt wird, das zu nennen sie, meine Freundin, niemals sich gestatten würde, u somit nun aus meinem Mund, dem Mund einer Fremden, die-Anklage & wenn auch nicht mehr Vergeltung, so wenigstens die ihm gebührende Verfluchung zuteil wird. Nicht mal dieser !miserable Tod scheint mir für solch einen Saukerl angemessen – für dieses Stück Dreck, das den Tod, u seis den Tot-Schlag, als unverdientes Geschenk erhalten hat.

–Aber auch Das könnte ihr nicht mehr helfen. Und dieser Dreißigjährige-Krieg (sagte unsere Mutter noch) –wird nach dem Tod dieses *Vaters* auch mit dem Tod des Gespenstes *Mutter* nicht zum Erliegen kommen, ebensowenig wie für diese Frau die Kindheit's Erinnerungen an die Nächte der hohlen schlurfenden Holzpantinen der Prügel & der Vergewaltigung jemals in die ausgekühlte Flugasche des Vergessenkönnens sich verwandeln werden – –

–Bereits in den Jahren auch vor dem Tod des *Vaters*..... in den staubigen, verdunkelten Nischen der Wohnung hockend, mochte diese Tochter beim Anhörenmüssen jener Ströme aus Grämlichkeit aus dem Mund ihrer, die Tochter zwar in Dingen der Kleidung & Schulbildung nicht vernachlässigenden, aber in allen übrigen Belangen des Geborgenheit u Wärme Gebens nurmehr wie eine Bäurin ihren Viehbestand betrachtenden *Mutter* in Starrheit u der verkrampft das-Böse (od: was 1 Heranwachsende darunter verstehen mochte) abzubilden suchenden Positur verfallen sein; ein Tun, mit dem das Mädchen das gebärdenarme, zu wenig Stereotypen zerbrochene, steckengebliebene Dasein der *Mutter*, heimlich in Dämmer u Stickgeruch der verschlossen gehaltenen Wohnung, beiweitem nicht allein nur nachzuäffen strebte, sondern vielmehr das (wäre so etwas möglich) aus 1 Legierung aus Granit & Stahl bestehende Wesen der *Mutter* wie die Schreibnadel an 1 Seismografen in die Vielfalt & die Fiebrigkeit zitteriger Spitzkurven & dramatisch auf&abschnellender Diagramme in ein reiches Repertoir des Grimassierens zu verwandeln. Was diese Tochter in späteren Jahren desöftern in Fallsucht u Ohnmacht trieb, in der sie steif wie 1 Holzscheit totenbleich mit Speichelschaum vorm Mund niederstürzend, die Finger wie zu Hühnerkrallen verkrampft, liegenblieb –, und erst nach geraumer Weile schweißnass aus diesen winzigen Toden zurückkehrte, während die Züge in ihrem Gesicht zur Maske aus tiefstem Kindsein heraufdrängender = unbenennbarer Qual sich verzerrten.....

–Flecken..... Immer sind es Flecken..... Noch so !winzige

Spritzer Wasser od Seifenschaum od Weißderkuckuck, deren Anblick sie in !Rage bringt. (Hatte unsere Mutter einmal von *Schwesterfrau* erzählt. Und auch !das ist seit ihrer Beziehung mit dieser anderen Frau an unserer Mutter das !wirklich !Neue : Daß sie völlig unbefangen nun auch über Derlei reden konnte, ein Umstand, der ihr vielleicht selber ein zuvor niemals empfundenes Gefühl des Befreitseins gab, weswegen, mochte es auch flüchtig sein, sie gerade deshalb solch reichlichen Gebrauch davon machen konnte –:) –!Kein Wunder (hatte unsere Mutter die Geschichte weiter erzählt) –Denn nur 2 Mal, nach diesen Jahren der Schändung durch den eigenen Vater..... hatte Sylfe etwas mit Männern, die ja eigentlich noch Jungs waren, gehabt – in diesen Eisessen-Kino-Zum-Tanzengehn-Jahren. Anfangs der Sechziger, die Ruinen aus dem Letztenkrieg waren grad am Verschwinden, in Glas&stahl zu Kuben gepreßt stellten die Städte & das Selbstbewußtsein der Städter=im-Westen sich wieder auf.

–Der Junge, den sie einesabends nach dem Tanzen mit auf ihr Zimmer nahm, war siebzehn, genau wie sie auch; seine Familie stammte aus der DeDeR, war erst kürzlich aus dem Lager-für-Ostflüchtlinge hierher gezogen. Schon im Hausflur kam ihnen die Mutter..... entgegen. *Aha, 1 Junger!mann*, sagte sie unverhofft freundlich und setzte 1 Pause, während der sie ihn vom Kopf-bis-zu-den-Füßen maß; auf seinen ungeputzten, billigen Schuhen blieb ihr Blick haften. Daraufhin wandte sie langsam das Gesicht zu ihrer Tochter: *Sollte der Herr Habenichts nachher in deinem Zimmer einen vorzeitigen Erguß haben – laß es ihn aufwischen & dann schmeiß ihn !raus.* Die Frau lachte flackernd dem Jungen ins entsetzt aufgerissene Gesicht, und ging im Genuß ihres Triumfes in den staubfarbenen Halbdämmer des Flures hinein – :Der Junge aber, der meinte, Sylfe & ihre Mutter seien im Bund, derlei Erniedrigungen seien Verabredung, riß von Sylfe sich los, und stürzte ohne 1 Wort aus diesem Haus davon –.– Beim 2. Mal, mit 1 anderen Jungen, wollte Sylfe geschickter sein. Sie hatte absichtlich 1 späte Abendstunde abgewartet, die-*Mutter*, glaubte sie, müsse heute wie immer um diese Zeit infolge der starken Beruhigungsmittel bereits eingeschlafen sein –. Die beiden, sie : der Junge, unbeholfen im 25-Watt-Mondlicht ihres Zimmers, umstellt vom wuchtigen, maulfaulen Mobiliar der 50erjahre – der schrecklichen Ruhe im Schatten am Fuß dieser wie Steilküsten aufragenden Mauern 1 Raums –, standen sie 1:ander gegenüber, beim Ausziehen – der Stoff ihrer Kleider schien prasselnd die atemlose Stille wie Packpapier zu zerknülln – wandten sie sich verschämt die Rücken zu – –. *Erst steckte er mir 1 Finger zwischen die Beine & stocherte in-mir rum als suchte er 1 Schlüssel-Loch* (berichtete sie) *wahrscheinlich glaubte er ich müsse das weißgottwie !erregend finden – dann wollte er immerfort wissen ob ich schon ?Er-Fahrung hätte & ob ich ?sicher sei –. (:Meine Er-Fahrung, Lieberfroint, heißen Holzpantinen Prügel & Vater's Schwanz seit ich 5 Jahre bin & daß ich=!sicher sei : darüber wachte Mutter mit einem Poesiealbum.....) Aber natürlich sagte ich ihm Nichts=davon – hielt still wie ich all-die-Jahre in Vater's=Nächten aus Gestank Schweiß & Alkohol stillgehalten hatte. Außerdem hatte ich Allehände=voll zu tun, denn der Bengel blökte Dabei wie ein Ochse, ich mußte ihm mit Allerkraft den Mund zuhalten damit Mutter nicht wachwürde : !Das hätte gefehlt, daß Mutter jetzt auch hier=hereinplatzte..... – Und so spürte ich gar !nichts, !überhaupt nichts*, hatte sie dieses ihr freiwilliges 1. Mal beschrieben, *und schon gar nichts von wegen* **LIEBE HINGABE WOLLUST ORGASMUS** *– !Pustekuchen: Weder Klinisches Seelisches noch das Drüsenglück. Denn ich war ja die Ganzezeit-über ausschließlich damit beschäftigt, dem Kerl beim Rammeln den Mund zuzuhalten –. Das war genauso schwierig als wollte man eine sprungbereite Katze mit Gewalt niederdrücken. Der Kerl war so geil dasser Ewich&dreitage brauchte, bisses ihm kam –: Ne ordentliche Plackerei. Nichts weiter als Arbeit.* Sagte sie. *Und dann war Es vorbei. An die Flecken..... freilich hätte ich denken müssen : Die Flecken..... im Laken. Ich hatte nicht dran gedacht. Vielleicht !wollte ich auch nicht dran denken: all diese Nächte=Raus-ins-Badezimmer Bettlakenvoller-Flecken Wanne Kaltwasser dann die Klistiere & Zahlen rot* *angekreuzte Tage an denen der eigene Vater mich problemlos (wie Mutter das gewiß für sich nannte) ficken konnte : Mutters Eintragungen im Poesiealbum wie der Fahrplan für ne gewisse Art von Nah=Verkehr, wo bei anderen Mädchen meines Alters gepreßte Blumen & süßliche Verse standen. Und eigentlich war ich nur froh, als Es auch mit diesem Kerl vorbei war. So blieb ich also liegen, ließ das ganze Zeug wieder aus mir rauslaufen, ins Laken, & hatte an die Flecken nicht gedacht – : Dafür hat Mutter, wie in Gewissen=Jahren zuvor, Daran !sehrwohl gedacht (Mutter, die natürlich während dieser Nachtstunden wachgelegen & Alles mitangehört hatte).* –Und die (erzählte damals unsere Mutter weiter) –ließ anderntags die 17jährige Tochter vor das eigene Bett hintreten als wäres die Gegenüberstellung des Mörders mit der Leiche. *Wenn du dir schon tibetanische Gebetsübungen nicht verkneifen kannst,* höhnte die Frau, *& dabei nachts einen Lärm veranstaltest daß die Wände wackeln, dann nimm wenigstens Rücksicht auf das Laken. Das Bißchen Geld das ich habe ist mir nämlich zu !schade, um dem Fräulein-Tochter – !o Paar Dong: das Frollein isja seit Letzternacht 1 !wirkliche-Frau.....* – :!Nicht erst seit !letzter Nacht, !Mutter..... – brüllte ich –, aber Das überhörte sie geflissentlich, und hob die Stimme noch etwas an: – *!mein Geld ist mir zu schade, um der Frau Tochter für ihren Schweinkram lauter neue Gebetsteppiche zu kaufen. !Da: schau dir das an: !Sauerei. !Wasch Es !aus. Und beim nächsten Mal,* rief die Mutter noch als sie, neben der über die Badewanne gebeugten Tochter stehend, sie beim Auswaschen der Flecke..... aus dem Laken beaufsichtigte, *beim !nächsten Mal leg !gefällixt !Das-da drunter* – & warf ihr eine blauweiß karierte Wachstuchdecke vor die Füße. Die schlug um die Waden, kalt & leblos wie eine abgezogene Haut. Und diese Frau *Mutter* hatte es auch dieses Mal geschafft: Sie hatte die Rolle, die sie über-Jahre=hinweg in allen Nächten der hohl schlurfenden klockernden Holzpatinen mit dem Klistier & dem Tage-Buch in Händen wartend neben der Tür zum Kinderzimmer auf das Ende des Fickens der Tochter durch den Vater gewartet hatte, nun wie eine Staffette weitergegeben an sie, an die Tochter, die zum 1. Mal mit 5 Jahren in einer dem Sommer nachglühenden Septembernacht Gier Wut & Kälte aus späten Menschenjahren erfahren hatte. Und es sollte kein nächstes-Mal mit 1 Mann mehr geben für sie..... Nicht mit diesem 1 Mann u mit keinem nach ihm.....

1zelheiten aus solcherlei Geschichten hatte unsere Mutter einst zusammenhanglos den augenblicklichen Anlässen folgend erzählt, zu einer Zeit, als ihre Beziehung zu dieser Frau sie bereits zu verändern begonnen hatte; als sie zwar noch hier, in dem alten Jugendstilhaus in Dresden, neben unserem Vater, lebte u sie-selbst noch nicht recht glauben wollte, daß die vor einigen Monaten anläßlich eines Ärztekolloquiums gemachte Bekanntschaft zu dieser anderen-Frau-aus-dem-Westen in nicht allzu ferner Zeit auch das, was sie bislang *mein eigenes Leben* genannt hatte, !tatsächlich u mit ganzem Ernst in vollkommen andere Bahnen leiten würde – –

–Aber die Frau=ihre *Mutter*, sie lebte noch, als Sylfe das Land für=immer, wie sie dachte, verließ, und hergekommen war, in die DeDeR..... Lebte noch als wir, sie u ich, dann in der Berliner Wohnung in der Leipziger Straße zusammengezogen sind. Und diese Mutter, sie ist noch heute da, noch jetzt, zu dieser Stunde, dort in dem Pflegeheim am Stadtrand. Vielleicht (meinte sie) –war neben Allem anderen !das der !hauptsächliche Grund, weshalb sie mit !Allenmitteln !fort wollte von Daheim : Um diese Frau *Mutter*..... nicht mehr sehen zu können, nicht mehr besuchen zu !müssen. Denn, meinten wir alle Damals, neben dem Tod war seinerzeit das sicherste Verschwinden ohne Wiederkehr der Weg über die-Grenze..... : Sie=wir : Niemand konnte wissen, daß eben= !diese Grenze dann so rasch – von 1 Nacht zur andern – –

–Und war also für diese Frau zurückgekehrt wie ein Gespenst, jener machtvolle Zwang, die seit Jahren in ihrem mumienhaften Schweigen 1gekerkerte, bettlägerige Frau *Mutter* im Pflegeheim..... besuchen zu müssen. Doch als seien die vergangenen Jahre, mehr als ein halbes Jahrzehnt nach ihrem letzten Besuch, nur 1 Tag gewesen, findet die Tochter beim

1. Besuch nach dem Öffnen-der-Grenze Alles vor wie das ihre Erinnerung als *Immer schon so gewesen* festgehalten hat : Und wieder sind das die !Augen, aus dem riesenhaft wirkenden Bett heraufblickende Augen, die auf das Kissenweiß niedergelegt & ausgestellt erscheinen wie 2 dunkle Steine. !Diese !Augen, von denen die Frau unentwegt betrachtet beobachtet fixiert wird, die sie, die Tochter, dem eigenen Herzschlag wie seinerzeit dem hohl schlurfenden klockernden Geräusch sich nähernder Holzpantinen mit Beklemmung lauschend, offenbar bei jedem Mal an-dieser-Stelle-vor-dem-Bett der *Mutter* (das irgendwann einmal doch ihr Sterbebett sein müßte) festgebannt halten & sie zwingen, eben=diese heimlich gehegten u gewiß ansonsten nicht mal in Gedankensprache formulierten Todeswünsche gegenüber dieser Greisin mit dem grausamen Flüstern der inneren Stimme laut werden zu lassen: *So !stirb doch !endlich. Mutter. ?!Weshalb kannst du nicht !sterben. Herr!gottnochmal !stirb – du altes=widerliches Scheusal: Ver!!!recke* : Aber mit ihrem granitenen Glanz bleiben die Augen der Greisin unverwandt auf die Tochter gerichtet in einer haftengebliebenen, unverrückbaren Zeit.....

–Das Gesicht dieser beinahe Neunzigjahre währenden Unerbittlichkeit – der Feindschaft u des Hasses (nicht auf Jemanden od Etwas, vielmehr Feindschaft u Haß aus sich=selbst heraus alles in diesen uralten steinern porösen Zorn einbeziehend), dies Gesicht also, das seit Jahrzehnten Antwort schon nicht mehr gibt & das bei den allmonatlichen Besuchen im Pflegeheim aus der für einen Riesen gemacht erscheinenden Bettwäsche heraus- & heraufstarrt zu ihr, zu dieser nunmehr fünfzigjährigen Tochter; ein Gesicht als sei das eine jener von Zeit & giftiger Luft verschliffenen Dämonenmasken aus Stein wie sie Kirchenportale säumen, hierher verschlagen & irrtümlich in einer Bettstatt für Menschen (Menschen, die !sterben können) niedergelegt & aufbewahrt wie von der-Zeit ins Vergessen gestellte Skulpturen in den Kellern eines Museums. Od: nicht einmal mehr Dämonisches in diesem winzigen, vom Altern in zeitlupenhaften Verfall gezerrten Gesicht, sondern nichts weiter als das zerfältelte Gesicht eines alten=bösen Affen das aus 1 kläglichen Käfig heraus stumpf & regungslos & dennoch immer Ausschau nach Beute hält so, wie verschiedentlich Tiergesichter im Alter im Leid in der Wut u im Sterben Züge erhalten die menschähnlicher als die der Menschen, u somit im Mensch-Fremden das Mensch-Eigene ins Grauen vor dem-Menschen zu überhöhen imstande sind. So daß diese Tochter im Lauf-der-Jahre in einer bös ironischen Art des Späten Gehorsams von dieser Frau *Mutter* nun auch noch als letztes die Physiognomie übernommen zu haben schien, als hätte nicht sie, die Tochter, bei jedem ihrer Besuche über das Bett der *Mutter* sich niedergebeugt, jene aus tiefster Angst heraufdrängende Verwünschung *Herr!gottnochmal !stirb* der eigenen Mutter ins Greisengesicht geraunt, sondern umgekehrt: Sie, die Mutter, in der ihr letztmöglichen Vergeltung hätte das eigene Gesicht mit allem Grämlichen Rachesüchtigen u jenem ungebrochenen Willen zu Feindschaft u Haß als ein Echo der geflüsterten, geraunten Verwünschung aus dem ewigen Sterbelager in die Züge der eigenen, über sie gebeugt stehenden Tochter hinaufgeschleudert, dort hin1gepreßt & 1gegraben..... Und diese jetzt mehr als fünfzigjährige Tochter – hätte es Heute noch Bekannte od Verwandte gegeben, die sie kannten seit Kindes- und Jugendzeiten – müßte nun von diesen Leuten hören *Sie sieht Heute ihrer Mutter, wie sie Damals war, grad zum !Verwexeln ähnlich.....*

–Und jedesmal, wenn sie von den-Besuchen zu mir zurückkam (hatte unsere Mutter noch erzählt) –war es, als hätte sie sich vergiftet: Kaum in der Wohnung fällt Alles von ihr ab, klappt sie wie n Kartenhaus zusammen. Tobsucht Schrei-Heul- u Kotzanfälle, stundenlang. Sie läßt es nicht zu, daß ich sie anfasse, in die Arme nehme sie beruhige; sie duckt den Kopf unter ihre verkreuzten Arme, krümmt sich, als würde jetzt ich kommen & sie schlagen mit Fäusten & Holzpantinen. Einmal biß u schlug sie nach mir wie ein gefangenes Tier. Diese Anfälle (sagte unsere Mutter) –sie enden immer erst, nachdem sie körperlich vollkommen erschöpft ist. Dann kommt sie heulend zu mir, klammert sich an mich als wolle sie mich zerdrücken. Als wolle sie in ihrer Angst prüfen, ob ich standhalte, ob ich die Frau für sie sein kann, die sie auch jetzt noch nicht von sich wegstößt, die sie auch jetzt=nach-Allem noch weiter überleben..... läßt. Sie gehört zu den Menschen, denen man heute nichts Schlimmeres mehr antun kann als sie zu lieben.

Unsere Mutter (nun an der Seite jener *Schwesterfrau* zu Tisch sitzend) wirkte ?vielleicht auf ihre Freundin von jeher als sei sie lediglich für die sorgende, Kinder & Familie hegende Seite einer Frau geboren; die begierige, lustvolle Fleischesseite von Frau dagegen ihr nicht mitgegeben worden so, als hätte das Biologische sozusagen schon in den Keimzellen sowohl die Arbeits- als auch die Lustteilung vorgesehen, und das, was Tierisch=Fleischliches ist, in Menschen wie unserer Mutter im wesentlichen fortgelassen & Dies jemand Anderem, nämlich ihrer Tochter = meiner Schwester (wie die=selbst, halb im Scherz halb jedoch in verzweifelter Überzeugung, derlei behauptete angesichts ihrer Hilflosigkeit gegenüber den eigenen Trieben) überstellt. Weit davon entfernt, u: im Gegensatz zu *Schwesterfrau*, war unsere Mutter auch dem-Männlichen durchaus nicht feindlich gesonnen – das ihr fehlende, unmittelbare Verlangen hatte sie in früheren-Jahren, in jenen Momenten wo Es all-1 zur Sprache gekommen war, stets mit verklemmten Spötteleien zu verdecken, durch ununterbrochen hastiges Geplapper ins verkrampft Lächerliche & Kindisch-Alberne zu verdrehen gesucht. (?Ob sie wohl seinerzeit, als sie mit unserem Vater noch ins Bett ging, ?ähnlich sich aufgeführt haben mochte: zu ?reden und immerfort ?weiter zu reden, alles & jedes mit nervös zitternder Stimme ?kommentierend um nur endlich Darüber hinweg- & ans Ende zu kommen –.) So auch in allen Jahren-zuvor beim Urlaub an der Ostsee, wo es am Strand auf engstem Raum & vor den Augen der übrigen Familie zum unvermeidlichen, zumindest teilweisen Entblößen des Körpers hatte kommen müssen, sie auch Teile ihrer Leibwäsche (jedes 1zelne das sie vom Körper streifte, mußte sie in 1 Art verbalakademischen Striptease kommentieren, mußte gewissermaßen mit angehaltenem Atem, als gälte es 1 Aufklärungsstunde über weibliche Unterwäsche zu halten, sowohl das jeweilige Kleidungsstück als auch die Beschaffenheit sowie den (zumeist als unpassend, beengend, unschön genannten) Sitz dieses Wäschestücks am eigenen Körper bezeichnen (deren unbenannt gebliebenes, 1faches Ablegen ihr offenbar nicht allein nur peinlich war (hatte sie doch einmal gesagt, daß all dieser weibliche Wäschetrödel sie immer nur an Prothesen für Behinderte erinnere –), sondern darüberhinaus sie offenbar 1 heimlich-subversive, sowohl von jedem 1zelnen Kleidungsstück als auch von dieser dann entblößten Stelle ihres eigenen Körpers, ausgehende Strahlung des Lasziven vermuten mochte, von deren Aufforderungscharakter sie sich=selbst als überfordert empfinden mußte & den sie somit nur durch permanentes Reden zu bannen suchte –), was daraufhin in der Form von Abkürzungen geschah so, wie bei ihrem als BeHa bezeichneten *Büstenhalter* (:wobei diese Bezeichnung tatsächlich die Ähnlichkeit mit jenen prothetischen Gerätschaften für Versehrte besitzt), um auch die allerletzte Spur des Erotischen aus diesem Kleidungsstück herauszulösen, es mit jener spaßig=krampfigen sowie offenkundig pikierten Kommentierung überhöhend als *meinen Bertolt Heinrich* bezeichnen mußte.....

Wie bei manchen Frauen ihres Alters schien der Körper, die Haut die Muskeln das Fleisch, nicht überall & im gleichen Maß gealtert zu sein; während man dem spitz sich rundenden, zur Unzahl winziger Hautfältchen zerklüfteten Bauch u dem schlaffen Fleisch am Hintern die fünfzig Jahre ansehen konnte, schienen die straffen Oberschenkel u die gerade hervorstehenden großen Brüste in ganz anderem Alter stehngeblieben zu sein, wie überhaupt die Erscheinung ihres nackten Körpers (so bemerkte meine Schwester einmal) wie 1 altersmäßiger Zentaur wirkte: bis zur Hüfte der Körper einer Mittdreißigerin, u: die Fünfzigjahre dem Rest..... Wobei zu ihrer körperlichen Erscheinung immer schon etwas von einer unbeschäftigten Amme hinzukam, gewissermaßen ein nicht beachtetes od: vergessenes, schweres Stück Mutterfleisch..... das sich zu dem sehnig & hölzern wirkenden Körper von *Schwesterfrau* in gewisser Weise als der wärmende, der fügsame u anschmiegbare Teil des Leiblichen verhalten mochte.– So daß also diese beiden an der Tafel uns gegenübersitzenden Frauengesichter wie Vorder- u Rückseite od: besser wie Außen- u demonstrativ nach-Außen gewendeter Innenseite einer Kassandra-Maske erschienen, als müßte ihr überlaut in die-Öffentlichkeit gestellter Habitus der Paar-Verbindung ihnen=beiden !endlich Etwas geben, um das jenes in fünf Jahrzehnten gefangen gewesene Vorleben sie betrogen hatte. Od: nicht einmal das, vielmehr sie beide auf unterschiedliche Weise nicht hatte herankommen lassen; an jenes Etwas also, woran sie (vermutlich ohne sich dies selbst einzugestehn od auch dieses Etwas noch irgend genauer in Worte des Wünschens fassen zu wollen) vielleicht im Innersten selbst nicht mehr recht glauben konnten & sie die Lautheit bei ihren Auftritten sowie das für Außenstehende oftmals Unverständliche an all ihren Zwistigkeiten nur aus dem 1 Grund zu immer neuen Aufführungen brachten & beibehielten, um den Glauben an die Möglichkeit nicht zu verlieren, jene dummf=erstickenden, sie=beide allzeit & noch immer bedrohenden Schleier aus all ihrem Vergangenen wie klebendes & immer wieder neu sich vernetzendes Spinnengeweb von sich abschütteln abstreifen &, seis für 1ige Momente nur, auch wirklich zerreißen zu können – –

–Aber ?!Das soll Es sein, das Neue=das Andere=das ?!Wirkliche Glück: Es war an einem Abend im Spätsommer auf unserm alten Landhaus. (Erzählte meine Schwester.) –Die beiden Frauen hatten mich eingeladen, fürs Wochenende dorthin mitzukommen. Sie wollten, und besonders nach diesem unglückseligen Familienfest, den Kontakt-zur-Familie, wie sie das gewiß bezeichneten, nicht abbrechen, wollten sich wegen ihrer Lebensform nicht, wie Vater, isolieren. Du weißt ja (sagte sie) –in welchem Zustand dieses ehemalige Gehöft schon damals war. (Ein verlassener Bauernhof, den seinerzeit vor-Jahren noch die Eltern dem für ne Handvoll Höfe zuständigen, ewig besoffenen Bürgermeister im Verlauf eines Abends in der Dorfkneipe gemäß altbewährter Wodka-Diplomatie abgejagt hatten). –Eigentlich bewohnbar waren ja von jeher nur zwei Räume, davon einer die Küche, alles übrige – Stallungen Tenne Nebengebäude – gammelte seit Jahren vor sich hin – : Gründe zu !prima Streiterein für die-Zukunft lagen vom 1. Tag-an zum Greifen in der Luft. Und was wegen des Zustands vom Anwesen früher zwischen Vater u: Mutter an Zankerein sich zugetragen hatte, das (sagte meine Schwester) –fand in ungebrochener Folge seine Fortsetzung jetzt zwischen Mutter u: dieser *Schwesterfrau*. Außerdem mußte der Zufall, nämlich daß beide Seiten – Mutter samt *Schwesterfrau* u: Vater samt *Neuer Lebensgefährtin* – an 1&demselben Wochenende etwa dort aufkreuzten, zumal nach jenem Debakel namens Familienfest, !verhindert werden. Man hatte sich über die Benutzung dieses Wochenendhauses zwar arrangiert, & seither hielten sich beide Parteien an diesen Besuchsplan, wie früher in manchen Miethäusern die Bewohner an den Plan für die Benutzung von Waschküche & Dachboden sich halten mußten. Dieser Plan (sagte sie) –ein großer grauer Pappdeckel im A-3-Format, gleich neben der Eingangstür angepinnt, hing dort jedem Eintretenden sofort sichtbar als die beständige Mahnung wie an 1 nur zugeteiltes, lediglich ausgeborgtes Vergnügen..... Man hatte nicht umhingekonnt, für die Wochenendzuteilungen die 1zelnen Namen auf dem Papier einzutragen; Vater den seinen mit dem der *Lebensgefährtin*, Mutter & *Schwesterfrau* die ihren. Aber diese Namen, als bezeichneten sie, ausgeschrieben, Ungehörigkeiten od: unzulässige Intimität, waren auf dem Papier nur in der Abkürzung, verbindungslos neben 1 ander gestellt als Großbuchstaben, also gewissermaßen in der Verstümmelung, übriggeblieben..... So wie deren Leben=zu-zweit in den Jahren=davor für sie=Heute nurmehr aus Abbruch, Abfall, Unrat zu bestehen schien, aus ekel=erregenden Resten, an die wie an den Inhalt ausgekippter Mülleimer, niemand auch nur 1 Gedanken verschwenden will.

–An diesem einen Freitagabend (erzählte sie) –als ich mit beiden Frauen dorthinaus gefahren bin, überraschte uns die Dunkelheit. Man hatte daheim zu lange rumgetrödelt, dies-noch & das-auch-noch war zu erledigen – halt ein Weiberaufbruch (meinte sie) –wie sichs gehört in vielen Raten.– Die Auffahrt zu dem Anwesen, der schmale Feldweg, war wie immer nach den ersten Herbstregengüssen ausgewaschen voller Steine & tiefer Schlaglöcher. Sie hatten mal wieder vielzuviel Gepäck mitgenommen, 1-ums-andere-Mal schlug das Auto – es war natürlich *!Schwesterfrau's* West=Auto – knirschend & krachend mit dem Boden auf. (Leise aber gezielt hörte ich seit einer Weile *Schwesterfrau* hinter dem Lenkrad fluchen, sie knirschte etwas von *keine !Achtung & !keinen Sinn fürs !Eigentum wenn man einem !solche Wege zumutet* – :Mutter tat, als hörte sie nichts & schwieg.....) Mittlerweile wars stockdunkel. Vom Weg den kahlen abgeernteten Hügel hinauf war nichts zu sehen außer den kurzen Lichtwogen, die aus den Scheinwerfern schwappten u Schatten in die Schlaglöcher gossen wie schwarze Wogen unergründlicher Wasser, mit ihrer unterschiedslosen Schwärze sie zu riesigen Fallgruben vertiefend; das Auto hüpfte nickend wie der Bug 1 winzigen Boots in der Brandung den steinigen Feldweg hügelauf. Bisweilen jenseits der Hügel die Fernstraße entlang & voraus durch Dunkelheiten eilend Streifen langen blassen Höhlenlichts – und immer traumbleich auferstanden Baumstrauchwesen, an den Rändern, sträubten Äste Zweige heraus ins ausgerollte Lichtband die winkende Tramperhoffnung – und versanken alle, alle im Nachtgehäuse wieder, & immerfort rasend schnell vom dunklen Punkt von 1 Ende her das Lichtband wieder aufgespult, 2 rotglühende Funken noch, dann war auch dieses Auto=dort vorbei –, durch die Nachtstunden heulend dahinrauschende Fahrzeuge mit ihren aufseufzenden Motoren, kurz das Annähern bedeutend wie 1 Klangfetzen Mundharmonika, um dann – Ausmaße u Raum dieser schwarzen Stunde anwachsen lassend – stets rasch im melancholischen Tönen der Nacht zu verschwinden –.

–*Schwesterfrau* hattes längst aufgegeben ihre Sottisen abzusondern. Drohend seit längerem schwieg sie – : Plötzlich Stop, das Getriebe knirschte grausam wie ein Gebiß aus Metall: –*Wir sind zu schwer. !Steigt !aus.* Herrschte die Frau. Mutter & ich sagten nichts, stiegen folgsam aus dem Wagen und liefen im Dunkeln auf den kurzen gelben Lichtzungen den Feldweg voraus; *Schwesterfrau* blieb am Lenkrad, während Mutter (schuldbewußt, als wäre nicht nur für den Zustand 1 Feldweges sondern gradezu für den Zustand sämtlicher Straßen & Wege in der DeDeR !sie=all-1 verantwortlich) übereifrig bemüht war, der-Westfrau den Weg um die DeDeR-Schlaglöcher herum zu weisen. Der Lichtschein reichte nicht weit – Mutter, um den Weg zu erkennen, mußte dicht vor dem Wagen bleiben. Mit 1 Arm machte sie der Frau am Lenkrad Zeichen, den anderen Arm hielt sie ausgestreckt wie tastend, als taugte er als zusätzliches Auge, dem Boden entgegen – sie konnte das Gesicht der Frau im Auto nicht erkennen. Ich aber, neben Mutter herlaufend, schaute 1 Mal unverhofft hoch vom Weg, zum Auto zurück: Hinter der Windschutzscheibe im schwachen Schimmer vom Armaturenbrett beleuchtet das Gesicht von *Schwesterfrau* : die Augen zu harten Schlitzen verengt, zwischen den straff & dünn verzerrten Lippen die Zähne, die in ihre Zungenspitze sich graben, während die Frau, plötzlich=für-1-Moment, Gas gibt, der Motor jault – der Wagen macht einen Satz nach vorn, sie hätte uns – Mutter, mich – um 1 Haar überfahren. :?!Das also soll Es sein (rief meine Schwester noch einmal:) –nach !Allem, was gewesen ist: wieder nur ?!solch Ende vom Lied –.

–Und (erzählte meine Schwester weiter) –Das war nicht anders damals am Theater, als ich zum 1. Mal mit einer Frau ins Bett gegangen bin. Die andere Frau, 1 Tänzerin, war jünger als ich, aber sie mußte seit langem schon den Wunsch Danach gehabt haben. Zu lange vielleicht, ohne es jemals wirklich zu wagen. Und hatte sich daher gewiß Vorstellungen..... gemacht, Wunsch=Träume, Fantasieen, Allesmögliche darüber, wie Es sein könnte Frau mit Frau. Denn (sagte sie) –als sie wieder einmal abends bei mir in der Wohnung war und ich zu ihr ging und sagte *Wir sollten uns jetzt mal einbißchen ausziehn* –, sprang sie, hochrot im Gesicht, auf und rannte ins Bad, zum Waschbecken, war drauf&dran vor Aufregung sich zu übergeben. Und ?dann. Wir haben uns geküßt, – und als ich zwischen ihre Beine faßte: da bin ich !erschrocken. Meine Finger waren Dort eben den Schwanz eines Mannes gewöhnt, u nicht Dasselbe was ich habe.

(Zum 1. Mal seit ihrer Rückkehr trat 1 Schmunzeln aus den Mundwinkeln auf die Lippen meiner Schwester. Dann redete sie langsam weiter.)

–Der Anderen muß das ähnlich ergangen sein – & vielleicht gelang es ihr auf diese Weise ihre Verlegenheit loszuwerden – denn sie sagte nachher: *–Tomoffel.* – *–?Wie ?Was meinst du.* – *–Die Kreuzung zwischen Tomate & Kartoffel* (sagte sie, aber ihre Stimme konnte sich nicht recht zur Heiterkeit entschließen) *–heißt nicht Karmate, sondern Tomoffel. Genau wie die Kreuzung zwischen Schaf & Ziege nicht Schazie, sondern Schiege heißt.* – Ich sah sie an, in ihrer Stimme lag ein verzweifelter Klang. Ihr Gesicht schimmerte rotfleckig die Augen glänzend wie im Fieber, sie schüttelte immerfort den Kopf, als hätte sie ein schwerer Schlag benommen gemacht; ihre Arme zuckten, aber sie wagte nicht mehr, mich Dort zu berühren. Ich aber tat es bei ihr. Wir fielen uns um den Hals, zogen uns gegenseitig die Kleider vom Leib –.– Nun, naß geworden sind wir beide zwar – aber schließlich (sagte sie) –sind wir über-1 gekommen: Beim nächsten Mal nehmen wir !ihn hinzu. (Ihn: Das war der Mann meiner Schwester, der Schauspieler.) –Wir (sagte sie und lachte) –die andere Frau u ich, wir waren eben Beide zu sehr schwanzficksiert. Seitdem waren sie öfters zu=Dritt.

–Nein: !Nein (rief sie jetzt entschlossen) –denn auch Das

isses ja !nicht. Ist !nicht der große, rettende Ausweg aus dem Dilemma zwischen den-Menschen..... Denn ich habe sie doch am Theater zuhauf gesehen, diese Pärchen Frau mit Frau, Mann mit Mann – :!noch piefiger, weil !noch eifersüchtiger, verletzbarer, mißtrauischer, hinterhältiger & verstörter als die übrigen; & immer !noch ein Grund zum Schlachten mehr –. ?Und selbst wenn man sie heiraten ließe: ?!Was sollte denn !?anders sein: !Garnichts. (Rief sie.) –!Nicht die !Bohne wäre anders bei Denen. Derselbe alte=Krampf zwischen Menschen, die am *Glück=zu-Zweit* rumfingern müssen. Auch ein !Glück (lachte sie) –daß es Das Glück nicht gibt, und sie sich also an diesem Nichts immerfort nur die Pfoten zerschneiden können. Ob in Hosen od in Röcken: Mensch = Mensch, u sie blieben sich besser fern –

Denn (hätte sie noch sagen können) über den Gräben & Gräbern der-Alten schließt sich unsere Gegenwart wie Eis über einem unruhigen Strom – und jeder Schritt, den wir setzen auf diese glatte kalte Oberfläche (darunter wie Schlangenbrut hinter dünner Membran, erstarrt zu eisigen Gesichten & Geschichten, jene die vor uns waren), so daß jeder Schritt=weiter auch Einbruch heißen kann : Denn wenn es bricht, das Eis zwischen Denen u: uns, wenn wir in diesen unruhigen Strom unters Eis in diese Fremde geraten, sind, aus Altem zum Alten..... geworden, die-Alten: wir. Und auf dem Grund der Zeit auch zu dieser Stunde dieselben Schauerstücke auf den überalten Bühnen: Kriege – Verwundete – Brand & Sirenengeheul & Feuerlohe aus einstürzenden Städten – verbranntes Menschenfett – der-Hunger die-Obdachlosen die-Vertriebenentrecks – :Was beendet begraben erledigt schien, All-das liegt ohne Tod unterm Eis, lauernd auf Wiederkehr im neuen Fleisch. Daher (hätte sie sagen müssen) Heute u Hier unsere Furcht = unsere Flucht = unsere Wut.

–!Glück (rief sie noch:) –!Was soll an dieser Art Leben&lieben besser=glücklicher sein, wenn nach Allem, was Mutter & diese andere Frau-von-Drüben durchgestanden haben, um schließlich beiıander sein zu können: die kleinlich=sadistische Bematenwillkür um Formulare Stempel Unterschriften – die sechs Wochen Auffanglager – die Scheußlichkeiten der-Nachbarn..... & Kollegen..... Bespitzelungen Denunziationen Erpressungen & Verhöre – :?Und ?dann, ?!was bleibt nach !All=!Dem: letztlich im Halbdunkel hinter einer Windschutzscheibe wie unter dreckiger Eisschicht nur !solch Gesicht..... Und wenn Mutter mir einesabends zuraunt, daß sie eigentlich nach-Allem auch mal wieder 1-Mann-im-Bett haben möchte – :!Nein, dann isses Das !nicht. Weder Haupt- noch Nebeneingang zum-Glück. Überhaupt: Menschen..... u: Das Glück – :na !Prostneumann. !Nichts ist bei-Denen anders. Und wenn ich daran denke (sagte sie bitter) –daß diese *Schwesterfrau* Mutter anfaßt –: da wird mir heute nur noch schlecht.

Doch war zu diesem unseligen Familientreffen in dem großen alten Haus in Dresden auch des Vaters Rolle der – gespielten (weil unter !diesen Umständen am risikolosesten) od tatsächlichen – Naivität im Ende sowohl vom Obsiegen über jene *Schwesterfrau* als auch vom Festigen seines eigenen Status als **ÜBERLEGENER MANN LIEBHABER & BESCHÜTZER** jener *neuen Lebensgefährtin* weit entfernt –. Er hatte 1zig erreicht, als 1 Schattenexistenz noch weiter zurücktreten zu können, 1 Gespenst in einem gespensterhaft leeren Haus immer ähnlicher werdend. Doch ?vielleicht ist es gerade !das gewesen, was er im Grund gewollt, und dieses Schattensein nun gewissermaßen von-Außen sanktioniert bekommen hatte; eine Entrücktheit auch von seiner eigenen Vergangenheit, zu deren Entschiedenheit, sämtliche Brücken zu zerstören, er=selbst von sich=heraus vermutlich !niemals fähig gewesen wäre. Und so geriet dieses Familientreffen wiederum nur zu 1-dieser all-1 dem immerwährenden Prinzip menschlicher Selbstbehauptung & Selbstüberhebung zwanghaft folgen müssenden Schlachten ohne Sieger, deren 1ziger Zweck vielleicht in der, & seis nur für 1 Moment wirksamen & gültigen,

Vertreibung der Illusion vom menschlich=Friedvollen besteht (denn jener anwesende Feind, unser Vater, der bis zum Ende dieses Treffens erfolgreich die Uniform **Des Feindes** sich anzuziehen vermeiden konnte & somit der *Schwesterfrau* den Triumf über jeden ihrer geführten verbalen Schläge letztendlich vergällte (Schläge, von denen jeder einzelne ausgereicht hätte, **einen Feind** zu Boden zu strecken, wäre nicht ebenjener-Feind 1-ums-andere-Mal diesen Streichen mit der Naivität & der Eingebung 1 Kindes od 1 Slapstick-Komikers folgend grad in !dem Augenblick ausgewichen, als dieser auf seine Psyche gezielte Schlag herniederfuhr). Und so verblieb die Luft am Ende dieses Familien=Gemetzels in genau derselben Stickigkeit wie zum Beginn – kein Sieg keine Versöhnung keine Niederlage kein vergossenes Schlachtenblut, dieser je einleitenden Voraussetzung als das Schmutzblatt zum Buch der Gerechtigkeit.....

Und so war auf drängenden Wunsch von *Schwesterfrau* das Ergebnis dieses Pfingstfestes lediglich ebenjene getroffene Absprache über Besuchstage auf dem Landhaus, auf grauen faserigen Pappdeckel, der Rückseite 1 alten Kalenders, geschrieben mit 1 oftmals im Tintenzug stockenden, fast leeren Kugelschreibermiene, penibel 1getragen, genauso penibel, wie seinerzeit jene Frau *Mutter* in einem Poesiealbum die Tage eingetragen & angekreuzt hatte, an denen die Tochter durch den eigenen Vater..... ohne das Risiko einer Schwangerschaft mißbraucht werden konnte. Und dies Eintragen=jetzt geschah aus derselben abgedunkelten Leidenschaft (in deren Adern bereits das bleibend Giftige, das Hassen, die Mißgunst & Gier mit dem alten Blut sich mischten, es aufsogen & schließlich – wie in allen anderen, seis auf Papyrus Bütten Karteikarten od 1fach auf kümmerlichen Pappdeckeln wie diesem für 1 legalisierte, gemauerte Ewigkeit festgehaltenen Gesetzestexten – erscheinen zu lassen als das eingetrocknete Sekret aus Rotz & Geifer), daraus letztlich alle Zwistigkeiten der-Menschen..... sind. Um daraufhin mit solch Mumien stummgemachter alter Bosheit innerhalb der Festungsmauern bürokratischen=Verlebens..... immer neues Gift, immer neuen Haß in Anderer Blut zu mischen, diesen dämonischen Kreiß-Lauf von der Wiedergeburt der Gesetze & der Töter als die wirkliche, die ausweg- u inmitten Hekatomben Getöteter todlosen Ewigkeit, gespickt voll vergifteter Waffen, immer aufs Neue auszubreiten..... Dies also, was von dem Familientreffen bleiben sollte. Dies sowie die 1hellige Absicht (unausgesprochen zwar, dafür umso bindender) weder in dieser noch in irgend anderer Welt !jemals sich wieder begegnen od auch nur aus der Ferne sich sehen & somit fortan = über Aller Tod & die Allen bevorstehende Unsterblichkeit hinweg aus-den-Augen=aus-dem-Sinn sich !verlieren zu wolln (was ihnen indes auch nicht gelingen sollte, denn jenes Ereignis – die zwangsverfügte Rückkehr meiner Schwester aus den USA – hatte diese-Familie..... am Flughafen zur Mittagsstunde sich einfinden lassen, 1 todmüden Frauengesicht, der bleichen Farbe Enttäuschung u Ratlosigkeit, entgegenstarrend, festgefügt als Mauer der Verwandtschaft).

Irgendwann, unbemerkt, zum Ende jenes Pfingstfestes mußte unser Vater vom Tisch aufgestanden, grußlos hinaus- und in das Zimmer auf dem Dachboden gegangen sein –, und dort-Oben die Tür für=immer hinter sich geschlossen haben.– Man trennte sich ohne 1 weiteres Wort, das Haus blieb zurück in jener Stille schwer von Gerüchen erkalteten Essens u voll mit fettigschweißiger Luft, wie sie von Menschen..... bleibt. Unser Vater aber war in gewisser Weise schon nicht mehr anwesend hier.

Meine Schwester war 1 Nachts, als sie noch in ihrem Zimmer im Erdgeschoß dieses Vater-Hauses wohnte, dem früheren Schlafzimmer unsrer Mutter (denn schon seit Jahren hatten der Vater / die Mutter sich auch in den Schlafzimmern von 1 ander getrennt; *–aus dem gemeinsamen Schlafzimmer war ein gemein̄ Sames Strafzimmer geworden,* hatte diesen Umstand die Mutter später kommentiert), hinauf auf den Dachboden gegangen, –weil die Musik, die unser Vater dort=oben stets u nahezu ohne Unterbrechung von seinem alten Plattenspieler laufen ließ, seit kurzem plötzlich aufgehört hatte. Diese Musik, nicht laut, schien dennoch in einer unterschwelligen Weise bereits zu dem Haus zu gehören, so daß 1=plötzliches Ausbleiben dieses Geräusches Verstörung, Besorgnis, Unruhe hervorrufen mußte. Doch ?wer weiß ?wieviel Zeit zwischen dem Aufhören und dem Hören des Aufhörens vergangen sein mochte – –

Es sei mit 1 Mal in einer=jener unheilvollen Arten Stille vom Dachboden herab in das nächtlich harrende Haus gezogen; Stille, hatte sie gemeint, u 1 seltsam sich anfühlende Luft – weder zugig noch kühl jene treibend ruhelose Stille..... –wie sie in Krankenhäusern nachts aus dem Zimmer strömt, darin soeben 1 der Patienten verstorben ist.

–Der Dachboden lag taghell erleuchtet, begann sie ihren Bericht. Doch war das gewiß jene bleiche, künstliche Helligkeit, wie sie an Orten erscheint, die sonst u alle=übrige Zeit im Dämmer od in völliger Dunkelheit liegen, & lediglich vorübergehend mit Licht erfüllt werden, als hätten nun Handwerker od Techniker dort Reparaturarbeiten auszuführen. Das Oberlicht, das tagsüber den Dachboden aufhellen sollte, lag in nördlicher Richtung, so daß selbst bei hellstem Außenlicht nur mattes Schimmern hier hereinkommen mochte –; das Oberlicht vielmehr wirkte den Dachbalken u –sparren als aufgemalt, schien lediglich als bemalte Leinwand ausgebreitet & hier=oben angeheftet. –Das offenbar 1zige Bild, das Vater freiwillig herzeigte von all seinen übrigen Bildern..... Ja, 1 krankenhaushelles Licht jetzt auf diesem Dachboden zur Nachtzeit, wo Vater, u vielleicht ohne das selber damals schon genau zu wissen, damit begonnen hatte sich 1zurichten – für alle folgenden, ihm noch verbleibenden Jahre.....

–Ich bemerkte ihn sofort, erzählte sie weiter, –Vater kauerte im Sessel, zusammengesunken, den Nacken auf der Lehne, die dünnen Haare hingen wie Wollfäden zu beiden Seiten des Schädels, der Mund im überaus bleichen Gesicht weit offen, als hätte jemand ein Loch in seinen Kopf gebohrt. Der Sessel stand mitten im Zimmer, sofern man diesen Raum als Zimmer bezeichnen wollte (hat doch das Wort Zimmer stets etwas mit Benutztheit – mit Kratzern Riefen Schleifspuren u Staub zerbeultem Blech u abgestoßnen Porzellantassen Rändern in Teekannenbraun – kurz, mit der Ansicht zu tun, daß Menschen in Räumen !lebendig sind –). Dagegen schon damals hatte dieser von ihm eingerichtete Dachboden eine=bestimmte, demonstrativ penible Ordentlichkeit so, als wolle dieser Mann, der nur für ihn vielleicht noch immer anwesenden Ehefrau, beweisen, daß er=!allein sehr !gut, !ausgezeichnet, wenn nicht sogar besser als früher, zurechtkommen könne u keinesfalls dem Stumpfsinn, dem Sichgehnlassen und der Verwahrlosung anheimgefallen sei. Niemals zuvor, als ich ihn besuchen-gegangen war auf seinem Dachboden –, niemals zuvor war dieses sozusagen staubfreie weiße Licht dort-oben. – Und so hatte sie auch nie zuvor diese kindische Penibilität in ihrer verblüffenden wie niederdrückenden Allumfaßtheit bemerken können, derart, wie vermutlich nur alte Jungfern, die in ihre endgültige altersdürre Unberührtheit sich dreingefügt haben, ihr Heim..... herrichten mochten. Nicht daß irgendwo Schleifchen, Strohblumenkränze od in von Seidenstoff ausgekleideten Weidenkörbchen mit winzigen Spitzenjäckchen bekleidete Püppchen im ebenphalls getrocknet wirkenden Lavendelduft saßen, umrahmt von den Photographien einer verschwundenen Familie – nichts davon, schlimmer, hatte sie gemeint: –Man glaubte all diese Requisiten vertrockneter Leidenschaften hier wahrhaftig !entstehen zu sehn, sobald man hier=hinauf auch nur 1 Schritt setzen & diese wie Blüten gepreßte Luft einatmen mochte. Dann der Anblick 1 peinlich=exakt gefalteten Bettdecke, der gekämmten Fransen am Teppichrand, der rechtwinklig abgelegten, wie neu u unbenutzt wirkenden Malutensilien – ein Sortiment Pinsel, Bleistifte mit Holzgriffeln, Zeichenkohle, Karton, dazu all die gefalteten Tücher, die in ihrer ebenfalls unbenutzt wirkenden Fliederreinheit, gebügelt

& Kante | auf | Kante abgelegt, all=das mußte in jener Ordentlichkeit schon anstößig, in seltsamer Weise verdächtig erscheinen. Auch diese handhohen Tücherstapel lagen rechtwinklig zu1ander; man hätte, sagte sie, –die 90° mit dem Winkelmesser nachprüfen können, sie hätten garantiert in jedem Fall gestimmt. Ein Dachboden aus 90°, die Winkelsumme der Angst.....

–Unwillkürlich mußte ich dabei an unsere Ballettänzerinnen am Theater denken: als wären kleine Mädchen, ohne die Zwischenjahre von Jugend und Erwachsenwerden je erlebt zu haben, unvermittelt ins Altsein geworfen worden. Und diese Tänzerinnen prägte eine=gewisse unechte, nachgereichte, wie faulig gewordene Mädchenhaftigkeit zusammen mit ebenjener Typik von Altersgrämlichkeit, was diesen Frauen in ihrem Wesen u in ihrer Erscheinung außerhalb der Bühne & des künstlichen Lichts etwas irrlichternd Verhuschtes beigab, 1=gewisse Schwitzigkeit. Komisch, sagte sie und lachte, –daß ich ausgerechnet beim Anblick von Vaters Dachboden wieder ans Theater..... denken mußte –.

–Aber gewiß war das nur wegen diesem Schweißgeruch. Denn gegenüber jener peinlich behüteten Ordentlichkeit auf seinem Dachboden waren jetzt, zu dieser Stunde die zähen Schweißgerüche im Raum umso befremdlicher; Körpergerüche, von den Gerüchen der Ölfarbe scheinbar gebunden & festgehalten wie ein zäher Farbbatzen, auch Erbrochenes stach hinein. Und dies Luftgebräu stand wie Bodensatz einer Lauge, sozusagen als die Kehr-, die umgewendete Maskenseite von Altjungfernschaft, jene wie Mundgeruch stehende Atmosfäre aus versäumten, entsagten und weit zurückliegenden Möglichkeiten sowie der ahnbar kommenden Wirklichkeit des Garnichts..... Ein Make-up, verschmiert und 1getrocknet, als Flucht ins unfeminin Weibische wie alt weichlich & pedantisch gewordene Schauspieler des König Jakob od des Harpagon, deren Spiel=ein-Leben=lang, & gleich wie bei Allen das-Arbeizleben, an ihnen zehrte, zerrte –, darin schließlich diese Menschen selbst verzehrt und verzerrt..... geworden sind. So daß also jene Puppenstubenreinheit auf Vaters Dachboden umso mehr wie Tarnung erschien, vor der Stätte eines geheimen, obszönen Rituals die Jalousie, die in diesen Nachtstunden jedoch endgültig brüchig durchlässig zum ferneren Verbergen als nutzlos erschien.....

–Vater hockte zusammengesunken unbeweglich in dem alten Sessel mitten im Zimmer, erzählte sie. –Die Arme seltsam lang, dünn u kraftlos zu beiden Seiten bis auf den Boden herab, in den Fingern der einen Hand noch der Stiel des Rotweinglases verfangen, das Hemd bis zum Bauch hin offen, aus dem hellen Stoff schob sich die mit grauen Haarflusen bewachsene Bauchkugel wie ein durch Kehricht gerollter Hefekloß heraus, während den Hemdenstoff hinab die Kotzespuren sich zogen –. Aus seiner alfabetisch geordneten Schallplattensammlung, karteikastengemäß durch Pappdeckel in Abteilungen mit beweglichen, sogenannten Reitern in verschiedenen Farben unterscheid- sowie als Schrägsichtkartei sichtbar gemacht: jetzt, sagte sie, –lagen etliche Platten rausgezerrt auf dem Boden wirr verteilt & auf dem alten Plattenwechsler über1ander gestapelt. Aus den kleinen Kopfhörern, sie waren ihm von den Ohren gerutscht (das Einstöpseln der Kopfhörer mußte der Grund für das plötzliche, scheinbare Verstummen der Musik gewesen sein), zirpend noch immer hellklingende Tonfolgen – wie Lautsprecher für niemanden, ins Innere einer Ruine gerichtet. Vielleicht hörte Vater wieder Brahms (was er häufiger tat, seit Mutter ihn verlassen hatte). Brahms: die ideale Musik für alle Unbefriedigten.....

–Vater wirkte alt, fett, verkommen. Er schien in der weißen Lichtbrühe zu schwimmen wie ein ersoffenes Insekt. Und in den Ekel mischte sich jenes andere Gefühl, das man gegenüber Menschen, die man im Grund zwar verachtet, in jenen Momenten doch als Mitleid empfinden kann, sobald diese Menschen ein Unheil trifft – Verletzung, Verstümmlung, das unheilbare Leiden einer Kreatur. Und dann..... Dann, sagte sie nach einer Weile, –bemerkte ich neben dem runtergefallenen Rotweinglas noch etwas anderes am Boden: 3 helle Papierschachteln »Seconal« – :kalter Schrecken: !Vater – im Sessel auf dem Dachboden – !tot. *Tod durch Überdosis Schlaftabletten* – : Das stand in meinen Gedanken sozusagen als amtliche Spur geschrieben, als hätte ich bereits seinen Totenschein ausgestellt..... Und ich dachte unwillkürlich: Das hat er !nicht verdient. Nachdem so ziemlich Alles, woran er ein Leben=lang sich gehalten hatte, nach-und-nach in einem furchtbaren Zeitlupentempo ihm wieder entglitten war –, nun solch 1 kotzmieser Tod. Nein, dachte ich, !das hat er !nicht verdient.....

–Vielleicht habe ich geschrieen beim Anblick des toten Vaters. – Aber vermutlich hat sie keinen Laut von-sich geben können, sondern sie war am Zugang zum Dachboden 1fach stehngeblieben, erstarrt, selbstvergessen, ohne Kraft sich zu rühren, im Gesicht jenen Ausdruck trotzig-beleidigt-erzürnt, wie in früheren Jahren der Kindheit, die Fußspitzen nach-innen gekehrt, die Arme herabhängend u die Finger an den weit von-ein-ander entfernten Händen gespreizt. –Und dann erwachte sozusagen Dienstliches in mir: die Krankenschwester, die hinzueilen & helfen muß. Ich tat den 1. Schritt aus meiner Erstarrung, hin zu ihm – Vater, dort, reglos in seinem Sessel – (in ihren Fingerspitzen & der Handfläche gewiß jenes Vorgefühl des Ertastens glaskühler lebloser Haut –) –als aus dem auf die Sessellehne zurückgesunkenen Kopf mit dem weitoffenen, wie hin1gebohrten Mundloch ein Glucksen, Schluckauf od Rülpser fuhren – :!er !lebte, rekelte sich mit geschlossnen Augen im Sessel; die Lippen zum bös erscheinenden Schmollen zusammengezogen, rülpste er schnarchend –. Aber er !lebte, !Himmelherrgottdonnerwetter, er war !nicht tot, war 1fach nur besoffen, nichts weiter – !stinkbesoffen wie der letzte Gullirutscher. Und jetzt auch sah ich, daß die Tablettenpackungen ungeöffnet am Boden lagen. Kein Zweifel, er hatte sich mit diesen Tabletten umbringen wolln; den Wein hatte er gesoffen, und darüber war er dann eingeschlafen: Er hatte nicht nur sein-Leben, jetzt hatte er sogar seinen Tod !verpennt.

–Und das 1zige, das mir damals beim Anblick dieses sturzbesoffnen Mannes in den Sinn kam: !Niete. Du er!bärmliche = alte Niete. Du alter=elender !Stümper. – Und ihr mochte auch heute selber noch nicht klar sein, !worauf an ihm, unserem Vater, sie am meisten mit diesen Schimpfworten gezielt hatte: auf sein Versagen als Ehemann u Vater – als Maler – od jetzt auf die Tatsache, offenbar nicht mal das Krepieren hingekriegt zu haben.

Denn, !seltsam, solange er an der Kunsthochschule Unterricht halten, gewissermaßen die-Kunst zu seinem dressierten Gegenstand machen konnte, waren Amt & Rolle, die er darin spielte, von allen-Seiten her sogar geachtet – : Das blieb ihm von dem Tag an versagt, als er sozusagen die Fronten wechselte, und nun selbst zum Maler wurde, das heißt zu jemandem, der der-Kunst sich überlassen hatte, die von jetztan !ihm !ihren Lebensgang u –rhythmus auferlegte –. In den Augen u im Ansehen der-Leute, so mußte ihm scheinen, war er von 1-Tag-zum-andern vom ehrenwerten Professor zum alten Spinner geworden. Zu einer Art Professor Unrat, nur eben nicht den Reizen..... 1 Frau erliegend, nicht einmal !das, sondern lediglich den Reizen seines Faches, der Malerei.....

–Aber das eigentlich Abstoßende, sagte sie, –das war ja nicht der Anblick eines besoffnen, vollgereiherten Mannes, auch wenn dieser bekotzte Fettklumpen unser Vater war. !Nein, entschied sie, –das wirklich !Abstoßende, das war jene Schamlosigkeit die auf diesem Dachbodenzimmer schrankenlos hervorgekehrt & ausgestellt wurde – u vielleicht war das wirklich sein auf der Staffelei abgestelltes, nicht vollendetes Bild (das Tuch, das die kaum zur Hälfte mit Farbe bedeckte Leinwand verbergen sollte, war runtergerutscht) & diese Nuttigkeit, diese weibisch verdorbene Kokettheit wars, die überdies mit seinem in derselben Manier entblößten Bauch übereinstimmte, die den Eindruck von Schamlosigkeit trug. Denn, das war ja das !1. u !1zige Mal, daß überhaupt jemand eines seiner Bilder, ob fertig od nicht, jemals zu sehen bekam.

Du weißt ja, erinnerte sie, –sämtliche von ihm als fertig empfundenen Bilder trug er stets=sofort aus seinem Puppenheim weg & schleppte es in einen der entfernteren Spinnwebwinkel, stellte es zu all den übrigen Bildern, die dort werweiß !wie lange schon verschwunden warn. !Niemals auch nur 1 Wort über das, woran er arbeitete. Als sei ihm=selber nichts fremder als eben-diese seine Malerei.

–Jedoch, meinte sie, –anhand dieses 1, unfreiwillig ausgestellten Bildes, damals in jener-Nacht, wurde mir plötzlich !klar, !weshalb er niemals seine Arbeiten vorzeigte u sämtliche Einladungen zu Ausstellungen freundlich aber entschieden abgelehnt hatte. Denn, wie soll ich sagen, seine Bilder (setzte sie damals nach 1 Pause hinzu) –seine Bilder – das waren eigentlich gar keine Bilder. Das waren – Nach-Bilder. Matisse. Jedoch weder allein vom Gestus her, Vater war kein Epigone, noch vom Sujet. Nicht allein das. Sondern in gewisser Weise viel schlimmer, viel niederdrückender als Epigonentum. Überall lagen Kunstdrucke von Matisse umher – Kataloge – Plakatrollen – Fotografien – !nichts als Matisse. Und, meinte sie, –all-das lag natürlich !nicht wild umher, sondern fein=säuberlich etepetete über1ander abgelegt & rechtwinklig zu1ander wie diese fliederreinen Tücher – sofern er diese Kunstdrucke noch nicht auf die Leinwand geklebt hatte. Und ich mußte jetzt&hier sehen, !was er in all=der-Zeit hier=oben getan hatte: Er war mit nichts anderem beschäftigt, als Bilder von Matisse für=sich zu kopieren derart, wie kleine Kinder, die selber nicht schreiben können, von fremden Handschriften aber so fasziniert sind, daß sie mit dem Blei- od Filzstift diese fortlaufenden Schriftzeichen nachziehen müssen solange, bis die Hefte od Bücher, darin diese fremden Texte stehen, vollkommen mit dieser 2. Nach-Schrift überschrieben sind..... !Das also war der Grund, !weshalb Vater stets alle Bilder, die er : noch 1 Mal über die Vorgaben gemalt hatte, verborgen hielt. Sein Malen, das war nicht mal Kopieren. Nicht einmal das. Und sollte gewiß auch nichts sein. Denn vielleicht hätte er auch gar-nichts tun brauchen – wenn durch eben dieses Garnichts sein eigenes Nichtsmehr nicht mit solch Penetranz u niederschmetternder Wucht in jedem Augenblick..... auf ihn eingestürzt wäre. Also mußte er was tun gegen diesen Anblick seines – Lebens, das ihm vielleicht wie etwas vorgekommen sein mag, das man früher den-Tod genannt hätte, das aber jetzt & hier bei ihm auf dem Dachboden seines Hauses nur jene leise Komik wie der Anblick des Knochenmannes in der Schulstube zum Biologieunterricht hergeben konnte.

–Und dazu !dieses Licht, sagte sie, –das in seiner Schattenlosigkeit nichts von Arbeit, Begeisterung, Wut u Konzentration oder wenigstens Verbissenheit & Betriebsamkeit hatte, nichts davon – dieses Licht in seiner kleinlichen Ordentlichkeit war nur 1fach da, in gewisser Weise geschlechtslos wie das Wort Licht, flach u blöd. Genau wie Vater – :Nein, sie hatte das letzte nicht gesagt. Aber dieser Vergleich, unausgesprochen lag er in ihrer Stimme, war wie 1 nicht zuende entwickelte Stelle auf dem Fotopapier.

Das und noch anderes.

Später, zu jener Zeit, als meine Schwester aus diesem Haus in Dresden bereits fort- & nach Berlin gezogen war, dort die Arbeit in der Psychiatrie nach wenig Jahren aufgegeben, aber noch keinen neuen Job gefunden hatte; !gefährlich eine Zeit im-Osten ohne feste Arbeit zu sein..... & sie dem Vater daraufhin einen langen Brief geschrieben, darin auch die Bitte um etwas Geld, den Satz hinzugefügt hatte, sie brauche ja in der Zeit, bis sie wieder 1 neuen Job habe, auch Geld um zu essen –. Gewiß hatte sie sich bei dieser Bemerkung nichts weiter gedacht. Doch dieser Mann, unser Vater, brachtes fertig, ihr daraufhin in 1 Briefpäckchen 1 jener in Zellofan eingeschweißten Sandwiches zu schicken, wie man sie an Mitropa-Buden kaufen konnte. –Das Brot, als es ankam, war schimmelig (erzählte sie damals) –die Scheibe des gekochtes Eies glotzte faulig wien zerschlagenes Auge, das Salatblatt gärte u der Schinken war in der Sommerhitze glasig geworden – aber (sie steigerte sich zu unverhohlener Wut) –das wirklich !Schlimme daran: Vater hatte das-mit-der-Stulle-im-Päckchen weder komisch noch zynisch gemeint: er ist wohl der Letzte auf der Welt, der zum bewußten Komiker od gar zum Zyniker taugt. !Nein (rief sie u es klang jene wütende Verzweiflung in der Stimme, mit der Frauen die rettungs- u hoffnungslose Unreife von erwachsenen Männern beklagen können:) –!Nein. Das Schlimme war, daß er auf seinem dreimal ver!fluchten Scheißdachboden nichts mehr von der-Welt..... zu sehen brauchte; daß er sich dort=oben in seinem Versteck fühlen konnte wie beim Liebengott hinterm Ofen, wo er hockenbleiben, Kunstdrucke mit Farbe überpantschen & in seinen Büchern (stets denselben, in denen er las & las) seine Lieblingsstellen zum 100. Mal farbig & natürlich mit dem Lineal unterstreichen & neue Stellen zum Unterstreichen ausfindig machen, damit er sie dann in seinen endlosen Briefen an mich abschreiben konnte. Und trieb das solange bis in diesen Büchern schließlich kaum 1 Satz geblieben war, der ohne Unterstreichung davongekommen ist. Weil er dort in seinem Krähwinkel in aller Fülle sein konnte, was er wahrscheinlich immer gewesen ist & auch immer sein wird: nichts als 1 ewiger Rentenempfänger, 1 Stümper..... 1 armseliger=alter pingeliger Pfuscher..... !Kein Wunder (rief sie damals) –daß Mutter bei !so nem Mann auf den andern Bahnsteig –.– Aber sie wußte auch, so 1fach wäre es nicht gewesen, sondern, aber auf andere Art, viel 1facher u viel komplizierter, verworrener u traurikomischer zugleich. –Meingott (rief sie, als erwachte sie aus träumezähem Schlaf) –!Mein!gott: was sind wir nur für eine Familie..... Als wären wir ne Senkgrube für alles Verd – (:sie hielt an, sprach das Wort und den Satz nicht zuende, so als fürchte sie (genau wie Vater bei den Unterstreichungen jener nihilistischen, bitteren Passagen in seinen Büchern, die ihm vielleicht jenen wohligen Schauer von Geborgenheit u Zugehörigkeit im Empfinden gaben, der ihm im-Leben..... von u: mit anderen Menschen seit jeher versagt geblieben war), die Bitterkeit könne sie beim Beenden ihres Satzes für=sich u leibhaftig heraufbeschwören.

Denn ?vielleicht hatte sie, als sie sich unterbrach, ja *für alles Verdammte* od *für alles Verdorbene* sagen..... wollen.)

–Heute sehe ich manches anders, fügte sie einmal an das Thema an. –Unser Vater – ein Mann, weder besser noch schlechter als andere Männer, dem lediglich die Gabe zu fehlen schien, zur rechten Zeit sich zur Wehr zu setzen; der weder in Angriff noch in Verteidigung (was letztenendes auf dasselbe rauskommt) gehen mochte od: gehen konnte gegen die Anfechtungen anderer Menschen..... Ein Mann, der zudem unfähig war, im rechten Lebensmoment über jenes vitale Maß an Doofheit verfügen zu können, das ein Zusammenleben mit anderen Menschen überhaupt erst möglich macht.– Und weil sie vielleicht auch damals schon mehr ahnte als wußte, sprach sie ihren Satz –Vater – dieser – nicht zuende, ließ die fehlenden Wörter in der Luft treiben, formlos, mit dem Rauch ihrer Zigaretten, und beides, Rauch u Wörter, zogen davon, zum Fenster hinaus, ins dunkel lärmende Getriebe der Stadt, um dort schließlich auf Münder mit Stimmbändern & Zungen zu warten, die ebendiese Wörter & Sätze für ebensolche Situationen & Menschen sich finden würden – die Dutzendwörter zu Dutzendsätzen sich fügend in der formlosen Menschenschwemme..... in all-den zusammgedrängten Leben-in-der-Tiefe.

–Jedenfalls, meinte sie abschließend, –hätte es für mich damals auch nur 1 Grund noch zum Zögern gegeben, von Zuhause fortzugehen : In !dieser Nacht auf dem Dachboden..... hätte ich die !Gewißheit bekommen, !was tun. Heute weiß ich, !das war der 1. Schritt – –

Denn das Seltene muß durch den Zufall befördert dort=Draußen vor dem Fenster jeden Moment passieren: Die Beharrlichkeit der gefangenen Fliege, ihr unermüdliches Zerren an den sie fesselnden Spinnenfäden, von in immer kürzeren Intervallen anspringenden Windböen unterstützt, hat an dieser Stelle das Netz zerreißen lassen – im Schattenspiel auf den gelben Vorhangstoff projiziert, schlenkern wie kraftlos versagende Finger die gekappten Spinnfäden um das Insekt –, jetzt hat auch die Spinne das Malheur bemerkt, zu spät schießt sie aus dem entgegengesetzten Eck ihres Netzes zu der Stelle hinab –:

Die arabischen Staaten
amerikanischen Militärschlag ge

:– ein letzter Ruck, und die Fliege hat sich aus der Umklammerung des Netzes befreit. Vom nächsten Windstoß wie von einem Trampolin davongeschleudert, stürzt !tatsächlich die Fliege aus ihrer Gefangenschaft heraus.

Weit indes ist die Fliege nicht gekommen –.– Schon die nächste, auflodernd sonnengelbe Beleuchtung des Schattentheaters, Draußen vor dem Fenster zwischen 2 Gitterstäben, erhellt den Fortgang des Geschehens : Vielleicht nicht mal für 1 Sekunde hat die Freiheit der Fliege gewährt, gewiß nicht mal die eigenen Flügel (vom Sekret des Spinnennetzes wohl noch verklebt) hat das Tier benutzen können – dieselbe Windbö, mittels der die Fliege aus ihrer ersten Gefangenschaft herausgeschleudert wurde, muß das Insekt ins andere, in die Fänge & Verstrickungen des zweiten Spinnennetzes, hineingeworfen haben – : ein dunkler plumper Knoten, der Webfehler in 1 sonst überaus feinen, glashellen geometrischen Konstruktion. Und als hätte jene Bö, für das Tier Befreierin u Vernichterin in=1, nicht allein diese Fliege in ihre zweite Gefangenschaft geworfen, sondern mitsamt der Wucht aus dieser Bö darüberhinaus dem Tier auch jede Kraft zu weiterer Empörung & zum neuerlichen Widerstand in diesem anderen tödlichen Genetze geraubt – als sei sie, die Fliege, bereits, wie jene in dem anderen Netz übriggebliebenen luftigen Hülsen einst besiegter und getöteter Insekten, ausgesogen ausgekühlt & darin ihrer Welt, die (könnte 1 Fliege darüber spekulieren) ihr vermutlich allein als ein zu Allenzeiten bedrohliches Gewirke undurchdringlicher, in&-miteinander verkreuzter, klebrig & von Allenseiten her nach jemandem wie ihr sich streckender tödlicher Fallstricke erscheinen müßte, nunmehr also völlig ergeben, & die Fliege habe, wie alle Schwächeren, sich in die offenbar 1zig ihr zustehende Rolle gefügt: Stärkung zu sein allem Stärkeren, im Gigantischen wie im unsichtbar Winzigen gleichermaßen heraufdringend die Unersättlichkeit aus dem hungrigen Abgrund mitsamt den Machenschaften aus unvordenklichen Zeiten.....

Vielleicht hat der scharfe Wind=Draußen mittlerweile die Wolken sämtlich von den steinblauen Himmelsplätzen gefegt – hoch aufgerichtet das Sonnenleuchten ins Fenster gestellt, mit dem feingliederigen schwarzen Ornament aus Spinnengewebe als Wappen, brennendhell die Lüfte, ein zuvor noch niemals gesehenes leuchtendes Gelb –

–Schön & gut: ein herber Rückschlag, diese verpatzte Einreise nach **NEW YORK**. Ein Rückschlag von vielen. !Was soll denn sein: Noch 1 Mal die Einreise versuchen. Das !hehre Ziel. Jetzt aber (sagte sie) –jetzt mußte ich erstmal hier in Tegel durch die Glastüren in der Flughafenhalle in diesen ver!fluchten Herbsttag=Draußen, der müdgelb blinzelnd & sich streckend wie eine alte schläfrige Katze aufs Fressen zu lauern schien. All dies eingebettet in sonnensattes schweres Gelb, das alles in-sich sog, überzog u damit alles zur Zusammengehörigkeit verschmolz wie auf Tuschezeichnungen von Kindern, darauf die Sonne der Briefkasten die Haare & Strümpfe der Figuren mit 1-u-derselben gelben Wasserfarbe gepinselt waren & somit Sonne Briefkasten Haare & Strümpfe in dieser unsinnigen Kinderweise, nur der aus Bequemlichkeit & Faulheit hervorgekommnen Pfuscherei folgend, zusammengehören mußten. Bloß gut (meinte sie) –daß ich zu dir, hierher in deine Wohnung kommen konnte. Daß mir die Rückkehr=all-1 in meine alte Bude versagt war –: meine eigenen blöden Augen hätten mich aus jeder Ecke angeglotzt mit diesem unverständigen Kinderblick nach einer unverhofft bekommenen Tracht Prügel. Und Türklinken, Stuhllehnen, Fenstergriffe, Geschirr, Gasherd & Küchenschrank – alles, das in altgewohnter, einst vertrauter Weise, jetzt nur höhnisch sich in meine Hände legen würde – jeder noch so winzige Gegenstand hätte in den großen=hämischen Chor mit1gestimmt: *Du bleib !gefälligst Hier.....* Nebenbei (sagte sie leiser & grinste schief) –?hat deine Frau dein Angebot, ich könne ab-sofort hier=bei-euch bleiben, als ?willkommene !Gelegenheit benutzt, wieder einmal & noch am selben Tag von dir davonzulaufen..... (Sie hatte wohl keine Antwort erwartet, redete schnell weiter:) –In den ersten Stunden Abend, Nacht dort im Zimmer, das eigentlich das Zimmer deiner Frau gewesen ist – ihr Geruch lag noch, ausgekühlt wie der verschwundener Blumen, im Raum – empfand ich die Dunkelheit sanft, als schlösse jemand mir die Augen. Ich aber (sagte sie heftig) –ich !wollte sie !offenhalten, die Augen. – Sie wollte nicht schlafen, ?vielleicht – so die irre=Hoffnung, gewiß schon von heraufziehendem $\frac{1}{2}$schlaf $\frac{1}{2}$traum geimpft – –?vielleicht war das-Geschehen der letzten Zeit – das ziellos taumelnd drohend fuchtelnd im erschreckenden Lärmen & Stimmengeflacker unter meinen Füßen fortgerissen wurde, und es kamen zum Vorschein nur immer neue Schichten Lärmen Hohn & Drohungen, auf die ich wie auf Böden aus Eisenblechen niederfiel –. Ja: ?vielleicht Alles=dies einerjener Träume, aus denen man den Ausstieg nicht finden kann, worin jedes neue Geschehnis immer tiefer ins Traumgewebe verstricken läßt so, wie das Zappeln der Fliege im Spinnennetz die Fliege immer-weiter ins Netz verstrickt..... Und so erhöbe sich aus dem bekannten kuhwarmen Brummen das aus allen Nächten in dieser Stadt Berlin aufsteigt & als Geräuschekuppel mit zerbrochnen Scheiben von jeher über diese Stadt sich drüberlegt, aus diesem aus sovielen Nächten her bekannten, jetzt als aufdringlich=privat, anstößig & voll kleinlicher Häme erscheinenden Summen allmählich jenes Andere, Neue – das spröd schellende, bittere scharfgeschliffene Gedröhn das durch Stein&lichtschluchten in **MANHATTAN** sich hinaufschneidet, und sich verfängt in rosagrün&gelb flackernden wattigen Gewölkenetzen, so daß diese lauwarmen Wolken Regenschauer nicht aus Wasser, sondern dampfende Güsse buntschillernder Lichttropfen bringen, die erhitzten Gemäuer & die Asfalthaut nicht kühlend, sondern mit ihren ätzendfarbigen Strahlen weiter und weiter erhitzend –, in spröde flüchtige Dissonanzen zerrend – zitterige Lichtgraffiti, aus dem Farbengewölke herab auf den glänzenden Asfalt dem eigenen Spiegelbild sich nähernd und nähernd, und schließlich im narzißtischen Sturz in1ander neben&über1ander stürzend, wie frische, nur für diesen 1 Moment bleibende Inschriften auf all die geschliffenen Lichtschriftzüge alter, überreicher Grabmale gesprayt –. Ja (hätte sie träumen können) gezerrtes zusammengestückeltes zerquetschtes rätschendes Gedröhn, Tonfolgen seriell ohne wirkliches Ende, mit der Unermüdlichkeit von laufenden & sich=selbst überlassenen Maschinen, die Kakofonie der Tiere aus Eisen Stahl & Licht in einem Dschungel betonierter lichtzerfetzter Nacht, als sei Das nicht von Menschen Verursachtes, sondern vielmehr das Toben eines Fünften Elements – hellwach bleibendes, in blechernen Wogen sich überschlagendes Dröhnen – –ich hörtes jetzt !wirklich (rief sie) –und hereinschwappend zu mir in das beklemmend=enge Wohnkabuff im **East Village**, in dem ich seinerzeit mit ihm (mit ihrem Geliebten, dem alten Oberarzt der Klinik) –auf unsrer ersten Reise nach **New York** für einige Nächte untergebracht war; das Fenster zum Hof, zur Brandmauer des leerstehenden Nachbarhauses, braun zerklüftete poröse Ziegelwand, die Scheiben durch Scheren- & Fallgitter gesichert, aber das Gedröhne trat mit schweren dunklen Springerstiefeln wie Einbrecher durch die Eisenmaschen der Gitter herein, zu !mir – und ich !wußte jetzt: Alles zuvor war Traum, Hier & Jetzt bin ich !wirklich, und zur späten Nachtstunde sank ich erleichtert u frei in 1 rauhen Schlaf – 1 Schlaf der mit brandigen Fingerspitzen den Schädel umtastete, aufbrach und (ich spürte keinen Schmerz) mit seinen heißen Fingern das Gehirn wie einen Motor heraushob und die unstet zitternde Masse durch die rostigen Gitter hindurch hinaushielt in den metallisch heißen Lichterregen von

NEW YORK, in 1 gelben Schlaf, beleuchtet vom Neongeflecke rasender Gepardenträume – –

–Es war wohl über den Hinterhof schallendes Kötergebell, was mich aufgeweckt hat (meinte sie). –Aufwachend empfand ich: *Dieser Hund bellt doitsch.....* Das Bellen ein hämisch=derbes Gelächter wie aus jenem giftigen=doitschen=Unwitz, der auf Schildern mit der *Warnung vor dem Hunde* an Grundstückszäunen nistet, dabei das schulfuchsige Dativ-e wie die Ohrfeige aus der Hand der Ordnung's Hüter klingen muß –:
(Ein Schäferhundekopf spricht:)

**ICH brauche 5 Sekunden bis
zur Tür ... und DU?**

(:daneben ein fliehender Mann mit dunklem Schnurrbart als Karikatur, in ihrer Gehässigkeit & Schadenfreude & dem kleinlichen Sadismus geradezu so urdoitsch, daß es von Wilhelm Busch sein könnte).
Und gleich daneben am Nachbarszaun:

**VORSICHT – freilaufender Hund –
wenn Hund kommt, auf den Boden
legen und auf Hilfe warten, wenn
keine Hilfe kommt – *VIEL GLÜCK!***

Spätestens von-hier=ab geschah, was geschehen mußte seit dem 1 Moment, als sie das kleine Zimmer, in dem sie seit beinahe drei Wochen sich 1geschlossen & verschanzt gehalten, plötzlich verlassen hatte, als sie wieder rausgekommen war, und ebenso plötzlich kurz darauf mit Reden begonnen hatte – jenes Reden, das, vielleicht nur von Angst getrieben (wobei diese Art von Angst eher einem schon nicht mehr sonderlich wahrnehmbaren, überdies als Dauerzustand bekannten Empfinden gleichkam), von solcherart Angst die praktisch mehr od weniger immer da-gewesen war, also neuerlich ins Reden getrieben, durch dessen Überfülle vielmehr dem Schweigen verwandt, und vielleicht nur aus dem 1 Grund geschah, nämlich sowohl um die eigene erzählende Stimme als auch All=das, was sie selbst mit ihrer Stimme lautgeworden sich anhören mußte, überhaupt ertragen zu können, sie gewissermaßen eine Bugwelle aus Wörtern, eine Rasanz & Geschwindigkeit sich verschaffen mußte, in deren Rausch – den es überdies permanent zu steigern galt – ihre eigene Stimme in ein einziges ununterbrochenes Dröhnen u Heulen aus Fahrtwind sich verwandelte und das Ziel dieses Dahinrasens so vollkommen nebensächlich wie unbekannt geworden war. Und sie kam vermutlich nicht mal darauf zu überlegen, !was aus all-ihrem Erzählten, aus all diesem Laut-Gewordenen, werden würde, das sie preisgab mit derselben Großzügigkeit u Unbefangenheit wie die Quelle eines Flusses Wasser gibt –; dachte gewiß nicht 1 Moment daran, !welche Art Muster ihr Gesagtes webte, welches Netz, in dem sie zu verstricken sich begonnen hatte langezeit vor dem 1. Wort, und das sie gefangen setzte seither genauso, als sei eben=dies das-Ziel, der-Zweck nicht all-1 ihres-Sprechens, sondern ihres Daseins...... überhaupt. Stets war sie mißtrauisch, streitsüchtig & kriegerisch zu den grundfalschen Gelegenheiten; be-Trieb Kämpfe mit all ihren Kräften, deren Zweck im-Grund nicht des Fingerschnipsens wert gewesen wäre. !Was heißt schon *Bruder*..... Die Gewichte an den Uhrwerken der Seelen hängen verschieden tief ins Vergessen wie ins grausam Komische herab, & es bedarf keines Dritten, sie aufzuziehen..... Und so mochten es vielleicht nur die 1. Sätze für die ersten Begebenheiten gewesen sein, die sie wirklich hatte erzählen wollen, während alles Darauffolgende vielmehr unfreiwilligen Berichten & Geständnissen gleichkam, als hätten wie bei einem Steinschlag die eigenen=1. Worte gleichsam alles Folgende aus dem Massiv des Ungesagten losgetreten, weiteres, bislang ungesehen wie ungenannt gebliebenes Gestein aus jenen alptraumhaften Felsen in kurzatmigen Stakkati ihrer Reden herauszubrechen und allein ohne Halt die scharfkantigen & ochsenköpfig derben Gesteinsbrocken zu Tal stürzen zu lassen – lächerlich irrsinnig voller Dummheit u Schmerz u in jener grausigen Art komisch wie das Ansehen von Unfällen auf Großstadtstraßen.

–Berlin (mußte somit in der Sturzflut ihres Redens als erstes erscheinen) –wieder Berlin..... !Irrsinnig, to!tal ver!kehrt: Als hätte 1 Krankenschwester für **New York** in dieser bankrotten Maschinenhalle Berlin..... sich verlaufen. – Unterm Lärmgewölbe aus rußbewölktem Klinkerstein mit zertöpperten Fensterscheiben, Rauchgeschmack aus brandigem Flugstaub auf den Zungen, in toten Nischen & Winkeln die Arbeitsasche, ausgekühlt, durchstochert vom leerlaufenden, spitzen Klicken der Stechuhren, vom Minuten-Paradeschritt der Normaluhren, ein Disneyländ für tote=Arbeit, Trompetengold kokettierend bis zur letzten Minute vor Spiegeln mit Grauem Star : Berlin, damals in meinem ersten Davonflug betrachtet von-Oben –:– schroffe Häufungen, bizarre Halden in Steinbruchfarben, mondlichthell glimmernde behauste Atome, dort in Mansarden Souterrains & Hinterhöfen 1gezwängt die Menschenflut..... von Elend zu Elend gestaut. Vor den Fenstern T.V.-Satellitenschüsseln, in die Stickluft glotzend wie flachgesichtige Idioten, dort, wo die technisierten Urmenschen..... sich züchten..... Dreckiges Blut & dreckiger Stein – die allen Schrecken des Gewesenen im Abbruchrhythmus mit 200 bpm. zerschlagen zertöppern zertanzen : Die Geburt des noien Faschismus aus dem Geist des Vergnügens, bewußtseinslos ausformend das grandiose, parfümierte Ornament des Todes. Deutsches Kunstgewerbe, tumb & leer, u wie das zum Zierat der Gutmenschen gewordne Schlechte Gewissen im Städtebild als Wurmfortsätze das Halb&halb: teils märkisch Bäuerliches, gerichtet auf die Sicherung der Ernte-Erträge, Dörfer u: Dörfer von Asfaltschnüren zusammengegängelt, Marktflecken & Wehrgehabe gegen den Nachbarn=den-Feind – teils Bezirksgestaltung nach weltsinnigen Geschäftsinteressen, Import Export Devisenhandel, der im Grund hier von jeher fremde Geld- & Börsenstil; teils Zitadelle – teils Big Business : kein Versprechen & kein Aprèslude; Nachäffen Raub Kopieren, statt mondäne moräne Farbentümpel, flau versumpft & grell, & versteint zu Straßenzügen, zertreten gekrümmt, zwischen niedrigen hohen behäbig=klotzigen turmartigen stelenhaften hellen finsteren Häuserblöcken hindurch sich windend od gradeaus für etliche Schußweit als Alleen hingestreckt –, mit Steingesichtern zu Kriegsfalten gekniffen; Kirchtürme spitz-kubistisch die Nächte punktierend & mit Ringen rubinroter Lampen bekerzt, Warnung für Flugzeuge vorm toten Knochenfinger der Religion, & Funkfeuer aus skelettierten Sendetürmen, Radiofernsehn Saurus publicus, drunter Bahnhöfe kavernös im ölperligen Lichterschummern schwer & eisern überwölbt; dann Vorstädte Mietkasernen wie niedere Krematorien hustend ihre rauchigen Himmel, 1-Fam.- Häuser, Gärten Klitschen Ackerböden, grün&schwarzfleckiges Patchwork aus Kraut&dreck, Mülldeponien erstarrt im giftigweißen Flutlichtschein, & Ausflugslokale Mückentanz & Prügelei, schnapsschwiemelig Blutschweiß&tränen durch Lautsprecherboxen !Fümfhundatwattstark gekwetscht –. Das letzte Ereignis Mauerfall : Chirurgennovember, der Stadtnarbe wurden die Stahlfäden gezogen – *facelifting* – Zugluft & kalter Wellenschlag aus Osten, Glättung uralter Falten im abgelebten Minen-Spiel der Stadt – : mürrisch unbeholfen laut & zornig danebenstehend die Kleinstaatler – *fremde Augen sehn dich an, Fellachenwind..... Flugsand nagt an Brücken & an Türmen* – in ihrer niemals zuende gelebten, ausgefaserten Symbolik überspäter Menschen..... – Politik (hätte sie noch sagen können) legt das Gesicht einer Stadt in Falten – wo Politik verschwunden ist, verwischen die Mienen der Stadt, verschleift ihre Fiesiognomie – beim Atemholen der Geschichte gerät die-Stadt in deren Sog – sie wird von Zugluft, Geistlosigkeit fortgerissen; von der-Stadt bleibt nur die Geschwindigkeit der-Stadt –. Die Stadt=**BERLIN** ist in den Bombengewittern des letzten Kriegs versunken, wurde wie das gesamte Land, mit 1 Schlag: Provinz. Was danach kam, ein ausgewalztes Steingebiet aus vielen 1zelnen Dörfern, durch willkürliche Gesetzgebung an1ander gekettet. ?Und Die-Mauer (hätte sie fragen und sich-selber die Antwort geben können:) Die-Mauer die letzte Simulation von Politik; Feindschaft herbeizitierend, wo längst auf beiden Seiten der-Mauer Selbstähnliches im Niedergang begriffen war. Das eigentlich Feindliche, das Konzentrat von Feindschaft, das war die-Mauer=selbst, das dritte Deutschland. Daher allenthalben auch die Forderung: *Die !Mauer muß weg*, u nicht: Die EsEhDe od Der Senat muß weg –.– Die-Mauer (könnte jeder sagen) wurde lediglich unterspült, Niedrigwasser der Geschichte schwemmte die Stützpfeiler 1fach fort, die Simulation war beendet. Daher konnte die-Mauer so leicht verschwinden; sie war in einer wirrtuellen Welt ganz=alleine noch: *irr=real*.....

–Und all diese übereinander gestürzten Halden Bauschutt (sagte sie jetzt) –diese zu Geröllfeldern kalkbleicher Steinbrocken zerbrochenen Gemäuer – die, von Baggerschaufeln hochgehoben, noch 1 Mal für 1 kurzes schweben dürfen, um danach unter Poltern & Scheppern im Abrißkatarrh brandige Wolken Gesteinestaub hustend auf Lastwagen od in Schreddermaschinen zu verschwinden – :trübselige An- & Aus-Blicke in einer sich abräumenden trübseligen Stadt..... Denn es ist ja gar nicht das-Alte, das stets Verklärte, nun abgerissen eingestampft & fortgeschafft auf=Immer (auch kein Altes jemals ohne Griesgram Häßlichkeit Wehmut Leiden u Verzweiflung); vielmehr stellt beim Leben=Müssen inmitten dieser Abrißgefilde dasselbe beklemmende Angstgefühl sich ein wie beim Anblick alter verbrennender Bücher –, das Gefühl, Etwas 1 achtlos=mutwillig=u=blöden 1gebung folgend vergessen zu wollen – Beklemmung: ?Vielleicht aus der dämmerigen Ahnung heraus, daß all-dies abgerissene=Alte, wie-auch-immer, genau !das gewesen war, das Wir immerhin allen Anderen noch voraus gehabt hatten –.

So aber sagte sie nur: –Heute ist Berlin ein künstlich geist- & geldlos gemachtes Gebilde, ohne Form u ohne Hoffnung auf Geschichte. (Und schließlich:) –Berlin ist Dorf. – Was Stadt noch ist, zu Denkmälern erstarrt u darin vergessen, ist wirr verteiltes, zerstobenes, immer voriges Jahrhundert, das grad=eben neu sich baut, in Glas Beton & Stahl, auferstanden aus den Kratern..... aus dem metropolen Wahn..... Dolomiten türmend, fliesenglatt & himmelhoch, zum gigantisch=preußischen Clochemerle.

–Und ich jetzt wieder mittendrin. Und mehr noch: Auch dabei wieder !er (rief sie ernüchtert aus) –auch jetzt, nicht mal bei diesem Thema, das doch zu !meinem Thema geworden ist, gelingts mir, !ohne !ihn zu reden..... Es waren !seine Gedanken, Überlegungen zu dieser Stadt, die er irgendwann einmal zu mir gesagt od in irgendwelchen Briefen mir geschrieben hatte od: nein: Er hatte das in seinem Tagebuch notiert & hatte mirs zum Lesen gegeben. Und jetzt (sagte sie) –Jetzt, wenn er mich mit seinen Worten reden läßt, ist das für mich nichts weiter mehr als Hohn. Die gleiche Häme (rief sie) –wie hier in den Stein & in die Poren dieser Stadt gebrannt. Es ist Alles so *alt* hier. Sterbensfertig. Breit&ausgesessen, ein Ganzesland ein Sperrmüll. Nicht eine einzige Gebärde der Großzügigkeit ist hier jemals möglich. Alles erstarrt. Vergreist. (Sagte sie) –Totgeborene Jugend..... mit ihren totgelebten Alten..... Vergreiste Politiker, vergreiste Unternehmer, vergreiste Künstler : mit 40..... schon von Alter's Bosheit angefressen. Kot Blut Pisse – die 3 Nazionalfarben mit dem Raubvogelskelett: Das Wappen der Gerontokratie. Man murxt & werkelt kleinbeiklein (meinte sie) –als versuche man sich krampfhaft der verlorenen Gebrauchsanweisung für Großzügigkeit & Muthaben zu erinnern. Aber die Anweisung bleibt verloren, kein Adventkranz leuchtet, Weihnachten wird 1gespart, & so tattert Das vor-sich-hin. Jeder winzige Schritt dabei voller Angst & Vorsicht, wie Gebrechliche, wenn sie bei Glatteis über die Straße müssen. Sie wollen gar nicht wirklich rüber & sie wollen auch nicht wirklich bleiben. Sie wollen bewegt !werden: sterben. !Ich (sie hieb krachend mit der flachen Hand auf den Tisch, als wollte sie dort 1 Fliege erschlagen) –!ich bin noch 1ige Schritte von diesem Altwerden entfernt – aber nahe genug schon dran, um zu wissen: Ich hab !keine Stunde mehr zu verschenken. Nicht !1. Dieses Gift von Kleinheit Hinterlist & Häme ist lähmend wie fürs Insekt der Biß einer Spinne. Ja, selbst der Schlaf in den Geräuschen dieser Stadt (rief sie) –ist seit der Rückkehr für mich eine Demütigung. Dies laut anhebende Tumultieren, das immerfort *wicht*igtuerisch die Ankündigung von Ganz-Großen-Sprüngen belärmt – aber dann: nix Rhodos nix salta. In der Größe so kleinlich, wie im Kleinlichen so groß. Etwas ununterbrochen von Überallher sich selbst Verhöhnendes (meinte sie u ihre Stimme bekam 1 gelben Klang) –immerfort da & immerfort nur das 1 in dem wattigen, einlullenden Gouvernantenton labernd, voll jener niederdrückenden Fürsorge, mit der Eltern den Sohn od die Tochter, Draußen=im-Leben..... in Ehe & Beruf gescheitert, als eine Art Krüppel nun wieder bei=sich aufgenommen haben. Aber (fuhr sie fort) –in dieser wohnstubenwarmen Geste der Wiederaufnahme sind auch die künftigen Grenzen fürs Erlaubte wie mit der kurzen Leine vorgeschrieben: *Ach!kindch* und *Ach !Mutt ter* (äffte sie den Tonfall nach) –Stimmen wie angeschlagenes Porzellan; Wörter, zerscherbte Sätze, Gebärden, die sie um-ein-ander versammeln wie die gerettete Habe nach einem Wohnungsbrand, in allem Tun & Reden immerfort ängstlich die zu starke Erinnerung an die überstandene Katastrofe zu vermeiden suchend, wobei aus Feuer-Brunst der scharfbeizende Schmok & Rauchgestank, als 1 dünner schmieriger Film an allem aus den Flammen Geretteten haftengeblieben ist, dadurch umso deutlicher hervortreten & als das somit wirklich 1zige, das den Zusammenhalt noch bewahren kann, erscheinen muß. Dieser rauchmarkierte, mühsam & voller Angst zusammgekittete Daseinsbruch – u dabei auf der Haut das Gefühl, als sinke man in alte, von vielen Leibern schon benutzte Bettücher ein, & der eigene Körper erwärme nurmehr alten, ins Gewebe eingepreßten Schweiß von Dutzendfremden aus fiebrigen verkorxten Nächten davor. Per aspera ad acta.

Sie griff nach dem Glas Wasser, das sie austrank in 1 Zug als könne sie dadurch von einer Beschmutzung sich reinigen.

–Ähnlich abgewürgtes Leben (redete sie weiter) –spürte ich auch während langer Stunden Nachtdienst, dort auf der psychiatrischen Station. Und das war dieselbe Demütigung (sagte sie) –die betriebsame Gleichgültigkeit, jene beständige seelische Mitternacht, mit der unbekannte Schwestern um unbekanntes Restleben mit den kühlen, aseptischen Händen ihrer Profession verbissen & ebenfalls kühlen, aseptischen Gemüts sich abrackerten – eine Pantomime der Fürsorge, deren größter Eklat beim Notfall im zu laut gesprochenen Wort, im erschreckten, verzweifelten Ausruf angesichts von soviel Elend bestand. –Ein Tun, das einen weiter und weiter hinaus- & von-einem forttrieb, ich (sagte sie) –wurde gepackt davon wie 1 Schwimmer von einem Meer, und nur von-Zeit-zu-Zeit, und immer weiter draußen in der Flut, sah ich noch bisweilen Kopf od Arme von mir selbst auftauchen.....

–So dramatisch (meinte sie nach 1 Weile) –habe ich das in den ersten Jahren als Schwester auf der Klappse, wie wir die Geschlossene Station in der Psychiatrie nannten, wirklich empfunden. Und ich hatte daraufhin, wie er = mein Mann feststellte, meinen Schrecken in Mitleid verwandelt. Ein Mitleid (sagte sie) –das zu groß für mich war, das mich von-innen her aus mir selbst herausdrängte, immer weniger übrigließ, und – hatte er weiter an mir herumanalysiert – ich suchte regelrecht nach Krüppeln, Benachteiligten, gescheiterten Menschen, in denen – wie er meinte – ich zum 1 den-Vater & zum anderen denen gegenüber im nichteingestandenen Triumf ich meinen eigenen Halt aufsuchen & meine Lust im Anblick dieser Gescheiterten ausleben könnte. Ich hatte ihm daraufhin seinerzeit eine geklebt. Aber (gestand sie) –vielleicht hatte er sogar recht mit seiner Schmalspurfreudianie (:warja Volxsport damals, jedenphalls in gewissen-Kreisen: keiner, der, & von Bier&schnaps beschleunigt, nicht von *Ödipus Kastrationskomplex Fehlleistung Es Ich Über-Ich polymorphe Perversionen Regressionen Unterbewußtsein Verdrängung Traumsymbolik Erostrieb Thanatos* palavert hätte). Obwohl – es bleibt ja immer ein Rest bei Sowas; ein Rest, der noch gewaltiger, noch fürchterlicher ist als alles ins Funzellicht des Redens Gezerrte. Aber das wußte ich damals nicht, jedenfalls nicht derart, daß ich hätt darüber reden können so wie jetzt. Und gewiß war !Das einer der Gründe, weshalb ich nach drei Jahren gegangen bin, sowohl von der Station als auch von dem ganzen Krankenschwester-Job. Ich habe noch nie zu jemandem darüber gesprochen (sagte sie rasch) –und ich weiß, ich werde darüber auch kein 2. Mal je wieder sprechen. Ich bin damals gegangen, weil (sie überlegte genau ihre Worte) –ich wollte damals nicht in diesem Tümpel des Mitternächtigen..... ersaufen. Aber vielleicht hatte ich schon zu lange gewartet damit. Denn später, am Theater, als dort ein Projekt mit Behinderten inszeniert wurde, raunte man hinter meinem Rücken, daß hier ja nun ein ganzer Stall-voller-Tüpen wäre, wo ich, wie man sich ausdrückte, Fettlebe haben könne: weil die=alle mir *so richtich leidtun könnten* & die Krüppel also dann, wie die-Kollegen..... mit der Bordellfantasie der klein Bürger vermuteten, *aus Mitleid* der-Reihe-nach bei mir drüberdürften..... Ja, dieses Mitleid..... Und dann zuhause: Vater..... auf seinem Dachboden. Jene Nacht..... als er sterben wollte – (sie schauderte wie im Frost od wie beim Erfühlen eines furchtbaren Ekels) –Das hatte für=mich alles miteinander zu tun. Hing alles zusammen..... als ein krankes Gewebe, das über-die-Jahre durch-mich hindurchgewuchert war & sich freßsüchtig von mir ernährte..... Mir blieb nur das Wissen, ich werde weniger von Tag-zu-Tag. Und die Angst war, ?was würde das nächste sein, das verschwinden müßte und ?was würde je übrigbleiben von mir. Und größer die Angst, daß nicht !das bleiben würde, was ich behalten wollte. Aber ich wollte Alles behalten.

–Und so war das Erstaunlichste (meinte sie später einmal) –daß jetzt bei meiner Rückkehr in diesen Klinik-Job nach mehr als zehn Jahren auf dieser Station gerade Das noch genau so dagewesen ist, dem ich am allerwenigsten Bestand & Dauerhaftigkeit zugetraut u auch gewünscht hätte. Als hätte die Zeit eine Art Schlamm erzeugt, der, nach kurzheftigen

Turbulenzen aufgewühlt, nur umso schneller sofort & schwer wieder niedersank –. Manchmal ist es wieder nur der Geruch, der an den Orten zeitlos zu kleben scheint; unverwechselbare Gerüche von verbranntem Zucker & Maschinenöl, wie sie vor Jahrzehnten schon die gleichen gewesen waren, die immer=da u gar nicht an Gegenstände od Menschen od Häuser geheftet zu sein scheinen, sondern mit rätselhaftem Ursprung als ein Unabänderliches nur hier, nur an diesen Ort = an diese Gegend, gleichsam als eine physiologische Eigenart über alles sonstige Altern und Verschwinden hinweg beständig, in diesen Zeitschlamm gebunden sind. Und unter dieser Schlammschicht dann ist alles Schäbige geblieben wie es gewesen ist: die abgewetzten harten Stühle – der Ölfarbanstrich an den hohen Wänden mit den Verputzinseln drunter, die – & noch 1 Mal jetzt !mir=all-1 zum Hohn – aussehen wie die Landkarte von Nordamerika – : ich starrte während meiner Nachtdienste auf diese Wände – das macht leer im Kopf als schaute man in Feuerflackern –. Und wieder – u genau wie in allden-Jahren=früher – aus 1zelnen Patientenzimmern die Korridore entlang kollernd jene Nachtgeräusche der Station, Wimmern Schluchzen Schnarchen & manchmal solch kurzes rätselhaftes Rasseln, als zöge jemand Lasten an eisernen Ketten die Steinfußböden entlang –. Ich wußte zwar (sagte sie) –daß diese Geräusche aus den Heizungs- & Wasserrohren kamen, beim Erhitzen sich ausdehnendes Metall, Luftblasen in den Wasserleitungen, seit Jahrzehnten noch immer dieselben, eine Art Schluckauf in den Eingeweiden dieser Anstalt – aber trotzdem: Das, wie soll ich sagen, das war wie das beim Bau dieser Anstalt bereits mit einmontierte Signal, das Zeichen für Wahnsinn, der hier=drinnen zu beiden Seiten verschlossner Türen zeit des Bestehens dieser Mauern hier wie Schwamm & Salpeter sich einnisten sollte..... Nichts, was Anders geworden wäre (meinte sie) –?Weshalb auch sollte Hier sich etwas ?ändern. Dasein in den eisernen Rahmen von Reglements, in die die Stunden des Tages & der Nacht gepreßt wurden, unabänderlich, zwischen die Folgen von Klingelzeichen gesperrt, so daß selbst die Tageszeiten mit ihrem Licht, die schleichende Dämmerung und milchhell das Morgenschimmern, auf solch Klingelzeichen hin, zu großen leeren Flächen zerschnitten, in diese Eisenrahmen wie zerstörte Bilder sich einzustellen schienen. Und man schabt & schabt, kratzt 1 Schicht Farbe nach der anderen ab, und es kommen immer neue Schichten Farbe hervor – liegen frei – schaben und schaben wie Hiob mit der Scherbe; man denkt: !diese hier ist das-Original, und darunter nur noch Leinwand Schiefer od Holz, der letzte Grund, danach gehts nicht mehr weiter – kommt Nichts=mehr –; aber !was: ?!wie denn: und wieder Schichten Farbe, das nimmt kein Ende – Tage und Nächte – und Nächte und Tage – schaben – Farbenschichten – zerstören – (Sie schwieg daraufhin eine Weile – blies im Rauch der Zigarette aus ihrem Erinnern die Wörter zu kurzlebigen Tentakeln. Und begann von neuem dann:) –Die Katarakte an Geräuschen & diensteifrigem Gelärme – Ledersohlen wischelnd über Linoleum, Blecheimer scheppernd flurentlang, Gummiräder unter Servierwagen über die soeben gewischten, noch feuchten & nach Karbol stinkenden Gänge klebrig zischend als würden unendlich lange Streifen Heftpflaster von der Haut gezogen. Dann 1zeln od in Schüben huschende od gravitätisch schreitende Schatten in Weiß –, & die halligen Stimmen, von Türenklapp abgeschnitten od wie bellende Hundemeuten aus den Gattern entlassen..... Wobei jene in weißen Kluften steckenden Frauen, ich war ja selbst 1 von ihnen (sagte sie) –eben in dem-Moment, sobald sie ihre Straßenkleider ausgezogen & in ihre Berufsuniformen geschlüpft waren, sogleich mit dem zivilen Draußen auch gewissermaßen sich=selber als *Frau* ablegten. So daß von ebenjenem Fraulichen jetzt nur noch sozusagen das mechanische Gerüst verblieb: diese Reihung pflichtgemäßer, tüchtiger, immer etwas roher & technischer, zudem sich ständig wiederholender Handgriffe, die aus den stets einander ähnlichen Anforderungen & Sachverhalten, mit denen sie beschäftigt waren, wie Schalthebel Handgriffe Henkel ihnen entgegenragten & uns, diesen Schwester-Frauen (sie mußte lachen über diesen plötzlichen Fund) –1 immer ähnliches Tun abverlangten. Während das, was in den Stunden jenseits dieser Tätigkeiten & dieser Kluften *Frau* an uns war, hier=drinnen auf das Befinden von Schulmädchen herabgedrängt wurde; die Albernheiten, Kabbeleien, Zankereien, Hinterhältigkeiten, der Neid, die Eifersucht & das kleinmädchenhaft=grausame Streben nach Bloßstellen & Herabsetzen der nächsten..... Das (sagte sie) –bemerkte man als 1. an den Stimmen, dem Lachen, das mit 1 Mal etwas Vorfrauliches, eben jenes mädchenhaft geil=verschämte Kichern & Getue war – : Das im fremden Alter wieder Kindgestellte, was alle Uniformen aus Menschen uni-formen.....

–Und auch diese Geräusche Töne alles Gelärme von den Eisenrahmen gefangen wie die stets gleichbleibende, uteruswarme Luft, süßlich leer u schäbig fade nach 1gesperrten Menschen stinkend, die stand in den Fluren & Zimmern (od: einfach, unfühlbar, von Nirgendwo kommend nach Nirgendwohin geschoben so, als sei diese Luft kein Gas, sondern etwas Anderes, kompakt Ungreifbares; eine Atemluft nur für Eisen). Und (sagte sie) –jede Tageszeit mit eigenem, speziellem Gelärme, selbst das Weinen u das speichelziehende tonlose Greinen aus den Hohlmäulern mancher Patienten, die in ihren Pyjamas & in der fahlen Anstaltskleidung hingen wie einst die für den römischen Circus in Tierfelle eingenähten Opfer, erschien zu jeder Tageszeit als ein anderes, als würden all-1 durch die Kraft des Tages- & des Nachtlichts diesen Menschen unterschiedlich schwer Angst u Leiden zugefügt od als müsse jeder 1zelne von ihnen auf seinen erschlafften Schultern alles Gewicht des Lichtes all-1 für-sich weitertragen..... Vielleicht (hätte sie sagen können) als Strafe für ein Vergehen, das so tief so dunkel einst nur in deren Innern begangen wurde, dessen Schuld sie, diese Insassen in ihren schlotterigen Kleidern, indes mit zwingender Kraft auf-sich lastend empfanden, so daß sie den Felsblock ihres leidvollen Daseinmüssens unterm Stöhnen & Schnaufen übermenschlicher Anstrengung unermüdlich über die Gebirge & durch die Wüsten ihrer winzigen Ewigkeiten, längst schon jenseits ihres Todes od: nur der Aussicht auf die Möglichkeit zum Hoffen auf das Aufhören, das erlösende Ende hindurch rollen stemmen ziehen mußten. –Die Eisenrahmen & die ohne sichtbaren Ursprung schrillenden Klingeltöne als eiserne Bande um dieses in kunsthellen Höhlen abgestellte & ausgehaltene Dasein in 1 reglementierten, ebenso künstlichen Ruhe; stumpfes, tümpelhaftes Brüten, und dann die plötzlichen=unerklärlichen wie Sumpfgasblasen aufsteigenden & zerplatzenden Zornausbrüche..... Diese Rahmen waren zu simpel u zu stark, daher unbezwingbar wie der Wahn-Sinn der hier gefangen lag als stockendes schwarzes Brackwasser; zu roh & zu primitiv Alles, um auch nur die kleinste Änderung hier=drinnen zuzulassen. Und (sagte sie) –ich hatte dergleichen früher, damals vor zehn Jahren als ich zum 1. Mal hier auf der Klappse arbeitete, nicht wahrgenommen. Heute stand ich gewissermaßen seitlich von mir=selbst, sah mir zu bei allem, was ich tat & sprach – ich (sie überlegte kurz) –ich spürte jetzt & hier mein Zuspät; spürte eine Zentnerlast aus schlammig gewordener Vergangenheit, die an meinen Füßen zerrte, mich halten wollte in dem kleinen, niedrigen Leben=hier, das hinter kleinen, niedrigen Türen im ewigen Kinderzimmer auf Hauspantoffeln umherhuschen muß – so kaltschnäuzig, kleinlich, verbissen & dumm=brutal wie die Träume, die zwischen solch Wänden in Engnis u Stickluft ranziger Altjüngferlichkeit ausgebrütet werden – : Hier (hatte sie gerufen, und hatte schon längst nicht mehr all-1 die-Anstalt gemeint) –hier in diesem doitsch Land kannstu hundertmal Mauern & Grenzzäune einreißen, die-Mauern & die-Zäune werden hundertmal, & höher fester & erstickender als zuvor, wieder auferstehen & nachwachsen. Die Ziltendorfer Niederung der Ort der doitschen 1heit. In Flut Morast & giftiger Jauche zwischen aufgekwollnen Kadavern die-Umarmung –: da kommen Doitsch u: Doitsch sich näher. Für 1 kurzes auch – o !endlich auch !diesem Affen wieder Zucker – die Reprise vom Care-Paket von West nach Ost..... Der Soli-Kick: !Was fürne dankbare Rolle, jeder n Hauptdarsteller in diesem Theater & so männschlich. Für länger brauchten SIE Besatzer, das Sichduckenkönnen unter fremde Eroberer –:?!Wer aber will DIE heute noch ?erobern. Denn (sagte sie) –selbst die zugeknallte Tür heißt überall auf der Welt eben !nicht dasselbe. :!Nein (hatte sie noch gerufen) –!?Was schert mich schließlich dieses Land : !?Was scheren die Blätter sich um den Baum, von denen die Herbststürme sie runterfetzen – –

–!Nein (rief sie jetzt) –!So will ich !nicht !1 Stunde länger gelebt..... werden.

Und sie redete aus dieser Art des Mutes, wie ihn jene aufbringen (u je unbewußter desto größer ist dieser Mut), denen der Glaube an die Existenz von *Dem Glück* im tiefsten Wesen verloren ging od: die von diesem Glauben niemals wirklich u tief besessen waren. Das Gespür für ein im Innern wesentlich Fehlendes ist das Fundament für diese Art von Mut, mit denen Jene (wie sie, meine Schwester), wenn schon nicht *Dem Glück* nachspüren, so doch 1 Echo, 1 Abglanz & Widerhall von *Dem Glück*, den das verschwundene (od: in diesem Sinn überhaupt niemals existent sein könnende) *Glück* für sie= ganz-persönlich ?vielleicht parat haben könnte. Und sie tun dies Nachspüren mit demselben Eifer, wie Astronomen mit hypersensiblen & aufwendigsten technischen Gerätschaften das Weltall zu durchdringen suchen nach Spuren & Signalen jenes als *Urknall* bezeichneten *Anfangs*, nach *Dem-Anfang-von-Allem* schlechthin. Von diesem angeblich noch immer u auch Heute noch belauschbaren Urereignis sie, diese Astronomen, felsenfest überzeugt scheinen; Heute, wie sie gewiß meinen, sogar besser & deutlicher wahrnehmbar als in früheren Zeiten, denn schließlich sucht man immer nur nach Dem, was man auch finden kann. Und Heute scheint das Verlangen nach dem Finden von Echos Abglanz Widerhall, nach dem großen Abendrot von Allentagen & Allendingen, vielleicht das 1zige geblieben, wonach man wirklich noch mit Kräften streben will.

Vom Windwurf des Zufalls, davon die Spinnen leben, ist die Fliege also von einem Fängernetz ins andere geraten – der Rest ist Fressen.

CSU und Grüne sind sich in Passau nur ge

Mit vorrückendem Morgen hat die Stunde die Sonnenhelle aus dem Fenster genommen, hat die gelbe Glut verlöschen lassen – vielleicht aus den hohen Bäumen im Park breiten sich mit dem hellichten Tag hier schon dämmerige Wogen über den Rasen aus, fließen auf die Klinikhäuser zu, jede Minute beißt etwas tiefer in die Schatten wie Wellen zurückkehrender Flut in hellen Ufersand. Dort, wo zuvor in den Faltenwurf des starren Vorhangstoffes, in seine Krümmungen & Biegungen gezerrt, ein Schattenspiel sich eingeschrieben hat, ist nichts geblieben so als sei es nie gewesen. Unberührt die Webmuster im Stoff, winzigstumm die Staubpartikel in den Poren (alle hier=drin erstickten Wörter bewahrend).

neuen Golf-Krieg zahlen

Und hinter dem Vorhang, Draußen, der weite Park im Wind – aus wolkenhohen Baumkronen mit Laubzungen herab tausendfach wischelndes Rederauschen –, ?vielleicht !deshalb erstarren die Irren manchmal mitten im Gehen, den Kopf zur Seite geneigt ?lauschen die dann aufs Gespreche in den Bäumen..... Bisweilen, wie ein Memento aus der übernächsten Jahreszeit, fliegt 1 Vorjahresblatt, das an manchen Zweigen einen Herbstundwinter=lang geblieben ist, mit den Böen in den Park herab. Braune wie Packpapier starre Blätter – Ahorn Eiche – die zwischen den Fingerspitzen raschelnd zerbröckeln. Und noch sichtbar in den Blattstrukturen die feine strenge Geometrie, an manchen Stellen durchscheinend wie Insektenflügel od wie das Netz eines Spinngewebes..... Sie, alle Irren, sind dort=Draußen hinter dem Vorhang mit seinem spurenlos erloschenen Schattenspiel *Tod 1 Fliege* – was ?mehr.

!Keinmal während dieser Morgenstunde ist die Lust mir gekommen, den Vorhangstoff zu berühren, ihn beiseite zu nehmen: und zu sehen, !was den Blicken dann dort=Draußen widerfährt. Nicht Furcht, als hätte mich bloße Scham zurückgehalten.

–Aber das war ja nicht allein die Schande. – Weißgelb als Lanzette stach die Kerzenflamme ins Zimmerdunkel hinauf, verzehrte leise knisternd den unablässig niedersinkenden Stoff der Finsternis und legte schwachen glänzenden Lichtsaum um die Konturen ihres Gesichts.

–Nicht allein die Schande, am hellichten Tag vor Allerraugen-der-Familie auf die kläglichste, dümmste, witzloseste Art zu scheitern. Obwohl (meinte sie) –für mich das ausreichend gewesen wäre, um in Dunkelheit u Unsichtbarkeit mich verkriechen zu wolln. Denn diese matt glänzende, leidenschaftslose Sonne in einem steckengebliebenen Herbst zerbrach gewissermaßen all die vorangegangenen Jahre zu winzigen, scharfkantigen Splittern, grell & spitz & gleißend die Bruchkanten, u jeder 1zelne dieser Splitter faßte das gesamte Bild, als schaute ich durch zwar bestaubtes, trotzdem aber immer noch durchsichtiges Glas, und dahinter jene Schatten vonmir selbst, in merkwürdig klaren Konturen & mit jener unerbittlichen Logik & Nüchternheit eines Anamneseprotokolls –: Sämtliche Angaben meiner falschen Triumfe, die überhell & farbenreich leuchtend Verführung gewesen waren, jetzt wie mit fieberspröden Lippen aufgezählt, abgerechnet wurden, vorgestellte neue=rasche Sicherheit, !endlich & endlich !wahrhaft Zuhause. Denn (wie sie bereits früher gesagt hatte) –er, mein Mann, hatte in all-den-Jahren unserer Ehe mir stets das Gefühl des Nur-Provisorischen gegeben.

–Das (meinte sie damals) –lag nicht allein an seinem Schauspielberuf. War gewiß vielmehr seine eigene Unsicherheit, Unentschlossenheit und – ja, letztlich wars auch seine Angst, irgendwo, u seis bei mir = seiner Frau, 1 Mal=endgültig *anzukommen*, was geheißen hätte: *ein Ehemann sein ohne Wenn u Aber*, u, so fühlte er gewiß, ausgerechnet !diese Rolle wars, die er !nie&!nimmer würde lernen & spielen können, und !mehr als nur !spielen: nämlich dann wirklich hätte !sein müssen.....

–Und (sagte sie heute) –so hatte ich diese Sehnsucht *Wieder-ein-Zuhause-wie-damals-in-der-Kindheit* selber u für=mich in jene Heimlichkeit hinabgedrückt, wie Teenager ihre kleinen, keuschen Geheimnisse all-1 ihrem 3x verschnürten & wohlverwahrten Tagebuch anvertrauen –. Ich schob meine eigene Sehnsucht als 1 lächerlich empfundenes Kindheitsrelikt sozusagen wie einen derb & angeschlagen & völlig aus-der-Mode aussehenden Koffer (dadrin all-jener lachhafte Krempel, den die Zeit an die Ränder ihres Flusses geschwemmt & dort in ihrem eigenen Schlamm liegengelassen hatte; Krempel, den man vielleicht wegen seiner grandios pathetischen Nichtigkeit nicht vernichtet hatte – wie das Photo vom 1. Schultag: vor sich & dem bleichen Kindsgesicht im Arm gehalten die Zuckertüte als buntbekleckstes, viel zu groß geratenes Ausrufzeichen für den Imperativ aller folgenden Zwangsjahre –), diesen Krempelkoffer also unters Bett geschoben; dasselbe Bett (sagte sie) –in dem er – mein ehe Mann – wenn er gewissermaßen als Ehemann-Schauspieler zu mir gekommen 1 sexuelles Gastspiel für 1ige Stunden gegeben hatte, so daß ich also nun, nachdem diese-Zeit vorüber war, und ich nach der-Wende jenen Arzt aus Westberlin kennenlernte, der – so !plötzlich wie !vollkommen – mir=selbst wieder zum Bekennen jener Sehnsucht und deren vorbehaltlosem Eingeständnis *!Ja Ich !will Das Ich !will dieses, !genau !dieses Zuhause !Genau !diese alte=gediegene Bürgerlichkeit Ein Leben jenseits aller Provisorien aller ½heiten allen Sichselberzügeln-Müssens* – : Selbst jetzt noch (bekannte sie) –wenn ich dir darüber erzähle, habe ich in=mir 1 Zögern bemerkt, so etwas wie stille Scham, dieses Wort *Sehnsucht* auszusprechen. Aber ich sage jetzt dieses Wort Sehnsucht – !ohne ironisches Ziehen&klemmen in den Mundwinkeln. Und auch diese Fähigkeit verdanke ich dem beinahe um 2 Generationen älteren Mann, der mir zu dieser Art von Freiheit verholfen hatte, und mich Wochen-und-Monate hindurch eigentlich zum 1. Mal in meinem Leben wirklich mit festen Schritten auftreten ließ auf einem fremden Weg, von Geländern handlich umfriedet & geführt, so daß die Fremdheit dieses Weges als eine trügerische Fügsamkeit sich stellte. ?Trügerisch (sagte sie, ihren eigenen Sätzen nachlauschend.) –Ja. Aber nicht in dem allseits bekannten Sinn, daß er mich »hinters Licht geführt & verlassen, nachdem er seinen Spaß mit mir gehabt hätte« – nicht dies seifig Trügerische (meinte sie) –sondern das war – ich weiß nicht – vielleicht weil ich selber noch viel zu weit von mir entfernt gewesen war, um zu –.

–Das war ja auch die Folge meiner Ehejahre mit diesem Schauspieler, daß ich gar nicht wußte, was ich eigentlich – !was im Grunde zu !mir gehörte. Aber (meinte sie rasch) –gewiß empfinde ich das=Alles nur jetzt, in !diesem Augenblick, wenn ich zu dir darüber rede & die Geschichte mit dem ersten-Mann-nach-meiner-Ehe erzähle, nein: eigentlich mit dem ersten !wirklichen !Mann, den ich jemals hatte u der beinahe mein Großvater hätte sein können. :!?Was !glotzt du (fuhr sie auf) –Ja ?!und: Er hätte mein Großvater sein können (wiederholte sie aufgebracht) –Was solls: Das waren seine !Augen, die !Blicke mit denen er mich ansah. Keiner dieser Männerblicke, von toten Begierden Unsicherheit Angst u Erfahrungen der Vergeblichkeit wie von Tonnenlasten Abraum eingestürzter Männlichkeit beschwert, die, sobald sie einer Frau ins Gesicht schaun, die Augen sofort niederschlagen od wie in aufschreckendem Sichbesinnen sogleich wieder fortsehn mussen –. Auch nicht jenes dummdreiste, jugendhaft=blöde Anglotzen, frech herausgeboxte lümmelig geil pfotende Blicke von der Flachheit 1 Suppentellers – !?Was !glotzt du also (rief sie noch einmal) –!seine Augen sind zu anderen Blicken fähig: Blicke, die eine Frau wirklich !an!sehen können, u die Frau !weiß durch diese Blicke: !Sie, nur !sie ist gemeint – und !dafür gebe ich eine Ganzemenge. (Sagte sie, und weiter) –!Was spielt da das Alter noch fürne Rolle. Aber es war vielleicht zu viel. Nicht das Verhältnis zu ihm, zu diesem reichen=gutsituierten Oberarzt aus Westberlin, der zum Stationsarzt auf der Klappse wurde, nachdem sein Vorgänger & mit ihm einige andere Perlen aus der Schweinekrone der Schöpfung wegen Staasi-Geschäften ihren Hut nehmen mußten. Ich (hatte sie früher schon einmal gesagt) –ich habe offenbar das – Glück, in unsrer Heiligen=Familie die Sexualität gleich von vier Menschen allein tragen zu müssen (und hatte damals nur mit der Stimme gelacht). –Die Sexualität unseres Vaters, unserer Mutter, deine mein Lieberbruder, und schließlich noch meine eigene. So viel Glück ist !zuviel Glück. Und deshalb schliddere ich ja immerwieder rein in solche Geschichten.....

–Ich !kann doch nich anders. Ich !muß doch – –

(Sie hätte jetzt jemanden brauchen können, der sie berührte u den sie hätte berühren können, in jener sanft=eindringlichen Weise nach Verstehen suchend, nach gemeinsamem Halt; schon streckte sie den Arm nach mir aus, den Handteller nach oben zum Empfangen einer anderen, sichermachenden Festigkeit geöffnet –). – Es war auch jetzt niemand für sie da, ihre Hand blieb leer. Eine Weile lag sie so auf der Tischplatte, als sei das 1 ausgekühltes, abgestorbenes Wesen. Dann, als hätte sie darin plötzlich 1 Schmerz verspürt, schlossen sich die Finger, und sie zog den Arm wieder ansich. 1 Ruck wie nach 1 Stromschlag ließ sie wieder aufrecht sich hinsetzen, das Rückgrat zum Hohlkreuz durchgebogen, & in ihrer Stimme wieder jene Festigkeit, zu der Frauen, nach Momenten selbst der größten, der zutiefst empfundenen Trauer u Niedergeschlagenheit unvermittelt, aus rätselhaften Quellen schöpfend, fähig sind. (Vielleicht weil Frauen, selbst in ihren Gedanken unausgesprochen, wissen, daß ein Leben lang&weit sich ausbreitet, & darin für sie vielzuvieles an Gründen für Trauer Leid u Niedergeschlagenheit, als sich mit diesem 1 Grund=jetzt länger als mit dem Abwasch aufzuhalten.)

Ihre Stimme also wieder fest u klar: –Und Damals, als es mit ihm begann und genau wie später, als es zuende war – hatte ich das=Alles im seichten, dumpfen u gewichtslosen Nebel aus Wortelosigkeit Selbstüberschätzung & meiner vier Mal ver!fluchten Gier ersticken lassen.

Die Kerzenflamme glomm plötzlich heller, leuchtender auf, als hätte sie grad einen besonders großen Brocken Finsternis verbrannt, & laut knisternd Funkenstaub versprühend umhüllten die Blütenblätter in Limonengelb Rosa Blau Orange leuchtend die Tulpenflamme. Der Schimmer indes war zu schwach, auf ihr Gesicht überzugreifen –, so blieb ihr Anblick von jenem spärlichen Licht gesäumt, das der Dunkelheit, dem Verlöschen näher schien als einem hellen Leuchten. Aber vielleicht war das Täuschung; rührte vielmehr aus der Geschichte her, die sie erzählte, die Worte, aus denen sie das Geschehen, jene Affäre mit dem um so viele Jahre älteren Oberarzt, dem Leiter der psychiatrischen Station des Krankenhauses, wieder erstehen ließ. Und, man kennt ja solcherlei Geschichten, Liebesaffären über die Generationen hinweg, worin eine dämonische Umkehr von Wirklichkeit u: Schund eben letzterer die Wirklichkeit des Erlebens zu bestimmen scheint. Geschichten, die in !dem Augenblick wenn sie geschehen, jedem neu erscheinen müssen, u sie daher jedem=Beliebigen auch widerfahren können –.– Doch aus jedem gesprochenen Wort od: bereits davor, noch bevor Worte überhaupt der Körperwerkzeuge zum Lautwerden sich bedienen können, schon Geschmack & Geruch aufsteigend wie von alten, wasserverzogenen u vom langjährigen Lagern in Kartons auf lichtlosen Dachböden & in Kellern bleich gewordener, fleckig von der Feuchtigkeit in Stapeln zusammenpappender Groschenhefte. Und die Illustrationen darin, man kennt sie ja, als hätten jene dürren, immer 1=ander ähnlich gebauten Sätze »Ich habe in meinem Leben an meinem Körper schon viele Frauen gespürt, aber erst heute habe ich das Gefühl der Liebe zum ersten Mal« – »Du hast mir etwas gegeben, das kein anderer Mann vor dir mir jemals« – »Wäre ich dir doch nur in den Jahren vor meinem schrecklichen Unglück begegnet, an deiner Seite hätte mein Leben einen ganz anderen Ver-« ; od aber Sätze für Geschichten vom anderen Skalenende der gleichen Stereotypie »Ah, du kleine, geile Sau, du bringst mich zum« – »›Ja! Stoß' mich! Stoß' mich, du geiler

Mann.‹ Ihre Brüste warteten auf ihn, in wollüstiger Gier entflammte ihr Schoß und sehnte sich nach seiner Männ-« (:Denn oftmals in solchen Heften war die gewissermaßen entscheidende Fortsetzung der höchste Erregung signalisierenden Vokation nur durch Umblättern, auf der anderen Seite, zu erfahren, was indes mitunter durch 2 oder mehr zusammenklebende od aber rausgerissene Seiten dann ausgehend von der letzten Zeile »wollüstiger Gier entflammt ihr Schoß und sehnt sich nach seiner Männ-« / »während von den steilen Wänden die Steine niederprasseln, die ihre Füße lösten« mitunter die kuriosen Fortsetzungen ergaben) – »Komm' und lutsch' meine dicken Titten, ja, das ist's, das ist so geil, daß ich gleich« (:Wobei das sture Setzen der Apostrofe & Kommata mit jenem schulmäßig eingetrichterten Konformismus offenbar ganz selbstverständlich geschah, aus jener klein=wohlanständigen Betulichkeit heraus, die immer auch Wischlappen & Bürste bereithält zum Spurenbeseitigen nach dem Back-anal; die Haus&putzfrauen beiderlei Geschlechts als die dann !wirkliche Obszönität, als die !tatsächliche Sauerei). Und als hätten jene immerwiederkehrenden Sätze auch noch des optischen Kommentars, der Überhöhung durch die Überhöhung des Abbildens bedurft, waren die begleitenden Illustrationen demnach vielleicht nur deshalb in jener unmenschlich erscheinenden Makellosigkeit & Störungsfreiheit solchen Geschichten zur Seite gestellt, um beim Leser od: den Leserinnen auch das geringste Stäubchen Zweifel & die allergeringste Unruhe, jene herbeizitierten Figuren müßten ?vielleicht bei einerseits soviel behaupteter Detailnähe dann andererseits den wirklich gewordenen Gestalten auch in allen übrigen Details, nämlich in den Störungen u Makeln (Warzen, Mund- u Altersgerüchen bis hin zu schlaffen Hautwülsten, Zellulitis, dreckiger abgerissner Unterwäsche, greisendürren Hühnerbeinen, Krampfadern, Handflächen Fußsohlen kalt u hart, die Haut wie von Reptilien) gefährlich sich annähern od: gleichen, diesen Verdacht also von-vorn=herein & unermüdlich wie die ewig sich drehenden Mühlräder des-Alltags....

zu bekämpfen. Statt dessen also immerfort die genau wie in der Sprache auch im Bild nur wenig veränderte, unablässige Wiederholung jener typisierten Vignetten im Stil der 50er-Jahre; die Frauen mit kurzkräuseliger Bubikopffrisur, weit ausgestellten Cocktailkleidern im Blumen- od Querstreifenmuster die Wespentaillen betonend, die Männer mit pomadiger Haarfülle, die »Tangowelle«, Fliege & Smoking – bzw. in dergleichen Manier wie die Partygäste nun diese anderen Figurinen gezeichnet: Frauen in Dessous, Strumpfhalter wie schwarze Ausrufzeichen der gipsweißen Oberschenkelhaut anliegend & die Brüste von kegelförmig spitts zulaufenden Büstenformern gepanzert – (wobei die männlichen Pendants auffällig im Hintergrund blieben, allenphalls mit V-förmig muskulösen, nackten Oberkörpern & winzigen, eng anliegend seidigschillernden Slips erscheinen durften). Diese Bilder, ihr Anblick heute=entfärbt wie von zu vielen Augen & Fingern begriffen, von Licht & Zeit kreidig blaßgilb geworden, als seien das Figuren aus zu lange liegengelassenem, vergessenem & längst ungenießbar gewordenem Fondant. Und die Geschichten in jenen Heften in 1 Sprache erzählt, als hörte man, Stunde-für-Stunde & von 1-Auftritt-zum-andern, immerfort denselben Unterhaltungskünstler; 1-jener Witze&geschichtenerzähler, wie sie für Ausflügler zu Kremser- & Dampferfahrten bestellt werden, vor einer Horde rotgesichtiger besoffener & schweißtriefender Herrentagsfahrer od vor in Seidenblusen hockenden, spinnwebgrau bestäubten & nach Altweiberparfüm riechenden Damen=Bridge-Vereinen bei Sahnetorte&likör ihre Naht Witze runterzureißen : In nur wenig od: gar nicht variierter Abfolge immer dieselben Sachen mit immerderselben brülligen Stimme intoniert, in den breiten Laufrinnen stets an denselben Stellen für die als Pointe gedachten Momente Lautstärke & Tonlage anhebend, so daß, durch jahrelanges Repetieren immer 1förmiger, bei solch Witze&geschichtenerzählen der Atem jener reisigen Unterhalter genau wie die Blätter, darauf jene Geschichten gedruckt, stockfleckig & wässerig sich aufwölbend mit dem

Geruch aus faulenden Stapeln Papier erscheint. Und möglicherweise hat auch sie, meine Schwester, ähnliches bemerkt, als sie diese Geschichte zu erzählen beginnen wollte; die Unmöglichkeit der Worte gegen allen wortgewordenen Schund, der ein Erleben jenseits der unfreiwilligen Komödie wie Pflanzen aus morastigem Grund sprießen läßt – : Das Erleben nicht plündernd, nur die Stille dagegen setzend.

Sie sprach jetzt anders als an den Abenden zuvor, langsamer, als müsse sie aus dem riesigen Schmelztiegel aller Wörter jene Brocken herausfinden, die einstweilen noch ungeschmolzen ihre Formen bewahrten, immerhin Auskunft über eine gelebte Unmöglichkeit geben könnten. Sie sprach mit gewissermaßen dünneren Worten; was sie schon einmal früher erzählt hatte, nun jedoch konnte sie auch dieser Geschichte den Abschluß geben. Denn wer kennt sie nicht, die Schilderungen über Anfänge für solcherlei *Geschichten* –.

–Damals war ich noch am Theater als Regieassistentin. (Erzählte sie.) –Das Marat/Sade-Projekt wurde vorbereitet & pikanterweise fiel mir die Aufgabe zu, in die Charité zu ziehen um dort, in der Psychiatrie, nachzufragen, ob einige der Patienten, die als harmlos galten & Ausgang hatten, gewissermaßen leihweise für die Inszenierung zu bekommen seien. Man wollte, wie schon vor Zichjahren bei einer Inszenierung desselben Stücks in Frankreich, auch hier nicht hintanstehen & mit sozusagen *Richtigen Patienten* spielen..... Und ich (sagte sie) –ich sollte das Patienten-Leasing ankurbeln, weil – wie Man wußte – ich vor-Jahren auf dieser Station in der Psychiatrie gearbeitet hatte – da, meinte Man treuherzig, müsse ich doch Gutebeziehungen haben & daher sollte die Ausleihe bequem zu bewerkstelligen sein. Das hatte den gleichen doofen Humor als würde beim Einstellungsgespräch der Personalscheff: *!Ach, Sie intressieren sich für !Bücher* – erfreut feststellen & sogleich verfügen: *Da kommen Sie eben in die !Buchhaltung*..... – Nun, es war in der unmittelbaren Nach-Wendezeit; die Zeit, in der sich Alles wie aus-den-Fugen gebärdete : Und die Theaterspielpläne irrten zum billigsten Klamauk (darin mit 1 Mal sich-selbst als *Altelinke* bezeichnende Regissöre plötzlich hervortaten; sie hielten ihre Ramsch-Inszenierungen offenbar für pro-wo-Kant od: gar für Wie-der-stand), u dabei gar nicht bemerken konnten, daß ihre Arbeit = nichts war: nichts außer ½herzigem Pfusch.....). Ihre inneren Augen beschmierten diese Herr=Schafften nämlich mit Geld : Einige verdingten sich als Drehbuchschreiber für die mülljonste Folge 1=dieser Vorabend-Seifenopern im Fernsehn..... Wie ja stets die-Antikapitalisten kapitalistischer als die-Kapitalisten werden, sobald sie am Großengeld nur mal geleckt haben. Und solltest du wiedermal gezwungen sein, dir nen Job zu suchen (warnte sie mich aus ernster Fürsorge:) –!Hüte dich vor Einrichtungen mit links-alternativem Ruf. Dort ists wie im-Alten=Osten: Neben deiner Arbeit mußt du auch noch »Die Richtige Einstellung haben«, du mußt alle-Furzlang *Begeisterung & Angaschmang für Unsere Sache* zeigen – das Gespenst des Subbotniks schwebt allenthalben über diesen wackeligen Festen. Mit 1 Wort: Du bekommst immer weniger für immer mehr Maloche. :Aber das ist ja schon ein landläufiger Zug geworden Hier.– Vom Klamauk an diesem Theater also (nahm sie ihre Erzählung wieder auf) –bis hin zum rigiden Festhalten an alten, als Erziehung-&-Warnung gemeinten Inszenierungen im Habitus des Lehrstücks erstreckte sich der Spielplan – :das erste nur ekelhaft, das letzte rührend-ekelhaft. Mir war damals klar geworden, meine Stelle als Regieassistentin werd ich nicht mehr lange haben, schon gar nicht bei !solch innerer Haltung. Denn wenn diese Theaterschranzen auch nicht viel im Kopf haben, Instinkt haben sie 1 feinen wie die-Hunde..... Und die riechen den Abtrünnigen, den Hund von der feindlichen Rasse, der nicht stinkt wie sie & der nicht im Familienkorus jaulen will. Es war die Zeit auch – ?kannst du dich noch ?erinnern – in der deutschdeutsch berühmte Schreiberlinge um ihr ferneres Bleiben im Geredefeld der-Öffentlichkeit..... bangten & somit keine noch so peinliche Gelegenheit ausließen – !Hauptsache: !Vieleleute & !Vielekameras – für ihnen im-Grund völlig Unbekannte das-Wort zu führen; bevorzugt für solche, die das in Doitschland !schwerste Schicksal ereilen sollte: ihres Amtes od Postens enthoben zu werden, wegen vermeintlicher od: tatsächlicher Kollaboration mit der-Staatssicherheit. Also machten jene prominenten Wort=Führer-von-Früher sich mit der-Horde..... gemein, um sich, wie sies nannten, zu solidarisieren. Wobei an solcherlei eng-Gagement von Künstlern, ob nun für die bedrohte Tierwelt die bedrohte Pflanzenwelt od für die bedrohte Postenwelt, von jeher die 2schneidigkeit, das Anrüchige & der Eigennutz klebenbleiben & aus der Ferne das Geldglöcklein vom Marketender-Turm die eigene Stunde schlägt: Denn bei deren Auftritten vor Fernsehkameras & Mikrofonen – übrigens mit Vorliebe vor jener von 18- & 20jährigen dominierten Öffentlichkeit & somit dem Fetisch *Jugend* zudienernd & sich vor den Halbgaren zu prostituieren –, haben diese eng-Gagierten Herr&damschaften Künstler – wies der »Zufall« will – immer grad mal das neueste Buch parat, die aktuelle ZehDeh od den Hinweis auf den just eben angelaufenen Kinofilm, darin man die Hauptrolle spielt. Und nachdem manch-einer dieser enga-Gören paar Mal mit seim eng-Gagement gehörig in die eigene Nesselsaat sich setzte – denn wer sich & seine Kunst als Klepper vor den Karren einer Idjologie spannt, darf sich, wenns bergab geht, nich wundern, wenn ihn der eigene Karren überrollt –, suchten & suchen sie also fortan nach Popularität woanders: & wenden sich dem-Fußball..... zu. Und was denen vor 20 Jahren noch das Feld-der-Reaktion, soll jetzt zu ihrem eigenen Feld geraten: So tief sind diese Ewigen ran-Wanzer gesunken. Denn das-Reaktionäre-von-Gestern ist ihnen das Normale v. Heute geworden. Die-Masse hoch & Jugend Jugend über Alles..... Insbesondre die-Jugend war & ist eben die Gruppe von Menschen=also=Käufern, die alles Prominente am unbesehensten in Haben-Kaufen-Raffen verwandeln will. ?Wer kanns den enga-Gören !verdenken (rief sie lachend) –denn wenn schon Prostitution die Basis zu einem Geschäft wie dem der-Kunst ausmacht, dann lieber Nutte für die-Jugend sein, dem Fleisch, das noch straff ist, muskulös u wo Körper zumindest manchmal noch gut riechen. Die waren immer die !Allerwertesten – und (hätte sie, nach dem Gelächter, hinzufügen können) nicht zuletzt !diese Typen eng-Gagierter sind es, die in ihrer Selbst-Sucht auch noch das letzte Fünkchen echter Solidarität denunzieren & mit den schwitzigen Füßen ihrer Eil=Fertigkeit niedertrampeln & ersticken.

–In diesem Theater, in dem ich damals arbeitete (nahm sie ihre Erzählung wieder auf) –sollte also jetzt das Sade/Marat-Projekt !endlich verwirklicht werden. Ein Vorhaben, das, wie man sowas nannte, seit etlichen DeDeR-Jahren auf-Eis-gelegen hatte, immer mal 1 paar Proben erfuhr, niemals aber auch nur bis zur Hauptprobe gekommen war, weil in den verbissnen Untergangskrämpfen der Alten=DeDeR..... kein Kulturfunktionär für !solch-ein Projekt Grüneslicht geben wollte. Jetzt also, auf den Trümmerhaufen der Ideologie, meinte man, wäre auch für dieses Projekt die-Chance..... da. Ich wußte, ich stand im Theater bereits auf der Abschußliste, diese Arbeit würde meine letzte sein. An 1 anderen Theater unterzukommen, wußte ich genauso, wäre nicht leicht gewesen in dieser Stadt Berlin..... in diesem Rotstift-Mülljöh wo Banden unverschämter Koofmichs & Kassiererpack das-Geld für Kunst 1frieren..... Auch hatte ich, offen gesagt, nach beinahe zehn Jahren vom Theater..... so ziemlich die Schnauze voll. Ich mußte also sehen, wo ich unterkommen würde, wenn diese Inszenierung vorüber wäre & das Theater mich 1sparn würde.

–Zuvor aber hatte ich vom Theater den Auftrag bekommen, in diese-Anstalt zu gehen & wegen der kuriosen Patienten-Ausleihe zu verhandeln. Du kannst dir meine Beklemmung vorstelln, als ich nach beinahe zehn Jahren diese langen Flure wieder betrat, Flure (sagte sie) –die sich wie Röhren in einem Abwassersystem durch die Gebäude ziehen – hohe Gewölbegänge, lang steinern u leer wie das Vergessen –. Und wieder das Empfinden, in Unterirdisches geraten zu sein, in ein dumpfes, geleeartiges Gebilde, das jeden weiteren Schritt unmöglich machte. Auch ahnte ich bereits voraus, daß ich nach meiner Entlassung am Theater !genau=!hier wieder landen würde, 1 Job..... zum Überdauern zu finden. Denn ?!was hätte ich Anderes tun solln, ich hatte ja nichts=anderes gelernt –.

–Er war damals der Erste, den ich traf dort auf einem=dieser Flure in der psychiatrischen Station. (Erzählte sie vom Beginn ihrer Affäre mit dem Oberarzt.) –Sein Haar so weiß wie sein Kittel, den er offen über seinem taubengrauen Anzug trug wie den Umhang eines Ordensritters – seltsam, das wirkte überhaupt nicht lächerlich wie das Wort. Der Kittel wehte beim Laufen knatternd um seine Beine, als er mit jugendlichen Schritten auf mich zueilte. In dieser Begegnung spürte ich vom-1.-Augenblick-an die Wärme eines seit Langerzeit schon bestehenden Vertrautseins. Was für eine !Seltenheit. (Bemerkte sie.) –Aber auch Seltenheiten haben ihre Regeln. Und was in der Folge mir als Einmaligkeit erschien, war ?vielleicht nur das Grundschulpensum für ein Verhältnis *Älterer begüterter Herr : junger mittelloser Frau*; eines der vielen Pensen an *Schule*, die ich in all den Jahren-zuvor=im-Osten ebenphalls niemals richtig absolviert hatte. – Es sind ja diese Muster, die uns, dich & mich, geprägt haben und immer weiter prägen, dies unser Eltern-Haus mit seinen in früher Kindheit erlebten Winkeln, vornehm geflüsterten Sätzen, all dem Nichtausgesprochenen, das aufgesogen wurde von staubigem Samt beim dunklen Klang der Standuhr in der Diele, beim nachmittäglichen Spaziergang auf schattengefleckten Wegen entlang unter hoch u herbstlich rot sich wölbenden Buchenkronen. Unser Eltern-Haus (:schon bei diesem Namen früher stets die Erinnerung an Zoo: an Schlangen- od Raubtier-Haus & auch die Gerüche schienen so erstickend wie jener Gestank aus diesen Gittergefäßen, darin Panther Tiger & Löwen ihr-Leben=lang vor-sich hinschwitzend sterben müssen –), jenes alte Jugendstilhaus am Stadtrand von Dresden, das in seinem aus dem Licht aller Jahreszeiten herausgefilterten Herbstesgold schon !immer jene Merkmale getragen hatte, die es später zu dem haben werden lassen, was es halt immer schon war: Weder Schlangen- noch Raubtier-, sondern lediglich zu einem Toten-Haus.....

–Als dann im Theater die Premiere von diesem Stück vorüber war (hatte sie die Geschichte-von-einst noch weiter erzählt) –zeigte sich rasch: ein Flopp. Nach 4 Vorstellungen war Schluß: !Abgesetzt mangels Publikum (die haben mitunter vor 20 Leuten in einem Saal mit über sechshundert Plätzen gespielt). Denn was noch vor 1 Jahr daran strotzend vor Anspielungen auf die-DeDeR wie eine Bombe eingeschlagen hätte, das wirkte nun = 1 Jahr später also zu spät, als liefe man Sturm gegen längst sperrangelweit offene Türen –. Da half auch nicht, die Irrenhaus-Wärter in Vopo-Uniformen zu stecken & die Anstaltsinsassen in Plasteanoraks mit EfDeJott-Aufnähern, in Händen den leeren beblümten DeDeRon-*Es-könnt-ja-Was-geben-*1kaufsbeutel, den Hoffnungsträger – :Alles an dieser Inszenierung trug den bitteren Schweißgeruch der vergeblichen Mühe, der Fleißarbeit am Vielzuspäten..... Denn ?was kann 1 Theaterstück mit Verrückten, 1gesperrt in die harmlose Geschlossenheit 1 Bühnenkäfigs, noch spielen – wenn durch einen anderen Theater-Q die-Verrückten längst die Freigelassenen..... sind.

–Und als dieses Stück dann abgesetzt und am Horizont ein neuer Intendant erschienen war – da wurde erwartungsgemäß ich, zusammen mit einigen anderen, im vorauseilenden Gehorsam ebenfalls abgesetzt. Man verhielt sich in dieser von Niemandem geforderten Gehorsamstat gemäß dem alten Ost-Training: Gutenwillen-zeigen nach-Oben + einige Bauernopfer = das läßt so mancherlei Süppchen auf dem Feuer. Zudem eine !ausgezeichnete Gelegenheit, die loszuwerden, die Man schon immer zum Kotzen fand. Mir wars !recht (sagte sie) –ich war Das Theater..... !endlich los. Und als ich damals das letzte Mal zum Bühneneingang wieder rausging, da hatte ich das Gefühl, als wäre ich nach einer langen schweren Krankheit zum 1. Mal wieder an der frischen Luft – –

–Das Eltern-Haus – die Lehre als Krankenschwester – das

Theater – die verkorxte Ehe mit diesem Schauschpieler=diesem Verrückten – & noch 1 Mal der Klinik-Job – : All-!diese Muster für Scheitern, genau !diese (nahm sie ihre Geschichte wieder auf) –die mir von den-Alten & von deren Trieben Wünschen speichelsprühenden Schreiereien & Agonien geblieben waren, die ich in=mir habe & die mir bleiben, egal wohin auf-der-Welt ich auch fliehen will. Aber !was heißt *fliehen* (rief sie). –Niemand wird dieses Laufen, Sichbewegen, Reisen, Auswandern als Flucht bezeichnen od begreifen, aber es !ist eine !Flucht, auch wenn ich=selbst Das natürlich nicht in jeder 1zelnen Minute meines Weiterlebens so empfinden kann od: gar will – genauso wie Niemand bei allem Tun, beim Lieben Trinken Essen Scheißen Musikhören od Geschirrabwaschen, immer an Das-Fundament denken kann, an Das-Grundsätzliche, aus dem Jeder herkommt und wohin Jeder auch wieder gehen wird –: .....Doch wer das tatsächlich über-sich bringt, so & !immerfort so zu empfinden, der – (Sie vollendete nicht den Satz, vielleicht glaubte sie sich zu nahe bei mir) – der wird zu 1 Grimasse von sich u seinen Lüsten werden (hätte sie ihren Satz vollenden müssen) – nix andres als n verkommener Kupido, der mit fleckigen Klamotten & schiefgelatschten Sohlen nach Markstücken bettelt, um sich in der Peepshowbaracke 1 runterzuholn.....

–Ja (sagte sie wieder laut) –u trotzdem ist Alles=immer-da: die Flucht, das Weitermachen und immer Alles=in-einem & wirr vermischt, untrennbar u nur im-Ganzen zu haben. Das hab ich mir all-die-Jahre gesagt u habs mich erleben lassen. Über die Langenjahre meines Lebenmüssens im-Osten..... hinweg. Und wenn ich Damit=Heute auch nur 1 Stunde noch weiter machen würde, dann – (Sie redete auch jetzt nicht weiter; schwieg, vollendete auch diesen Satz nicht mehr. Statt dessen, nach langer Zeit, sprach sie mit vollkommen veränderter Stimme, laut & kraftvoll:) –Aber genau= !Das werde ich=für=mich: !Jetzt !ändern.

Vor die Sonne muß erneut eine Wolkenfront gezogen sein; das hell lodernde Gelb des Vorhangs ist vor geraumer Weile verloschen, das Schattenspiel vom Tod 1 Fliege verschwunden. Vielleicht auch können die Sonnenstrahlen dieses Fenster zu dieser vorgerückten Stunde längst nicht mehr erreichen. Ausgeglüht, erbleicht in schweren Falten streckt die Gardine vor dem hohen Fenster sich herab, wie ein Schleusentor trennt der dichtgewebte Stoff das Licht Draußen vom stockenden, fad ausgelaugten Patientenlicht hier=Drinnen im Warteraum. Die Schlagzeile einer anderen Zeitung, durchs Ablegen umgebrochen, schimmert aus dem Stapel bedruckten Papiers vom Tisch herüber:

Krenz zu sechseinhalb Jahren Ha
Noch im Gerichtssaal festgen

Vielleicht ist die Tür geräuschlos geöffnet worden – 1 anderes Licht, 1 Art optischer Unruhe, bricht in den Raum herein, als hätte das fremde Licht ins Wartezimmer=hier auch Zugluft hereingeweht – : Meine Schwester bleibt im Rahmen stehn, die zu Dreiviertel geöffnete fahlweiße Tür & sich=selbst an der Klinke haltend, den 1 Fuß 1wenig vor den anderen gestellt, so erstarrt ihre Bewegung, als wäre der Anblick od: überhaupt das Vorhandensein dieses Raums eine große Überraschung für sie. Aber ihre Augen : sie schauen nichts u niemanden wirklich an; die Blicke scheinen vielmehr ins Innere gekehrt, als mühte sie sich, dort etwas ihr Unverständliches zu entziffern, eine Lücke vielleicht, die Umgebung von etwas Fehlendem, dessen Verschwundensein erst die gezielte Suche fühlbar macht, als seien das die 1. Momente des Wiederzusichkommens nach einer Operation..... Als wäre in den wenigen Minuten dort=im Nebenzimmer ein Organ ihr entfernt worden, & sie müsse nun in=sich hineinlauschen, ob der Blutkreislauf & überhaupt jene Gesamtheit, die man *Leib & Leben* nennt, nun auch nach dem Verlust dieses Organs weiter funktionieren könne –.

Ihr Gesichtsausdruck trotzig-beleidigt-erzürnt, die Lippen zu einer Art bösem Schmollen zusammengezogen; eine vielleicht bereits in Kindheitsjahren erstmals gefühlte Empörtheit, wie sie ein als Unrecht empfundenes Gescholtenwerden hervorruft, was ihren Augen stets 1 hellen, gläsern harten Blick beigibt (wie auch dies schon in frühen Jahren, selbst während des Schlafes, sich einstellte; damals, im gemeinsamen Kinderzimmer beim gewohnheitsmäßigen Hinüberschaun, an dem Tisch samt der zu Dreiecksfalten herabhängenden Stoffdecke vorüber, hin zu ihr, wo gerade das Gesicht bis zur Kinnspitze vom jeweils Anderen, im Bett liegenden Kind, sichtbar geblieben war, solange, bis das Zimmerlicht gelöscht wurde, und erst das langsame Aufstehen 1. Morgenschimmerns das Zimmer u auch diesen Anblick der Schwester zurückkehren ließ – so unberührt scheinbar dann ihre Züge durch die Stunden der Träume, daß mitunter glaubhaft war, sie sei mit ebendiesem Gesichtsausdruck während der Nachtstunden verstorben –). Und sie verharrt auch jetzt in dieser Haltung, bleibt in der Tür, die Beine (die sie seit jenen=Jahren, als sie & die übrigen Mädchen für die eigene körperliche Erscheinung sich zu interessieren begannen, für häßlich, unansehnlich hält, zudem die übrigen, als Mängel empfundenen Merkmale – zu kleine Nase, hohe slawisch erscheinende Backenknochen, ein fülliges Kinn – mit jenem Gemisch aus heimlicher Verzweiflung & Sichdreinfügen, mit dem Frauen Unabänderbares hinnehmen & schließlich mitsich tragen können –), die Beine also leicht gekrümmt vom Rocksaum über die Kniee ohne Wadenprofil in gerader Linie hinab (jene Beschaffenheit, die sie einst in ihrem Tagebuch, trotzig-beleidigt-erzürnt, als *wurstig* beschrieben hatte), die Fußspitzen nach-innen 1ander zugekehrt, in der starren Manier in der schon kleine Mädchen jenen Frauen eigenen Trotz, das Beleidigt- u Erzürntsein, gewissermaßen über einganzes-Leben hinweg unterschwellig zu tragen imstande sind, und diese 1 Mal in Kindheitstagen gefundene Haltung, trotzig-beleidigt-erzürnt (jenes fänomenale Erzürntsein, das späterhin weder Anlaß noch Beruhigung, allenfalls 1 vorübergehende Stillegung, 1 Sicheinbetten in die Geschehnissedes-Tages kennt) dann in Situationen wie dieser, hier & heute, unversehens plötzlich u ohne Veränderung durch die zurückliegenden Jahre als Ergebnis eines inneren Sichabhörens, mit dieser Frauen eigenen Typik aus unberechneter Berechnung, absichtsvoller Absichtslosigkeit heraustreten & sie, diese Frau, dann sozusagen in ihrer ursprünglichen Gestalt wieder erscheinen lassen zu können.

Sie stellt ihre große Umhängetasche auf die Tischplatte nieder, einige Sachen, die zum Bündel gepackte Arbeitskleidung, in der Tasche zu verstaun, die Zeitungen wurden verdeckt. Aus ferneren Bezirken erhebt sich morgendliches Anstaltslärmen. Das zunächst in 1zelnen Schüben, dann zu monoton groben Geräuschefetzen sich steigernde Lärmen, als gerate der Leib eines erwachenden, bulligen Wesens in Bewegung. Die Tür, durch die sie vor-kurzem ins Wartezimmer zurückkam, ist ein Stückweit aufgegangen: In den langen Flur, der in der Perspektive wie ein unerbittlich enger-und-enger geschnürter Trichter sich verliert, scheinen eilends hastende Gestalten herauszustürzen & gleich darauf wieder von den Wänden verschluckt zu werden. Die Krankenpfleger – kleine drahtige & wie aus knorrigem Holz geschnittene Männer unbestimmbaren Alters, das lange strähnige & naß an den Schädel gekämmte Haar zumeist im Nacken als Zopf gerafft; auch kantige wuchtig im Flur aufmarschierende Leiber, als seien das Verladearbeiter auf Güterbahnhöfen od Hilfskräfte im Schlachthof – eierschalenhelle Kittel schlotternd od straff gespannt die Gestalten verhüllend – & Stimmengeschepper zwischen ihnen u: den Krankenschwestern, als schlügen verschieden große, hohle Blechtöpfe gegeneinander.

Leicht gekrümmt auch die Arme der Frau, sinken sie langsam als zöge eine=besondere Schwerkraft in diesem Raum zu beiden Seiten ihrer Gestalt herab; die geöffneten Hände, die Finger gespreizt, sind sehr weit von-ein-ander entfernt, die Innenflächen wie 2 Halbkugeln, die vergebens bemüht sind, den enormen Raum zwischen sich zu schließen, einander zugekehrt – nun fügen die Finger langsam sich zur Krallenform, als wollten sie einen übermenschlich starken Hals umschließen, dessen Kehle packen & jenes unsichtbar=machtvolle Wesen erwürgen.

Sie hätte nichts zu sagen brauchen. Ihre Gestalt, in den hellen Lichtblock der Türöffnung geschmolzen, sowie der Ausdruck ihres Gesichts zeigen an: –Er hat es wieder geschafft. Er schafft es auch !heute noch. Nach so langer Zeit & Trennung, von der ich glaubte, sie sei damals !endgültig gewesen. Er schafft es immer wieder, mich fertigzumachen: dieser Schauschpieler=dieser Verrückte..... Seine Flucht hier aus der Anstalt vorletzte Nacht während ich Dienst hatte: Ich soll ihm geholfen haben. !Ausgerechnet !ich u: ihm helfen. :?!Wer aber sollte mir Das glauben. !Natürlich haben sie mich jetzt gefeuert.....– Sie atmet geräuschvoll ein, ihre Stimme kehlig & hoch: –Jetzt !will ich ihn finden. Sonst hört das !niemals auf. Sonst geht das !immer so weiter. Ich !will ihn finden. Egal wo. Und dann – dann – :Wär ihm zu wünschen, sie finden ihn !vor mir.....

–Die Pfleger, diese Schätzchen, werden auch nich leer ausgehn. (Sagt sie, ohne beim Einpacken von ihrer Tasche aufzuschaun, mit der Schulter auf die durch den Flur hastenden, lärmigen Gestalten deutend.) –Die werden ihr Fett schon weg & nen gehörigen Rüffel vom Scheff gekriegt haben & das baden sie jetzt an den Patienten aus. Da wird es so manchen Hieb, manche Kopfnuß & Ohrfeige setzen. Aber man wird sie wohl behalten, diese Pfleger..... Zwar sind ihresgleichen Dutzendkräfte, zumeist ungelerntes Personal, & grade deshalb werden sie bleiben dürfen. Die Einarbeitungszeit von Neuankömmlingen heißt immer auch hohe Fluktuation (erklärt sie) –Ruhe Ordnung & Betriebssicherheit treten nach mengenmäßig größeren Entlassungen & Neueinstellungen immer nur langsam wieder ein. Und Das weiß Man Oben & überlegt sich den Rausschmiß dieser Tüpen dreimal. (Bemerkt sie mit schiefem Grinsen über ihren beamtischen Tonfall & wuchtet die prallgefüllte Umhängetasche auf ihre Schulter.) –Insofern sitzen diese Pfleger-Scharrschen fester im Sattel als das übrige, geschulte Personal. !Los, wir gehen. (Sagt sie und wendet sich dem Ausgang des Wartezimmers zu.)

In diesem Augenblick als schlügen schlafesdämmrige Lider erwachend auf, noch einmal loderndgelb mit stillen Flammen stellt sich Sonnenlicht, vielleicht zum letzten Mal an diesem Morgen, in den kargen Raum. Noch 1 Mal zeichnet das Schattenspiel auf den schweren Vorhangstoff sich ein. Die eine Spinne ist in die obere Ecke ihres Netzes zurückgekehrt, still u reglos harrend, die 8 Beine ins Gewebe ausgestreckt. Im entgegengesetzten Bezirk hängt nun auch in diesem Netz 1 kokonierter Insektenrest. Während der Zeit, als das Schattenspiel von der gelben Leinwand verschwunden ist, hat die Spinne ihr Fressen beendet. ?Vielleicht ist von der Fliege 1 Rest noch übriggeblieben, der ?Grund, weshalb die Spinne ihr Netz vom Toten nicht säubert.

Als sie sich umwendet, prallt die Umhängetasche gegen den Türstock, sie hält die Tür weitoffen: –!Los. Komm. Wir !gehn. – Sagt sie noch einmal mit derberer Stimme. (:?Hat er, der Oberarzt, nicht ?1 Guteswort für sie = seine ehemalige Geliebte 1gelegt, damit sie hätt bleiben können in diesem Job, zumindest für solange, wie sie hier in Deutschland noch auf ihre 2. Ausreise würde warten müssen. ?Worüber mögen sie beide in den vergangenen Minuten – ?od waren es Stunden – gesprochen haben, dort hinter der gepolsterten Tür, im Büro des Oberarztes.)

Zweifellos: Es ist an diesem Morgen Etwas mit ihr !geschehen (weitaus mehr als nur der Rausschmiß aus 1 Krankenhaus-Job). Etwas ist mit !ihr geschehen; Etwas das einer Verwandlung gleichkommt so, als sei sie im Verlauf dieser wenigen Augenblicke, dieser paar Schritte, nachdem sie das Büro des Oberarztes verlassen und hierher, ins sonnenlichte Wartezimmer zurückgekommen ist, in eine andere ihr bislang fremde, ungekannte Lebenssfäre eingetreten. Jetzt nichts mehr von *trotzig-beleidigt-erzürnt*, dieser Kinderpose, mit der sie noch vorAugenblicken aus dem Chefzimmer heraus-, in den Türrahmen eingetreten ist. In ihre Gesichtszüge (u in ebenso kurzen Momenten die, wie es heißt, dem aus großen Höhen Abstürzenden für die Passage seines ganzen zurückliegenden Lebens bleiben) hat sich eine Wandlung unverkennbar eingeschrieben.

Und Das ist Alles gewesen, beinah Alles. Außer 1 Satz hat sie, und bis zu ihrer zweiten Abreise, nichts Wesentliches mehr gesagt. !Wirklich kein Zweifel, an diesem Vormittag in der Unruhe sonnengelben Lichts inmitten 1 leeren Warteraums in einer psychiatrischen Klinik, als sie grad=eben ihren Job verloren hat, mußte sich, u schneller als Mann sie feuern konnte, in dieser Frau eine Wandlung vollendet haben. Und so verliefen die bis zur zweiten Abreise in die USA noch verbleibenden Abende, die meine Schwester mit mir zusammen in meiner Wohnung ebenfalls wie in 1 Warteraum zubrachte, in einer sehr vertrauten Stille. Das war, als wären nun zwei über Langejahre-hinweg getrennte Freunde sich wiederbegegnet, und jene Seltenheit an Freundschaften, für die Ort & Zeit keine Rolle spielen u worin beim Wiedertreffen sofort der vertraute Umgang, u seis nach etlichen Jahren Trennung, gerade !dort wieder aufgenommen und beinahe übergangslos fortgesetzt werden kann, wo er vor soviel=Jahren unterbrochen wurde. Zwischen uns, u zum 1. Mal, ist dies Vertrauen – Stille gewesen. Vielen Menschen kommt man näher in dem Augenblick, wenn sie sich zu entfernen beginnen. Und nicht jedem Xbeliebigen bietet man sein Bestes an; denn Wenige nur sind des Schweigens wert.

Und es wäre jetzt auch nicht mehr nötig gewesen, diese letzten fehlenden Stücke noch haarklein auseinanderzusetzen. Denn im Grund ist mir bekannt, was sie nicht mehr erzählen wollte, weil wir=beide ja in 1-&-demselben Dunstkreis einer Familie..... aufgewachsen waren, über Jahre=hinweg darin gelebt hatten durch alle Stationen des Kindseins hindurch bis irgendwann 1 Mal die Grenzlinie zum sogenannt Erwachsenen überschritten wurde, so blindlings & unbeachtet und erst in der Rückschau wahrnehmbar, wie vielleicht das-Ganzeleben überhaupt erst im sich-Umwenden *gesehen* wird. Denn solch *Sehen*, auch !das geschah ja nicht durch Innehalten, Reden, durch genaues Ansprechen od Benennen, sondern nur durch alldies Gesprecche das aus den Erwaxenen-ringsum zügellos wild ununterbrochen herauskam wie das Windrauschen des Laubes in den Baumkronen dort=Draußen im Park; diese-Leute die immer nur 1 1ziges Thema hatten um sich in Klagen über Verluste & über Gescheitertes um Nichtzustande- od um Zukurz-Weggekommnes auszulassen, so hartnäckig & ungenau im leierigen Tonfall empfundener Hoffnungs- & Zwecklosigkeit, wie eben=dieselben Menschen auch unablässig über Krankheiten Gebrechen & Seuchen reden können, ohne 1 1ziges Mal die Krankheit das Gebrechen od die Seuche beim Namen zu nennen; so daß jetzt, hätte sie wie an den vielen Abenden zuvor weitergesprochen über sich, alles=dies an mir ohne wirklich noch zuzuhören abgeglitten wäre. *!Ja denn ?!wer hätte solch Ende deiner Affäre mit diesem Oberarzt ?nicht vorausgesehen, nachdem du gleich zu Beginn gegen die Eine elementare Spielregel verstoßen hattest, indem du auf sein Angebot hin, dir eine Appartmentwohnung in seiner unmittelbaren Nachbarschaft (nur 1 Tür sollte euch, symbolisch, trennen) einzurichten & !natürlich von seinem Geld zu unterhalten, du ihn werweiß wieviele Tage im Unklaren ließest, und schließlich auf sein Drängen hin dir nichts Besseres 1fiel, als ebendies Elementare Angebot 1fach !auszuschlagen u !abzulehnen; gewiß hattest du ihm was von deiner-Freiheit-u-Unabhängigkeit vorgefaselt (od ?was du darunter wohl verstehen mochtest, die durch die Scheidung von diesem verrückten Schauspieler, diesem Null&niemand, du !endlich erhalten hattest od: erhalten zu haben glaubtest) und diese-Freiheit-u-Unabhängigkeit sei dir so !unendlich !wichtig daß du nun für einen anderen Mann & seine Forderungen-an-dich sie nicht sofort & gleich wieder aufgeben wolltest – : ?!wer bitteschön sollte Das wohl ?verstehen u ?!wie mußte sich für ihn, diesen stinkreichen Herrn=Oberarzt, die Situation wohl darstellen : Du dummes Huhn bliebst lieber hocken in deinem 1-Zimmer-Altbaukoben in Ostberlin, in diesem halblädierten Loch wos fortwährend*

Ärger mit dem Hauswirt gab weil wieder mal beim »Renovieren« od was der dafür hielt n paar unfreiwillige Durchbrüche durch deine Wand gemacht wurden als hätten Mauerbrecher sich daran versucht, wos durch die Fenster reinregnete u die Kacheln in dem winzigen Bad beim Duschen vonner Wand fielen als wärnse zuvor mit Spucke angeklebt – od wenn auf der Seite mal nichts los war, dann hatte garantiert das asoziale Gesox in der Nachbarschaft ganz tadellose 1fälle in der Alltagshölle das Feuer ordentlich anzublasen – ich muß dir wohl die Einzelheiten über diese lärmdurchtobten Nächte mit Gestank Glassplittern u dem fadsüßen Blutgeruch am andern Morgen im Treppenhaus nicht extra wieder in Erinnerung bringen ?!wie – und als Sahnehäubchen aufs Ganze hat sich dann im Vorderhaus auch noch n Puff breitgemacht; und glaubtest du im ?Ernst, er, der Reiche Alte, hätte !Sowas auch noch ?!verstehen können – !Ja, du glaubtest das tatsächlich, der Herr=Oberarzt, der dich in exquisiter Weise placieren wollte als Meine junge Geliebte mit allem Drum&dran was eben für sone Rolle an Staffage dazugehört: Zuerst mit dir als seine Persönliche Referentin die noble Reise nach **New York**, auf die er dich mitschleppte kaum daß ihr euch gekannt habt – die dauernden Einladungen in stinkteuere Restaurants – das Angebot der eigenen, von ihm bezahlten & unterhaltenen Eigentumswohnung – & weißgott was noch Alles –, und ?!was wird er doch für all-seine Zaubertrix im Endeffekt von dir ?bekommen: wie ne schallende Ohrfeige lediglich dein 1fältiges bockbeiniges !Nein; und nicht genug damit, !Ja ?!was sollte er von deiner Begierde halten, mit der du ihn Nacht-für-Nacht ins Bett zerrtest – ?glaubst du, der hätte nicht gewußt, wie er aussieht: faltig mit zadderigen Arschbacken Elefantenhaut überm Bauch & an den Waden Krampfadern – so eitel & blöd is nich mal n Reicher=Alter dasser sich auch nur 1 Minute hätt 1bilden können, ne junge Frau wie du könne !ausgerechnet auf sonen Haufen Schinderfleisch am-Ende gar wirklich !scharf sein – und mußte erleben, vielmehr mußte sich von dir vorführen lassen, daß du offenbar nichts Begehrenswerteres fürs Bett dir vorstellen konntest, als von dieser Mumie dich vögeln zu lassen –; unterm Siegel des Tratsches, Schwester Herz: ?Was hat dich an diesem alten=reichen Mann nun !wirklich fasziniert – außer der Allerwälz Vulgarität, die-Alten sind die *besseren Liebhaber : ?War es vielleicht die schwindende Zeit..... die du in seinen Berührungen spürtest, u hast du ?darin eure tiefe ?Verwandtschaft gespürt, weil du weißt, daß im-Grund auch du keine Zeit mehr hast & daß Verwandtschaft..... daß unser Vater..... – na lassen wirs gutsein –; !Ja, ?!was bitte sollte ein Mann-wie-er davon ?halten, der deine & in gewisser Weise unsere Geschichte !nicht kannte : Denn genausowenig Mann heutzutage auch nur im Ansatz noch an Güte-einer-Frau glauben kann, gelingts Einem, das grundnaive Dorftrampel sich vorzustelln : Aber, sobald er dir begegnete; sobald du auf ihn zugingst, langsam mit deinen festen weiten Schritten, dann muß er Das gespürt haben, diese Wärmeströmung um eine Frau die sie einhüllt als ein unsichtbarer Pelz – ein weiches Sichentgegenstrecken nach den fremden Händen in der schmeichlerischen Sehnsucht einer Frau gut zu sein; du mußtest für diesen Mann, der, wie du selber sagtest, dein Großvater hätt sein können, jene Frage sein, auf die er keine Antwort wußte, und Das verwirrte, gewiß hätt er in solchen Augenblicken sich selbst auspfeifen mögen wie man das früher mit schlechten Schauspielern tat; er wird es nicht getan haben, in seinen Jahren, heißts, können all die unwiederbringlichen Verluste u die bisweilen aus den Tiefen der Kinderzeit auffahrenden Erinnerungen an Beschämendes u an die Momente der Niederlagen nur noch wenig anrichten an Unruhe u an bestürzendem Aufbegehren –; und gewiß sagte sich dieser Mann daraufhin, entweder ist das ein sau!dummes Weibstück od sie ist von !unerhörter Durchtriebenheit – so od so, denn die Doofen sind mindestens genauso vernichtend wie die Durchtriebenen –, daß ich sie mir lieber etwas weiter vom Hals halten sollte, um nicht über kurz-od-lang von ihr eins verplättet zu bekommen, daß ich so rasch den Hintern nich mehr hochkriegen werd –, und 3x hätzte raten dürfen, !welcher Vermutung er den Vorzug geben würde, schon aus Selbsterhaltungstrieb (und !besonders aus gekränktem Stolz, Dummegans: hastu das denn nicht ?!gemerkt, daß du ihn durch deine Ablehnung auf die gleiche Stufe wie deinen verblödeten Ehemann, diesen Knattermimen, gestellt hast, diesen Versager & irrsinnigen Totschläger, den du noch immer nicht losgeworden bist, der dir nach-wie-vor im Kopf rumspukt, der wie du selber sagst auch Heute noch deine Gedanken & somit dein Handeln bestimmt –*

–Und dann, sagt sie leise, aber mit fester Stimme und bleibt auf dem langen Flur für 1 Augenblick stehn –

*!Ja und ists nicht er, dieser Depp & Versager, dann ists unser Vater = der Andere in der Galerie-der-Verkorxten, vor dem du davongelaufen bist, aber du weißt selber am besten, dein Ausrücken wird dir nichts helfen: Hier nicht nirgendwo u niemals; All-das kommt, je weiter du die Vordertür verbarrikadierst, durch die Kalteküche wieder rein, mit größerer Macht als jemals zuvor – :!Galeristin-werden, !du: in !*NEW YORK *– womöglich mit Vaters »Bildern« : Da wärs tausendmal besser du würdest ihn=!selber ausstellen, unseren Vater, mitsamt seinem Dachbodenkäfig & allem Drum&dran aus seiner Menagerie..... (Da wenigstens käme ich auch wieder 1 Mal* DORTHIN*) – :?!Weshalb nur haben diese überaktiven Versager..... solchen !Einfluß auf euch=Frauen, das mag der Teufel wissen; und !Ja es ist dir nur von Ganzemherzen zu wünschen daß du diesen verrückten Dämlack, deinen verkorxten Ehemann-auf-der-Flucht, als!bald finden kannst, möglichst noch vor den Irrenwärtern & den anderen Polizisten (denn die sperren ihn doch nur wieder ein, und dann über kurz-od-lang wird er wieder ausrücken & wieder ein Entlaufener sein & der Ganzezirkus geht von-vorne los usw. usw.) – ?wie soll man die-Irren-auf-der-Flucht sich denn vorstellen : ?Wie verirrte Hunde durch die Gegend hetzend, wegelos ausweglos ohne Orientierung, hechelnd an jeden Vorüberkommenden sich hängend, er möge Gefährte Herr Beschützer sein, die Haare wirre gesträubt od wehend wie fettiger Zwirn von ihren schweren, auf den Schultern hin&her rollenden Schädeln, die vorgereckten Gesichter durch jene maßlose Verzweiflung gezerrt, so daß diese Gestalten dem Begegneten von Blutgier & Wut getrieben erscheinen, und so starren immer 2 Masken Irrtum ein:ander entgegen –, bis sie unter Arschtritten Fausthieben & Geschrei vom Einen..... weg=zum Nächsten..... hin geprügelt werden; der Unterschied zwischen den-Normalen u: Verrückten : die Einen recken sich=Selbst anstelle ihrer von der Natur vernichteten Flimmerhärchen & Tentakeln unablässig nach-Draußen, in der lustvoll=verführenden Hoffnung Andere zu spüren – sich um jemand=Fremdes winden zu können, ein Bemächtigen durch 1 Berührung – : die Anderen haben sich wie getretene Schnecken nach=Innen*

zurückgezogen, dort suchen sie unablässig in einer unheilvollen Nacht was ihnen das-Draußen entzogen hat; Fischer in dunklen schlammigen Luftgewässern – und ersticken schließlich in=sich selbst.....; ?Soll man die-Irren sich ?so vorstellen: den Unterschied zwischen Normal und Irre, wie es heißt, als 1 rissige, vom Licht des Wahnsinns durchschimmerte Wand aus Papier – so auch diesen 1 Irren, den du finden !mußt; !Ja und wenn du ihn endlich gefunden hast, dann kann man dir nur wünschen du wirst die Kraft & den Mut haben zu tun, was das Beste ist, das man in diesem Fall tun kann: nämlich ihn genauso erledigen, wie er seine Nachbarn erledigt hat, nicht um Gleiches mit Gleichem zu vergelten, sondern 1fach weils für dich der schnellste & geradeste Weg ist, ihn aus-der-Welt u damit aus deinem Gehirn zu schaffen –; er hat dir !weißgott wie oft in die Suppe gespuckt, und das würde er auch weiterhin tun, dieser Orfeus Woyzeck Bleichenwang, wenn Alles so bliebe wie es ist; er hat nur seinen 1 Schatten u kann eben nicht drüberspringen, u ihr beide ward einfach !zulange beisam-, vielmehr habt ihr euch !zulange auf:ein:ander eingelassen, u weil das Heute nicht mehr zu reparieren ist, muß er !weg : !fort aus deinem Leben u vor allem !raus aus deinem Kopf; wenn dir Das doch nur selber !klar sein würde –

–Und dann, wenn ich ihn –. Sagt sie, schiebt mit der Hand den Vorhangstoff beiseite und schaut aus dem Flurfenster in den weiten Park hinaus –

!Ja, denn wer wars denn, der dich machen ließ was du gemacht hast ?hm: !er – !er & kein anderer hat dir letztendlich auch die Affäre mit diesem Oberarzt vermasselt, auf Fernwirkung sozusagen, denn dieser Irre saß & sitzt dir fest im Gehirn, hat dich ablehnen lassen was jedem Menschen in seinem Leben nur 1 1ziges Mal angeboten wird; ?!wer wenn nicht dieser Verrückte hat dich dieses !gottverfluchte Nein *sagen lassen – :denn dieses Nein, das, Schätzchen, ist ein !Bißchen !sehr viel gewesen für Jemand, der allein=dich !Ja !dich: erwählt hat aus der Inflatzjon von Fotzen die im Krankenhaus tagtäglich um ihn herumscharwenzeln & für nen Bruchteil von Dem, was er dir angeboten hatte, ihm alle 11 Finger schlecken würden, da kannste Gift drauf nehmen, Schwester Herz : Aber deine !Freiheit & deine !Unabhängigkeit, die hattestu dir bewahren wolln wie in früheren-*

Zeiten Fraun ein Affentheater um dieses=gewisse kleine Häutchen gemacht haben – denn Frauen haben !immer Etwas zu bewahren, Frauen in ihrem Wesen bleiben immer ein bißchen jung-Frauen –, Fraihait Uhnapphängichkait : sowas kannstu dir sauer 1kochen, doofe Trine, besonders weil irgendwann ja sogar !du, sozusagen auf freier unabhängiger Strecke, !kapiert hattest !was du da in den Wind geschlagen hast, & also jetzt Sturmgelaufen bist um Alles wieder zu reparieren; aber manche Dinge kriegt man eben nur 1 1ziges Mal angeboten, und danach ists Essig.....; so daß also von-Anfang-an die Ganzesache mit dem altenreichen Herrn=Oberarzt aus dem-Westen ziemlich schief vom Stapel gelaufen ist – aber immerhin, es lief, nichwahr, wenn auch unter solch merkwürdigen, komischen tragischen & rohen Begleitumständen, unter denen fast alle wieder=deutschdeutschen Geschichten das Laufen & das Stolpern & das Wegrennen kriegen –; !Ja, und das Andere das uns bleiben läßt, wo doch nichts 1facher wäre als auf&davonzurennen, auf den Mann die Frau zu pfeifen wie auf das Land –, u: dennoch uns bleiben läßt bis-auf-Weiteres, nicht einmal aus Bequemlichkeit od gar aus Gewöhnung, !Nein, das Andere od: vielmehr das seltsam Vertraute, das in jede Fremdheit, also auch in deine Affäre mit diesem alten Mann, sich abdrückt & hineinformt, denn, nichwahr, sobald man=selbst auf solch Dutzendgeschehen sich eingelassen hat, auch diese Affäre unweigerlich um das eigene Selbst sich legen anschmiegen & anformen wird wie ein Mantel, der, einmal eine Weile getragen, dann unter Hunderten als der 1, als der einem=selbst zugehörige Mantel erkannt und erfühlt werden wird durch ebenjenes insgeheime Körperwissen um die eigenen Leibesfügungen, die in dieses Kleidungsstück dann hineingeformt bleiben als die im Allesgleichen 1zige=unverwechselbar vorkommende Hüllform der eigenen Erinnerung; !Ja, und weil diese Vertrautheit nun Bestand erhalten hat zwischen euch, nichwahr, hast du ihm wahrscheinlich an einem=dieser-Abende an denen er dich nach Dienstschluß in seiner Klinikstation abholte & dich wieder in eines dieser teuren italienischen Restaurants schleppte, Speisen & Weine dir auftragen ließ, deren Vorhandensein deinem in Ost-Kneipen im wesentlichen an 2 Sorten Wein Grauer Mönch & Lindenblatt sowie wenns feierlich war an Speisen wie Schweinesteak

Hawaii *(mit Ananasscheiben aus der Konservenbüchse) gewöhnten Gaumen bislang unbekannt waren u deren Namen du nicht mal aussprechen konntest; aber – & seis nur über wenige Abendstunden hinweg – solch Wohlsein versetzt in jene bekannte Gehobene-Stimmung, worin gewissermaßen die Draufsicht aus dem Überfliegen des eigenen bisherigen Lebensgerölls auch die Leichtigkeit dieses Blickens, und daraus folgend mit 1 Mal alles Unproblematische des Lebens an Leuchtkraft gewinnen läßt, so wie beim Steigflug des als Projektil vom Erdboden direkt in den Mittelpunkt der Fremde hinaufschießenden Flugzeugs der Blick=hinab den unten hingestreckten nachtdunklen Stein in Felder üppiger Blüten aus Licht in den Farben des Herbstes aufglühend verwandeln kann, die Saat dieser Städte in den Himmel zu verstreuen..... und darin immer auch den Keim des Verheißungsvollen, des, nichwahr, !endlich machbaren Glückes mitsich-tragend; und du wahrscheinlich in solcher Stunde also zum ersten Mal zu einem immerhin Fremdenmenschen von deinen Plänen* – !**NEW YORK** *die !Galerien&museen=dort – zu erzählen begannst, vielleicht sogar zum ersten Mal in solch zusammenhängender Form auch zu dir=selbst, als sei das eine in deinem Kopf längst fertiggeschriebene Geschichte die es jetzt & hier lediglich nachzuerzählen galt, nur lagen all die Wörter dafür wirr verstreut, unpassend, u in ihrer Verstreutheit in ihrem Nichtpassenwolln ungefüge u erschreckend mit all jenen Schattenwürfen zu denen streunende Wörter fähig sind –; und du jetzt, plötzlich, die 1fachheit entdecktest so, als hätte das Hinter1andersetzen von Wörtern dir=selbst eben die Klarheit & die Einsicht in die 1fachheit der Verwirklichung All=dessen gezeigt, was dir in den Jahren-zuvor ?vielleicht nur durchs zurückgehaltene Aussprechen als* undurchführbar, *als* Jenseits aller Möglichkeit zum Wünschen *erschienen war; !Ja, und vielleicht ist das genau-!diese Kraft, die aus Wörtern kommt, und die dann, sobald sie erscheinen, Wirklichkeiten !erschaffen können – das Demiurgische in den Wörtern –; !Ja, und du fühltest wahrscheinlich daß du jetzt, 1 Mal den-Anfang-gemacht, nicht mehr aufhören durftest mit Erzählen = mit Wünschen so, wie der Schwimmer seine getakteten Körper-Bewegungen mit dem Atmen gekoppelt auszuführen nicht aufhören darf, will er in diesem so fremden so vertrauten Element, in* *der Fülle des Wassers u seiner Lebensströmungen, nicht versinken und jämmerlich ersaufen – : – !Ja, und an !diesem Abend, ?vielleicht, wird er, der alte reiche Mann, während du rededest & rededest, mit !1 Mal einen !Ausweg aus seinem Dilemma gesehn haben – eine jener Fluchten, die niemand als solche bezeichnen würde, weil sie die Geste des Fliehens in vielfacher Weise überdecken & in den Schatten stelln durch die dargebotene reiche Palette aus Möglichkeiten zur Wunscherfüllung.....*

–Wenn ich ihn dann gefunden habe (sagt sie zu der im Tageslicht hellblau schimmernden Fensterscheibe, die als dreiecksförmiger Ausschnitt hinter dem zurückgezogenen Vorhangsstoff hervortritt) –wenn ich ihn !endlich werd gefunden haben, dann –

!Ja, und vielleicht hat dieser alte reiche Mann das ganze Ausmaß dessen an jenem Abend selbst noch nicht überblicken können, nur 1=gewisse Ahnung, eine Chance für=sich mochte er in deiner Herzählung-von-Zukunft in diesen weingetragenen Stunden erkannt haben; Etwas das zur endgültigen, letzten u konkreten Form sicherlich erst vorhin, dort hinter der Tür in seinem Amtszimmer, sich ausgebildet haben mag –; damals, während dieses Abends in einem italienischen Lokal gewiß noch nicht; damals ging es ihm vermutlich all-1 um viel Näherliegendes: um deine Begierde, Schwester Herz, mit der du ihn Nacht-für-Nacht herausforderdest, & ihm somit Nacht-für-Nacht, ohne daß du wahrscheinlich jemals auf diese Idee gekommen wärst (weil auf solch 1 Idee keine Frau-der-Welt kommen würde), ihn vor dir & deinem körperlichen Verlangen beschämen und ihn somit demütigen mußtest – : er aber, dieser Mann weit über die Sechzig, wollte auf dich eben auch nicht verzichten – !wer kanns ihm verdenken –, nur sozusagen 1 Tropfenzähler auf dein sexuelles Verlangen hätt er sich wohl gewünscht, nichwahr, 1 männschliche Dosierung, so daß ihm die Chance geblieben wäre, die von Mal-zu-Mal sich häufenden Nächte des Versagens auch 1 Mal wieder in eine Selbstbestätigung umzuwandeln, und obwohl du ihm gewiß ebenso oft versichertest, das mache dir nichts aus, gar !Nichts mache dir das aus, und du dir ebenso gewiß sogar diesen Orgasmusstreß-der-Männer, wie dus nanntest, dies Auf-Teufel-!komm&raus dir verbeten

hast –; !Nein, kein Mann auf der Ganzenwelt würde einer Frau soetwas wirklich glauben können, hielte es letztendlich=immer für 1= jener liebevollen Beschwichtigungen, zu denen Frauen auch fähig sein können, und wieder nur, u sogar umso stärker dadurch, Demütigung & Beschämung für ihn –; !Ja, und so mußte es ihm in dieser Hinsicht sogar zupaß gekommen sein, daß seine-Familie, wie man in solchen Phällen sagt, sich einzuschalten begann –; du kannst den ersten Abend bei seiner-Familie nicht vergessen haben, damals, wenige Wochen nachdem ihr euch kennengelernt hattet – schon, weil dich diese: !Zusammenkunft an eine=gewisse andere vor-Jahren, an jenes unselige Familienfest in Dresden, erinnert haben muß, nur mit dem kleinen Unterschied, daß dieses Mal nicht unser Vater, sondern !du im Kreuzfeuer warst von einem-dieser ludrigen Familien=Verhöre, inmitten solch versalzener kleiner Höllen am Tischleindeckdich zum Spießruten-Sitzen, wobei das Urteil immer schon im-Voraus feststeht; & SIE=Alle die zu diesem Tribunal gehörten waren auch anwesend, seine beiden erwachsenen Söhne die du schon 1 paar Mal zuvor sehen mußtest bei deinen sozusagen illegalen Besuchen zu denen dich der Mann in dieses Haus hergebracht hatte, diese Söhne (der eine Immobilienhändler, der andere Unternehmensberater) die sich bei den Malen zuvor dir gegenüber ebenso gleichgültig verhalten hatten wie sie sich zu all den früheren Hürchen-des-Vaters verhalten haben mochten (wobei zwischen dem alten Vater-Mann & seinen Sohne-Männern ja immer ein=gewisser Eroberer-Stolz mit im Spielchen war, hinsichtlich der jungen Frauen solch kleinjungenhafter sportiver Übertreffungswahn der ja niemals aus den-Männern verschwindet, der, wenn das ginge, sie selbst ihre eigene Beerdigung noch insofern zum Wettkampf machen ließe, indem sie sich die Zahl der an ihrer Beerdigung teilgenommenen jungen Frauen gegenseitig aufrechnen würden –); die Söhne also die aber nun zu diesem sozusagen Offiziellen Anlaß Flagge zeigten & Positzjon natürlich auf seiten Der Familie bezogen – stumme Feindschaft aus blasierten Fayencegesichtern; & als Mittelpunkt jene seit etlichen Jahren getrennt von dem Mann lebende Ehefrau (die ungeachtet der Trennung sich hin&wieder mit ihm traf, & sei das um die-Erinnerung-an=sich warmzuhalten, wegen des Erbes od einer ähnlichen Verwandlung von Lebens-

zeit in Geld), diese Frau die in ihrer Art zu sprechen der Sprechart ihres Ehe-Mannes vollkommen sich angepaßt hielt, wobei jedoch der Eindruck entstehen mußte, sie = die Frau habe ihrem Mann in allden-Jahren der Zusammengehörigkeit neben ihrem Vermögen, das sie offenbar einst in diese Ehe mitgebracht hatte, auch noch ihre=eigene Art zu sprechen gewissermaßen als die kulturvolle Morgengabe überlassen, wodurch an diesem Abend jedes gesprochene Wort wie ein zwar verziertes doch fühlbar aus Eisen geschmiedetes Segment für Rüstung & Panzer von dämonstrierter Zusammengehörigkeit erscheinen mußte, so daß diesem Klinik-Flittchen (wie man in diesem Kreise dich, Schwester Herz, in die Schar aller gewesenen Affären des Herrn Oberarztes sozusagen in 1 Aufwasch einrangieren mochte), und diese=hier noch dazu aus dem-!Osten; so daß also dir von-Anfang=an die Lust auf Sicheinschleichen in diese Familie gründlich versalzen werden sollte & nicht 1 Riß im Familien-Panzer zum 1dringen & Sichbreitmachen sollte dir gestattet sein; wobei der Alte= selbst, konservativ genug um Abenteurer sein zu können, offensichtlich (wie du erzählt hast) klever genug war weder in diesen Familienton einzustimmen, noch sich offen dagegen zu stelln; er (meintest du) registrierte deine Vorstellung-bei-Tisch letztlich als deinen & damit seinen stillen Triumf: Sie, die immerhin nominelle Ehefrau, hatte zum Haupt-Gericht Hummer serviert, ein Mahl, wie sie annehmen konnte, dem gegenüber diese Tölpelin-ausm-Osten sich vorkommen mußte wie die Kuh-zum-Seiltanz : & sie mitsamt ihren beiden Söhnen (deren Manieren 1 Schattentheater jenes Verhaltens ihrer Mutter darboten) lauerten nun also gemein=schafftlich auf deinen 1. Fehlgriff, aufs Miß Geschick beim Hantieren mit den silbernen Besteckteilen mit Familiengravur (sie hatte sogar, wie du gleich bemerken konntest, um dich zu irritieren & zum peinlichen Fehlgriff zu verleiten, an deinem Platz »versehentlich« die Reihenfolge der eingedeckten Bestecke vertauscht) & zudem die aufgetragenen Speisen so weit entfernt von dir auf der Tafel placiert, daß du jedes Mal um das Zureichen extra hättest bitten müssen (wäre nicht der Herr-des-Hauses gewesen, der dir u seis allein aus gewissermaßen sportlicher Fairness bei jedem Speisengang im genau richtigen Moment die jeweilige Speise zugereicht hätte); aber – sicher – du hast jedes Mal Schüssel od Platte danach noch um 1ige Fingerbreit !selbst mit jener seit Alters=her weiblichen Bestimmtheit in der Bewegung dir zugeordnet – (zum sich steigernden Mißvergnügen seiner beiden Söhne, die vermutlich nichts=lieber gesehen hätten als diese kleine Nutte nach Allen-Regeln-der-Kunst bei Tisch sich blamieren zu lassen); vermutlich gehörten diese beiden Söhne zu jenen fatalen Männern, die schwul waren ohne es zu wissen, u so ihre Abneigung gegen Frauen entweder in die soziale Etikette od 1fach in altjüngferliche Grantigkeit gegenüber allen Frauen, außer ihrer Mutter, verwandelten –; !Ja, so also das bestellte Turniergelände, aber die Abende=zuvor in den teueren Restaurants, wohin der Herr Oberarzt dich eingeladen hatte, sollten gewissermaßen als die Vorbereitungsstunden auf diese Gelegenheit, auf diesen Moment des Examens sich erweisen – und er (wie du erzählt hast) zeigte jetzt unverhohlen seine Freude über dein still=souveränes Benehmen-am-Tisch, wie das ein Lehrer gegenüber seiner Musterschülerin beim Bestehen der Großen Eignungsprüfung ebenphalls getan hätte –; !Ja, ?was wohl mochte diese Ehe-Frau erwartet haben: aus der Klinik ihres Herrn Gatten ?wieder nur die Präsentation 1=dieser Miss Piggymalions, die dort in den Pausen im dürftigen Verschlag fürs Personal beieinander hocken wie plumpe Kühe schlampig die Beine breit mit raufgerutschten Kitteln, sich zanken Kreuzworträtsel lösen billigen Filterkaffe schlürfen & in Modejournalen blättern; Fraun, die von Popschnulzensängern & von Schauspielern noch genauso intensiv träumen können wie ihresgleichen vor fünf=Zichjahren, so daß diesen Fraun trotz ihrer Ruppigkeit immer auch etwas Süßliches anzuhaften scheint, als müßten sie beständig klebrige Finger haben & klebrigen Schnapsatem verströmen vom Likör (meinte gewiß die Frau u besann sich bei ihren Vorstellungen auf die Unflat jener seifigen TeVau-Opern die in ebendiesem Milljöh spielten); Likör also, mit dem diese Weiber abends=all-1 in ihren plüschigen Kleinmädchenzimmern zu ihren Liebling's Schnulzen heulend sich besaufen –, und die, sobald sie in die Klemme geraten u versuchen müssen, sich fein anzuziehen (was dann immer viel mit Pailletten & Wolken aus Parföng zu tun hat) um dann auch sofein in-Gesellschaft sich zu benehmen, steif wie hölzerne Schaukelpferde dasitzen & versuchen Hochdeutsch zu sprechen wobei jedes

Wort in ihren plump geschminkten Schnuten zur Barrikade werden muß, um dann nur umso peinvoller das prolletarsche Waxtum ihrer Kotterschnauzen zu entblößen..... : ?Mochte diese Frau also in dir, Schwester Herz, 1=dieser Flitterchen ?erwartet haben; deren Präsentation in, immerhin auch, !ihrem=Haus sie nur als den Gipfel der groben Beleidigung & Demütigung durch ihren, immer noch, Ehe-Mann empfinden mußte, ganz zu schweigen von der tiefen Erniedrigung die aus der Vorstellung rührte, !ihr=Eigenermann habe sich mit solch-1 dummen Fickliese eingelassen (was ja noch anginge) aber !dieses Mal offenbar !so weit, daß er solch Göre nun sogar bis Hierher=ins-Haus, an die !Familientafel, schleppen mußte..... :!Hatte denn dieser alte Zausel jetzt ?vollkommen den Ver?stand verloren –; aber wir beide, Schwester Herz, wir wissen ja, daß der ganze feierliche Rüstungspomp, den diese-Familie gegen dich als die (wie SIE meinten) präsumtive Ein- & Erbschleicherin zu Feld hatte aufmarschiern lassen, vollkommen !unnötig gewesen wäre, denn diese-Familie konnte ja nicht wissen daß du nichts weißt von deinem Rollenspiel, daß in deinem Kopf noch immer ein verrückter Schauspieler = ein Versager den Ton angibt & dich dirigiert u du somit nicht mal im Traum an Derlei wie Erbschleicherei denken würdest; wodurch schließlich dies feierlich aufgezogene Schlachtefest jene Familien-Allianz letztlich in die unfreiwillig-komische Rolle eines Heerführers versetzte, der zur Großen ent-Scheidungsschlacht entweder den falschen Ort, die falsche Stunde gewählt od: aber den gesamten Befehl-zum-Aufmarsch vollkommen falsch verstanden haben mußte, denn jener so großartig gerüsteten Streit-Macht wollte der-Feind nirgends sich entgegenstelln – kein Feind kein' Ehr' –; kurzum, die Verblüffung auf deren Seite war offenkundig, denn einerseits war die-Rivalin körperlich sichtbar anwesend, anderseits fehlte ihrem Gebaren alles was die-Rivalin ausgezeichnet hätte; so daß also seiner, des Herrn Oberarztes, Familie wohl nichts anderes übrigblieb als nach diesem nicht zustande gekommenen Vernichtungs-Treffen sich dem alten Muster gemäß zu verhalten, wie Einefamilie eben seit Altersher sich verhält, wenn sie von den Affären eines ihrer Zugehörigen Wind bekommen hatte; u jene Affäre schien den Zusammenhalt der-Familie ernsthaft zu gefährden, & daraufhin also die-Familie zum nächsten Schlag ausholte; denn man kennt sie ja, diese familiären Interventionen die, wenn alle anderen Mittel – Erpressung Nötigung Demütigen Flehen & Flennen – versagten, dann nach immer demselben Muster verfahren: Du solltest auf deinen !Ruf achten, u wenn du schon nicht an dich denkst, denk wenigstens an deine=arme=Familie mach bloß nicht auf Der Große Liebhaber das hälst du wohl für französisch ?wie Schlimm genug was du angerichtet hast: Mach dich nicht mit Aller-Gewalt auch noch !lächerlich Treibs nicht zu doll !Du in !deinem Alter & in !deiner Stellung Die-Leute fangen schon an zu reden..... und Blablabla & Papperlapapp; !Ja, so war einerseits durch deinen Triumf beim Familien-Ex=Amen der Ganzensache zwar die Spitze genommen, aber ignorieren & weitermachen-wie-gehabt, das konnte er, der Mann u: Oberarzt, indes nicht mehr: !wollte er auch nicht, und so mußte er zunächst auf die Idee mit der großartigen Verliebtheit in seine Jugendfreundin gekommen sein, die !plötzlich nach Zwanzichjahren 1.mals bei ihm wieder aufgetaucht war, und Alles sei mit-1-Mal so als wäre die Zeit von Damals –, & dann eben das ganze Gesülze von stehengeblieben, zurückgekehrt und weiß-der-Fucks was noch, kurz&gut diese Frau sei auch Heute-noch seine Großeliebe, und da könne er – wolle er – jedenphalls nicht so weitermachen mit dir – wenigstens nicht so oft, das müßtest du doch verstehen, –Und so wäre es gewiß am besten wenn wir uns für eine Weile nicht mehr sehen würden solange bis ich mir über meine Gefühle im Klaren –*:na!Ja, diese Großeliebe, die in ihrer Größe vielleicht nur 1 dieser Not-Lügen ist die zu jener Art Lügen gehören, von denen alle Beteiligten etwas haben u die niemanden vor die Tür jagen wie nen Hund der zu nichts mehr taugen soll; die vielmehr auf diese Weise dich aufwachen, dich 1wenig über dein Verhältnis zu diesem Mann nachdenken ließ, diese Fantomliebe die diesem Mann sozusagen als das Alibi dienen kann gegen das ansonsten offen zu machende Eingeständnis von Kapitulation vor dir=einer jungen Frau u ihrem sexuellen Anspruch (was ihn ohne Gnade auch den Blick auf alle Un & Seeligkeiten der Impotenz zwingen hieße), so daß er sich selbst nun weder seines eigenen Alters noch der Feigheit vor seiner Familie wegen des Verzichts auf dich als seine Geliebte hätte bezichtigen müssen –; und eigentlich sollte !dieser Abend, der erste Abend nach* *einpaar Wochen Enthaltsamkeit, euch wieder zusammenführen, & das sollte auch geschehen, nur ganz=anders als von dir erwartet; !Ja, und so ist jener Abend in dem italienischen Lokal gewissermaßen zum Anfang für diesen Morgen=heute geworden, zu einem viel !größeren Anfang für dich, als du jemals dergleichen selbst dir hättest vorstelln können, denn nun war die-Angelegenheit 1 Mal zur Sprache gekommen: Du hattest ausgesprochen, was du=selbst dir gar nicht zugetraut hättest jemals aussprechen zu können od zu wollen; und was du ihm, diesem einfluß=reichen Arzt in diesen Abendstunden auf der erratischen Insel, weinerhellt, in dem italienischen Restaurant im 1zelnen auch erzählt haben magst, er wird für=sich plötzlich !die !Chance erkannt haben; diese Chance, die auch zu !deiner Chance hat werden solln, so daß solcherlei Chancen mit jenen Notlügen etwas Gemeinsames haben, nämlich das Moment des Leben-&-Lebenlassens für Alle die in die Zirkel solcher Chancen wie solcher Lügen geraten sind; so wird ?vielleicht – wer kanns wissen –, denn wie es heißt im Alten-Witz vom Spatzen, der Katze & dem Kuhfladen: Nicht jeder, der dich bescheißt, ist dein Feind u nicht jeder, der dich aus der Scheiße zieht, dein Freund – : So wird also niemand anderes als er=selbst, der Arzt = dein Chef in der Psychiatrie, daraufhin in dieser einen Nacht als du Dienst hattest auf der Station, dafür gesorgt haben, daß dieser Verrückte, dein früherer Ehemann, ausbüxen konnte, wodurch du logischerweise als die Hauptverdächtige erscheinen mußtest; er hatte Das getan, nicht etwa um dir daraufhin 1fach kündigen & dich an die Luft setzen zu müssen, sondern vielmehr um dir Heute=Morgen ein wie das heißt »Angebot zu machen das du nicht ablehnen konntest« –; !Ja, denn Alles ist nun anders geworden : Die Froiden-des-Sexes haben für ihn lange=genug gedauert, die-Zukunft sollte Anderes als jene schweißzerwühlten Nächte bringen, auch für dich, Schwester Herz : Gewiß hat er Klartext geredet mit dir vorhin zu dieser frühen Stunde in seinem Zimmer hinter den gepolsterten Türen, deren wie ständig hingehaltene Wangen aus Lederhaut im Gang-der-Jahre dort=Drinnen schon mit ganz anderen Reden beohrfeigt worden sein mochten; !Ja, ein !Geschäft also wird er dir angeboten haben, einen Diehl wie man heute sagt; & er wird dir zu Beginn von seinen Beziehungen erzählt haben, sowohl von denen hierzulande als auch, wie das heißt, von seinen Beziehungen-nach-Übersee (so daß du gewiß zuerst unwillkürlich an armesdicke, von Seetang & Muscheln bemoderte Nachrichtenkabel auf dem Grund des Ozeans hast denken müssen, die nun allesamt für !dich zu-Diensten sein würden); aber !nichts-da von Alter & Moder; was er dir zu sagen hatte, war eine klare Rede, geschliffen & dir gewissermaßen präsentiert auf schillerndem Tablett: Er wird von reichen Anwälten, Immobilienmaklern, von Kunstmanagern & Senatoren in* **NEW YORK** *gesprochen haben, Leute zu deren Bekanntenkreis er zahlt & die, wie er gewiß von 1 leicht beiläufigen Geste seiner gepflegten Hand begleitend ausführte, jederzeit gerne bereit wären, ihm einen Gefallen zu tun –; er wird sozusagen inmitten der Bugwelle seiner Rede mit der jungenhaften Begeisterung an seinem eigenen Planen die stockige, im Zähfluß beamtischer Jahre zu kleinlichen Partikeln zeratmete Luft seines Büros während seines Sprechens !plötzlich in jene Windgeschliffenheit verwandelt haben als stündest du bereits am Geländer eines Aussichtsplateaus auf dem Flughafen od am Kai vor der Gangway hinauf zu einem Ozean-Liner, & die fremde auffrischende Brise in diesem morgenweißen Eislicht mit seinen immer kürzer werdenden Schattenwürfen zerrt an deinen Kleidern & drängt dich !hinauf, !voran – diesen !1 Schritt noch zu tun, dieses !1 Wort, das aus dem Mund einer Frau immer auch als das Verheißungsvolle klingt, jetzt u hier zu sagen:* Ja; *!Ja, und weil du vielleicht noch immer nicht das gesamte Gelände überschautest, das er dir vortrug & an diesem Morgen, der so trübselig mit einer Kündigung begonnen hatte, im Glanz vor deinen Augen wie eine weite windbegangene Landschaft im hellblauen Meereslicht mit jener jungenhaften Begeisterung, die dich an ihm seit der 1. Minute so sehr faszinierte, auszurollen begonnen hatte –; um dir also in aller Klarheit aus-1-anderzusetzen !welche Bedingungen er an sein Angebot knüpfte, wird er, dieser reiche alte Arzt, auf die eine Waagschale deinen Job=hier an der Klinik u deine Beziehung zu ihm, dh. dein Soweitermachen-wie-bisher gelegt haben (& er wird dir keine Gelegenheit gegeben haben zu sehen, daß du deinen Job-in-dieser-Klinik ja in ebendiesen Minuten verloren hast, so daß zumindest diese eine Seite zum Wählen nur 1 Scheinwahl ist) : Auf die andere*

Waagschale indes ebenjenes Große Angebot: die Finanzierung deiner 2. Reise nach **NEW YORK** *sowie der ersten Zeit-dort=Drüben,* –Keine Sorgen Kind, !dieses Mal wirst du !nicht abgewiesen werden, das bedarf von deiner Seite nur noch 1 paar Wochen Geduld & von mir 1 kurzen Telefongesprächs mit dem Senator –, *und hat gewiß den Namen genannt als sei er das Sesam-öffnedich: Und das sollte es ja auch sein, nämlich die Aussicht auf deinen Einstieg ins Museums- & Galeristengeschäft, deinem Wunsch gemäß wie das an jenem Abend in einer italienischen Stunde vom Wein getragen zum 1. Mal auch dir=selbst laut & bewußt geworden war –; !Ja, und so wird er dich an diesem Morgen mit seiner Rede bis zu diesem Punkt geführt haben – er hat dich gewiß sehr !genau beobachtet währenddessen, & er wird gewußt haben, !wann er schweigen mußte, um sein Intervenieren nicht ins Beschwatzen sich verkehren zu lassen, und !wann auch in dir alle Zweifel getilgt sein würden (zumal er seit langem gesehen haben mußte, daß Zweifel in dieser Sache dir ohnehin fremd zu sein schienen, seit du dich aufgehoben & mitgetragen fühltest von ihm, diesem Reichenmann in seiner Reichenwelt; du dich=selbst offenbar als eine Dazugehörige empfunden hast, der, 1 Mal in dieser Sfäre=Oben angelangt, das Ihrige auch Fürallezeiten weiterhin zufliegen würde (was ja auch nicht verkehrt empfunden wäre, denn auf solcherart Glaube&wahn beruht ein Großteil dieser ganzen politischen Welt, dadrin, Schwester Herz, jene Sorte Kasperlefiguren, 1 Mal auf dem Kommandodeck dieses Narrenschiffes=Staat angeheuert, auch schon jenseits aller Fragen nach Kompetenz & Fähigkeiten angelangt erscheinen – denn, Schwester Herz, Die=alle sind sämtlich geborene Schenies: heute Landwirtschaft morgen Kunst: Kuh od Kuhltour – gemolken werden beide von Schub-Yaks mit fett&filzlatschigen Gemütern, denn in Wahrheit haben Die weder von Kuh noch von Kultur auch nur 1 Funken Ahnung & somit also von keinerlei Fach&ge-Wissen beschwert, um auf diesem Veräppelkahn durch die Stromschnellen der Ämter zu dümmpeln & ihren Schlechtteil Werkelei & Pfuschertum verzapfen zu können, ohne daß weit&breit irgendjemand ihnen !wirklich auf die Pratzen haun & diese Fachnarren !endgültig über-Bord schmeißen würde od: ihnen bei der nächsten Wahl den Caligula* machte: »Vom linken bis zum rechten Kwatschkopp vor die !Löwen«; aber die Löwen, die schnappten ins Leere, denn es gibt weder Links noch Rechts, Heute&hier nur noch Mittisten; und die-Leute latschen immerwieder zur Wahlurne & malen ihr Lottokreuz für 1=dieser Kasperköppe, mal für 1 von Hüü mal für 1 von Hott; so sind eben die-Leute, sie drücken ihre Meinung wie ihre Pickel aus – denn die-Leute sind blöd: das Einzige, Schwester Herz, worauf du dich felsenfest verlassen kannst & das ist schon ne !Menge, so sehr daß sie als genügend Menge Schwein-im-Leben für manch-1 zum Durchkommen ein-Leben=lang hinreichend ist) – blöde sein & hoffen : Eine Stadt Berlin hälts in sich selbst nicht aus & reißt sich auf – 1 Irrer hälts im Irrenhaus nicht aus & reißt aus – 1 Krankenschwester hälts in-Land & Job nicht aus & fliegt raus – in die Welt..... gleich 2 Mal unbeirrt wie ein Tennisball, & jeder Abprall an der atlantischen Mauer ist Anlaß für neuen An-Flug – :?!Wer will bezweifeln, daß Ein Ruck durch Deutschland ging – :?Vielleicht hält ja ein Land sein Ganzes nicht aus &, weil die Welt sich dreht, dreht sich Gans-Deutschland in die Welt –) – überhaupt: die-Fremde – !was ist denn das; nichts als Wille Wahn & Vorstellungen: ein Aufstoßen, Schluckaufs einer Meute mit halbvergorenen & herzigtrotzigen Kindergeträums; weil solche=Menschen verlernt haben alt zu werden, müssen sie im Blechglanz ihrer hartgewordenen Görenblicke die-Welt heimsuchen..... : !Warum soll es Dort denn !anders aussehen als Hier: zwischen anderen Kulissen wird man sich auch durchmogeln, auch durchgaunern, & die so dumm sind ehrlich zu bleiben, werden auch Dort ihren Bregen hinhalten müssen für alle dreckigen Gelüste jener die Fäuste Knüppel & Stiefel sich leisten dürfen, und zur Weihnacht brennen die Kerzen –; !Ja, Schwester Herz mit dem hellen Emailleblick auf die 2. Hälfte deiner Leben's Zeit, mögen dir Fäuste Knüppel & Stiefel wachsen = möge deine Wolke nicht abregnen, das Porzellan deiner Lieblingsfantasien nicht zerscherben an den Eisen&stahlgerüsten der Wirklichkeit –; und er, der alte Psychologe, gewiß fortan mit wacher Spannung deine Sorglosigkeit erkennend (von deren Größe & Unbedingtheit er sich in gewisser Weise selbst anstecken ließ, denn für diese Art Irrsinn sind bekanntlich diejenigen am anfälligsten, die gegen die-Irren sich am besten gewappnet *meinen), denn im Grund wußte er wie auch du=selbst ganz-genau, daß, die konkrete Seite deiner Pläne betreffend, du, Schwester Herz, vom Galerie- & Museumsgeschäft auch nicht den Schimmer 1 Ahnung hast, weder hier in Deutschland noch sonst irgendwo auf der Welt –, daß dein Vorhaben, mit dem kalten Blick des Gewöhnlichen betrachtet, als hellfunkelnder Wahnsinn dasteht –; aber niemand mag Das ausgesprochen haben, u somit war dieser Wahnsinn in gewisser Weise nicht vorhanden….. – & deine Sorglosigkeit im Licht dieser sonnengelb auflodernden Morgenstunde glänzte ungetrübt wie eine Kindermaske aus glattgestrichenem Goldpapier, so daß dir jetzt gar nichts anderes mehr bleiben würde als auf sein, des alten einfluß=reichen Arztes, Angebot hin dieses 1 Wort zu ihm zu sagen – u er betrachtete währenddessen deine sicher auch jetzt nach-innen & 1-ander zugekehrten Fußspitzen, sah die Arme zu beiden Seiten deines Körpers mit den Händen wie offene Halbkugeln auf1ander sich zubewegen, aber jetzt in deinem Gesicht nichts mehr von trotzig-beleidigt-erzürnt; die Hände, sie werden wie 2 Hälften einer Kugel sich geschlossen haben, in deinen Zügen, als hätte das morgengelbe Leuchten in ruhende Zufriedenheit sich umgewandelt, jene Helligkeit die stets deine Miene zeichnete sobald windabgeschirmte Zugehörigkeit zu Familiärem für dich sich erfühlen ließ – nur dieses 1 Wort hatte der reiche alte Mann von dir hören wollen – vorhin hinter der alles Wortgewordene wie Schwämme aufsaugenden Polstertür, und du hast ihn angesehen, hast seine in irgend-1 jugendlichen Alter stehngebliebenen Züge betrachtet, die aufmunternd schimmernden Augen – und dann hast du mit einer Stimme als käme sie gar nicht aus dir dich das 1 Wort sagen hören:* Ja; *!Ja, so muß es gewesen sein an diesem auflodernd sonnengelben Morgen dort hinter dieser Tür, und das war Alles.*

Od: beinahe Alles. Nicht daß ihr Zweifel gekommen wären von jener Art, wie sie gewissermaßen aus dem Windschatten großer Entscheidungen plötzlich hervorbrechen und alles bereits Entschiedene erneut ins Wanken wenn nicht gar zum Einsturz bringen können. Nichts dergleichen; etwas Anderes läßt sie mit 1 Mal hier auf dem Flur im Klinikgebäude plötzlich innehalten und sich vom Fenster weg, zu mir herwenden.

–Dann ist noch etwas passiert, vorhin. – Sie spricht mit verhaltener Stimme in dem leeren halligen Klinikflur, als befürchte sie grad wegen der Verlassenheit hier etliche Lauscher hinter Wand & Türen. –Er wird es nicht tun & mir Das in die Schuhe schieben. Er will mich ja nicht vernichten. Das würde ihm auch nichts nützen, denn soklein könnte er mich jetzt gar nicht mehr kriegen, daß er mich Danach nicht wieder am Halse hätt. Wahrscheinlich wird er irgendwas von *Un-Fall* sagen, u das war es ja in Wirklichkeit auch gewesen. (Sie kommt 1 Schritt näher, senkt beim Sprechen noch weiter die Stimme:) –Er hat sich gefreut wie 1 Kind, als ich sein Angebot angenommen hab – es war eine !ehrliche Freude, das konnte ich sehn, und dann stand er hinter seinem Schreibtisch auf – ach!was: er !sprang freudig hoch, wollte zueilen auf mich so wie damals, als ich ihm zum ersten Mal hier auf dem Flur begegnet bin, er wollte mich an-sich drücken, mich umarmen –, da stolpert er über die Teppichkante od werweiß worüber und stürzte nieder, schlägt der Längelang hin, direkt vor meine Füße. Er schlägt mit dem Gesicht auf den Boden auf ohne sich mit Händen od Armen vor dem Sturz zu schützen – er fällt ganz 1fach um, leblos, wie 1 Brett od 1 Puppe. Da liegt er, regungslos. (Sie schluckt, als müsse sie einen seltsamen Schrecken od ein Grauen überwinden.) –Er sah dort, auf dem Boden seines Zimmers, vor meinen Füßen, mit 1 Mal so furchtbar gealtert aus, als hätte ihn dieser Sturz von 1-Moment-zu-andern in seinen Jahren direkt ans Ende-seiner-Jahre geworfen. Zusammengekrümmt, so klein, gebrechlich, hilflos..... schaute er zu mir herauf, als sei die-Zeit 1 dünne Membran u alles Hoffen & Warten, das durch sie hindurchschimmert, wär mit 1 Schlag zur Parodie auf eineganze Lebenszeit geworden.

–Er blutete aus einer Platzwunde über der Augenbraue. (Erzählt sie nach kurzem Schweigen mit verhaltener Stimme weiter.) –Ich hab ihm aufstehn geholfen, wollte die Wunde notdürftig versorgen – aber er ließ es nicht zu, sagte kein

Wort, wehrte meine Hand mit dem Taschentuch ab. So ließ er das Blut ungehindert tropfen, auf seinen Kittel den Anzug auf den Teppich. Dann kehrte er sich wie jemand, der sich seiner Tränen schämt, dem Fenster u mir den Rücken zu. Aber ich habe sein Blut auch dort auf den Boden tropfen sehn, hab die Tropfen aufschlagen hörn wie erste Tropfen zum Beginn eines schweren Regens..... !Nein (sagt sie noch einmal) –Neinnein, er wird mir Das nicht anhängen u mich verantwortlich machen Dafür. Er wird keinen Rückzieher machen, er wird bei seinem Versprechen bleiben – :Ihre Stimme gibt sich 1 Ruck, sie schaut festen Blicks in mein Gesicht: –Ich werde noch für 1 Weile bei dir wohnen müssen. Solange, bis er meine Einreise in die-Staaten geregelt hat. Das wird nicht lange dauern, 2 höchstens 3 Wochen, hat er gesagt. Solange muß ich bleiben, hier in Berlin.

Und jetzt wird sie noch etwas zu mir sagen müssen, genau wie damals bei ihrer unfreiwilligen Rückkehr aus den USA, am Morgen im Flughafen Tegel vor der Mauer der Verwandtschaft. Auch dieses Mal wird es nur 1 Satz sein, den sie wird aussprechen müssen, und es gäbe keinen Grund, ihr die Bitte abzuschlagen. *Denn auch dieses Zimmer in einer Wohnung, hier, wo du ausharren willst bis zu deiner Zweiten Abreise nach* **New York**, *gewissermaßen neben gepackten Koffern auf der Stuhlkante in Erwartung des Augenblix zum Fortgehen=für-immer, sobald er, dieser einfluß=reiche Arzt, sein Versprechen eingelöst haben würde; dieses Zimmer wie diese Wohnung würden leerbleiben danach (du hattest recht behalten: meine Frau, die mich verlassen hat ?werweiß zum !wievielten Mal, auch sie sollte für=immer von mir gegangen sein –. Seither gelingen mir die Blicke der Aufforderung u des Begehrens auf Frauen nicht mehr – :Allzuoft in deren Erwiderung die Ablehnung, in den Mienen das fast wütende Beleidigtsein darüber daß so-1 überhaupt es wagen kann, sein Anliegen Einer-Frau-wie=!Ihr zuzumuten. Sie, die-Frauen, sollten durch mich nicht länger zur Abkehr, zu der enttäuschenden Wahl des Neinsagens sich entschließen müssen; will ihnen die böse Gewißheit eine Verweigerung begangen zu haben, u seis nur gegenüber jemandem wie mir, ersparen*

– *heute wo Allewelt doch so gerne* Ja & Ich bin einverstanden *sagt. Woraus durch meine Abkehr die Wendeltreppe zur Ver1samung Stufe-für-Stufe tiefer sich windet, denn wer sich von Aller Augen abkehrt, von dem kehren sich Aller Augen ab), so daß, von-Zeit-zu-Zeit, mir 1 Belustigung noch übrigbleibt : zu sehen & zu erfahren, !was für Geschütze Man auffährt gegen 1=wie-mich, für den weniger als das Zucken 1 Ellbogens ausreichte, ihn zu-Fall zu bringen.– Somit also diese Räume nach deiner Abreise nicht allein nur von anderen Menschen, sondern in gewisser Weise auch von der Anderen Zeit verlassen erscheinen, wie unsre Plätze u Orte der Kindheit, und jene einstigen Kinder waren ja längst in die Gefilde & die Prüfungsräume ihres Alltags davongegangen, hatten sich vielleicht in jene Ödheit gefügt an die sie aus anderen vor ihnen dagewesenen Leben längst schon gewöhnt waren; u nur 1 ists, der an jenen alten Plätzen u Orten verbleibt, als hätt er durch sein Bleiben dies Licht u all diese Bilder einer Frühe festhalten können – :etwas herbstlich Staubiges, ausgeglüht Zugiges, das Zwielicht aus vergehendem Nachsommer, das jenem 1=Gebliebenen immerfort seinen Irrtum herzeigt, jene fundamentale nie mehr auszugleichende od zu behebende Irre ohne Rück- od Ausweg, hat es doch selbst einer-solchen Beharrlichkeit aus einer Entscheidung bedurft, u sei das lediglich die Entscheidung, von nun=ab, in die Einsamkeit ver=rückt, hier zu bleiben.– Unvermutet in den Waffenstillstand meines vergeblichen Daseins warst du, Schwester, als die nun wirklich Fremde eingebrochen mit Stückewerk aus Neuem; einigen Hautfetzen Leben, die an der Börse des-Alltags..... eben das einbringen, was Weiterleben, Weitermachen, Weitermachenmüssen..... heißt. Und was herausgerissen wurde aus dem Leib – kein Beruf der nicht zum Federnlassen zwingt, schon gar nicht der Beruf Leben – das wächst nach als besseres Stückewerk, als die perfekte Rüstung..... Die Über-Lebenden, eiserne Menschen, die umgehen mit geschult unzärtlicher Milde in ihren Blicken & dem Lächeln der Einladung wie glänzende Schilder über den Portalen teurer Hotels.*

Und sie sagt tatsächlich diesen 1 Satz, der zwar gegenüber jenem anderen Satz den sie vor Wochen in der Flughafenhalle gesagt hatte, nur um 1 Wort kürzer ist, doch dies fehlende 1

Wort beinhaltet durch seine Abwesenheit mehr an Verändern u Wandlung, als das mit mehr als fünfzigtausend Wörtern hat ausgesprochen werden können. Und: Dies 1 fehlende Wort schließt !unwiderruflich die Lücke, jenen Zwischenraum, der für den Zweifel an ihrer Entscheidung ebenso wie für den Widerspruch nötig wäre, so daß jetzt, in !diesem Moment, ihre Worte wie entschieden geschnittene & an1andergepaßte Steine ohne den Mörtel der Verbindlichkeit, sondern Steinfuge-an-Steinfuge die Festigkeit für ein=ganzes restliches Leben bedeuten müssen, & der Klang ihrer Stimme ist jener 1 Vorgesetzten, die kühl, fest, mit sachlicher Bestimmtheit, die den Fehlgriff od das Zuwiderlaufen von-Beginn-an ausschließt, an ihre Unterstellten die Aufgaben verteilt. Dann sagt sie diesen Satz mit dem 1 fehlenden Wort. Und dieser Satz hat nicht nur 1 Wort, sondern auch den damaligen Beiklang des Komischen wie des kindlich=Ekligen verloren.

–Du bist mein Bruder. – Sagt sie, energischer, als das nötig wäre.

Menschenschwemme.....
Vom Leben in der Tiefe

Das alte Licht. Die alte Nacht. Zuende mit allen Träumen. Die Aschehaufen wärmen nicht. Aus der Nacht herunter bis auf den Grund Betonrinne groß das Lichtoval. Die kranke Sonne Mitternacht, darnieder auf Beton. Also bin ich. Ganz unten in der Tiefe. Tief in der lauen alten Nacht. Die Mördergrube. Sprechen wie nach langem Treppensteigen. Atemlos. Sinnlos. Trostlos. Das Wahre Gute Schöne. Und meine ?Aufmerksamkeit. Mein ?Interesse. Sie lassen nach. Und. Sie werden aufhören. Wie diese scheiß Natur. Entweder Vergeudung. Od beinharter Notstand. Od absolutes Garnischtmehr. Krist u: Antikrist. Verlangen u: Überdruß. Nichts was dauernd getan werden kann. Im Einen immer schon das Andere wollen. Nichts das bleiben will. Aufbauen u: Zerstören. Hauptsache: Ohne Maß & Form. Und ?ich. Ich bleibe mir. Ich bleibe mir gleich. Damit noch nicht zu Ende. Ich bleibe übrig. Trieb u: Antitrieb. All!mächtiger die Eizellen. !Teufel die Spermien. Nix als Sauereien. Tinnef. Was für Unflat. Dammriß : Überschwemmung..... Aufhören. Verlieren. Ich habe verloren. Verloren !sie. Die-Frau verloren. Für=immer&ewIch=Ohnefrau. Das schafft Raum u: Zeit. Den Großen Atem zum Töten 3x. Kannst Du sterben im Geiste in Emotionen im Leib. Und keine Angst nachdem. Die-Toten kehren nie zurück. Dreck bleibt im Dreck. Und ?dann: 1 nur für 1. 1 Rest bleibt immer. Dem das Verfaulen. Die Verwesung. Bloß kein Denkmal. Das fehlte noch. Erinnern= Vergessen in Marmor & Gold. Die Holzkopfparade des All!mächtigen & SEin Gestank..... Ruhe. Vielleicht bald zuende. Mit Natur u mit Gestank. Aber. Sie wird sich was anderes einfallen lassen. Diese schlaue Natur. Hoffentlich dann !ohne UNS. Und UNSERE kotzöden=Spiele. Geboren zu fressen zu saufen zu streiten zu ficken zu sterben. Sarkastisch blühendes Schicksal. Aufbrechen. O ihr armen Aufbrecher. Kein Wort weiter. Die Wölfe hinter den Wörtern. Zwischen den Zeilen Scheißdreck aus allen Tagen Alltag. Aufhören. Nicht gesagt, nicht gewesen. Unendlich leere Räume. Keine Natur mehr. Klinische Welt. Aufhören. Mit Träumen. Stochern in kalten Aschehaufen. Aufhören mit !Hmmm-!H-!Hmmm-Hämorrhoiden. Was heute noch träumen. Nachlassen. Zur Ruhe setzen. Setzen mit !solchen Hämorrhoiden. Noch nicht, noch nicht. Dabei scheiße ich. Von Herzen gerne, sozusagen. Seit ich ruhig bin u nicht mehr träume, scheiße ich. Keine Ekstasen mehr. Ruhe. Vom Windelbekacken über den Klimax Träume zum Hosenscheißer. Vom Frühling zum Fellachenwinter. So geht die Kurve. Alles Irdischen, beinahe gesagt. Früher Träumen, heute Scheißen. Damit das klar ist. Was für !Würste. Fan!tastische Haufen. Der mit Verlaub Ausdruck von Seelenfrieden. Nebenher Pissen. Das ist unvermeidlich. Ich mache mir nicht viel aus Pissen. Das Scheißen ist meine Großeliebe. Pissen der Seitensprung. Die Begleitmusik. Ich bin ein Mann. So geht das Leben. Und die Liebe, beinahe gesagt. Liebe. Die ist wie Regen. Der fällt auf Rosen u auf Kacke. Ruhe. Achtung Aufpasser. Sie kommen immer nachschauen. Sobald ich Fertig sage, kommen sie. In weißen Kitteln. Die Engel der 1gesperrten. Mit lockeren Fäusten. Schwingen & Schwinger. Nachschauen was ich geschissen hab. Und ob ich mir den Hintern wische. Sie schauen in die Schüssel. Dann auf meinen Arsch. Und sagen Brav. Ich verstehe, 1 Lob. Vielleicht weil ich nach dem AA immer müde werd. So wie jetzt. 3x AA = 3x müde täglich = 3x weniger Zoff für sie. Die Bravsager. So werde ich ausgezeichnet, 3x täglich. Das ist Wirklichkeit. Das Scheißen. Freude 3x täglich. Nicht zuviel. Nichts vergeuden. Sparzwang. Und Nichts für=immer. Auf immer unvergessen: Die !Hmmm-!H-!Hmmm-Hämorrhoiden. Da haben wirs. Keine Freude unvermischt. Nichts ohne Widersacher. Ver!fluchtes Leben..... Ruhe. Setzen. Ich sitze. Meine Sitzung 3x täglich. Ich sage ich. Ich sage ich sitze. Achtung Aufpasser. Ziehen herauf. Sie passen auf. Also sind sie. Ganz oben in der Höhe. Lärm & Wut. Nach mir greifen. Mich haben wollen. Sie werden sich die Pfoten zerschneiden. Ruhe. Aufpasser. Aufpassen. Setzen. Und hebe den Blick. Das Lichtoval groß die kranke Sonne, aus der Mitternacht herunter bis auf den Grund Betonrinne. Wo ich sitze. Und schrägt einen Teil der steil ins Dunkel hochgestellten groben Betongitterwand. !Uff. Nicht mehr so lange Sätze. Atemlos. Die Gitterstreben glänzen in Perlenwürfen aus müdgelbem Schein. Als läge eine gerunzelte Stirne aus Beton in Schweiß. Stille wie in einer Nacht am Ende eines schweren Regens. Ursprungslos das alte Licht. Immer schon da. Niemals endend Nacht. Atmen ein lautes Geräusch. Läßt wissen Zeit vergeht. Gewißheit. Die 1zige. Vielleicht hierher auf diesen Grund einer betonierten Abflußrinne geraten. Mitternacht. Die Mördergrube. Zu Zeiten als noch Wandlung war. Wandlung im Licht in der Nacht. Wanze Kakerlake od Ratte. Gefallen in eine Abflußrinne u kein Entkommen. Vielleicht. Ausruhen. 1 Augenblick. Nur 1 kleine Pause. Weiter nichts. Und danach weiter mit Allem. Wieder weiter Gesellschaft mit Allen. Alles wieder im alten Gang. Alles wieder so wie Früher. Vielleicht so geplant. Und nicht so ausgeführt. Wieder 1 Mal nicht so ausgeführt wie geplant. Sondern geblieben hier auf betoniertem Grund. Wanze Kakerlake od Ratte. Aus ?welchem guten Grund geblieben auf betoniertem Grund. Fortgehen ?möglich. ?Jederzeit. Nichts was ?hält. ?Niemand der sagt Bleiben. ?Niemand der sagt Weiter. ?Alles wieder im alten Gang. ?Alles wieder so wie Früher. Alles liegt bei ?mir. ?Aufstehn und ?fortgehn. ?Alles möglich. !Uff. Soviele Fragen. Sowenig Antwort. Nicht mehr soviele Fragen. Nichts vergeuden. Sparzwang. Ich komme vermutlich nicht mehr drauf. Und bleibe. Versunken in Leere steckengeblieben am untersten Rand. Angehaltene Insel aus müdgelbem Licht. Ich erinnere mich gut an mein einstiges Tun. Gelogen. ?Wielange her. Schon wieder 1 Frage. Ruhe. Aufpasser. Aufpassen. Setzen. Und hebe den Blick. Hinauf. Steige die quadratischen Ausbrüche in der Betonwand im Lichtoval, Spiegel, kranke Sonne Mitternacht, mit den Blicken wie auf Sprossen hinauf. Hinauf aus dem Fundament. Fort. Fort von mir. Wieder zählen. Die 1zelnen Quadrate während des Hinaufsteigens zählen. Bin die quadratischen Ausbrüche in der Betonwand im Lichtoval, Spiegel, kranke Sonne Mitternacht, mit den Blicken wie auf Sprossen entlanggetastet, währenddessen die 1zelnen Quadrate gezählt. !Uff. Nicht mehr so lange Sätze. Atemlos. Immerfort Zählen. Addieren. Zeit hinzufügen. Damit Zeit kommt. Solange bis kein Quadrat zu zählen mehr übrig ist. Grauen, denn eine Zahl ist die letzte Zahl. Jetzt. Die letzte Zahl. Das Grauen. Aprilapril. Nur so gesagt. Spaß muß sein. Nicht zuviel. Sparzwang. Und Zeit stürzt in die letzte Zahl. Und bleibt. Nicht bleiben. Zeit muß vergehen. Nichts neues. Gestalten. Aha. Gestalten. Mal sehen. Anblicke. Von Gestalten. Von Gesichtern. Die flüchtigen Gesichter der Frauen. Der 1 Frau. Die flüchtige Frau. Die 1 Frau die ich einmal ?Wiesagtman. Flüchtig. Die mich einst Ichkommnichmehrdrauf. Wieder da. Trugbilder, momenthaftes Aufblitzen, faszinierend. Liebe. Die Ratlosigkeit der Rindviecher vorm neuen Tor zur alten Hölle. ?Wirklich. Gar nicht sicher. Jetzt dauern sie fort. Da haben wirs. Anblicke. Erscheinungen. Die Gesichter. Die Hölle. Fortdauern mir eingehandelt. !Nicht sagen. ?Weshalb kommen SIE zu mir. ?Wer sind SIE. Schon wieder Fragen. Ich muß mich entscheiden. Sie: die kommen & Brav zu mir sagen. Nach dem Scheißen. Die Engel der 1gesperrten. Mit lockeren Fäusten. Schwingen & Schwinger. SIE: die Anderen, dort oben. SIE: Die Schwachen. Die Häßlichen. Die Verlierer. Die aus den Straßen herkommen. SIE: mit ihren haßvollen toten erschrocknen Gesichtern. Mit Spuren Riefen dem Schliff aus grausamen Meißeln. SIE: Gesichter von den Alltagsstädten zerrissen, zerschliffen, zerquetscht. SIE: Die Kinder der kranken Sonne, Mitternacht, alle Bekloppten u alle Verkorxten. Die Versager. Mit Gelüsten & Schnauzen von Mittelschülern. Suff&wutverzerrt. In Ewigkeit Gleiches zu Gleichem. !Was für Visagen. Abgehärmte zernagte faulende Apfelgriebsche. Durch Alltagskehricht gezogene Fratzen. Rosig aufgequollenes Fleisch. Auf halslose Rümpfe gepappt. Schweineköppe mit pinselblondem Geborste & Baseballmützen. Erkaltete Wülste Speck. Invasion grausamer Fressen. Trübselige Wracks. Im Leben endgültig auf-Grund gekracht. ?Männer ?Frauen. Unentschieden. Tarnung durch Dreck. Söldner im Dschungelkrieg, die Visagen beschmiert. IHRE Tarnung geht weiter. Tiefer. Weitergehen lassen. Weiter sich gehenlassen. IHRE Tarnung IHR Absturz. Das dritte Geschlecht die Kehrichtviren. In den Überschallflug aller Toten reingezerrt mitgeschleift zerrissen. Wie SIE latschen sabbern geifern kreischen brüllen lallen drängeln treten. !Uff. Nicht mehr so lange Sätze. Nichts vergeuden. Sparzwang. Atemlos. Nicht mehr rausgehn. Bleiben. Hierbleiben. Weg von IHNEN von IHREN Senkern. Zeit & ihre Paroxysmen Rülpser Schluckauf. Zeit hat SIE in Schüben auch hierher geschwemmt. Auf diesen Hinterhof. Die Muscheln brechen auf. Zeigen ihre Perlen..... her. In der Schöpfungskrone. Frühe Abendstunde senkt ihr Eisenlicht. Als rosa Taucherglocke in den Schacht. Tagesglut aus Sommerstunden. Selbst die engen Winkel & Nischen. Im Hinterhof dort. Wo stockig moderig übers Jahr die Luft versumpft. Wo Verputz zu Schwären Beulen Blasen aufgeworfen. Selbst dort. Wo der verstopfte Abfluß stets. Pastöse Lachen Schlamm hinschmiert. Stellt zu dieser Stunde heiß die Steinluft bitterbrandig als ein Klotz sich auf. Hitzeschwaden wie speckige Bettlaken am Gemäuer. Hängen schwer aus Fenstern raus. Fettgerüche brutzelndheiß aus Wohnungshöhlen. Urin & Zwiebelbeize, Maggibrühe suppigschwer. Mit 1 Mal. !Da sind SIE. Zuerst die Zwillinge. 4 Jahr alt od 5. Beide in den gleichen gestreiften Polohemden. Den Gören viel zu groß. Altmännerklamotten ausm Rotkreuz-Container. Ebenso zu groß & birnenförmig die Köpfe. Scheinen größer als die Leiber. In den Kinderaugen Silberblick aus irrem Schimmern. Voll durchtriebner Kinds-Bosheit. Sie halten sich bei den Händen, winzigdicken Polstern. Tappen 1

Schritt. Dann 2. Dann 3. Über den Asfaltgrund in den Hinterhof herein. Als ein schorfrotes Abendleuchten die Gestalten trifft. Die Köpfe schimmernd bläulich wie Metall. Die Lippen in den Kindsgesichtern narbendünn geschnitten. Zum Grinsen scharf gezogen. Und mit ihren Glotzern schielend. Als wollten sie die Zahnlücken hinter ihren Lippen sehn. Dann. Wenden diese Kinder..... still. Die schweren birnenförmigen Köpfe im Einverständnis. Einander zu. Darauf rücken die Eltern an. Ihre verschissenen Alten. Der Vater 3kantschlüssel. Fresse wiene Scheibe Jagdwurst. Latscht obeinig in den Hof herein. Jeder Blick, die Mauern rauf, Besitzergreifung. Schiebermütze die Krone aufm Dez. Der Kopp seiner Alten ein flachsheller Mob. Voll dauergewelltem Haargeringel. Schusselt mit Armen & Händen. Als müßt sie Enten scheuchen. Die Schnauze Blechlautsprecher. Eine !Keife vor dem Herrn. Das sind Die ersten Neuen..... Und viele..... sollten IHNEN folgen. Seither ist Alles=anders hier. Beinahe so als wär Etwas geschehen..... Von allen Verschwundenen geblieben, als wärens Bombenkrater, diese Löcher. Aus Jahren. Aus Jahrzehnten. Von Deportierten und Vergasten. Dann von Ausgereisten & Zwangsumgesiedelten. Von allen Gestorbenen. Als wärens Bombenkrater hier im Stein..... Füllen sich mit Grundwasser auf. Die Maßnahmepläne der-Partei. Damals. Zielrichtung !Alarmzustand. Okkupationsplanung von West-Berlin. !Informationsfluß nötig, aber im-Osten keine Telefone. Selbst Dafür nicht. Also: für Parolen Eimerkette. !Grandioser Aufmarsch. !Grandiose Siege. Die Amis überrannt. !Sieg !Sieg. Die Große Krise noch 1 Mal abgewendet. Den eigenen Untergang noch 1mal prolongiert. Der Sozialismus !siegt. Stechschritt EnVauAh. Von Unter den Linden direkt auf den Kudamm. !Triumfale Siegesparaden. Fahnenklirr & Ordenhagel. Ausgelöst & losgetreten. Traumes Ende: zum Siegen kein Telefon. Nur Eimerkette vor dem Großangriff. Klingel-Streich vorm Zapfenstreich. Mit Scheißhausparolen als Schraubenzieher. Gottesspielereien am Kugelgelenk der Welt..... Aussiedelung & Zusammenraffen, die Pfeilspittsen der-Menschheit in den Köcher der-Partei..... Ghetto-Bildung Platten-Bill-Dings Marzahn Hohenschönhausen Hellersdorf. Naß&fickzellen 14stöckig in den Traum vom Sieg hinaufgeworfen. Lagerstadt Alarmstadt Maßnahme-Stadt. Träumens letzter Ausgang Hohenschönhausen Marzahn Hellersdorf. Aufgestaute Sumpfblasen. Ein Riesenaufstoß. Magenschmackig & rülp. Greisengelüste mit Kindereien das Leben stuken. Hundeschnauzen rein ins Selbstgekackte. Schwarzes Laub & Nebelfäulnis. Mehltau heiß & stickig. Schweißgedunste Atemnot. November November: Statt Siegessang apoplektisches Geröchel..... !A wie Sie verrecken. Die Schweinepriester der-Partei. Die alten Fürze. Leichengift. Über den Schatten all der Verschwundenen. Geblieben hier die Einschußlöcher. Die Gitterstreben glänzen in Perlenwürfen aus müdgelbem Schein. Aus den vergessnen Kriegen. Mit peinlicher Regelmäßigkeit eines geometrischen Vernichtungsplans. Spalte um Spalte. Zeile um Zeile in die Steinwände geschossen. Schweißdrüsen im Betonkadaver IHRER Bosheit. Hinaufgestellt ins Himmelblei. Die Bombenkrater angefüllt. In Jahren. In Jahrzehnten. Mit gräulicher Brühe. Menschenschwemme..... Lärm & Wutgeheul aus fünf Etagen im Karrée. Schwappen über. Schießen ein als seis in 1 Zuchthaushof..... Es ist Etwas !geschehen. Vorn zur Straße. Im Zwielicht schmuddeliger Toreinfahrt. 5 Mädchen. Ihr Alter im Abstand Orgelpfeifen. 5 Würfe aus 5 Jahren. 5 Bastardperlen des Orients..... Mixed Pickels aus Ost u: West. Von zwei Rassen grad das Miese geerbt. Das Dumpfe=das Tragische. Von den-Orientalen die Frühreife. Von den-Weißen die Blutarmut. Haut wie drekkige Milch. Madigbleich & dürr. Wie Käsefinger an derselben Stinkehand. Grad mal 10 die Älteste. Die Mutter nicht größer als diese Tochter. Alle Klamotten der einen. Passen der anderen auch. Also. Das 10jährige Gör im hellen Plisśerock. Mit Pailletten bestickte hochhackige Schuhe. Die dürren Quarkbeine stökkelnd wakkelnd stolp-p-p-pernd..... Schwarze Seidenbluse, die obersten 3 Knöpfe offen. Man sieht

Brustbein & Rippen. Als steckte 1 hölzernes Waschbrett drunter. Preist sie an, die nichtvorhandenen Tutteln. Reibt sich die Nippel, winzig wie Apfelkerne. Wenn sie auf ihren Kackstelzen balanciert. Denn wakkelt se mitm Aasch, die kleine Sau. Zieht den runden Kinderbauch ein. Und flutscht mit der Zunge über die Lippen. In solcher Winzigkeit schweinisch & obszön. Und die jeweils kleinere äffts der Größeren nach. Die Größte hatz wohl von der Mamma..... Versaute Zillegören beim Erwaxnen-Spiel..... Kindlich=geiler Kanon. Schaurige Parodie. 1 flauer und flauer werdende Kopie 1 Kopie. Die Papageien-Show hier in der Toreinfahrt. Die Flitscherlmaschine mit 5x eckighohler Geilheitsbezeugung. Die Orgelpfeifen hinab immer untauglicher werdend. Sie hauen jeden Vorübergehenden an: *–Naaa Jungamann. Komm wir !ficken. / –Tomm wie figgen.* Peepst das aus der Kleinsten. Echorufe wie aus Pappkartons. Dann kreischen sie auf. Steißeln nochmal mit den Hühnerbürzeln. Umkreisen hoppsend den Xbeliebigen. Wie die Mücken. Da helfen nur Fußtritte. Für 1 Moment. Dann. Gleich sind sie wieder da. Wie vordem. In der Tripperhöhle Toreinfahrt. In ihrem Muschebubuh mit Pippigestank. Diese windsigen Luesbräute. Dumme nichtsnuttsige kleine Mistviecher. Lohnt nicht für sie an Zukunft zu denken. Das Huroskop, die Zukunft Toreinfahrt. Sie haben nur die 1. Und die ist bereits vorbei. ?Wer aber hat eine andere. !Das wenn ich wüßte. SIE jedenphalls nicht. Diese mistigen Senker. Wie Ziegenkötel aus dem Himmel in die Stadt geschissen. Himmel aus Ziegenärschen. !Was für Populationen. Vermehren sich wie Krebs. Kaum Kriechenkönnen schon genauso wie die Alten. Latschen sabbern geifern kreischen brüllen lallen rempeln drängeln treten. !Uff. Atemlos. Die Alten die Jungen. Alles 1 Stippe. Krähen aus demselben Nest. Bissige vergrätzte Kreaturen. Sentimental & verlogen. Mordgeil & faul. Gebrüll Krawall Gestank. Verwesendes Eiweiß & faulender Urin. Und Scheiße. Nicht vergessen die Scheiße. Kalte unmenschliche Schwaden. Dünnschiß von saurem Bier. Die Fliegen schmeißen die Hufe in die Luft. Ersticken. Krepieren. Manchmal im Winter gefriert der Stank. Pißgelbe Eisschollen aus Luft. !Bloß nich auftauen. Aber im !Frühjahr. Wenn die gammeligen Säfte wallen. In Gärung kommen. !Oha. Durch diese Bottiche schießen. !Denn is wat !los. !Was für Killer. Lawinen aus Toten. Die Invasion der Verreckten. Aus dem Dreck. Da sind SIE wieder. Mit IHREN haßvollen toten erschrocknen Gesichtern. Mit Spuren Riefen dem Schliff aus grausamen Meißeln. Arbeitslos weiberlos schlaflos. Auf Parkbänken. Stiere Blicke. Träge Gebärden als steckten SIE in Eimern voller Leim. Kauern mit gekrümmten Rücken. Die Augen stumpf verquolln. Visagen blechplatt zerschlagen u schmierig wie Mülleimerdeckel innen. Diese Pfeilspitzen=der-Menschheit warn vor-Jahren Jeder mal !Zwanzigtausend wert. Mindestens. Heute jeder 77 Fennich. Wegen der Büchse Schultheiß in IHREN Pfoten. Dem Rest Kadavermühle. Hocken wie alte lausige Affen in schmierigen Löchern. In IHREN abgemieteten Schweinekoben. Sozialamt zahlts. Zugeklebt mit Gestank aus IHREN Eingeweiden. Zugedröhnt. Schnaps & Lärm. Gesichter von den Alltagsstädten zerrissen, zerschliffen, zerquetscht. Die Kinder der kranken Sonne, Mitternacht, alle Bekloppten u alle Verkorxten. Die Versager. Mit Gelüsten & Schnauzen suff&wutverzerrt. SIE haben Alles. Radio T.V. Videospiele. Sozialamt zahlts. Jetzt sind SIE DER ANNIHILATOR DER TERMINATOR THE ERASER. Zuckungen vor den Bildschirmen, Stampfen mit den Füßen. WUBB WUBB WUBBUBBUBBUBB WUBB WUBBUBBUBBUWUBB. Das elektronische Trommelfeuer. Hekatomben Siliziumtoter. WUBBUBB WUBB WUBB. Zielen Feuer Feuer Zucken Stampfen & Gebrüll !MANNNEEEJ DU !SAU !FOTT SEE. Wenn IHNEN auf dem Bildschirm einer entkommen ist. WUBBUBBUBB WUBBUBB. Die nächste Garbe. Zuckungen. Dazu die Flabben verziehen. OOOOCHCHCHRR. Und grollendes Gegrunz. Maulfürze. Wie IHRE Vorbilder Holliwudd-Trottel. Schwarzenvandammenorrisegger. Als hätten Vorschlaghämmer denen die Fratzen geschlagen. Visagen wie von Krämpfen gesträhnt, weitaufgerissen Augen & Mäuler. Dreckige Kinder im ununterbrochenen Geschrei. WUBB WUBBUBBUBBUBB WUBB WUBBUBBUBBUWUBB. Hineingeschmissen ins buntflackernde Bildschirmglas. Diese grausamen Fressen. Videokrieg – die Tötungsmaschinen für haßzerkerbtes wutangefressnes überflüssiges Fleisch..... Die Kotzebrocken Polyfems. Im Vollrausch zurückgespieen auf den Dreckgrund. !A die Heimat hat SIE wieder. WUBB WUBBUBBUBBBUBB. SIE zerknallen IHR= eigenes Spiegelbild. Feuer Feuer JJ!AAAAA. Damit bringen SIE sich in Stimmung. IHR Kriegstanz für die Stunden=später. Bier Wein Schnaps & Tabletten. IHRE Bewaffnung. Sozialamt zahlts. Damit schlagen SIE um-sich. Treten prügeln dreschen ein. Auf Alles was Umgebung ist. Im Akkord. Der ist IHNEN geblieben, eitriger Appendix von Arbeit. Tagausnachtein. !Nieder mit den Wänden Mauern. !Einreißen. !Stürmen. !Entern die Nachbarskoben. SIE knirschen wie rostige Zahnräder in mein Fleisch. Und wenn der Alk SIE niederstreckt. Für wenig Stunden stillgemacht. Dann kommen IHRE Tölen dran. Ruppige krätzige Kläffer. WACK WACK WACKAWACK. Wie rostige Nägel in die Nacht gedroschen. 1 fängt an. Alle übrigen fallen ein. WAHUHUUUHUUUHUUU. Ins Gehör. Ins Hirn. WACK WACKAWACK WACK. Kläff & Gegenkläff. WOA WOA WOAHUHOHOHOWOA. Als würden Müllschlucker das Kotzen kriegen. Od: andere Fußballfans. Die Nächte rauher Lärmprügel. Stinkende Krachstiefel. Die stillen Türen dunkler Stunden eingetreten. Niedergewalzt. WUA WUA WUA WUA. HUHUHUWUA WUA. Alle Hunde=Völker singen. Kein Koben=hier ohne Tölen. Allgegenwärtig wie der Liebegott Jaul & Widerjaul. Räudiges Viechzeug. Lausig. Wie der Herr. Sos Gescherr. Die Scheißefresser. Alle 3 Schritt pissen. Wie MAN !so oft hinternander schiffen kann..... Markieren die Grenzen IHRER Welt. 3 Schritt voran + 1x Piss = Die Deutsche Welt die Hundewelt. Das Paradies Köterhimmel Berlin der Hundsscheißestern. Menschen: von den-Tieren

Gift & Bosheit. Tiere: von den-Menschen die Dusselichkeit. 1&dieselbe Erbensuppe..... Mischpoche. Meine Räume. Augen Nase Ohren Haut. Von der Mischpoche amputiert. Zertöppert. Zerschlagen. Aufgeschlitzt & niedergetrampelt. Das Kollektivgetobe aus den Hinterhöfen. Kollektivgebrüll. Kollektivgestank. Solange wie die-Stütze reicht. Die-Hilfe. Die-Fürsorge. !A. SIE haben Lobby. Stehen nicht im Regen. Sozialamt zahlt. SIE bebürgern kumpaneien sich, e.Vauen daß die Schwarte kracht. Rülpsen gern ins Menschliche hinauf. Selbstbewußtsein wächst mit Pfotengröße & Radau. Lärmfäuste. KRACH PENG RABAUZ. Je größer die Schnauze. Desto schöner die Seele. Fühlen sich als Schicksal Notwendigkeit Gesetz. Der eiterbeulige Gemenscheleib. Jetzt sind seine Schwären aufgebrochen. O die fieberwütigen Aufbrecher. Irrbrecher. Einbrecher. Erbrecher. Apoplektisches Schicksal in Feuerblüten. Aus dem Joch des Zwingleibs losgelassen..... Nichts was jetzt noch halten kann. !Was für Aufbrüche Ausflüsse Infektionen. SIE empfinden dumpf. Ahnen gärend unbewußt: SIE sind die Vielzuvielen..... IHR teigiges Gelalle..... Als würde Leim mit Knüppeln in rostigen Eimern umgerührt. Faulige Fressen Stammtisch...... Das haben SIE noch von-Früher. !A !Heimat. Rübergerettet. Mumiengekwatsche in den Mäulern der Jungschen..... Haste Watt biste Watt. Sahrickimma. Awa Eima aam immeraam. Soissetunnichandast. Wennde vaschtehst wack meene. Weisheit IHRER Alten. Die fauligen Geländer IHRES Daseins..... Dadran ziehen SIE sich weiter. Gröl & Fluch. Verbiestert verheult vergrätzt. Von einer sauren Biernacht..... zur andern. Ins grenzlose Sumpfland dieser-Tage..... dieser-Nächte..... Uferlos..... abgetrieben. Dieser entsetzlich aufgefetzte Leib einer ganzen Stadt. Als läge ein Wesen in Erstickungskrämpfen. Mit Baggerklauen & Bohrerkanülen immerfort Stücke. Stücke. Stücke rausgerissen aus diesem alten Leib. Adern aufgeschlitzt. !Luft. Det muß !Luft krieng. Er!leichterung. Sonzt jeht det zujrunde. Aber es ist niemals Luft, was in diese Wunden dringt. Niemals Erleichterung, was diesen Vivisektionen folgt. Immer nur weitere Krämpfe. Noch schwerere Erstickungsanfälle. Der metropole Wahn..... Potsdamer Platz. Erbrochen aus U-Bahnschächten. Abzucht aus Blechröhren Bussen Straßenbahn. Da kommen SIE. Schubweise Brocken trübes Menschenfleisch. Angedautes. Unbrauchbares. Paroxysmen. In Wellenschüben ausgekotzt. Aus der magenkranken alten Erde. Zuviel Geschichte. Aufbrüche Dellen Kuhlen Krater. Die alte Erde. Sandhelle im Krampf aufgerissene Mäuler. Muß würgen. AAACHIM OOOLAF UUULLRICH. Kotzen & kotzen lassen. Menschvergiftung. *Sichoffenlegen – Sichgehenlassen* – :so buchstabiert sich *Freiheit.* Und *Freiheit* ist da. Wo jeder jeden umbringen kann. !Das ist der-Sinn. !Das kann JEDER greifen. !Da steckt JEDER drin. Bis über beide Ohren. 1 Vertikalschnitt von Oben. Bis runter in verstopfte Hinterhöfe. Oben – Unten : alles 1&derselbe Abschaum. Und die Ratten setzen Scham pfeifend außer Kurs. !Bankrott. Geschäftsauflösung. Alles muß raus. Die ganzen ollen Geschichten. Die ollen Ladenhüter. Unverdautes. Bomben & Gerippe. Sand & Rost & alter Tod. Von Baggern mit spitzen Metallfingern hochgezogen. Da hängen sie. Schweben überm zerwühlten Grund. Glotzen in die ausgehöhlten Erdeaugen. Von Angesicht zu Angesicht. Die Bomben die Nichttoten. Rostige Nägel in die Zeit geschlagen. Zeiger an Totenuhren aus Eisen vorm Totengesicht der Erde. Die Rückkehr DER-TOTEN. Da sind SIE. Waren !niemals !wirklich verschwunden. Immer da & führten Regie. In Tunneln Bunkern Luftschutzkellern. Waffenkeller Flüchtlingskeller Stollenkoller. Stalaktitenwelt. Kalkföten Moderaborti Eisenadern Kabelgedärme Bruchsteinuteri Sicker-Slicker-Sekretionen. Jauche Schlamm Rattenschiß auf Germanias Fundament. Abgesoffen & vollgeschmiert. Jetzt sehen wir SIE wieder. Nazi- Russen- Amigraffiti. Ans Licht hervorgezerrt. Aus den aufgerissenen Erdelöchern. Jeder sieht hier Enden enden. Alle Masken werden umgedreht. Keiner sieht was hier beginnt. Sand wird aufgeworfen. Sand zu Haufen Halden aufgeschüttet, Sand zerrinnt. Die Häuser leer die

Höhlen, die Türen Tore Fenster aufgestoßen dem Wüstentritt..... Hell schimmernd. DIE-TOTEN & IHR Werkzeug. Bomben Granaten Minen. Konnten alle warten. Waren immer da. Voll auf Touren. Hatten bannich Zeit. Zogen derweil die Fäden unter-der-Erde. Jahrejahrzehntelang. Die Subwaygötter. Magnete unterm Märchenwald. Rückten & drückten & schoben. Uns. Die Figürchen=oben. Die Rotkäppchen. 7 Geißelein. Schneeflittchen & die siechen Zwerge. DIE-TOTEN lachten sich n Ast. Schoben rückten drückten IHRE Magneten all-die-Jahre. O all-diese-unsere-Zeit..... O All-diese-meine-ver!fluchten-Jahre..... Lasziv ausgestreckt im Sand wie Diven auf ihren Ottomanen. Mal !ran an die Zünder. An die Kitzler dieser Eisenfotzen. Sauere Feuerblitz-Maderln. SIE werden dich umarmen. Frointchen. Rotorangegelbe Feuerarme. Feuerhaare. Feuerfotzen. Explodieren. Dir in die Fresse. Oller Schwärenöter. Zerreißen zerfetzen atomisieren dich. Stählerne Funken-Marieche. !Allah-ff & !Hellau. !Gib auf. DIE-TOTEN kehren heim. Raus aus IHREN Wohlstandsgräbern. Aufgesperrte Sandmäuler. Großstadtkrater Baustelle. Zur Schau stellen. Sauställe..... Staustelle..... Wut, in Blechschalen zusammengedrängt. Benzinhitze. Kalkbrand Stichflammen im Abgasnebel. Kieselsteine wie Projektile. Von Schwerlasterreifen abgeschossen. PRACK PING PLACK. Über die Straßen gepfiffen. Lackblechschilde im Turnier. Fahrradspeichen, zerreißende Harfensaiten. Azetylendämpfe & Funkenfeuer. Flüche & Mundgeruch. Die Parade der Elenden-in-Blech. Massenmensch Autofahrer unverhofft ins Weibliche gezwängt. Das Sichgeduldenmüssen. Das Ausharrensolln. Die vielen Umwege. Warten & Erwarten. Wie Bomben&granattrichter. Dicht-an-dicht Löcher Gruben Schächte. !Unerhörte Äcker. Dahinein Gestänge & Röhren gesenkt. Als säten SIE Maschinen. Das Belauern der-Natur..... Aus der SIE rausgefallen sind. SIE jiepern auf die Beute. Mit dem Lauern wächst der-Krieg. Menschheits-Überraschung. Monstren in IHREN Fängernetzen. Sie sprießen. Sie eksistieren. Die mörderischen=Alltagsmaschinen. Im Blendlicht

Quecksilberdampf aus Morgen. !Was für Geburten..... Das Wildwachsen der Städte-Tundra. Hauslos. Aus-Geburten. Die niemand kennt. Die Katastrofen richten die Bühnen her. Für die Vielzuvielen. Für alle Zukurzgekommnen. Bis dahin Standgasheulen. Motorengewüte. Die Unbändigen, gebändigt vom Staustrom. Umleitung verstopft. Ausweglos. Dazwischen daneben & darüber Werbetafeln. Grellbunte 4ecke. Kondome & das Bild 1 an AIDS Verreckenden. Zerrissen, angebissen, vor Augen geworfen. In nervösen Interrupti für hohle hungrige fickrig gemachte Sinne. Für die Schausüchtigen. In Touristenbusse gepreßt & billig herbeigekarrt. Von einem Bauloch zum andern. Die Aussichtsplattform ertrampelnd. Atemlos. Laufstege erklimmend. In Zugluft Regenschütten & steinerne Hitze gestellt. Geld & Bierfürze rollen lassen. ?Und dann. ?Was gibts denn da zu sehen. ?Was soll denn sein. Und starren in abgesoffene Baugruben. Von grünbrauner Schlammpaste angefüllt wie Riesenspucknäpfe. Treibgut aus Bier&colabüchsen Brettern Altpapier Lumpen ersoffnen Ratten & toten Katzen. Alles wie innem riesigen Kochtopp. Hexenkessel Volx-Küche. Kantinenfraß & Tanzplätze. !Was für welche. Weithin planierte Talschaften. Fundamentierte Massengräber, Bauarbeiter Schwarzarbeiter zwischen Gestrüpp aus Moniereisen so klein wie Fliegendreck. Die Kümmelkörner im Garten der Lüste..... Frierenddürres Gestänge pfeifend in die Höh gezerrt. Baumaschinen derweil grabend & wühlend. Wie altväterliches Mauerbrechgerät. Während Krangerüste als dürre Kapoknüppel über die Stätten hinstreichen. Des nachts unterm weißblauen Quecksilberdampf. Gaslichtexplosionen. Schattengerippe. Die Zeiger an Stahlskelettuhren. Wem die Stunde schlägt. Baggern & sägen sich an Miss Big Bißness ran. Zugige Lemurenbehausung im Spiel drängender niederer Himmel..... Das-Gestell die Antennen zum Empfang unerhörter Befehle. Unterm drallen Aufputz eiserner Knochenklang..... Auf dürren Prothesenbeinen steht der Raum. Der aufgerissene zergrabene zerwühlte Raum. Räume gegen alles

Himmelsnichts. Blicke in die Intendantenzimmer unsrer Welt. Offene Massengräber unterm alten bewohnten Stein. Jetzt alles rausgeschwemmt. Lehrter Bahnhof. Die skelettierten Schüsse. Die Gerippehülsen. Knochenmikado aus dem letzten Krieg. Da sind SIE. Waren niemals fort. Sind immer da & kommen jetzt wieder. Die Toten mit & ohne Fleisch. Straßen Wege Plätze überschwemmend. Die Krepierten, erstmals in der Überzahl. Jetzt mehr Tote seit Menschenanfang als Lebende. Arbeitslose sind keine besseren Menschen. Arbeitslose sind die besseren Denkmäler. Und die besten Denkmäler sind die gestürzten Denkmäler. !Uff. Jetzt stehen SIE auf..... !Was für !Okkupanten. !Metzger. !Aufbrecher. !Einbrecher. !Aufschlitzer. SIE wecken nicht sanft aus den Träumen der Geschichte. SIE reißen mit Stahlklauen den Massen-Mord ans Licht. Meine Räume: die Augen, die Ohren, die Nase, die Haut. Hergefallen über mich. SIE hängen an mir. Und bleiben. Der Scheißhaufen & die Fliegen. Eingebrochen. Niedergestampft. Mit dreckigen stumpfen Messern. Mir den Schädel aufgestochert. Das !dauert. Auf diesen Giegen eher reiten als damit siegen..... Gehirn zersäbelt & Gehör. Augen ausgestochen. Mörtelstaub die Zunge ertaubt. IHREN Gestank die rostigen Pfeile mir in die Nase getrieben. Kreischend durch die Sehnen Schredder Fräsen Bohrer Trennschleifer Flexer KKRRRRRRRRRRRRRRRRII IIIIIIIIIIIIIIIII KKKKRRRRRRRRRRIIIIIIIIIIIIIIIIII I I I I K R R K K K R R R R R R R R K K K K R R R R-R I I I I I I I I I I I I I R R R R R R R R R R R R I I I I I I I I I K K-KRRRRRRRKKKKKKKRRRRIIIIIIIIIIIIIIIII – – Immer rin in den dummen Schädel. Versengtes Haar. In Wölkchen heißer Knochenstaub – – KKKKRRRRRRRRRRIIIIIIIIII IIIIIIIIIIIIIIIIIIIISCH SCHIIIIIIIIIIIIIIIIIIIISCHSCH Die Flexerscheibe mitten ins Gehirn. Aus dem Schädelbottich reißen mit Baggermaul & Baggerzähnen. Abspulen abwickeln den ganzen Schund. Gehirn: Äbä. !Quatsch. Wird nich mehr jebraucht. Alte Zöpfe werden abgeschnitten. Ratzbatz. Und !wech damit. Langgezerrtes klebriges Gekröse. Raus&rauf-

gezogen. An den Stahlgerüsten hoch hinauf & festgenagelt in den Wind. Die Girlanden froh zum Richtfest wehen. Trennschleifer. KRRRRRIIIIIIIIIIIIIIIIIIIIIIIISCHSCH. Hirn zu Häppchen. Zerstückelt. Von Pflugscharen Lärm zerrissen meine Haut. Narben die Tätowierung aus dem Stundenschlag. Die heilen !nie wieder. Schrille Nacht Heiße Nacht. Mit Säurezähnen reingefressen. Säuglingsplärre. Tage-&nächtelang. Das Schweineorkester. Preßlufthämmer die Eisenstiefel. Rennen Wände Türen ein. Die Mauern Häuser stürzen. Meine Räume: amputiert zertreten zerschnitten niedergeschlagen. Das Dröhnen in meinem Gehör. Fabrikhallenlärm. Die ewige Eisenmesse Industrial Dome. Stahlhämmer auf Stahlblech. Was für !Killer. PACH PACH PACH. Stahlkreuzigungen. PENG PENG PENG. Und hört nicht auf. Und gibt niemals Ruhe mehr. Die Knuffer. Die Golemheere. Schnauzen die 10-Wörter-Sprache. Schnauzen aus Metall die Abraumbagger. Kurzgeschorene Nächte Quecksilbersterne brennend Neonlithikum. Hämmern IHREN Pomp zu neuen Katafalken. Glasstählerne Falten. In den Stickdunst der Stadtluft geworfen. Schwoof & Gesänge aus Eisen & Blendlicht. Rundtänze berückender Extasen. Tekknotriller 200 mal die Minute. Rabenanflug unterm ultravioletten Licht. Lärmwache Kadaverkumpels schickgemacht zum Abtanz. Bemaltes tätowiertes in Lack&leder gestopftes Virulantenfleisch. Hops&gehen. Der Kalauer für Gespenster. Uffda Uffda. Laff Päreid. Die Revoluzzer=Kasper der Tingelzeit. Wahngebrannte Nächte zum glühenden Teppich ausgerollt. Die aschige Finsternis im kurzen Atem Bombenuhr. Die 10-Wörter-Sprache. Zur Eisenmesse in den Pleasure Dome. Draußen die leere Höhle Nacht. Herz & Schlag. PACH PACH PACH. Mit dem Alter hört man die Stundenschritte lauter. Ich wälze mich am Boden. Zucke noch. Inmitten meiner Ruinen. Und SIE wieder !drauf. Was für !Visagen. Was für !Gebrüll. !Krawall. !Gestank. Die klebrigen Schweine. Zuerst SIE immer hören. Sabbern geifern kreischen brüllen lallen. Dann. SIE immer riechen. Schweflige Miasmen. Verrottete Brühwürfel. SIE fallen. Stürzen. Auf mich. Über mich. Über mich her. Tag&nacht. Und in den Stunden dazwischen. Abgegrabscht. Vollgerotzt. Überschwemmung, die Leichenflut. SIE kommen. SIE fressen mich auf. Stück-für-Stück. Hautlos. Abgehäutet. Von abgenagten Fingernägeln. Gesichtshaut runter. Visagenhackepeter. Und !rinn ins offene Fleisch. IHRE gelben Faulzähne. Mjammjammjamm. Allesfresser. !Blutvergiftung. –Pa*th* ma uff Alta: Det i*th* !meene Wohnung. Vaschteh*th*de. Da machick watt !ick will. Ick wohn hier schonn länger als wie du. Wer bi*th* dun üwerhaup. Unt wennde mir noch länga anmachen du*th*t: Denn jipptet watt uffs Maul. Damittet !klaa i*th*. ?!Klaa. :Die Schpeerspittsender-Männschheit. Die Heroen im Netzunterhemd. Dummfer Nuschelbrei. Rausgequollene Wörterflusen zäh u schmierig mit Schweißrand. Nicht zu reden mit diesen Säuen. Wissen: Das hört !nie auf. !Niemals. Ende gut. Alles gut. Ich ergebe mich. Gebe mich auf. !Da habt ihr euer Fest. Macht !Auf&drauf. !Freut euch. Freßt. Sauft. Zerreißt mich. !In den Dreck. !Wälzen. !Nieder. !Jubilate. Mit Pauken & Trompeten. Stiefel in die Fresse. Na. Was ist. SIE zögern. SIE können nicht. Das Nachbar=Arschloch. Der Kerl der 3kantschlüssel. Fresse wiene Scheibe Jagdwurst. !Da isser wieder. Dreckiggrüner Overall. Latscht obeinig übern Hof. Die Schiebermütze Seine Krone. Immer wien Klodeckel aufm Dez. Tag&nacht. Sommer&winter. Behälter gewiß noch beim Ficken auf. Der Könich v. Hinterhof. Muß ordentlich heiß sein unterm Deckel. Inner Bonje brüten sich gut die Sauereien aus. Und knallen rasch die Sichrungen durch. Der hintere Mützenrand zerrt das Haar. Den Hinterkopf hinauf. Dort 1 Wirbel. 1 kleine kahle Stelle. Rund & rosig. Als hätte der Saukerl. Dort am Hinterkopp sein Arschloch. Die Öffnung zum Hirn-Darm-Trakt. Allein für !diesen Anblick. Hat der Kerl den Tod verdient. Nur der !Anfang. Pumpt nämlich !prima Ideen. !Tolle 1fälle. Durch den Darm-Hirn-Kanal. Ohne Filter nach Draußen. Der Drecksack. Handwerk hat Goldenen Boden. Frühmorgens um 7. Elektrohobel Fräse

Trennschleifer Bohrmaschine Kreissäge an. Mitten aufm Hinterhof. SCHHSCHSCHSCH IIIIIIIIIIIIIIIIIIIIIIRRRR RRRRIIIIIIIIIIIIIIIIIRRRRRRIIIIIIIIIIIIIRRR RIIINGNGNGDRRRSCHSCHSCHDDDRRRRRR RIIIIIIIIIIIIIIIIRRRRRRRRRIIIIIIIIIIIIIIIDDD DRRRRRRRRIIIIIIIIIIIIIIIIIIIIIIIIIIIIIIIIIIIIIIIIIIIIIIIIIIIIIIII IIIIIIIIIIIIIIIIDDDDDRRRRRRRRRRRRRRRR RRRRRIIIIIIIIIIIIIIIIIIPRRRRRRRRRRRRRRR RRRIIIIIIIIIIIIIIIIIIIIIIIINGNGNGDDDDDDDDD DDDDDDRRRRRRRRRRRRRRRRRRRRR RRRIIIIIIIIIIIIIIIIIIIIIIIIIIIIIINGNGNGSCHSCHSCH SCHSCHSCHSCHSCHSCHRRRRRRRRRRRRRR RIIIIIIIIIIIIIIIIIIIIIIIIIIIKKKKKK KKKKKK KKKKK KING Neue Narben zu den alten Narben. Tätowierungen aus allem Stunden-Schlag. Danach kommt das Motorrad dran. Schorfrote Beiwagenmaschine. Aufgepopptes klotziges Angebervehikel. Unfreiwillig komisch: Wien vollgepackter Kofferkuli aufm Bahnsteig. Der Lederknilch der Gepäckträger. Bloß schmieriger. Aber !jetzt: Vergaser-Einstellen. BLÖFF BLÖFF BLÖFFBLÖFF BLÖFFBLÖFFBLÖFFBLÖFF B B B B B BÖFF TÖFF TÖFF BRRRRUMMMM UMMMMM. Da steigen !Schwaden auf. Blaue !Wolken. Qualmblöcke Abgas. Immer raus. Und den andern in die Fenster geschoben. Gaskammern. Dazu die Fenster aufgerissen. Die Auferstehung. Von=drinnen Brüllradio. Schlagersirup gegen Motorengedröhn. Nach Stunden noch Unentschieden. Mal Sirup oben mal der Motor. Und Bastelhoheit amüsiern sich könichlich..... Ganz nach Seim durchgelauchten Rappelkopp..... Schmierengeschmack. Polizeihundseele. Meine Räume: zertreten zerschnitten niedergeschlagen vergast. Dröhnen in meinem Gehör. Fabrikhallenlärm. Stahlhämmer auf Stahlblech. PACH PACH PACH. Und hört nicht auf. BRRRU UMMM BRRRRRUUUMMMMM BRRRRRRUUUUUM MMMM. Da ist er. Der Herr Könichnachbar. Schwarzbraun ist die Lederkluft. Ölig. Motorradfahrer. Schon deren Anblick: Hocken aufm Benzinhobel wie abgebrochne Kackbolzen. Stinkend vor Bastlerstolz. Die pure Übermenschen-Arroganz. Motorradfahrer: auch son Menschen-Schlack. Der !ausgerottet gehört. Und Herr Könich Jagdwurscht von & zu Rappelkopp: Dreht Ehren-Runden im Hof. BRRRRR BRRRRUMMM BRRRRRUUUUMMMMMMMM UUUM MM BOBOBOBOBBBRRRRUUMMM TÖFFTÖFFTÖFF. Die Gafferbande klatscht Beifall. Alle reinweg ausm Häuschen. –*!Son !priema Motto Ratt awa ooch. !Mannomann. !Nochne Runde. !Noch eene.* Krawall. Abgas & Gestank. Ich der Einzige den Das ankotzt. Hab Herrn Könich Scheißhaufen angeschissen. Könichliche Hoheit beleidigt. Coram publico. Vor seiner eigenen Brut & der keifigen Klunte. Aus den Fenstern das neugierige Pack. Glotzte. Sperrte die Mäuler auf. Hängte IHRE gräulichen Fratzen wie Wasserspeier raus. Immer geil aufne Schöpfkelle Blut. Haut Herrn Könich vom Hocker. !Das kippt ihn aus den Latschen. !Damit hatter nich gerechnet. Er kanns nich !fassen : !Wagts doch dieset Hämeken !uffzumuckn. Ihn, Herrn & Könich v. Hinterhof : !Anzumachen. Vor !Allenleuten : !Anzuscheißen. Er beginnt umherzuhüpfen. Vom Motorrad zum Elektrohobel zur Fräse. !Uff. Er würgt alles ab. PFFFFIRRRCHCHCHC. Die Motore erstickt. Hat Ihm den ganzen Spaß verhagelt. Die ganze Freude am Krawall. An seinem blöden Rumgepfusche. Seim bekloppten Gefriemel. Nichmal der Anblick seiner Angeber=Knatterkiste. Bringt ihn wieder aufs Trapez. Keine Freude mehr. Aus. Abgesoffen. Durch !mich=Saukerl. Und ich. Ich bleib auch noch stehn. Neben ihm wie 1 Totempfahl. Schon seh ich an seiner Fresse. Wie die Galle hochschießt in ihm. Die saure Wut. Na !warte. Du Frointchen. Und Tra!ra die Posaunen. Auf den !Sand Moriturus. Die !Löwen !los. Er kocht über. Ätzendes Geschwappe. Beizende Lorke schäumend & gelb. Mit vollen mistigen Hornpfoten Wut. Wird er mir gleich seinen Wutgeifer in die Schnauze klatschen. Hat mitn Glubschern gerollt. Der Saukerl. Und die öligen Dreckpfoten schon mal zu Fäusten geknäult. !Jetzt. Hab ich gedacht. !Jetzt kann ich meine Zähne numerieren..... Mich einpacken. Testament machen. Adchöö Kieferknochen. Gud buy Nasenbein. Hello deep blue eyes. Alle Ränge voll besetzt. Aus allen Fenstern hängen SIE raus. Blöde=blutgeile Visagen. Kuchen & Spiele. Aber. Die Krone der Schöpfung das 3kantarschloch. Der könichliche Kackbolzen. Der Mützensepp & Basteldepp. Dem hatz mittem Mal gar !keinen Spaß mehr gemacht. Hatz plötzlich mitter Angst ge-Kriegt. Der feine Schläger=Prolo. Der vornehme Knuffer-Heini. Angst vor seinem Publikum. Vor dem blutgeilen Mob in den Fenstern. Denn dieses Pack=da. Eben noch SEin Gefolge. Könnte nämlich 1 Minute später schon Zeuge sein. Und gegen ihn. Falls der Wind sich dreht. Anscheißen Kumpel-Verpfeifen & dann Kneifen. !Das kennter von sich=selber. Die Sau. Und. Er traute sich nich mehr. Mir die Fresse zu polieren. Er zögerte. Wackelte mit den Ohrn. Kriegte nen Hänger. Der liebe Mützenträger. Könich Arschloch der Weißgottwievielte. Die ganze Show !geplatzt. !Abgeblasen die Verdresche. Ich hörtes förmlich knirschen. Schalten. Im LKW-Fahrer-Gehirn die 6-Gang-Überlegung. Beschimpfen & Fluchen is besser als Körperverletzung Polizei Anzeige Gericht & Löhnung. Sagt der sich. Also Leerlauf rein. Keinen Mumm zum eigenen Trieb. IHR Problem: SIE können nicht feiern. Fressen aber ohne Genuß. Killen aber ohne Triumf. SIE haben keine Form. Daher können SIE auch nicht sachlich sein. Bei Allem die Wundeseele..... im Spiel. Nichts als durchwaxene Gefühlsschinken. Die mischen sich drein. Spielen sich Überall auf. Die Mündigen. Die Großfressigen. Schnauze Schnauze über Alles. Fäuste & Tränen. Die Hans&blutwürste des Suff-Rage üniwersäll. In Gesichtern wie abgeschabte Bleche Tod. Zerkratzte Schrift über aufgegebnen Kaschemmen. Das Schild am leeren Haus verblieben. An der Halbruine zurückgelassen wie 1 Feuermal. Zu klein. Zu dreckig. Mickrige Himmel & mickrige Höllen. Alles 1 Stippe. Verweste Roboter, in ihrem Schlamm wühlend. Ewich&dreitage. Um zu wühlen. Im Akkord. So gelernt. Tagausnachtein. Basta. Der Rest, der graue laue Rest, heulen fluchen einpissen. Sauere verkwälte Fürze. 2 Nächte später. IHRE Ganzerache meinem Keller. Meinem Fahrrad. Dem haben SIEs gegeben. Tür aufgebrochen. !Auf & !drauf. Den Rahmen verbogen die Speichen zertreten. In effigie. Nichts zu machen. Und ?ich. Ich bleibe mir. Ich bleibe mir gleich. Damit noch nicht zu Ende. Ich bleibe übrig. SIE lassen mich übrig. All=die feigen kleinen Säue. 3kant-, 4kant-, 5kant-Arschlöcher. Proleten=Schläger. Kotzebrocken in der Menschenschwemme..... Das Beste daran. All=IHRE Angriffe. All=IHRE Attacken. Die gelten allein !mir. Denn. Ich habe SIE belauscht. Als SIE tuschschuschuscheltn über mich. Das gluckerte durchs Haus. Wie Pisse in verstopften Klos. –N !Schauschpieler willer sein – Noch !nie Watt von dem jehört – Zwerg Nummer Sieben als Lebensrolle harhar – Und so isser ooch: wie Piek Siehm. !Sowatt von Etepetete – N !hochfeiner Pinkel der, n Äss=Tête : Wenn der pinkeln muß, denn pißter in Hexametern – Son feiner Pinkel is det – Machtn Faß auf in Einertuhr – Weeng jeem Quaak kommter und beschwert sich bei mia. Und kwatscht nur kariertes Zeuch. Verdreht die Oogen. Fraachter mir neulich: Obbick an Be-!Wußtseins-Störung leide. Von weeng weilick !annnngeblich immerso trammpln & schtammfm tu. Det ihm der janze Putz vonner Decke uffm Kopp fällt – Dem fällt baldma was-!gans-Anderes uffm Kopp. Dem Arsch. Als wie bloß der Putz – Der !kannmirma. Anne Pupe schmatzn – ?Velleicht übter fürne Rolle – Der undn !Schauschpieler. Und hockt denn in som Ka!nickelstall. Kanner seine Omma erssähln: !Schauschpieler. Dassicknichlache – Wenn !der n Schauschpieler is ja. Also denn bin !ick Rotschilz Erwe harharhar – Der soll sichman !hüten. Son Würstchen wie den. Den haunwa mit !links inne Fanne – Mit sowatt fahn wa !Schlittn hier..... :So flatscht das Gegeifere durchs Haus..... Wie Riesenkloppse aus Schiet durch die Kloaken. Strom & Gegenstrom. Klar: ich kotze SIE !mächtig an. Diese dummpfschädligen Säue..... Freigelassene Monstren an Schamlosigkeit. Seither bin ich bei IHNEN Mode. SIE lauern mir auf. Hier in diesem Viertel. !Kein Witz.

Ich habe SIE beobachtet. SIE warten ab mit IHREM schönsten Höllenspektakel. Den heben SIE auf. Bis SIE mich sehen. Bis SIE wissen, ich bin wieder da. Kann IHNEN jetzt nicht entkommen. Dann. Wie auf 1 Knopfdruck. Gehts wieder !los. Mit IHREM gröbsten TSCHING!BUMTRA!RA. Mit IHREN Sauerein. IHREM schweinischsten Gestank. SIE reißen Türen & Fenster auf. Lassen IHRE mistigen Gören los. Die Hundeviecher. Die Lärmmaschinen. !Alle Schleusen !auf. Die Schwemme..... !los. In Schüben..... Die Stakkackackati..... Das klingelt rattert tölt & scheppert. Kreischen Toben Dröhnen der Stickluftquirl. !Uff. SIE warten Damit immer auf !mich. Der Hinterhof. Das Viertel..... Die Quadrate im Beton. Schießscharten. Einschußlöcher. Abschußrampen aller menschlichen=Greuel. Und ich=mittenmang. Der winzige Punkt. Mittelpunkt u Kreisbahn. Anfang u Ende. Kein Gesang. Von Pflugscharen Lärm zerrissen meine Haut. Narben die Tätowierung aus dem Stundenschlag. Das Injektionsloch in einem lärmwunden süchtigen All. 1 Nichts im gähnweiten. Aufgerissenen. Kosmosmaul. Fieberhitziger. Suchtkalter. Aus-Atem..... Und ich. Der 1 winzige Punkt. Punkt Punkt Punkt. Pointillismus der Nacht. Alle Zuflucht in die Flucht geschlagen. Ausgeflogen. Meine Räume zertobt. Die Nächte verloren in Lärm. Nächte in denen Nichts mir bleibt. Der Vertriebene im Krieg der Tiefe. Rausgetrieben. ?Wohin gehen. ?Wo bleiben. Nirgends bleiben können. Alle Wände im Lärm zertreten. Alle Hände zu Fäusten geballt. !Raus in den Nachtstrom Wind zur Straßenflucht. Fremde Mauern schnellen hoch die Blicke zählend. Ich auf dem Grund Betonrinne Abfluß Rinnstein. Mitternacht. Die Mauern hinauf die schräg ineins geworfenen. Mauern die verrückten. Mit Narben auf ihrer Mörtelhaut. Die Schläge aller Zeiten. Ausbrüche Fenster im 4eck blind u schwarz. Dahinter. Jetzt im Triumf ruhen SIE. In IHREN steinernen Kokons. Im lauwarmen Schlafdunst IHRER Eingeweide. Die Aschenbrut. Das Leben in der Tiefe. Bösartiges Summen dringt herauf. Heraus. Und Stille nur der Anlauf für die nächste Welle Tobsucht. Jetzt sehen SIE mich nicht. Den Hausverlornen. Den Räumelosen. Nachtbeute in der kalten Fäulnis dieser Stadtluft. Bin ich davongeschwemmt fortgespült. In die Nacht die ihre Ufer frißt. Im Lichterbrand ich das Aschenkorn. Abgerissen. Davongeweht. Über die Scherben meiner Räume gehetzt. Ausgeglüht. Ausgekühlt. Im Strom ohne Ufer ohne Halt – kann ich nicht bleiben. ?Wohin gehen. ?Wohin fliehen. Muß weiter. Alles wieder im alten Gang. Alles wieder so wie Früher. Vertrieben. Fort. Die schwarzen Lüfte Schwelbrand. Erstickend aus Schwaden Menschenwut. Und Kälte schleift tiefe Kerben ein ins Fleisch. Ihre Stunden reißen die Gliedmaßen. Vom Kreuz der Uhrzeiger an die man sie schlug. In Spülichtfarben dann ein Morgen. ?Wohin gehen. ?Wohin fliehen. ?Wo bleiben. Meine Räume zertobt. Wieder eine Nacht. Verloren. Leben, ein Haufen Dreck & Lärm. Zusammgepreßt. Seit es diesen Planeten gibt. SIE wachen auf. SIE sehen mich kommen aus den Tunneln der Kälte. Ich. Noch nicht zerschlagen genug. Meine Räume. Die kalten die okkupierten die zertretenen Räume. Alle Toten aus der Nacht mit meinem Gesicht. Der 1 winzige Punkt. Punkt unter Punkten. Sie sollen bersten. Die Punkte. Explodieren. All=die winzigen All=Punkt. Sollen zerplatzen wie Kugeln aus dünnem Glas. Im Lärm von Fieberträumen. Winzigkleine Atomreaktoren. Anfang u Ende seltsamer Formelketten..... In Glas geblasen. 1 Hauch nur. 1 Augenblick. 1 Leben..... In dieses Feuer geworfen. Hier bin ich. Der verbrennen soll. Den SIE jagen wollen. Ein einziges Belauern. Spitzen. Es knistert. Raschelt in den Lüften. Summt & spratzt. !Starkstrom. !Hochfrequenz. Funken springen über. SIE spannen hinter dreckigen Gardinen. Mumienfetzen hinter Glas. Wechseln sich ab dabei. Haben vielleicht sogar Dienstpläne. Fürs Wacheschieben. Wieso nicht. Spitzeln Denunzieren Killen waren hierzulande. Immer !bestens organisiert. Meist sinds die Gören. Umschusselt von IHREN Mutter=Tieren. Kinder & Frauen sind die besten Soldaten. Der Kehricht & die Besen. Aber die Gören mit !Feuereifer vorneweg. Von Kindern haben DIE. Nur die piepsigen Stimmen & die grausame Fantasie. Ansonsten gärt in IHNEN. Das Erbe..... IHRER Alten. Derselbe haßvergrätzte Schlamm..... SIE hocken hinter den Fenstern in IHREN süßkleberigen Kinderkoben. Lutschen an irgendwas. Ziehen Rotze hoch. Glotzen mit IHREN kleinen fiesen Rattenaugen..... Zutschen sabbern & lauern mir auf. !Da. SIE sehen mich. Haben mich erkannt. !Da isser wieder. Der Altesack. !ÖÖÖJJJ. !WAWAWAWAWAWAWA. Die kleberigen Dreckfinger in die Schnauzen. Breitgezogen: !Pfiffe. !Geschrei. !Trillerpfeifen. !Kein Witz. SIE schmeißen aus IHREN Koben. Plastikbeutel mit Wasser od: mit Pisse gefüllt. Nach mir. Od Kieselsteine. Matschobst. Im Herbst Kastanien. Die Schönheiten der 4 Jahreszeiten. Killertorte Quattro Stagioni. Und gratis nur für !mich. !Das ist das !Signal. Sobald SIE mich gepeilt haben. !Halali. Der Jägertrieb. Menschliches Wild. Erlegen. !Da ist er. !Alarm. !Alarm. !Jetzt. !Ab geht die Post. PACH PACH PACH. Die Eisenmesse. WACK WACK WACK WACKAWACKWACK. WAHUHUU WACKACKWA HAHUUUUUU. Die Stunde aller Tölen. KKKKKRRRRR RRRRRRRRRRRRR KKKKKIIIIIRRRRRRRRRRRR RRRKKRRRRRRRRRRRRRRIIIIIIIIRRKRRRRRRRR RRRRRIIIIIIIIIIIIIIIIIIIIIIIIIIIIIISCHSCHSCHSCHD DRRRRRRRRRRRRRRIIIIIIIIIIIISCHSCHIIIIIIIIIIIINGNG. Das Flexerglück. *MACH MAL URLAUB ZICKEZACKE URLAUB MACH MAL UHUHUHURLAUB.* Der brüllige Scheißeregen ausm Schlagerhimmel. Radio Fernsehn Tonband mit Endlosschleife. Die Eisenfäuste Gemütlichkeit. PENG PENG PENG. Stahlkreuzigungen. Alle Nägel mittenmang immer rinn int Jehirn. BRÄÄÄÄÄÄÄÄÄÄÄÄÄ-HHH-ÄÄÄÄÄÄBRR !ÄÄÄÄÄ. Säuglingsplärre. Die schreiende Zukunft. Säureinjektionen. Die Kanülen. Mitten ins Herz. Und über=Allem mit Düsentoben Flugzeuge. Silbrig aufglänzende Schneidwerkzeuge. Sich hin1fressend in Luftflächen, die dröhnenden Bleche, übereinander gestapelt. Dadrin eingeätzt rostfarbene Wolkenflecken. Abdrücke Ölfett&schweißfinger Gottes schmieriger Riesenpfoten. Die packen die Kondensstreifen, die rauhen dürren Stricke: !Zù. Ich u: diese Stadt..... Alles Gefangene in einem Sack. 1 winziger Punkt. Ich. Kein Leben. In dieses Feuer geworfen. Denn. Hinter jedem Angriff ein Ziel. Keine Attacke ohne Sinn. SIE reißen sich von Freiheit raus. Was Sichgehenlassen heißt. Damit füttern SIE IHRE Kadaver. Den Dreck in IHREN Seelen. Denn SIE haben nichts anderes. Kehricht & Karamel. In IHREN Bregen Sauereien & Radau. Unselig sind die Friedfertigen. Denn der-Untermensch ist über ihnen. SIE wollen !mich. Fertigmachen. Kleinkriegen durch Kleinkriege. Runterputzen. Auf Käferformat. Einmachen. Zerhaun. Zerreißen. Zu Puppenlappen. Mich verbrennen. Erledigen. Erledigt. Kurz gesagt. Ich habe SIE erledigt. Totgeschlagen. Diese mistigen Kanalljen. Allegemacht. Es war leicht. Aber. Es hatte gedauert. Nicht daß ich Es nicht hatte tun wollen. 'tt !bewahre. Nichts wohltuender als Das. Nachher. Aber. Zuerst die Arbeit. Widerliches kleinliches Getu. Ich zögerte. Schob Es langezeit hinaus. Wie Mann andere niedere=Haus-Arbeiten hinausschiebt. Repetierende Haus-Arbeiten, bedrängend hartnäckig nörgelig abscheulich wie Ewige Wiederkehr. !Uff. Von ausgesuchter Schäbigkeit. Wie Staubwischen Fensterputzen od morgens Aufstehn. Früher: Theaterspielen Abend-für-Abend. Auch ne Haus-Arbeit. Schon im Tun heute die Notwendigkeit zum selben Tun morgen. Solch Machen also niemals genug gemacht. Niemals genug erledigt. O niemals genug, niemals genug. Nur ein paar. Erledigt. Totgeschlagen. Ruhe. Aufpassen. Aufpasser. Sie kommen. Die anderen Sie. Sie = Die Bravsager. Engel der 1gesperrten. Mit lockeren Fäusten. Schwingen & Schwinger. Der Unterschied. Damit das klar ist. Ein Geheimnis. Die schönen blutschwarzen Nächte. Mein mit Verlaub Leben schippert in diesem Strom. Seither. Ein paar erledigt. Zuerst meine unmittelbaren Nachbarn. Erledigt. Allegemacht. 1 nach dem andern. SIE kotzten mich an. Diese widerlichen Arschlöcher. 1 wie der andere. Hundsgemeine Krepel aus den mistigen Heerscharen aller Schweinekerle. SIE waren mir am nächsten. Erledigt. Verschwunden. Die Bullen sind doof. Sehen ziemlich alt aus. Haben reihenweise deren Saufkumpane eingefahrn. Dachten DIE hätten die Abmurxe besorgt. Nachdem DIE den-Bullen einenacht=lang die Bude vollgestunken hatten. Mußtense wieder !raus. In die-Freiheit, wie DAS ulkigerweise heißt. !Schöner Anschiß. Kein Motiv kein Täter. Nur so können DIE stricken. Diese klapperigen Tanten. Außerdem. Das fällt nicht auf. Das Verschwinden der Sonnenkinder, der kranken. Mitternachtsvisagen wie abgehärmte zernagte faulende Apfelgriebsche. Durch Alltagskehricht gezogene Fratzen. Die Inflatzjon der Verkorxten. Menschenschwemme..... Niemand der SIE vermissen könnte. Alles All-1-Vege-Tierer. Spuckeschäumiger Sud in Moddergruben. Leben in der Tiefe. Jeder nur 1 Fingerhut voll Spülicht. 1 Tropfen Schweiß. Müde & gelb. Auf der Stirne aus Beton. 1 mehr od weniger. Fällt niemandem auf. Und Lücken füllen sich sofort. Mit neuem Spülicht auf. SIE fließen nach. Wie Grundwasser in Moorlöcher. Der neue ist der alte. Das graue Grauen. Und !niemals genug erledigt. Mein Geheimnis. In 1 Frühsommernacht. Es draaschte, ein kalter Dauerregen. Bis zu den Knöcheln stand ich. In einer Pfütze im Hof, von Regenprojektilen beschossen. Die kalten dunklen Wasser wuschen. Das Blut von mir u das Zittern..... Löschten die hellen Flammen Angst. Die Stadt lag geduckt unterm Regenrauschen. Und tiefe Stille sank herab auf mich. Drang in mich ein. Die große dunkle Stille. Ein Kosmos aus besiegter Angst. Zum 1. Mal hatte !ich !gesiegt. Über SIE. Über mich. Über die-Angst..... Mein Geheimnis. Meine Tarnung. Bitte schön. Postpaket im Arm. An der Wohnungstür klingeln. !Post für Sie. Hab was abzugeben. Eröffnete ich IHNEN. Neugierig sind SIE. Immer jieperig nach der Extrawurst. Randvoll mit Hoffnung. Hören nie damit auf. Wie mit dem Wixen. Das ist 1&dasselbe. Werden die Zeiten auch täglich schlimmer / Ein jeder weiß / Gewixt wird immer. Hören nie damit auf. Mit Wixen & mit Hoffen. Diese verstunkenen Arschkrücken. In der Birne nichts als Scheiß mit Reis. MENSCHEN – wenn SIE mit ihren

Wünschen an die-Unendlichkeit sich ransägen. Mit Gymnastik Heulen Lärmen & Gebrüll. In bizarren Schlachtefesten zugerichtet die Nochschwächeren. Die Tiere. Unter allem möglichen Brimborium. Hoppsassa Rotzblasen & Ringelrei. Weihrauch Myrrhe Räucherstäbchen. Daß die Ratten s Kotzen kriegen. Tiere, die SIE in den Dreck schmeißen, auf Gestelle nageln. Unter Trötern & Geschrei langsam zu Tode foltern. MENSCHEN – damit wollen DIE um Gutwetter betteln. Diese schmierigen Sackgesichter. Mit der Fantasie von Henkersknechten. Und ?jetzt. Ein !Geschenk. !Ausgerechnet IHNEN. Darauf lauern SIE. Peilen durchn Türspion. Sehn das schöne gelbe Postpaket. Und leuchtet die Sonne so hell. Ja so hell. Kuckuck. Nur für SIE. Und. Rasselrassel klirr sperr quietsch. Machen IHREM Großen Glück die Türe auf. Garantiert immer. !U diese Schweine. Wie SIE !stinken. Beinahe ausn Latschen gekippt. Koben voll mit Hoffnung. Daher IHR Gestank. Bis zum letzten Furz Erwartung. Die !Wende. !Heureka. !Da ist sie. Noch 1 Sekunde. !Endlich. !Verheißung. Das !Glück. Ja fürn Arsch. Du Dämlack. Veschissener Dusselkopp du. Dein ?Weihnachtsgeschenk. Aprilapril. Hinter der Pappe der Hammer. Nicht aus Pappe. Aus Stahl. 1 Schlag auf den fauligen Nischel. PENG. Kippen runter aufn Fußabtreter. Fallen zusammen. Kracht wie Alleneune. Säcke voller Scheiße. Da liegen SIE. Die Drexkerle zappelnd im Dreck. Zitternd & jappelnd wie unter Strom. Volta & seine Frösche am Draht. Zappelzappel. Als könnten SIE s nich erwarten. Die Rutschpartie in die andere Hölle. A!pfuideibel SIE entleeren sich noch mal. Das Vorsterben. Gelbe Ströme. Schmieren sich IHRE Schlidderbahn ins Grab. SIE wollen reinen Darmes hintreten. Vor den Thron IHRES Herrn. Übergabe blasenrein. Und dann. Die !Scheiße. Alle Muskeln schlaff. Spielen nich mehr mit. Die Schließmuskeln. Verabschieden sich immer als erste. Feierahmd. Machen schlapp. Die Arschlöcher. Sie verduften, sozusagen. Das heißt. Zuerst immer die Harnblase. Dann fast gleichauf das Arschloch. Kopf-an-Kopf, sozusagen. So hauen wir=Alle ab von dieser

Schönenwelt. Ob Hotte Schulze od Sokrates. Wir kacken uns ganz schrecklich ein. !Was für Pfützen. !Was fürne Schmierage. All!mächtiger wie WIR !stinken. Noch deftiger in UNSEREM Drextod. Als in UNSEREM Drexleben..... Auf Erden wie im Himmel..... Alles dieselbe Stippe. Da strömen WIR dahin. Hotte Schulze Sokrates die Stinkebolzen. Zum 1tritt ins Elüsijumm. Spaß muß sein. Nicht zuviel. Sparzwang. Denn. WIR treten nirgendwo hin. Weder Thron noch Herr noch Elüsijumm. !Uff. Damit das klar ist. Manche verwesen auf dem Boden IHRES verdreckten Kobens. Wo ich SIE niedergestreckt habe. Zur Strecke gebracht. Das liebe Wild. Die Schweinigel. Im Zimmer auf den Teppichfetzen. Nach paar Tagen schon. Kalte Pfützen Fleischbrühe. Madenknäuel. Gewürmenester. Als wären fuderweis Graupen verschüttet. Jetzt kippen SIE Das=Alles aus-sich raus. Die klötrigen Gemetzel in IHREM Innern. Das Grauen IHRER Jahre. Unterm schweißigen Licht im Fuselbrand endloser Totentänze. Dadrin sind SIE schon vorher krepiert. Scheibchenweise & in Zeitlupe. Herz Leber Magen Milz & Nieren. Die Pisse rötlich mit Stückchen drin. Jetzt gehn SIE völlich aus dem Leim. Von A bis Z. Von Ammoniak bis Zirrhose. SIE lösen sich vollkommen auf. Brauchen kein Erdloch. Keine Urne. Nichts vergeuden. Sparzwang. Alter Eimer ist Grab genug. Für diese Kronprinzen der Schöpfung..... Staat's Begräbnis im Henkelmann. !Was fürn Eintopp. !Luft. Und SIE zerplatzen. Im fauligen Sumpfgas IHRER Dreckereien. Mit IHREN mickrigen Schreien Rülpsern. Mickrigem Gebarme Geschluchze. !Omeingott. !Jesusjesus !Omeinjesus. ?Beten SIE gar. !Das wär IHNEN zuzutraun. Diesen Säuen. Greinen diese Hosenscheißer *!Mamma !Mamma.* Ja !Scheiße mit Mamma. !Hat sich was. Deine Mamma. Die olle verfickte Sau. Hätt dich lieber als dich zu abortieren. In den Abort scheißen solln. Du !Ausschußproduckt. Brutaler Jammerlappen. Doofes feiges Stinktier du. So hab ich IHN gekost. Damals. Meinen Ersten. Und schlug. Und schlug IHN nieder. Ja kreisch nur. Leben wie ein Schwein. Gleich biste verreckt. Auch wie ein Schwein. Sogar noch unterm Hammer. Schmutzige Giftnudel. Schnorrer. Meckerer. Bis zum letzten Furz. Bis in die Ewichkeit. Heimtückisch niederträchtig & stupide. Die ratten=pfiffige Menschenschwemme..... Aber. Auch all-die restlichen Fliegen. Die ich nicht erschlagen hab. Die unübersehbare Menge der Restlichen. SIE werden gefressen. Von den Alltags-Spinnen gefesselt & ausgesogen. Unter Flüchen unter Schlägen. Niederschmetternd. Aller unseliger Klamauk im Lebenmüssen..... Splitter & Krümel aufzulesen. Schimmel & Pfefferminzstaub aufzuschlabbern. Mit den Gichtpfoten die Töpfe auskratzen. All das Zeugs 1zuheimsen. Das SIE Glück nennen. Zum Glück sprechen SIE nicht über Glück. Od: leise nur, flüsternd, seufzend, hinter vorgehaltener Hand. Als wärs eine von IHREN Sauerein. Und das ist es ja meistens auch. SIE haben manchmal den richtigen Riecher. Auf den Fußabtretern verrecken SIE. Im Kehricht IHRER Jahre..... Schlimm. Sagt der Kammerjäger. Wenn SIE im Zimmer verwesen. Wegen der Holzdielen. Denn SIE suppen durch. Durch den Teppich durch die Dielen ins Holz. Geht !nie mehr raus. Solch eine !Menkenke. Alle Dielen rausgerissen. Noch nicht genug. Das Gebälk auch. !Raus. !Allmächtiger was fürne Sauerei..... Hotte Schulze Sokrates. Diese-Pachullkes..... Wenn SIE ausm Leim gehen. Platzt die ganze Brühe aus IHNEN raus. Der ganze innere Giftmüll..... Diese-Pachullkes sind wie Salzsäure. Fressen sich überall durch. Auf Erden wie im Himmel. Alles 1 Soße. Wenn die Kerle doch inner Küche verrecken würden. Sagt der Kammerjäger. Da is oftmals Betonboden. Od anderer fester Grund. Da genügt Abschleifen. Und wech mit die janze Suppe. Die toten Schandflecken. Die Schatten & der Sumpf der Stinker. Aber in den !Wohnzimmern. !Allmächtiger. Die !Erbensuppe..... Am besten wäre: Haus einreißen. Sonst kriegt Niemand diesen Gestank ausm Gemäuer. Anfangs habe ich mich noch hinreißen lassen. Weil SIE schrieen. Brüllten wie die Ochsen wenn das Beil SIE trifft. Diese Irren. Das lag an mir. Ich war noch nicht sicher im Hieb. SIE mußten noch ne Weile zappeln. Brüllen. Röcheln.

Was für schweinische Töne. Ich schlug drauflos. Immer ruff auf die blöden Nischel. Peng Peng. Dumpf u feucht wie Schläge auf dicke berstende Wassermelonen. SIE lagen schon niedergestreckt. Die Augen quollen raus. Glotzend wie abgepellte Eier. Und die Schweinekerle SIE brüllten weiter. Berserker. Nicht daß ich Angst gehabt hätte. Vor den Nachbarn. Die mich bei meiner Arbeit erkennen könnten. Bei den Bullen anschwärzen. Die Säue=die Nachbarn. SIE warn daran gewöhnt. Ans Schreien & Getobe aus diesen Koben. Suffverzerrte Mäuler voll mit Wut Gebrüll u Mord. Das ist normal bei den-Normalen. IHR Geschrei verletzte mich. Meine Räume: zerschrieen. Mit IHREM widerlichen Speichel beklebt. Da. PENG. Noch 1 Hieb. SIE schleppten sich hechelnd & zitternd in IHRE Koben zurück. Gratschten mit den Pfoten über Dielen. Wollten sich verkriechen. Ausrücken. Wollten nich draufgehn. !Weg vom Hammer..... !Da. !Pardauz. SIE rutschten aus auf dem eigenen Schmant. Flatsch. Auf der schmierigen Schleppe Blut&hirn. Und die Glotzer. Das quoll IHNEN aus der Birne. SIE liefen wie leckgeschlagene Ölkannen aus. !Was fürn Schlamm Massel. SIE wälzten sich drin. Schrieen. Bläkten die Faulzähne. Streckten mir die zerbissnen Zungen raus. Panierten sich im eigenen Dreck. Sahen aus wie bekotzte Bettvorleger. Widerliche Säue. Nicht zum Ansehen. Aber ich. Hinter IHNEN her. Auf SIE. Und schlug weiter. Weiter. Krach Peng Rabauz. Jeder Schlag 1 Abschlag von IHREM Konto. Mein Hirn zu Häppchen. Zerstückelt. Von Pflugscharen Lärm zerrissen meine Haut. Narben die Tätowierung aus dem Stundenschlag. Die heilen !nie. Schrille Nacht Heiße Nacht. Von Säurezähnen zerfressen. Tage&nächte. Das Schweineorkester. Preßlufthämmer die Eisenstiefel. Meine Räume: amputiert zertreten zerschnitten niedergeschlagen vergast. Von IHNEN. Dröhnen in meinem Gehör. Fabrikhallenlärm. Stahlhämmer auf Stahlblech. PACH PACH PACH. Kreischend Schredder Fräsen Flexer. Mit Säurezähnen. Ins Ohr. Durchs Gehirn. Säuglingsplärre. KRRRRIIIIIIIIIIIIISCHSCH. Was für !Killer. PACH PACH

PACH. Stahlkreuzigungen. PENG PENG PENG. Und hört nicht auf. Liebe deinen Nächsten wie. Dich selbst : Und haue mit dem Hämmerchen das Dreckschwein. Peng Peng Peng. Das Dreckschwein. Ka. !Putt. !Da. Jetzt rühren SIE sich nicht mehr. Kein Zucken mehr. Keinen Furz. Tot. Und. Ich schlug weiter. Zerschlug SIE zu Brei. Brav. Anfängereuforie. Frühling's Erwachen. Wie mit ner neuen Frau. !Oha. Nicht ablenken. !Nicht sagen. Brei. Soweit mich hinreißen lassen. Aus purer Begeisterung. Begeisterung am Geistermachen. Überschwang. In der Blüte meiner ?Wiesagtman. Zu Brei zermantschen. Ode an die Freude. Gibts noch eine andere als die. Das war mein Erster. Bei den Folgenden wars nicht so feierlich. Nicht mehr. Nichts vergeuden. Sparzwang. Ausgesungen. Ausgeklungen. Abgekühlt. Totschlagen. Peng. 1 Job. Wird alles zum Job. Auch das Ficken. Ode an die Öde. Ruhe. Setzen & Weiterscheißen. Mit diesen !Hmmm-!H-!Hmmm-?Hämorrhoiden. Das mir eingehandelt. !Nicht sagen. Schläge. Schläge erinnern. Diese Niederschläge voller Angst vor DENEN. Gibts noch eine andere als die. Liegenlassen & Weiterschlagen. Nicht genug, nicht genug. Raufereien mit Windmühlen. Mit Flügeln, genau gesagt. Schwingen & Schwinger. !Attacke. !Drauf&dran. Meine schönen Jahre. Etliche Runden gedreht. Mit den Mühlen. An die Flügel geprügelt, genau gesagt. Kadavermühlen. Zermantschmaschinen. Kaldaunenquirl. Klipp Klapp. Kreuzbruch & Schädelriß. !Was für schöne Tode. Wünschte ich IHNEN u: mir. !A mein schönes Leben. Von Oratorien beschallt. Mit Parolen beohrfeigt. Die-10-Gebote per Megafon. Schule der Nazion. Die Grauen. Die Schwarzen. Die Roten. Alles 1 Stippe. Stechschritt 1x pro Woche Unter den Linden. Zum Wachaufzug. Die Beine hoch. Hoch. Bis in Erektionshöhe hinauf. Und. Klatsch. Die Stiefelsohlen runter auf Asfalt. Klatsch Klatsch. Ejakulatio präkocks in Gleichschritt & Gardeuniform. Und Sonntags Kuchen. Schlag & Sahne. !A mein schönes Leben. Fünfzig Jahre vor mir wär ich Jude=im=Kazett gewesen. SIE = Die-Nachbarn hätten dafür gesorgt. Anzeigen die 1. Bürgerpflicht. Auch wenns SIE=selber sind. Pflicht = Pflicht. Und. ?Welchen Tod wär ich dort gestorben. Ich hätte überlebt. Und von dem wenigen das mir geblieben wär. Bliebe Weniges für mich zu fürchten. Zurückgeschissen ins schöne Leben. In den alten Verrat. Zu den alten Lügen. Zu all den alten Lügnern. Noch schöner wenn die-Anderen beim Lügen sich wirklich Mühe geben. Gott Schütze. Mich vor den Wahrhaftigen. Die Parole über den Toren der Neuen Lager zur Juppiezeit ARMUT MACHT DUMM. Heute: Wer Draußen bleibt geht vor die Hunde. Ja. Wer Drinnen ist & Geld hat hat Schar=Mannte Froinde. Die Juppielackeien. Im Inland zu den Früh- & Abendflügen in der Economy-Klasse. Da werden SIE hereingeschwemmt. Die rosigen Spieß-Gesellen, von Mutti bügel & gefaltet. In Seifgeruch gehüllte Riesenbabies. Mit verklemmten Pennälerscherzen & eisenharten Ellbögen. Mentale Eigenschweiß-Allergiker: Giftnudeln im eigenen Saft verschmorend. Auch die Bißnäss-Zippen sind inn-zwischen con-vertiert: Von der E-Mannze zur Schar-Mannze. Die kuhlen a-Sepp-Tischen Hoichel-Maschinen..... *Luck*ierte Grinsetten mit Feld-Weibel-Gelüsten..... !Uff. Nicht mehr so lange Sätze. Atemlos. Und wieder Schlag & Sahne. Schwingen & Schwinger. Am meisten wenn ich IHNEN den Spaß-an-IHREM-Leem verdarb. Das Familien-Glück. Da kommen SIE. Walzen plärrend durch den Wald. Mamma Pappa Kind. Mamma Kind im Arm, schäkernd: *–Eier Eier=Pappa – ?wen ?!hattenn Mamma da.* Und hält ihrem Olschen die Göre hin. Der Kerl grinst fettig wien Teller Nudel-Suppe. Eier Po Peier. !Was fürn Spaß. !Was fürn Famülljen-Glück. *Ja wer wirds schon sein.* Ranze ich den Ollen an. *Die Brut aus deinem Schmant du Sau. Ein neuer Schläger für Morgen.....* !Den Spaß hab ich IHNEN verhagelt. Ich finde SIE haben kein Recht darauf. Dann schlug er zu. Der Pappa. Der Schläger von Heute. Nebenbei. SIE haben mich eher selten geschlagen. Dafür dann kräftig. Nicht zuviel. Nichts vergeuden. Sparzwang. Und Sahne mochte ich nie leiden. So blieben mir. Wenig Froinde u viele laue Froiden. ?Viele. Gar nicht sicher. ?Froiden. Gar nicht sicher. Laues Pfützenwasser nach einer Reihe warmer Tage. Es gäbe viel zu sagen über die Tiefe solcher Pfützen. !Nicht sagen. Heute nichts mehr. Keine Tiefe. Keinen Kuchen. Keine Flügel. Keine Wünsche. Aus & kommt nicht wieder. Meine schöne Erinnerung. Die schönste. Ein Sommerabend legt den Himmel in dunkelrote Falten Samt. Sonnensatt ruhend auf dem Park die Haube warmer Stunden. Und friedevoll aus ihrer Tiefe atmen die Gärten grün. 1 Windzug. Bäume Gräser Büsche. Tragen weithin Schattenmäntel Abend durch den Park. Und Pflanzenfrische weht zu mir herüber. Auf die Terrasse. Das Restaurant ein Labyrinth aus vielen Sälen. Spiegel Marmor Säulen Ornamente ranken. Beinahe hundert Jahre. Hoch in die Alte Zeit hinauf. Das Haus ist das berühmte. Nein, ich sag es nicht. Drinnen gelber Lichterschein, wärmend, Stimmengesumm, die vielen Gäste. Plüschweich fließende Musik durch hohe offene Türen. Plätschernd flache Pianowellen. Perlend hell wie Champagner die Terze Gläserklingen Frauenlachen. Zu mir heraus auf die Terrasse. Und weiter. Zum Baumwerk streng geschnittener Pflanzen. Voraus in dunklen Park hin greifen. Die hellen Teppiche aus Lichtern. Breiten ihr fahles Schimmern über Laub & Rasen hin. Gesäumt von weißen Kugeln Lampionschein. Sonne Mond & Sterne. Für den kleinen Himmel jetzt & hier. Vor dem Großen Himmel..... Vor der dunkeln Stunde. Ein Geländer zieht sich als Karrée um die Terrasse. Wie eine Reling um ein Aussichtsdeck. Oben auf dünnen Masten leuchten Laternen hell u augenrund. Ich lehne mich in den Gartenstuhl zurück. Und sinke in Licht u in Geräuschen aus dem Restaurant in meinem Rücken tief. Wie in weiche Polster ein. Allein bin ich geblieben, hier auf der Terrasse. Die Abendbrise frischte auf, die Gäste sind ins Haus gegangen. Verlassne Gartenmöbel schimmernd weiß. Mobiliar für Geistersymfonieorkester. So schwimme ich=allein im fahlen Lichtpool aus dem Haus. Und präge aus der Gemeinschaft=drinnen das Wappen für meine Einsamkeit. Feiernd meine Freude ein Gespenst zu sein. Der dunkle

Schemen auf dem hellen Tuch der Mensch=Gemeinde..... Zu schön. Noch mal. Der dunkle Klex, die Sabberspur, das Zeichen fürs Versehn. Auf dem hellen Tuch. Usw. So wirds stimmen. Die junge Kellnerin tritt vor mich hin. Ein gutmütiges dickes Gesicht, mein Blickfeld füllt ihr lachender Mund. Sie fragt: *–Haben Sie ?Wünsche.* Ich verneine dankend. Das verwundert die Frau zutiefst. 1 Schritt zurücktretend, stemmt sie die Hände in die Hüfte. Noch immer lächelnd. Doch anders zwar. Mitleidig erstauntes Lächeln. Schaut auf mich herab. Als wolle sie sagen: *–Da !schau aber einer an. Sitzt seelenruhig da u hat !keine !Wünsche mehr.* Sie schüttelt stumm den Kopf. Darauf muß sie zurück, in den großen Festsaal, zu den Übrigenmenschen. Für 1 Moment, vielleicht beim Öffnen des Portals. Von-Drinnen ein lauter Schwall. Musik Stimmen Gläserklingen & Frauenlachen. Und sogleich diese Geräusche bedämpft. Zum wattigen Gesumm. So wie alles vordem gewesen ist. Die Kellnerin hat das Portal leise hinter sich geschlossen. Ich bin wieder allein. Hier=Draußen auf der Terrasse. Und lass meine Zeit vergehn. In mildem Abendleuchten. Langsam blicke ich zu dem großen Haus mich um. ?Vielleicht ist die Kellnerin noch in der Tür. Ich würde ihr gern auf den Hintern schaun. Aber. Sie scheint lange schon fortgegangen. Und während im Halbkreis mein Blick. Langsam. Von der leuchtenden Terrasse durch den Park zum Haus hingeht. Sehe ich. Als wäre aus dem Himmel herab. Plötzlich ein schwarzes Tuch gefallen. Alles Leuchten, die hellen Schimmer in den Park heraus, im Handumdrehn erloschen. Und verstummt sind Musik Stimmen Gläserklingen & Frauenlachen. Im selben Augenblick. Erstickt. Erstorben. Aus. Und Finsternis verwischt Konturen. Schneidet aus stillem Baumgewerk im Park. Einen einzigen dunklen Koloss heraus. Eine Masse ausgezackter Schwärze. Von bizarren Zinnen drohend gegen die andere Schwärze. Gegen den bleidunklen Himmel gesetzt. Das Lokal, die Festsäle dunkel. Fensterscheiben zum Großteil zerschlagen. Türen hängen schief in ihren Angeln. Das Parkett zertreten & zerbrochen. Die Teppiche fransen zu modrigen Schnüren aus. Gras & kleine Birken sprießen aus dem Tanzboden auf. Die Decke=oben eingestürzt. Tagsüber fällt dort Licht herein. Läßt die Birken wachsen & das Gras. Wo Licht ist. Ist Unkraut nicht weit. Langezeit von Menschen verlassen. Weht aus dem Haus der Faulgeruch Vergessenheit. Dem Sterben der Steine anheimgegeben. Und kehre langsam fort den Blick von dem erloschenen Haus nach vorn. Wieder der Terrasse zu. Nun fehlen an den Schnüren die Lampions. Sonne Mond & Sterne. Erloschen in der dunklen Stunde. Der kleine Himmel ausgebrannt. Das Geländer rostig, weiße Farbsplitter wie Ausschlag. Von den Kugellampen auf den dünnen Masten nur fahle Scherben. Spitz aufragend, scharfkantig. Wie zerrissene Segel aus Porzellan. Gestühl & Tischchen umgestürzt, zerbrochen. Fahl schimmernd das dünne Rohr. In1ander geworfen & verhakt. Wie Rippenkörbe in einem Massengrab. Fleischlos geworden, von Zeit & ihrem Ungeziefer. Zwischen den Bruchstellen in Terrazzofliesen sprießt Gras in hohen Halmen auf. Der verwilderte Park der dunkle Koloss. Scheint auf mich zuzuwachsen. Der Koloss. Er meint nicht mich. Das ist der Krieg der Pflanzen. Der gnadenlose Kampf um Erde Wasser Sonnenlicht. Die Pflanzen, von ihrer Zeit entfesselt. Sie werden. Über mich hinwegtobend. Ihre Gemetzel weiterführen. Sie. Die Pflanzen. Sie töten durch Erwürgen & Ersticken. In ihrem üppigen grausamen Kolonialkrieg. Werden die Pflanzen beiläufig. Auch mich erledigen. Ich sehe *Der Wald fängt an zu gehn.* Beginnt zu sprechen mit vielerlei Stimmen. Keine menschliche darunter. Die Stimmen, lauter werdend. Immer lauter. Brüllend. Der Wald. Ich hör die Pflanzen schrein. Und nicht allein die Bäume. Die Häuser Dächer Mauerkanten. Die Giebel Firste Schornsteine. Geheul aus vielen Sturmhundmäulern. Die haus&leinelosen Hunde dieser Nacht. Schreien. Brüllen. Finsternisse in die rauhe dunkle Stunde. Wild, ungezähmt u schrill. Der Himmel schwer. Wie schmutziges Blei. Das Alter kommt nicht Schritt-für-Schritt. Nicht langsam zum Gewöhnen. Zum friedevollen Rückschauhalten. Für den sanften Übergang ins Abendlicht. !Onkelmärchen. !Rentnerträume. Das Alter ist der Letzte Krieg. Das letzte innere Schlachten. Plötzlich bricht es los. Nicht mehr der milde Sommerabend. Es ist der wilde, kalte, stürmische Abend. Die Bäume stehen laublos, klirrend. Eis-Gerüste um den dunklen Block des Frosts..... Übernacht ist Nacht gekommen. In 1 1zigen Moment. In einer einzigen Nacht. Die begann wie immer Nacht beginnt. Und dann. Die Winternacht. Die lange die tobende..... In den Lüften dunkles Rauschen. Dunkler als in allen dunklen Nächten früher. Als würden die Bäume die Stimmen erheben. Noch einmal. Schreie aus den Bäumen. 1 Fensterflügel schlägt. BAUZ. Holzrahmen krachend die Scheibe zerklirrt. Und Klirren fährt ins Dunkel. 1 Ohrfeige für die Nacht. 1 Schlag 1 Schuß. Plötzlich. Da ist es. Das Alter. Das Grauen. !Kein Witz. Das alte Licht. Die alte Nacht. Zuende mit allen Träumen. Ich habe gelogen. Die alten Lügen. Diese Erinnerung war keine Erinnerung. Weder schön. Noch die schönste. Nicht mal das. 1 Versuch. Mißlungen. Die alten Lügen Zaubertrix. Gibts noch andere als die. Sie taugen nichts mehr. Die Aschehaufen wärmen nicht. Mein Tun. So unauffindbar geworden. Ich bin was ich gewesen bin. Ich alter Mensch. Ich alter Ego. Das behaupte ich. Solange wie ichs gebrauchen kann. Wer weiß wie lange Das noch gehen soll. Bis Es aufhören kann. Bis ich werd aufhören können. Und dann. Ich weiß nicht. 1 Bildstörung. Vielleicht. Nur 1 Bildstörung. Dann. Weiter mit Allem. Mit Allem weiter wie gehabt. Alles wieder im alten Gang. Alles wieder so wie Früher. Gibts ?niemals Aus. ?Niemals. Ich weiß nicht. Ich werde Aus nicht erleben. Ich habe jedenfalls Alles getan. Damit Niemand mich lieben kann. Das ist schön. Wenn das nur nicht. Wieder eine Illusion ist. !Das hätte gefehlt. Noch eine Illusion. Schöne Illusion. Die schönste. Nicht zuviele. Nichts vergeuden. Sparzwang. Ruhe. Setzen. Nichts schönes mehr. Nicht eine Illusion. Nicht 1. Nicht ich. ?Vielleicht war das eben eine Einlage von meinen beiden Klauns. !Nicht sagen. Zu spät. Da sind sie. Diese beiden Affen. Die ich sitzen habe. Die mir geblieben sind. Jetzt habe ich mir diese Beiden eingehandelt. 2 Splitter im Fleisch. 2 Splitter aus den-Brettern-die-die-Welt-. ?Bedeuten sie. Vielleicht eitern sie wieder aus. Bis dahin werden sie. Mir ordentlich einheizen. Mit ihren Doofheiten. Das seh ich voraus. Wär ihnen zuzutrauen. Sieht ihnen ziemlich ähnlich. Son schönster-Erinnerungs-Kwatsch mit Soße. Ich werd die Beiden später vorstellen. Sie werden keine Ruhe geben. Ich kenne sie. Diese beiden Arschlöcher. Mit ihren Scherzen. So lau trübe & trocken wie Puffmaisfürze. Hatten sie nur 1 neuen Einfall. Nur 1 1zigen. Ich wollte mich nicht beschweren. Aber sie. Diese beiden schlappen abgefackten Dummbüdel. Sie wiederholen sich in Einertour. O wie das-ganze ver!fluchte Leben..... Ruhe. Kraft durch Ştille. Vertrauen auf Später. Mit seinen Schatten, verräterisch. Zu Nichts verpflichtend, zu Nichts. Zudem waren sie so alt. Diese Witze & diese Klauns. Daß über ihren Witzen sicher schon die Saurier. Im Trias. ?Od wars im Perm. ?Od in der Kreide. Wenn auch nicht erledigt wurden. So doch das Gähnen abkriegen mußten. So alt. Die Saurier. Die Witze. Meine Klauns. Damit das klar ist. Nur 1 Mal noch etwas !Neues. Mehr will ich nicht verlangen. Das so oft noch 1 Mal gewünscht. Die Wunscherfüllung. So oft so leer. Die häßliche Leere. ?Gibts noch eine andere als die. Schluß. Zum Schluß war ich perfekt. 1 Mann 1 Hieb. Nicht zuviele. Nichts vergeuden. Sparzwang. Nur Männer. Ich besinne mich nur auf Männer. Die ich erledigt hab. Hin&wieder hätt ich gerne mal. Eine Frau. Schade. Ruhe. Setzen & Weiterscheißen. !A meine !Hmmm-!H-!Hmmm..... !Nicht sagen. Nur ?Männer erledigt. Gar nicht sicher. SIE driften. Gehen in1ander über. Die Männer die Frauen. Die Kehrichtviren. Dieser Bulle. Zum Beispiel. Da ist er wieder. Dieser Bulle den ich erledigen wollte. Wo immer ich gewesen bin, war er schon da. Wie Swinegel. Mannweib od Weibmann. Ich war nicht sicher, gar nicht sicher. Das war zu Zeiten. Als ich noch Prinz war von Arkadien. Als ich noch über-Land getingelt bin. Um jetzt mein Kaliber zu verraten. !A Kotze. Noch 1 Verrat zu meinen Verrätereien. !Sieh da. Ich werd also 1 bißchen von Früher quatschen. Wie das die-Ollen so gerne tun. Die Rentner aller Alter. In IHREM sabbeligen Ruhestand..... Mit 20 Jahren Ruheständler ohne Rente. Mit 60 Jahren die 1. Zwischenprüfung. In solch spaßigen Zeiten stolpere ich umher. Die 3 Obersten Bürger=Pflichten Heute: Ruhe Ordnung Selbstmord. Denn Weitermachen heißt Kostenmachen & Leben ist Feigheit-vorm-Feind. Sie wissen. Wie das behandelt wird: Man zieht Ihnen den Stuhl weg unterm Hintern. Von nun=ab Standrecht..... Heute..... Nicht davon heute. Kwatschen von Früher. Als ich noch über-Land getingelt bin. Von 1 Kaff zum andern. Ich war nämlich so-1 vom Fahrenden-Volk..... Ich war Orfeus Woyzeck Bleichenwang. *Ich hatte auch mal Eine geliebt.....* Gelächter. Applaus & Verträge bekamen die-Anderen. Die Liebenkollegen. Die Bühnen&lebens-Tüchtigen..... Die warmherzigen Muckenprinzen..... Was auch geschieht. DIE werden immer wieder Hinauf getrieben. Schwimmen auf jeder Politpisse Oben. Kommen immer wieder hoch. Das haben DIE mit den Ersoffnen gemein. Die Begnadetenkollegen. Schieben IHRE Ärsche auf die Bühnen. !Ins Licht. Ins !hellste Licht. Ich hab !Hier !immer Licht gehabt. Soll auch Heute so sein. Zu allen Festtagen. Die Gott & SEine Funktionärs=Ratten werden lassen. Das theatralische Geschmeiß..... Sagen dann schön=Gedichtchen auf. Früher Becher heute Benn. Spreizen sich. Rühren in den Eingeweiden. Dort wo die-Jefüüle sinn. Rinn mitm Rühr-Löffel in die Wixe. 1+1+noch 1 mehr Rumherum das ist nicht schwer. Rollen mit den Glubschern. Wakkeln mitm parfümierten Arsch. Die lieben=dreckigen Sauigel..... Viertelstunde achthundert Mark tausend Mark. Applaus Applaus. Schmalzen macht sich bezahlt. Was gewesen ist. Spitzel hier Spitzel da. 1+1+noch 1 mehr Rumherum das ist nicht schwer : Vergeben & vergessen. Schwamm drüber. Was Oben war bleibt Oben. Wie Fettaugen & Enten. Immer !Oben schwimmen können..... Die Entenkamorra. Die Fettaugenliga. Schwamm drüber ihr Lieben. Vergebung. Vergeben & Vergessen. Auf der ganzen Linie. Vergebung allen aus dem alten Klüngelpott. Jetzt im neuen Klüngelpott. Alte Kameraden sind die Neuen Kameraden. Frontschwein Spitzelschwein *!pschschscht* achthundert Mark tausend Mark Kleinbeiklein Koofmichein. !Uff. Schön war die Zeit. So schön. So schön. Vergebung. Im neuen Klüngelpott. Der ist wie der alte Klüngelpott. So schön. Schön ist die Zeit..... Für diese Ewigen Mädchen beiderlei Geschlächz. SIE sollten Strickkleider tragen. Goldgefaßte Brillchen an Goldkettchen ums Geizhälschen. Damit jeder sehen kann wovon DIE träumen. Afterdehnung mit der Großcultour..... Pan Theon Nobel & Bill Gates' Kontostand. !Nein: !Nichts-da mit Versöhnung..... !Keine Gebete & !keine brennenden Kerzen = heuchelschleimiger Gefühl's 1topf aus Medien=Garküchen für den-Mob..... Diesem Ganzengesox nen siebzig Tonnen schweren rostigen Block Eisen in die Fresse. Daß der erste Hieb auch gleich der letzte wird. Und solch Pack zu Atomen u Knochensplittern zermantscht. !Uff. Nicht mehr solch romantische Stimmungen. Solch Anstrengungen. Nicht zuviele. Sparzwang. Gutes setzt sich eben durch..... Basta. Das sagt man so. 1 Jargon. Mein letzter Auftritt auf dem Schleimparkett Kultur ein Film. *Orfeus & Eurydike*. Der *Orfeus* ich. Zur Wende-Zeit fröhliche Zeit. Da war Jedermann zu jedem Schiß bereit. Für Orfeus' Gesang weder Geld noch Eurydike. Der Film verschwand in den Archiven wie später ich im Irrenhaus. Ruhe. Setzen & Weiterscheißen. !Aufpassen. Aufpasser. !Nicht sagen. ?Was mag daraus geworden sein. Ich rede von dem Orfeus-Film. !Das wenn ich wüßte. Für mich danach wars Aus. Statt Orfeuslieder Fischkonzert. Bühnenrollen – nichmal mehr den Hotzenplotz. *Das können wir Ihnen doch gar nicht zumuten*. :Die Intendanten-Flöten, das blakende Heuchelgelichter: *Einem ernsthaften Karackterschauspieler wie Ihnen*. Und SIE wurden noch dreister, diese Schmieren=Luden. 1 wie der andere: *Ich befürchte, Sie, bei einer Aufnahme in unser Ensemble, so sehr beirren zu müssen (mit meinen Vorstellungen von gelungener Schauspiel-*

kunst), so sehr von dem Weg abbringen zu müssen, den Sie gewählt haben, dass dabei nichts Gutes herauskommen würde. Das wäre unverantwortlich von mir. Ich werde Ihren Weg, zu dem ich Ihnen nur das Beste vom Besten wünsche, weiter verfolgen und hoffe, dass wir uns nicht ganz aus den Augen verlieren – :!Da: SIE verscheißern mich. Machen mich glatt noch an. Pissen auf mich. Diese Tunten&lesbendressöre. Dumm=freche Piepel. Stinkend vor Geld. Das ganze Rückgrat = nix als ne Stange Pinkepinke. Klimper klimper. Das ist das Selbst≠Bewußtsein..... So haben SIE getrötert. Entweder ohne Würde überstehn. Od mit Würde untergehn. Würde Würde Würde sein lassen. Würde der Würde was pfeifen. Auf meinem letzten Würdeloch. Wenn ich dürfen würde. Wozu Menschen. Wenn ins Menschsein niemand investiert. Alles ist meine Schuld. Ich Sänger & Schauspieler. Psst. Ich gestehe. Ich war niemals ein guter Schauspieler. Warum. Ich bestehe zu 10% aus Eitelkeit u zu 90% aus Stolz. Ein Konstruktionsfehler, sozusagen. Etwas vergessen einzubauen. Damals. Im Bauch meiner ver!fluchten Mu-. !Nicht sagen. Ruhe. Die komplette Verdrehtheit der 1. Voraussetzung. 10% Eitelkeit, 90% Stolz. Bei guten Schauspielern musses genau !umgekehrt sein. Dadran erkennt sich die ganze-Mischpoche. Wie Hunde an der Seeche. Damit fängt Alles an. Alles Un&selige. Nicht nur in diesem Scheißberuf. Das ist die Pforte. Nein. Das Tor. Nein. Das Portal zur. Ich weiß nicht mehr zu was. Vergessen. Alles meine Schuld. Warum hab ich nichts Vernünftiges..... gelernt. Meine letzte Bühnenrolle. Nein, ich sag es nicht. Das war im Spätwinter 90. Schnee auf den Straßen wie Teig aus drecknasser Pappe. Mein Spiel erstickte im Gebrüll der Geldwexler & der Feilscher. Der Suff&drogenparties. Versackte in Götzendienst in Aufmärschen & Parteiengekeif. Verbrannt vom Feuerwerk aller Minuten-Klauns. Nach 3 Aufführungen Schluß. Und Schluß auch für mich. Abgesetzt das Stück. Spieler ausrangiert. Das Theater dichtgemacht. Agenten zu Miethaien. Platz-da den Feuerwerkern. Den Hampelmännern & Hampelfrauen. All den dummgestellten Gören. Platz den Schmalzbrötchen. Den fettig seifigen Serienhelden. Obersämige Knattermimen. Augenrollen & Speichelgespritz. Und in den Lüften stockend Abgase, parfümiert. Mit dem nassen Pappschnee spritzten Autoreifen bunte Reklamewände grau. In der Stadt Gerüchte & Gerüche. Immobilienschwindel Transferrubel Geheimekonten. Moschus Patschuli wie welker Gräberduft. Als läge gestunkenes, vergammeltes Fleisch ausgestreut. Hier in dieser Stadt..... Und MAN habe das Gestunkene, Vergammelte rasch noch überparfümiert. Damit niemand nichts weiß..... Berlin. Eine Fleischbucht. 1 winziges Europa in den Fleischerbuchten von Europa. Wo die Asienschwemme..... strandet. In Schneisen Fjorden Höhlungen zusammengespült. Manchmal zwischen Bucht und Bucht. Stürzen die Trennungswände ein. Und aus schäumiger Brühe schwappend. Bizarre Mutationen. Größenwahn Barbarentriebe & grausige Gelüste. Brennend wie Benzin. Bevor dann Alles wieder mit der nächsten Flut. Verlöscht. Nach Asien zurück- & heim sich schwemmend..... ?Wie habe ich !Das nur so !Langezeit ?!ertragen. Wer ohne Fehl ist der werfe. Ich bin nicht ohne Fehl. Ich werfe keinen Stein. Ich schwinge meinen schönen Stahlhammer. Hatte ihn 1 Mal zuhaus gelassen. Ein Fehler. Der 1. Fehler. Und hat mir das Genick gebrochen. Er tritt mir in den Weg. Dieser Bulle. Da ist er wieder. Weibmann Mannweib. Tante Droll. Widerliche Kanallje. Da steht Er vor mir. Der Knilch. Aufgepflanzt. Groß & wuchtig wie Moses (ohne Bart). Haut mich an. Schnauzt im Falsett was von *!Aus Wais. !Papp Pirrä.* Nanu. Das klingt so: Merkwürdig. Ich seh ihn mir genauer an. ?!Was ist das bloß fürne uni-Form..... In der dieser Klops drinsteckt. Wie innem grauen Ganzkörperfromms. Wie in einer 2. Vorhaut. Das speckige schwarze Koppel. Das um den fetten Leib sich spannt. Droht jeden-Moment von dieser Fleischmasse zerrissen zu werden. PFLORR. Wie 1 berstender Faßreifen. Alle Knöpfe flögen weg. PENG PENG PENG. Wie Geschosse. BUFF. Fleischfett&uniform-Batzen hinterher. Wenn der Ganzekerl explodieren würde. Aber. Ist das überhaupt ein

?Mann. Ich schaue dort hin. Wo bei einem Mann. In der Hose die Beule ist. Ich rede von den Hoden. Damit das klar ist. Und sehe dort nur 1 Ausbuchtung. 1 winziges Fettpölsterchen. Da-da-da. Wie beiner Fettel. Und das Gesicht erstmal. Visage vonnem Trompeterengel mit Schweinsäuglein. Die Backen knallpurpur. Voller roter Äderchen. Kupferhaut. In Schlängeln & Mäandern. Winzige Nattern im Schweinespeck. Als würd ?er:?sie wirklich gleich explodieren. Sofort muß dem-Ding der Hochhut gehn. Verzeihung. Der Hut hochgehn. Was fürn ulkiger Deckel. In fettigem Mausgrau wie die übrige Kledasche. Speckig glänzend abgewixt. Aber. Wahrscheinlich innen von dünnen Drähten gestützt. Zieht diese Schirmmütze sich hoch hinauf. Beinah wie die Ballonmütze vonnem Koch. Jetzt latscht dieses Wesen 1 Schritt auf mich zu. Alles an Dem ist dabei in Bewegung. Wackelt wabert zittert prustet. Eine einzige wandelnde Entrüstung. Noch n Hiob. Bricht in meinen Geruchsraum ein. Jetzt muß ich Das wirklich riechen. Heißer Schmelzkäse. Mit Essig&heringslorke. Durch sechs Wochen getragene Socken gepreßt. !Uff. Das ist keine Fantasie. Die Militärzeit. IHR=Lieben..... Dieser Kerl=da. Die Verkörperung. Ein Brühklops dieser-Zeit..... !Uff. Und. Ich seh wieder hin. Halte mir die Nase zu. Nicht mehr solch alte Ferkelein. An der Mütze sone seltsame Kokarde. Nix mit Adler Geier Bär. Sieht aus wien Löwenprofil. In Gold. Auf blaurotem Grund. !A: ?!Sollte ich etwa. Auf meinem Spaziergang. Aus Versehen. Natürlich aus Versehen. ??Was denn ?sonst. Ich hasse Reisen. Und. An Fremde-Länder kannich nicht mehr glauben. Diese-Welt, ein ausgekochter Schwindel. Also. Ich aus Versehen. Muß über die-Grenze gelatscht sein. Und wäre jetzt in der Tschechei. Der Gegend nach könnts stimmen. Knödelgebirge & Sauerkrautwälder. Daraufhin schau ich mir das fette Wesen. Mit ganz andern Augen an. *Der Knilch ist kein Knilch. Sondern der Knilch ist ein Knödel. Ein wandelnder Slivo-Witz.* Alles nur aus Freude an der Erkenntnis. Jedem sein *Heureka.* 1 Freude. Wie immer 1 kurze. Nichts vergeuden.

Sparzwang. Das Lachen soll mir sofort vergehn. Denn ich muß Karel Klops enttäuschen. *Papiere. Die habich nich dabei.* Freudig eröffne ichs ihm. Denn. Ich hatte mich inzwischen entschieden: Knödel ist ein Kerl. Die Wirkung meines kleinen Sätzchens. Auf Karel Klops ne fulminante. Haute ihn beinahe um. Das war zu viel an Schläächtichkeiten von därr-Wällt..... Zu viel an Glückseligkeit für ihn. Er fühlte sich offensichtlich vom Liebengott direkt angesprochen. Von Fortuna eigenmäulig abgeknutscht. Er überhitzte. Er kollabierte. Drehte durch. !Gleich. Gleich muß er explodieren..... Das Schicksal=höchstpersönlich. Hatte eigens !Ihn berührt. Durch die fette Masse fließend. Rucken Wabern Zucken. Die Ballonmütze wie 1 Wetterhahn bei Sturm. Wackelte bedrohlich. Seine wurstigen Pfoten. Zupften zerrten. Die abgewixte Uniform. Das Koppel. Die Brusttaschen zurecht. Für den Galaempfang bei der Bullen-Fortuna=höchstdarselbst. Dann. Er stand vor mir als Waran von Komotau. Das Reptil aus grauer Masse. Der rechte fette Arm mit horngelbem Daumen, hoch aufgerichtet. Schnellte auf mich wie die Bolzenschleuder auf das Rindviech zu. Die Schweinsäuglein so groß wie kannste. Resümierte Karel Klops: *Ärrstens: Gränns Verr Lätz Ung. Zwai tens: Kaine Papp Pirrä. Uund. Dritt täns: Frächgä worrdän: Bä Amten Bä Laidi Gung. Daas !Main !Liebärr !Maan. !Daas giebt scheenes !Ahn Klaggä. Kommänn !teijer !!särr teijer kommän daas.* Mit andern Worten. Der Klops muß !weg. Wem das nicht klar geworden ist. Ich tastete nach meinem schönen Hämmerchen – nach meinem treuesten Freund – – MEINGOTT ER IST WEG. Mein Gott mein Hammer. Nicht !da. Ich dämliches Arschloch. Hab ihn in meiner Garderobe gelassen. Ich blöder Amatör. Meine Garderobe 1 Besenschrank im Keller der Turnhalle. Mittelschule. Aber. Dort lag er. Mein lieber=guter Stahlhammer. Allein zurückgelassen. Dort liegt er noch immer. Mein Regulator. Wegweiser ins Aus. Für soviele Drecksäcke zuvor. Gerne hätte ich. Mit Karel Klops einen Slivowitz getrunken od: zehn. Aber der Kerl mußte den-Beamten raushängen. Dh. er wurde extrem lästig. Und mußte

!sofort weg. Er hält mich auch jetzt schon viel zu lange auf. Ich will ja auf meine alten=Tage. Am Ende nicht noch launige Geschichtchen vom Stapel lassen. !Wie jetzt diesen Bullen, Mannweib Weibmann, ?erledigen. Mit ?Knüppeln. Nur mit !Knüppeln. Erledigen. Schöner Mist. Ich drosch auf ihn los. Als wollt ich ihn mitten durch die Erde. Unangespitzt. Bis nach Australien prügeln. Viele Knüppel zerbrach ich an diesem Klops. Ich drosch & drosch. Das nahm kein Ende. !Was fürn Gebrüll & Gezeter. !Was für Lärm. Der Vorfall war ein Rückfall. Mein Verhängnis. SIE kamen herbeigelaufen. Die Trottel aus den Dörfern. Stürzten sich auf mich. Ohne Grund wie IHRE Köter. Mistviecher. Sofort. SIE hatten keine Ahnung von der Geschichte. Stürzten sich auf mich voller Eifer. Aus nem Verlierer wird kein Sieger. 1 Mal im Dreck immer im Dreck. Das wollen SIE. Das hält SIE aufrecht. Lakaienbande. In IHREN versifften Kuhbläken. In IHREM Dienstbolzen=Glauben. Kurzum. SIE haben mich überwältigt. Niedergeschlagen. O Schläge. Nur wenige, nur wenige. Nicht zuviele. Nichts vergeuden. Sparzwang. Dann hatten SIE mich schon. Und dieser Bulle, Mannweib Weibmann, noch am Leben. Gewiß heute noch. Kriecht er fröhlich durch die Scheiße seiner Welt. Ein Pflaumenknödel in Uniform. So ein widerliches Stück altes Fleisch. Ennuyiert noch immer die-Leute durch seine Allgegenwart. Der Hund. Und ich. Also bin ich. Ganz unten. Grund Betonrinne. Ganz unten in der Tiefe. Mitternacht. Die Mördergrube. Reingefallen. Wanze Kakerlake od Ratte. Aus. Dann zersägt. Ich rede wieder von meinen Toten. In den Städten. In den Hinterhöfen. In den Menschenkoben. Habe ich SIE erledigt. Und. Ich habe SIE zersägt. Schöne Erinnerung. Endlich eine. Zersägt. Nur ein paar von IHNEN. Nicht genug o lange nicht genug. Die Wippsäge ein lachender Stahlmund. Spitzige entblößte Zähne. Schimmernd hineingefressen ins gammelige Fleisch. In den Händen das Vibrieren. Wenn die Säge die Knochen zerfraß. Das Stahlzahngrinsen. RITSCHERATSCHE. Fleisch gehäuft zu kleinen Klumpen. Nächte, der Marmorblock Finsternis. Tonnenschwere kalte Last. Mich anlehnen. Dunkles eisiges Nachtgestein. Innereien, rote Girlanden im todstillen Treppenhaus. Als hielte das trübe Licht die Schreie noch gefangen. Abgeschabter Ölanstrich. Stumme rausgebläkte Zungen. Das dreckige Tuch überm Käfig der Schreie. Und süßlich der Geruch von Blut. Die Feier Mord. Mein Feierabend. Im Gestank von Abdeckerei. Der kalte Hauch die Stille. Übrigens, SIE bluten nicht richtig. Nicht mal das. Nur eine schlammige Schmiere. Wie Altöl. Durchgesägte Bottiche vergammelter Eingeweide. Meine Dienstleistung Leichenverschrottung. SIE: die Anderen, dort oben. SIE: Die Kotzebrocken. Die aus den Straßen kommen. Aus den abgemieteten Schweinekoben. SIE: mit IHREN haßvollen toten erschrocknen Gesichtern. Grausame Meißelspuren. SIE: Gesichter zerrissen, zerschliffen, zerquetscht. In den Alltagsstädten SIE: Die Kinder der kranken Sonne Mitternacht. Bekloppte Dusslige Verkorxte. Finsternis. Große Finsternis über den Festen. !Namen. Ich sollte !Namen nennen. Die Namen aller Toten. Meiner Toten. Wozu Namen. Zur Erinnerung an die Toten. An die Fučen »Menschen, ich hatte euch lieb.« Spaß muß sein. Nicht zuviel. Sparzwang. Zuviel Pachullke verdirbt den Brei. Die-Liebe. Die Verpachullkung der-Welt..... Das Weltpachullkentum. Die Menschenschwemme..... Aus dem siebten Himmel auf unsere Insel. Abgestürzt. Aufgeknallt. Dädalus mit vollgeschissnen Unterhosen. Matschbirne. Verbrannt auf Asfalt. Zerkocht in der kranken Sonne Teer. Bitumen. Mitternacht, der schwarze Stern. Mein Geheimnis. Neues erfahren über mich. In meinem Alter. !Vorsicht Neues. Aprilapril. Nur so gesagt. Spaß muß sein. Ruhe. Setzen. Und Scheißen. Der Morgenschiß. Und wenn es auch am Abend is. Brav. 1 Orden mehr. Das ist meine Welt. Schöne dunkle Welt. Die Abendsonnen Mitternacht. Die Mördergrube. Mal sehen. Was anderes zum Spiel. Zum Beispiel. Mal sehen. Diese Quadrate, 1-ander gleich. Ununterscheidbar. Blödsinn. Die Augen. Ich seh nicht mehr gut. Das 1 wie das andere. Die Quadrate. Im genau gleichen Abstand von-1-ander. Vermutlich. Die Verzerrung durch Perspektive wie durch Entfernung des Blickes aus dem Mittelpunkt des Lichtovals zu seinen Grenzen hin verschieben die Quadrate zu Parallelogrammen. !Uff. Zu kompliziert. Nicht mehr so lange Sätze. Atemlos. Nicht zuviel. Nichts vergeuden. Sparzwang. Die Augen. Ich seh nicht mehr gut. So weit so gut. Parallelogramme, kleiner werdend. Sie könnten Schießscharten sein im Beton. Einschußlöcher aus einem vergessenen Krieg. Mit peinlicher Regelmäßigkeit eines geometrischen Vernichtungsplans. Spalte um Spalte. Zeile um Zeile in die Betonwand geschossen. Od Fenster die Augen im Beton. Dahinter die Fickzellen voller Wahn & Mord. Geometrie des Todes. Klingt gut. Schön. Weiter. Was weiter. Rasterpunkte 1 Druckes ohne Bild. Enger und enger. Kleiner und kleiner werdend. Langsam zunehmend die Schwärzung. Bis die Fläche sich schließt. Schwarz. Ununterscheidbar die winzigen Punkte. Sich dehnend. Riesige Fläche Schwarz. Pigmente der Finsternis. Pointillismus der Nacht. Der Frieden. Der Seelenfrieden. Scheiße. Schön. Unsichtbar die obere Grenze Betonwand. Kein Ende der Wand. Kein Ende Finsternis. Mitternacht. Ende muß sein. Das 1 od das andere. 1 Linie 1 Grat 1 Narbe unsichtbar in der dunklen Haut der Nacht. Alles beschließen. Ende. Jetzt die Gestalten. Da sind SIE. Schon wieder SIE. Erscheinen. Ganz oben. Am Rand zur Nacht. Deutlich. Eintreten ins müdgelbe Licht. Mit meinem Blick aus dem Fundament. Hinauf. Sehe SIE nur bis zum Bauch. Bauch muß sein. Bäuche. Killer. Tod. Mit vollem Bauch zeigt sich der wahre Meister. Im genau gleichen Abstand von-1-ander. Vermutlich. Die Augen. Ich seh nicht mehr gut. Die Verzerrung durch Perspektive wie durch Entfernungen des Blickes aus dem Mittelpunkt des Lichtovals zu seinen Grenzen hin schieben die Abstände der Gestalten in1ander. !Uff. Zu kompliziert. Nicht mehr so lange Sätze. Atemlos. Nicht zuviel. Nichts vergeuden. Sparzwang. Weiter. Alles wieder im alten Gang. Alles wieder so wie Früher. SIE müssen sich bewegen. Aha. Voran bewegen. Das sagt man so. 1 Jargon. Gleichmäßig laufen. ?Laufen SIE. Mein Geheimnis. Vielleicht. ?Vielleicht stehen SIE auf einem Fließband aufgereiht. Das trägt SIE den Grat der Betonwand entlang. Vorüber an meinem Blick. Schießbudenfiguren. Killer. Fresser. Bäuche. Titten. Laff Päreid. Heit Päreid. Friek Päreid. Ruhe. Setzen. So langsam so gleichmäßig wie mein Atmen. Das laute Geräusch. Selber unbeweglich u starr werden SIE bewegt. Erledigt. Nicht genug o nicht genug. Totgeschlagen. Vielleicht. Vielleicht ?voranbewegt. Sofort gesagt. Sehr kühn. Weiter. Alles wieder im alten Gang. Alles wieder so wie Früher. Bewegung, was für Mechanik. Die Unbewegten bewegen. Welche Mechanik. So langsam so gleichmäßig. Die Prozession der Zusammengehörigen. Die sich gehören & einander nicht. Am Band der Familie. Die Familien Bande. Ruhe. Setzen. Zuende mit allen Witzen. Erledigt. Mein Geheimnis. Die Aschehaufen wärmen nicht. Nichts verlieren. Also sind SIE. Ganz oben in der Höhe. SIE treten ein ins Oval. In das alte Licht. Langsam. Gleichmäßig. Wie mein Atem. Die Kinder der kranken Sonne Mitternacht. Zum Unterschied. Schöne Bescherung. Da hab ich mich auf Was eingelassen. Weiter. Immer so weiter. Was weiter. Alles wieder im alten Gang. Alles wieder so wie Früher. SIE wenden den Kopf. Aha. So wie früher. Stets an derselben Stelle IHRES langsamen gleichmäßigen Vorüberziehens wenden sie den Kopf. $\frac{1}{4}$Drehung. Her zu mir. So blicken SIE herab. Scheißbande. Auf mich Scheißkerl. Ganz in der Tiefe. Zu mir bis auf den Grund Betonrinne. Bleiben. Nicht mehr raus. Hierbleiben. Die zerrissenen Visagen. Die grausam Zermeißelten. Was für Mörder. Ruhe. Nur mit den Blicken, nur mit den Blicken. Ich bin sicher SIE erkennen mich nicht. Mein Geheimnis. Achtung. Aufpasser. Sie kommen. Die Anderen. Die Bravsager. Engel der 1gesperrten. Mit lockeren Fäusten. Schwingen & Schwinger. Die sind Sie. Damit das klar ist. Aufpassen. Vorsichtshalber nicht erkennen lassen. Das hätte gefehlt. Ich erkenne SIE. Alle meine Toten. Die sind SIE. Damit das klar ist. Dunkles eisiges Nachtgestein. Das steht fest.

Das reicht. Ich will mich arschficken lassen wenn ich SIE nicht erkenne. Baggage. Ruhe. Setzen. Atmen. Ohne SIE zu kennen erkenne ich SIE. Was heißt das. Das heißt ich sehe. Ich sehe sie. Die Frau. Ruhe. Sie ist es. Kein Zweifel. Sie ist wieder da. Die Frau die ich einmal ?Wiesagtman. Die mich einst Ichkommnichmehrdrauf. Aber. Sie ist da. Dort oben. Sie & Die Verwandtschaft. Nabelschnur der Genealogie. Samenfäden. Ruhe. Lange Molekülketten. Verfaultes Eiweiß. Die Kapitel der 1zelnen & die Fortsetzungen im endlosen Text des Fleisches. Bottiche vergammelnder Eingeweide. Das reicht. Die Väter der Väter. Die Mütter der Mütter. Mit IHREN haßvollen toten erschrocknen Gesichtern. Mit Spuren Riefen dem Schliff aus grausamen Meißeln. Gesichter von den Alltagsstädten zerrissen, zerschliffen, zerquetscht. Ersoffen im eigenen Schlamm. Ziehen SIE herauf. Langsam gleichmäßig ziehen SIE herauf. Und wissen noch nichts von 1 ander. Und folgend die Kinder. Und die Kinder der Kinder. Und die Kinder der Kinder der Kinder. Das reicht. Mistviecher. Kehrichtviren. Mit den Narben der Alten den sichtbaren den unsichtbaren. Allesamt. Kritzeleien IHRER Jahre im Fleisch. Zerfetzte Lebensgelichter. Schattengeflacker aus albernen Geheimnissen. Die Zuversicht. Das ist es. Zuversicht zum Verein der Weiterlebenden. Trübes mattes Schimmern aus kümmerlicher Ewigkeit. Die Verheißung die Verwesung. Nicht zu früh. Noch lange nicht o noch lange nicht. Nicht zuviel. Nichts vergeuden. Sparzwang. Langsam gleichmäßig ziehen SIE herauf. Aus der riesigen Fläche der Nacht der ruhigen der beständigen der niemals endenden alten Nacht. Blutschwarze schöne Nächte. Stahlzahngrinsen. Ruhe. Atemluft. Langsam eintreten lassen. Jetzt. Da sind SIE. Ganz oben. Baggage. Ruhe. Setzen. Im Lichtoval. Dem ruhigen dem beständigen Lichtoval, groß die kranke Sonne Mitternacht. Niemals endend das alte Licht. Besser. Hinein in die größte Helligkeit. Kein Erbarmen. !Jetzt kommt die Stelle : SIE wenden den Kopf. $\frac{1}{4}$Drehung. SIE tun mir den Gefallen. Scheißbande. Und blicken aus der größten Helligkeit herab. Auf mich. Zu mir Scheißkerl. Ganz in der Tiefe. Mit IHREN toten Augen. Mit IHREN eisigen Blicken. SIE erkennen mich nicht. Vorsichtshalber noch 1 Mal gesagt. Nicht erkennen lassen. Das hätte gefehlt. Im letzten Moment erkennen. In meinem Alter noch erkennen. Spaß muß sein. Nicht zuviel. Sparzwang. Ruhe. SIE ziehen weiter. Langsam weiter. Gleichmäßig weiter. Alles wieder im alten Gang. Alles wieder so wie Früher. Weiter hinaus. Aus der größten Helligkeit. Langsam hinaustreten lassen aus dem Lichtoval. Die Kinder der kranken Sonne Mitternacht. Aus dem ruhigen dem beständigen dem niemals endenden alten Licht. Hinein in die riesige Fläche der Nacht. Marmornacht. Ruhige beständige niemals endende alte Nacht. Weiter. Alles wieder im alten Gang. Alles wieder so wie Früher. Weiter hinein, weiter weg. In die Geometrie des Todes. Klingt gut. In den Pointillismus der Nacht. Besser. Die Kinder der Kindeskinder und deren Kinder und deren Kinder. Das reicht. Mistviecher. Sehe SIE vorüberziehn. So langsam. So gleichmäßig. Hoch über mir hinter der Linie hinter dem Grat der Narbe Beton. Unsichtbar in der dunklen Haut der Nacht. Die Kinder der Kindeskinder und deren Kinder und deren Kinder. Das reicht. Aasbande. Kritzeleien im Fleisch. Sehe SIE altwerden. SIE können alt werden. Erledigt. Ein paar. Totgeschlagen. Nicht genug, nicht genug. Altwerden. Altes totes Fleisch. Wie angekokelte pißfeuchte Sofakissen. Und dann die Bürschchen. Unsere liebe heranwichsende Jugend. Von den Speckschwärtigen zu schweigen. Von den Hirschbeuteln. Von den schwindsuchtbleichen Zotteltrotteln. Burschen-Saftler mit Topfschnitt & Ring-im-Ohr. Schöne Rotzlöffel. Preßwurschtkörper in Springerstiefel gepflanzt. Babyface mit Kapofresse. Die Pratzen auf den Görlis. Deren Schnuten blauschwarz, Visagen in Kalkbleich. Jungspinnen auf ihren zum X verknickten Stelzen. Unten dran klobige Gewichte Tennisschuhe. Mit Platto-Sohlen. Manchmal knicken SIE um, schlagen hin. Die Schweißfuß-Mimis. Pippi-Puppis. Die garstigen giftigen Tricho-Mänaden. !A diese widerlichen Zukünftigen. Jeder

der vor 40 nicht verreckte. Der ist ohnehin Nichts wert. Aufpassen. Aufpasser. Schwingen & Schwinger. Meine Räume: amputiert zertreten zerschnitten niedergeschlagen. Das Dröhnen in meinem Gehör. Stahlhämmer auf Stahlblech. Was für Killer. PACH PACH PACH. PENG PENG PENG. Und hört nicht auf. SIE erledigt. Niedergemacht. Nicht genug o nicht genug. Bleibt der Rest, der unerledigte. Der große schlammige Rest. Die ich nicht erledigt habe. Nicht totgeschlagen. Das große das unübersehbare Gemensch. Denen wünsche ich ein langes=Leben. Hundert und Zichjahre. Im Rollstuhl. Mit Querschnittslähmung. ?Zuviel an Strafe. Gut: Lassen wir den Rollstuhl weg. Und Gesichter legen sich in die Narben der Alten die alt geworden sind vor IHREN altgewordnen Alten. Die Unerledigten. Und sterben. SIE können sterben. Auch ohne mich. Besser tot als sterbend. Wie sterben wenn nicht durch mich. Nicht genug erledigt o lange nicht genug. Nur die Ruhe. So langsam. So gleichmäßig. Totes zu Totem. Später sagen. Zu den Toten später. Ruhe. SIE haben aufgehört. Die Maschinen=Die Menschen=Die Köter. Maschinenruhe. Menschenstille. Köternacht. Hören auf. Das alte Licht. Im Atem Stille. Wie lange Stille wie kurz. Atemholen für neuen Rumor. Lauteren Tumult. Noch nicht, noch nicht. !A Stille. Das kühle Leinentuch. Ausgebreitet. Über mein lärmwundes Fleisch. Dunkelströme schwemmen fort. Mein zerrissenes Gehirn. Bleischweres Strömen. Das schwarze Blut die Stille. Heilend. Zu spät. Schlafschnellen spülen Buchten. Gewaschen aus dem Ufer unruhiger Nacht. Betonnacht. Mit Tonnenlasten aufgestellt. Säulen Pfeiler Kolossblöcke. Kalt & rissig=rauh. !A so kalt. Das Gewicht all=dieser Toten. Herabgesenkt. Niederdrückend. Auf den Grund. Meine Räume. Augen Nase Ohren Haut. Die Ruinen meiner Räume. Von den-Toten totgemacht. Mildes Schimmern Tau. Schweißperlen auf Betonstirn. Müdfarbene Perlenwürfe Schweiß. Und kann bleiben. Im Grund Betonrinne. Mitternacht. Die Mördergrube. Das große Lichtoval. Wo ich bin. Also. Geblieben in der alten Nacht. Zuende mit allen Träumen. Die Aschehaufen wärmen nicht. Wo Alles ist. Hinab. Senke den Blick. Steige die quadratischen Ausbrüche in der Betonwand die das Lichtoval, Spiegel, kranke Sonne, Mitternacht, mir zeigt mit den Blicken wie auf Sprossen hinab. !Uff. Hinab bis ins Fundament. Auf mich zu. Herab zu mir Scheißkerl. Ganz in die Tiefe. Wieder zählen. Die 1zelnen Quadrate während des Hinabsteigens zählen. Subtrahieren. Ich folge ihnen mit dem Blick herab bis auf den Grund Betonrinne. Wo ich sitze. Am Rand des Lichtovals, groß die kranke Sonne Mitternacht. Immerfort zählen. Subtrahieren. Zeit abzählen. Damit Zeit vergeht. Solange bis kein Quadrat zu zählen mehr übrig ist. Grauen, denn ein Quadrat ist das letzte Quadrat. Jetzt. Das letzte Quadrat. Das Grauen. Aprilapril. Nur so gesagt. Spaß muß sein. Nicht zuviel. Nichts vergeuden. Sparzwang. Und Zeit stürzt aus der letzten Zahl. Und gehen. Nicht vergehen. Zeit muß gehen. Schon lange Zeit. Nichts Neues. Das alte Licht. Die alte Nacht. Zuende mit allen Träumen. Die Aschehaufen wärmen nicht. Aus der Nacht herunter bis auf den Grund Betonrinne groß das Lichtoval. Die kranke Sonne Mitternacht, darnieder auf Beton. Ich sitze. Ich sage ich. Ich sage ich sitze. Achtung Aufpasser. Aufpassen. Hebe den Blick. Das Lichtoval, groß die kranke alte Sonne, aus der Nacht herunter bis auf den Grund Betonrinne. Mitternacht. Die Mördergrube. Wo ich sitze. Und schrägt einen Teil der steil ins Dunkel hochgestellten groben Betongitterwand. !Uff. Nicht mehr so lange Sätze. Atemlos. Die Gitterstreben glänzen in Perlenwürfen aus müdgelbem Schein. Als läge eine gerunzelte Stirne aus Beton in Schweiß. Stille wie in einer Nacht am Ende eines schweren Regens. Die Gestalten. Beinahe vergessen. Sind SIE noch immer da. Ver!fluchte Bande. Ruhe. SIE träumen u SIE scheißen. Ich scheiße. Der Kernunterschied. Der trennt mich von IHNEN. Nicht mehr nicht weniger. Damit das klar ist. Also keine Vertraulichkeiten. Keine betträchigen Geständnisse. Brav. Aber es muß noch Etwas geben. Noch Etwas geben für mich. Außer dem Scheißen. Vielleicht das Fluchen.

Mal probieren. Ich scheiße u ich fluche. Klingt gut. Gar nicht sicher. Aber es gibt immer noch Etwas dort. Wo es schon Alles hier gegeben hat. Einen fürchterlichen Hohlraum. Eine Art Riesenloch. Mit !Hmmm-!H-!Hmmm. !Nicht sagen. Und noch ein weiterer Sieg der Gattung..... Wo sind SIE. Die Begatter & Begatter Rinnen. Was ist mit IHNEN. Was soll mit IHNEN sein. SIE werden weitergehen. Weitergeboren. SIE wachsen nach. Und schneller als Hydra's tote Nischel. Aus eigenem Schmant. Aus dem eigenen alten Dreck. Sinnlos SIE zu erschlagen. Ein paar von IHNEN erschlagen. Sinnlos. Ich weiß o ich weiß. Aber 1 Mal damit angefangen. Kein Grund aufzuhören. Ich bin nicht Judas. Damit das klar ist. Und SIE machen sich Nachschub. Die ½wüxigen. Auf den im scharfen Licht brennenden Straßen. Im flackernden Staubdunkel IHRER Kinos. Hinten vorne überall. In den Zügen. Beim pornografischen Geschüttel während der Fahrt. !A Balzereien. Das schöne=kotzöde Spiel. SIE stellen sich neben-1-ander. Zwischen IHNEN die Handbreit Leere. Mit den Ausmaßen eines Kosmos ohne Trost. Stehen neben-1-ander, schlechte Sänger & Schauspieler in einer zu großen Rolle. Aber. SIE wollen !ran. Der Trieb, wissen Sie, der Trieb. A !Ha. Weibchen will umworben sein. Das volle Programm. Rolle vorwärts. Rolle rückwärts. Jump Heidi. Jump Heida. Laubsäge raus & ins Süßholz rein. Raspel Raspel. Wehe und Männchen langt zu frühe hin. An die Tittchen. An den Arsch. Ans Loch. Erst Turnen blöder Sack. Dein Kür-Programm. Aber: !Pech gehabt. Auf Grundeis gegangen bei der Pornoprotopow-Spirale. Kür verpfuscht. *Erst geigter mir an. Kloppt werweeßwatt für joße Schprüche. Macht een off dicka Macka. Unn?denn: keene Penunse. Watt ?!gloobste wohl ?!weende vor dir hast. Eene bei die wo jeder kann ?!Wa. Samma. Samma !hastu ne !Mack?kääejj. Wennick sahre Nee. Denn is !Nee. !Zieh Leine. Blödarsch. Altasack. Ick bindochnich vonne Heil's Armee.* SIE schnappen nämlich sofort ein. Die Dämelchen. Nehmen immer übel. Von kleinauf. Das kriegen SIE schon mit der vergällten Muttermilch..... verpaßt. *!Sie habän mir als FARAU be-*

leidickt. Schmierte die 11jährige den Pauker an. SIE halten das für Ehrgefühl. Dabei. Hätten SIE nur für 1 Sandkorn Ehre. SIE müßten sich auf-der-Stelle hängen. Alle Pachullkes= miteinander u zur gleichen Stunde. Eine-ganze-Welt voll Golgatha. Acht Milliarden Galgen. !Dunnerlüttchen. Welch imposanter Wald. So haben SIE von Courage nur die Rage abgekriegt. Wieder !Auf&drauf. Wegen jedem windsigen Furz. Die ganze Wutmaschine los. Egal. Hauptsache Alarm. Rache is Blutwurscht. Und !Ab-dafür. !Los gehts. Kreischen Zetern Brülln Keifen. Die Fressen auf wie Gullis. Randvoll mit saurer pilziger Wut. Später sekretiert aus solch Geschäume IHRE Stink-Wut..... Das schwabbt & dröhnt poltert tobt & scheppert. Als würden Kehrichtschaufeln über Asfalt gepfeffert. Die spröde splitterige Wut. Die gleiche Wut. Die weithin hallend Fußgängertunnel & U-Bahnschächte durchfaucht. Die Rothaarigen sind Dabei die Schärfsten. Sind sowieso übel dran. Von jeher den Giften am nächsten & den Viechern. Alte Schwengel Fotzen ½wüxiges Gesoxe. Popler Wixer Pissepantscher. Sackratten aller Länder. Immer alle= voll&zählig zur Bambuhle. Allet ma mitjemacht ham. Nix ausjelassn. Wenn 1 soviel Schönes wird beschert. SIE stecken wie die Grieben im Schmalz. Nu wollnwa det janze Fett ma orntlich uffmischn. Wa. Damitma Bewejung rinnkommt in den olln Bottich. Gleich kocht Alles über. Alle heißen Büxen !auf. Alle Schweinepriester durcheinander. RABUMM. Übereinanderher. BRUCH. Da kippen Tische Schränke um. BARAUZ. Ein Kollern aus übler Verdauuung. Stoffwechselstörung. Die gammeligen Säfte..... Übelkeit. Dumpfheit. Sodbrand. Hunderte Pfunde träges zerprügeltes Schinderfleisch. In den Löchern, den pissighellen Stuben. Als hingen SIE bereits an Metzgerhaken. Keine Stempel Trichinenfrei. Billig ramschige Freibank..... BARUMM. KARACH. Ein Kachelofen wird zertöppert. Stürzt ins Zimmer, die Gute Stube. Schmott Schamott & Aschehaufen. Lehm & Ton & Ruß. Pfropfen sich wie dicke Korken vor die Lungen. !Nuft !Nuft. !Fenster auf. Und. HUUIII. Der Sturm bricht los. Brandung in den Menschenkoben. Was für Wellen. Mauer-Brecher. !Überschwemmung. Der Hinterhof säuft ab. Das ganze Viertel. IHR Analratten. Ich seh EUCH. Die Fenster sperrangelweit. Zimmer randvoll gelber Wut. Viehjesta Viehjesta Mecksickana !HUSSA !HUSSA. !Raus mit dem Höllen-Lärm. Die ganze Straße voller Schaum & Plärre. Schlagermusike & Schlägerbutike. !HUSSA !HUSSA. Suff & Hitze. Machen SIE bregenklüderich. !Ho. Der !Überlebenskrampf. !Holla!holla. !Feuer unterm Arsch. Der Knuffer. Der Prolet-Arier. All der Arbeit's Wütigen. Aufgedrehte Simulanten. Kollege Gans Wichtich. Hat sein Händi noch beim Scheißen griffbereit. *Jawoll-Meissa-awa-imme-su-Dienstn-Meissa-wichd-Allens-sofocht-eledicht-Meissa. Und-denn-noch-einz-!Meissa: Wemma-irrngtwannma-Not-Ammann-is-Meissa: Denn-könnse-mir-ooch-!nachtz-holn-könnse-mir-denn. Nachtz & ausm-Uuulaub. Bin-denn-!voll-da. Sofocht-ssu-Dienstn-Meissa.* Großkotzige Stehkragenproleten mit Schließmuskelkrampf. *O !giepz mir Meissa. Wichd-Allens-sofocht-eledicht-Meissa.* Auf der Halshaut die Tauchtiefe-Marken. Vonner 1fart in den Mastdarm vom Scheff..... Noch !säuischer DIE. Als DIE auf-Stütze Gestellten. Noch mehr Flausen im Kopp. Auch die Alltags=Hölle hat. Soll ichs ?!nochmal sagen. Ja: Immer 2erlei: Die Heizer u: die Verheizten. Und jeder will Ein-Heizer sein. Für den Karrieresprung-von-der-Schippe. Im Namen des Überleems..... Da ist jedes Mittel recht. KRACH BUMM PENG. Die Knuffer am Freitagabend. Haben Aussicht auf ein langes=freies Wochenende. Das macht SIE rappelich. !Was tun. Mit soviel Zeit. SIE drehen durch. Der reizende Panoramablick. Auf miesen od: gar keinen Sex. Läßt SIE rammdösig werden in IHREN Koben. SIE stürmen raus. Auf die Straßen. Kriegen sich nicht mehr ein. Das Rudel rollt..... SIE machen Streß..... !Da komm IHNEN mal in die Quere. 1 schiefer Blick genügt. Flaschen Köppe Schnauzen Knochen. Alles haben WIR zerbrochen. Alle Fressen stehen still. Wenn MEIN starker Arm es will. »Und damit kommen WIR zum Spocht.« Pö-ah-Pö und Schritt-für-Schritt. So kommt MAN näher..... Näher..... *Dem Siebän Tänn Himm*

Mäll derch Lie Bä..... Dem ururalten=kotzöden Spiel. Des Kleinenmannes Sonnenschein..... Pimpern & Besoffensein. !Ordentlich was auf die Lampe gießen. !Leuchte Mein Ewigeslicht..... !Leuchte. Maß für Maß. Mann nimmt was weg muß. Saufen sich die erste=beste Zippe schön. Allahdin & Hobelfrank. Putzen rubbeln schrubben reiben. An IHREN Wunderlampen. Dickhacksigen Funzeln unter Sonnenschirmen hingefläzt. !Leuchte Sonne..... Leuchte !mir. Da ?fehlt noch Was. Ne Kleinichkeit. !A das Sesam-Wörtchen. Auf daß das Pförtchen öffne sich. Von wegen !Pförtchen. Als ob ne Salami inn Hausflur..... Kannzte dir glatt beerdijen drin. !Sarg dir. Putzen rubbeln reiben. Isses die 1 nich. Isses die andere. Die Wunde Lampe. Wollnmasehn. *Seh-Sam'-!öffne-dir.* Zum Lieben-Spiel mit Unschuldsschlamm. Der einen fehlt 1 Schneidezahn. –Hatma meen Vaflo*th*ner rau*th*jehaun. – Die Sizilianische Eröffnung. –Der !*Th*aukerl der. *Th*acht ick *th*oll nich mea mit !dir jehn. *Th*oll wieda *th*erickkomm. Hin bei !ihm sollickwieda. *Th*aachta. Wennick nich *th*erickkommdu bei !ihm. *Th*aachta. Wennick mir wieda mit dir *th*en la*the*. Denn – & schluckt unsichtbare Tränen runter – –Denn hauta mir !doot. Du beschüt-*th*-t mir doch ?oda. – !A sie schmust sich ran. Die olle geile Q. Sie spuckt 1bißchen viel dabei. Die Glotzer sind schon am Ersaufen. Treiben hilflos im Schwammgefrieß. *–Ua Ua.* Antwort Männergrunzen ausm Bierkrug. Dadrüben am Katzentisch. Die Stolze. Die Gräfin. Augen Schnute Nase. Als brauchtese nen !Burggraben um-sich-rum. Nana. Nu mach awa ma ½lang. Madonna. Dein Arsch hat ooch bloß swee Hälftn. Am Nebentisch. Frauchen zieht ne Flabbe. Zehn Tage Gurkensalat bei kaltem Regen. *–Und Watt fehlt ?dir. ?!Watt zixte denn. Hatzda de Peter Sühlje vaharelt.* Nee. !Hat sich was mit Peter. Nichma Wackel-Peter is ihr geblieben. Hat Hmhmhmm(onatsschmerzen). Und dann. Auch noch Was anderes. Nämlich. 1 eingewaxnen Zehennagel. Und zeigt ihn auch gleich her. UMMB. Was für !Fußgerüche schaufelt diese Trine unterm Tisch herauf. Aber 's Röckchen rutscht so schön nach-Oben..... (Sprechblase: *–Isdet Dunkle=da dein ?Schlüpper ?od: sinndet nur die Fliejen harharhar*) Glotzen & glotzen lassen. In die Röhre. !Solch Angebot kommt so schnell nich wieder. Drum Pratzen !drauf & !hingelangt. !Hei. Dultschinea läßts gescheen. Wird dann noch viel weiter gehn. Alles wieder im alten Gang. Alles wieder so wie Früher. Sind schon am Befummeln. Schon aufm richtigen Weg. Mittenmang die Seele vons Butterjeschäft. Der Fleischmarkt dampft. *?Kommpste mit sse mir.* Auf die lange Allee..... Via Divertimento..... SIE schwanken schon. Haben ordentlich Seegang. Die ganze Bande. Aber. So gut es geht. Peilen SIE sich in die Klüsen..... Blütenschwemme wie Schlafgrind in grausig irren Pfützenaugen. Laternenmonde zwischen Lindengewölk. Gelb hingeklexter Frühlingsabend. !A jetz wirken Korn & Biere. !Heldenzeit. Die warmen Sfären Holunderstunde. Lüftet nochmal näckisch ‘s Röckchen. Glockenweit geschwungen. !Hash mich. Bloße Füße tupfen weiß&schimmernd Frauenschritte übers Pflaster hin. Glassplitter spießern spitzeln wirr, – der Schrei zerreißt das Lachen –, Via Dolorosa die längste Allee. Kein Sieg ohne Schrammen. Dann patschen die Aknewissagen an1ander. Die primelpickligen Häute. SIE begrabschen sich. Daß die Drüsen safteln. Zärtlich o ja zärtlich. SIE bekäfern sich emfatisch. Gurren Schnurren & Miauen. *!Kreisstadt in Sachsen. !Kreisstadt in Sachsen.* Denn SIE rufen: *–!Oschatz –!Oschatz*. Spaß muß sein. Nicht zuviel. Nichts vergeuden. Sparzwang. Poussieren so gut es geht. Flanschen die Mäuler zusamm. Schmieren sich gegenseitig Rotz in die Flabben. Mit IHREN Mäulern die Gesichter verstopfen. Die Nasen. IHRE leeren gierigen Augen. Alles voll Maul. SIE beschmieren sich enthusiastisch. Soweit kann die Begeisterung führen. Wie SIE schmatzen patschen knatschen. Schleim & Haut. Hinten vorne überall. SIE kehren sich einander zu. Das sind die Worte. Selten, sehr selten. Aber SIE tun es. Das ist wahr. !A die-Gegenwart das-Glück. Ein Ton. Wasser und Welle, so leicht –. Und schon vorüber. Noch Nichts ins Fleisch gesät..... Doch er ist schon da. Der Haß. Noch ein Swinegel. Immer-schon-da. 1 Ton. 1tönig. Und Alles spätere wird er packen. Der Haß. Einschleimen. Mit seinem giftigen Speichel. Hin & her. Vor & zurück. !A die Wohltat. Für 1 Moment. Dann spritzt das ab. Von 1 Schlauch in einen anderen Schlauch. Die Zellteilung. Dicke Bäuche. Der Nachschub. Halslose Teppichratten. Klumpärschige Kotmaschinen voll mit Hunger & Geplärr. In rosigen Affenvisagen winzig schon die grausigen Züge der Alten..... Die Neuen Die Alten. Alles Einesoße. Gehupft wie gesprungen. Die Kinder der kranken Sonne Mitternacht. Diese halben Starken mit IHREN dreiviertel Lolitas. !Zuviel. Widerliche Babies mit schmuddeliger Zukunft. In ihrer zerbrochenen Kinderzeit. Wie Spielzeug vom Sperrmüll frisch. Aus der Kacke rausgezerrt. Wie oft wollt ich SIE !sofort zertreten. Nicht warten. Bis die Neuen die Alten sind. Aber SIE gehen so schlecht raus. Aus dem Sohlenprofil. !Uff. Ich hör jetzt auf. Mit dem Kinderzertreten. Nicht mehr solch romantische Abenteuer. Solch Anstrengungen. SIE bleiben. Vermehren sich wie Krebs. Selbst fürs Mopedfahren. Brauchts als Erlaubnis 1 Führerschein. Nur Kindermachen&kriegen – das darf jede=doofe Sau..... Danach sieht auch Alles aus. Ein Saustall voller Mist & Gören. Da haben wirs. Mir eingehandelt. !Nicht sagen. Mein Geheimnis. Der Trost: Auch SIE werden draufgehn. Abkratzen. Krepieren. Diese eklige Mistbande. Verschissene Esel & Vogelscheuchen. Widerliche Äser..... Gammelige Sauigel. In IHREN Nischeln verkotzter Mief aus dieser Kranken–Zeit..... Unten – Oben : 1&derselbe Abschaum. Kleingelddieberei bilanzversiffter Schmutzfinken. Ist jetzt IHRE Großezeit. Juppie-die Juppie-da. Ganz auf der !Höhe. Viehnanz-Poly-Tick: Klauen per Gesetzespfoten der Klofrau noch die Pinkelgroschen vom Teller. Unten – Oben : Aller Dreck unter den abgefressnen Fingernägeln der Epoche. !Uff. Wasn !Schmu das. Ranzig. Schweißig. Atem, saure Wolken. Mundgeruch Karies Gastritis & Zirrhose..... Finale Halitosis. Aus Dreck bist du. Zu Dreck wirst du. Was für !Ungeheuer. Was für Gemetzel. Schlamm & Schlachten..... SIE wälzen sich drin. Grölen Blöken Grunzen Lallen. SIE bemachen sich. Belachen sich. Vom Kopp bis zu den Füßen. Wo Alles sich durch Jucks beweist. Da hilft nur Fleckenwasser. Das Lachen trennt Vieh u Menschen – manch-1 hat nur diesen Beweis. Scheißen sich gegenseitig an. Von Oben bis Unten. Von hinten bis vorne. Versinken. Verstinken. Im Leben wie im Sterben Schweine. !Uff. Ich hör jetzt auf. Die morose Kalauerschaluppe auf Grund. Die Untiefen tiefen Sinns. Nicht zuviel. Nichts vergeuden. Sparzwang. SIE werden geschlachtet. Punktum. Das sage ich mir. Wenn nicht durch den Hammer. Dann durch eine andere Güte. Aber. ?Was für Exemplare werden diesen Nächsten-Krieg überleben..... ?Was wird verschwinden. Vielleicht bleibt IHNEN die Spucke weg. Die Fähigkeit zum Brülln&kwatschen. !Weg mit dem ganzen gesprechbegabten Dreck. Neue Mutationen. Die Intelligenz !direkt mit den Stimmbändern gekoppelt : Da wär eine !Stille in dieser Welt..... Aber. SIE werden überleben. So wahr SIE Viecher sind. Denn ich habe nicht genug erledigt. Nicht genug, nicht genug. Totgeschlagen. Mea culpa. Achtung. Aufpasser. Aufpassen. !Nicht sagen. SIE werden als die Anderen wiederkommen. Die Bravsager. Da sind sie. Und sie werden sein wie SIE waren. Die Gestalten. Die Wörter. Sentimental & verlogen. Mordgeil & faul. Damit das klar ist. Kein Wort mehr über SIE. Zuviele Wörter schon. Jedes Wort 1 Saukerl mehr. Das heißt. Vorsicht. Aufpasser. Aufpassen. Auf Wörter aufpassen. Werden immer wiederkommen. Ich rede von den Wörtern. Von den Gestalten. Ich rede von den Bravsagern. Mein Geheimnis. Ich verrate noch ein Geheimnis. 1 guter Tag: 2x Verrat. Und ist noch nicht zuende. Der Tag. Nicht zuviel. Nichts vergeuden. Sparzwang. 2 sind genug. 2 Geheimnisse verraten. Das 1. Geheimnis. Jetzt kommts. Ich ernähre mich richtig. Falsch. Ich *werde* richtig ernährt. Von ?wem ernährt. !Nicht sagen. ?Womit ernährt. Das ist 1fach. Zuerst Truthahnfleisch in Aspik. Dann Cola & manchmal Gummibärchen. In rauhen Mengen. Truthahnfleisch immer aus der Plastik-Büchse. Gummibärchen aus Zellofantüten. Cola aus der Flasche. Das klingt nach Zehngebote. !Nicht sagen. Nur Weichplastik-Flaschen. Und genauso nur Weichplastik-Messergabelscherelicht. Glasflaschen könnt ich zerbrechen. Mit Glassplittern mit scharfem Besteck mit scharfen Scheren könnte ich. Immerhin. Mir die Pulsadern aufschneiden. Od mit spitzen Naschereien. Wie der 1 in der Nachbarzelle. Mit Zuckerstangen sich im Unterarm gebohrt. !Uff. Was fürne Popelei. Was für Schnitzereien. !Sauerei. ?!Wer soll das aufwischen. Sie nicht. Sie wollen Das nicht. Die Bravsager. Sie würden mich zur Schnecke machen. Wollt ich mich verdünnisieren. Sie wollen mich nicht verliern. Nicht ums Verrecken. ?Worum dann. Sie sagen Bleiben. Also muß ich bleiben. Damit das klar ist. Was ?bieten sie dafür. Gutes Essen, Gummibärchen, guten Schiß. Den Seelenfrieden. Ordnung muß sein. Aber ?warum nicht !täglich Gummibärchen. Wie all den übrigen Fraß. ?Warum nur manchmal u, darf ich verraten, !unregelmäßig. !Das wenn ich wüßte. Ich gestehe, ich scheiße schlechter ohne Gummibärchen. Wesentlich schlechter. Eigentlich gar nicht. Das steht fest. Unregelmäßig Gummibärchen. Unregelmäßig scheißen. In 1 Welt voll mit Regeln. Wo Alles geregelt ist. Kommen Gummibärchen & Scheiße nur !unregelmäßig. !Das hat gesessen. Es !brennt. !Halleluja. ?WER BRINGT MIR ?WANN GUMMIBÄRCHEN. Tatü Tata. !Feuer im Dachstuhl. Ich komme nicht mehr los. Ich sitze fest. Verbrenne. Endgültig. Eingesperrt. Verdammte Kacke. Mir eingehandelt. Mit Wörtern. !Nicht sagen. Zu spät. Sie sind raus. Die Wörter. Diese ver!dammten Wörter. Das Grauen. Ich hätte aufhören können. Im Seelenfrieden scheißen und dann gehen. Zu IHNEN gehen. Aus dem Grund Betonrinne. Aus der Tiefe meiner lauen Nacht Mördergube. Mitternacht. Hinaufsteigen zu IHNEN. Mit IHNEN davonziehen. Still aufstehen. Und still gehen. Keine Wörter mehr. Nicht 1. Still. SIE können altwerden. Und. SIE können sterben. SIE & IHRE bescheuerten Wörter. Ich hätte können. Mit IHNEN. Altwerden. Und. Sterben. In Aller Stille. Vielleicht. Aus. Zu spät. Schöne Bescherung. Und hatte vor mir gelegen in Schönheit die Einöde. Grenzlose alte Nacht. Aschehaufen ohne Glut. Aus allen alten Nächten. Menschlos. Grenzlos. Ohne Wiederkehr. Den endlosen Schlaf. Den endlosen Traum. Vermasselt. Mit Wörtern. Und wieder !los. Mit der alten Leier. Geburt Leben und kein Tod. Kein Tod. Keiner. Das Grauen. Da ist es. !Kein Witz. Wieder Anfangen. Das Grauen Wiederaufstehen Wiederanfangen. Hätt ich !nie gefragt. ?WER BRINGT MIR ?WANN GUMMIBÄRCHEN U ?WARUM ÜBERHAUPT & NICHT VIELMEHR NIEMAND NICHTS. Es fängt wieder an. Ich fange wieder an. Mit Fragen. Muß herausbekommen ?WER ?WANN ?WARUM. So fängt es immer an. Immer wieder Anfangen. Dann werden auch sie wieder anfangen. Mit ihren alten Faxen. Ich rede von diesen 2 Idioten. Den 2 Klauns in meinem kleinen Zirkus. Schon ?vergessen. Jetzt kann ich sie vorstellen. Da sind sie. Und fangen wieder an. Mit Jonglieren. Mit halbangefressnen Sätzen jonglieren. Diese beiden Deppen sind mir geblieben. Mehr ist nicht mehr. Die bestreiten seit langem das ganze Programm. Nonstop. !Wasn Gaudi. Diese beiden Versager. Klaun 1 sagt !Bleiben. Klaun 2 sagt !Geh & !Sieh. Diese Scherzkekse. Diese beiden näckischen Kerlchen. !Hätt ich meinen schönen Stahlhammer. Und wenns das letzte wär was ich tu. Solche stinkdummen Kaffer. Alle andern sind weg. Haben Leine gezogen. In Sack gehaun & !Ab dafür. Löwen & Panther zahnlos. Schwitzen stinken krepieren langsam vor sich hin. In ihren Gitterschubladen. Tun keinem mehr was zuleide. Machen unter sich. Ins faulige Stroh. Die Ackerdemicker & Intellelen in der Juppiezeit. !Nicht sagen. Es geht zuende. Die Pferde durchgegangen. Elefanten haben die Domptöre totgetrampelt & !Ab durch die Mitte. Die hams gut. Die Elefanten & die Domptöre. Zauber&hungerkünstler verreckt. Trapezkünstler haben sich aufgehängt. Der letzte Salto: mortale. Spaß muß sein. Nicht zuviel. Nichts vergeuden. Sparzwang. Genug von dieser traurigen Menagerie. Aufpassen. Aufpasser. !Nicht sagen. Keinen Zirkus weiter. ?Was soll das werden. ?Ich & 2 ?Klauns.

?Ulkreport über 1 komischen Kauz. !Nicht sagen. !Das könnte klappen. EUCH=Arschgeigen zum Lachen..... bringen. !Schulz mit lustig. IHR=Mistviecher müßt erst mal rinn in Dreck. Mit EUERN großen Schnauzen erst mal !ordentlich=tief !rinn. Einstuken. In die selbstgemachte Kacke. Wie die Köter wennse in die Stube machen. !Was ?Elend: ?IHR u ?Heute. Der Zaster weg. Die Pinkepinke fürs Vergniechen. Und *Puff* – macht EURE ganze=kleine Welt. Wie n Bovist..... EUER !Elend: 1 Fuchsfurz aus Stinkmorchelkadavern. !Aufgepaßt. Auf Knien & Bäuchen den Grund-der-Dinge aufgewischt. Den stinkenden Boden-der-Tatsachen. Das zugerotzte vollgereiherte Fundament. !Aufwischen. Bis IHR Blut pissen werdet. Jetzt. IHR sollt EUERN eigenen Dreck fressen. Die eigene Kacke. Immer !rinn mit den vergnügten Schnauzen. !Ordentlich reingerieben den ganzen Scheißsalat..... Solange. Bis EUCH das Heulen hochkommt. Mit EURER Kotze zusammen die Jauchetränen. Schwedenpunsch. Hektoliter Jauche. Die glatten Frätzelchen runter. !Überströmen. !Überschwemmung. Jetzt. Der Schrei. So machtvoll, verstört, ohne Echo. Sinnlos. Wie der Schrei der Tiere. Schreie aus dem Nichts. Der wilde Ruf des Abschieds. Aus EUCH raus. Und Watschen bis EUCH das Wasser im Arsch überkocht. Dann habt IHR 1 !Grund zum Lachen: In EUERN Blut&jauchepfützen: Der Spiegel EURER Visagen. !Sehr gut. !Dadrin seid IHR EUCH wirklich ähnlich. Jetzt wollen wir sehn. Was vom Gelächter bleibt. IHR schiefen blöden Affenärsche..... IHR aufgerauchten Stummel-Kretins in der Blüte EURES Krebses. Aus den Mäulern raus das Giftgas. Wenn DAS die-Krone-der-Schöpfung ist. ?!Was ist dann der Arsch-der-Schöpfung. Und nach EUCH nicht mal Die Sintflut. Denn. IHR !seid die Sintflut..... Die Menschenschwemme..... Anfang Ende. Hinten vorne alles gleich. IHR Palindromedare. !Nicht sagen. Nur die Späße meiner beiden Klauns. Nichts vergeuden. Sparzwang. Achtung. Aufpassen. Ruhe. Setzen. Ausruhen. Am Schweißrand meiner trostlosen Ebene. Mich darauf eingelassen. !Was für Verheißungen.

!Versprechungen. Mein Jahr 2000. Alles was kommen wird. Die unerschütterliche Schäbigkeit des Seins..... Schamott & Schrott. Versprechen ein Versprechen. Und Zukunft wächst wie Unkraut zwischen toten Gleisen. Das Jahr 2000. !A die-Zukunft..... kommt. Da ist sie schon. Und bringt mit schmierigen Kinderpfoten. Fundmunition aus allen letzten Kriegen. Faustkeile. Tonscherben & Knochensplitter. Fliegerbomben Landminen Panzerfäuste. Die heiße Luft von Allem. Schund der nicht verschwinden kann. Und nicht verwesen. Die ganzen Müll&menschenhaufen. Von der-Zukunft wieder hochgewürgt. Nichts. Das mit Anstand verwesen könnte. O mit Anstand. Das A & das O. Keine Faxen. Aller Schund von Gestern. Vorgestern. Von Heute. Alles zusammen & nix kann die Kurve kratzen. !A die Jahrtausend-Klippe. Der Rand zum Becken ins nächste Müllenjumm..... Aus dem alten Porzellan. Ins neue..... Mensch bleibt Mensch. Kotze bleibt Kotze. Und wieder ein Jahrtausend mehr. Totgeschlagen. Irgendwann. Werden auch diese tausend toten Jahre. Sich zusammentun. Aufstehen. Und zurückschlagen. Und dann. Hat dieser Kladderadatsch 1 Ende. Der Tod als große Wasserspülung. Spaß muß sein. Nicht zuviel. Nichts vergeuden. Sparzwang. Kein Tod in dieser Welt. Kein Tod. Keiner. Unsterbliche Zukunft. Die grausame=schäbige Alltäglichkeit. Zukunft. ?Warum mich um Zukunft kümmern. ?Wann kümmerte sich Zukunft je um mich. Weite graue Ebene. Wiederanfangen. Von Hier & Jetzt. Das Frühjahr meiner Wörter. Das Grauen. Das graue. Ich muß hinein. Eintreten in das alte Licht. In die alte Nacht. Zu den Enden aus alten Träumen kommen. Zuendekommen. In der kalten Asche wühlen. Aus. Und Wiederkommen. Die alten Geschichten. Und weitergehen. Mit allen Lügen. Mit allen Morden. SIE können gehen. Auf langen Beinen. Weitergehen. So wie es kommt. Ich gehe mit. Mit IHNEN. Hin zu IHNEN. Mich an SIE hängen. An die Kinder der kranken Sonne Mitternacht. An die Bekloppten Dussligen & Verkorxten. Anhängen. Ich probiers. Wer abrutscht darf noch mal. Der 2. Versuch. Und 1 Kotzbrocken mehr in der Menschenschwemme..... Denn SIE können altwerden. Und. SIE können sterben. Endlich sterben. Nicht mehr bleiben. Abhauen. Raus. Sterben können. Draußen sterben können. Endlich aufhören können. Mit. Beinahe gesagt Mit Leben. Vergammeltes Getu. Irgendwann. Zu 1 Stunde auch ich. Keuchend röchelnd um mich schlagend. Irgendwo. Auf 1 gottverdreckten Flecken. Vielleicht in einer Pfütze. Das wäre schön. Im lauen Pfützenwasser nach einer Reihe warmer Tage. Es gäbe viel zu sagen über die Tiefe solcher Pfützen. !Nicht sagen. Der Tod – nur 1 Bildstörung. Und währt nicht lange. Bruchteil 1 Sekunde 1 Bildflimmern. Farbgestöber elektrisches Rauschen. Kalter Funkenflug. Wie Sandkörner in die Augen. Und dann weiter. Weiter wie gehabt. Alles wieder im alten Gang. Alles wieder so wie Früher. Ich habe Schwimmen gelernt. Und jetzt will ich sterben durch Ersaufen. So 1 Witzbold bin ich. Übertreffe noch meine beiden Idioten. Die Klauns in meinem Nacken. VIP. Very impotent personality. Aber SIE. SIE können schwimmen & SIE können ersaufen. !A SIE können !sterben. Nichts u Niemand retten. Von Nichts u von Niemand gerettet werden. Nichts mehr sein als Nichts. Nichts mehr retten aus dem offenen Meer. Nichts' Meer. Jetzt sind wir also auf hoher See. Schöne Bescherung. Der Horizont hebt & senkt sich wie mein Magen. Seekrank. Der bebende Horizont. Kotzübel. Die schwarzen Küsten in der Nacht. Basalt. Nirgends der Lichtarm 1 Leuchtturms. Gütig unermüdlich u voller Geduld. Nur diese basaltene Finsternis. Steinfinsternis. Zu all meinen unbenannten Finsternissen. Ich glaube es ist Basalt. Ich kenne mich nicht aus in der Geologie. Die steinernen Finsternisse. Im offenen Meer. Ich werde kentern. Zerschellen an den Klippen. Am Kap der Letzten Hoffnung. Doofsein u: Untergehn. In diesem ölschwarzen Getobe. Trotz Dämlichkeit ersaufen. Dämlich wehrt am längsten. Den Charakter im Bauch. Im Arsch. Doof & Fett schwimmen Oben. Aber. Doofsein & trotzdem untergehen. Wie SIE. !Das wenn ich könnte. Ersaufen. In dieser grausigen Plirre. Die kalten Wellen aus einem kalten

Land=ringsum..... Tollwütiges Spülicht. Dadrin die Fische pimpern. Von anderen Wesen zu schweigen. Dadrin Menschen IHRE dreckigen Quanten kühlen. Von anderen Körperteilen zu schweigen. !Nicht sagen. Nicht zuviel. Nichts vergeuden. Sparzwang. Im hohlen Dröhnen des Sturms Sonnenaufgang. !Sieh da. Sonnenaufgang & Sturm. Hellrote Schlieren Morgenlicht. Sturmverzerrte lange Wolken. Blutende Wunden. 1 helles klirrendes Geräusch. ?Woher. Es hält an. Das Klirren der Stürme. Wellen fahren kalt aus dem hellgrünen Meer. Wie scharfkantige Scherben Glas. Die grellweißen Schneiden zerstücken die Bahnen Sonnenlicht. Unstete Wege aus der Nacht. In den unsicheren Morgen hinein. Zerren Schaumbatzen auf glattgespülten Strand. Schmutzigweißes Geflocke frierend im Sturm. Manch Schaumnaht langgestreckt wie ein gestrandeter Mensch. Die fragwürdigen Erscheinungen aus dem Morgenlicht. !Nicht sagen. Auftauchend aus trüben schlammigen Tiefen. 1 Weile sind SIE. Dann Verschwinden. Abtauchen. Aufhörn. Das Meer der Überflüssigen das Überflüssige mehrend, mehrend..... !Nicht sagen. Und. Verzichten aufs Morsealfabet der Interpunktion. Jeder Punkt. Jedes Komma. Jeder Gedanken-Strich – ein verkehrt gegebenes Es O Es. Keine Rettung. Kein betgebeugtes Wir. Keine Seele. Für Niemandsseele Niemands Rettung. Nur dieses Zucken der Muskeln in meinem Arm. Um davon zu sprechen. Gehen. Womöglich auf dem Wasser gehen. !Nicht sagen. Weitergehen. Unfreiwilliges Meer. Unfreiwilliges Zucken. Tick Tick Tick Peng Peng Peng Tick Tick Tick. Der Engel der Unruhe. Es hat begonnen. Begonnen weiter zu gehen. Langezeit schon begonnen. Begonnen weiter zu gehen weiter zu verlieren. Alles wieder im alten Gang. Alles wieder so wie Früher. Die Kontrolle über die Muskulatur. Verlieren u Versagen. Im Arm. Im After. Die Folgen. Das falsche Es O Es. Der echte Dünnschiß. Auf ganzer Ebene. Tick Tick Tick Peng Peng Peng Tick Tick Tick. Ausgesandt Hammerschläge meiner verdammten Natur. Das Meer. Vielleicht könnte ich ?hier ?leben. Am Meer. Wenn das-Leben das Leben wäre. Dann könnte das-Leben das Leben sein. Aber. Leben ist überall nur das-Leben. Mehr od weniger. Kürzer od länger. Ich hab jetzt die Schnauze voll von diesem Meer. Ich meine nicht voll Wasser. Kein Ersaufen. Schnauze voll von diesem Thema. Es kotzt mich an. Das-Leben. Das Meer. Kalter Fotzgestank. Geilheit Schwangerschaft Kannibalismus Verwesung. Und immer geht es bloß ums Leben..... Die Schöpfungs-. !Nicht sagen. Nichts vergeuden. Sparzwang. !Genug. Meer nicht mehr. Ruhe. ?Warum hat das Zittern eines Sterbenwollenden solch Nähe zum Es O Es eines Sterbensollenden. !Uff. Das frag ich mich. Verkehrte Welt in verkehrten Gesängen. Rabengesang. Geschöpfe. Hohe See. Schon wieder. Seegang. Brechen. Gebrechen. !Nicht sagen. Tick Tick Tick Peng Peng Peng Tick Tick Tick. Die Killeruhr. Ich werd meinen Körper bißchen abklappern. Das lenkt ab. Die Generalprobe zum Aufbruch. Das Manöver für den Ausbruch. !Fort von Hier. !Raus. Dazu Alles auf Vordermann bringen. Ordnung muß sein. 1ige Details herzählen. Vielleicht die faule Stelle finden. Wo Er zuschlagen kann. Finden meinen Henkel zum Wegschmeißen, sozusagen. Jetzt. Wos an Den !Aufbruch geht. Die Mäßigkeit, die Insuffizienz & die Müdigkeit. Schon 3 Henkel. Gute Arbeit Hut ab. Wer mäßig, insuffizient & müde ist. Der fliegt !raus. Damit das klar ist. Jetzt. Wo ich 1 Mal in Schwung bin. !Vorwärts. !Los. Und kommt nicht wieder. !Aufbrechen. O ich armer Aufbrecher. Habe schwach angefangen. Bin dann aber stark abgefallen. Spaß muß sein. Nicht zuviel. Sparzwang. All die Körperteile hängen. Am fadenscheinigen Gewebeteppich. Muskeln. Sehnen. Knochen. Bindegewebe. Mark u Pfennig. Ganz genau so. Ganz genau für 1 Weile so. Ganz dagegen. Mein Genital & meine Hoden. !Heiliger Bimm & !Heiliger Bamm. Was für 1 Nacht. Und ist noch nicht zu Ende. Mein Arschloch. !Allmächtiger Vater. Meine Schließmuskeln. !Donner & Doria. Taub aller Vernunft u Hygiene. Welch Freigebigkeit. Welch Verschwendungssucht. Bar & pleite aller Kontrolle. Der Körper & seine

Öffnungen. Nicht meine. Bloß nicht bereden. Bloß nicht reden davon. !Nicht sagen. Schmerzen. Ganz was Neues. Schmerzen im Gefrierfleisch. Unverfroren. Das ist der Preis. Ohne Preis kein Fleiß. Tick Tick Tick Peng Peng Peng Tick Tick Tick. Wie geschmiert. Ich kann nur wenig dafür. Unität meiner Gattung. ?Welche Rolle. ?Welches Stück. Die integrale Seele. Immer scharf auf 1bißchen Rettung. 1bißchen betgebeugtes Wir. 1bißchen Seelenglück. !Hätt ich noch Speichel zum Kotzen. !Wär ich steif wie die Sfinx. Unterm steinernen Grinsen geht die Welt in die Binsen. Guter Reim Hut ab. Die Toten. Reime aus den Toten. Ohne Gefühl für Zeit. Das ist natürlich. Aus dem Schoß der Schmerzen geboren die Zeit. Gesalbt vom Dünnschiß der Gewöhnung. Inter faeces et urinas. Am Ende Latein. Laß es sein. Guter Reim Hut ab. Es O Es. Am Ende. Gewiß nicht mehr Schmerzen heute als früher. Weniger auch nicht. !Früher. !Heute. Was für Wörter. !Nicht sagen. Nicht zuviel. Nichts vergeuden. Sparzwang. Was für Erinnern. Damals. Fängt gut an. Damals zum Beispiel mein Kopf. Würde ihn gerne hergeben. Als Beispiel den Kopf. Das heißt. Die Zentrale das Kerngehäuse meiner Birne. Um dabei zu bleiben. Erstarren. 1bißchen Entstarren. Weiter. Alles wieder im alten Gang. Alles wieder so wie Früher. Erstarren Entstarren noch weiter Erstarren weiter Entstarren. Undsoweiter. Immer hübsch 1 Schrittchen zurück und 2 voran. Alles wieder im alten Gang. Alles wieder so wie Früher. Das Endziel Gehirnkristall. 1 Stein 1 Kalk. Bis ganzdicht die Birne. Die Zentralgewalt. Tot. Die Mauer dahinter. Sich denken seinen Teil. Schreiben seinen Petrefuckt. Was für 1 Wort. Wessen Wort. Nicht meines. Was für eine Geschichte. Wessen Geschichte. Nicht meine. Nicht ich. Frühmorgens im Spiegel. Was fürne Fresse. !Grauenhaft. Kenn ich nich : Wasch ich nich. Spaß muß sein. Schöne Witze. Nicht zuviele. Sparzwang. Und noch nicht zu Ende. Tick Tick Tick Peng Peng Peng Tick Tick Tick. Gehämmere in Stein in Wahrheit. Meine Wörter zitteriges Getapere von Hiero-Glühfen. Über alle Arten von Papier. Scheißpapier.

Scheißegal. Aha. Mein Arschloch. Was für 1 Wort. Wessen Wort. Nicht meines. Und meine !Hmm-!H-!Hmmm. !Nicht sagen. Hören niemals auf. Kein Ende. Nicht meines. Kein Ende der Wörter. Nicht meiner. Noch nicht zu Ende. Weiter. Alles wieder im alten Gang. Alles wieder so wie Früher. Als lauere das Ende unter irgend-1 Bettzipfel. Zum Beispiel. Meine rechte Hand. Um 1 weiteres Kuriosum, mit Verlaub, einzuführen. Meine rechte Hand. Bleibt. Von Erstarrung ausgeschlossen. Da ist man baff. Was für eine Geschichte. Nicht meine. Bleibt ausgeschlossen. Vom Präsens bis ins kategorische Impera. Tief. Starre. Steife. Die syntaktische Erektion. Der grammatische Ständer. 'ttseidank nich meiner. Jetzt weitermachen. Gute Staffel Hut ab. Hinterher. Hinter IHNEN her. Was mochte sie verbrochen haben. Meine rechte Hand. Ohne Gnade bleiben. Ohne Erstarren bleiben. Ohne die Gnade des Erstarrens Bleiben. Weitermachen. Bleibenmüssen. Weitermachenmüssen. Ausscheren. Aus dem kollektiven Erlebnis des Erstarrens ausscheren. Meine rechte Hand. Bleibt zu klären. ?Wann klären. Dummheit. Mir jetzt noch Zukunft zu verpassen. Nachdem ich Zukunft verpaßte. Auf meine alten Tage. Auf meinen 1. alten Tag. Solche Dummheiten. Meine rechte Hand. Um zu ihr zurückzukehren. Meine rechte Hand ist locker wie ein Lämmerschwanz. Reicht die Fliegen zu erledigen. Totzuschlagen. Beiweitem nicht alle Fliegen. O beiweitem nicht, beiweitem nicht. Mein schöner Hammer aus Stahl. ?Wo mag er sein. Erledigen die Fliegen die Zeit. Meinen 1. Tag in diese Fremde treiben. Hinterher. Hinter IHNEN her. Diese Fremde die ich genauso gut kenne wie alle übrigen. Genauso schlecht auch. Fremd an allen übrigen 1. Tagen. Durchatmen. A. Wo Leben ist sind Fliegen. Wo Fliegen sind ist Leben. Guter Spruch Hut ab. Ein schöner Hammer & eine lockere Hand. Lockeres Leben. Lockere Schläge. Lockorrhöe. Um genau zu sein. Geologieen aus Wörterscheiße. Aufgeschichtet unter mir. Kein warmes menschliches Düftchen. Trauliches. Heimeliges Lüftchen. Eisiger unmenschlicher Gestank. Als hätt eine Leiche geschissen. Das war früher. Die Scheiße meiner Toten. Was für ein An(al)thema. Welch eine Voraussetzung zum Aufbrechen. Gute Kurve Hut ab. Denn jetzt können. Weil nicht mehr müssen. ?!Kapito. Ende Generalprobe. Manöverende. Alles auf !Anfang. Es wird Abend. Jetzt wirds !ernst. ?Was soll das heißen. Anfang. Ernst. Ruhe. Es geht. Und !los. Es geht wieder !los. Die alten Geschichten. Die alten Lügen. Plattheiten. Von denen ich nicht lassen kann. Ich lasse sie los. Keine Träume erzählen in der Leere. In der Nacht. In der Leere des Tages. Des 1. Tags in der Leere. Aufbruch. Ausbruch. Draußen. Hinter IHNEN. Wieder Träume haben. Gute Staffel Hut ab. Denn jetzt können. Weil nicht mehr müssen. ?!Komm prie. Träumevoll. Träume voll mit Schweigen. Wie früher Hosen voll. Schiß haben. Vor IHNEN. Alle beisammen haben. Davon erzählen. Das Schweigen erzählen. Den Schiß erzählen SIE. Kommen daraus hervor. Aus dem alten Dreck. Aus den alten Nächten aller alten 1. Tage. SIE. Die Gestalten. Die Leuchten im alten Licht. Die Zeichen. Die Fliegen. Die Interpunktion. Tick Tick Tick Peng Peng Peng Tick Tick Tick. Da sind SIE. SIE kehren zurück. Her zu mir. Meine Räume: amputiert zertreten zerschnitten niedergeschlagen. Das Dröhnen in meinem Gehör. Fabrikhallenlärm. Die ewige Eisenmesse Industrial Dome. Stahlhämmer auf Stahlblech. Was für !Killer. PACH PACH PACH. Stahlkreuzigungen. PENG PENG PENG. Und hört nicht auf. ?Was findet der Bohrer im Eisen. Eisen. Loslassen. Damit SIE loslassen. Sich loslassen. Von allem lassen. Die Hände vor allem. !Los. Es geht los. PENG PENG PENG. PACH PACH PACH. Ich bleibe übrig. Nur wenig übrig. Nicht zu schwer sein. Flüstern. Damit SIE herkommen. Die Gestalten. Die Zeichen. Die Fliegen. Die Interpunktion. Tick Tick Tick. Loslassen. Peng Peng Peng. Die alten Geschichten. Die alten Fragen. Tick Tick Tick. !Los. !Raus. !Hinterher. !Weiter. Alles wieder im alten Gang. Alles wieder so wie Früher. Hinter IHNEN her. Im Herzen der Wüste. Die alten Gemetzel. Schlagend sich schlagen. Die Herzen der Wüste. Gefangen gehalten im Gerippe der Nacht. In Fleisch & Sehnen vom 1. Tag. !Los. Dem Fressen hinterher. Mein Seelenfrieden ist im Arsch. Doch scheißen kann ich nicht. Nicht mehr. Alles los sein. Erleichterung. Wenn das kein Spaß ist. Nicht zuviel. Nichts vergeuden. Sparzwang. !Los. Die alten Gestalten. Hierher. Die alten Geschichten aus dem alten offenen Meer. Die alten Fragen. Flüstern. Tick Tick Tick Peng Peng Peng Tick Tick Tick. Die alten Antworten. Die alten Lügen. Auf ihren alten krummen Beinen. Vielleicht u Alles ist Irrtum. Wer weiß. Nur 1 kurzes Zögern. Vor dem Aufbruch. Dem Ausbruch. Vorm kühnen Schluß-Sprung nach Draußen. 1 kleine Rast nur. Sie wird mir guttun, die kleine Pause. Mein schöner Hammer aus Stahl. Vielleicht werde ich noch Viele erledigen müssen. 3kant-, 4kant-, 5kantschatten. Weißgelb wie alte rausgezogene Zähne. Die Bravsager. Engel der 1gesperrten. Die sich aufreihen zum Gebiß. Weißgelbe Hauer. Zahn um Zahn. Zusammenbeißen. Die mich nicht durchlassen wolln. Die mich drinbehalten wolln. Zähne zusamm. Damit das Feste drinbleibt. Das Feste. Das bin ich. Soll bleiben hier. Auf dem Grund Betonrinne. Am Rand zum großen Lichtoval. Tief in der lauen alten Nacht Beton. Mitternacht. Die Mördergrube. Vielleicht würde ich noch Viele erschlagen müssen. Auf dem Weg nach Draußen. Und weiter. Alles wieder im alten Gang. Alles wieder so wie Früher. Auf allen Wegen Draußen. Vielleicht gebe ich mir sogar meinen Stahlhammer wieder. Soviel Zuversicht. Wie Dreck in den Falten meiner Haut. Dort=oben. Am Saum der Nacht sehe ich. IHRE Schatten langsam ziehen. Es sind die Schatten der Letzten. Die ich sehe. SIE wanken hinter den anderen her. Aus dem großen Lichtoval. Aus der kranken Sonne Mitternacht. Umsteiger. Von einer Nacht in eine andere Nacht. Voran. ?Wohin sonst wenn nicht Voran. Von Verzweiflung getrieben. Od von einer anderen Freude. Od von einem anderen Wahn. Die Schatten. SIE schwanken dahin wie alte Dienstmänner. Stumme Gepäckträger mit immer viel zu schweren Koffern. IHREN Weg entlang. Von Funzel zu Funzel. Von Tür zu Tür.

Alle Treppen hinauf hinab. In den Schatten zurück. In den großen. Davon 1 Stück sind IHRE Schatten. Geboren gebuckelt gestorben. Die Rache. Sie trifft immer nur die Nächsten. Die Besten sind immer auch die Falschen. Also sind es die Richtigen. Und keiner. Nicht 1 1ziger wird jemals vermißt werden. Damit das klar ist. Jetzt halten SIE in Händen Lichter. So unstet angstvoll blinkend. Kurze Flämmchen. Aus. Neue glimmen schreckhaft auf. Den Neuen gehts nicht besser als den Alten. Kurz ist das Licht. Und lang die Nacht. Den 1 letzten Schatten taumelnd. Am Grat der alten Nacht entlang. Ihn will ich im Auge behalten. Er ist mir Nähe genug. Näher will ich IHNEN nie mehr kommen. Auf diesem Weg. Aus meiner kleinen alten Nacht. In IHRE kleine alte Nacht. Die Ruinen meiner Räume. Sie sollen bleiben. Unbeschallt. Unbesichtigt. Unberochen. Unberührt. Der ferne Anblick von diesem 1 Schatten. Er sei mir Anblick & Einbruch zur Genüge. Schön. Der letzte Schatten, dort, am Saum zur alten Nacht. Im müdgelben Licht. Dem niemals endenden alten Licht. Dem ich folgen werde. 1 ?Mann. 1 ?Frau. Gar kein ?Mensch. Wer will das ?wissen. Ich !nicht. Jeder kriegt was er braucht. Damit das klar ist. Schön. Aber. Erst mal IHNEN hinterher. Zum 1. Mal aus freien-Stücken, sozusagen. IHNEN hinterher. IHNEN folgen in die Dämmerung. Mit Volldampf schippernd in mein Abendrot. !Aufbruch. !Ausbruch. Ich sage das mit Schwung. Ich übertreibe. Denn. O ich alter Aufbrecher. Ich kenne mich darin 1bißchen. Mich & mein blühendes Schicksal. Aufbrecher. Irrbrecher. Einbrecher. Erbrecher. Am Ende siegt immer die Müdigkeit. Wie früher nach dem Scheißen. Gähnend in mir 3x täglich meine Stimme. Nicht zuviel. Nichts vergeuden. Sparzwang. Laß es sein. !Was für schöne Versuchungen. Mit & ohne Fleisch. Sind an mir=im=Schlaf vorbeigezogen. Jaja. Faseln bis zum Anschlag. !Nicht sagen. !Versuchungen. Ich bin nicht Johannes. Damit das klar ist. Aber jetzt. Ich will das alte Schwungrad nutzen. Solange es im Leerlauf weiterlaufen mag. Ich spreche in Bildern. Früher hatte ich unvergeßliche. Auf der Retina nachts um halb eins / Ob dun Bild drauf hast od auch keins. Unvergeßliche Bilder. Nicht zuviele. Nichts vergeuden. Sparzwang. Heute hab ich sie vergessen. Alle Bilder futschikato. !Weg. Genau wie mein Film. Mein letzter. *Orfeus & Eurydike.* Weg & kommt nicht wieder. Wie sie. Die Engel der 1gesperrten. Aber nicht SIE. Dort vorn sind SIE. Also aufstehn. Hose hoch. Nicht die Spülung ziehen. Nicht so laut. Sie, die Bravsager, könnten sie, die Spülung, hören. Und das Richtige vermuten: Er ist fertig. Zuende mit allem Schiß. Dann würden sie, die Bravsager, herkommen. Dann wärs zu spät. Für den Aufbrecher zu spät für den Ausbrecher. Für mich. !Nicht ziehen. Welch Überwindung. 1studiert = 1studiert. !Stieke. Also weiter. Alles wieder im alten Gang. Alles wieder so wie Früher. Sie sind unaufmerksam. Sie, die Bravsager Engel der 1gesperrten, haben nicht Brav gesagt. Haben nicht Peep gesagt. Haben Nischt gesagt. Sind sie ?wirklich ?fort. Od ?eingeschlafen. Sie kriegen nichts mit. Die Bravsager. Die Doofköppe. Die Triefsäcke. Aha. Sie haben mich sitzenlassen. Auf dem Topf. Beim AAmachen im Stich gelassen. Denn. Ich bin 1 altgedienter Scheißkerl. Sie, die Bravsager, halten mich daher für zuverlässig. Volltrottel. Heut wie Alletage. 3x täglich. Glauben sie wohl. Die Dummbüdel. Nicht zuviele. Nichts vergeuden. Sparzwang. Sie haben sich dünngemacht. Zum Kartenspielen Fernsehglotzen Fußball Saufen od Vögeln. Was an süßen Wonnen. 1 geklauter Feierabend alles bieten kann. Jedenfalls. Sie, die Bravsager, sind !fort. !Kurve gekratzt. !Platte geputzt. !Heidewitzka. Jetzt bin !ich dran. !Aufbruch. !Ausbruch. Laufen. Hose festhalten. Und laufenlaufen. Laufen. Hinterher. IHNEN hinterher. Den Toten hinterher. SIE sollen mir Nichts geben. Ich will IHNEN Nichts nehmen. Tod ist tot. Ich will nur 1. Draußen Sterben. Sterben lehren & sterben lernen. Hammer. Jetzt will ich ihn mir wiedergeben. Ich muß ihn suchen. Meinen schönen Hammer. Nicht aus Pappe. Aus Stahl. Er muß noch immer dort liegen. Mein schöner Hammer. Bewacht von Karel Klops. Waran von Komotau. In Böhmen. Hinter den Grenzen. Es gibt keine Grenzen mehr. Sterben lehren & sterben lernen. Er wird fort sein. Mein schöner Hammer. In die Welt gekommen. In die Städte der Welt gekommen. Mein Regulator. Sterben lehren & sterben lernen. Ich muß fort. !Aufbruch. !Ausbruch. In die Welt ohne Grenzen. Zu meinem schönen Hammer. Zu meinem Regulator. Hinterher. Ihm hinterher. In die Städte der Welt. Weiter. Raus & weiter. Alles wieder im alten Gang. Alles wieder so wie Früher. Raus & Draußen. IHNEN=Draußen Sterben lehren. Von IHNEN=Draußen Sterben lernen. IHREN Tod. Denn. Was im-Leben ich verlor. Kann im-Tod=ich wiederfinden. Dann weitersehen. Wieder weitersehen. Weitergehen. Es geht immer weiter. Immer noch weiter. Alles wieder im alten Gang. Alles wieder so wie Früher. Ich will ihn suchen. Den Hammer. Den schönen Hammer aus Stahl. Und. Suchen den Baum. Den schönen Baum aus festem Holz. Aus dem mein Sarg sein wird. Schön & fest. Er muß schon hübsch=groß geworden sein. Der Baum. O in all-dieser-Zeit..... O in all-diesen-meinen-ver!fluchten-Jahren..... Hübsch & schwer, der Hammer. Hübsch & groß, der Baum. Ich will ihn gut behandeln. Den Hammer. Den Baum. Beide für meine Kiste. In der man mich verscharren wird. Der Hammer auf die Nägel. Für die Bretter die die Andere Welt bedeuten. Einestags. Die Kiste soll ordentlich=fest sein. Wie ein Tresor. Damit ich drinbleiben kann. In der Kiste. Verriegelt & verrammelt. Damit das klar ist. Damit ich nicht schwach werd. Am Ende das 1 Anfang ist. Und raus will. Zum Jüngstengericht. Od auf ein anderes Tut Tut. Ich kenne mich. !Ha. Die Auferstehung. Ich will sie verpennen. Und. Vielleicht wird mir jemand 1 Grabstein setzen. Dann. Will ich mich auf seine Inschrift freun. *Er hat sich hingekriegt*. Und. *Er ist zu vergessen*. Vielleicht wird dieser jemand. Dieser 1 letzte Schatten sein. Aber. Warum sollte er. Noch 1 Mal & im richtigen Moment. Sich umdrehn. Zurückblicken. Wie damals als *Orfeus* ich. Auf mich blicken in meinem Sterben. In meinem alten Licht. In meinem letzten Traum. Mit alten herbsthellen Augen. Verwaschen u hell.

Im richtigen Augenblick so viel Schönes tun. !Mir antun. Nicht zuviel. Nichts vergeuden. Sparzwang. Keine Antwort. Ich bin nicht Orfeus. Damit das klar ist. Kein Ende durch Weiber & Pflüge. Ich habe Arbeit nie vergessen. Und. Ich habe sie niemals vergessen. Die Frau. Ich habe sie verloren. Die-Frau verloren ich. Für=immer&ewIch=Ohnefrau. Das schafft Raum u: Zeit. Den Großen Atem zum Töten. So ist das. Also weiter. Immer noch weiter. Im alten Licht. Mit Arbeiten & Gehen & Töten. Alles wieder im alten Gang. Alles wieder so wie Früher. In der alten Nacht. Manchmal 1 Zerren in beiden Mundwinkeln. 1 Zucken. Als wolle der Mund das Gesicht zerteilen. Noch 1 Falte mehr zu allen alten Falten. Ich glaube ich lächele dann. Ich habs nicht so gemeint. Das mit dem Lächeln. Ein Lächeln als sei ich bereits gestorben. Damit noch nicht zu Ende. Schöne Anblicke. Jedem Drecksack seine Zeit. Und wenn die Zeit um ist. Ist der Sack weg. Schöne Ausblicke. Nicht zuviele. Nichts vergeuden. Sparzwang. Und ?ich. Ich bleibe mir. Ich bleibe mir gleich. Damit noch nicht zu Ende. Ich bleibe übrig.

Die Entdeckung des häßlichsten Menschen

Fallend. Eines langen Tages Dämmerung. Wenn alle Schatten fallen. Der letzte. Schatten – mein eigener. Niederfallend. Auf der Suche. Auf der Flucht. Gefallen der letzte. Mein eigener – Schatten. Schlamm zu Schlamm. Niedergefallen ins Schlammfeld. In der Dämmerung zur letzten Behausung. Weinend dort die blutlose Schar der Gestorbenen. Nicht über ihn. Den ich ich nenne. Kerl in Violett. Dunkler Wind zerrend an der Stirn zum schweren Flachland. Erde. Gefurchte Stirn. Von Pflügen zerrissen. In den Furchen stumpf glänzend. Wassergrau. Pflugspuren durch ein ersoffenes Feld. Von der matten Klinge des Horizonts ab. Geschnitten. Und nun Dämmerung. Fallend. Die Furchenkämme ein riesiges Gitter mit zerfressenen Stäben. Aus dem Himmel mit der Dämmerung. Gefallen. Heruntergeschlagen. Ins Frühjahrsschwarz überschwemmter Erde hinein. Himmel hat keine Gitter. Das sagt man so. 1 Jargon. In der Dämmerung aller Tage. Sagt Mann. Den ich ich nenne. Kerl in Violett. Tief in den Schlamm gefallen. Versunken. Durchs Gittertor schwarzer Erde hinab. Hinabgestiegen. In die Erde versenkt. In die leere furchtbare Erde. Winter's exit. Saat & Keim für 1 schwarzes Gewächs. Die Pflanze der Glücklosen. Wild bösartig u alt wie auch Kinder sind. !Schrittespuren. Da sind SIE. Bis hierher wo ich. Den ich ich nenne. Liege. Kerl in Violett. Schrittespuren ersoffen im Schlamm. In der Dämmerung. Runde Pfützenaugen erblindeter Blicke. Starrend hinauf in die Bleikammern Abend. Himmel !Spuren. Glanzlos wie Münzen verstreut. Gesät in braches Feld. Verloren. Das Lösegeld die stummen Bitten aus Blech. Da liegt nun er. Den ich ich nenne. Kerl in Violett. Die Fresse im Dreck. Vorderzähne rausgeschlagen. Das Schandmaul voll Sauergeschmack Erde voll Schlamm. Als hätt ein Grab ihn ausgespien. Kein Fieberspuk. Und hat Nichts mehr zu verderben. Nichts zu erbitten mehr. Nichts von Niemandem. Nur Spuren die bleiben. Die Schritte aller die verschwunden sind. Am Rand zu einem Feld nicht für das Frühjahr Niemandsfeld. Gepflügt für die Nacht. Fauchend. Wind durch Dunkelheit u Leere. In den Wind geworfen. Ausdünstungen aus der Totenstadt. Berlin aus Baugruben zerborstene Fundamente. Hoch hinaufgezerrt in kalte Feuer. Quecksilber Licht Jupiter Lampen. Im Blendschein die rohen alten Geschichten. Mord Gebeine Feuer u Asche. Wasser Steine alle Krankheiten u Gifte. Da sind sie. Ausdünstungen aus der Stadt. Berlin. Im Rücken französische Kasernen. Am zerklüfteten Stadtrand die letzten. Leere Gehäuse im Innern stirbt die Luft. Asfalt Gras & Sand trittezerborsten. Wege Straßen Plätze haben ihre Bestimmung verloren. Hektar ohne Verstand. Kantige Sätze vom rotweißen Schlagbaum ab. Gebrochen. Die Einfahrt zu. Blechblöde das Tor. Und Feindschaft gezwungen in Umschnürungen aus Stacheldraht. Schartig zerfressen. Rostbrand. Als könne Metall verfaulen. Ich. Den ich ich nenne. Kerl in Violett. Hab es gesehen. Klar u ohne Rührung. Und kein Bleiben dort länger. Dann bin ich. Den ich ich nenne. Kerl in Violett. Hierher gekommen. Ins Leere. In die Dämmerung. Langsam. Immer langsam voran. Bäume Sträucher – sie haben sich abgewandt. Von der Nordwindsäge gefällt & gerodet. Wurzellos. Fortgezogen vom mächtigen Strom. Über die Klippen des Horizonts. Dahinter in lufthohen Hallen. Des Himmels Turbinen den Wind den dunklen den dämmernden Wind. Wind dröhnend dem Mahlstrom zur Nacht entgegentreibend. Auch vordem die Steine im Schlamm versunken im Feld. Ruhend nun auf dem Grund. Blind taubstumm das Glück der Steine. Niemand Nichts. Nur 1 Krähe. Die letzte Begleitung auf meiner Reise aus dem Winter. Langsam. Immer langsam voran. Bäume Sträucher Steine – verschwunden. Nirgends 1 Ruheplatz für sie. Die Krähe. Luft hat keine Balken. Das sagt man so. 1 Jargon. Tags ihre Schreie. Ritzend ins Weißblech der Himmel. In der Dämmerung schweigt sie. Schweige ich.

Den ich ich nenne. Kerl in Violett. In der Nacht meine Augen. Hell mit dem Blick der Fische. Herausstarrend. Aus dem Dreck. In den Marmor Abend. !Himmel meine Augen. Darauf ist sie scharf. Die Krähe. Wahre Leckerbissen solche Augen. Selbst Augen wie meine. Kein Unterschied für 1 Krähe. Vor den Krähen sind Alle gleich. Das sagt man so. 1 Jargon. Ich. Den ich ich nenne. Kerl in Violett. Bin noch nicht zuende. Noch nicht, noch nicht. Langsam. Immer langsam voran. Auf dem Feld. Im Schlamm. Sie kann warten. Die Krähe. Meine letzte Begleitung Krähenlieder. In den Dreck in den Schlamm. Der Schlamm ist. Der Schlamm ist warm u weich. Unter dem Schlamm möchte ich. Den ich ich nenne. Liegen. Kerl in Violett. Ein tiefer Weg. Und langsamer das Leben. Die Nacht. Plötzlich. Auf ödes Feld geworfen der Gesang. Worte aus meinem Mund voll Schlamm. Vom zweifachen Tode der Gattin. Nicht Baum nicht Stein. Zuhörer nicht länger. Für meinen Gesang für meine Klagen. Schauspieler & Sänger das Schandmaul. Es gibt keine Zuhörer. Nicht mehr. Und hat auch Ende nach seinem Bild gemacht. Gesänge kleiner Schatten. Klagen aus Träumen Dämmerung nirgendwann. Wiedersehen. Aus Träumen nicht. Aus. Keine Träume. Nichts. Zu Ende mit allen Träumen zu Ende mit allem Schmerz. Od immer denselben Traum erzählen müssen. In derselben Dämmerung in demselben Dreck. Bis Traum aufhört Traum zu sein. Kein Traum zu sein. Niemals kein Traum gewesen. In derselben Dämmerung in seiner Nähe zum. Zum ?was. Beinahe gesagt zum Schmerz. Aus. Keine Schmerzen. Nichts. Od immer denselben Schmerz erzählen müssen. In derselben Dämmerung in demselben Dreck. Bis Schmerz aufhört Schmerz zu sein. Kein Schmerz zu sein. Niemals kein Schmerz gewesen. In derselben Dämmerung in seiner Nähe zum. Zum ?was. Beinahe gesagt zum Dings. Aus. Und immer so weiter. Undsoweiter. In derselben Dämmerung in seiner Nähe zur. Zur ?was. Beinahe gesagt zur Gnade. Aus. Keine Gnade. Nichts. Zu Ende mit aller Vergebung zu Ende mit allem Fluch. ?Was auch wäre zu verfluchen. Außer daß sie geliebt war. Sie. Die mir einst Vermählte. Fand sie den zweimal gesuchten den-Weg=hinaus. Fort von mir. Den ich ich nenne. Kerl in Violett. Fort von dem Schauspieler & dem Sänger Glücklos. Noch im Scheitern. Man nennt ihn. Den ich ich nenne. Kerl in Violett. Arschloch. Zombie. Von A bis Z. Alles was bloß anders..... ist. Ihr Abschied mein zweifaches Ende ein Fluch. Mein Fluch kein Ende. Verbrannte Haut. Keine Gnade zu sein. Niemals keine Gnade gewesen. In derselben Dämmerung in demselben Dreck. Bis Gnade aufhört Gnade zu sein. Nicht mehr zu sein. Noch nicht noch nicht. Langsam. Immer langsam voran. Zu Ende kleiner Schatten. Gemischt in den großen Schatten Dämmerung. Fallend. Eines langen Tages Dämmerung. Am anderen Ende. Schon wieder Ende. Das sagt man so. 1 Jargon. Gefallen. Am anderen Ende vom Feld an den Klippen zur Nacht leuchtend. 1 Skulptur der Einsamkeit. Die Flughafengebäude Tegel Fenster die hellen Zähne in einem entblößten Gebiß. Beißend in den Rand zur Dämmerung. Die Lichter fürs späte Warten. Benagen sie das Feld den Schlamm die Ackerfurchen die Stäbe zum Gitter. Gefallen. Aus dem Himmel Dämmerung. Einer. Den ich ich nenne. Kerl in Violett. Und kriechend sich hangelt die Furchenkämme entlang. Langsam. Immer langsam voran. Dorthin. Wo hellschimmernd die Zähne des Flughafens fressen. Wo dröhnend Turbinen den Wind den dunklen den dämmernden Wind. Zermalmen. Jede Minute beißt etwas tiefer in den Tag. Und bilderlos wölbt sich die Nacht. Die Kälte am Horizont. Entblößte Zähne ebenmäßig u̧ schimmernd ein helles Frauengebiß. Umstarrt von finsterem Dunkel. Nicht ferne mehr vom Rand der oberen Erde im Überflug. Deltaformen der Flugzeuge aufgeregtes Geblinke Signale & Zeichen. Weiß Rot Grün Welsch die Gaunersprache der Technik. Weiter und weiter in dunklen Himmelsblock sich bohrend. Die Nachschlüssel die Werkzeuge. Aufzusperren die Tore Finsternis. Schwärme Freigelassener. Einbrecher in die Fremde. Ins Große Licht. Und alles Nachtgebliebene zu überholen. Die Nacht..... Fallend. Eines langen Tages Dämmerung. Und

Nichts geschenkt. In zweifacher Dämmerung in zweifachem Tod. Soll die Gattin geliehen mir sein. Wenn ich sie wiederfinde bin ich. Den ich ich nenne. Kerl in Violett. Entschlossen weigert sie sich. Mit mir zu gehen aus dem Dunkel. Ich gehe nicht fort. Dann ist zweier Vernichtung in zweifachem Dunkel. Soll sie mir sein. Meine letzte Begleitung. Wenn der Winter mich ausspeit. Die Krähe. Der Schatten der Krähe. Kleiner Schatten fallend. Niederfallend der letzte. Schatten auf mich. Kerl in Violett. Nicht größer als mein Schatten. Sie kann warten. Die Krähe. Plötzlich: Überall !Licht. Überfall !Licht. Den Schlamm die Erde mich mit weißsprühender Flut übergießend. Ins tintblaue Dämmerungsstarren sich bohrend das Grollen das Rumoren. Schwere Walzen Nachtmetall, Flugzeuge, die Schlafwandler der Lüfte. Die Nacht in träges wühlendes Kreisen versetzt. ?Bleibe ich. Bleibe ?ich. Hohl dröhnend hohl grollend die Antwort aus Turbinen – *One-more-hour* – die finstere Himmelsschüssel ausschabend die polterigen Echoklauen. Luftwogen Luftbrandung im Abenddüster verrollend. Und der !Sog. !Was für ein !Sog. Mahlstrom aus schweren Stürmen. Ohne Widerstand. ?Bleibe ich – *One-more-hour* – die Nachtstimme aus tiefem Himmelsrachen. Dort hin1geworfen. Hin1gesogen. Raufgezerrt. Derbe aus maschinenheißer Luft geballte Fäuste. Packen. Reißen. Mich-mit-sich. Fort. Ins grelle Weiß. Ins Dröhnen. Aus dem Schlamm gerissen wie aus der eigenen Haut. Die Finger die Hände blutend. Eine Blutspur auf Flugzeugs weißblecher Haut. Blut. Das ist ein ganz=besondres Gift. Mein Blut mein Zeichen mein Gift. Meine Mitgift für diesen Flug u für jeden. In dieser Zeit. ?Bleibe ich. Bleibe ich ?übrig – *One-more-hour* – *Win-more-hour* –

Grand Central Terminal.
Endstation Selbst-Sucht

Im Flugzeug hellte die Kabinenbeleuchtung wieder auf, ein gelbliches Licht, das zuvor während des Startens bis auf die matte Notbeleuchtung erloschen war. Und als wäre in der Kabinenröhre der Glockenton beim Ausschalten des Leuchtpiktogramms »Anschnallen« gleichzeitig Signal & Aufforderung zum allgemeinen Ausatmen, durchzog wellenartig ein Sichzurechtsetzenrückenumsichschauen den zu 3 Sitzreihen geteilten Passagierraum, diesen langgestreckten Tubus, der einen elektronischen, warm klimatisierten High-Tech-Sarg vorstellen ließ. Das gelbliche Licht samt der Gewißheit für etliche Stunden bis zur Ankunft in New York hier nun sich einrichten zu müssen (von überallher das trockene Rißgeräusch von Klettverschlüssen, aus der Nachbarschaft eine Woge dumpfwarmen Schuhgeruchs, hell knisternd wurden Pullover über Köpfe ausgezogen & in Gepäckablagen hinter den schalenartigen Klapptüren verstaut) vermittelten etwas von einer brütenden Ruhe Geduld & Beständigkeit, und die Geräusche&stimmengespinste-ringsum als würden in den engen Käfigen einer Hühnerfarm die Hennen ruckend & betulich sich niederlassen um das Gefieder nun wärmend über ihre Nester zu breiten –.

Vermutlich bei kaum jemandem die Wahrnehmung der pfeifend schrillen Geschwindigkeit des Flugzeugs, von der Erde fortgeschnellt als 1 Projektil mit erbarmungsloser überfall=heftiger Geschwindigkeit dahinrasend in den unendlich ins tiefste samtene Schwarz sich wölbenden Himmel, ein Schwarz das so kompromißlos aus allem Lichten Blauen sich heraushob, daß jene tiefe allertiefste Schwärze geradezu als die Substanz des Lichtes sich entwarf (das ermüdende monotone Grollen der Turbinen, das zur Geräuschehülle genau wie die gelbliche Helligkeit sich hier-drinnen um=uns geschlossen hatte, meinte man einer weit entfernten Maschinerie zugehörig, dem eigenen Hiersein jedenfalls vollkommen unverbunden). Hierzu passend jene auf der Projektionsleinwand an der Stirnseite der Kabine periodisch eingeblendeten Daten, angeblich den eigenen Flug=hier&jetzt betreffend; helle Schrift auf blauem Grund:

Ground speed	600 mph
Altitude	35 000 feet
Outside Air	
Temperature	–52° F

:Zahlen von Größenverhältnissen, die ebenso unfaßlich dem eigenen Vorstellungsvermögen waren wie jene ins Hypertrofe gejagten Preisangaben während einer Inflation.– Dann, im Wechsel hierzu, auf derselben Leinwand sowie auf all den kleinen über den Köpfen der entfernt sitzenden Passagiere angebrachten Monitoren, die farbige Grafik dieses Fluges über den Atlantik – kurz, als winzige rote Spitze am Pfeil des bereits zurückgelegten Weges, die Markierung dieses Flugzeugs – und weit vorausdeutend übers glasblaue Meer die unterbrochene Linie, die Flugbahn von Zenons Pfeil, hinweisend auf den 1 Punkt mit dem Namen **NEW YORK**.

Und ?Wer außer mir mochte aus dem winzigen Kabinenfenster noch 1 Mal den Blick=hinab auf diese unten hingestreckten, von der Nacht gefärbten & in Fieberfarben langsam erglühenden, nun dem Blick schon entschwindenden Geröllfelder einer Stadt, des Gesteins der Stadt Berlin, versucht haben; ein Blick, dem schon rasch die Tiefe versperrt geblieben war durch Schichten nebelartig wie über weite Niederungen glatt dahingebreiteten Gewölkes –. Denn vielleicht mochte keine der gelangweilt scheinenden Mienen dieser Passagiere den !endgültigen Abschied bergen; einen Abschied, wie ich ihn in diesen Augen-Blicken genommen hatte von einer Stadt u einem sechzig Jahre währenden Leben=dort-unten..... –

So entdeckte ich am unteren Rand des Sichtfeldes, durch 1 Lücke in der Wolkenschicht, als wäre dort grelle Farbe in den

Dunst über all dem Sumpfland Erde gegossen, die blutrot brennende Kugel der untergehenden Sonne. Wie immer bei solchem Anblick aus dem Flugzeug die Erinnerung an 1 dürftige Theaterinszenierung, darin mit unzureichenden Mitteln od aus Einfallslosigkeit des Bühnenbildners der Sonnenuntergang mit 1 1zigen grellrot leuchtenden Scheinwerfer imaginiert werden soll

:Der Bleistift, hart u wütend aufs Papier geworfen, rollt auf den Fußboden hinab. *!So geht das !nicht. Schwerfällig zäh u banal – ?!wen soll das interessieren. Mich selbst am !allerwenigsten. Was ich geschrieben hab: !mißraten. Auch dieser nun dritte Ansatz zu einem Roman.* Hinzu kam die Warnung, Naturerscheinungen nicht mit menschlichen Attributen u Empfindungen belegen zu dürfen, enthüllten derlei Urteile doch lediglich die Verfassung des Urteilenden selbst. *Alles !mißraten. Ich brings nicht mehr. ?Was soll jetzt werden –.* Hohles, dumpf schmerzhaftes Stechen im Magen wie nach zuviel u zu starkem Kaffee. *Wie !schwer, Worte zu finden, die des Aufschreibens wert sind. Wie !fremd ist mir das in all den zurückliegenden Jahren geworden.* Wieviel Eingefügtes u noch mehr Streichungen hat allein schon dieser kurze Text, hier vor mir auf dem Tisch, über die 1. Minuten an Bord eines Flugzeugs erfahren, u gewiß sind diese Zeilen schwunglos u nichtssagend; Dutzendwörter, 1zig die Neugier des Lesers enttäuschend. Streichungen, Hinzufügungen, Ausradiertes – als wollte ich beim Schreiben all jene großen wie kleinen & kleinlichen Attacken Behinderungen & Intrigen, all-jene winzigen Zufälligkeiten auch, die Zeit-meines-Lebens, & mitunter sogar zu meinem Nutzen, mir widerfahren sind – denn jeder geworfene Stein, der trifft aber nicht tötet, bringt neben Verletzungen auch die Hornhaut ein –, all-dies nun diesem Text aus meiner Hand zufügen, als wollte ich herfallen über meine eigene Schrift. Die späte Vergeltung, wenn alle Feinde verschwanden, trifft immer nur auf einen=selbst zurück, als wollte diese Selbstverstümmlung sagen: *?!Wer außer !dir=!selbst kann denn je dein Feind gewesen sein –*

Auch grad in !diesen Momenten im langen dunklen Fluß aus nächtlicher Stille, in denen ich beim Schein der kleinen Tischlampe in dem Dachzimmerchen im Landhaus meines Sohnes am Schreibtisch sitzend diese Worte niederschreibe – nicht weil ich damit noch einen Zweck verfolge, vielmehr all-1 des Schreibens halber die Finger mit der Rechten ruckweise übers Papier hinziehe (meine Hand: wie !lange habe ich sie nicht mehr wirklich betrachtet, diese beinah fleischlose, nur von mürber, fälteliger Haut & 1igen Sehnen zusammengehaltene Hand, von der ich nicht glauben kann, daß es dieselbe Hand ist die ich als Zwanzigjähriger besaß od: vielmehr mir nicht vorstellen will, daß sie jetzt: in !diesem Moment zu !dieser Stunde, !nicht mehr die Hand eines Zwanzigjährigen sei –) –, u also während dieses Schreibens ohne Ziel ich immerfort denken muß an jene Anekdote von dem alten Landarzt, der sein Lebenlang praktiziert hatte, nun zu seiner letzten Stunde in einen Lehnstuhl sich niederließ &, von der Mechanik seines Berufs durchdrungen, noch im allerletzten Lebensmoment der Armlehne seines Stuhls den Puls zu messen suchte –. Und würde mich nun 1 Fremder betrachten, mich=hier, in dem engen Raum all-1 am Tisch inmitten der hohen weiten Stunden einer amerikanischen Nacht, an deren dunklem Tuch die unsichtbaren Weberschiffchen tausender Grillen kurzatmig schrill & 1tönig weben –, er würde nur das 1 sehen: Beim !werweiß wievielten Versuch wieder zu schreiben, einen plumpen Leib (zu dem die hühnerhaft dürren Hände noch niemals paßten –:die meisten Menschen sollten nur als 1 1ziges Körperteil zur-Welt..... kommen), in 1 Stuhl mit Armlehnen gezwängt, dahockend wie ein altes Denkmal, das, von Regen & Wind zerkerbt, aus hochgesprossenem Unkraut u Schlingpflanzen noch einen Teil seines steinernen Leibes emporreckt – *!weiter mach !weiter* – die Augen trüb u ohne Begeisterung wieder auf das Blatt Papier geheftet mit dem spinnigen Muster verketteten Schriftgezitters, das soeben mit der Bleistiftmiene hingeschmiert wurde –, u die Gesichtszüge, vom Skulpteur einst gewiß als mild u gütig in den Stein gegeben, heute vom Jahre währenden zerbröselnden Verwittern, vom letzten Regenguß noch feucht, schon längst zum groben, altersbösen Gram verschliffen anzuschauen. *Ja. Weiter. Ich muß weitermachen.* Und setze den Bleistift, der das Zittern meiner Hand in seine Spitze überträgt, langsam auf das Papier nieder, sehe den Schatten des Bleistifts als dunklen, sich verbreiternden Streifen ins Leere, in die weiße Zukunft des Papiers voraus sich strecken – *weiter* – ich gebe dem Ausführen des letzten Satzzeichens eine übertriebene Sorgfalt, als sei es die Schlußvignette, als würde ich tatsächlich in die schöne weiße Leere des Blattes Papier nicht vordringen wolln – *ich muß !weitermachen* – und folge noch 1mal gebeugten Kopfes mit den Augen dem kurzen Text, den ich bisher über jene 1. Minuten im Flugzeug geschrieben hab – –

Und hob wieder den Blick durchs Flugzeugfenster hinauf in das tiefe das samtene u von keinem Lichtschein verdorbene Schwarz – :Es war ein ähnliches Dunkel in jener Geburtstagsnacht vor einigen Monaten, als mir mit demgleichen Schmerz im Leibe !plötzlich !bewußt geworden war, daß: ich, den Rand zur Sechzig soeben überschritten (so wie das Tier den Rand zu einem Wald übertritt, in dessen Gehege irgendwo ins Undurchdringliche sich zurückziehend, um das Geläuf-des-Lebens=Draußen nicht zu behindern, in absehbarer Zeit dort seinen Tod zu erwarten), nun eingetreten also in vielleicht meine letzte Lebensdekade, nach zehn langen=Jahren zerreibender Verbandsarbeit, während mein-!gottwie!vielen in Sitzungen & Tagungen inmitten schlechter Luft & noch schlechteren Worten zugebrachten Stunden – langsam & unaufhörlich aber mit der grausamen zähen Betulichkeit aller unmerklich verfließenden Zeit – ich !aufgehört hatte, ein Schriftsteller zu sein. Ich !wurde aufgehört, erstickt zwischen Stapeln bedruckten Papiers – Satzungen Protokollen Dekreten Wahlprogrammen – unaufhörlich wie von Mühlsteinen zerrieben, zerbröselt als sei ich selbst nur noch vergilbtes sprödes Papier; Papier, auf das ich seit !zehn !Jahren nicht 1 1ziges Wort, das eines Schriftstellers würdig gewesen wäre, geschrieben hatte. ?Waren es die schwarzen, undurchdringlich herabfallenden Regenschleier in jener Nacht, den ersten Stunden zum Tag an dem ich vor nunmehr sechzig Jahren in Berlin geboren wurde (in einer Stadt, die 7 Jahre später aus verbrannten, zerstürzten, menschleeren, nach Rauch & Tod stinkenden Hausfassaden bestehn sollte, worin diese Stadt offenbarte was sie bereits lange zuvor geworden war: ein überhitzter Steinhaufen – ein fauchendes Krematorium –, später dann geteilt in zwei überhitzte Steinhaufen.....) die solche Finsternis gaben, wie sie sonst nur über flache, ortlose Landschaften sich ausbreiten kann –. ?War es jene Stille aus herabgießenden Regenschütten, die !plötzlich u ohne Schonung jene Tatsache, aus der Finsternis geschwemmt, mir unerbittlich vor-Augen stellte: DU BIST KEIN SCHRIFTSTELLER MEHR. AUS DIR IST 1 VERBANDSLEICHE..... GEWORDEN.– Ich lehnte mich aus dem Fenster, suchte wie 1 Erstickender nach Atemluft. Und der in stumpfen, eiskalten Funken gegen mein Gesicht schlagende Regen stürzte mich zu dieser Stunde in Panik – ich rannte zum Schreibtisch zurück, wühlte nach leeren Bogen Papier, um eilends (als müsse ich einem überstrengen, achtsamen Vater zu Willen sein) ebendies plötzlich Erkannte in Sätze zu verwandeln (woraus später vielleicht ein ganzer-Text würde entstehen können, eine Erzählung, vielleicht ein !Roman – :alles Mögliche – nur wieder !Schreiben – !endlich wieder und weiter !Schreiben –) –

Und hatte beim Durchwühlen der Stapel Papiers als erstes den Brief gefunden (jenen Brief, den ich auch jetzt in der Brusttasche knistern hör), den letzten Brief meines Sohnes an mich. Ich hatte die Zeilen werweiß wie oft gelesen, konnte den Text längst auswendig hersagen; jenen Brief, der mit den Sätzen schloß *Nun, Vater, wird alles gut. Du wirst Dich hier, bei Helen und den Kindern, ganz schnell einleben. Du kannst jetzt endlich Dein Leben neu beginnen! Wir alle freuen uns auf Dein Kommen.* – :Und stockte plötzlich, hörte auf, den Schreibtisch nach leeren Seiten zu durchkramen –. Ich nahm zum zigsten

Mal den Brief aus seinem Kuvert mit den Stempeln *U.S. Mail* heraus –: Zum 1. Mal mißtrauisch, u vorsichtig, als läge über diesen Zeilen 1 Schicht giftigen Staubs, den es nicht aufzuwirbeln galt –. Und aus den schwarzen Regenfahnen=draußen wehte durchs offene Fenster mit einem Mal auch der kalte Wind des Zweifels..... herein. Seither, als würden zwischen-den-Zeilen, aus den mit klarer Hand geschriebenen Wörtern u Sätzen meines Sohnes, andere, bislang verborgen gebliebene Sätze hervortreten, wollte es mir nicht mehr gelingen, diesen Zeilen mit jener hellen, unverstellt kindlichen Freude zu folgen; Freude, wie ich sie beim allerersten Lesen noch hatte empfinden können.–

Währenddessen hatte ich auch jetzt diesen Brief aus dem Jackett noch einmal hervorgeholt, den Bogen entfaltet, und der Blick verfing sich wiederum an der 1 Stelle, dem Schluß des Briefes, der mich in jenen Nachtstunden aus schwarzem kalten Regen zum 1. Mal stocken ließ, u voller Mißtrauen, damals wie jetzt, las ich immer wieder *Du kannst jetzt endlich Dein Leben neu beginnen! Wir alle freuen uns auf Dein Kommen.* – :?!Hatten er, mein Sohn & seine amerikanische Frau, ja !vielleicht sogar die beiden Kinder, Zwillinge, die schon ins College gingen, !längst durchschaut, wie es während der letzten Jahre um mich stand (und nur !ich=all-1 wollte über all-die-Zeit=hinweg, bis eben zu !diesem-1-Moment in der Geburtstagsnacht, Nichts erkennen –), so daß mit dem Vorschlag meines Sohnes, aus Deutschland weg & zu seiner Familie in die-Staaten zu kommen (*eines fehlt uns neben den Red Barns noch in unserer kleinen Stadt: ein berühmter Schriftsteller wie Du es bist, den wir alle nur bewundern können!* –:mit diesen Worten hatte vor Monaten mein Sohn seinen Vorschlag begleitet), er, mein Sohn, ganz andere Absichten verfolgte, als den letzten Lebensjahren seines Vaters wieder das zu geben, was dieser Vater seit Jahren verloren hatte: den Zusammenhalt seines Lebens in einer Familie. ?Hatte er mir verziehen; seine, von mir verfügte, Trennung von Zuhause vor mehr als fünfzehn Jahren, und meine Trennung von der Frau, seiner Mutter, die er Überalles liebte..... – Jetzt sah ich zum ersten Mal: !O welch beizender !Spott in diesen Worten meines Sohnes verborgen lag; Worte, die ich=Alter!narr bislang 1fältig als die aufrichtige Verehrung eines Sohnes für das Lebenswerk seines Vaters angesehn hatte. Und mußte nun erkennen, daß dieser Vorschlag (von anderen Absichten zu schweigen) lediglich dem gewissermaßen pflichtgemäßen Mitleid eines immerhin gut Situierten gegenüber 1 in Leben & Beruf gescheiterten Verwandten entsprang; dieselbe Art Geste, die ihn, meinen Sohn, gewiß auch zu Spenden für andere Bedürftige, ihm letztlich aber vollkommen Fremde u gleichgültig Bleibende in seiner Heimatgemeinde, veranlassen mochte. Jene Art des Mitleids unter Verwandten, das im Dahinschleppen über die verbleibenden Lebensjahre durch das immer enger werdende An1anderhaften stets seinen !Preis erhält, und Überdruß & Ekel schließlich wie den billigen, schon angewelkten Strauß Blumen samt der Handvoll Erde mit noch zusammgepreßten Lippen dem dann endlich=!endlich in die ausgehobene Erdgrube lächerlich hin&her schwankenden, abgeseilten Holzgehäuse hinterherzuschmeißen. Und noch scheint der sandstumpfe von Kieseln scheppernde Klang der letzten auf den Holzsarg geschaufelten Erde nicht verklungen, da werden jene Verwandten sich dranmachen, das Zimmer in dem dieser Alte dahingesiecht & endlich=!endlich verstorben ist, gewissermaßen mit spitzen metallischen Zinkenfingern auszuleeren so, als sei ein Seuchenkranker in jenen Tüchern Polstern Decken u Federbetten verreckt..... Sie werden die Fenster weit aufreißen und in dieses dann menschleere Zimmer stundenlang Luft hereinströmen lassen, als gälte es eine vergiftete Atmosfäre zu neutralisieren. Und sie werden all-jene Hinterlassenschaften – den Krimskrams: die abgewetzte Strickjacke das Sitzposlter auf dem speckig geriebenen Stuhl den Bleistiftstummel auf dem Schreibtisch die Brille mit befingerten Gläsern die Tasse drin noch der Kaffeesatz 1 Wasserglas Zahnbürste den immernoch weitertickenden Wecker das angebissene, nun bereits schimmelig gewordne letzte Stück Brot;

ebenjenen Klumpatsch der den-Alltag eines Menschen ausmacht, liegengeblieben war, abgegeben wie beim Effektenwart eines Gefängnisses ohne Wiederkehr, jene Halden von Zeugs das allsamt den grausigen wie lächerlichen Zug des einstmals Lebendigen, des im alltäglichen nichtigen, durch den Tod dieses Menschen plötzlich angehaltnen, gestockten Gebrauches trug – jetzt fortschaffen & das Zimmer ausmisten wie einen von allem lästigen Getier im Gnadenhof endlich leergemachten Stall.

!Welch mitleidig=ironische Bedeutung auch in der Formulierung *endlich Dein Leben neu beginnen* verborgen liegt; und waren jene Wörter *neu* wie das *alle* im abschließenden Satz nicht deutlich sichtbar ?enger geschrieben als die übrigen Wörter, so daß sie vermutlich erst nachträglich 1gefügt worden waren, gradso als hätte er, mein Sohn, beim Schreiben die Überdeutlichkeit seines Spottes durch ebendiese 1fügungen zu mildern gesucht, indessen das Spöttische dadurch nur umso deutlicher unterstreichend.....

!?Was mochte er in !Wahrheit ?vorhaben mit mir, seinem Vater, wäre ich erst einmal ihm & seinem Regiment ausgeliefert.....

Vor einigen Monaten hatte er mit einer sonst nur mir=selbst eigenen Hartnäckigkeit (durch Eloquenz & strenge Güte stets verbrämt) mich schließlich dazu gebracht, mein sämtliches Leben in Deutschland auszulöschen, die-Brückenabzureißen hinter mir, um – in !meinem Alter – fortzugehen in die Fremde..... ?Welche Rechnung würde er mich jetzt !bezahlen lassen; ?Vergeltung für Taten, die in früheren Jahren ein Sohn von seinem Vater hätte verlangen können, die ich jedoch in all-den-Jahren=zuvor, verstreut in die Felder meines Egoismus, zu tun unterlassen hatte aus jener Eigensucht, der (?könnte er so ?empfinden) er auch die Scheidung von meiner Frau anrechnen mußte, seiner Mutter die er innig liebte; eine Liebe, derentwegen er seinerzeit Alles versucht hatte, meine ihn betreffenden Pläne zu durchkreuzen, nicht von Zuhause fort & in die-Staaten gehen zu müssen. (Allein meiner Unnachgiebigkeit verdankte er sein jetziges Leben in den USA –. Indes er von jenem anderen=Geschäft sicher keine Ahnung haben mochte; denn ich hatte seinerzeit mit dieser jungen Amerikanerin – Helen, seiner späteren Frau, die er auf der Bostoner Universität so überaus »zufällig« kennenlernen sollte –, vereinbart, ihn !niemals Davon etwas wissen zu lassen –.) – ?Hatte er dennoch von diesem=Geschäft inzwischen ?Wind bekommen –, und nun, Heute & Hier, wäre die Zeit zum Großen Bilanzziehen für=Alles reif (?die Bilanz meines Sohnes, eines Mannes, den ich seit fünfzehn Jahren nicht mehr gesehn habe, seit ich ihn als 18jährigen zum Studium nach Boston u: New York geschickt hatte).–

Und genau wie damals vor Monaten in jener Nacht DU BIST KEIN SCHRIFTSTELLER MEHR zitterte auch jetzt im Lichtfleck der kleinen Platzleuchte im Flugzeug der Briefbogen in meinen Händen, verwirrten sich die geschriebenen Wörter zum spinnfädigen Gewebe, einem Gewebe der !Vergeltung von seiten meines Sohnes, dem ich nun mich auszuliefern im Begriff war – denn zum Umkehren wars schon seit Langem zu !spät –.

Damals, an meinem Geburtstag in der kalten Nacht=all-1, nach diesem plötzlichen Erscheinen eines furchtbaren Zweifels hatte ich begonnen, sämtliche Flaschen Wein leerzusaufen; Wein, den ich gekauft hatte, weil ich noch bis zum voraufgegangenen Abend hoffte, !sie würde zu mir kommen – *wenigstens an !diesem Tag, zu diesem Anlaß meines letzten Geburtstags in dieser Stadt, in diesem Land könntest du dich überwinden, alles Trennende vergessen od: nur beiseitestellen für einen Abend für eine Nacht, u würdest mir für diese kurze Zeit wieder sein, was du über Dreißigjahre hinweg mir gewesen bist: meine Frau. Aber, natürlich, du warst nicht gekommen, hattest weder geschrieben noch angerufen (seit Stunden die metallische Stille unbeweglich wie mit Nieten festgeschlagen im Raum); du hattest vermutlich ohne größere Anstrengung meinen Geburtstag 1fach vergessen. Menschen verschwinden schnell, und jeder Tag Entfernung schüttet Asche über die Sinne der Anderen aus –.–* :?!Warum auch mußte ich solch ver!fluchtes

Alter erreichen, worin selbst die-Freude alt&fett geworden und allmählich in den Giftschlamm herabgesunken ist, der das Alfabet des Menschen-Lebens heißt: Argwohn Begierde Chaos Dummheit Eigennutz Feigheit – – :an ?welchem Buchstaben meines Lebens-Alfabets würde ich, der altgewordene Alte, !endlich dann ersticken..... können.

Ich soff mich mit dem Inhalt aus vier Literflaschen Wein in Unbewußtheit u Ohnmacht – ich, der ich mittlerweile schon nach 2 !Gläsern Wein meinen Kreislauf beinah zum Kollabieren bringe, ich hatte mich in dieser Nacht dennoch nicht in den Tod saufen können, in das eigentliche, das erlösende Ziel jeden Suffs –. Ich wachte aus der Ohnmacht am folgenden Mittag auf, kreischend scharfkantiges Sonnenlicht zerrte mich ins Wachsein & ins Leben zurück, dazu schallte die Litanei stumpfsinniger=Abzählverse in der schrillen Tonlage spielender Kinder, unerbittlich in regelmäßigen Abständen wiederholt, vom Hof ins Zimmer herauf & schnitt wie Laubsägeblätter in mein suffwundes Gehirn. Aus regenfeuchtem Stadtgestein wolkte brütendfettig Tageshitze auf, trieb mich in kalten Schweiß und in die langen brandigen Stunden Übelkeit hinein.

Jedoch das Resultat aus jener letzten Nacht, es war nicht mit all dem übrigen Abraum & Geröll, allem Erinnerungsmüll vom Suff verschüttet: Vielmehr brannte dieser=eine Satz, wie nach dem Blick in grelles Licht auf dunkelglühendem Grund in grünen blauen orange und gelben Farbtönen seinen Schriftzug im Innern meiner geschlossnen Augen, flammend als Menetekel: DU BIST KEIN SCHRIFTSTELLER MEHR. Und, trotz eines Dutzends geschriebener & veröffentlichter Bücher, schmerzhafter als der erste, der Nachsatz wie das Echo höhnend als Frage: BIST DU JEMALS ?SCHRIFTSTELLER GEWESEN – –

Dann floß Schweiß in salzigen Rinnsalen über mein Gesicht, ungehemmt als wären es Tränen.....

–Früher hatte ich auch Flugangst. – Hörte ich die junge Frau auf dem Platz neben mir. Vor dem Start hatte ich 11gemale beiläufig zu ihr hingesehen, denn ihr kurzgeschnittenes, grellrot gefärbtes Haar glühte durch das gelbliche Kabinenlicht, so daß man glaubte, in ihrer Nähe müsse der Atem von Feuer spürbar sein. Gleich nach dem Start, noch vorm Verlöschen der Leuchtanzeige »Anschnallen«, hatte sie die Ablage vor sich heruntergeklappt & sofort darüber eine Flut Papiere & Utensilien hingegossen : Notizzettel Kugelschreiber Markierstifte & Büroklammern, & noch mehr Papiere aus Schnellheftern gelöst so, als wolle sie vom 1.-Moment-an in ein großes Arbeitspensum sich stürzen, vielleicht indem sie ihre dafür von Daheim vertraute Atmosfäre, zumindest notdürftig, hier=Drinnen sich wiedererschuf. Unwillkürlich erinnerte mich dies geschäftige Tun der Frau & der Anblick all ihrer verstreut umherliegenden Papiere an lange, in-sich verschachtelte Sätze, mit Parenthesen und Abbrüchen, Wiederaufnahmen der Hauptsätze nach langen, beschwerlichen Wegen über grammatische Hügel Berge & durch Täler, in deren Schatten u Tiefen Nebensätze u Partikel auch ohne je den Anschluß an einen Hauptsatz wiederzufinden, wie in den Gefilden der Unterwelt verlorengehn können –. Mit solcherlei Sätzen aus Labyrinthen (dachte ich u sah noch einmal heimlich zu ihr hinüber), könnte mir diese Frau *Ihre-Geschichte* erzählen –, die Geschichte labyrinthischer Begierden – –

Ein Blatt lag obenauf, Tabellen die an Kostenaufstellungen erinnerten, dazwischen eine Haarbürste & ein Taschenkalender, in silberbronzen schimmerndes, bereits arg zerkratztes Papier gehüllt. Sie hatte dann aus ihrer Tasche noch ein Buch genommen, es auf ihren Schoß gelegt, das Gesicht herabgebeugt &, wie mir schien, nur zerstreut mit Lesen begonnen. Denn schon nach wenig Augen-Blicken hinter ihren Augäpfeln jenes kurze Aufzucken, mit dem Frauen registrieren, daß sie *angeschaut* werden – (wie !nahe doch bei Frauen stets das Wissen liegt, auch *Beute* sein zu können –). Sie reichte mir lächelnd jetzt den Briefbogen zu, der offensichtlich, unbemerkt von mir, aus meinen Händen (?zitterten sie noch immer) zu Boden gefallen war; sie sagte noch einmal etwas von Flugangst und stand von ihrem Sitz auf und streckte, mir zugekehrt, ihren Körper und langte ins Gepäckfach über unseren Köpfen hinauf.

Die Faszination durch diese Frau, unvermittelt wie einen Schlag vernommen, geschah durch das Anachronistische ihrer Erscheinung: die Kleidung – 1 über die Kniee reichendes, strenggeschnittenes graues Kostüm mit Nadelstreifen, den Rock an der 1 Seite leicht geschlitzt (dreieckförmig der während des Gehens kurz aufschimmernde Anblick ihres Beins in kalkfarbenen Seidenstrümpfen), hellbeige die Bluse, der Ausschnitt ließ das Bogensegment von einer Perlenkette über dem Ansatz ihrer Brüste erkennen –. Abgesehen von der bemerkenswert auffälligen Frisur, mußte solch Zusammenstellung in der Bekleidung, die diese Frau mit sehr geradem, aufrecht schreitendem Körper trug, alles-in-allem eine Frau weit über die-Vierzig erwarten lassen – das einzige, das in diesem Ensemble fehlte, war ein Hut mit breiter Krempe, in deren Schatten ebenso wie hinter 1 Gazeschleier das Gesicht dieser Frau verborgen wäre – : – Doch ihr Anblick war die !Überraschung in der Gleichzeitigkeit des Ungleichzeitigen: Dieser Körper gehörte zu 1 !jungen Frau.– Und jetzt, als sie, den Oberkörper reckend ins Gepäckfach hinauflangte, blitzte für diesen Augen-Blick hinter der Knopfleiste der Bluse, ihre Haut im beige gefärbten Schimmern, die Wölbung einer bloßen Brust. : Ein jugendlich-fraulicher Körper, ohne die Tölpeligkeit & die Angriffswut der-Jugend, ohne das aggressiv Resignative der-Älteren-Frau; diese Fremde, glaubte ich, war eine=jener seltenen Frauen, die alle Kräfte ganz aus dem eigenen Wesen schöpften, somit nach Außen-hin die Wahrnehmung einer konstanten gütigen Wärme gab, wie sie als eine sonnige Hülle immer auch um Liebende sich schließt.

–Bitte, nehmen Sie. Ein !sehr gutes Mittel. – Sie reichte mir 1 Schachtel mit Tabletten, die ich lachend aber mit Dank für ihre Fürsorglichkeit ablehnte. Ich erklärte ihr, daß ich keineswegs unter Flugangst litte, mir weder übel sei noch daß ich in irgend anderer Weise mich schlecht fühlte. Daß ich vielmehr – : Doch die junge Frau hatte schon begonnen, in mein Gerede ihre eigenen Worte hineinzusetzen so, als wollte sie mir bedeuten, daß es solcher Umständlichkeiten, mit ihr zu sprechen u ihr näher-zu-kommen, gar nicht bedürfte. Und wieder konnte ich das Fänomen bemerken, daß insbesondere auf langen Flugreisen wie dieser, u: anders als zu sonstigen Gelegenheiten, immer !Frauen es waren, die ohne Umstände das Gespräch eröffneten od: zumindest auf das 1 Wort des Mannes nur zu warten schienen, als sei das der nötige=winzige Anstoß, und alles-weitere Reden sollte dann, wie von einer Schwerkraft gezogen, weiter und weiter sich fortsetzen lassen –. Solch Leichtigkeit=sicher, weil Frauen insgeheim wissen, daß in einer=solchen Situation wie der des gemeinsamen Reisens im Flugzeug, während jenes gewissermaßen neben&an-1-ander=Gefesseltseins Mann-an-Frau (so daß zuweilen Oberarme u Schenkel bei!nahe ein=ander berühren, nur 1 winziges an Distanz gälte es noch zu überwinden –), dieser Millimeterhauch 1 Entfernung aber als das Unüberbrückbare bestehen bleibt –. Das nicht einschmelzbare Nichts, u die gespürte Wärme des anderen Körperfleisches kann über die eigene Haut hinströmen nicht infolge der Berührung, sondern vielmehr als Spezialeffekt einer Kommunikation, als die vermittelte Botschaft einer Berührungs=Lust. So bleibt diese Lust bestehn, endet nicht mit dem Kurz=Schluß im Kontakt Haut-an-Haut – bewahrt sich im Nichts ihrer endlosen abschluß- u folgenlosen Fortsetzung, während der buchstäblich Nichts zu erringen, Nichts zu einem alles=Vorherige überhöhenden Abschluß zu bringen wäre. (Indes dies Flugzeug, dies rasende Gehäuse, wie in Abwesenheit aller Erregung, mit der Zwanghaftigkeit u der klimaxlosen Leidenschaft aller Maschinen weiter durch die schwarze Tiefe dieser Nacht hinschoß –.) Aus solch Leichtigkeit dieses Nichts indes gibt sich der !enorme Raum zum

Lust=vollen u langen Spielen frei –, darin in solch von Weiblichkeit erhitztem Raum auch die intimsten Geständnisse plötzlich nicht nur aufleuchten, sondern geradezu wie das 1 Mal in-Gang gesetzte Feuerwerk explodieren müssen, wodurch unter prächtigem, staunenswert=erregendem Farbenspiel, genau wie Feuerwerkskörper am Neujahrshimmel, letztendlich jedoch solch Intimität ortlos unauffindbar auch wieder verglüht.

Ohne Zweifel, diese junge Frau-neben-mir im Flugzeug, ihre Ausströmung von Begierde als ein Kräftefeld massiven Willens, zusammen mit jenem sanften Anachronismus ihrer Erscheinung, die sie offenbarte u verhüllte, faszinierte mich vom 1. Augen-Blick. Und während sie die Erzählung ihrer Geschichte !tatsächlich begann (als hätte sie auch diesen heimlichen Wunsch von mir vernommen), zu mir sich leicht herüberlehnte, glaubte ich von ihrem Körper ausstrahlend den trockenen Geruch u die rot erhitzte Luft von lodernden Flammen zu spüren –

Das Grillensägen hält plötzlich inne, erstickt. Ein Atemanhalten in der Nacht, in der dunklen weithin gebreiteten Stille – –.

Eine Bö rauscht jetzt den Hügel herauf, brandend gegen die westliche Front des aus Holz gezimmerten Hauses –, daraufhin müdschweres unwilliges Knarren vom Dach bis zum Keller hinab als zerrte das Gebälk 1 vor-Anker liegenden Schiffes an unsichtbaren Haltetauen. Der Blick durchs Insektengaze vor dem Fenster: die Nacht liegt gesättigt von tumultierendem Dunkel, durchströmt mit laubbitteren Herbstgerüchen. Wie die schlammige Strömung in einem Fluß treibt vom Tal=herauf der feuchtdumpfe Atem des zwischen Schilf u anderem Ried versinkenden Teiches, dorthin stets das Rotwild in der Dämmerung zieht. In anderen Tälern die gewohnte Handvoll tropfenkleiner Lichter – zu dieser-Stunde aufgesogen & fortgewischt vom dunklen Gewebe der Nacht. Und als Schattenfantome, so als triebe der weinrote Anstrich sie jetzt noch tiefer ins Dunkel hinein, liegen am Fuß des

Hügels Hof & Stallungen der Nachbarn, Vierkantbrocken, schwarz und hilflos wie gestrandete Wale – das Silo wie 1 erloschner Leuchtturm hochaufragend in die nächtlichen Böen. Darin schon Wellenschläge einer steinkalten, eisig scharfgeschliffenen Luft mit dem Geschmack der Ferne – aus Gipfelhöhen über allen Menschen & Pflanzstätten herüberwehend, von jenseits des Hudson River, wo tagsüber am Horizont die grauen, mit Schneefeldern bezogenen Hänge der Catskill Mountains den Himmel tragen – bedrohend erhoben wie die Flutwelle aus einem unbekannten grauen Ozean – das herbstfarbene Leuchten=hier auf den Hügelländern auszulöschen und in bleichen Winterfluten zu ertränken.

Die siebte Nacht hier im Haus meines Sohnes. Seit der Stunde meiner Ankunft haben wir nicht viel Gelegenheit zum Sprechen gefunden, seine Frau (Helen, ihr Bild von vor fünfzehn Jahren – u anders als die Fotografieen hier im Haus – gibt mir die Erinnerung an 1 fragile Gestalt, beinahe knabenhaft, u an 1 Gesicht mit feinen, ausgeprägten Zügen, ihr Händedruck energisch voll Willenskraft), sie habe ich bislang nicht wiedergesehn. Sie sei beruflich für einige Zeit in New York, habe dort zu tun, wie üblich –. Hatte mein Sohn mit seltsamem Klang in der Stimme hinzugefügt. (Ich hatte der Begegnung mit dieser Frau, die (wie, aller Gewißheit nach, nur sie & ich wußten) eine Wiederbegegnung wäre, insgeheim mit Beklemmung u Erregung entgegengesehn –.)

So aber war mir an den vergangenen Tagen Zeit geblieben zum Spazierengehn, hinein ins Land – in ein weithin flutendes Land –. Schon während der zwei Stunden Bahnfahrt von New York den Hudson River entlang dies Empfinden einer Landschaft für tiefes weites Ausatmen –. Auf dem gegenüberliegenden Ufer Felsblöcke und bewaldete Bergkegel, hellfarbige Serpentinen frästen ins Dunkelgrün der Wälder sich ein. Mitunter griffen die handtellerkleinen Wellen des Hudson mit grauen Fingern nach dem Schotter des Bahndammes hin –. Der Zug fuhr sanft schaukelnd mit Geräuschen wie Flüstern an Ortschaften & Stationen vorüber mit manchmal koboldhaft, Yonkers, manchmal nach Herbstlaub schmeckenden Namen, Croton-Harmon – Poughkeepsie – Rhinecliff (als stiege von diesem Namen die Kühle aus Wasserfällen herauf, wenn Flüsse am schroffem Felsgrat zerreißen u aufschäumen zu weißkaltem Rauch).– Manchmal jene traumhaft langen hohen & grazilen Brückenkonstruktionen, von Ufer zu Ufer scheinbar schwebend über dem breiten Strom – als hätten sich Himmel & Hölle mit ihren Werkstoffen Luft Stein & Eisen hier über den Festen zu solch bizarren Schöpfungen zusammengetan. Seit langem habe ich in der Fähigkeit des-Menschen zum Brückenbauen den-Menschen am menschlichsten gefunden. Ein unverhofftes Menschlich-Sein, das in Anbetracht alles Unmenschlichen umso trauriger stimmen muß, ähnlich dem Anblick jener, deren wirkliches Talent ein-Lebenlang ungenutzt geblieben ist, und mitsamt diesem Leben 1tags verschwunden ist.

Schließlich der Zielbahnhof, Hudson, am Rand zu 1 kleinen Ort, die Häuser gezimmert wie aus Holzbaukästen, grauweiß gelb & flach mit überdachten Veranden & kleinen Balkonen auf Hügel gestellt.– Am Bahnhof dann mein Sohn, rotgrünes Flanellhemd, aus dem 1 Arm winkend sich hob als er mich in der Gruppe Reisender schließlich erkannte, und ein Gesicht, lachend u hell, das ich mit den Gesichten meiner Erinnerung an diesen Mann nur mühsam in 1klang bringen konnte. Ein Himmel weiß vor Licht und ruhig ausgebreitet über bergiges Land, sommersatt die Gräser, und Baumzeilen dicht mit glühendem Laub – Wind zog Staub u übersatte Düfte in hellbraunen Fahnen durch den Ort –, aus 1 nahen Vorgarten Geruch von frischgemähtem Gras. In der Luft plötzlich ein dumpfer von Ferne nahender Laut, als rollten dort Wogen aus einem unsichtbaren Meer heran, rasch lauter werdend wie nahende Brandung. Ich blickte auf, und ich sah: Über den Köpfen zogen durch den weißen Himmel Staffeln Kanadagänse in Keilform die unsichtbaren Maschen im Netzwerk ihrer Gewohnheit zusammen – landauswärts mit laut knatterndem pfeifendem Flügelschlag. Ein Himmel wie ein

Land, allein begrenzt durch die Müdigkeit des Wanderers, wie ich glaubte.

PRIVATE PROPERTY : An Baumstämmen u Pfählen grellrot & gelb in Unzahl diese Schilder, als seien das unsichtbare Schranken od Stacheldraht –:– Und im Sekundenflug des Begreifens implodierte die Weite der gesamten Landschaft zum Fadengrau weniger Alleen. !Kein Fußbreit Boden, schiens, der nicht parzelliert & zum Besitz verwandelt wäre. Großes Land, so klein –. Dachte ich am ersten Tag, als ich spazierenging. Und, nachdem ich querfeldein über verwildertes Gelände (auf dem, glaubte ich, niemand hauste) um einen Hag herumgelaufen war, schließlich der Allee wieder näherkam, sprang hinter einem Gebüsch eine Frau hervor, ihren Hund mühsam an der Leine haltend, & übertönte kreischend das Gebell –?!What are you doing with my PRIVATE PROPERTY – get !!out off here. – Mein Entschuldigungsstammeln zerbiß spitzzahnig das Hundegekläff. (Ich verbot mir zwar pubertäre Indianerromantik – doch blieb der Eindruck hängen *Zweihundert Jahre wie 1 Tag: !Geraubtes Land. Und Keiner wacht so eifersüchtig über seinen Besitz wie der-Räuber über seinen Raub.*) So blieb ich auf den asfaltierten Straßen – schlingernde Buckelwege, die über-Land von Ortschaft zu Ortschaft führten. Mitunter seltsam klingende Namen wie *Kinderhook* – auch *Stuyvesant* (:in diesem Namen noch die Erinnerung an die ursprünglichen Besiedler aus Holland lebendig blieb) – dann *Chatham* und *Canaan*. An den Straßenrändern 4eckige gelbe Verkehrsschilder aus Blech – :von Gewehrkugeln durchlöchert, am schwersten die Schilder mit der Aufschrift **CHILDREN AT PLAY**. (:Während überall im-Land, wie mein Sohn mir sagte, demjenigen, der einen Schulbus mit Kindern in einen Unfall verwickelt, die schlimmsten Bestrafungen drohn.) – Und heute nachmittag in *Stottville*, 1 der vielen winzigen, in den Distrikt gestreuten Orte, vor dem Haus mit dem Büro zur Rekrutenwerbung das Denkmal für die gefallnen amerikanischen Soldaten im 2. Weltkrieg im fernen Europa. Neben dem am dünnen Mast im Wind lässig schwankenden Fahnentuch *Stars-&-Stripes*, zu Füßen einer schwarzlackierten Kanone ein Denkmalssockel aus Granit, & ins Gestein 1graviert ein Datum: **1941 – 19..** :die Jahreszahl fürs Kriegsende fehlte. !Zurecht: Denn !wirklich, es war & ist ja immer *derselbe* Krieg, ohne Ende.....

Mit derben staubgrauen Schuhn tritt das Stürmen= Draußen prasselnd Gras u Buschwerk nieder –. In der Dieleunten jetzt die nächtigen Schritte eines Mannes; mein Sohn war aufgewacht od: er fand wie ich keinen Schlaf. Hörte ihn jetzt 11gemale=nervös den Lichtschalter knipsen, ohne Erfolg; ich spürte die zähe Dunkelheit im Hause liegen wie Blei, als hätten die schwarzen Fluten Sturm auch die Zimmer im Haus überschwemmt & selbst den elektrischen Strom ausgelöscht (:denn hier=auf-dem-Land verlaufen alle elektrischen & alle Telefonleitungen als Freileitungen=über-der-Erde, mitunter abenteuerlich gezogene Strippen von einem wackeligen Pfahl zum andern, und Stürme werfen dann die Drähte ineinander –:Kurzschlüsse die Folge & zumeist über-Stunden hinweg weder Strom noch Telefon für ganze Regionen. Denn auch die Mechaniker lassen sich !erstaunlich Zeit hier=Draußen *Kommste heut nich kommste morgen* –) – schließlich das beruhigende Brummen des Generators-im-Keller. Und ich meinte, das Licht in der Diele in den 1. Momenten flackernd wie ein gelbes eiliges Wesen die Stufen zur Helligkeit hinaufhasten und jenen Raum, den größten des Hauses mit seinem alten dunklen Mobiliar u dem, wie ein Mund in endlosem Staunen befangenen, stets offenen Flügel wiedererscheinen zu sehn. Als würde ein vor Langerzeit gesunkenes Schiff nach Jahren aus tintfarbenem Nachtmeer ans Licht gehoben mitsamt all=jenen längst antiquierten Accessoirs einer verschwundenen Lebens-Art, darin mein Sohn – er setzte vorsichtig nun seine Schritte die schmale Treppe zu meinem Zimmer herauf – sein früheres Tun dort wiederaufnehmen, wo er von den Fluten Finsternis einst aufgehalten wurde, ungeachtet od: unberührt von all der inzwischen verflossenen Zeit. Vermutlich hatte er seinerseits am Knarren der Dielenbretter in diesem Raum gehört, daß, wie stets beim Unterbrechen meiner Schreib=Arbeit, ich auf&abzulaufen begonnen hatte, mithin zu dieser sturmdurchtosten Nachtstunde ohne Schlaf geblieben war wie er.

Die Unterbrechung meiner Arbeit geschah unfreiwillig; die einst unbedeutend erschienene Verletzung – im Flugzeug hatte ich mich vermutlich an 1 scharfen Kante der Plastikbehälter, in denen man das Essen servierte, am Zeigefinger der rechten Hand, meiner Schreibhand, geschnitten. (Ich bemerkte das erst, als der Zettel Papier, den ich zur Hand nahm, rot mit blutigen Fingerabdrücken sich zu färben begann –. Dieser kleine Schnitt blutete seinerzeit lange.) Mittlerweile hatte die Wunde sich offensichtlich entzündet –: erschreckend der fieberrot angeschwollene, unförmig gewordne Finger, darin ich das Blut pulsieren spürte..... Daraufhin jedes Wort, das ich aufs Papier zu schreiben versuchte, vom dünnen stechenden Schmerz erfüllt war –. Und, obwohl 1-jedes Wort von solch 1fachem Gefühl durchdrungen wie dem des Schmerzes in 1 verletzten Finger, entzieht sich dies bereits der Mitteilung u somit der Fähigkeit zum Mit-Fühlen durch den Nächsten; jedes Wort ein Betrug, ein Selbst-Betrug.....

Vor der Tür nun in den Schritten meines Sohnes 1ige Momente Zögern (ich hörte förmlich den angehaltenen schweren Atem, jenes Stocken wie vor einem alles entscheidenden, großen Sprung) –, dann sein Klopfen, leise aber dringlich um Einlaß bittend. Draußen die Böen schlossen auf zum tobend das Haus umspülenden Strom – die Fluten verfingen sich im Ästegewerk der Bäume, rissen an den Kanten & rauhen Dachziegeln von Häusern & Stallungen lange schwarze Fetzen aus der Nacht –, heulend hell wie Glockengeläut, das in die Dunkelheit schlug als seien das die Stimmen aus jenem Chor der Erde, die voller Wildheit Ernst u immer ursprungslos scheinen wie Trauer aller Heimatlosen – –

Ich bemerkte die seltsam massig wirkende Silhouette des Mannes, als er in der fast geöffneten Tür verhielt, u das mattgelbe Licht aus der Diele tastete zögernd der dunkel wartenden Gestalt hinterher. Meine Aufforderung doch ohne Umstände einzutreten begleitend, hatte ich die Schreibtischlampe mit dem grünen wie 1 kleine Wanne geformten & mit der Öffnung nach-unten gekehrten Porzellanschirm wieder eingeschaltet, und zu dem grünen Schimmer mischte die Lichtreflexion von der blanken Tischplatte nun einen gelbwarmen Ton wie einen freundschaftlichen Händedruck, dem Zeichen der Beständigkeit über etliche Jahre=hinweg, in den schattenverwobenen Raum. Und es mußte dieses Licht, das vielmehr aus Dämmerung als aus Helligkeit bestand, gewesen sein, was aus dem langsam näherkommenden Gesicht alles noch Jugendliche, Lebendige gestrichen u ausgelöscht hatte, und sein Gesicht preisgab als sei er von Progerie befallen, jener gespenstischen Krankheit, darin die Züge u der Körper eines Menschen gewissermaßen im zeitgerafften Verfall von der Jugend ins Greisentum stürzen, und diese Menschen dann die Physiognomien von Mumien erhalten mit all jenen scharf hin1geprägten Spuren immermenschlicher Erfahrung von Unheil Mißgeschick u Leiden, so daß in solch Gesichtern die noch Gestern dort zu lesenden Erinnerungen an Sorglosigkeit, an Unbekümmertheit, plötzlich, wie von einer Schütte Kalk gelöscht & verbrannt erscheinen. Gewiß, er konnte nichts ahnen von diesem zufälligen Anblick, den er mir bot, wie ich gleichermaßen hoffte, daß er im Scherenschnittdunkel daraufhin mein Entsetzen nicht hatte wahrnehmen können. Auch mit dem nächsten Schritt ins Zimmer herein, glitten seine Züge wieder in den wohlvertrauten Anschein zurück.

Er schien sogar bei guter Laune, od: er spielte die Rolle des Gutgelaunten in dieser-Nacht, & betont leicht daher der Klang seiner Stimme: –Mit deiner Aufenthalts-Genehmigung, Vater, ist alles-in-!Ordnung. Ich habe heut in Washington beim INS angerufen, es gibt !keine Probleme damit. Du wirst das Visum nur turnusgemäß verlängern müssen. Das=hier (setzte er hinzu & vollführte mit dem Arm eine den Umkreis einbeziehende Gebärde) –Das=hier ist ein durchaus liberales Land. Und Liberalität ist nur durch Bürokratie zu haben, & die ist, für unsere Begriffe zumindest, hierzulande oftmals recht grobfädig, dafür aber sehr !wirksam gestrickt. Alles andere ist Komm – aber (unterbrach er sich) –sone Weisheiten kannstu ja in jeder xbeliebigen Schwarte lesen. Außerdem, du wirst es noch erleben. Ich meine – (:und lachte die Verlegenheit über diese Klemme hinweg) –Also: Es wird !gut werden. Vater. Du kannst jetzt *dein* Leben neu beginnen. Das ist wohl ein Grund zum !Feiern. – Erst jetzt bemerkte ich die Flasche Bourbon in seiner Hand, die er nun zu schwenken begann wie eine Laterne voll bernsteinfarbenen Lichts.

–Aber du weißt doch, ich – (versuchte ich einzuwenden).

–Wenn dir Bourbon zu heftig ist, Vater, kannst du auch Bier haben. Aber ich muß dich !warnen: Denn ?was haben amerikanisches Bier u Vögeln-im-Kanu ?gemeinsam. – –?Na. – –It's fucking close to water. – –Also los: !Her mit dem Bourbon. (Rief ich lachend.) –Du hast ja eben gesagt, ich werde es noch erleben – da können mich die paar Glas nicht dran hindern, oder. – Und gab ihm sein Lachen als Echo zurück. Damit war die Situation wieder im Lot.

Wir tranken uns zu. Ich spürte den 1. Schluck wie punktförmige Flämmchen brennend auf der Zunge – dann sich ausbreitend Geschmack von kühlendem Rauch –.

Wir schwiegen.

Es war nicht leicht, die Gangart zu finden für ein Gespräch zwischen Vater u: Sohn nach dieser=bestimmten Reihe-von-Jahren – als müßte ein Versehrter, dem der Gipsverband abgenommen wurde, nach einer Langenzeit das Gehen erst wieder neu lernen. ?!Und was heißt Gespräch-zwischen-Vater-und-Sohn, wenn der Sohn selber bereits Vater ist, dem sein Vater dann wieder begegnen muß wie ein Mann einem anderen Mann. Vielleicht, im Verhältnis zu meinem Sohn über soviele Jahre-hinweg, war ich jetzt=zu-dieser-Stunde an einer der vielen Leerstellen, an den Hohlräumen im Empfinden, angekommen – denn ich hatte niemals Dergleichen gefühlt, was gemein=hin als Gefühle-des-Vaters-für-seinen-Sohn genannt werden mag; u ich hatte Dergleichen auch niemals vermißt. Immer, u in den besten Augenblicken stärker, war dieser andere Mensch mir als ein guter, doch zum-Glück stets abwesender, Freund erschienen. Und einem Freund leistet man Hilfe, wo Hilfe nötig ist. Das hatte ich getan, hatte ihm diese Frau (von der er gewiß meinte, ihr Zusammentreffen=Damals sei zufällig gewesen), die Heirat & damit die Arbeitserlaubnis in diesem Land verschafft, so wie er für meinen Aufenthalt=jetzt gesorgt hatte, ohne darüber je gesprochen zu haben; wir hatten nun dem Anderen nichts mehr voraus. – Wir schwiegen also.

Außerdem wußte ich, die Nachricht wegen meines bewilligten Aufenthalts, das war nicht der eigentliche Grund, weswegen mein Sohn auf diese Gelegenheit zum Sprechen, schon gar nicht zu solcher Stunde, gewartet hatte. Draußen die Nacht in ihrer pfeifenden Raserei – Schütten kleinerer Kieselsteine von dunklen breiten Sturmhänden geworfen, prasselten, als feuerten nervöse Schützen wahllos Schrotladungen, gegen die Bretterwände des Hauses –.– Dann, für Augenblicke, plötzlich so etwas wie Stille; Lücken od Stottern in den dunklen Sturmschnellen, so daß das Hausgefüge, bislang standhaft gegen den Sturm gestellt, mit-1-Mal taumelnd & ächzend ins Leere zu stürzen drohte – –

So daß zugleich mit dem Glockensignal & dem wiederholten Aufleuchten der Piktogramme »Anschnallen« das Flugzeuggehäuse unter häßlichem Rütteln&knirschen etliche gewaltige Sprünge und Stürze ins Leere hinunter tat. –*They wanna get !back their fuckin !food*, hörte ich den jungen, ungeheuer=dicken Amerikaner 1 Sitzreihe hinter mir seufzen, denn soeben sammelten die Stewardessen das Essenszubehör wieder ein. Und der Dicke sagte mit unvermittelt wohlklingender Stimme zu der Stewardess-neben-ihm: –*?Or is this rockin plane* *an !offer by you* – (wobei er das *by you* wie *buy you* aussprach) –, die junge Stewardess lachte hell über den Wortwitz & schob, vom schlingernden Flug zu eckigem Laufen gezwungen, den Servierwagen den Gang eifriger entlang. Dann sah ich die wurstigen Finger des Mannes an die Lehne nebenan sich klammern (:dieser Mann, der als einer der letzten Passagiere in Berlin eingestiegen war – den ich, immer ängstlicher seinen Weg beobachtend, die formlose Körpermasse wie ein Walroß schnaufend den Gang zwischen diesen Sitzreihen entlang auf !diesen 1 noch freien Sitz zwischen mir und der jungen Frau zuschieben sah – : Und der dann zum-!Glück doch in der Reihe hinter mir (auf ?2 Sitzen) wie ein Fleischklops niederfiel. Ich sah auch die junge Frau=neben-mir heimlich aufatmen – und die Spur Lächeln, die von ihrem Gesicht zu meinem führte, zeigte die gleiche Erleichterung.) Die Lässigkeit indes, mit der dieser gewiß noch recht junge Mann seine Körpermasse zur Schau stellte & preisgab, mußte aus ebendieser Hypertrofie herrühren, die ihm eine Art Bonus u daher ein sicheres Gehäuse zu bieten schien, von dortheraus er sämtliche Frivolitäten mit dem Witz & der sanftrauhen Selbstironie aller Häßlichen auch gegenüber den Stewardessen mit Leichtigkeit & mit dem !Erfolg der Zuwendung, Heiterkeit u Lachen, dieser ansonsten kühl-reserviert da-seienden & im Gebaren zumeist alle Geschlechtlichkeit in den-Dienst transformierenden Frauen sich erlauben konnte; bei keinem andern der Passagiere hielten die Stewardessen sooft u solange sich auf wie bei diesem monströsen Fleisch. Und wie in einer Selbsttherapie kehrte dieser Mann immerfort mit kehliger Stimme zurück zu stakkatoartigen Lauten, die zu 1 Song gehörten, und die ihn stets wie in einer beschwörenden Zeremonie zu derselben Textzeile führten *I'm sitting on top of the – world* – –Sie !bluten. !Da. – Hörte ich plötzlich die Stimme der jungen Frau neben-mir. Und schon hielt sie ein Papiertaschentuch mir entgegen, mit der freien Hand auf meinen rechten Zeigenfinger deutend. Und erst jetzt, beim Anblick des feinen, wie mit der Rasierklinge gezogenen

Schnittes in die Haut, aus dem Blut hervordrang, spürte ich 1 ziehend-stechenden Schmerz u jenes Erschrecken angesichts der mit-1-Mal sichtbaren Blutspuren, die, scheinbar erst jetzt, plötzlich überall in der greifbaren Umgebung auftauchten mit der Zwanghaftigkeit sich=selbst aufrollender Traumbilder als Daktyloskopien heimlicher, unbewußter Taten & Berührungen – –

Während an jener Stelle die Haut dünner schien, so daß ich auch jetzt u noch immer wie im 1. Moment der Verletzung das Blut im Finger pulsieren spürte. Und als hätten die Böen sich wieder auf dieses Landhaus auf dem Hügel besonnen & müßten extra umkehren fürs erneute breitschultrige Anrennen, pfiff aus dem Dunkel zu uns in das gelb durchschattete Zimmer der Sturm seine monotone Litanei herein. Monoton, aber weder bösartig noch klagend, eher voll der abgerissenen & geraubten Töne von all jenen Orten u Landschaften, die in seinem, des Sturmes, Weg gestanden hatten – *das hohle Fauchen über schartigen Bergkämmen pfeifend fischkalt durch unaufhörliche Brandungsschläge leergeschwemmter Felshöhlungen & Buchten an den Ufern der Ozeane wie durch menschverlassne Dome brausend und staubtrocken das Schnauben durch Grasland und horizontferne Getreidefelder im Mittagssonnenbrand wie Herden freigelassener Pferde in Wolken goldene Spreu aufwirbelnd, und hin zu den hohen Häusertürmen in* **MANHATTAN**, *die in den Himmel stürzen wollen u nur für 1 Moment stillhalten, Anlauf nehmen zu ihrem Wolkensprung (dazwischen auch sie, die Fremde aus dem Flugzeug, auf ihrem Sprung), einfallend in diesen vertikalen Traum, Apotheose aller Zeiten & Stile als seien das Statuen für Heerscharen kapriziöser Mannequins, die sich in ihren glänzend glatten wolkenhohen Fensterpanzerfronten gegenseitig als androgyne Spiegelbild-Ikonen von sich selbst, zu gläsern seidigen sanft getönten Wellen verzückt & erstarrt, vergöttern behaupten begreifen u den steifen & wie Eitelkeit empfindlichen Faltenwurf deren steinerner Kleider vom Wind mit Rauschen beleben lassen – die an keine leichten Kleider denken ließen deren Falten wie jenes Plissé des Fortuny die Fassaden zeich-*

neten, sondern schwere Stoffe wie Brokat od Damast, u Licht, zu hauchdünnen öligen Wellen geronnen, darauf & darüber fließend changieren –, und weiter zu rappenden asfaltheißen Windsprüngen zerstanzt Life is a bitch And then you die That's why We get high *Hip Hop in Scharlach & Gold Flammen schneidend mit langen Klingen aus Jazztrompeten Irrlichter glasgrellen Staub in Zug-Luft versprühend mit den Hupen blökend & klirrend die Böen aus dem blauen salzscharfen Nachmittagshimmel über* NEW YORK *herausgeschnitten & in den gelbbunten Blechstrom Auto-an-Auto gepreßt, schließlich als würden Eisenplatten von monströsen Stahlklauen gepackt & die Fluchten der schon im Abendfieber glühenden Alleen & Avenues entlanggeschleudert & in der hitzegesättigten dampfheißen Asfaltluft wie jene nur geflüsterten Tragödien schon beim 1. Akt niedergeworfen zerstampft zertrampelt erstickt vergessen und !neu begonnen – ?Was ist das gewesen, ?was – die Saat der Städte aus dem Himmel gefallen – : Wind – nur Wind ist gewesen –.* Und dieser Sturm also in seiner wiedergefundenen, in seiner wilden u nächtlichen Flut, um nun zu diesen ersten Nachtstunden auch hier, übers stadtferne Land all sein geraubtes, schwarzes Getöse wie Strandgut hinzuwerfen, die goldrote Stille des Herbstes endgültig zerbrüllend & zerschlagend, und die Scherben als totbuntes Laub an-sich u fortzureißen – –

Und von all dem Sturmgetöse=draußen drangen durch die dürren Holzverschalungen, durch die Fugen an Fenstern & Türen seit geraumer Weile nur die unsichtbaren Partikel der rumorenden Lüfte als kühler dunkler Atem herein, und diese Partikel, 1zig aus Finsternis bestehend, sie löschten nicht allein das Lampenlicht im Haus, sondern sie nahmen dem jetzt vom Generator erzeugten, elektrischen Strom einen Gutteil jenes Atems, den selbst solch eine Maschine zum Verwandeln in Licht zu benötigen schien, wollte er die Lampen nicht, wie diese kleine Glühbirne in der Schreibtischlampe, wie auf dunkeln Grund nur als aufgemalt erscheinen lassen. Und so blieben uns zu diesen Stunden wie langblätterige Ranken Schatten u Dämmer zurück, die vom Rauschen der hohen

Nacht=draußen geschützt, um=uns-herum mit der unauffällig beharrlichen Strebsamkeit alles wachsend Schattenhaften eine seltsame Ruhe u Beständigkeit in das Zimmer legten; nur unsere Stimmen flackerten wie unruhiges, sturmgestörtes Licht.

–Sie ist nicht hergekommen. – Hörte ich aus langem Schweigen im Dämmerschein u dem Wildwuchs der Schatten in diesem Raum erstmals wieder die Stimme meines Sohnes. Ohne Mitleid glücklicherweise u ohne Schadenfreude über die offensichtlich gescheiterte Fantasmagorie eines Altenmannes.

–Nein. – Und stellte das leere Glas auf dem Tisch ab, kräftig, als setzte ich damit auch für mich in diesem Moment u für diese Angelegenheit den abschlußgebenden Punkt. (Durch die Heftigkeit der Bewegung wieder ein plötzlicher Schmerz in dem entzündeten Finger, der mich für 1 Augenblick das Gesicht verziehen ließ –). –Nein. Und hatte !tatsächlich an ihr Versprechen im Flugzeug geglaubt. – Mein Sohn starrte mich an, für 1 Moment schien er verwirrt – als hätt ich unversehens ihm in einer fremden Sprache geantwortet.

Dann räusperte er, hatte sich wieder in der Kontrolle, und sagte: –Bist du ganz ?sicher, daß du sie nicht verfehlt hast. Immerhin –

–Ich war !jeden-Tag in Hudson=am-Bahnhof bei !jedem Zug aus New York. ?Wie sollte ich sie da !?verfehlen – :Entschuldige. Ich wollte nicht laut werden. (Es tat mir wirklich leid; beinah hätte ich die Fassung verloren.) –Nein. Sie ist nicht hergekommen. (Wiederholte ich Wortlaut u Stimme meines Sohnes.) –Überdies hatte ich ihr die Telefonnummer von=hier gegeben; sie hätte jederzeit anrufen können. – –Auf dem Band warn keine Nachrichten heute, und jetzt ist es zu spät. Die Leitungen hier=Draußen sind tot seit Stunden. Der Sturm –, ergänzte er, überflüssigerweise wie mir zu diesem Zeitpunkt erschien.

–Und am Telefon in New York – sie hatte mir die Nummer noch im Flugzeug gegeben – meldete sich immer nur die Antwortmaschine. Es war die Stimme eines Mannes, der Name stimmte mit dem auf ihrem Zettel überein; einer dieser älteren Leute, bei denen sie, wie sie mir erzählt hatte, in der Erstenzeit unterkommen wollte. Das ist eine Adresse nördlich von Manhattan, draußen in –

–Machst du dir ?Sorgen.

–Sie gehört, glaube ich, nicht zu den Frauen, um die ein Mann sich Sorgen machen muß. – Hörte ich mich sagen, selber verblüfft über solch plötzliche Einsicht. Denn Sorgen aller Art hatte ich mir seit Tagen schon gemacht. –Das will nicht heißen, daß ihr Nichts passieren könnte. (Redete ich weiter.) –Nur ich denke: Sie gerät erst gar nicht in Situationen, aus denen sie nicht in irgendeiner Form mit !Gewinn wieder herauskommen kann. – –Dann, scheint mir, ist sie in New York genau am !rechten Ort. (Sagte er grinsend und goß die Gläser nach.) –Aber Etwas !muß doch mit ihr geschehen sein –. Es sei denn, sie hat dich gans=1fach – :Er brauchte den Satz nicht vollenden; mein Gelächter, das viel zu laut schallte u vielleicht ein !sehr tiefes Ausatmen war, mußte hierfür der passende Abschluß sein. *Denn es steckt im Verrat ja immer dieselbe Kleinheit, das piefig=Selbstische, das hört nicht auf solange Menschen auf Menschen sich einlassen : mit 8 wars der beste Spielkamerad – mit 18 die beste Freundin –:vor maulfaulen Türen Draußen stehngelassen, & die Klingel schellte gellend & höhnisch durch die dämmerige Leere einer verschlossnen Wohnung –. Und sollte der Atem bis 80 reichen müssen, dies Unaufhörliche holt sich seins aus unaufhörlicher Wiederholung.....* –Die Uhren der Menschen drehen ihre Runden verschieden schnell. Nur manchmal, für 1 2 Augen-Blicke: !Funken –; und so findet das Feuer stets 1 neues Stroh – –

Ich spürte den forschenden Blick meines Sohnes auf mir. Dann, vorsichtig er: –Die Uhren-der-Menschen – die Augen-Blicke & das Feuer – hm. Vater, ich weiß nich, ob –

–Ja!ja. Kann sein du hast recht & sie hat mich nur versetzt. Gestern Feuer&flamme, und vergessen schon in der 1. Minute nach der Trennung. Kann sein. Ob Altermann od nicht:

das ist ja immer das 1fachste, & nur darum gehts für Jeden gegen Jeden: ums 1fachste..... – (Und spürte wieder den kühlenden Rauchgeschmack auf der Zunge, während das Pochen im verletzten Finger für den Augenblick ertaubte.) –Aber, wie soll ichs dir erklären – 1fach versetzen: Das würde nicht passen zu der Art, wie sie während dieser-Stunden im Flugzeug sich verhalten hat. Das wäre gradeso, als hätte sie 1 falschen Körper, 1 schlechte Attrappe von sich, dort neben mich hingesetzt. !Nein. Und du hast sicher recht mit deiner Vermutung: Etwas muß mit ihr geschehen sein. Vielleicht hat es zu tun mit diesem Film, den sie uns während des Fluges zeigten. !Ja, !wieso komme ich erst jetzt darauf: Mit diesem !Film..... muß es zu tun haben –

–?Was für ein Film. Du meinst 1=dieser Unterhaltungsfilme, wie sie immer bei langen Flügen –

–Ja. – Denn später, plötzlich ihren Redestrom unterbrechend, wandte die Frau ruckhaft ihren Blick von mir ab, starrte in den Passagierraum nach-vorn, als hätte dort Jemand ihren Namen gerufen. Und ihre Augen, die bis-eben höflich u mit freundlichem Lächeln mir nahe waren, verloren mit 1 Schlag das Heitere, die Überlegenheit; der Blick wie ihr gesamter Körper zuckte, aufrecht, das Rückgrat durchgebogen, saß sie auf ihrem Platz u starrte selbstvergessen an 1=bestimmte Stelle dort=vorn zu der Kabinenwand. Dort, wie auch auf den Bildschirmen der vielen kleinen Monitore über den Köpfen entfernt sitzender Passagiere, hatte vor kurzem, einigemale aufflackernd, der Spielfilm begonnen. Ich hatte das nur mit den Augwinkeln wahrgenommen (das Papiertaschentuch, das sie mir vordem gegeben hatte, war beinahe vollgesogen, aber die Wunde hörte zu bluten nicht auf–), ich hatte dessen ungeachtet nicht vorgehabt, mich von 1 Film ablenken zu lassen. Und ?nun – : – Der Vorspann mit dem Titel & den Namen der Hauptdarsteller war bereits vorüber – das übrige helle Kabinenlicht bleichte, in verschieden breiten Streifen einfallend, die Farben auf der Leinwand zu kreidig pastellen Tönen, als wären Gemälde unbekannter Impressionisten in Bewegung geraten –. Und die 1. Szene des Films: Vor dem Hintergrund der Silhouette von South-Manhattan-im-Abendlicht – das Panorama der Wolkenkratzer langsam aus dem sinkenden Himmelsblau sich schneidend, als wäre dunkler Marmor aus einem Nachthimmel gebrochen, die hunderte von Fensterreihen wie strahlende, dicht geschriebene Zeilen in Goldlettern für eine Unmenge Epitaphe – eine Opernbühne für noch ungehörte, martialische Musik..... – u vor diesem Hintergrund in Großaufnahme das Gesicht eines Mannes..... Seine Gestalt als wäre sie aus dem Morast gezogen in dunklem Violett. Wir starrten in eine Maske aus Schlamm u getrocknetem Blut; die Maske eines Menschen, dem keiner mehr geholfen hat. Dies Gesicht wie das eines antiken Tragöden, den Mund weitaufgerissen zum Schrei – die Kamera fuhr langsam auf diesen Mund zu – näher und näher an den Mund, der zum schwarzen Abgrund sich weitete wie der Buchstabe O im grellen Warnwort TOD – (der Schrei blieb ein stummer Schrei, ich hatte die Kopfhörer noch nicht aufgesetzt) – in diesen Schrei hinein –, dann füllte der Abgrund des Mundes das gesamte Bild, stürzte es ins bodenlose Schwarz..... – –Aber: !Dieses !Gesicht – : !Ja. Es mußte !dieses !Gesicht gewesen sein, das vor Augenblicken als Großaufnahme dort=vorn erschienen war; das Gesicht eines Mannes..... dessen Anblick die junge Frau-neben-mir offenbar wie unter Schock erstarren ließ.

–Erstaunlich. (Hörte ich aus den sturmerfüllten Schatten die Stimme meines Sohnes.) –Ganz er!staunlich, daß !solch=ein Film im Flugzeug gezeigt wurde. Sonst gibts doch nur jene Filmchen, publikumswirksam für den Unterhaltungsgeschmack = heiter-bis-blödig. Nun, im Flugzeug in zehntausend Metern Höhe so-Etwas –:jetzt weiß ich endlich, was gehobene Unterhaltung is. – (Er suchte Rettung in Albernheit – ein Königreich für 1 Kalauer, den Molotowkockteil des Kleinenmannes –, denn sonst müßte er jetzt & hier sofort beginnen zu erzählen, !was er mir ursprünglich hatte sagen wolln; müßte ohne Aufschub jetzt damit beginnen, u seis all-1 um sein Hiersein zu diesen Nachtstunden & die langsam zur Neige gehende Flasche zu rechtfertigen. So aber hatte er noch 1 Weile Aufschub sich verschafft.)

–!Höchst erstaunlich, solch ein Film. (Bemerkte er noch einmal.) –Vielleicht ein ?Irrtum, eine ?Verwechslung. – –Daran läßt sich ebensowenig denken wie an Druckfehler in Kreuzworträtseln. (Widersprach ich ihm.) –Nein. Das konnt es !nicht gewesen sein. Und war auch längst nicht Alles gewesen. Denn: !Dieser Film hatte die Frau nicht allein nur in-Bann gezogen; er hatte sie=danach wie !verwandelt zurückgelassen. Sie wurde 1silbig, blickte sich mit irrenden, flackernden Blicken oftmals um, als suche sie jemanden od: als wolle sie sich vergewissern, daß eine=bestimmte Person eben !nicht hier=in-diesem-Flugzeug zur gleichen Zeit reiste & mit dem nun unentrinnbar gleichen Ziel wie sie, und jeder-Moment ihrer Unachtsamkeit könnte, !müsse, eben-!diese Person unweigerlich herbeischaffen –. Es wurde unheimlich in ihrer Gegenwart. Auf meine Fragen reagierte sie nicht od: nur zerstreut, so daß ich das Reden bald schon bleibenließ. Kurz vor der Landung in New York hatte sie dann noch 1 Satz gesagt so, als hätte sie damit ihr Schweigen erklären wollen. Ich hab vergessen, was es war, weil ich diesen Satz noch weniger verstand als ihr Schweigen zuvor. Es war – sie sagte – :Nein. Ich komm jetzt nicht mehr drauf. Du hast gewiß recht: Es muß Etwas geschehen sein mit ihr, und Das muß zu tun haben mit diesem ver!dammten Film, den sie uns gezeigt haben während des Fluges. Das lass ich mir nicht mehr ausreden. Ohne diesen Film wäre vielleicht gar Nichts geschehn, und sie wäre, wie verabredet, heute hierher aufs Land gekommen –

–Diese Frau, sie muß ja gradezu ein !Superweib – (:er unterbrach sich rasch, denn Ironie lag wohl nicht in seiner Absicht. Und, als wäre er auf seinem Weg versehentlich in Schlamm getreten, wechselte er ebenso rasch die Redespur:) –Nunsagabermal: !Was hat dir diese Frau-im-Flugzeug eigentlich ?!erzählt während all=der-Zeit !bevor, wie du sagst, sie wie verwandelt, erstarrt u 1silbig, geworden war. Erinner dich, versuchs – vielleicht auch fällt dir jener letzte Satz wieder ein. Und vielleicht läßt !dadraus etwas sich entnehmen. Denn es ist 1bißchen wenig, wenn du einerseits lediglich Vermutungen darüber hast, was später mit ihr geschehn sein könnte u: du andererseits ihr noch=!immer verphallen bist wie ein –. (Er räusperte, redete 1dringlich:) –!Erinnere dich: ?Was ist gewesen, !bevor sie zu reden aufhörte. ?Was hat sie dir erzählt –

Und als sie im Flugzeug in dieser von Essens&körpergerüchen wie geronnen wirkenden Atmosfäre von ihrem Sitz zu mir herüber sich lehnte, mir 1 neues Papiertaschentuch für den verletzten, noch immer blutenden Finger anzubieten, und ich noch einmal den trockenen Geruch der von dieser Frau auszugehen schien, die rot erhitzte Luft von lodernden Flammen, zu spüren glaubte, begann, als kennten wir uns seit Langenjahren & als hätte sie schon seit ebendieser Langenzeit eine-jener dauerhaften Geschichten wie langjährige Bekannte sie einander erzählen, hier & jetzt mir weiter zu erzählen sich vorgenommen, begann sie also mit langsamer, gut artikulierender u vertraulicher Stimme von Etwas zu reden, das !ihre-Geschichte & Pläne-für-!ihre-Zukunft heißen mochte. Und trotz ihrer wohlüberlegt klingenden Erzählung, trotz all der darin vorkommenden, konkreten Orte und Dinge, war es eine wirre, träumerische Art des Erzählens, aus lauter Anfängen bestehend, die wie Lichtstrahlen von Taschenlampen 1 Stückweit in die Finsternisse alles Möglichen hin1stachen –. Folgte man jedoch diesem Licht, es alsbald von kompakter Undurchdringlichkeit aufgesogen u zum Verschwinden gebracht wurde durch eine unselige Reihung von Namen: Personen & ihre Verbindungen zu- mit- u: gegen-1-ander; jenes sich auftürmende Personal wechselhafter Beziehungs- & Intrigenwinde als seien sie allesamt einem Balzacroman entnommen & wie in einem-jener gespenstischen Träume, darin die Figuren zusammen mit der sie umgebenden Landschaft, gebannt auf 1 Fotografie, plötzlich auf dem Papier in all ihrer Winzigkeit in Bewegung geraten & zu Leben erwachen so, als schaute man selbst nicht länger auf 1 starres, papierenes Abbild, sondern, gefangen jenseits alles Zeitlichen in diesem unentrinnbaren Traum, schaute man nun selbst aus den Schattengewölben einer Höhle hinaus in die Verkleinerungen aller Bedrohlichkeit aus vorüberziehendem, fremdgesichtigem All-Tagsleben..... Gestalten, beängstigend in ihrer namenvollen Anonymität, die gleichsam einem vor Übervölkerung berstendem Innenleben entsprachen, langsam in einer befremdlichen Zeremonie voll ebenso befremdlichen Ernstes & unverstandener Feierlichkeit aufrückend, um in plötzlich burlesker Wendung dieser Zeremonie ein-aufs-Anderemal scheinbar willkürlich wie Sägespäne mit raschen Abstreifbewegungen der Hand aus den Falten der Kleidung gestäubt & vom dunkeltönenden, gleichförmigen Strömen ihrer Rede davongeschwemmt zu werden –.

Beim Zuhörenden stellte allmählich jene halbschläfrige Schwere u Taubheit sich ein, aus dem Empfinden, ebenjenen Sektoren des-Lebens, die zu diesen Namen Menschen & deren Machenschaften gehörten, nicht teilhaftig gewesen zu sein u damit ein großes, bislang unbekanntes aber fortan niemals nachholbares Versäumnis begangen zu haben. Rasch hatte ich erkannt, u noch bevor sie ausdrücklich von Dresden = dem Ort ihrer Kindheit sprach, daß sie aus dem-Osten, aus Sachsen, stammen mußte. Seit langem hatte ich die Vermutung, daß jene-Menschen=dort den familiär-spermatischen Verbreitungsprinzipien lebten, damit jenen Gruppen-, Gemein- & Familiensinn besaßen, dengleichen, den mein Sohn in seinen Briefen auch den-Amerikanern zugeschrieben hatte, der in gewissen Seelenfalten dieses Menschentyps das uralt Menschliche nicht allein zu bewahren, vielmehr immerfort weiter am Leben zu erhalten weiß: Zugehörigkeiten schaffend, Gruppen- & Familien bildend mit Abhängigkeiten & Bündnissen gemäß der Erbanlage von langen Molekülketten. Und ich begriff aus ihrem Erzählen 1wenig das Leiden der Menschen jenes Typs unterm Zwang zur Abwesenheit zu Zeiten des in West u: Ost geteilten Lebens, aus vielerlei Gründen heraus zum Nichtteilnehmendürfen-dort=im-Osten an öffentlichen Belangen herabgedrückt zu sein, & begriff den Druck, der aus dem Zurückgehaltenwerden ihres eigenen Naturells erfolgen mußte.....– Gestalten, wie Pfähle tief in den schweren, unausschöpflichen Morast aus Vergangenheiten hineingetrieben, darin die Tage-und-die-Jahre aufeinanderfolgten in einer Art Vakuum inmitten von Gefäßen aus dickwandigem Glas, jeden Blick hinein auf diese Wesen zwar gestattend, doch deren mürrisches, grüblerhaftes u letztendlich immermüdes Dasein, durchzogen von Eigensinn & gerissener Schlauheit, gleichsam ins Unsichtbar=Unverständliche versetzend. Das war in ihrer Erzählung, als seien diese Menschen bereits von Kindesbeinen=an vom unbedingten Wissen durchdrungen, daß nirgendwo auf-der-Welt ein Etwas existiere, das *neu* od nur *besonders* u *lohnenswert* wäre, um als Ziel fürs eigene Leben zu gelten, sondern daß vielmehr Alles immer nur Allem u Überall gleich sein müsse –. So daß also buchstäblich Nichts zu wünschen übrigblieb, außer dem eigenen So-Daseinlassen in jenen Gefäßen hinter dickwandigem, staubbedecktem Glas, die wiederum auch nicht ihre eigenen Gefäße waren, vielmehr stets von sich abgetrennten, zweiten Leben glichen, wie Embryonen in der Fruchtblase, und hinter dieser schalldichten, submarinen Dumpfheit einer Membran die Menschen mit einer unüberwindlich scheinenden Abneigung gegen Veränderungen 1zig die Schritte ihrer davonziehenden Jahre in pränataler trüb=Seligkeit zu belauschen schienen u so ihre Zeit wie in fremdmöblierten Zimmern verbrachten. Und wo immer diesen stagnierenden Leben Unerwartetes geschah: das plötzliche Erscheinen anderer Menschen mit Begierden & Gelüsten – schienen die in jene anderen Leben wie Steine in ruhende Gewässer zu stürzen – darin nicht unbedingt Leidenschaft u Willen aufwogen zu lassen, eher 1 Form der Unruhe, des Nichtmehrfriedens, eine fiebernervöse Beklemmung hoher Pulsschläge & zerrütteter Nachtstunden ohne Schlaf verbreitend solange, bis alle schweren, sumpfigen, beunruhigenden Wellenringe zu Trägheit u trüber Glätte wieder sich verlaufen hatten –. So daß hieraus nicht etwa eine Reihe virtuoser Lügner hervorgingen, sondern lediglich Scharen grämlich furchtsamer Erfüllungsgehilfen-für-den-Alltag, kurzatmig in permanentem Alarmzustand..... Und selbst jene von diesen Menschen tatsächlich hin&wieder wie in plötzlichem Ausatmen geäußerten Wünsche mußten dann erscheinen, als seien alle Wünsche dieser Unbekannten Menschen nur Vorwände für etwas Ganzanderes, für das Eigentliche einer ursächlich menschlichen Daseinsbeharrlichkeit, die, um als Leben sich=selbst überhaupt wahrnehmen zu können, stets Wünsche also Bilder & Ein-Bildungen sich erschaffen mußte; Vorwände – eben der Art, wie auch die Einladung meines Sohnes Hierher in sein Haus auf-das-Land, nördlich von New York, zu kommen & Alles was ich mir eingehandelt hatte bisher: Alles=Gescheiterte in meinem Leben, abzustreifen, abzureißen & dort zu lassen, wo Scheitern zu Allenzeiten die allseits mögliche, die am !leichtesten zu machende Leben's Erfahrung war & ist: in Deutschland – ob in Zeiten chauvinistischer Raserei, ob als geteiltes Land od in diesen-Jahren-danach – :immer war & ist letztlich das-Scheitern im Ersticken die 1zig verbindende Erfahrung unter diesen Menschen dort..... (Woraus dann auf anderer Seite auch jener Haß wie Feuer aus Benzinpfützen schlägt gegen Jene, die im Reichtum & Wohlstand leben : Denn, so der zwingende Verdacht, wo das Lebensfundament das-Ruinierte heißt, muß alles Andere, das wachsen & nach-Oben sich strecken konnte, seinen Erfolg hauptsächlich auf schmierigen=Intrigen Hinterfotzigkeiten fettern-Wirtschaft & dummfrechen Klüngelbrutalitäten jenseits selbst von Resten Stolz u Scham begründen; u in der Tat, die Aura schwitzigen Übelgeruchs umgähnt die-Erfolgreichen im hier=Zuland, woraus vor solch ge*luck*ten-Typen, wie in der Gegenwart von Falschspielern, das Empfinden körperlichen Ekels überwiegt: degou-Tante Bilanzenfälscher des eigenen Vermögens zum Leben.) Dies alles mir Eingehandelte fortan von mir lösen, und die restlichen Jahre eines Lebens, das, wie mein Sohn einmal an mich geschrieben hatte, künftig dann *die restlichen Jahre meines Lebens* heißen würde, im diesseitigen Jenseits-aller-Sorgen zubringen zu können – :!Aber: 1 Vorwand auch das nur für Etwas, weswegen er schließlich in !dieser Nacht aus sturmdurchtosten Stunden, all-1 gelassen von seiner Frau, zu mir gekommen war, um mit mir darüber zu reden, 1 neuerlichen Vorwand zu diesem zwischen uns ungewohnten, ungeübten Tun des miteinander Redens benutzend, nämlich jene Nachricht über meinen behördlich genehmigten Aufenthalt=hier in diesem Fremdenland so, als hätt es erst all der Staubschütten bedurft, die der Sturm=Draußen seit Stunden in die Finsternis wie Schrotladungen schoß, um mir aus den Fetzen einer Nacht diese erfreuliche Botschaft zu überbringen. (Als hätt ich vorhin beim Anblick seines verwirrten Gesichtsausdrucks nicht bemerkt, daß er mit seinem Satz *Sie ist nicht hergekommen* gar nicht meine Unbekannte-aus-dem-Flugzeug, sondern niemand anderes als !seine Frau gemeint haben konnte –.) Und immer-so-weiter, 1 Vorwand vor den andern schiebend wie Geisterbilder des Willens zu einem längst unsichtbar gewordenen Leben ohne Leben –.

Und so rückten sie auf in der Erzählung jener Frau mit dem kurzgeschorenen, flammenroten Haar während der Stunden eines Überseefluges, als hätt nicht ihre Erzählung allein, sondern vielmehr erst jene andere Gleichförmigkeit (solch pfeifend dröhnende Geräuschehülle im Innern einer Maschine die allen Sonnenuntergängen folgte, hier in den Gefilden jener Ort- u Zeitlosigkeit – Altitude 37 000 feet Ground speed 645 mph – in solch unbegreifbarem Wahn aus Höhen & Geschwindigkeiten worin Tages&jahreszeiten ineinanderfielen, in der winterhohen Kälte grausam steckengeblieben, Außerhalb dort=Draußen im schwebenden Verhallen von Ewigkeit, nur durch wenige Fingerbreit Metall&glas getrennt abgeschottet & bewahrt) die Schar dieser Gestalten jetzt wiedererscheinen lassen: Einen Vater, der vor-Jahren auf den

Dachboden des eigenen Hauses sich zurückgezogen hatte, im Gestus jenes Zwischenbereichs aus Anklage und Resignation; Anklage wohl hauptsächlich gegen dessen ehemalige Frau, die im schon vorgeschrittenen Alter auf-Nimmerwiedersehen aus dem Leben dieses Mannes verschwand, hinüber auf die andere Seite desselben Lebens, des Lebens mit einer anderen Frau, so daß also jene beharrlich & stumm vorgeführte Anklagepositur dieses Mannes ohne Zuschauer blieb, etwas Erstarrtes, Verdunkeltes & Versteinertes bekam wie gewisse Wortbildungen – ob *Bräutigam* ob *Leichnam* –, deren selbständige Bestandteile nicht mehr erkannt werden bzw. die als selbständige Wörter nicht mehr existieren können.–

Und wenn ich auch nicht allzuviel von ihren Geschichten verstand, so blieb mir doch Eines als Gewißheit übrig : Dem letzten Geliebten dieser Frau-neben-mir, ein ihrer Erzählung nach reicher Arzt in Berlin, ihr späterer Chef, dessen Bild (sie trug 1 Fotografie bei-sich, die sie mir jetzt präsentierte –:) mich im 1. Moment sprachlos machte. Schaute aus dem Bild doch ein Mann mir entgegen, der mühelos ihr Großvater hätte sein können (u mein um sehr vieles älterer Bruder), ihm bzw. einer seiner Intrigen samt dem Versprechen auf die finanzielle Unterstützung verdankte diese Frau letztendlich diese Reise & die Möglichkeit, in New York zumindest in der Erstenzeit zu überleben –.– Immer noch mußte meine Verstörtheit über den Anblick der Fotografie von diesem Mann in meinem Gesicht zu lesen sein. Doch sie schien derlei Reaktionen Fremder bereits gewohnt, und lächelte in meine Bestürzung mit jener Art ergreifenden Mienenspiels als wollte sie ausdrücken *!Ja ich weiß das=Alles selbst. Aber: Ich !muß mit diesem alten Mann – Ich !kann doch nich anders, ich !muß doch – ich muß es doch tun, daher !will ich es auch* – (:Dabei für 1 Moment aus dem warmen Menschendunst im Innern dieses Fluggehäuses sich heraushebend ein Empfinden, daß diese Frau, um Einverständnis unter Fremden ersuchend, ihre Hand nach meiner Hand ausstrecken wollte, direkt in mein Innerstes hin1zuschlüpfen –) : (u im selben Moment ich den

Wunsch hatte, sie zu !warnen –. Ich ließ es bleiben, sagte kein Wort, rührte ihre Hand nicht an). Denn ich spürte daraufhin selbst jene Lockerung, jene Befreitheit unbestimmbaren Ausmaßes so, als hätte ich in diesem Augenblick mit der Schubkraft eines fremden Willens, dessen Kraft so groß sein mußte daß sie weit über die-Verhältnisse-dieser-Zeit hinausreichen konnte, plötzlich eine große, über eine-Reihe-von-Jahren-hinweg hemmende, undurchdringlich scheinende Mauer überwunden. Und mir blieb als einzige Regung das alles Bedenken zerstreuende, unbedingte Wissen *!Das ist das einzig=!Richtige das du tun kannst –*. Und wußte damals selber nicht genau, ob ich dies allein auf das Tun jener fremden Frau-neben-mir bezog od: ob meine so heimliche wie gewiß offensichtliche Begierde dieser Fremden gegenüber in diesem Satz miteingeschlossen lag.

Dann, unvermittelt in sprunghafter Manier, hatte sie von ihrem Bruder zu erzählen begonnen, einem Fotografen, vier Jahre jünger als sie. Offenkundig 1=jener Dazwischengeborenen: zu jung, um in den Zeiten-der-Grabenkriege Ost : West & Ost : Ost sein Scherflein Zucker&dreck sich einzuhandeln, u zu alt, um als gesamtdeutscher Foe-nix-ohne-Biografie seine Haut den Tätowierungen zur Noienzeit herzuhalten & zu-Markt zu schleifen –. 1 Dableibender 1 Ausgeträumter, geboren in den 60ern; 1 Zeit, die von den wesentlich Älteren=wie-mir als eine bedenkliche Zeit angesehen wird, hat in den Jahren der Dortgeborenen, als deren soziales Denken laufenlernen wollte, der Anschauungsunterricht doch nur im bleichen Dämmerzwielicht stattgefunden: im-Osten als Schattenwürfe des untergegangenen Nationalsozialismus die Restriktionen Grenz-Zäune & Geheimpolizei in der Wiederkehr im nationalen Sozialismus..... / im-Westen als Verkommen sozialen Denkens in Rabatten & Baumschulen der Heuchelei, dadraus das Schierlingskraut *Politische Korrektheit* sproß, während der Kategorische Imperativ zur Scheißhaus-Parole in vier Sprachen runterkam: »Verlassen Sie diesen Ort so, wie Sie ihn vorfinden möchten«. Menschen wie er waren im Licht abnehmender Monde in-diesen=Jahren stetig unaufhaltsam ausgekühlt –. Und als die Frau-neben-mir aus dem Stapel Papiere, der noch immer auf dem Klapptischchen vor ihr lag, eine Mappe herausnahm und sie mir geöffnet darbot, sah ich eine Sammlung fein=säuberlich eingeklebter Fotografieen, eine Art Werkkatalog, den sie benötigte, um die Arbeiten ihres Bruders einigen Galeristen in NEW YORK, mit denen, wie bemerkt, sie bereits in Verbindung stand, zu präsentieren : Die Fotografieen ihres Bruders bei einem Galeristen unterzubringen, !das sollte ihr erstes Projekt in NEW YORK werden.

Und ich sah beim Durchblättern des Albums (bemüht, die Seiten mit meinem immer wieder blutenden Finger nicht zu berühren) !weshalb in Deutschland dieser Mann erfolglos geblieben war (1 Mann, der auf dem Titelblatt selber u konsequenterweise als Fotografie erschien: in=sich zurückgezogenes, schmales Gesicht, die Augen eng beieinander, der Blick nach-Innen gekehrt als fürchte er, die Forderung & der bekundete Wille in eines jeden Menschen Blick auf Andere, müßte bei ihm stets nurmehr Angriff sein –; ein Gesicht, das von derselben Geste des Verschwindenwollens gezeichnet schien, wie das jenes legendären chinesischen Malers, der in einem seiner Bilder verschwand –). Seit 1igen Jahren, erzählte sie, versuchte er mit zumeist schlecht bezahlten Auftragsarbeiten, von 1 Agentur vermittelt, sein Überstehn zu bestreiten: Fotografien von Hochzeiten & Geburtstagen, Kindstaufen & Todesfällen – & immer in Furcht, wieder 1-dieser miesen Jobs sich suchen zu müssen, sobald 1tags das-Geld verbraucht wäre. (Und selbst die miesen Jobs zu bekommen, wird schwerer in Deutschland von-Tag-zu-Tag, so wie er selbst ja nicht jünger wird –.) Ein Gefangener der-Freiheit in einem wirren Getümmel widerspruchsvollen Tuns, so daß diesem Menschen von allen-übrigen, sobald sie von seinem Beruf als Fotograf erfuhren, stets nur 1&derselbe Satz entgegengehalten werden konnte, woraufhin diesem Mann, um weiterleben&arbeiten zu können, nichts anderes übrigblieb, als diesen Satz zum Daseinskompliment umzubiegen: *?!Sie wollen Foto?graf sein: So sehn Sie aber !garnich aus* –, (1 heftig-kurzer Schmerz: ich war mit dem verletzten Finger an die scharfe Kante der Klarsichtmappe gekommen, erneutes Blut in schweren Tropfen –). Und ich sah also anhand seiner eigenen Fotografie wie an den meisten seiner avisierten Arbeiten den Grund, !weshalb in Deutschland dieser Mann 1 Schattendasein führen mußte und immer weiter wird führen müssen : Denn Beide – die Objekte u ihr Fotograf – hatten längst begonnen in1ander überzugehn, und Beides in Einem, für das immer weniger immer seltener Interessenten sich auftreiben lassen. In den Jahren DeDeR offenbar nicht zugelassen, vom Funktionärsplebs & Kulturmenschewisten ins Leben-in-der-Tiefe..... verdrängt; von Kunst-Agenten & Galeristen Heute nicht mehr gewollt. :Die schmieren die Leben-in-der-Tiefe in die Abschreibe-Strecken IHRER Agenturen Galerien & Verlage (:Bei letzterem könnte ich diesem Mann 1 Liedchen singen aus eigener Erfahrung: Denn Abschreibestrecke heißt: Was auch geschieht, diese Arbeiten, 1 Mal aufs Abstell-Gleis an den Prellbock geraten & vom Unkraut in fremder Steuer-Oase überwuchert, dürfen dem Verlag !niemals Gewinn einbringen – zur Sperrigkeit kommen die Bleigewichte zur Wachstumsbremse: kein Unkraut darf jemals zum Kraut aufschießen) – : – im lauwarmen Koben der Betriebswirtschafterei, in Abzucht Biergelümmel verkorxtem Zerebralahoi beim Schweineorkester=ihresgleichen : !dort sollen die gefällixt bleiben & auf-!immer versauern, jeder Rasse ihre Nigger. Und mehr noch, denn in Doitschland schallt ein Ruf der rohmanntischen=Schtoffel: *Die DeDeR ist verschwunden u alles was Osten heißt: längst zum Thema verkommen, ausgelutscht, abgeleiert & passé* – müdes Abwinken landesweit – :& wissen in IHRER Rohmann-Tick nicht, daß SIE grad mit !dieser Haltung wie EsEhDeh-Funktionäre sich gebärden. Auch deren Traum hieß Lüge von Der Stunde Null. Das kommt davon, wenn man zulange mit dem Computer spielt – da löscht 1 Knopfdruck alles Unbequeme Störende auf=immer aus, &

fortan MAN nur mit dem Hintern denkt; das 1 Auge dort, es reicht zum Sehen nicht. Der allergröbste Blick schon zeigt: die Schwemme TeVau-Kanäle..... karzinöses Wuchern pausenlos inflationär Immergleiches aus Immergleichem..... :!Voilà: die Holzhammer-Propaganda der-Partei..... (?Ob daher die fiesio=Gnomische Ähnlichkeit von Leo Ka mit einem=gewissen Obenlametta-Untenlametta ?nur eine pseudomorfische Laune der-?Natur sein mag –.) Und weiter zeigt der Blick: Konzerneballungen zu Riesen-Konzernen – ein Boogie Woogie der Gschaftlhuber & bilanzversifften Kassenwärter: Krupp&thyssen Werftverbund MercedesBenz BeEmWeRollsRoyce & Filz Filz Filz Banken Börsen Immobilien Allianz & Tranquillanz & Ignoranz & Affentanz : Verflechtungen Verkupplungen Vermögensschieberein, horizontal vertikal interkontinental : Konzentrierung Fusionierung Globalisierung, der Euro-Kollektivismus, & Alles gegen den Kassenfeind von Amerika bis Japan –:Allzeit !schöne Grüße von den-Kombinaten..... – Der !Sozialismus !siegt – nur hatte er zum Siegen stets das falsche Geld. !Heute hat er das richtige Geld & !Heute sehen wir ihn !siegen, nur eben anders als profezeit. Die Schtoffel aber hantieren noch=immer mit der Profezeiung..... Denn Nichts soll stören den Sieges-Zug herbstisch baldrianischer Siliziumwölfe, die Goldene Horde der Hochstapler, fitgestylte höhengesonnte Bestien für das 21. Jahrhundert. Ohne Gewissen in gesuchtem Nichterinnern *chip delete*, hinwegrasend über alle Untiefen angenehm beleuchteter Displays..... : Die Reichgebliebenen & die Reichgewordnen: Die Neuen Funktionäre wie Treibsand auf den Oberflächen der Programme, allsamt & wie Krähen aus demselben Nest die gleiche Reserveleutnants=Fresse. Von Frühan gefüttert mit Alete Mickey Mouse & Heidegger – jetzt, kein Wunder, geben sie Das zurück, und machen am liebsten öffentlich: unter sich – (das geknäulte Papiertaschentuch, vom Blut aus dem Schnitt in meinen Finger durchweicht, hatte seine weiße Färbung beinahe restlos verloren, in meiner Faust war das seidige Weiß zur grell rotfleckigen, in=sich zerfältelten harten Kugel geworden –) – :!o wie ich sie kenne u hasse, diese steißglatten Inflationsvisagen, die ausgekühlten & hart gewordnen ewigen Milchgesichter, deren schlimmste Kindheitserinnerung n paar Tage Fernsehverbot ausmacht; die fatziale Entsprechung für den verschwundenen Wert des Geistes wie des Geldes..... Die Noien Funktionäre..... die Kenner sämtlicher Codes & Programme, über denen ihre Gehirne schweben & die es in-jedem-Fall !durchzustehen gilt; deren Funktionieren ihnen stets sofort die Rückmeldung gibt »Ich agiere. Ich kommuniziere. Ich funktioniere.« :In der Rückkopplung die Selbsterstarrung; so erlischt das Fühlen in der Tautologie der Programme & ihres Designs. Nur: Den !Schmerz des Lebewesens, den können sie auf-Dauer nicht beseitigen, u der tritt dort hervor, wo die Programme enden, nicht aber die Existenzen. Somit stellen diese Noien Funktionäre einen durchaus noien paradoxen Typus: den des hochintelligenten Idioten..... / ?Und am andern Skalenende des Größenwahns : Manch heute 60jähriger, zu denen nun auch ich gehör, der bereits vor dem Schatten aller=möglicher Schuld zusammenzuckt & den allein die Vorstellung vom dunkeln Wald seiner Machenschaften zum Singen & zum Pfeifen bringt. Und mancher von den 70jährigen, die über Jahrzehnte hinweg in Aller-Öffentlichkeit ihre Bastionen von Schuld & Unschuld mit der ihnen eigenen schnorrerhaften Rhetorik sich erbelfert haben, ihr moralisches Gutmenschentum mit Klauen & Zähnen verteidigend & seither die Fernsehbildschirme & Rundfunksender verkleben. Die, mit silbergrauen Mähnen & Seidenshawls, opulent wie greise Tenöre, breitärschig Platz einnehmen & gewissermaßen aus der Polster-Klasse heraus den Blick-in-die-Welt hinaus tun. Die aus jenem über ebendiese Jahrzehnte zum Instinkt gewordnen Wissen nach Dem-!Richtigen-Augenblick auftauchen & anwesend sind wie Aasgeier beim Kadaver. Und daraufhin prompt voll der Selbstsicherheit & erbarmungslosen Würde desjenigen, der seinen Mitleidsblick vom Hochherrensitz der moralisch Gesicherten auch in materielle Sicherheit als Barschaft umzumünzen versteht, jenes ewiggleiche Geseiere von sich geben, das durch diese Ewigegleichheit, den Nimbus von Unbestechlichkeit & Unerschütterlichkeit-des-Vernünftigen sich erschleichend, als Zivilreligion zur Instanz geworden ist. Und die danach, was ebenso wichtig wie das Auftauchen sein kann, nämlich Den-!Richtigen-Moment zum Wiederabtauchen & Aussteigen aus dem Wind zu riechen vermögen; so daß diese Greisenopulenz im eigenen Duft rhetorischer Fliederblüten, mal optimistisch mal dröhnend skeptisch aufgeputzt, bombastisch & ausladend zu jeder angesagten Saison in den-Medien prunkt wie alternde Diven an der Bühnenrampe zum üppig ausgestatteten Kurkonzert –.– Ich bin aus dem Verband ausgetreten, auch weil ich nicht über genügend Optimismus verfügte, um mir vorzustelln, daß es gelingen könnte, Funktionäre – egal in welcher Branche sie anzutreffen sind – abzuschaffen; solch Pack ist wie Gas & füllt mit Leichtigkeit jeden dargebotenen Raum – ists nicht der der Literatur, dann eben einen beliebig anderen; cul-Tour hat einen weiten Arsch –. (*!Abschaffen* – :Schön u gut, aber ?wohin.) Es zeigt sich hier wie überall im sogenannt öffentlichen Leben: das unausrottbar Mafiose. Und dieser Triumf hat immer ein Ziel, nämlich »den Künstler«: Der steht bei den Selbstfeiern dieser Funktionäre, bei den Gastmählern aller Trimalchios, permanent im Mittelpunkt u damit im Weg. Er, dieser Künstler, ist inmitten dieser subventionierten Landschaften 1 perverse Gestalt – & nur als solche kann er überleben, und zwar im durchaus wörtlichen Sinn. Das habe ich erfahren. Als Nutznießer der Perversion selbst zur perversen Gestalt geworden, gibt es für Leute-wie-mich keine Alternative, es sei denn, sie nähmen sich selber aus der Welt. Dazu aber mangelt es mir am religiösen Reinheitsgebot, zudem am Glauben, damit irgendetwas zu verändern, schon gar nicht für mich=allein. Und wenn Änderung im Sinn von Verbesserung überhaupt vorstellbar sein sollte, ?wie sähe der Horizont aus, in den diese ?Verbesserung eingeschrieben wäre u auf den es sich ?zuzubewegen gälte.– Mein vergangenes Leben unter

Zynikern, u die waren mir im-Leben fast lieber als die-Wahrhaftigen (denn in seinem Sinn wahrhaftig war auch Hitler mit seinem Judenhaß..... – Denn für die eigene Überzeugung durch Feuer&blut gehen, heißt letztlich nichts anderes als den Beweis für den eigenen Todestrieb erbringen, und weiteres Leben konnte dort, woher ich komme, nur ein Synonym für Zynismus sein). Und ein in diesem Sinn guter Zyniker (wie zu »seiner« Zeit Petronius einer war), der weiß, er darf nicht alt werden und nimmt sich mithin selber aus dem Weg – und wieder ein Schweinepriester weniger. Die schlechten Zyniker – und deren Zahl ist immer Legion – sind die, die nicht wissen, daß sie Zyniker sind; sie gleichen Kapaunen und landen früher od später auf dem Tisch ihrer Herren, !tod=sicher: die Noien & die Alten Funktionäre, die Juppie-Tanten & die welken Fliedertenöre..... (Aus der winzigen Verletzung in meinem Finger noch einmal 1 stechender Schmerz –) – :Pachullkes, denen die Goldpapierkrone der Prominenz aufn duo-Dez gehievt wurde – prominent hin prominent her, Pachullke bleibt Pachullke. Gemüts-Art: faul-böse, schon in Jungenjahren. Die festangestellten Arena-Löwen mit Pensionsanspruch, die gelangweilt & lustlos müdgelben Blickes die zerrissenen Gliedmaßen des ihnen Zugetriebenen benagen. *Denk ich an Deutschland.....* – im Mund den Geschmack von todbitterem ausgekühltem Staub unter Teppichen, wie er zum Vorschein kommt & aufwirbelt in greisenhaft müder Schwade, sobald Der Aufbruch, Der Umzug die alten Gefüge aus-ein-ander reißt –. (Auf der Klarsichtfolie der Frontseite 1 schmaler Streifen Blut aus meinem verletzten Finger, mit der Taschentuchkugel tupfte ich ihn ab, heimlich, wie ich glaubte.) – Ich fühlte diesem Mann, ihrem Bruder, mich mit jener Unverfälschtheit u aufrichtigen Sympathie – ja Dankbarkeit – verbunden, die aus dem unbedingten Wissen rührt, diesem Mann !niemals begegnen zu müssen, und reichte ihr darauf die Mappe mit den Fotografieen zurück, hoffend mein Lächeln mochte sie nicht entmutigen.

–Aber, ich glaube, sie hatte dergleichen gar nicht zu befürchten, & bedurfte nicht fremder Energien; sie redete, erzählte längst weiter, aufgehoben & geborgen in jener flammentrockenen Aura die sie=selbst immerfort erschuf u die sie als scheinbar unzerstörbarer Wall umgab. Und die Gestalten, von denen sie in ihrer immergleichen Manier erzählte, sie erinnerten mich an Zeichnungen von Kindern, darauf die Figuren ohne Schatten boden- hintergrund- & geschichtslos zu schweben scheinen od: vielmehr als Schwebende hin1gestellt in einen schwerelosen glückhaften Raum, als krakelige Wegweiser in die helle Leere des Zeichenblattes deutend; Wegweiser, wie altvertraute, etwas grob=gleichförmig u unbeholfen gefertigte Masken, mit denen von diesen Kindern elterliche Freundlichkeit Zuwendung u Beschütztheit für die Dauer von Etwas beschworen werden, das diesen Kindern als Das-Leben erscheinen muß : die in Schalenform nach-oben geschwungenen derben Striche als Lachmünder in helle Gesichter gebannt; Gesichter jener Mutter-Vater-Geschwister-Figuren, von ebensolch derben aber friedvollen Strichen umrahmt. Diese Masken, 1 Mal geschaffen, kann niemand abnehmen, die Haut risse ab u das rohe blutige Fleisch bliebe übrig von einem Gesicht –.

Die Geschichten dieser Frau umkreisten auch & stets einen nicht näher bestimmten, dunklen Mittelpunkt: sie=selbst, von der ich nur das 1 sah: die flammenroten kurzgeschorenen Haare u die anachronistische Kleidung am noch jungen Körper einer Frau – –

–Ja aber ?weshalb erzählst du –

–Mir scheint, sie ist immer nur in allen Himmelsrichtungen u dabei jedes Mal sehr rasch an ihre Grenzen gerannt, & abgestoßen worden ohne das Gelände dazwischen überhaupt jemals recht wahrzunehmen. Ein jahrelanges Laufen : Laufen auf 1 Kreis, bei dem sich dann mit 1 Mal herausstellen würde, daß sie genau=dort, wo sie vor Zichjahren als sie von Zuhause, aus dem Totenhaus ihres Vaters, fortgezogen war, jetzt wieder angekommen sein würde, nur eben um genau diese Zichjahre älter geworden.....

Die Stimme meines Sohnes hörte ich aus den Schatten des kleinen Zimmers raunen, verstand nur die beiden Wörter *schwer gehabt* –, alles übrige zerschlug der Sturm krachend mit der kleinen Tür, die unten vor der Veranda das Treppenhaus verschloß; mein Sohn sprang auf, hin zur Zimmertür –: Aus dem Treppenhaus herauf wie aus 1 Schacht das dunkle tosende Stürmen aus der Nacht=Draußen, von Tür & Wänden bedämpft, der Sturm mußte die Tür wieder zugeschlagen haben. Mein Sohn stieg etwas schweren Schrittes durch die Schatten des Zimmers, als stünden Pfützen auf dem Boden denen auszuweichen war, und kehrte zurück an seinen Platz, während ich die Erzählung wieder aufnahm.

–Und in ihre träumerisch verflochtene Art des Redens war immer auch das Thema *Geld* miteingewoben; die-Beziehungen & das-Familiäre, dicht-bei-dicht wie Spinnfäden in klebrigen Mustern durch den Stoff des Alltagslebens hindurch&-hineingezogen – das Geld=für=die-Erstenwochen also, das sie von diesem Arzt ebenso bekommen sollte wie von ihrer Mutter (vielleicht aus jenen unterbewußten Schuldgefühlen heraus, mit denen diese Frau sich trug seit ihrer Entscheidung, die-Jahre ihrer Ehe im Gehäuse einer längst porös gewordnen Familie zu verlassen und mit einer anderen Frau zusammenzuleben). Und die junge Frau-neben-mir redete darüber mit solcher Selbstverständlichkeit wie Schulkinder vom Taschengeld das die Eltern ihnen zustecken Woche-für-Woche als würde dies-Geld vom Himmel fallen & sie, die Kinder, brauchten sich nur danach zu bücken, um es aufzulesen. Sie würde also !dieses Mal nicht gezwungen sein, um 1 Job sich zu bemühen, konnte ganz beruhigt den Kontrollen von Paß & Zoll am Kennedy Airport entgegensehn –.

–!Das eben nicht. – Widersprach mein Sohn, und wiederholte den Satz, den vorhin der Sturm zerschlagen hatte. –Trotz all ihrer Beziehungen & Fürsprachen, von denen sie dir erzählt hatte; trotz ihres wie es scheint unbeugsamen Willens: sie wirds !schwer gehabt haben beim Aller1fachsten: Denn sie ist 1=für=Allemal bei Denen im-!Computer. Da hilft auch keine Fürsprache eines Senators. Es bleibt ihr zu wünschen, daß sie nicht so !früh hat aufwachen..... müssen.

Seine Bemerkung war wie der kalte Luftzug um einen Fremden, der von-Draußen in ein warmes Zimmer stürmt; ich sah zu ihm hinüber. Er jedoch erwiderte nicht den Blick, sondern langte über den Tisch zu der Flasche, u der Schatten seines Armes legte sich quer über sein Gesicht, als wolle er es auslöschen mit einem breiten dunklen Strich –. –Sie hatte 1 Mal das Pech sich erwischen zu lassen mit diesen Formularen im Gepäck. Du mußt wissen – (sagte er in die Stille & goß die Gläser voll, während in der Flasche die Nacht unter ihren Mittelpunkt sank) –diese Typen=dort bei der Einreise mit dem 500-Wörter-Vorrat ihrer Bürokratensprache, die haben, wenn auch nicht viel, so doch das-Eine im Gehirn: die felsenfeste Überzeugung »Justice is a matter of the other world. In this world you've got the law. !I AM THE LAW.« Und !genau!so handeln sie auch. Dagegen hastu keine Chance. Die agieren in einer Art rechtsfreier Zone & sind darüberhinaus hier=wie=Überall an solchen Orten nicht grad der Menschheit bester Teil.– Mit Denen sich anlegen und über Recht & Gerechtigkeit streiten zu wolln, is ungefähr so schlau, wie nem Köter der dich ins Bein gebissen hat, ne Strafpredigt zu halten; Zerberus war der 1. Beamte..... – Sagte er und trank. –Ja, wiederholte er dann, räusperte und stellte sein Glas auf den Tisch zurück, so behutsam als wäres 1 rohes Ei, –sie wirds ver!dammt=schwer gehabt haben beim 2. Versuch. ?Hast du überhaupt sehen können, ?was mit ihr geschehen ist, später dann, als –

–Sie war während der Ganzenzeit des Wartenmüssens vor den Einreiseschaltern, in der in Mäanderform gewundenen, langsam und zäh, Schritt-für-Schritt voranrückenden Menschenreihe, dicht-hinter-mir geblieben. Bereits nahe vor den Schaltern, fast am Ende der Reihe, bemerkte ich draußen, hinter den Glaswänden der Einreisehalle, jene beiden alten Leute, von denen sie mir erzählt hatte. Sie !mußten es einfach sein, denn die Szene glich aufs-Haar ihrer Erzählung, u mir schien, als hörte ich noch einmal die Stimme dieser Frau, woraufhin Wort-für-Wort das Gesagte sogleich Gestalt annahm: Wie auf einer Theaterprobe, wobei der Regisseur von seinem Platz im Halbdunkel des Zuschauerraums *Das !Ganze noch einmal von !vorn* auf die Bühne hinaufruft (nicht, daß er noch 1 Mal die bereits geprobte Szene in der gleichen Manier wie beim 1. Mal zu wiederholen verlangte, weil schlecht gespielt worden wäre, vielleicht war Streit ausgebrochen, & 1zig aus dem Grund der Rituale jener Macht-Spiele-am-Theater, wonach ein Regisseur den renitenten Schauspielern zu zeigen hat, !wer der Herr-im-Hause sei, geschah nun diese Wiederholung einer längst fertigen Szene –), und daraufhin Alles auf der Bühne – Schauspieler Techniker Requisitöre – in jenen seltsam angespannten Rückwärtsbewegungen auf den nochmaligen Anfang sich einzurichten hatten –. In jener etwas antiquierten Kostümierung in der vordersten Reihe hinter der Glaswand also der alte Mann u neben ihm seine Frau, lächelnd u eifriger winkend je weiter wir dem Endeder-Reihe entgegenrückten –, die ältere Frau, als könne sie dadurch die Abfertigungsprozedur beschleunigen, stellte sich sogar auf Zehenspitzen, lachend & eifriger winkend – :In dieser Szenerie Alles=genau wie beim 1. Mal, von dem mir die Frau-im-Flugzeug berichtet hatte, u mir schien, es gab wirklich keine anderen Worte dafür als diese, und nur allein aus diesen Worten heraus könne das wirkliche Geschehen seine Wirklichkeit wiederholen. Auch ich fühlte jetzt eine innere Spannung sich steigern – der Frau mußte es ja ebenso ergehn –, ich meinte sogar ihren Atem, jene trockenen rot erhitzten Luftwellen, in meinem Nacken zu spüren –. Bevor ich dann, nachdem der Beamte mich 1 der über 30 Schalter zugewiesen hatte, losgehen wollte, wandte ich mich noch 1 Mal nach ihr um – :

Sie war !verschwunden..... !Fort.

So rasch, so endgültig u vermutlich Für=Immer wie nur Menschen in Flughäfen..... verschwinden können. Und fassungslos starrte ich in das fremde, von meinem plötzlichen=direkten Blick aufgeschreckte Gesicht eines uralten Mannes..... mit glattem, blendend schlohweißem Haar.

–?Was ist das für ein Film gewesen, den sie euch im Flugzeug gezeigt haben, wo beim Anblick dieses Schauspielers..... die Frau-neben-dir mit 1 Mal: 1silbig, starr, voller Angst –

–Orfeus. Das alte Thema.

–?!Dein altes Thema, ?meinst du: Orfeus in der Großenstadt. Das Thema deines ?Buches vor Vielenjahren – ?wie hieß es gleich, ich komm nicht mehr auf den Titel, ich –

–Ich hab nicht richtig zugehört, zur Leinwand hingeschaut schon gar nicht. Mich hat ihr Verhalten abgelenkt, erschreckt hat es mich –. Als sähe sie vor-sich eine große Bedrohung, die nur !sie=all-1 erblickt, u ich konnte nicht helfen. Ich ließ sie nicht aus den Augen, weil ich glaubte, mir müßte dadurch klarwerden, worin sie besteht, diese !Gefahr..... Beiläufig nur u eher widerwillig hatte ich die Kopfhörer aufgesetzt –

– *Wer bis Hierher geht. Geflohen ist Hierher. Dem folgen keine nach. Der Grund der Grund für alles Scheitern. Denn. Wer heut noch Wünsche hegt. Der braucht ein solides Fundament. Alle übrigen sie. Wünschten besser nicht. Der Grund aus dem ich stamme. Betonrinne. Im alten Licht. Am Rand zur alten Nacht. Abgeworfen. Ausgespieen. Angespült. !Fleisch. !Fleisch. Leben ausgeblutet. Denn. Wer bis Hierher flieht. Dem folgen all seine Toten nach. Unmengen Tod im Fleisch. Rot gellend im Frost was Leben war. Fürs Leben einer* STADT. NEW YORK. *Purpur. Tiefkaltes rauchendes Fleisch. Ein Umhang im Eis um die Kadaver geschlungen. An den Ports von* SÜD MANHATTAN. *Fraß für Kadaver. Nackt im eisblauen Licht. Die toten zerteilten Leiber.* NEW YORK. *Rauchendes Fleisch, die Himmel dampfend aus Rissen im Stein im Asfalt. Dampf Wolken Dampf. Wolkenkratzer, die Leuchttürme für alle Seefahrer des Zorns. Aus dem Himmel gefeilt Reißzähne glänzend aus allen Wolken fahrend. Der hohen Gebäude entblößtes Gebiß. Hineingeschlagen in den Leib einer* STADT. NEW YORK. *Nieder auf bran-*

diges Fleisch. Fressen beißen reißen Brocken. Eine STADT *die Beute. Kochend die Kessel tiefkaltes rauchendes Fleisch. Verborgen hinter schweren Jalousien. Im Eisen* MANHATTAN SÜD. *Im alten Licht. Am Rand zur alten Nacht. Weitoffen der große Rachen* BROOKLYN BRIDGE. *Eisen & rauchgelber Stein geschlagen von Ufer zu Ufer derselben Nacht. Und keine Nacht wie diese. An einen Pfeiler gebunden ich der Hund. Rauher Strick das Halsfleisch wundgerieben. In all den Stunden Leben ausgeblutet. Denn. Wer bis Hierher flieht. Dem folgen all seine Toten nach. Hunger zerrend vor Wut im Gedärm. Hunger ist länger als Leben. Für mich die Kreisbahn von 1 Strickes Länge. Unfern im Atem der Nacht der Hafen. Die schweren Gerüche aller Meere aller Menschen. Fischeflut Ölflut Schlammflut Fleischflut Menschenschwemme..... Aus der Tiefe aufgetaucht. Hier im Himmel einer* STADT *nackt im eisblauen Licht. Glühbirnen glühende Nagelköpfe. Menschen. Vom Licht geschlagen an die Straßenkreuze. Cross Roads. Der unverdaute Brocken aus dem Maul des Polyfem.* SIE *kommen stets zur rechten Zeit. Aus der Tiefe die Beute der Mensch. Dem kein Mensch mehr geholfen hat. Wer bis Hierher geht. Geflohen ist Hierher. Dem folgen allein seine Toten nach. Der Grund der Grund wohin das Scheitern fällt. Woher ich stamme. Betonpfeiler. Am Tor zur alten Nacht. Dort habe ich* Sie *wiedergefunden. Habe* Sie *gesehn. Am Arm des alten Mannes. Tod umstellt ihr noch junges Fleisch. Meine Klagen ein Hundsgebell, an keinem Ufer gehört. Verschluckt vom gelben hupenlaut blökenden Fieberstrom Auto-an-Auto. Rasend die tödlichen Viren über* BROOKLYN BRIDGE. *Mit 1 Ruck zerrissen die Fessel der Strick um meinen Hals. Und Leben entflieht hinaus in die Freiheit. Nur wenige Sätze hinein. Als hätte ich lebend den Tod durchquert. Den Fieberstrom,* Ihr *entgegen. Denn. Wer bis Hierher geht. Geflohen ist Hierher. Dem folgen nur die Toten nach. So habe ich* Sie *wiedergesehn – –* :Dann hatte ich die Kopfhörer abgenommen.

Was auch in diesem Film gesprochen worden ist, mir wars als hörte ich immerfort meinen eigenen Text, *die Lebensfuge*, geschrieben vor Vielenjahren..... u aus meinem Sinn seit ebendieser Zeit. Und das stetige unmodulierte Maschinendröhnen im Flugzeug fiel wieder unvermindert über mich her gleich einem in die Endlosigkeit verlängerten Schrei – der auch nach dem Verschwinden der Bilder auf der Leinwand unverändert aus jener Maske mit der runden schwarzen Öffnung O dem Wort-aller-Wörter TOD herauszudringen schien, und jenes Maschinendröhnen schloß sich um-mich mit seiner sowohl lauwarmen als auch kalten Anonymität wie Luft in stehngelassnen Behausungen, darin einst Menschen gelebt hatten. Dazu wars, als füllte ein schweres dunkles Atmen die Kabine mit all den in seltsam milchig=verschwommenen Konturen wie in Kokons gefangenen Passagieren aus – dies schwere dunkle Atmen pulsierte & schien Blutgeruch zu haben als sei hier der Ort inmitten des fleischlichen Herzens einer Maschine.....

Und schon vor dem Versuch, diese unbeweglich wie erstarrt neben mir sitzende Frau anzusprechen, sie zu fragen nach dem Grund ihres Erschreckens –, bekam nun auch ich keinen 1zigen Satz zustande. In-mir das Gefühl, als riefe ich aus einer Fremde in meiner verlassenen Wohnung=daheim mich selber an, & das Läuten des Telefons=dort überfiele die vertrauten, zurückgelassnen Bilder u Bücher in ihrem nun allein fortgeführten, ausharrenden Dasein (so trübselig wie der Anblick der Schaufenster von Möbelgeschäften: vollkommen eingerichtete Wohnungen, harmonisch zusammengestellt & aufeinander abgestimmte Formen & Muster, all-1 u für=sich gelassen, ohne Mensch), und jene kurze, harmonische Tonfolge des Läutens stürzte wie Händevoll Kieselsteine in einen leeren totgeschöpften Brunnenschacht.....

–?Vielleicht hätte ich dem Filmtext länger zuhören u den Bildern folgen solln. ?Möglich, u ich wüßte daraufhin besser Bescheid und wäre nicht wie jetzt all-1 auf Mutmaßungen angewiesen, !was mit ihr –

Und bemerkte erst jetzt, mein Sohn hörte mir nicht mehr zu. Er mußte vielmehr seit geraumer-Weile selbst mit Reden begonnen haben. Und jetzt redete er über den !wahren

Grund, den !einzigen (ich ahnte ihn längst), weshalb er in dieser schwarzen Sturmnacht zu mir gekommen war: Über !seine Frau zu sprechen; sie, die offenbar eine=jener stillschweigend getroffenen Abmachungen, wie sie unter Eheleuten nach einer-Reihe-von-Jahren nicht selten sind: *Was auch geschieht, am nächsten Morgen ist jeder wieder daheim* –, zum ersten Mal seit ihrer Heirat nun bereits über sieben Nächte hinweg verletzt hatte u nicht hierher, in ihr Heim zu ihm, zurückgekommen war. !Das war der einzige Grund, weshalb er mich aufgesucht hatte zu dieser Stunde.

–Und ich hab sie dann !gesehen. – (Hörte ich jetzt, als käme sie aus weiten Fernen wie das Echo der Stimme aus jenem Film zu mir heran, die Stimme meines Sohnes – 1 weiterer Fetzen Nacht, vom Sturm=Draußen abgerissen, und hierher geweht in diese andere, die eingesperrte Nacht in 1 dünnwandigen Haus.)

–Ja. Ich habe sie !gesehen. Vielevielestunden später als ich – als ich es nicht mehr ertragen konnte diese Ungewißheit in all den Wochen und Monaten zerstoben zu Stunden wie aus glühender Flugasche voll der brandigen Zweifel: !Ja ich bin ihr heimlich gefolgt der Frau deren Name mir plötzlich so fremd klingen wollte als hätt ich ihn niemals zuvor gehört – *Helen* –

Er hatte durch eine aufzuckend heftige Bewegung der Hand sein beinah volles Glas umgeworfen, & bemühte sich nun mit Papierservietten die Whiskypfütze vom Tisch verschwinden zu lassen – während Schnapsgeruch in dem Zimmer sich auszubreiten begann –

–!Ja ich bin ihr !tatsächlich gefolgt der Frau die wohl *meine Frau* heißen muß – und hab sie schließlich gesehen denn ich bin ihr nicht nur gefolgt o nein ich habe sie !verfolgt regelrecht aufgelauert habe ich ihr wie ein heißer verzweifelter Köter der Fährte u dem Geruch der ahnungslosen gleichgültigen Hündin folgt ja ich weiß das ist un –

Er warf die letzte, vom Bourbon dunkel verfärbte, vollgesogene Serviette mit Schwung, angeekelt wie das Relikt 1 obszönen Show, in den Papierkorb, ich hörte es in dem Pappeimer aufschlagen lehmig u feucht.

–Ich weiß u du brauchst es mir nicht extra zu sagen daß es unwürdig ist was ich getan habe schändlich u kompromittierend für mich der-Lauscher-an-der-Wand ich weiß aber das ist noch längst nicht Alles ist längst nicht das Schändlichste u das Gemeinste das ich getan habe hör mir nur zu ich wills dir erzählen denn ich hab das=Alles nicht mehr ausgehalten ich war zerfressen von Verdächtigungen über Dinge die sich in meiner Vorstellung abspielten sobald ich nur an Manhattan dachte & an diese schäbige Zeitschriftenredaktion in Soho od in Grienitsch od Weißderteufel-wo an die sie all ihren Ehrgeiz & ihr Interesse zu hängen schien & für die sie tätig ist für meine Begriffe nur 1 Vorwand darstellt 1 Alibi gewissermaßen für das Eigentliche das sie dorthin trieb nicht einmal um mich zu erniedrigen viel weniger denn diese Spiele ums Demütigen heißen ja andrerseits auch Es gibt noch ein Gefühl zwischen denen die sich Das antun müssen ?nichwahr es gibt noch Leidenschaft wenn auch das Leid hierin die dominanten Akkorde setzt immerhin Gefühle u Leidenschaft anstelle dieses kalten schal gewordnen Tuns aus Pflicht & Überdruß denn nicht mal zum Verletzen hab ich offenbar für sie noch 1 Wert wie du siehst nach Allem was vorgefallen ist zwischen uns solltes niemanden wundern wenn sie mich wie ne zerschossene Zielscheibe auf die sie ihre Übungsserien abgeballert hatte 1fach auswechselte !ja u trotzdem es war schändlich von mir damals als ich Es spürte zum 1. Mal aber wie=immer spürt Man Dergleichen zu spät & also umsonst. Aber. – (Er hielt für 1 Moment inne, um Atem zu holn) –Ich habe mich entschieden. (Sagte er dann mit wieder gefaßter Stimme.) –Ich habe mich entschieden. Und: Es war erstaunlich leicht. So leicht als wäre diese Entscheidung mit der Atemluft dahergekommen. Und ich – ich hätte nur den Mund öffnen & zu sagen brauchen !Ja. Und ich habe es gesagt: *Ja* – heimlich leise aber mit aller Entschiedenheit u Endgültigkeit, mit der wohl jeder 1 Mal in seinem Leben die

Wahl zu treffen hat: Leben od Tod. Und dann habe ich es gesagt. Und Tage später habe ich sie gesehen, dort im Grand Central Terminal –

Die andere Papierserviette, die er automatisch zur Hand genommen hatte ohne Grund, den verschütteten Schnaps hatte er längst aufgewischt, zerknüllte er nun in der Faust, langsam, beinahe feierlich wie in einem Ritual. Dann, als atmete er den Alpdruck aus, sprach er ruhiger, ohne die Kurzatmigkeit seiner erneut heraufbeschworenen Verzweiflung.

–Es war an einem heißen Sonntagmittag im letzten Frühjahr. Einer der ersten heißen New Yorker Tage im Mai, das Licht erschien mit harten scharfen Konturen, ohne die unwägbare Wolkigkeit gemäßigter Zonen, direkt aus der Unbarmherzigkeit der Sonne=selbst geschnitten, klar, 1deutig, wie die-Tat. Und die Luft, sie schmeckte bereits nach jener brennenden Schärfe der Sommer in New York. Ich ging – nein: ich schlich in den massigen Gebäudekomplex des Grand Central Terminal hinein –, das hellweiße Licht-von-Draußen sank als kühler Goldstaub in den Kuppelraum der Halle herein. Von irgendwoher wie heiße Atemstöße Panflötenmusik. Die Halle im Grand Central war seltsamerweise beinahe menschenleer & kühl. Wie das Kirchenschiff in einem Dom für die toten Götter aus ebenso toten Zeiten. Meine Lippen spürte ich taub u kalt. Ich hatte in die hohe leere Halle diese 3 Wörter laut gesprochen: Es ist !leicht. 3 Wörter, 1 Mal ausgesprochen, sie hatten Alles verändert. Und jetzt. (Er stockte, schaute zum Fenster hinüber, als vermutete er dahinter im schwarzen Tosen der Nacht schon 1. Morgenschimmern) –Jetzt ist Alles vorbei.

!Bestürzung. Ich kann kein anderes Wort dafür finden –: !Bestürzung. Als ich zu meinem Sohn hinübersah, war sein Haar durch vielfaches Zerfurchen mit den Fingern aufgewühlt, wie das Verzweifelte im Angesicht ihrer Bedrohung tun so, als könnte das wirre Gorgonenhaar Abschreckung sein gegen die machtvoll aufrückende Angst. Schweißstriemen sah ich auf seiner Stirn u seine Blicke, starr, wie mit Stahlnägeln in die Augäpfel geschlagen, auf die Tischplatte gerichtet, als wolle er seine Wörter dort ins Holz 1ritzen –. So mußte er seit Langem vor mir gesessen & geredet haben (mich hatte der pulsierende, brennende Schmerz in meinem verletzten, prall angeschwollnen Finger mehr beschäftigt, als der Anblick meines langsam besoffen werdenden Sohnes, der den Bourbon wie Gläser voller Flammen immer schneller in-sich warf, als müsse er den Flug eines Heißluftballons in solch eisigen, erstarrenden Nachthöhen mit Allenmitteln vor dem Absturz bewahren). Mit dem Stundenlauf indes hob die sturmdröhnende Nacht sich aus den Dunkeltälern herauf wie ein glänzendes Schiff im Anhub letzter Brandungswogen. Der schwarze wild geballte Himmel schien verrutscht, entblößte überm Horizont am Rand zur Nacht 1 Streifen trübgraues Morgengestein. Auch dem Sturm, zwar unvermindert die schwarze Landschaft schleifend, schien das schäumend tobsüchtig Zerstörerische, die kindlich=grausame Raserei abhanden gekommen –, seine Kräfte jetzt gesammelt zum unerbittlichen Angriff als hätte Wut nun ihre Form bekommen.

Die Flasche war inzwischen fast leer, eine neue wollten wir nicht öffnen. Meinen Sohn zog es in die Diele hinab, an den sperrmäulig offenen Flügel mit seinem glänzend schwarzen Holz, die Tasten hell schimmernd im Zwielicht wie eine Reihe entblößter Zähne in einem Frauenmund. Der laufende Generator-im-Keller ließ unter unseren Füßen die feinen Vibrationen spüren; das Licht aus der kleinen Tischleuchte goß ihren winzigen gelben Schein in die Diele –, es reichte nicht den Raum zu füllen und versiegte spurenlos in den Zimmerecken im Schattendickicht wie 1 Schwapp Wasser in ausgedörrter Erde. 1zig dem Sturm=Draußen schien dies Licht wie 1 heimatliches Signal in der tausendschattigen Schwärze, und alles Getobe durch die Nacht brandete wie Heerscharen wilder Tiere gegen Fenster Wände & Türen dieses Hauses, jenem Irrtum 1 Tageslichts verfallen.–

Mein Sohn setzte sich schwerfällig auf den Hocker vor

dem Flügel, den dunklen Rücken gebeugt u mir zugekehrt. Ich begriff, er würde fortan nicht mehr zu mir, nicht einmal zu sich-selbst, er würde zu ihr, zu seiner fernen Frau, auf den Tasten des Flügels, zu sprechen beginnen – denn das Nichtsagbare sagt das Instrument. Er schien zu überlegen, bevor er – nach gewiß langer Zeit – auf dem seit ebenso langer Zeit unbenutzten Flügel die 1. Töne griff –; sie klangen als müsse Staub mürrisch seine Ruhe unterbrechen und den Klang in halbschläfriger Maulfaulheit hervorstottern. Dann spielten seine Hände flüssiger, und die Töne verketteten sich mit1ander zum schwebenden, wenn auch brüchigen Geflecht.

–Welch !seltener Zufall, diese beinah menschenleere Halle in der Grand Central Station an diesem heißen Sonntagmittag. Man hatte hier=Drinnen vor Monaten bereits mit Restaurierungsarbeiten begonnen: die Wände im Parterre zum Großteil mit Sperrholzplatten verschalt, während ringsum die hochgezogenen Wände eine Voute aus tageslichthellen Lampen beschloß. Darüber an den Längsseiten bogenförmige Fenster, oberhalb derer neu angebrachte, gipsfarbene Stukkaturen, sie mochten antike mythologische Szenen nachbilden, die jedoch im Zwielicht unter der Hallendecke verborgen blieben. Rings um die Halle auf etwa halber Höhe bereits erkennbar eine Galerie, mit wuchtigen Vierkantsäulen aus cremefarbenem Marmor zu jeweils drei Abteilungen gefügt, davor aus dem selben Material das bis zur Hüfthöhe reichende Galeriegeländer, in Barockmanier von Serien bauchiger Säulen gestützt, während in jedem der Abteile jeweils ein ovaler, aus reich mit Akanthusmuster verzierten Messingstreben gefertigter Kronleuchter an dünner Strebe tief in das balkonartige Abteil herabhing. An jeder Rückwand ein hohes, viereckiges Fenster in massivem Rahmen mit halbkreisförmig eingebogenen Kanten, die Glasscheiben, zu winzigen Quadraten unterteilt, fanden sich allsamt von unsichtbarer & an jeder Stelle mit gleicher Intensität schimmernder, bernsteinfarbener Lichtquelle erhellt. Und ich, unter der hoch sich wölbenden Hallendecke stehend – sie zeigte hellen Anstrich wie ein von gipsfarbenem Nebel bezogener Himmel, in den am äußeren Rand beginnend ein grüner Farbton zu fließen begann, u goldfarbene Konturenmalerei ließ in Ansätzen auch hier antike, mythologische Figuren (das Abbild Orions war bereits ausgeführt) inmitten kleiner, gelb glimmernder Sternenimitate erkennen –; ich also dort unterm hallend hohen Deckengewölbe glaubte in meinem Schädel 1 dünnen Draht zu spüren, der senkrecht in die Höhe, direkt in den gipsfarbenen Himmel hinauf sich zog & an dem ich pendelnd hing. Und spürte tatsächlich solch langsam einsetzendes Schwingen das den gesamten Körper ergriff, als registrierte der mit jeder Fiber die Fliehkraft der sich drehenden Erde..... Und dieser unerbittlich zunehmende Pendelschlag meines Körpers trieb mich in alle Ecken, in sämtliche Etagen dieses Bahnhofskolosses mit seinem kühlen, immer abendlichen Schmuck.

–Noch hatte ich sie nirgends entdecken können, aber ich wußte, sie hatte die Verabredung heute & hier, von der sie gesagt hatte, sie werde ent!scheidend sein für ihren Beruf : Also würde sie kommen. Ich hatte sie gebeten, an !diesem Wochenende hierzubleiben, nicht nach New York zu fahren, sondern hier im Haus, bei mir, zu bleiben, wie sie das versprochen hatte. Denn ich glaubte noch immer, es wär an-der-Zeit u wir=beide seien an dieser prekären Klippe: wir sollten reden –. (Ich sah wiederholt zu ihm hinüber – er hieb jetzt voller Ingrimm in die Tasten, seine Rückenmuskeln, wie verlängerte Klaviersaiten vibrierend, als sollten sie den straff gespannten Hemdenstoff zerreißen) –!Reden: ?!Wie denn. (Höhnte er über sich selbst, schlug wohl absichtlich falsche, dissonante Tonfolgen) –?!Vielleicht so wie-Früher, damals, als wir noch – als sie mich noch – (er hörte auf, die Tasten zu bearbeiten, für Augenblicke setzte sein Spiel gänzlich aus –, und er redete weiter mit seltsam unterkühlter Stimme:) –?Wann mag das begonnen haben: unser restliches Leben, das durch 1 unsichtbare Tür uns schon ins Altern hineinlaufen ließ – ?wann ist uns das !geschehn – (langsam – vorsichtig – kehrten seine Finger zu den Tönen zurück) –Vielleicht als unseren Nächten die Lust für=einander verloren ging. Als alles darauf zum Theater wurde, zu 1 auf fahldunkler winziger Bühne hergerichteten Komödie. Od: nicht mal Komödie: nur zum 1fach-!miesen Stück ohne erkennbares Genre. Zum 1-Akter..... (er lachte böse auf, griff 1 spitzen schrillen Ton) –Denn sie sagte nichts zu mir – weder aus Lust noch aus Ablehnung – nichts – sie lag im Bett wie 1 fürs Im-Bett-Liegen abgerichtetes Wesen – sie roch nich einmal mehr nach Frau –. Und dann, an all-den Morgen-danach beim Frühstück-mit-der-Ganzenfamilie, auf !diesem Ritual bestand sie, weil sie bei-Tisch & vor den Kindern die kerzengerade Stummheit ihres Triumfes – aber Triumf: ?!worüber, über ?!wen – vorführen konnte. Und versuchte ich in dieser Stimmung mit ihr zu reden, sah sie mich aus den Augwinkeln an, u brachte mich sofort zum Schweigen – nur dieser seitliche Blick von ihr, als hielte ich im zu kurzen Hemd einen Vortrag über das-Leben & die-Welt..... Und während der gesamten übrigen Zeit dies Schweigen ihres Körpers: ihrer Haut, ihrer Stimme – jede ihrer Bewegungen schien sie nur deshalb zu vollführen, um meinen Berührungsversuchen auszuweichen – :Aus uns wurden 2 völlig in=sich abgeschlossne Wesen, 1 Mann, 1 Frau, die, allen Leidenschaften entglitten, in 1 Waffenstillstand der geschlechtslosen Art entkommen warn. Es wurde eisig um uns her. Und ?ich: ich suchte immer=wieder dieselbe Verletzung auf so, wie ein Verwundeter die verletzten Stellen an seinem Körper unausgesetzt betasten muß – (wie ertappt ließ ich von meinem verletzten Finger) – –und bekam prompt nichts-weiter als fortwährend denselben Schmerz zu spüren. Keine Heilung, kein Gesunden, auf das jeder Verletzte mit seiner Fummelei so inständig hoffen kann. Aber da war ja noch das andere All-Heilmittel: Reden. ?!Was anderes sollte mir denn übrigbleiben außer Reden, dies Pfeifen im Wald des Lebenmüssens aller Ängstlichen: Ja: Reden, dachte ich, reden mit ihr: Heute & Jetzt – : Sie mußte es erwartet haben, gewiß ebenso ängstlich wie ich zu diesem Entschluß gekommen war. Und nun sollte es soweit sein, an !diesem Wochenende, !jetzt, an der Tür zu unsrer Wohnung – :Sie schrak auf, als ich sie noch unten an der Haustür ansprach, sie sah mich an, ihr Gesicht war wie 1 offen brennendes, flackerndes Licht das 1 Windzug jeden-Moment auslöschen könnte – *aber ich* –; dann kam dieser Windzug, und ihr Gesicht verlöschte, wehte davon. Ihre Finger rissen noch den Zettel vom Notizblock, wollten ihn mitnehmen, doch das Papier hielt länger als ihre Geduld : so blieb der Hauptteil des Zettels mit dem Termin zu ihrer Verabredung **Sunday: 1 p.m. G.C.T. tra** am Notizblock hängen – *aber ich !muß doch – !muß doch hingehen –*

(:Ich horchte auf, vergaß den Schmerz der inzwischen meine gesamte Hand ergriffen hatte als sei sie von glühender Luft umflossen –; !diese Worte seiner Frau, kurz vor ihrem Davonrennen, sie kamen mir !bekannt vor, ich hatte sie, ganz !ähnlich, schon 1 mal gehört: in den Stunden im Flugzeug, von dieser anderen Frau mit dem kurzen, feuerroten Haar u dem trockenen Geruch aus Flammen – :Aber !nein: nicht !gehört hatte ich diese Worte, jedenfalls nicht so, wie man Worte aus dem Mund eines anderen Menschen hört; auch zu jener Stunde hatten sie in meinem Innern geklungen so, als hätten die unsichtbaren Flammen die um diese Fremde zu lodern schienen mit dem trockenheißen Geruch in hitzeflirrender Luft diese Worte wie glühende Spreu emporgewirbelt –.) Und von-nun-an hörte ich auf die Erzählung meines Sohnes, auf die Worte die seine Verzweiflung aus ihm herauswürgte, mit der gespannten Neugier dessen, der aus den Bildern seiner Träume kommend im Draußen, in seiner anderen Wirklichkeit, die ungebrochene Fortsetzung seiner Traumbegegnung erfährt.– Mein Sohn hatte gewiß nichts bemerkt von meiner plötzlichen, hellwachen Bereitschaft ihm zuzuhören; er war in seiner Geschichte bereits 1 Stück weiter vorangekommen, u ich mußte hinterherlaufen wie bei einem langsam dann immer schneller den Bahnsteig entlang- und fortgleitenden Zug.

–*tra* auf ihrem abgerissnen Notizzettel mochte *track* heißen.

Welchem der über 30 Bahnsteige im Grand Central die Verabredung galt, wer weiß, aber das war alles, mehr fand ich nicht. Und sie hatte mir natürlich nichts gesagt. Aber sie würde zu dieser Verabredung kommen, soviel stand !fest : Und ich, ich lauerte nun darauf, sie heimlich zu beobachten. Ich mußte es tun, weil ich begriffen hatte, !was das wirkliche=das fürchterliche Altsein eines Mannes bedeutet: nämlich das Aufgeben, das Sichdreinfügen in alles Gegebene = in Alles, was Man sich 1gehandelt hat an Vergangenheiten & an Scheitern, als Folge einer schleichenden, kaum merklichen Gewöhnung, woraufhin alles Eigentliche im Menschen getilgt & ausgelöscht wird, jede Spur die einen in früheren-Jahren mit der-Welt=Draußen verband wie 1-jener selbstgeschaffenen Trampelpfade quer über die unmenschlich=rechtwinkligen Rasenflächen in sogenannt gepflegten Parkanlagen; Spuren & Pfade der Lebendigkeit also; dann verwischt u anulliert unterm Gras&krautbewuchs des Sichgehenlassens in der Gewöhnung, so daß mir Nichts bliebe als weiter dahintreiben, dahindümmpeln wie 1 fauliger Kahn dem die Richtung verlorenging auf dem bleitrüben Meer seiner Jahre; 1 komfortabel Schiffbrüchiger, gewissermaßen, und dem das Leben nurmehr zur schalen, zu oft angegrabschten Erinnerung geworden ist. Das, und schließlich der Verzicht; etwas, das erstarren ließe, hätt ich gegen solch laues, lausiges Verdämmern nichts getan & diesen dreckigen, löcherigen Fehdehandschuh des so bequem zugereichten Schicksals nicht aus dem Dreck meines all=Tags gezogen. ?Verstehst du Vater, u !deshalb war ich ihr gefolgt u !deshalb war ich hier, an diesem Ort der Abschiede, im Versteck –.

–Und, Vater, mein Versteck war enorm (hörte ich ihn, & sein Klavierspiel schritt fordernd aus) –die gesamte große Halle und alle drei Bahnsteigebenen des Grand Central Terminal waren mir Tarnung & Fundstätte zugleich. – Und ich glaubte ihn zu sehen, mit in die Schultern gezogenem Kopf, stierem Blick & mit weiten Schritten die Halle durcheilend, diese hochgewölbte Kathedrale für die Kammerspiele des-

Abschiednehmens, darin die Götter des Einverleibens & des geschäftigen Vampirismus ihre virtuellen Opferaltäre errichtet haben; ich sah ihn mit seinen weißen brennenden Blicken vorübereilen an den geschlossnen Schalterfenstern, wie alte Gemälde in reichverzierten dunklen Rahmen die Hallenwände durchsetzend, gefangene Bilder in Staub&stein einer Vergangenheit, gefangen wie all die Leben hinter den Millionen Fenstern in den himmelwärts versteinten Träumen dieser=**STADT**, den Totembäumen uralter europäischer Theatralik, die Menschen Heute&hier mitleben in dieser Art all=täglicher Wiederauferstehung von Geschichte mitsamt ihrem Pomp & Totenkitsch, in dem solch Geschichte-Macher rauschhaft ihre verdorbenen Orgien feiern, dagegen all jene ausgewachten Träumer im *chill-out* wie in Spinngeweben hängengebliebene, ausgesogene Insektenreste zurückgelassen; Menschen im Herz der Vergangenheit im Heute zweifach lebend, und er, dieser Fremde mein Sohn, vorangestoßen von seinem beharrlichen unbarmherzigen Willen zum Kampf gegen den Teufelskreis aus 1samkeit u Selbstverachtung, voran durch die heiseren rauhen Stakkati der Panflöten auf den endlos fließenden Rolltreppen in die Erde gejagt, auf die unterste aller Ebenen dieser Bahnsteige hinab. Und dort das Zögern, gewiß, das vorsichtige Schritt-für-Schritt, leise als befürchte er das Aufwachen & Erkanntwerden von den Gespenstern seiner eigenen Vergangenheit – Weitergehen mit beklommenem Atmen –, schließlich blieb er wohl stehn auf einem der 35 Bahnsteige, dort, in der untersten Ebene in schlechter, verbrauchter Luft.

–Schmucklos all diese Bahnsteige, bedrückend u niedrig, Glühlampen düstern bleiches fettiges Staublicht, nirgends Fenster. Auch an einem Sonntag wie diesem zu dieser Stunde Baulärm, Kreissägen zischen durch chemisch imprägnierte, nach erhitztem, wie künstlichem Holz riechende Platten & Bohlen, & Azetylendämpfe von Schweißbrennern, blauweiß zuckende Flammenmesser gegen Metall im sprühend orangefarbenem Funkenflug mit dem messerscharfen Geruch von

Gewittern, von überallher als herrschten Tage ohne Stunden hier im Schachtgrau der unterirdischen Perrons, als fahle Blöcke in die Tunnelfinsternis geschoben. Dicht über dem Kopf die Betondecken, verwoben vom Gewirre uralter Kabel & Rohrleitungen, deren Isolierungen & das Metall der Ummantelung verrottet, zerfressen, in bizarren Placken herabhängend wie von mürben Knochen Mumienhaut – Technikreste, vom Konstrukt zurück&wiederkehrend durch die Selbstausgrabungen der verflossenen Jahre als Gespenster einer Zweiten Natur, illuminiert von notdürftig aufgehängten Lampen mit spukhaftem Schummern. Als sollte dieser Anblick die ringsum lärmende stinkende Arbeit Lügen strafen, sie zur Komödie, zum hämischen Alibi herabsetzen für die Vergeblichkeit u den unaufhaltsamen Verschleiß hier in diesen stickigen Katakomben..... einer=**STADT**. Auch sind Arbeiter kaum zu sehen, so daß jener Baulärm Gestank & das Stakkatoflackern der Schweißflammen an eine großartige Simulation, an Spezialeffekte der-Arbeit für werweiß welche Touristenbelustigung erinnern. Od: hier=in diesen Gefilden unter **MANHATTAN** ist ebenjene Maschinerie in-Gang, die den unaufhaltsamen, den rücksichtslosen & blindvitalen Verschleiß von Stadt & Lebensenergie betätigt (:erst kürzlich war ein zehnstöckiges Wohnhaus wegen Baufälligkeit einfach zusammengestürzt, wen scherts) –; hier also die **GRAND-CENTRAL**-Maschinerie unter der Welt, deren räuberisches, selbstmörderisches & selbstgebärendes Werken in knöcheltiefen Schlaglöchern auf den Avenues, im brodelnden Dampfgewölke zwischen rissigen Asfaltlippen heraufdringt, zerfetzt von den Schüben Autoblech & diese-**STADT** im Räderwerk der eigens erstellten Zukunft unaufhörlich zu silbrig glimmernden Wolken Staub & Rauch zermalmt.....

Und so mußte er jeden einzelnen der fünfunddreißig schachtgrauen, schmalen Bahnsteige betreten, mußte wie ein unfreiwilliger Streckenläufer, zusätzlich von der Angst des Verpassens getrieben, an den Reihen metallisch glänzender Waggons von Zügen vorübereilen, die auf den Gleisen wie niedergehockte Transporttiere saßen, zinkhell schimmernde Metallsärge als Last, von dubiosen Bestattungsunternehmen als Züge mit lebendig scheinenden Reisenden getarnt – (denn ?woher waren sie gekommen, diese still & reglos hinter den Zugfenstern hockenden Gestalten; die domartige Bahnhofshalle schienen sie niemals betreten zu haben. Ihre Gesichter wie bleiche Eulen, in den Mienen der verstockt-ernste Ausdruck einer Endgültigkeit wie bei gefangenen Raubtieren, als blickten überall die Rückseiten menschlicher Gesichter, abgestellt in den gleichfalls still dahockenden Waggons und hinausgeworfen aus einer Nacht in eine andere Nacht; ?wohin würden sie reisen – ?ihr Leben 1 Sonntagnachmittagsausflug der Toten) – um schließlich in grubenhafte Unergründlichkeiten ins Erdinnere wieder ab- & zurückgesandt zu werden. Und er würde 1-aufs-Anderemal während seiner rastlosen Suche – die Stunde der Verabredung rückte heran, aber ?!wo sollte er die Suche beginnen – hier die Abwesenheit von Bänken & Ruheorten feststellen müssen, und nichts wäre !peinlich-deplacierter hier als Imbißbuden – folgerichtig !fehlen sie (einer der wenigen Orte in dieser **STADT**); Niemand soll hier zurück- od aufgehalten werden: Denn das einzig Echte inmitten all der Täuschungen & Simulationen, das war u ist der-Abschied, dieser kleine in die Vielfalt von Gesten aus Allenjahren & Allengeschichten zerstückelte, wirkliche Tod.

(Er spielte jetzt wieder langsamer auf dem Flügel, als lauschte er der tosenden Stille zwischen den 1zelnen Tönen den Fortgang seiner Geschichte ab –).

Schließlich hörte er für 1 Moment zu spielen auf, wandte ruckartig auf dem Hocker sich um, und sagte mit lauter Stimme gegen das breitbrüstige Stürmen=draußen: –Dann sah ich sie. Aus der Sonntäglichkeit des still ruhenden Lichts in der Halle schienen plötzlich drei Frauen sich zu materialisieren – : – Und, ich wollte nicht glauben !Was ich sehen mußte. (Beinah unmerklich hatte er sein Spiel fortgesetzt; leise fragende Tonfolgen, gramvoll von Trauer gefärbt). –1 Sinnestäuschung, dachte ich, od meinte, in 1 der vielen

Straßentheater-Szenen geraten zu sein, die für Niemanden außer Sich=selbst aufgeführt werden. Denn es gab im Augenblick hier wohl keine Zuschauer außer mir, u ich hielt mich verborgen im tunnelartig gewölbten Ausgang unterm Zwielichtschatten aus einem der Bahnsteige –. Und wirklich: die Bewegungen der drei Frauen ließen an eine Inszenierung denken. Alle Gebärden, noch die kleinste aus Händen od Fingern, das Bewegen der Lippen beim Sprechen sowie das der Augenbrauen, schien in extremer Zeitlupe sich in eine besondere Landschaft alles Gestischen aus-1-ander zu falten und eben damit für mich, den heimlichen Beobachter, gewissermaßen aus einer Anderenwelt eine Großheit, eine Ausgespanntheit an kaum erträglicher Deutlichkeit zu erhalten. Und zum 1. Mal verspürte ich 1 Ahnung davon, !weshalb Frau u: Mann mitunter besser getrennt, im Verborgenen vor-ein-ander od: noch besser in Abwesenheit des Anderen gewisse=Stunden ihrer Zeit verbringen sollten, so, wie auch zu große Nähe für Liebe den Absturz ins Grauen bedeuten muß : ?Denn graben wir uns in unsrer Sucht-nach-Nähe, unter die Haut & ins Fleisch der Geliebten fahrend, nicht selber das Grab für Liebe im Schauder aller Nähe zu den anatomischen Details..... (Vielleicht ohne es zu bemerken, hatten seine Hände seit geraumer Weile auf dem Flügel immer dieselbe, nur wenig in der Tonhöhe variierte Frase wiederholt, als sei er in die Strukturgefilde der Minimal Music geraten –; jetzt, mit 1 entschiedenen Akkord, brach er aus dem Gehege aus – es flossen danach unmarkante Töne aus den Tasten, Töne wie graues flaches Gewässer stetig über unebenen Grund hinschnürend, alle Unebenheiten aufzufüllen um dem eigenen Weiterfließen kein Hindernis im Weg zu belassen –)

–Bei ihrem Anblick empfand ich Scham. Jene Art von Scham, die in hohles Gedärm wie Eiswasser stürzt. Als ich sie bemerkte, mit drei prallen Umhängtaschen behängt wie Hausierer für jenen verdächtigen klein-Krempel, unrettbar im stockigen Mief von Schäbigkeit Rost & Patina gefangen, von dem Niemand annehmen kann, daß irgendwer davon je etwas kaufen, geschweige 1 Verkäufer damit Allenernstes seinen Leben's Unterhalt bestreiten könne. So daß solche Hausierer mithin als zwielichtig & dubios erscheinen, weil vermutlich dies Hausierertum lediglich als Tarnung für ganz-andere-Geschäfte herhalten muß –. Und nun !sie: !Helen, meine Frau – kaum erkannte ich sie in ihrer Kostümierung fürs Karaoke 1 *streetsmart Art-Dealer*, & deren Zahl ist !Legion, besonders hier in dieser=**STADT**..... in der Sovieles so leicht zu haben & so leicht auch wieder zu verlieren ist. *!Art-Dealer* – (wiederholte er laut, höhnisch:) –Menschen, die Menschen mit Menschen zusammenführen solln, wofür sie=selbst erstmal mit Menschen sich zusammenführen müssen, gradso & voll vom Heiligenernst als herrsche furchtbarer Mangel an dieser Spezies, als seien ausgerechnet !sie das Rarste auf der Ganzenwelt. Wenn du mich fragst: Tauben mit Venedig verkuppeln od Hundescheiße mit Berlin. Menschen, das Rarste und das Scheueste zudem (höhnte er weiter) –so daß also Menschen solcher »Agenten« bedürften, um zusammenzukommen wie unwillige Kühe mit Ochsen zur Deckungszeit. !Agenten (rief er noch einmal, gewiß lauter als er beabsichtigt hatte, denn er wiederholte leiser, wie ertappt:) –wohl den Zeiten, als dieses Wort *Agent* noch so 1deutig=anrüchig war, wie Landsknecht, Abdecker od Henker. Und nun !sie: !Helen, meine Frau, *Agent* – Agen!tin, o pardong: Die Rippe hat sich selber rechts überholt & ist wieder weiblich geworden. Solch 1 Wesen, das wie der Rührlöffel im großen Kunstbottich dieser=**STADT** nach verwertbaren Fleischbrocken stochern muß – :!Was für !Opfer an Energie – !was für funkelnde, überhitzte Höllen der !Nutzlosigkeit. Aber in der !Vergeudung erst kehrt dieses anorganischste aller Menschengebilde – **MANHATTAN** – ge!nau ins Zentrum der menschlichen Natur zurück; wird durch Maßlosigkeit & Vergeudung geradezu *natürlich*..... Und in diesem spermienhaften Gewusel inmitten von Beton Licht Drogen Dampf & Asfalt auch diese Agenten-für-Alle&keinen.....

–Mir scheint, du mußt andere Menschen ?hassen nur, weil sie *da sind* als *Menschen.*

Unerwartet heftig ging er darauf ein: –Andere !Menschen (rief er) –absurd & bestialisch, wenn sie hoffen & wünschen – unverständlich, wenn sie jemandem wie mir behilflich sind. Überhaupt: !Menschen, das-!Menschliche : ?!Was ist denn das. ?!Worin bestehen einzigartiger Wert & Größe dessen, wovor Allewelt sich niederwirft, vor Begeisterung & Ehrerbietung jubilierend im Dreck sich wälzt, & jeder Knallkopp in der-Öffentlichkeit kann des Beifalls sicher sein, sobald er seine Stimme ausbreitet & das Gefasel *vom Menschen* absondert.....

Schon begann ich meine Zwischenbemerkung zu bereuen; ich befürchtete nun jene Lawinen aus Verdrießlichkeiten, wie sie von allen Gipfeln der Verdrossenheiten zu Tale gehn, sobald den Verdrossenen die eigene Verdrießlichkeit soweit beglücken kann, daß er vor lauter Glück am Verdrießen sich lautmachen und immer aufs neu Allewelt verdrießen kann.

–Ja (wiederholte, leiser geworden, die Stimme meines Sohnes im Zimmerdunkel:) –?Was ist das, *ein Mensch* : Seit er aus den Höhlen kam, begreift ihn jeder anders & im Detail. Denn *der Mensch* ist von Spezialisten, Institutionen detailliert & zerstückelt bis ins letzte Atom –: medizinisch, biologisch, juristisch, sozial, sexuell –, & Alle schneiden sich aus *dem Menschen* ihren speziellen Anteil raus: die Schulen & Fabriken Büros Ärzte Versicherungen, die Banken (die fürs Geld & die für Fleisch & Innereien), die Kirchen Gastwirte Vermieter Taxifahrer Irrenwärter Reisebüros die Caritas die Fleischer die Zigarettenfirmen die Schnapsbrennerein –

–Ja, auch !die – (suchte ich seine Litanei zu unterbrechen.) –Offenbar wirkt bei dir der Suff mit Verzögerung –

–die Drogendealer TeVau-Macher & andere Zuhälter (fuhr er unbeirrt in seiner Herzählung fort) –ganz zu schweigen von Opern&operettensängern von Kuhbauern Bombenwerfern & Polizisten von Heizern Feuerwehrmännern & Brandstiftern, Oberförstern Barfrauen & Laboranten, Anwälten

Kohlenhändlern Klempnern, nicht zu reden von Autoverkäufern Frisösen Kuchenbäckern, von Contract Kill – (*–Ach hör doch endlich !auf damit* – hatte ich rufen wollen, doch hatte er plötzlich in genau !diesem Augenblick sich selbst unterbrochen. Und, mit beinah unsichrer, tastender Stimme, setzte er statt des letzten hinzu:) –die Servierfräulein mit ihren harten erloschnen Augen, glanzlos wie Kleingeld – hatt ich noch sagen wolln. –:?!Das soll er also sein, *der Mensch* u *sein Menschliches* – (rief er wieder mit lauter Stimme) –?lediglich Interessen-Objekt für 1zelne, die für=sich wiederum Interessen-Objekt für die jeweils anders 1zelnen &soweiter &sofort bis vorwärts zum Jüngstengericht, vor den Sessel des Großen-Scheffs. Dort steht er dann, der-Mensch, Körper & Gehirn markiert wie beim Fleischer auf der Schautafel das Rindviech zum Ansehn der saftigsten Stücke : ?!Das soll er also sein, *der Mensch.....* Und wenn ja: Für ?!wen gäbs dann auch nur ?1 Grund, ihn zu ?preisen – außer für den Kannibalen. Schließlich & zuoberst: des Menschen ?Geistigkeit (beharrte er) –dieses sein ?Ein&alles das ihn !so ?wolkenhoch über alle übrigen Wesen hebt, ?was hat es damit auf-sich : Selbst die Größten Ideen, die Reinsten Gedankenketten zerbrechen schon beim Drang nach Entleerung –. Und nach all diesen 1zelnen, längst beantworteten Fragen & all den längst geantworteten Antworten bleibt immer das Nichtgesagte, Nichtbegriffene über *den Menschen*, & deutlicher als zuvor, bestehn; das Eigentliche in *den Menschen* weicht zurück wie 1 Schemen sobald & solange über *den Menschen* palavert wird, das Gespenst das letztlich immer *Nein* antwortet, *Nein & Ungenügend*. Doch sind das gerade !solche Fragen, denen seit Kindheiten, ängstlich in der Erwartung auf wenigstens 1-bißchen Zustimmung gestellt, sogleich unter Hohnlachen das *!Nein. Wirklich !nicht* als die schroffste Ablehnung widerfährt. Und dann der Rest-der-Jahre daraus besteht, dies schroffe höhnische *!Nein. Wirklich !nicht* mit eben-jenem unerfüllt Erwarteten 1-bißchen abzuglätten, mit der Hartnäckigkeit aller Lebensbastler immerhin Lebbares sich zurechtzuschmirgeln

– woraus Anlaß zu neuerlichem Befragen rührt &soweiter &soweiter ad infinitum.– Nur 1, Vater, 1 scheint mir sicher: Genau wie Frieden unweigerlich zu Kriegen führt, wenn Unfriedliche Frieden in die Finger kriegen, so wird aus *dem Menschlichen* aller Sonntags-Redner am Montag schon Unmenschlichkeit. Die Sentimentalen sind allemal gefährlicher, als jedes Kriegsministerium. – (Hier verkniff ich mir die Frage, ?wo für ihn dann sentimentale Kriegsminister rangierten –.)

Indes, ich mußte ihm zustimmen, zumal, wie ein Dichter schrieb, die Vermutung, die Parteien des Glaubens müßten aus Gläubigen bestehn, ebenso übertrieben sei, wie die Forderung, jeder Postangestellte müsse auch Briefmarkenliebhaber sein. Und Dasgleiche gilt dann wohl für Parteigänger der Demokratie, der Menschenrechte, der Ökologie, der Humanität.....

–Also, ganz-im-Ernst (die Stimme meines Sohnes drang überlaut in-mich ein, er war näher an mich herangerückt:) –ganz-im-Ernst: Ich frage dich, denn du bist Schriftsteller & die drücken sich ja mit Vorliebe in Menschlichkeiten rum –:?Was *ist* das: *das Menschliche*, u vor !Allem: ?Wo hört ein Mensch auf *menschlich* zu sein –.

Ich konnte seinen Blick aus dem Dunkel spüren, er schien seine Frage tatsächlich ernst zu meinen. Vielleicht war es ihm im Lauf seiner Ansprache so ergangen wie zu Kinderzeiten mir, als ich in den höchsten & tiefsten Tönen zu trällern begann – ich spielte Opernsänger & machte mich solange lustig darüber, bis ich in diesen nachgeäfften Tönen & Tonfolgen plötzlich die Inbrunst zu spüren begann, so etwas wie das Anwehen einer tiefen, ferne gelegenen Lust. Von nun ab wurd es mir mit dem Gesinge ernst, und ich hörte erst auf, als Tränen mir die Stimme erstickten.– Trotzdem wollte ich nicht dies weite, endlose, zudem verminte Themenfeld begehen, spürte mit einem Mal dumpfe Müdigkeit mein Interesse an diesem Gespreche lähmen; als matte Abwehrgeste fiel meine Antwort aus: –Und weil du nicht begreifen kannst, was *der*

Mensch ist u was *menschlich*, wirfst du beides lieber in weitem Bogen auf den Müllplatz deines Hassens –

–Wenn du das *hassen* nennen willst (entgegnete er fest) –von mir aus. Doch ist mir das ein zu großes Wort. Genau wie Liebe. Denn Lieben ist Augenschließen, Gewähren und dann die seelige Umarmung. Hassen ist Wach-Sein & Teilnehmen am Lebensgang dieser-Anderen..... Haß ist ein stärkeres Brennglas für menschliche Anteilnahme als Liebe, u wird überdies *den Menschen* gerechter.

–Lieben, Hassen (setzte er nach 1 Weile hinzu) –diese Worte haben den Klang nach Altemtestament, wos immerfort um Zank Viechzeug Klitsche Krieg & Schwangerschaften geht – wers liest, glaubt er müsse durch Ströme von Blut&sperma waten u die-Welt sei ne einzige=große Entbindungsstation –:!Ekelhaft der Fruchtbarkeitszauber..... dieser Viehtreiber & Totschläger.

–Liebe, Haß (nun auch ich:) –aber sie bleiben ja nicht für=sich, sie mischen sich ineinander: das Hassen bekommt von der Liebe sein Teil & rutscht dadurch ins, sagen wir: Verständnisvolle ab, u die Liebe kriegt Sengflecke von der Unerbittlichkeit & Gnadenlosigkeit des Hassens. Deshalb tragen die Meisten zwei Felle: 1 mit derben Borsten, zumeist eher abstoßend u gegen das Versengen, nach-Außen; ein anderes, weiches Fell in ihrem Innern, und das streicheln sie im Dunkeln, im Verborgenen, ihr Fell-Selbst aus ganzer Selbst-Sucht. Denn es ist nicht wahr, daß zuviel Haß u: zu wenig Liebe in-der-Welt seien; es ist von Beidem zu !viel, & solch Zuviel macht Beide einander gleich zum Noch-mehr, u das kann niemand auf Dauer ertragen. Und wer die Beiden trennen will, trennt Beiden u sich=selbst den Luftweg ab.

–Ja (ließ seine Stimme, jetzt ebenfalls mit müdem Klang, sich vernehmen. Offenbar hatte auch er genug von dem Thema u das Empfinden, jedes weitere Wort führte unweigerlich in Gefilde & Zeiten üppiger Polstermöbel, Himmelbetten, Plüschottomanen, die Fenster von Samtvorhängen schwer durch Quasten & Staub gegen den hellen Tag verhangen, und immer weiter in die Salons der Palmtöpfe & zierlichen Porzellannippes hinein, in heiße Säle, u alle Fenster noch dichter verschlossen, dorthin wo jede Stimme klingt als spräche sie mit Zungen aus Orientteppichen –, in jene Räumlichkeiten der geistigen Chinoiserien wie des moralischen Goldgewirkes. !Zuviel für diese Nacht u jede Nacht.) –Für Beides, für Hassen wie für Lieben, fehlt mir das Feuer. (Schroffte er daher das Thema ab.) –Vielleicht bin ich 1fach nur: müd-böse – das ausgekühlte Gestein, Erinnerung an einstigen Lavafluß – Bosheit ohne boshaften Affekt.

–?Hat die Geschichte mit deiner Frau –

–!Achhördochauf. (Rief er verärgert.) –Meine Frau – deine Frau – das ist Alles Nichts = Jugendkram : Heute längst für Nichts die hinreichende Erklärung. Wir sind beide zwar um 1 Generation auseinander, doch bin auch ich längst dort angekommen, wo das Geschlechtliche nicht mehr !diesen Stellenwert einnimmt. (Ich hörte ihn an seinem leeren Glas nippen, nach 1 allerletzten Tropfen Bourbon suchend.) –Viel 1facher: Meine Bosheit ist meine Leere. Ich bin leer. ?Verstehstu. Vollkommen leer. Ich vesteh nichts mehr von dem, was die-Anderen..... vorwärtstreibt. Verstehe nichts von ihrem Willen – ich rede jetzt von meiner Frau – versteh auch nichts von diesem Geschäft, auf das sie sich eingelassen hat, noch warum sie es tat. Und ich will auch nichts davon verstehn. Jedesmal, sobald sie anfing, von diesem Job..... zu erzählen, !nein: sobald sie anfing, ihre Geschichten über-mich auszuschütten – für mich das Verwirrendste an Namen Orten Daten, das ich seit Teenagerzeiten gehört hab, als es um Popgruppen Schallplatten Konzerte & Drogen ging –, sobald sie also damit anfing, ihre Begeisterungsstürme über Kunst&künstler auf mich loszujagen, als sie mir Dutzende Projekte ausmalte, die sie vermitteln wollte, als sie Namen Namen immer wieder Namen –

–!Genauso. Ganz=!genau wie sie. Als sie damit anfing Namen und nichts als Namen –

–?Wie ?wer. ?Wen meinst du –

–Niemand. Nichts. Laß nur. Garnichts.– Erzähl. Erzähl weiter.

–Also nichts als Namen und immer neue Namen – ?od warens die?selben Namen, nur in anderen Zusammenhängen – : !Himmel, ich sah nicht mehr durch. Genau wie in der Namenswüstenei im Altentestament. Zudem stieß mir dabei regelmäßig eine-gewisse Erinnerung auf: Die Erinnerung an jene pubertären Jahre, ?wie hat das mal jemand genannt: als man aufhörte die Mädchen verprügeln zu wolln & sie statt dessen lieber geküßt hatte –. Ja, aber als Pförtner zu dieser langen Allee der zweifelhaften Lust haben die-Götter das Geplapper dieser Halbfrauen gesetzt, das Pendant zur jungenhaften Angeberei mit fiesischen Großtaten : Geplapper über all die *Tollen Tüpen* die sie, diese Mädchenfraun, schon gekannt haben & immer noch kennen, & täglich kommen Neue *Tolle Tüpen* hinzu, stunden=lang die Sturzbäche fremder Namen & fremder Triumfe –, während die Luft rings-um-mich-her langsam kälter wurde farblos & schal wie das zu lange stehngelassne kaum angerührte Bier, & während der Aufzählung ihrer Trofäen sie mit den Fingern – den kleinen Finger immer abgespreizt – eifrig am Bierglas auf&nieder wixten. ?!Was war ?ich für Die in diesen – !A in diesen langenlangen Stunden –: wohl kaum anderes als eines ihrer Kuscheltiere, die allabendlich im süßlichen Parfümgeruch ihrer Kleinmädchenzimmer der Tagesbeichte dienten, Alibi für Halbfrauenträumerein, so schweinisch wie niederschmetternd keusch. Jedesmal dasselbe Ritual –: wie ne Hürde, über die ich für Frauchen gefällixt hätte drüberspringen solln, bevor – !vielleicht, mal !sehn, !A heute noch nicht, beim Nächstenmal dann, vielleicht, !Ja – am Ende der langen Allee, zu Programmschluß – ja mal sehn vielleicht – ans Drüberspringen bei Frauchen zu denken wär. *Wenn du soviel T-holle T-hüpen an der Angel hast* – hätt ich diesen doofen Trinen ins geschminkte Lärvchen schreien mögen: *Dann !scher dich doch zu Denen – :?!Was willst du dann von !mir.* Ich tats niemals. Fraß Das inmich rein, machte heimlich wieder 1 Strich auf meinem

Kerbholz der Ver-Luste, blieb still hocken wien begossener Pudel unterm Wasserfall dieser Namen, grinste dazu, so frostig u schal wie mir die Lust zu diesen-Stunden geworden war –. Und vage ahnte ich schon Damals: So wird es Immer weitergehn, dir wird nichts Anderes passieren. Nichts als dieses aufgeregte Durcheinander aus fremden Plänen Taten Zetteln & Tabellen, das mir nun, Jahrzehnte später, meine Frau wie Lawinen entgegenschüttete – ich brachtes jetzt nicht mal mehr zum Ekel beim Erinnern an die Pickelzeiten –, Heute reichts nur noch zu Müdigkeit. Wie unter Hypnose: Denn schon bald, nachdem sie ihre Erzähllawinen losgetreten hatte, sank auf mich nieder eine bleierne Schwere – alles in der Umgebung wurde flau – Stimme & Geräusche rückten fort – und etliche Male bin ich drüber eingeschlafen –. Klar, das mußte sie mir alsbald verübeln. *Er nimmt mich nicht ernst.* Mußte sie denken. Ausgesprochen hat sie das nie, dazu war sie zu stolz. Aber Damit hatte es wohl begonnen.....

–!Aber so stimmt das ja gar nicht. Im Gegenteil, ganz im !Gegenteil. (Rief er jetzt laut, sich selbst als Antwort, ins kühle Zimmerdunkel) –Nur: ?!Sollte ich vielleicht vor sie hintreten & sagen: *Ich nehme dich & deine Pläne ernster als mich selbst* –. (Er lachte kurz auf) –Es war viel 1facher: denn ich war lediglich ratlos. Ja, ratlos auf 1 kindliche Weise so, als hätt ich gegen eines der vielen ungeschriebenen Gesetze im Umgang mit Anderenmenschen verstoßen. Wieder mal !nichts begriffen. !Gar nichts begriffen. !Vater (rief er & setzte dabei jedes Wort deutlich u klar, als würde er diktieren:) –Seit über fünfzehn Jahren bin ich hier in den-Staaten, hab meinen Beruf als Architekt nicht grad auf dem Silbertablett serviert bekommen &, was noch wichtiger ist, ich mußte !allein dafür sorgen, daß mein Essen warmbleiben konnte, wenn du verstehst was ich meine. Ich habe mir allerlei Kniffe aneignen müssen, hab mancherlei Klinken geputzt & Männchen gemacht vor ziemlichen Schweinepriestern & hab dabei mein Gehirn um etliche Umdrehungen der amerikanischen Windung anpassen müssen – es hat geklappt, im Großen&ganzen. Und ich will nicht sagen, daß ich mir viel dran verhoben hab. ?!Denn wo Aufderwelt isses anders..... od gar ?besser. Es sind halt einige spezielle Lektionen, die du zu pauken hast wie zur Abschlußprüfung auf der Uni, & ist auch wieder nicht so schwer, wie man Drüben-in-Europa glauben möchte. Ich bin Mitglied innem halben Dutzend Wohltätigkeitsvereinen, und ich bin trotzdem noch am Leben. Ich habe während dieser Zeit=hier erfahren, daß *Freunde-haben* noch Anderes bedeutet, als jene schmierige Zwangsgemeinschaft, die einem irgendwann einmal zugestoßen ist – denn es stimmt ja nur bedingt, daß Freundschaft frei wählbar sei; Freunde werden herangezogen von den eigenen Mängeln, und seither klebt man zusammen, in gewissem Sinn enger als Eheleute, parasitär u gefühlsverpflichtet, u weil jeder von jedem die schwache Seite kennt, auch permanent verletzbar. Hier erst, in diesem Land, habe ich gelernt, daß Freunde noch Anderes sind als Opfer weinerlicher od dreckiger Lebensbeichten..... Denn Das ist das schöne an Amerikanern: Meist behalten sie privaten Horror im Privaten, hinter den häuslichen Türen – nur ganz selten wird dir ehelicher Hausmüll von Anderen bei den erstenbesten Gelegenheiten übern Kopf gegossen, wie ich das aus Deutschland kannte. Und noch eins: Amerikaner sind zu Verabredungen pünktlich auf-die-Minute & sie gehen auch bald wieder, denn es gibt ja die Chance an die Alle glauben: *See you later.* Das ist auf bestimmte Art sehr erleichternd, besonders wenn du neu bist Hierzulande. Schön&gut. Nur, in all=dieser=Zeit hab ich es nicht verstanden, auch wie ein Amerikaner zu *!fühlen* – :!Was für eine Melange aus Familiensinn Wohlanständigkeit Korruption Geschäftssinn Geldgier & wieder Familiensinn – :diesen beinahe pflanzlich wuchernden Verbreiterungstrieb mit seinem tief in Blut&rassenverwandtschft hineingesenkten Wurzelgeflecht (denn im Grund ihrer Seelen sind sie noch immer Ackerbauern & Viehzüchter); dies kommunale Fühlen-&-Handeln, als brutal=menschliche, planvoll berechnende Fürsorge nach-Draußen geschwemmt –: !Das hab ich niemals hingekriegt, bis auf die

Heutigestunde nicht. Aber genau-!Das ist das !Allerwichtigste, wenn du hier auch nur einen Monat überleben willst. Das hab ich schon in den 1. Wochen beigebogen gekriegt. !Lach mich ruhig aus: Ich habe mir daraufhin, heimlich, eine Checkliste angefertigt, da stehen dann wie Regieanweisungen für ein Theaterstück, bis ins Kleinste ausformuliert, Befehle für den Alltag drin, für sämtliche Gelegenheiten & Situationen: von »tiefempfunden Danke sagen«, »begeistert sein«, »Rührung zeigen«, »ganz prima finden« (:das sind Anweisungen, geeignet beispielsweise für Telefonanrufe als Reaktion auf gewisse Freundlichkeiten & kleine Dienstleistungen) bis hin zu festgelegten Terminen für Spenden & andere Zuwendungen für die Öffentliche Wohlfahrt (:die dann als Antwort od Vorableistung für gewisse große Dienstleistungen gelten). Denn ?wie sagte einst Elvis Presley: *Was raus ist, muß wieder reinkommen.* Er meinte das aufs Essen bezogen, aber das ist auch nur ne Art von Mehr-Wert..... in dieser Gemeinschaft voll von Fressern & noch mehr Fressen. – Heute ist meine Checkliste ziemlich komplett. : Doch auswendig, aus-dem-Herzen wie sowas blöderweise heißt, hab ich derlei !niemals hingekriegt. Klar, im oberflächlichen=Alltags-Gebrauch kommst du damit ziemlich durch & kannst wohl recht lange mit stupider=Mechanik überleben –; deiner Frau aber kannst du nicht sehr lange solch Zauber vormachen. Ebensowenig deine wirkliche Meinung, !was du von diesem Zauber hälst, in den !sie=selbst sich reinstürzen mußte, du nicht allzu lange hinterm-Berg verstecken kannst. Nicht in meinem Geschäft als Architekt bin ich auf-Grund-gelaufen; Bankrott bin ich hier, daheim. Und das Schlimmste, wie gesagt, ich versteh es nicht. !Nicht-die-Bohne. Verstehe nicht, !weshalb sie mich meidet, von mir plötzlich fort muß, sie kann doch tun was sie will. Aber nein: Sie will fort von mir, 1=für=Allemal, als sei ich die Ausgeburt von Pest der Langeweile..... Als müsse sie erst=!jetzt, nach beinahe fünfzehn Jahren Ehe, das-Landesfremde, das Unpassende in mir entdecken; das, was im Schlepptau all=unsrer Generationen genau der Kern dessen ist, weshalb Menschen vor 1 ander fliehen müssen –.

–Im Anfang, als sie ihre ersten Schritte probierte, hinein in diese auch für sie noch fremden Gefilde des Kunstmarktes, hatte sie mich mitgenommen zu ihren Verabredungen: zu Vernissagen auf Parties & Freßgelagen, zu allerhand Gelegenheiten, die sich bieten, um 1 Namen – !ihren – in diesem undurchschaubar strudelnden Spülicht aus Betriebsamkeit Dilettantismus Wichtigtuerei Scharlatanerie u: eben auch Kreativität und Kunst zu placieren. Erstaunt war ich, an !welchen Orten derlei zuweilen stattfand. Keineswegs nur in jenen abgewrackten Lofts, in krätzigen Schuppen in Lower West od irgendwo in der schickgewordnen Einsturzfolklore in Harlem, wovon ich reden gehört hatte. Dort, wohin sie mich mitnahm, gings eher bürgerlich-familiär zu, bis hin zu Gabel-gegen-das-Sektglas-klingen, Tischansprache, artigem Beifall – & Alles fügte sich in clangemäße Sittsamkeit. Wie du weißt, Vater, Amerikaner, & das ist ihre Stärke, sind alles !andere als ironisch, am allerwenigsten gegen sich=selbst & ihre Lebens-Art. Und derlei Zusammenkünfte waren teils in einer strahlendweiß getünchten Halle im Hinterhaus zu ebener Erde, an der Straßenfront koreanische Gemüsehändler Schnapsläden Coffee Shops (ich wäre nie drauf gekommen, hinter soner Fassade eine Kunstausstellung mit Arbeiten von de Maria und Dubuffet zu vermuten); teils in der zigsten Etage 1 Bürohochhauses am Central Park –: Das war an einem Frühjahrsnachmittag – Regen in grauen kalten Wolkenschleiern war seit Tagen über der=STADT, in den Park war steinschwer Gewölke hinabgesunken, als hätte der unselige graubraune Atem der Gewalt, der in seinen eigenen Stürmen die=STADT durchtobt, hier einen Himmel geformt nach seinem Bild : Und plötzlich das graubraune Gewölke durchglühend versank im rosenfarbenen Schein die letzte Tagesstunde im Pflanzendickicht des Parks, ein unterirdisches Leuchten, die submarinen Sonnen einer=jeden Stadt. Und vor der breiten Fensterfront dieses Hauses schwammen die Silhouetten der

Besucher wie schwarze harmlos gestellte Fische im Gehege 1 gläsernen Opern-Welt. Und !seltsam: es war damals vollkommen still ringsum. – Ein andermal hatte das Gramercy Hotel drei Etagen für ne *Art Show* freigemacht, & in jedem der kleinen Hotelzimmer drei Etagen hoch, neben über unter Bett Schrank Tisch hin&ausgebreitet allermöglicher Kram, der als Kunst gelten sollte – kunst=gewerbliches Zeugs, das nur 1 zeigte: Wie !weit diesen-Leuten das Wissenwollen von Wirklichkeit entschwunden war –. Dagegen ein andermal gerieten wir im 20. Stock eines eher schmucklosen, unauffälligen Hauses in der 5th Avenue in den privaten Salon des Nachfahrn eines k.u.k.–Fürsten v. Dunnemals, der dort eine Gemäldeausstellung der von ihm geförderten Künstler eröffnete. –: Das Polysoziale in Manhattan setzt sich auch in der Vertikale fort. Natürlich wie in allen Städten Aufderwelt gibts auch in New York Spießertum. – (Lenkte er ein, denn er hatte wohl meine skeptische Unruhe registriert, wie sie immer gegen mundkolorierte Pauschalreports auftritt) – –Sicher, Spießertum auch in dieser=STADT: Nur, dieses Spießertum=hier wird ununterbrochen von wildfreien Energien bis ins Fundament erschüttert –; ein Spießertum, dem von wirbelnden Kräften in dieser-STADT immerfort die Tüllgardine von den seelischen Fenstern weggerissen wird –.

–Und Helen war bemüht, mir Dies zu präsentieren mit all dem Entdeckereifer, mit dem sie=während-Dieserstunden es für sich=selbst erschloß –; als würde sie aus jenem kindhaften Stolz, neue Freunde gewonnen zu haben, dies Neue den heimisch=alt-Vertrauten vorführen, in der Absicht, dort die gleiche Euforie erwecken zu können, die sie im eigenen Innern empfinden mochte. Nur war dergleichen schon zu Kindheitszeiten unmöglich, denn Begeisterung, Euforie sind allemal Folgen einer langen, ureigenen Bewegtheit; das statisch Heimische dagegen konnte jenem Anderen, Neuen allenfalls nur voller Argwohn & Mißtrauen begegnen. Aber gerade !deshalb ging ich mit ihr zu diesen Empfängen Vernissagen Brunches Parties & wie all-diese Geschäfts-Kannibalismen sonst noch heißen.

–Jedoch, Vater, ich bin leidergottes ein !lausiger Partygast. Das weiß ich schon seit Schülerzeiten, und suchte daher solchen Zusammenkünften sooft das gehen kann, auszuweichen. (Vielleicht bin ich auch aus diesem Grund mit ihr gegangen, um zu versuchen, diesen Komplex !endlich loszuwerden –.) Denn entweder versinke ich vom 1. Moment in der Anonymität der umherwuselnden Gesellschaft, die ich wie eine Tarnkappe über-mich ziehe – dann bin ich für den Rest des Abends nicht mehr vorhanden. Darüberhinaus haben alljene Standardthemen auf solcherlei Parties – Gespreche über Kunst, Politik, Sex – auf mich nurmehr denselben Effekt wie jene Namenskanonaden: sie schläfern mich ein. Mitunter bin ich inmitten solch breiwarmen Gesäusels auf meinem Platz tatsächlich weggesackt & eingepennt –. :Das ist Kategorie 1 für mein Party-Verhalten. Od – Kategorie 2 – um dies pulkhafte Aufrücken & mutwillige Sichan1anderwerfen von Menschen, als seien das die letzten Stunden von Pompeji, nur annähernd zu ertragen, hab ich wieder mal zuviel & zu wahllos den Alk in-mich reingeschüttet, reite teuflische Verbalattacken, ziehe rücksichtslos alles Gespreche an-mich & im infernalischen Triumf sämtliche Hürden & Gatter des gesellschaftlichen Wohlverhaltens niederrennend, stoße ich Jedermann vor den Kopf.

–Überhaupt, !diese Parties, zu denen mich Helen mitnahm, & diese !berühmten Leute. – (Er schien auf 1 Ereignis sich zu besinnen; vielleicht das letzte Mal, an dem sie beide, mein Sohn u: seine Frau, noch in Gemeinsamkeit teilgenommen hatten.) –Sobald es hieß, einer jener himmelhohen Berühmtheiten in der Kunstszene – Macher Agent Galerist od Kunstkritiker für eines der großen Art-Journale – würde !Heut-Abend anwesend sein –, verbreitete sich auf ganz kindlich unbefangene Weise eine Aura, ein Fluidum in den Räumen, u es herrschte bei allem betriebsamen Tun dieselbe Art von Gedämpftheit, wie das bei Schnee in Großstädten geschieht: das Bizarre & Aufgeregte, die Spitzen & scharfen Kanten an Dingen & in den Stimmen erschienen gleichsam wattiert, zugedeckt, u Allesleben rückte im fast dörflichen Sinn ganznahe & wärmend an1ander; und der Flüsterton aus der Anspannung vorm erwartet Erhabenen mischte über den Köpfen der Leute mit dem heißen Parfumegeruch der Frauen sich zu schillernden Wolken.

–Nebenbei (fuhr er sich räuspernd mit ernüchterter Stimme fort) –derlei promptes Anfachen von Bewunderungs-Sucht, konnte ich bei solcherart Gelegenheit beobachten, verfährt nach der gleichen Mechanik, mit der diese Menschen beim Erfahren von Unglücksfällen u Katastrofen irgendwo-auf-der-Welt zu echter Anteilnahme, Kummer, Entsetzen & Mittrauern um die wirklich Heimgesuchten befähigt sind. Man würde weit danebentreffen, wollte man Solchenleuten daraufhin Heuchelei od Selbstgefälligkeit vorhalten : Deren Empfindsamkeit-per-Aufruf durch alles hochkochende Getrommel, Gewirbel & heißatmige Geschrei der *news & sensations* entspricht vielmehr dem unzerbrochenen Empfindungs-Bild von menschlicher Gemeinschaft, das durch ebensolche Karyatiden, ob Berühmtheiten od Hekatomben Getöteter, in jedem Fall die Abstützung erfährt. Und mehr: Derlei Gelegenheiten stellen auch die Angebote dar, über die immerfort künstliche Aufgeblasenheit zu Den-Großen-Gefühlen die vielen & vielmillionenfachen zu kleinen Gefühle (die Menschen in sich als minderwertig od unzureichend groß empfinden müßten) vollkommen in den Dienst der Konsumtion zu nehmen, indem jene riesigen hallenden, wie von 1 Fettschicht überzogenen & bei der geringsten Bewegung donnernden Blechgehäuse für Jedermann's Emotionen dann den Felgaufschwung in die Tatsächlichkeit des Echten Großen Fühlens versprechen: Jeder soll daraufhin seine windsigen Krümel Fantasie & Gefühl dort hin1streun..... können, und kann in all seiner Heftigkeit daraufhin als 1 Teil mitschwingen im Kreis der großen, gattungsmäßigen Suggestion.– – –Ohne je bemerken zu müssen, daß dieser Jedermann durch solcherlei Kollektivismus mit seinen eigenen Emotionen noch ein Mal erniedrigt wird. – (Pflichtete ich ihm bei.) –Solcherart Heftigkeit nur 1 Schritt weitergeführt, und die Pogrom-Stimmung ist da..... Der Unterschied zu diesen angedreht Großen-Gefühlen, nebenbei, ist nicht sehr groß.– Während einer U-Bahnfahrt hab ich mal gesehn, wie eine Frau, der die Geschichte vom Untergang der »Estonia« erzählt wurde, beinahe in Tränen ausbrach, gleichzeitig aber neben sich ihrem Jungen 1 Kopfnuß austeilte, weil er mit den Füßen auf die Sitzbank geklettert war. Ich frage dich: ?Welche der beiden Regungen in dieser Frau ist nun *wahrhaftig* gewesen. Ich behaupte: beide. – –Sowas geht ohne-weiteres. (Antwortete er:) –Fast be!neidenswert sind diese-Normalen..... Und von jeher frag ich mich in solcherlei Situation: !?Weshalb kann ich nicht genauso doof sein wie Die –. Denn mein Problem – (gestand er:) –ich gehöre nicht zu den Gefühlstieren, die sozusagen auf den Pawlowschen Knopfdruck hin funktionieren & Sekret absondern – Unglücke u Katastrofen mir völlig unbekannter Menschen lassen mich eher unbeteiligt u gleichgültig sein. Mehr noch: Selbst bei denjenigen, die ich ehrlichen Sinnes als *Meine Freunde* bezeichnen könnte, würde die Nachricht, sie hätten einen Unfall gehabt od eine Krankheit erlitten u seien ins Hospital gekommen – in=mir als allererstes großes Unbehagen erzeugen angesichts der daraus folgenden Pflicht zum Besuch. In diesem Zusammenhang kann ich als 1zig ehrliches Bedauern das Bedauern verspüren, daß ich diese Veranlagung nicht bedauerlich finden kann.– Zudem gehöre ich nicht zu irgend Eingeweihten, die das-Heilige kennen & schätzen. So konnte ich auch nichts verstehen von Rangfolgen in solcherlei Kunst-Kreisen, in denen ich, in Begleitung Helens, mir als Eunuch im Bordell vorkam. Es ließ mich kalt zu hören, !Heut-Abend käme der Great Mr. Thingamy, die Marvellous Miss Poposterior, die Amazing Riffraffs –: !Nein. !Keine Regung in den gefühlsträchtigen Eingeweiden.– Zudem verschätzte ich mich jedesmal: Denn jene weihevolle Erwartungsstimmung, wie sie prominente Massengravitation erzeugen muß, rief bei mir= dem-Außenstehenden allenfalls nur die falschen Bilder hervor. Und so vermutete ich die Eminenzen aller Altersgruppen Geschlechter & Rassen in ebenjenen Erscheinungen, die, in teure Stoffe gehüllt, manch-Einer in weißem Tuch mit breitkrempigem Hut & langem Schal, als helle Ausrufzeichen jegliches Gespreche tänzelnd zur Lautheit erhoben; andere wie schwarzgetuchte Majuskeln mit Samtschleife à la Pariser Bohemien, die rote Orchideenblüte am Revers das rausgerissene Herz, aufgeblättertes blutloses Mal, den dutzendzüngigen 1 Punkt als Ende aller Verbindlichkeit u Beginn ungebändigter Sfären des Ego..... setzten. Dazwischen – ?würdest dus so nennen, Vater – alles übrige bunte Geflecke Mensch, das wimmelnd Kleingedruckte, die Fußnoten Glossen & Füllsel, dominiert von jenen Diven, die in (gemieteten) Pullman-Limousinen vorfuhren &, Eine wie die Andere, in den Menschenpulk wie Pfähle in Morast sich pflanzten. Und ich vermutete also die Hoheiten, denen alles Raunen zuvor gegolten hatte, in ebendiesen Erscheinungen – :!Irrtum. !Jedesmal völlig !daneben. Denn diese Silberpappeln & Paradiesvögel waren oftmals ebenso Fremde in diesen Kreisen wie ich od: lediglich Schnorrer, die ihr Ego gewinnträchtig in den Humus dieser Szene anzuwurzeln trachteten. Es sei denn, sie waren Kritiker, jene Art von Zwergsternen am Kunstfirmament, die die Zeiten ihrer Leuchtkraft auch schon seit ner hübschen Weile hinter-sich & daher ihren Schein gehörig aufzupolieren hatten. Die wirklichen Größen, um die jene Auren sich wolkten, das waren sehr häufig kleine, wie gebeugt daherkommende, völlig unscheinbar gekleidete, fast verkleidete, Gestalten in abgewetzten Anzügen mit ausgelatschten Schuhn (nur ihre !Gesichter: die setzten mitunter jenen Eindruck von Glanz wie er aus der Stille von Intensitäten rührt, als würde in der schmutzigen Finsternis eines Schweinestalls plötzlich 1 Silberornament aufblinken –). Oftmals durcheilten sie eher wortkarg, mürrisch &, wie mir schien, immer voller Hast die Ausstellungs- & Partyräume, um sich alsbald wieder davonzumachen – der Hauch ihrer Bedeutung, jenes Flügelrauschen der Prominenz, glaubte man dem Getu ihrer Apostel, verblieb indes über den gesamten Abend hinweg als erhabene Schwingung in allen Räumen –.– Mich erinnerte das an jenes Gehabe um Film-Diven in den 50er- & frühen 60erjahren: den Ruf der Verruchtheit & des Sex-Symbols verdankten die oftmals 1 1zigen Szene in einem Film, in dem sie für 1 Blitzlicht-Moment nackte Haut hergezeigt hatten – alles-Weitere baute sich daran auf zur monströsen Übersteigerung der Wünsche ins kosmisch=Unerreichbare. – –:Jeder Kult holt sich das-Seine aus der perfektionierten Erinnerung. – –Mit 1 Wort, Vater, all-diese Abende waren mir: !un!er!träglich.– Natürlich bemerkte das auch Helen, & sie hatte fortan mit dem zweifachen Handicap zu ringen, zum einen selbst 1=jener unbekannten Etabliersüchtigen zu sein, zum anderen auf-mich ein Auge zu haben & mich im Zaum zu halten. Letzteres gelang ihr auch zumeist –, bis auf jenen=bewußten Abend.....

–Das war in einem Hochhaus in der 55sten Straße. Wieder einer=jener Abende, während dessen Stunden die Erwartung einer Berühmtheit schon lange vorm Erscheinen den anwesenden Adepten die Sinne betäubte. Mit glasigen Wangen, die Augen leuchtend=groß, während aus ihren Mündern wie aus Wasserspeiern ununterbrochen das versnobte Genäsele aus Harvard & Yale rausfloß – so schwebten & tänzelten schließlich unterschiedslos Diven & Adepten durch die Räume. Und dazu, heute & immer, die Shows & Spectacles, die zu=Allem gehören wie der Senf zum Hot Dog. Schon seit Langerzeit üblich scheinen in dieser Szene die Transi-Shows – !fantastische Schauspiele. Unter uns, anhand dieser Shows ahnte ich, warum so viele der ausgestellten Kunst-Produkte dann so hilflos wirkten. Ich erinnere noch die Show an !diesem-einen-Abend: Plötzlich waren sie überall – auf den beiden Bühnen, im Zuschauerraum, vor dem Haus. Zuerst sah ich nur die übergroßen Hüte mit feuerroten langen wippenden Federn & quietschgrünen Blättern geschmückt, dann die grellpinkfarbenen Perücken wie Fackeln im Menschengedränge –. 1 Transvestit im enganliegenden roten Kleid mit hochgestecktem Pferdeschwanz führt 1 anderen zum Tango –, schon mischen sich unter die Gäste eine Horde junger Männer mit nackten Oberkörpern, body-gestylt u wie eingeölt glänzend, aber keine Muskelprotze, eher zierliche, fragile Leiber – sie tanzen nun ihrerseits mit Frauen/Männern in grellweißen mit Federn besetzten langen Kleidern –. Sie erschienen so unvermittelt herkunftslos, als würde jene versammelte Menge diese Figuren aus sich selbst hervorbringen. Auf einer der beiden Bühnen steht jetzt im Lichtkegel eine Badewanne, darin 1 Frau/1 Mann, so weiß makellos u in galanter Attitüde erstarrt, daß ich sie/ihn im 1. Moment für 1 Puppe gehalten hatte. Jetzt indes bewegt sie/er sich mit träger Eleganz, beginnt seine/ihre unglaublich langen Fingernägel zu lackieren. Die langen Wimpern, wie aufwärts gebogene haardünne Stahldrähte schimmernd, scheinen die Augenlider schwer herabzuziehn. Doch sind die Lider täuschend-echt als Augen geschminkt, so daß niemand weiß, ob die echten od die falschen Augen auf das Publikum in-die-Runde blicken. Ein dicker, uralt wirkender Mann in einem grünschwarz speckig schimmernden Kostüm in Strapsen & zerrissner Netzstrumpfhose tritt jetzt an die Wanne heran, auf seinem Rücken zwei fettige, verstümmelte Insektenflügel (so daß die Figur an einen aus dem Vorjahr überwinterten Brummer erinnert), sein Gesicht hinter einer Froschmaske mit beweglichen Glubschaugen aus Glas verborgen. In Händen ein Tablett mit leeren Sektgläsern balancierend, tänzelt er um die Frau/den Mann in der Wanne zweimal herum, dazu bläkt er seine unglaublich lange, fleischrot glänzende Zunge. Hierauf schöpft er mit jedem Glas aus der Wanne Badewasser, das sich als Sekt herausstellt, springt von der Bühne zurück in die Menge & bietet zum Spaß die Gläser den Gästen an –, sobald einer zugreifen will, entwindet der Alte sich & die Gläser mit unvermutetem Geschick. Die Froschaugen, an dünnen Spiralfedern hängend, wippen baumelnd in grotesker Weise vor dem maskierten Gesicht. Laserlicht versprüht lange dünne Strahlen durch den Raum, bündelt sich zu Projektionen, herbstbuntes Licht mischt die Tänzer zu taumeligen Marionetten, Tekkno-Musik setzt ein, monotone Hämmer, stumpfbrutal, die wie heiße Kugeln aus Eisen gegen die Körper prallen, die Gehirne in ihre 1zelnen Zellen zerschlagend.– Für mich war das einer=jener Abende der 2. Kategorie: Ich hatte mich schon bald nach unserem Erscheinen rasch & zielbewußt betrunken.

–Unmittelbar vor dem Eintreffen der-Berühmtheit-des-Abends wurde die Apostelherde von elektrisierender Unruhe ergriffen – immer häufiger & mit von religiöser Scheu gedämpfter Stimme hörte ich Den Namen nennen. Ich verschweige ihn dir, Vater; die-Berühmtheit ist männlich & gehört zu deiner Branche; zudem sei er als Drehbuchautor *einschlägig bekannt* in Hollywood. Und es schien, dieser Mann war ein !wirklicher Mann, ich meine eine jener Steinzeit-Figuren, die nur mit Frauen sich einlassen –: Von 2 jungen Begleiterinnen in die Mitte genommen, entstieg der berühmte Autor der Limousine und näherte sich dem Eingang. Sein Erscheinen wirkte auf die Menge im Saal wie der Magnet auf Eisenspäne: aller Blicke flogen ihm entgegen – das Rumoren verstummte & gab einer Art hochgespanntem Seufzen Raum –. Seine Begleiterinnen, jetzt im hellen Saallicht, wirkten sogar hübsch, nur waren sie übermäßig geschminkt & mit Modeschmuck dekoriert wie Generäle mit Orden; die knappen Kleider entblößten viel von ihrer Haut – & dennoch ließen ihre Erscheinungen den Eindruck von seltsam ausgekühlter Unpersönlichkeit, beinahe von Geschlechtslosigkeit entstehn. Ich machte mich los vom Arm meiner Frau – tat einige energische Schritte dem berühmten Mann entgegen –, und pflanzte mich wuchtig in seinen Weg. *Sie ?sind* – ich nannte ihn bei seinem Namen, doch hob ich provozierend die Stimme wie zur Frage, als könnte seine Erscheinung ebensogut zur Verwechslung taugen. *Dann ham Sie heute&hier* – lallte ich – *die !einmalige Ge!legenheit, !mich !kennenzulernen.*

Der Mann starrte mir im 1. Moment verblüfft ins Gesicht, machte dicke Backen und blies Zigarrenrauch über die Lippen, die er wie 1 Flaschenöffnung rundete; dann entschloß er sich zum Grinsen. *Angenehm.* Sagte er. *Gehn Sie ruhig wieder an die Bar & nehmen Sie sich auf meine Rechnung nen Drink. Sie verzeihn, wenn ich nicht dabeisein kann*, setzte er, bereits im Weitereilen, hinzu, *aber ich hab noch zu tun. Denn solch Abende, Lieberfroind, sind kein Vergnügen.*– Ich wollte laut lachend ihm auf die Schulter klopfen, aber meine Frau war schon zur-Stelle, packte meinen erhobenen Arm & schleppte mich augenblix fort, zum Auto=nachhause.– Die Rückfahrt verlief in stickigem Schweigen. Sie saß am Steuer. Den Blick geradeaus, warf sie schließlich 1 Satz wütend gegen die Windschutzscheibe: *Du redest zuviel am falschen Ort.* Es war eine Nacht im vorletzten Winter, zu Trichtern winziger Tornados zusammengewirbelt tobte der Schneesturm durch die Straßen New Yorks – von Mal-zu-Mal prallte das Auto wie gegen weiße entwurzelt umhertanzende Bäume, die jedesmal unterm Anprall krachend zerbarsten und Schnee & Hagelkörner aus dem Geäst dieser Gespensterbäume prasselten auf den Wagen nieder – das klang wie Gewehrsalven –. Helen sagte kein Wort mehr während der zweistündigen Fahrt. Ihre Lippen schnurdünn, das Gesicht straff gespannt, Sehnen schnitten wie Drahtgitter hin-1, als drängte hinter der Haut ein anderes Wesen rasend zum Ausbruch, & es kostete sie äußerste Anstrengung, ihre Miene vom Zorn nicht zersprengen zu lassen. Unbeirrt wie durch ein Felsmassiv bohrte währenddessen das Auto seinen Tunnel durch Nacht Schneetreiben u das eisige Schweigen zwischen Frau u: Mann –.

–Ich wußte, das war der letzte Abend gewesen, an dem sie mit dem Gemeinschaftssinn der-Amerikaner versucht hatte, in ihren gesuchten Gefilden auch 1 Ort für mich zu bestimmen.– Von nun-ab u für=immer durchschnitt dies Gelände die Frontlinie Sie gegen mich..... Und so mußte unser Dasein weiter und weiter abrutschen, bis in die Feindschaft hinein. Denn ändern – (rief er mit schwerer Stimme) –ändern konnte u wollte ich mich ebensowenig wie sie. Zur Entscheidungsschlacht – (unvermutet brach er in Gelächter aus, wenn auch zu laut um heiter zu wirken) – –zur Ent-Scheidungsschlacht aber sollte es an einem ganz anderen Abend kommen.....

–Der Anfang für dies endgültige Ende: der Abend zu Halloween vor einem Jahr. (Erzählte er später) –Werweiß, welcher Kapo=Teufel partout !dieses Datum für uns auserwählt hatte; auch das Dämonische is längst runtergekommen zur faden= Seifenoper. (Er räusperte, setzte auf dem unbequemen Klavierhocker sich zurecht. Seine Sprechweise geriet anfangs dürr, abgehackt, zum Stakkato, als müsse er für jede 1zelne Erinnerung gesondert Atemluft holen, um sie herauszupressen.) –Wir hatten Besuch an diesem Abend, ne Party, & die meisten Leuten waren dieselben Leute von allen vergleichbaren Abenden zuvor. Wie immer. Und wie immer zum Abend auch Große Diskussion. Diese Gewohnheit hatten wir aus Studentenzeiten über-die-Jahre mitgeschleift, wie andere Leute ihr Fotoalbum aus der Kinderzeit..... Und die alten Gedanken & Ideen von einst, sie knüllten sich in den Köpfen zusammen, und alles weitere Denken staute sich dahinter an. So blieben diese Abende seit langem in den Selbstversicherungen stecken: *Wir sind !nicht der-Verführung erlegen, wir haben uns !nicht angepaßt.....* Dieses Empfinden von Stagnation hatte ich seit langem, aber ich behielt dies für=mich, wollte niemanden brüskieren, es waren ohnehin die einzigen Bekannten, die wir hatten. Und das Bedürfnis nach Freundschaft ist mitunter sehr biegsam, auch wenn echte Freundschaft längst zu winzigen Stückchen zerbrach. – Das Standardthema seit unseren Unitagen war & ist die-Architektur. Darüber hatten wir uns in den Seminaren kennengelernt vor beinahe zwanzig Jahren, & darüber debattierten wir, Helen u: ich, noch heute. Und jeder 1stieg in solche Debatten war vorherbestimmt durch das aktuelle Tagesgeschehen in unserm Ehe=All-Tag, wie alle Diskussionen mit einer-Frau, neben dem eigentlichen Thema, immer noch weitaus Mehr u andere Töne zum Hören bringen so, als spiele man auf einem präparierten Klavier. Dieses Mal, weil Besuch aus Deutschland gekommen war, gings alsbald um das neuentstehende Stadtbild von Berlin..... Mir kamen von-Anfang-an böse Ahungen über den Verlauf dieser Diskussion, denn ich kannte Helens 1stellung zum Thema *Deutschland*..... Über kein anderes Land in der Welt werden soviele Verbindungen gesucht zwischen *richtiger* Lebensweise und *richtiger* historischer Verantwortung. :?Erinnerst du dich noch an meinen letzten Besuch in Berlin: ?an diese eine Begebenheit im Bus.

Mein Sohn und ich waren als Letzte eingestiegen, aber der Bus fuhr nicht los. Der Fahrer schien zu warten, ?worauf. Dann sahen wir aus einiger Entfernung einen Mann dunkler Hautfarbe auf den haltenden Bus zurennen –, höflich wartete der Busfahrer, bis der Mann heran und ebenfalls eingestiegen war. Dann erst fuhr er los. *–Das macht der nur, weil das n !Ausländer is* –, hörten wir eine Frau neben uns mit Blick auf den Busfahrer sagen. *–Gestern, als !ich losgerannt bin um den Bus noch zu kriegen, hat er !nicht gewartet.* Die Frau wandte sich an die Umstehenden im Bus. –Siehst du (hörte ich jetzt meinen Sohn:) –Und ?was, hätte der Busfahrer nicht gewartet : *Das macht der nur, weil das n !Ausländer is* – hätten sich paßgerecht ad hoc die Anderenstimmen gefunden. –:– Ist der Busfahrer höflich & wartet, wird er verdächtig der Ranschmeißerei..... Wartet er nicht, wird er zum Rassisten & Ausländerfeind. :1 Lehrstück aus Doitschland: *normal* ist unmöglich geworden.

–Und diese Geschichte (sagte mein Sohn) –habe ich an jenem Abend in der Runde erzählt; sie paßte ihnen nicht. Und prompt geriet die Diskussion aufs gewohnte Gleis: auf *Das Jüdische Leben* in dieser Stadt Berlin; über das verschwundene und über das neu wieder entstehende.

–Heut-abend, merkte ich gleich zu Beginn, wäre wiedermal ein Abend der 2. Kategorie: Der Teufel war in der Luft, ich konnte spüren wie er Platz nahm auf mir & mich zu reiten begann. Als wäre ich ins Parlament der Hölle geraten..... Ich machte es Helen sehr leicht, mich zu attackieren & ihren offenbaren Absichten an diesem Abend entgegenzukommen.

–So wagte ich schon zur Ouvertüre die Behauptung, die Architektur des Jüdischen Museums in Berlin – einen zerbrochnen David-Stern soll die Draufsicht zeigen – ergibt in Wahrheit ganz deutlich sichtbar durch die Verschobenheiten der Gebäudeteile die unbewußt=peinliche Hypertrofierung der SS-Runen..... Und nicht genug damit – gehst du ins leere Innere, hast du 2 Möglichkeiten weiterzugehn: Der 1 Gang führt dich ins Freie, in einen Garten mit Stelen & Bäumen : das soll Exil und Überleben symbolisieren – der andere Gang führt in 1 engen hohen Raum, den Holocaust-Turm –

–Ja ?und: ?Was stört dich daran (hörte ich tatsächlich eine Stimme aus der Runde).

–?Was mich daran !stört: ?!Wer muß bei solch inszenierter Architektur ?nicht an gewisse !Videospiele denken – : ?Vielleicht wird das die Noie Unterhaltung im Zeitalter der Totalverblödung: das *Memorial Entertainment*..... :das Ranschmeißen an den *geistigen* Horizont von schmiermäuligen Hosenscheißern, die zwar nicht lesen, dafür aber !prima Kommpjuterspieln können. Ganz davon abgesehn, daß – wie jeder wissen kann – seinerzeit nur die wenigsten in der jüdischen Bevölkerung = jene nämlich mit Privatvermögen-&-Beziehungen-ins-Ausland – die reale Chance einer Alternative, das Exil, hatten. Der Großteil der jüdischen Bevölkerung in ganz-Europa hatte eben !keine Wahl..... *–Mich erinnert diese Architektur an ganz Anderes.* (Hörte ich die deutsche Besucherin in die längst ins böse Schweigen gekehrte Stille sagen.) *–Ich sehe die Draufsicht der verschobenen Gebäudeteile & erinnere Fotos von ineinander verkeilten Zugwaggons nach einem Eisenbahnunfall in Arizona. Dieses Foto war mal in einer Zeitung abgedruckt. Und wenn du bedenkst, !welche Rolle die-Bahn bei der Vernichtung dieses Volkes gespielt hat, dann –* –Dann glaube ich bei dieser Interpretation von Architektur erst recht an Kitsch. (Ereiferte ich mich weiter, ich wußte, sie hatten nicht unbedingt etwas gegen das, was ich sagte, sondern gegen die Art, wie ich es tat:) –Und wen auch !das immer noch nicht stört & wer das immer noch zu retten sucht: Dem gebe ich zu bedenken, daß Architektur – auch die eines Museums – nicht assoziieren, sondern *sprechen* lassen soll –: So tragisch sämtliche Arizonas & Eschedes auch sind, an den planmäßigen Mord an einem Volk reicht schließlich keines auch nur um 1 Deut heran. Und so ist dieser Bau bereits in seinem Fundament das, was er werden wird: Katastrofen-Kunstgewerbe. Denn der Unfall eines Zugs ist ein Ereignis, das ebenso hätte ausbleiben können – die Vernichtung eines Volkes aber war vor dem Hintergrund der Technizität jener Zeit, also unserer, eine traurige Konsequenz. (Schon erhob sich empörtes Raunen –) –Zwar finden beide Ereignisse im selben Technologischen Raum..... statt, einem Raum (beeilte ich mich anzufügen, denn das hielt ich fürs Entscheidende) –der nicht von Zeit, sondern vom technologischen Kalkül der-Arbeit..... bestimmt wird. Und gerade das ist das Teuflische an der-Arbeit: Alles rein Quantitative, ins Abmeßbare Gesteigerte erhält darin all=1ige Bedeutsamkeit, die Große Zahl als Wahrheitskriterium, die Nachtseite von Demokratie – und jeder Tote wird noch ein Mal getötet. ?!Warum wohl (fragte ich ins betretene Schweigen am Tisch) –?!warum wohl gibt es im Alten Jüdischen Glauben das Bilderverbot von Gott: weil alles Unvergleichliche keine Bilder *!hat* – (ich wurde immer lauter) –Das Vergessen des Qualitativen ist das Fundament für den Mord, und wer den fabrizierten Mord zum technologischen Betriebsunfall von 1 Zug herunterlügt, der macht sich zum Shoahkitscher. À propos: die *Shoah Foundation* – per Mausclique ins Gutegewissen & letztenendes fürs Konto des Tetzel aus Holliwudd.

–Prompt hörte ich, aus der Sicherheit seines Bierglases, jemand raunen: *Darüber solltest du mal was veröff* – :!Da müßte mein Herz ein Affe sein (herrschte ich den Jemand an) –wenn ich auch nur mit 1 Wort darüber in diesem verluderten Bett der Öffentlichkeit mich wälzen sollte. ?!Wen triffst du denn dort: Leute, die !niemals einen !eigenen=freien Gedanken hervorgebracht haben, weil derlei ihrem Wesen vollkommen fremd ist; ihre 1zige Fähigkeit ist die Strömungsrichtung zur größtmöglichen *publicity* zu erspüren – mit der korrekten Gesinnungs-Wurst nach der vermögenden Speckseite zu werfen –, & !Dieseleute sind es auch, die Grenzen ziehen & festlegen, die zuweisen & ghettoisieren, die Funktionäre im Gesellschaftskrieg..... Wer Heutzutag ins Öffentliche Bett sich niederlegt, sollte sehr auf die Flöhe achten, von denen er dort gebissen wird. Jedes noch so kleine Licht sucht seine Helligkeit zu steigern, indem es sich auf Große Themen schraubt – :!Nein: Zuviele eitle Fatzkes sühlen sich bereits & Immer=bereit in den Kanälen dieser Abzucht. (Warf ich wütend ins böse Schweigen der Runde, ich konnte spüren, wie sie Anlauf nahmen (aber eigentlich warf ich die Wörter gegen !sie, Helen) – es blieb ohnehin das letzte, das ich sagen konnte:) –?!Wie wärs, die-reichen-Christen gründeten die *Kreuzigungs e.V.* od die *Christen-vor-die-Löwen-Stiftung* & kassierten weltweit !steuerfrei für Das, was einstmals blutiges Leiden war – ob die Leiber von wilden Viechern zerrissen od die Lungen vom Gas – :Solch Leid erfahren immer nur die-Anderen – :*Schoa Faundeischn* – (äffte ich das Amerikanische mit deutschem Akzent) –Könnte Dieserherr doch nur für !1 Moment seinem eigenen Erfolg's Film glauben: ihm müßtes grün&gelb hochwürgen – (:ich winkte mich selber ab) –Aber ?!kommt dabei nicht wenigstens Einem-von-!euch das ?!Kotzen an –, seid ihr vor lauter Korrektheit schon so ?!verdrcht..... ?Od: ist !das genau=das Feld auf dem Intellektuelle-wie-ihr euern Todestrieb, !o in politisch-korrekter Verpackung, ausleben wollt. Und das gleiche Ventil muß auch herhalten, um die insgeheim zum Strammstehn verurteilte Bestialität von Intellektuellen abzuführen, worin sich schließlich deren Vorliebe fürs Anschaun von Boxkämpfen zeigt od auf Jagdgesellschaften den Herrenreiter zu geben –. (Meine Stimme hallte im Schweigen wider als hätt ich in ein blechernes Faß gerufen. Ich wollte offenbar Nichts auslassen an diesem Abend und setzte noch Eins drauf:) –Im alten England gabs eine Foltermethode (:!da horchten sie wieder auf, das durfte ich noch sagen, bevor der Große Sturm losbrach:) –und bei dieser Folter hat man dem Leib des auf den Rücken geworfenen Verurteilten schwere Steinplatten aufgeladen – eine über die andere –, solange bis das Gewicht der Platten den Brustkorb eindrückte, die Rippen zerbrachen und man wurde unter den Steinplatten langsam zerquetscht. Ob unbehauener Granit od polierter Marmor (rief ich damals aus dem Kellerloch meiner Selbsterniedrigung & gegen die anschwellenden Dithyramben aus der-Runde im Gefühl, als der Falsche nun die gerechte Prügel zu kriegen, denn Gerechtigkeit & Strafe sind, wie Der Dichter sagt, 2 Krähen aus demselben Nest –) –?Muß ?!immer erst Unmenschlichkeit in Stein Beton & Marmor als Herrschaftskolosse in einer Stadt sich zu-Ende bauen, um Menschen Menschlichkeit ins Fleisch zu brennen –: !?Wieviele Denkmäler will man !diesem Volk noch aufladen, um es unterm Marmorgewicht gutmenschelnder barm' Herzigkeiten..... noch einmal zu ver –

–Weiter kam ich damals nicht. Der Rest meiner Worte wurde verschüttet vom Aufschrei der Entrüstung. Und Helen war die Erste, die mit Wörterlawinen herfiel über mich. *Du lebst nun schon seit !Fünfzehnjahren hier in den-Staaten – aber vom !wirklichen-Leben=hier hast du offenbar Nichts–!Garnichts begriffen.* Sagte sie. Damit hatte sie gewiß nicht unrecht. Aber Damit wollte sies noch !lange nicht bewenden lassen, das war lediglich die Ouvertüre zur eigentlichen Attacke. Denn im Handumdrehn war ich ein Antisemit, ein Rohling, herzloser Demagoge, Rassist, Sexist (wohl, weil ich bei der Busgeschichte, grad als hätte ich sie ausgedacht, eine !Frau diese Bemerkung übers Ranschmeißen-an-Ausländer hab machen lassen –: Und wenn ich ein Rhinozerus das hätte sagen lassen, mit allerbeleidigster Innungswut der Kreuzritter wären dann die-Tierschützer über-mich hergefalln; Äsop hätte wieder schlechte Karten, heutzutage im Mienenfeld der Heuchelei –.) Und kaum ein Vergehen, dessen ich nicht schuldig war; Weißderteufel-auf-meinen-Schultern wogegen ich noch verstoßen hätte, wäre Gelegenheit für mich gewesen, weiterzureden. Inmitten des Lärmes verschluckt, brach ich schließlich ab, wie immer viel-zu-spät.....

–Wobei es heiter war, den Chor der 99 Gerechten zu hören : Es waren, wie oft zu solchen Abenden, unter den Gästen Araber u: Israelis am Tisch; über Stunden hatten sie 1tracht-der-Intellektuellen hergezeigt, die über krude Schoofinismen der-Masse natürlich !erhaben sind. Plötzlich, im Kanon der Gerechten, galt ich für die Araber als »Kommissar der Weisen von Zion«, für die Israelis als »Saddamit«. :Sie versuchten sich noch im Spott zu halten, denn als vom jeweils empörten Andern diese gegen mich geschleuderten Schimpfwörter unisono zur Gleichenzeit kamen, wollten sie ein:ander noch im Lachen sich einigen. Aber es blieb beim Wollen. Denn da folgte Helens Auftritt.

–Obwohl ichs ihr ansah, daß sie diese Entblößung-der-Andern schon bei der 1. Silbe bemerkt hatte, kehrte sie geschickt den Wind-gegen-mich zum Sturm, verdrehte lauter als das nötig gewesen wäre (vielleicht wollte sie die Scham der Anderen niederreden) praktisch jedes meiner Worte – brachte mich dazu Sachen zu sagen, an die ich selbst nicht glaubte –, so ließen meine Worte umso leichter sich gegen mich verwenden. Sie führte sich auf wie 1 Winkeladvokat – und warf mir Roheit vor, teutonische Ruppichkeit, ich sei, höhnte sie, auf dem Bestienweg 1 dieser=Doitschen zu werden, die gedankliche Schärfe u Entschiedenheit mit Grobheit & Herzlosigkeit verwexeln. Sie fühle sich persönlich angegriffen durch mein Gedeutsche, wie sie das nannte, 1 Sprache, die allenfalls zu Gehässigkeiten tauge. Dann, ohne Übergang, mokierte sie sich über meine Argumente (die ich, statt endlich zu schweigen, in perverser Selbstverstümmlungslust mit brennendem Atem 1-ums-andere zurückgab) – seit geraumer Weile waren wir, sie u: ich, die 1zigen, die sich in dieser Debatte noch schlugen. Und sie geriet darüber soweit in die Messer ihrer eigenen Attackenmaschine, daß sie sogar jeden noch-so-kleinen Versuch einer Zustimmung von meiner

Seite verwarf, nur aus dem Trieb zum endgültigen, zum radikalen Schnitt. Und hätt ich behauptet, die Erde sei von kugelförmiger Gestalt, sie hätte mir widersprochen.

(Die folgenden Worte setzte er so deutlich ab, als spräche er über den Verlust einer langjährigen Freundin; ein Verlust, der ihn überrascht, mit dem er niemals gerechnet hatte. Denn der Verlust der Freundin in der Frau ist immer schmerzhafter als der Verlust der Frau als *Frau.*)

–Das Betrüblichste (sagte er:) –ist das Unvermögen zum Reden zwischen denen, die in einer Sprache sprechen –; die gleiche Sprache ist trennender als alle Schranken zwischen den Sprachen, die einander fremd gegenübertreten. Das gilt wohl für alles Gleiche. Da wäres besser, die Gleichheit verschwände & 1-jeder hätt seine eigene Sprache, seine eigenen Zeichen –: Der Zweck für alles Sprechen, sich verstehn zu wollen, zwingt zum Übersetzen. Das nimmt aus den Wörtern jenes gewisse Gift-alles-Gleichen, und so hätten Menschen weniger Zeit, sich etwas anzutun.

–?Weshalb bistu nich aufgestanden und 1fach ?gegangen. (Fragte ich die dunkle, reglos hockende Gestalt) –Hättest du deine Frau doch giften lassen. Ohne dich wäre sie gewiß recht schnell –

–Vergiß nicht, es war für mich 1 Abend der Kategorie 2: Es gab nur einen Grund zum Bleiben: ich wollte mich besaufen. Dazu lag Vieles im Eisschrank, alle hatten zur Party Flaschen mitgebracht, das unterschiedlichste Zeug. Und ich hatte beschlossen, Das niederzusaufen in dieser Nacht –. Der Suff brannte bereits in mir hoch wie Feuer aus giftigem Müll, & Weltanschauungsqualm beizte die Sinne, und meine Hoffnung war die Hoffnung eines=jeden Säufers auf die Gnade der Bewußtlosigkeit – –

Er griff im Dunkel zum wiederholten Mal nach der leeren Whiskyflasche, starrte enttäuscht auf den spenderlosen Glasmund, dann lachte er auf: –Apropo !Gnade : Ja, genau=!das wars. Ich traute meinen Ohren nicht – sie, Helen, redete plötzlich von *Gnade*..... (Er hieb die leere Flasche angewidert auf den Tisch) –*Gnade*, sagte sie & konnte sich der Zustimmung & des Beifalls aus dieser wie aus der Runde aller Kitschseeligen ganzsicher sein, *Wir=alle sollten in unseren Urteilen mehr !Gnade walten lassen.* Das aber galt offenbar nicht für mich. Sie wollte mir keineswegs ein Friedensangebot machen, im !Gegenteil. Sie wußte genau, wie ich über solch weiche Humanismen dachte & konnte gewärtig sein, daß ich –

–Und du hast dieser anmaßenden Person hoffentlich dazu ein-paar ge!hörige Takte gesagt (mischte ich mich jetzt, ebenfalls wütend geworden, ein –; denn selbst beim Wrestling gibt es Griffe, die unerlaubt sind. Meine Wut auf diese abwesende Frau – das war kein Einverständnis mit meinem Sohn – der, wie ich sehen mußte, vermutlich Nichts wußte, keine Ahnung hatte von jenem Geschäft-von-einst mit dieser Frau, von der er noch immer glauben mußte, sie sei ihm zufällig begegnet –. (Vorsichtshalber nahm ich daher sein während dieses Abends stillschweigend gemachtes Angebot, in der Vertraulichkeit des Miteinander-Sprechens den Namen seiner Frau – Helen – ebenfalls zu benutzen, nicht an; ich ließ es vielmehr beim distancierten *Deine Frau.*) Es war indes mein Verdacht, daß sie, die sich eingelassen hatte einst auf jenen Handel, ihre Position auszunutzen begann. Und noch etwas Anderes: Wut aus der Einsicht in die Vergeblichkeit aller Debatten vor Zigjahren über das verfrühte also falsche Versöhnlerische im falschen-Leben..... Und meine Wut entfachte sich weiter, als wären seine Worte 1 Bö von=Draußen in die schwelende Wachheit meiner Nacht –:) –?!Wer von uns kann so !vermessen sein & sich zum Richter aufspieln, der Gnade zu vergeben hat. ?!Warum nicht gleich zum Souverän, der den Ausnahmezustand verhängt. (Ich war jetzt ernsthaft wütend) –!Gnade (rief ich) –das ist die Vorstufe zur Versöhnung, der aber muß Sühne vorausgehen. Gnade ohne Sühne ist nix anderes als Deckel-auf-Alles-Gewesene, Schwammdrüber, Rote-Schleife-drumherum..... & dann die Weltumarmung. Genau=!Davon träumen die Reaktionäre aller Farben, denn die-Kasse..... klingelt so schön dabei.– Und wie sie ihr Gefasel über Gnade auch gemeint haben mag (setzte ich, etwas beruhigter hinzu, denn ich fühlte mich auf zwar lange unbenutzt gewesenen, doch seit ebenso Langerzeit vertrauten Gleisen, die lediglich vom Unkraut alles Sentimentalen überwuchert waren. Zudem mußte meinem Sohn ein solcher Grad an Wut unverständlich sein.) –Jede Anmaßung im Zustand dieser-Welt..... heißt Bestätigung dieser Welt, & wieder ein Stein mehr im Gemäuer der Reaktion. Denn Reaktion (hörte ich mich, im Schwung des Unkrautreißens, ins Stürmen einer amerikanischen Nacht hinein sagen) –Reaktion Heute heißt: durch angeschliffnes Gekwatsche die Immergleiches zur Mode runterschlaffenden tradierten & tradierenden Medien durch Präsenz mit Frischzellen zu versorgen – der Teufel scheißt für immer&ewig auf den großen Haufen, denn Dort = bei den-Satten ist das Risiko des Zuwiderhandelns am geringsten. Erkaufte Stille, das teuere Schweigen. Aff-Firmatzion, das wortgewandt schicke 1verständnis, letztendlich das gewinn=trächtige Anschließen ans *Es-ist-so-wie-Es-ist* des-Betriebs..... :die Tautologie aller Charakterlosen. Dabei das Gutegewissen für den Selbst-Verrat geschöpft aus dem zementenen Brunnen eigener=richtiger Überzeugung –: *Was zum Heiligen sich legt, wird selber heilig, sagte der Pfaffe & stieg auf die Nonne.* : Geschäftemacherei mit dem versagten Leben aber ist noch einmal Betrug an denen, die allemal um ihr Leben betrogen sind – : Du hast ihr, deiner Frau, ?hoffentlich doch – (& die alt=väterliche Sorge, der eigene Sohn könne in einer entscheidenden Lebensprüfung versagt haben, warf energisch meine Stimme ihm entgegen, während ich bei einer unbedachten, weit ausholenden Gebärde mit der verletzten Hand gegen die Tischkante stieß –: Schmerz stach grelle Funken aus dem Dunkel & zwang meine Stimme zum erbärmlichen Kniefall) –Du wirst doch dieser reaktionären Gnaden=Faselei nicht so ohne weiteres – (mehr brachte ich vor Schmerz nicht zustande.)

Der Schein der kleinen Lampe erreichte nicht seine

Miene, der Kopf meines Sohnes schwebte im Dunkel wie 1 abnehmender Mond – ich fühlte eher als ich sah sein Gesicht vom schiefen Grinsen verzerrt. –Ich habe nicht deine wortgeschliffne Vergangenheit: Vater. EsDeEs war nicht mehr Teil & Teiler des Studiums zu Meinerzeit. (Er winkte ab und sah enttäuscht zur leeren Flasche rüber. Dann kehrte seine Stimme in die breite Spur seiner Erzählung zurück:)

–Soweit kam es gar nicht. (Sagte er resigniert.) –Über Weitestrecken dieser mittlerweile nur noch nach angekokeltem Eheplunder stinkenden Deba-Tier-Gymnastik – blieb wohl ich=der 1zige, der das so empfand. Offenbar konnte sie mir Alles was sie mir an den Kopf zu werfen hatte, nicht mit mir allein ausmachen; sie brauchte jemehrjelieber=Publikum dafür – ein Ganzersaal=voll fremder Leute & grellstes Scheinwerferlicht auf !mich: !das wäre ihr grade recht gewesen. *–Ich werd euch die-Sache mal abkürzen*, verkündete sie nach einer meiner taumelnden Repliken, denn das-Abgekürzte sei ja immer das Beste – und so entblödete sie sich nicht, Details aus unserem Schlafzimmer auszurollen. Genüßlich, schiens mir, berichtete sie der Runde von unserem letzten Beischlaf, ich hätte (führte sie aus) sie praktisch dazu genötigt, denn sie hatte Ihretage, und das Bettlaken u sogar die Zimmerwand sahen Danach wie nach dem Sauschlachten aus. *–Und du* (grölte sie wie n Stallknecht beim Zotenreißen & sah mich an) *–du: als hättest du nen Bauchschuß abgekriegt –: Ich bin nämlich ein ziemlicher Matscho & immer=Oben* (fügte sie aus Liebe zum Detail hinzu) *–und so is das Ganzeblut zwischen meinen Beinen raus und auf seinen Bauch – –!Klar: die Aufsitzrätin* (feixte jemand aus der Runde, sie lachte schallend mit, gewiß froh über die hämische Zustimmung aus solch Kumpanei & Spießgesellenschaft.) *–Das war das !Letzte Meinlieber* (ihre Stimme, betrunken, bekam den schartigen Klang eines angestoßnen Glases) *–und das war über!haupt das Letztemal, dassich mit dir gefickt –*

(Er saß für 1ige Momente zusammengesunken u schweigend auf seinem Schemel. Dann – als hätt 1 Befehl ihn aufgeschreckt, warf er sich ins Rückgrat und fuhr mit fester Stimme fort:) –Die Sache war längst !klar, es hätte ihres Aufwandes an Beleidigungen gar nicht länger bedurft: Sie !wollte sich trennen von mir, mit Allergewalt & vor möglichst vielen Zeugen aus dieser Beziehung sich rausschneiden, & kein Wort, keine Attacke war ihr zu billig..... dafür. Wer seine Zukunft auf der Schneide 1 Rasierklinge leben will (bemerkte er maliziös) –den darf kein Gepäck beschweren.– Im Grund wußte sie, daß sie, ebensowenig wie alle-übrigen=Menschen, im Ende niemals würde *Recht haben* können – aber sie hatte den !Willen, es zu haben. Und noch zu etwas anderem, das sie nicht konnte, entfaltete sie an diesem-Abend den Willen: zum Flörten. Mit 1 der Neulinge am Tisch, 1 schlanken Burschen aus dem Sudan, Student im 3. Semester, der all den bisherigen Attacken, die in diesen Abend sich hineinbrannten wie Zigarettenglut ins Tischtuch, schweigend u offenbar ohne etwas davon zu begreifen zugesehen hatte. Hin und wieder machte er 1 Bemerkung – Helen, die neben ihm saß, griff das Gesagte, eher das schüchtern Geraunte, auf, wiederholte es laut wie 1 Zeitungs-Schlag-Zeile den Anderen & *Ich finde es so !schöön wie du das eben gesagt hast* –, flötete sie gelegentlich & machte, in Richtung dieses Burschen blickend, aus ihrem Mund 1 Hühnerpopo. – Alles !Programm (rief er wieder ins Dunkel) –Wie 1 Automat, genauso eckig & holperig wie Mechanisches: 1 Scharm ohne Fleisch, dürr, im Takt von Metronomen. !Genau wie meine Checkliste mit all den haarsträubend kindischen Regieanweisungen »begeistert sein« »Rührung zeigen« & »ganz prima finden«, die allesamt aus dem Willens-Krampf zum Überstehen kommen – :!Genau dasselbe tat jetzt sie, !genauso fuhr sie !ihr Programm ab – jede 1zelheit darin zuvor irgendwann ausgedacht, festgeschrieben & nun das-Ganze abgerufen. Fase 1 bis Fase n – nicht zu vergessen darin die Dramaturgie: das Flöten & das süß sich Stellen..... Sogar das kindliche Lispeln, wos ihr zu passen schien, gehörte dazu –, um schon im nächsten Augenblick die andere Kassette aufzulegen: die mit Gift&galle, mit

Ellbogen Morgenstern & Bidenhänder..... Und in dieser Wiederkehr von mir-selbst kehrte auch der Ekel an der Wiederkehr von allem Kindlichen an mir zurück. ?Ob sie !das beabsichtigen wollte –: ?War ihre Verachtung für mich bereits so ?tief..... – :Ver!dammt: ?!War das vielleicht nicht einzig die Folge ihres Rummachens in der Kunstszene, nicht erst diese ganze verlogene aufgetuffte & wadenbeißerische Pudelhaftigkeit, die in Kunst-Gefilden vermutlich den-Ton angibt bei diesen Klabusterbeeren am Hintern des Pegasus – : schleimige Mimikry, die ganze Palette: von Arschkriechern & Zeloten..... :?!War es etwa mit ihr schon=?!immer so gewesen. Denn nicht dieses programmierte Getu war ja das eigentlich Abstoßende, denn menschlich-Authentisches gibt es höchstens im Unmenschlichen der Seifenopern : der-Mensch ist seit jeher künstlich, und er wird immer künstlicher..... werden. Das wirklich Abstoßende an ihren Auftritten war gerade das sichtbar gewordene Nicht-gut-genug an Künstlichkeit; die Eckigkeit, mit der sie durch ihr eigenes Programm holperte so, als mache ne Bäuerin für den Theaterbesuch sich *fein*, & mit den hohen, kunstledernen Stöckelschuhen ihrer Ausgedachtheiten taperte sie einher wie über nen Kartoffelacker. Das war – (er stockte 1 Moment, überlegte) –Ja, was ist solch Nicht-gut-genug ?eigentlich. Es riecht. (Sagte er leise.) –Ja. Es riecht nach der Schwitzigkeit des menschlichen Willens, der wie Sekret in den Hohlräumen, in all den Lücken zwischen Mensch u: Künstlichkeit sich niederschlägt. Das riecht nach dem Schweiß der persönlichen Geschichten..... ?Sollte das also schon=immer So mit ihr gewesen sein – u nur ?ich hätte niemals zuvor auch nur das Kleinste davon bemerkt. ?Ist Sowas ??möglich. War ich ?so ver!blendet, daß ich niemals – (Ich hörte ihn schwer schlucken, als würgte 1 wunde Kehle an einem rauhen Kloß.)

–Und all=Das an ihr, wovon ich seit-jeher fasziniert gewesen bin (sprach er weiter, u eine breite Bahn von Bedauern durchzog seine Stimme) –all=Das, woran ich mich in den 1-samsten Momenten so gern erinnerte und jene Wärme aus

Vertrautheit u Nähe wieder neu in-mich zurückströmen fühlte –:all=Dasselbe, nach 1 winzigen Änderung in der seelischen Perspektive, gerät zum Eindruck des schalen=Theaters, gleitet ab in Überdruß und kalten Ekel..... Sie war grotesk. Und 1 Bild, das ich einst in 1 Fernsehbericht gesehn hatte, stellte sich mir währenddessen immerfort=hartnäckig vor-Augen: in einem professionell eingerichteten EsEm-Studio die Männer in Ledermasken – einer baumelte kopfunter, an Händen & Füßen gefesselt, von der Decke –, davor in martialischer Pose die Domina mit Peitsche, aber im Hintergrund, lichtgeschmückt & blinkend, der Weihnachtsbaum – :*Mein!gott*, dachte ich auch jetzt, *wie !schwer es doch sein muß, !überhaupt noch irgend=?Was zu fühlen.....*

–Aber ?!weißt du, Vater (rief er plötzlich überlaut in den dunklen Raum. Vielleicht an mich gerichtet, sollte seine Stimme wohl statt zur Erwiderung eher zum Echo taugen:) –?Weißt du, wieviel Fehlendes allein der unzerbrochen auffahrende Wille ?!ersetzen kann – :Willen's Kraft ohne Willenssinn: die-Welt, sie !stinkt von dieser Kraft. (Er hatte gewiß auch keine Antwort erwartet – obwohl gerade !diese Allerweltsbemerkung wie 1 Dorn vom unvermittelt aus dem Dunkel hervorgeschnellten Zweig einer Pflanze fest in mich sich hakte –; er aber sprach ohne Pause, wieder ruhigen Tones, weiter:) –Sie spürte die Ecken & die Kantigkeit in ihrem Programm wohl zuweilen selbst (obwohl sie lieber die Zunge sich abgeschnitten hätte, als nur 1 Wort der Selbstkritik laut zu machen). Denn alsbald nach ihren Flötentönen nahm sie Zigarette & Harnisch wieder auf, und zur Dürrheit & Knochigkeit ihrer strikten Rechthaberei wölbte sie dann wie einen Bauch die Unfairness heraus. Dieser Zug allerdings war mir neu an ihr; und war dann der Letzte Zug auch für mich. Das sollte offenbar bei den Zuhörern scheinen, all meine Widerworte – überhaupt: all meine Grantigkeit u Verbissenheit –, sie rührten all-1 aus dem gekränkten, vom Pussy-Entzug frustrierten Männchen=Schwanz her. Wie gesagt, nichts schien ihr zu simpel in diesem Ehrgeiz=Hickhack. Zumal wenns billig wie Freibankfleisch zu haben war, um letztlich am Ende der Schlacht inmitten einer rings-um-sie-her plattgehaunen Landschaft als die weibliche Ikone von Johnwayne dazustehn und *wirklich Recht Recht Recht :dreimalver!fluchtes !!!Recht zu haben.....*

–Wäres nach ihr gegangen, sie hätte Das über-Stunden, die ganze-Nacht=lang so weitergetrieben, hätte nicht schließlich Jemand aus der Langezeit schon schweigend weitersaufenden Runde ihren Attacken die Spitze abgebrochen: *–?Was geht hier eigentlich fürne Show ab : Ihr balgt & zankt euch auf 1 Art, daß man beinahe glauben könnte, ihr seid miteinander verheiratet.....* :!Das hatte ge!sessen. Sie starrte aus rot marmorierten Suffaugen den Sprecher grämlich an: *–Wir sind es ja gar nicht !wirklich,* sagte sie noch, um auch hierbei das Letztewort zu haben. *–Das ist !niemals eine echte Beziehung gewesen. Ich bin mit ihm nur soweit verheiratet, wie das für die Greencard notwendig ist.* Sie stand auf und stakte aus dem Zimmer.

Ich erschrak, versuchte im Dunkeln im Gesicht meines Sohnes zu lesen. ?Ahnte er durch diese Antwort etwas. Wars ihm schließlich doch ?gelungen, die Wahrheit über den Beginn seiner Ehe zu erfahren –. Ich horchte in seine Stimme wie mit einem Echolot, und hörte:

–Mir !langtes. Ich hatte genug von dieser Schlächterei. Und versuchte, ihr mit der Hand übers Haar zu streichen, wollte sie halten, wieder versöhnlich stimmen –; sie kehrte ruckhaft ihren Kopf beiseit, als hätt sie Angst, ich könne ihr die Frisur ruinieren. *!Nein.* Sagte sie entschieden & blies Zigarettenrauch an meinem Gesicht vorbei. *–Geh !weg. Du hast mich geärgert* – und lief noch eiliger davon. – :?!Verstehst du: Sie hatte mich zweifellos an diesem Abend vor all-den-Anderen bis auf die Knochen entblößt & nach dem Maß dieser-Anderen mattgesetzt; aber sie konnte ihren Sieg nicht genießen. Sie war unfähig zu triumfieren. !Das war das !Schlimmste von Allem aus diesen Stunden..... – Ich ließ sie gehen, blieb zurück im Halbschweigen bei den Anderen, dahockend & saufend im ausgekochten Morgenlicht, das 1 neuer Tag zu uns in das Zimmer hereinzuschütten begann. Und die Luft hierdrin schmeckte nach umgestürzten Aschenbechern voll erkalteter Kippen..... Asche & Gram – das sind unsere Triumfe..... geworden.

–Trotz all ihrer erfolgreichen Selbst-Befreiungs- & Entfesselungskünste auf dem Kunstmarkt in New York – (und ich wagte an dieser Stelle den zynischen Altherren=Kalauer:) –Vielleicht fehlts deiner Frau an Beiphall.

Mein Sohn schaute mich daraufhin 1 Augen-Blick stumm u fragend an, zuckte dann überraschend kühl die Schultern. Er wußte vielleicht Nichts, hatte nichts erfahren, nichts begriffen. Und ließ mich jetzt allein in jener Beklemmung zurück, die ich sooft gegenüber Jüngeren, deren Sprache samt deren, wie mir stets scheinen wollte, mutwillig aufgepumpter Theatralik voll hergezeigtem Schmerz-ohne-besonderen-Grund ich nicht mehr verstand, dennoch empfinden mußte: *ich habe nicht genügt* –.– Und als ich dem ausgekühlten Empfinden von Ratlosigkeit gegenüber diesem Mann, meinem Sohn, wie ich wohl seine Geringschätzung wieder aufwiegen, ihm erneut das Gefühl geben könnte, ich habe, trotz dieser unpassenden Bemerkung, ihn sehr genau verstanden (?und hatte nicht er=selbst vom Teufel der Perversion gesprochen, der ihn verleitet hatte, im Gespräch ein-aufs-Anderemal sich bloßzustellen –), noch nachlauschen mußte, hatte er die Erzählung über seine Frau längst weitergeführt (vielleicht aus dem leicht resignativen Erkennen jener Art Einsamkeit, aus der heraus man auch zum Unpassenden, zum Fremden, u seis zu 1 Tier, dennoch weiterreden will, denn selbst solch-1 Wesen erscheint als Gegenüber zum Reden immer noch besser als das sattsam bekannte Man=selbst.)

–Und die schweren Taschen, mit denen ich sie an diesem Frühlingstag in der Halle des Grand Central Terminal behängt gesehen hatte – (hörte ich ihn mit unveränderter Stimme weiter ins Dunkel redend zu seiner ursprünglichen Geschichte zurückkehren) –die Tragriemen schnitten tief in ihre Schultern hin1 –, diese Ledergurte wirkten wie dürre sehnige Arme einer Beharrlichkeit, die sie beschwörend umsich geschlungen hielt; Beschwörungen & Fesseln für das Selbst-Vertrauen in die unbedingte Richtigkeit & Echtheit alles eigenen Tuns. Unterm Arm hielt sie noch eine weitere dick mit Papieren vollgestopfte Mappe, aus der fortwährend Zettel rausfielen die sie 1-ums-andere-Mal mit einem Kniefall aufheben & ins Papierkonvolut zurückstecken mußte. Dabei dann drohten die Umhängtaschen abzurutschen; mit energischem Schulterruck hievte sie die Taschen wieder zurecht – so daß ihre Gestik, dies Bücken Zucken Schulterkreisen, wie Handlungen einer Spastikerin erschien. Doch sie mochte nichts, reinweg Garnichts davon bemerken; denn augenscheinlich Nichts konnte sie aus dem Konzept bringen, sie verunsichern oder zweifeln lassen an ihrem Tun. Und zwischen all dieser Geschäfts-Gymnastik fand sie auch noch Zeit, ihrerseits auf Zetteln Notizen zu machen, die sie anschließend mit dem verbindlichsten Lächeln aller=ernstester Absicht den beiden Frauen zureichte od von ihnen derlei entgegennahm – vermutlich Telefon&fax-Nummern irgendwelcher Maler Bildhauer Videokünstler, die, wie sie dann stets mit Ernst&stolz verkündete, sie *unter Vertrag & bereits an-den-Mann gebracht* habe –; scheinbar endlose Zahlenreihen für & von Galeristen in **New York** od **Sonstwo** in-der-Welt – Zahlenreihen, auch Hier über-Stunden-hinweg am Telefon durchgegeben, als seien das Codenummern aus einer sinistren Agentenzentrale für den Einsatz unsichtbar willenlos & prompt funktionierender Killerhorden. Od wie Zahlenfolgen jener Geheimtips unter Zockern, für ihre unablässigen Aufspringversuche auf 1 der Trittbretter des vorüberrasenden Glücks –. Und die Aktionen der drei Frauen, selbst od trotz dieser Pannen mit den rausrutschenden Papieren (aber ?vielleicht gehörte gerade Das ja dazu, war ebenjene spezifische Gestik, die ein=jeder Beruf mit-sich bringt & woran, wie am bestimmten Geruch der Hund das Revier, so der Profi den anderen Profi erkennt –), diese Aktionen also liefen mit jener Geschmeidigkeit & Glattheit ab wie das nur alltägliche Routine zustandebringt – : – Mein!gott !was für eine Kinderei, !was für 1 böse Komödie. Aber ich, ins Halbdunkel des Bahnsteigzugangs verwiesen, ich wußte nur !zu genau, ich wäre weit&breit der 1zige, der so empfindet. Denn was Akzeptanz & Fähigkeit zum Spinnen betrifft: da ist die-Menschheit ziemlich gleichgestimmt. Noch vor dem Lebenstrieb kommt der Trieb zur Spinnerei, besonders groß scheinen beide Triebe in dieser Stadt=**NEW YORK**, u sind im-Ende vielleicht 1&dasselbe.....

–Und so begann ich, trotz meines Wunsches, sie möge doch !aufhören sich in dieser Weise aufzuführen – möge doch !aufhörn mit diesem falschen, unwürdigen Getue, das vielleicht bei 1 18jährigen noch als *jugendlich ungehemmt & spontan* empfunden werden kann –: ?Aber bei einer Mittdreißigerin..... – trotz des Wunsches also, sie möge sich u: mir alle weitere Scham ersparen, hoffte ich ebenso inständig & mit derselben Kraft, sie möge zu!mindest Jetzt&hier, in den Augenblicken dieser für=sie angeblich so wichtigen, *meine-!Zukunft* (wie sie vollkommen ohne ihre sonstige Ironie bei den-Großenworten betont hatte) bestimmenden Verabredung !nicht an sich zweifeln, möge jetzt !bloßnichts bemerken – nur !bitte jetzt !nicht die Traumwandlerin aufwecken. Ich wünschte also, sie möge in jenen Augenblicken der Unbeholfenheit & des triebhaft groben, weiblichen Willens inmitten ihrer gestischen Selbsterniedrigung vor den beiden anderen, in Sicherheit u Leere angelernter Posen von Mannequins vor ihr aufgestellten Fraun !bitte !nicht aufwachen, um daraufhin ihr eigenes Tun mit den Augen aus früheren Tagen gewissermaßen von-der-Seite-her mit dem jeglich kindliche Farbigkeit an den selbstgeleimten Pappwänden zu allen Seiten einer Neuen-Zukunft im Säureregen der Selbstironie abätzen & fortschwemmen sehn zu müssen.

(Er hielt im Sprechen inne, wischte sich mit einem Tuch Schweiß von Stirn & Händen –, dann, das zusammgeknüllte Tuch in der Faust, starrte er darauf, als wolle er es auch zu dieser Stunde noch 1 Mal beschwören:)

–!Nein. !Nicht aufwachen. !Bitte. Da hätte nicht viel gefehlt & ich hätte zu beten angefangen. !Ausgerechnet: Ich u: Beten..... Aber es wäre gar nicht nötig gewesen (redete er mit ruhigerer Stimme, den Tasten des Instruments wieder zugewandt, fort) –sei denn, es gibt Arten von Gebet, die erhört werden noch bevor sie ausgesprochen sind. Die in Schüben wie Atem aus den Bahnhofstunneln wehenden Lüfte warfen Falten ihres leichten, weiten Kleides den Kleidern der beiden anderen Fraun entgegen, als suchten Hände bittend an den Körpern Fremder nach Hilfe & Verstehen – all ihr früherer !Stolz (rief er, wieder laut, riß die Hände von der Tastatur als hätt er in kochendes Wasser gegriffen; er fuhr auf dem Drehschemel herum und das Weiß seiner Augäpfel glomm durchs Zimmerdunkel, er starrte mich an:) –All ihren Stolz, Vater, der früher in ihrer aufrechten geraden Körperhaltung lag, den schien sie aufgegeben zu haben, Hier & Jetzt, wo sie meinen konnte, Niemand Bekanntes sähe ihr zu. Aber wahrscheinlich dachte sie überhaupt nicht daran, wie sehr sie sich erniedrigte u daß dieses Tun überhaupt irgendjemand als solches hätte bemerken können. Mit trippelnden Schrittchen umkreiste sie die beiden anderen Frauen, den Rücken gerundet als müsse eine Violaspielerin über die Töne aus ihrem Instrument sich beugen. Töne, die sie mit verzückter Miene im Ernst ihres Spiels hervorzubringen sich abmühte, um mittels des enthüllten Mysteriums zumindest 1 Widerschein davon auf sich=selbst fallen zu lassen & in fremde, ungerührte Hörer 1zudringen –: !Scham (rief er noch 1 Mal, doch in seine Stimme zog bereits 1 anderer Klang) –was für !eisige Scham, wie ich sie seit Jugendtagen für andere Menschen nicht mehr empfunden hatte. Der letzte, für den ich mich so tief schämen mußte, das warst vor Vielenjahren du gewesen: !Vater.....

Seit geraumer Zeit hatte ich mich in die Erzählung meines Sohnes gefügt, hatte ihm allen Raum überlassen & war, merklich doch ohne Widerstreben, eingetreten in seine Worte, um allmählich mit seinen Augen sehend dieser Geschichte zu folgen. Ich hatte alle eigene Verflochtenheit aufgelöst; ich hatte während des tausendfältigen schwarzen Stürmelärmens in dieser Nacht auf diesem Weg den Blick-des-Schriftstellers wiedergewonnen. (Davon – einem großen Triumf für mich – konnte dieser Mann nicht das Geringste ahnen.) Und jetzt, als dieser Mann, der mein Sohn war, mich anstierte, als sei im Porzellanweiß seiner Augäpfel kalt 1graviert jene Begebenheit vor Vielenjahren, ein Geschehen damals zwischen mir u: der Frau, seiner Mutter, die er Überalles liebte, gewiß bis zu dieser Stunde und über diese Nacht hinaus; jenes Geschehen also, von dem er seit ebenso Langerzeit überzeugt sein mochte, es habe Damals letztendlich die Trennung zwischen mir u: dieser Frau herbeigeführt –. Jetzt, im Licht gegen Ende-einer-Nacht, bemerkte ich zum 2. Mal eine Veränderung im Gesicht meines Sohnes. Bemerkte 1 Zug darin, vielleicht nach langer Muskelanstrengung die erst langsam sich glättende, nachlebende Spur aus seinem Klavierspiel od: wars 1 bereits manifest gewordener Leben's Zug (den vielleicht, u genau wie vor Stunden zum Beginn unseres Zusammenseins jene nicht allein aus den Schatten geschnittene, vielmehr plötzlich aus ihm=selbst herausgehobene Maske uralten Seins, nur eben=dieses Zwielicht als innen verborgene Spur erscheinen lassen konnte): 1 Zug um seine Lippen, als schmeckte er das Bittere zerkauter Tabletten od jene gallige Patina alter Metallöffel, u der Mundwinkel, als ekle ihn nicht allein dieser Geschmack sondern bereits der Gedanke daran wieder-und-wieder zu allen vorstellbaren Gelegenheiten nichts anderes mehr als nur solche Bitterkeit schmecken zu müssen, verzerrte sich zur ebenso angewiderten wie grausamen Kerbe, wobei die Haut seiner Wangen (selbst im Zwielichtschimmern einer vergehenden Nacht erkennbar) die Färbung von nasser Asche bekam.

Solch Bitterkeit gehört wohl zur Physiognomie seiner Generation von Reichgewordenen, die Heute in den Niemandsjahren zwischen Jung u: Alt ihr 1. Denken-an-eigenen-Tod mit den überschweren Gewichten aus Jugendjahren, & nicht zuletzt mittels eigener Begütertheit, zwar überwunden hat, doch ist Das, & vermutlich aus denselben Gründen der Begütertheit, zumindest in Spuren unvergessen in=ihnen verblieben. Im Glauben an den Unglauben dann ist solch Bitterkeit aus dem Wissen der Endlichkeit alles Lebens u vom eigenen=Tod mit der Arroganz aus den Sicheren Zeiten zur Schalheit von Leben's Langerweile..... als flauer Niederschlag herabgesunken.– Drüberhinaus, im Gegensatz zum Schattenspiel des unterm Zeitraffer herausgeworfenen Uralters, mochte hier der Schattenernst jener Menschen prägend sein, deren Daseinmüssen als Mensch unter Menschen zum Ekel sich verwandelt hat. Denn Menschen sehen heißt immer auch deren In-der-Welt-Sein..... sehen. Und wie !oft erscheint dabei in Körpergebärden & in den aufrückenden Gesichtern solch aggressives Sichgehenlassen, das Menschen anderen Menschen mit den penetranten Gerüchen aus ihren Leibern entgegenschleudern. Mein Sohn schien darüber in jenen Zustand eher kindlich-strengen Ekels geraten, wie er auch den Verfasser von vor etlichen Jahren Mode gewesenen psychologischen Testserien in Illustrierten (darin mittels Landschafts- od anderen Bildern der neugierige Betrachter seine seelische Verfassung selbst auszukundschaften sich 1bilden konnte) bewogen haben mochte, ebenjenen beflissen Punkte sammelnden & nachblätternden Lesern als Ergebnis dann auf sämtliche der Punktesummen 1-u-dieselbe Antwort entgegenzuschmeißen: *Allerwertester Leser: Besser wärs, Sie hängten sich auf –*

–!Vater..... – !dieser Abend zu meiner Abiturfeier vor fünfzehn Jahren – :du wirst dich nicht erinnern. Und ich bezweifle sehr, daß dus überhaupt jemals bemerkt haben wirst. Gewiß aber Damals ganz=sicher !nicht. (Längst hatte er sich vom Flügel & seinem Spiel abgewandt – in meine vom Bourbon beschwerte Müdigkeit aus einer durchwachten Nacht (der fehlende Schlaf machte die Sinne gleichsam dünn u glänzend wie straff gespanntes Stanniolpapier, das dennoch ein dicht gepreßtes Netz winziger harter Fältchen bewahrte) zeichneten sich jetzt das Gesicht & die Stimme meines Sohnes in seltsamer, dämmerungsheller Kühle ein. Mich erheiterte der Ernst, die verbissene Beharrlichkeit dieses Mannes, mit der er nun seinerseits um !sein Rechthaben gegen die Zeit u gegen seine eigenen verflossnen Jahre mit gerüsteten spitzhackigen Worten ankämpfen wollte, als müsse er unter Schütten Mauer&ziegelbruch zu-!dieser-Stunde 1 dubiosen Plan zufolge aus giftigem Erdreich alles ihm während ebendieser Jahre Verlorengegangne ins bleichhäutige Morgenlicht zum Vorschein bringen. Ja, Heiterkeit – aber ebenso das lästige Empfinden, als spürte man auf einer langen Reise od während einer Abendgesellschaft im Schuh 1 Zehe durch ein Loch im Socken fahren – u sobald wäre keine Gelegenheit, diesen Socken zu wechseln.)

Unterdessen hatte mein Sohn jene Begebenheit vor Vielenjahren wiederzuerzählen begonnen, wovon er offenbar glauben wollte, sie sei mir nicht allein nur aus dem Gedächtnis verschwunden, sondern ich hätte sie vielmehr zu Keinerzeit jemals wahrgenommen. Er !mußte diese Überzeugung sich bewahren; ohne diese Erzählung wäre ihm der Ausdruck seiner Empfindung=Heute gegenüber dem Tun seiner Frau nicht möglich geworden. So kommen vielerlei stark gesetzte Anklagen insgeheim auf den schwachen Füßen des Mangels an Ausdrucksfähigkeit dessen daher, wofür alle Emfase eigentlich gedacht gewesen. (Kennte er mich besser, müßte er zumindest ahnen, daß genau=!diese Begebenheit zu jenen unheilbaren Wunden zählte, und sobald die dürren spröden Finger des Er-Innerns daran zerrten, ich in mich hineinschreien mußte: diese mit-den-Jahren nach=Innen immer lauter werdenden Schreie angesichts der Wiederkehr aller !niemals zu heilender peinvoller Schmach.....) : –Du hattest gerade eines deiner Bücher veröffentlicht – jetzt !weiß ich den Titel: *»Die undankbaren Toten«*. Es war beiweitem nicht dein erstes Buch, aber dein Erstes, das großes Aufsehen in der-Öffentlichkeit erregte. Es war !dieses=eine-gewisse Buch, von dem wir vorhin bereits sprachen: Du hattest die Legende von Orfeus & Eurydike neu erzählt (rief er mir überflüssigerweise ins Gedächtnis, als glaubte er, ich hätte nicht allein nur die Begebenheit an jenem Abend, sondern darüberhinaus auch meine Bibliografie vergessen). –Orfeus in deiner Geschichte floh in-die-Weitewelt, bis er schließlich in New York, auf den Hund gekommen, von einem Auto überfahren wurde. Das war dein Orfeus für diesen Teil des 20. Jahrhunderts. Kritiker rühmten besonders, du hättest der Eurydike, die in allen-Jahrhunderten=zuvor entweder die stumme od die dumme, die hausfraulich=megärenhafte Eurydike gewesen sei, in deinem Buch zum 1. Mal überhaupt einen glaubhaften Text geschrieben – kaum 1 Blatt, das nicht des Lobes=voll war über dieses Buch. Und du wurdest tatsächlich berühmt; dein Verleger hatte zur Feier – wars die ?zwölfte Auflage – durch 1 tiefen Griff in die Portokasse für dich zum Fest gerüstet. War es ?deine Idee, diesen Abend mit meiner Abiturfeier zu ?vereinen. Gewiß. Denn mehrfach verkündetest du laut Allenleuten, daß ich nun bald zum Studium in die USA gehen würde. Du suchtest dafür diese Art von Öffentlichkeit, um mich zu zwingen, denn du wußtest aus all den Debatten zuvor nur !zu gut wie ich übers Fortgehen-von-Daheim=von-Mutter dachte –. Ab jetzt wurde ich nicht mehr gefragt. Du wußtest deine Sicherheit im Glückwunsch-Lärmen der-Meute..... bewahrt. So, glaubtest du, angesichts der Verbreitung vor all-diesen-Leuten & deren suffrot glänzender Begeisterung, müsse mein Widerstand gegen deine Pläne mir selbst Letztenendes als kleinlich, albern, kindisch erscheinen; du hattest dich nicht verrechnet. (Er schwieg für 1 Moment, schluckte mehrmals, als wolle er, der Sachlichkeit des Berichtens zufolge, die bitteren, groben Wörter so lange wie möglich unterdrücken.)

–Und dann erschien Sie, Diese Person..... Das muß wohl in deiner Branche eine=dieser sogenannt Wichtigenfrauen..... gewesen sein, wie es in jeder Branche, das sollte ich seither erfahren, sogenannt Wichtigefrauen..... beiderlei Geschlechts gibt. Sie war augenscheinlich Die-Autorität-des-Abends, die

Schar der rotgesichtigen Feiermeiers Fetensörfer Säufer & Lobhudler teilte sich strax beim Erscheinen dieser Möse wie beim Auftritt Mose die Wellen des Roten Meers. Sie steuerte unterm Rauschen Ihres schwarzen Satinkleides & Ihrer faltenlosen Wichtigkeit ohne Seitenblicke direkt auf dich zu, begrüßte dich jovial wie einen alten Bekannten, dem Sie zudem dank Ihrer über all-die-Jahre hinaus unermüdlichen Aufbauhilfen nunmehr zu dem Erfolg verholfen hat, mit dem als Selbstverständlichkeit Sie all ihr Tun schließlich zu krönen gewohnt ist. Anderes käme nicht in Betracht, & die Mühen jener von Ihr Abhängigen bestehen wohl od übel darin, Diese Selbstverständlichkeit durch eigene Dummheiten nicht zu enttäuschen..... Du warst zu dieser Stunde, wie die meisten der übrigen Gäste, längst nicht mehr nüchtern, das ist !keine Entschuldigung (sagte er mit lauter Stimme, und setzte anzüglich hinzu:) –In Gegenwart dieser Gnädigen Sonne ließest du Nichts aus, dich näher mit Ihren Gnaden zu befassen..... Die Beine starr & gespreizt, die Arme angewinkelt, in einer Hand das Sektglas (Sekt ist dir !niemals bekommen), mit der andern Hand das überlaut vorgetragene Partygewäsch auf den Saiten deines Balzinstruments begleitend, posiertest du im Schweiß deines hochroten Gesichts als Schmierenkomödiant in der Rolle des Erfolgsschriftstellers auf dieser Freilichtbühne für Knallscharrschen & Rohrkrepierer. Du hättest vermutlich tun & sagen können was du wolltest, die-Meute..... umringte dich & klatschte dir Beifall, solange Sie=der-Ficksstern-der-Literatur in Ihrer Nähe dich dulden mochte. Und immer neue drängten nach in die Schar der Lackeien, die, sobald sie 1 Lücke im Ring um dich & Diese Person erspähten, !sofort auf&drauf zum Andocken sich stürzten wie Fliegen auf ein Aas..... !Woher kamen all diese umeinander & gegeneinander kreisenden Leute, die wie Fleischbrocken in einem vor sich hinköchelnden Bottich trieben, sich an-dich & Jedermann hefteten, gestikulierten, ihr Gewäsch absonderten –. Wobei, wie ich sehen und später selbst erfahren konnte, das beste Mittel, jemanden wieder loszuwerden, ist: man macht ihn mit 1 der anderen Herumsteher bekannt & gibt ihn somit wie die Erbsünde weiter. – Ich habe zu Mutter hinübergesehn. Sie stand neben der Zimmertür in ihrem einfachen Kleid, starr, bleich, u schwieg. 1igemale wandte sie sich ab, als könnte sie !diesen Anblick deiner Selbsterniedrigung, den du als Großensieg vor all diesem literarischen Geschmeiß empfinden mochtest, länger nicht ertragen. Vielleicht waren Mutter u ich die Einzigen, die für dich sich noch schämen konnten inmitten des Festes für Schamlosigkeiten=ringsum. Denn ich hörte 1ige dieser-Gäste raunen: *Ein so schar!manter !geistvoller Mensch aber auch – er hat gewiß noch eine !Großekarrjere vor sich – überhaupt wenn !Sie sich um ihn kümmert – ein !überaus !netter Mann mit einem so schar!manten Sohn – so jemand findet man heutzutage nur !so !selten* – :mit dem schar!manten Sohn war ich gemeint. – Und Diese Frau, dich-am-Arm, trat jetzt vor Mutter hin. Du versuchtest, die beiden Fraun einander vorzustelln –, fingst an zu stottern –, brachtest die Worte Meine Frau wohl nicht mehr zustande –. Außerdem, Diese Person ließ es dazu gar nicht kommen. Sie drückte Mutter das leere Glas in die Hand & sagte, zu dir gewandt: *–Sie haben da aber eine !fleißige Zugehfrau. Respekt* – und wartete 1 Augen-Blick: Sie sah dich an. Du trautest dich nicht, Dieser Elma Mater Litteraturä zu widersprechen :od gar Sie zurechtzuweisen; hattest, deine Karrjere vor Augen, Charakter & Hintern schon verloren –, du schautest stumm, verlegen & doof, an allen vorbei an die Wand. Daraufhin lachte Diese Person 2 Mal, das klang wie Ohrfeigen od Schüsse. Sie ließ dich stehn, rauschte so professionell eilig wie Sie gekommen war, hinaus & davon –, 1 steifer Imperativ, verkleidet in weiblichen Satin..... – Mutter blieb neben der Tür. Sagte noch immer kein Wort, u sah dich lange an. Das Lärmen der Säufer spülte dich davon. Gewiß hast du ihre Blicke nicht bemerkt od: !durftest sie nicht in deine Augen kriegen, darin deine Träume von Karrjere schwammen als blinder Fleck ohne Glanz wie ein Grauerstar. Dann senkte Mutter den Blick, starrte auf den Boden, ich rannte zum Klo. Du glaubtest damals, weil ich zuviel durcheinander gesoffen hab, hätte ich kotzen müssen, heute weißt du die Wahrheit.

(!Wahrheit – du redest tat!sächlich von Wahrheit, du dummer Laffe – und hast !Nichts begriffen – gar !nichts hast du verstanden. Nicht die !Bohne weißt du & redest von Wahrheit. ?!Soll ich sie dir erzählen: die Wahrheit über dich u: deine Frau, von der du bis=Heute glaubst, du hast sie: er!obert, wie das früher einmal hieß, mit deiner Erscheinung u deinem Scharm be!geistert –:du kleiner !Narr. ?!Soll ich dir erzählen, was !wirklich an diesem Abend geschehen ist, hinter verschlossnen Türen & hinter vorgehaltener Hand – ?!soll ich dir sagen, wie wenig du für dein sogenanntes Leben selbst getan hast, selbst hast tun ?können. ?!Soll ich dich aus diesem letzten Traum aufwecken, du dummer=anmaßender Bengel – ?!soll ichs tun – –) Ja, schon bei den 1. Worten meines Sohnes, wie bei den 1. Takten eines oft gehörten, aber ungeliebten=Schlagers, hatte ich die Bestätigung gefunden, es war !genau-diese Begebenheit, die er erinnerte & die ich jetzt zum ?werweiß wievielten Mal in all=ihrer Schmach..... erinnern mußte. Aber ich ließ ihn in seinem zweifachen Irrtum, zum einen, daß er meinte ich hätt dieses Ereignis vergessen; Mißverständnisse hegen heißt Zuversicht hegen, und ?wer will ?ohne Zuversicht sein..... Zum andern, er wußte vermutlich nicht, daß genau in !dieser=Nacht jenes Abkommen mit der Frau getroffen wurde, der er Wochen später in Boston auf der Universität begegnen sollte, wovon er offenbar bis=Heute glauben mochte, das sei zufällig geschehn.–

Es schmerzte noch immer zu sehen, daß er mich in dieser Beziehung unterschätzte; !niemals hätte ich einen so wesentlichen Punkt in einer Sache, in die ich so Vieles an Energie & Geld gebracht hatte, wie dem seines Bleiben-, Arbeiten- & Überlebenkönnens in einem fremden Land auch das Geringste dem Zufall überlassen. ?Kannte er mich wirklich so ?!schlecht..... – Und, zum andern, es schmerzte ebensosehr, daß er mich in einem wesentlichen Belang meines sogenannt eigenen Lebens offenbar stets überschätzte. Denn was er freilich nicht erwähnt hatte u wohl zu diesem gewissen anderen

Thema bis=Heutenacht ebenfalls nicht weiß (denn er war seither Hier=in-Amerika gewesen, also blieb ich für ihn auch noch in den Zeilen jenes Briefs an mich das, was er zuletzt gesehn hatte von mir *Ein berühmter Schriftsteller*): Dem Erfolg jenes Buches einst folgte kein zweiter für mich, zu keiner Zeit. Vielleicht sind die Himmel über Deutschland für alle Bäume zum Wachsen recht niedrig – denn Wachstum: in Deutschland währt keines sehr lange..... u rasch fegt den Menschen Gas aus dem Totland der Vergessnen an –. Doch stirbt der-Deutsche nicht mehr all-1 / Heute stirbt der-Deutsche im Verein..... :Und flammend auch=jetzt noch einmal der Schriftzug im Innern meiner geschlossnen Augen: DU BIST KEIN SCHRIFTSTELLER MEHR – –

!Seltsam: Während ich die Stimme meines Sohnes gehört hatte, mit der er seine An-Klage vortrug, trat der Schmerz, den ich beim Erinnern derselben Geschichte alle-Male=zuvor empfinden mußte, plötzlich in den Schatten der Unbeteiligtheit; derselben, mit der man beim Aufräumen seiner Wohnung Kleidungsstücke aus Jugendjahren entdecken muß. Ich spürte die schmerzhafte Beleidigung zwar, die an jenem Vorkommnis-von-einst wie in dichtem Maschengewebe eines Stoffes haftengeblieben war, konnte den Schmerz nachvollziehen, den ich ihm u meiner damaligen Frau, seiner Mutter, zugefügt haben mußte – u ich spürte das Unpassende, das zu-Enge seiner Empörung=Heute genauso, als wolle man nun 1 jener wiederentdeckten Kleider-von-Damals Jetzt dem an Jahren & Umfang weiteren Körper aus 1 dummen Laune heraus überstreifen – :Es geht mich Heute !Nichts mehr an. Zumal die Kleider-eigenen-Lebens !niemals, zu !Keinerzeit je dem Eigenen ohne Rest sich anpassen mochten.– Die Geschichten, die mein Sohn dieser Nacht aus schwarzem Stürmen, das mit seiner Wut u Finsternis ein Land zu zerreißen drohte, entgegenstellen wollte, sie erschienen wie tastende Blicke durch 1 Fernrohr in die unermeßlichen Dunkelheitstiefen des Welt=Alls hinein, darin diese Blicke schließlich versiegen mußten, und beide, der Erinnernde wie der Angeklagte, blieben um 1 Spur bleicher, ärmer in ihrem Scheitern zurück. Ich begriff das 1: Früher waren Frauen für Männer, neben Manch-Anderm, Anlaß über-Fraun zu reden – : Heute, schiens, sind Frauen Anlaß für Männer zum Reden über sich=selbst.

–Aber etwas Anderes noch war stärker als das Empfinden von Scham. (Hörte ich ihn ohne Übergang atemlos & überstürzt; er wollte mir weder Zeit noch Gelegenheit zur Entgegnung lassen, noch wollte er von !dieser=einen Erinnerung die verbleibenden Stunden der Nacht bestreiten. Vielmehr hatte ich den Eindruck, daß er nun damit begann, mir jene Rechnung aufzumachen, jene Vergeltung, die ich von seiner Seite zu erwarten hatte.)

–Damals, im Grand Central Terminal beim Anblick dieses affigen Getus meiner Frau, war Etwas Anderes, wie soll ich sagen: viel !machtvoller als jenes gewissermaßen kulturhafte Gefühl des Sichschämens : Dies Andere brach unmittelbar hervor aus jener Art Schrecken, der aus Bestürzung u heller Wut ausbricht so, als habe man sich auf der Straße vor einem vorüberrasenden Fernlastzug grad in-letzter-Sekunde zwar noch in Sicherheit gebracht & seinen Hals gerettet, beim Zurückspringen aber war man über ner Bananenschale ausgerutscht – hingeschlagen – und hatte sich sämtliche Gräten gebrochen. Nicht all-1 daß ich feststellen mußte, meine Eifersucht war noch aus der Steinzeit – ohne Frage, gelegentlich war meine Frau mit 1 dieser Paradiesvögel, die in SoHo & überall-sonst in der-**STADT** in Rudeln umherziehn wie die Haie, auch ins Bett gestiegen od war denen bei ihren perversen=schmuddligen Ritualen das Objekt, keine Frage. Aber schließlich, solange sie sich dabei nicht die-Seuche holte, konntes mir fast egal sein –. Schließlich, in dieser-**STADT** ists 1facher, jemanden für 1 Fick zu bekommen als für ein Gespräch. Der Unterschied zu der Stadt aus der du kommst, Vater : In Berlin hast du noch die Entscheidung *Bleibst du allein od nicht* : In **NEW YORK** *bist* du allein : all-1..... von-Anfang-an=für-Immer. Hier überlebst du nur allein od in der-Clique; das Zu=Zweit hat **Hier** keine Chance.

–Aber nicht all-1 das ists gewesen, was mich erschüttert, was mich dieser Bestürzung u Wut ausgeliefert hat. Halte mich nicht fürn½hähnchen, Vater, das mit dürrbeinigen Worten im Dreck rumscharrt nach dem Wurm, der dort in seinem Leben steckt: Aber ?!kannstu mir sagen, ?!was Untreue in den Belangen der Schleimhäute gegen diese Andere Untreue ist: ?!gegen diese Art weiblicher Selbst=Neugeburt über die Endstation alles Fleischlichen hinaus –. Eine Ganzestadt, & darin jede 1zelne Minute verwandelt sich bei jedem ihrer Schritte in ein unaufhörliches Reiz=Objekt, wird zur grandiosen orgiastischen Selbst=Feier ohne Ende – lasziv u keusch, enthaltsam u nymfo-Man in-Eins. – :Ich stand bewegungslos, gebannt ins Zwielicht des Tunnelzugangs wie 1 abgestellte & vergessene Skulptur aus nicht mehr datierbaren Zeiten aufnem Friedhof a.D.: genauso komisch von der-Zeit angefressen, genauso dumm & in überflüssiger Trauerpose für Niemand&nichts aus wucherndem Unkraut glotzend. In meinem Kopf wattige Taubheit wie unterm Luftdruck in zu engem Raum nach 1 zugeschlagenen Tür. Und was ich hinter dieser zugeknallten Tür wußte – !das war das machtvolle Empfinden, das aus der nun Gewißheit gewordenen Tatsache von *Unmöglichkeit* rührte. *Unmöglich* nicht allein das weitere Zusammenleben mit dieser Frau, die mir vor anderthalb Jahrzehnten durch die Heirat das Bleiben&arbeitenkönnen hier in den Staaten ermöglicht hatte (nur ich war so dämlich gewesen, diese anderthalb Jahrzehnte als fünfzehn Jahre Sichnahesein-u-Lieben zu übersetzen –) – *unmöglich* insbesondre durch jenen stillschweigenden, unaufhaltsamen Zerfall dessen, was in den-Jahren=zuvor Etwas gewesen ist, das ich stets als *unser=Beider geheimes Leben* empfunden hatte.

–?Geheimes Leben –

–Ja. (Sagte er.) –Weil in diesen Momenten in 1 zugigen Schacht des Grand Central Terminal, auf dem Tiefpunkt einer dummen Erniedrigung, auch das Gefühl-von-einst aus

Schülerzeiten wiederkehrte, sobald ich eine der gestellten Hausarbeiten viel zu ernst, viel zu wichtig genommen hatte (vielleicht, weil bisweilen Kinder schon ein tiefes Bedürfnis nach Ernsthaftigkeit verspüren; ein Bedürfnis, das in späteren Jahren, aus andern Gründen, dennoch dasselbe bleibt u ebenso heftig verlangt werden kann, sobald nicht Selbstironie lebendig, sondern das Leben=selbst ironisch geworden ist). Aufgaben also, zu ernst, zu wichtig genommen, jedenfalls ernster & wichtiger als alle übrigen Mitschüler dies taten. Und vermutlich ernster & wichtiger als selbst die Lehrerin, als sie diese Aufgabe gestellt hatte, nämlich für die weihnachtliche Schulfeier *etwas Originelles das geheim bleiben sollte* (wie sie das nannte) daheim zu basteln & für die nächste Woche in den Unterricht mitzubringen. Jedenfalls war dann der 1zige, der tatsächlich etwas Der-Artiges zustande- & mitgebracht hatte, ich. Etliche hatten die Aufgabe 1fach vergessen :od nur lust- u fantasieloses Zeug vorzuweisen – so dürftig, daß die Lehrerin schließlich die ganze Angelegenheit, als hätte sie ohnehin nichts anderes erwartet, ohne großes Aufheben beiseiteließ. – Ja, u ?ich : Da stand ich nun mit meinem selbstgefriemelten Weihnachtskalender, 24 Türchen, von innen mit Taschenlampenbirnen beleuchtet (:die & die Batterien hatten mein Taschengeld für Wochen verbraucht), hinter jedem der 24 Türchen 1 anderes Bild & das Ganze wie ein Buch aufklappbar, wodurch ein märchenhaftes Zimmer mit allen Einrichtungsgegenständen aus den Pappdeckelseiten sich erhob –. Eine=ganze-Woche=lang Nachmittag-für-Nachmittag hatt ich dadran gesessen, ausgeschnitten geklebt & gemalt – :Jetzt, noch bevor ich Damit entdeckt und als Streber & Musterschüler zum Gespött od: zum Prügelknaben der Mitschüler werden mußte, ließ ich Das heimlich unter der Bank verschwinden; sagte laut, ich hätte Nichts zustande gebracht (:so befand ich mich im von-Allen vorhergesehenen Lot in Gleichheit mit all den-Anderen), und auf dem Heimweg schmiß ich dieses *Große Geheimnis* in eine Mülltonne vorm Schulgebäude –.– Ja, u ?jetzt, beinahe Dreißigjahre-später, im Grand Central Terminal von **New York**, hielt ich die selbstgefriemelten Worte parat, die ich mir in den-Wochen-zuvor & auf dem Weg-hierher für genau!diesen Augenblick einer Begegnung zurechtgelegt hatte, um sie !ihr: Helen, meiner Frau (zu der ich schon seit Werweiß wielanger Zeit nichts Wirkliches mehr gesagt hatte) jetzt&hier wirklich zu sagen. Denn ich hatte dies *unser Geheimes Leben*, darin in den Erstenjahren all unser selbstgebasteltes Zusammen=Sein !nicht schamvoll versteckt gehalten & !nicht zum Alltags-Müll geschmissen worden war –, für sie noch ein Mal aus der Vergangenheit zurückgeholt. Und während ich mir diese Worte in meinem Kopf drapiert hatte, waren wie eine Flut Wärme u Zärtlichkeit für diese Frau zurückgekehrt, mit solcher Macht daß ich hatte glauben können, auch *sie* müsse diese Macht spüren, bis in die Gefilde ihrer Ferne & Selbstsucht hinein, und !mehr noch: Diese Worte, glaubte ich, müßten überdies die Letztezeit des Verletzenwollens, dann der Stumpfheit und der vor Überdruß langsam abgewürgten Leidenschaft nicht nur vergessen machen, sondern ebendiese früheren Augenblicke brennend glückerfüllter Spannung müßten !jetzt !meine Worte zurück in ihre Erinnerung rufen, und ihr Verlangen neu wie farbig zerspringende Sterne in einem Feuerwerk als die Abbilder jener anderen, über alle Dunkelheiten hinweg immer da u immer dauerhaft seienden wirklichen Sterne entfachen –.

–Stumpf, mit dem Geschmack von metallischem Staub auf der Zunge, blieb ich im Windstrom, schaute ohne recht noch zusehen zu wolln, dem ehr=Geiztheater dreier Frauen zu – »Ein Sonderfall von kalten Füßen« fiel mir darüber ein –, und hätt ich etwas zum Wegwerfen zur Hand gehabt, ich hätte Das, was ich wiederum für viel zu ernst, für viel zu wichtig genommen hatte, noch 1 Mal auf den Müll geschmissen. Doch nicht einmal Sowas war mir geblieben – :dieses Mal nur Wörter. Aber Wörter bleiben, die kann niemand nirgendwohin fortwerfen – – nicht einmal das.

Die Stunde vergehender Nacht hob aus der glänzendschwarz abflutenden Dunkelheit die Gegenstände in der Diele wie Aufbauten eines gesunkenen Schiffswracks aus Meerestiefen empor –. Und so wuchsen das klobige glänzende Basaltschwarz des stillgewordnen ruhenden Flügels mit dem massigen Block, der Gestalt eines vor diesem Instrument hockenden Mannes, der mein Sohn war, zum grotesken Gebilde zusammen, zum Kentaur halb Mensch halb Instrument, der wie es schien bereits das Gehäuse seiner eigenen Vergängnis wie die Schnecke das Haus mit-sich zu schleppen hatte, u: schwer nur gelang bei solchem Anblick von Grobschlächtigkeit, von Unbehauenheit u Morbidität das Erinnern an jene unendlich feinen Klangstäubchen u Splitter wie an jene kochenden Tonschütten, die als Lavastürze voller Leidenschaft & Energie durch diese beiden – Mensch u Instrument – im Spiel zu Einemwesen vereinten rätselhaften Eingeweide geströmt sein mußten, um daraus hinauf- und fortzufluten auf glutroten Bahnen in schimmernde Fernen hinein –, und kaum zu glauben deren Rückkehr in der taufeinen Unwägbarkeit fallender Schneeflocken, auf der Haut zu warmen winzigen Schauern 1 Klanges zerschmelzend, während die unsichtbare Stille ihres Fallens das Gewölbe nächtlicher Fernen wie ein Echo entwarf –. Kaum zu glauben, diesem Mann=dort, dem unförmig auf 1 lächerlichen Schemel niederhockenden Leib, sollten aus diesen Händen !diese Töne Feuer Schnee und Nacht gelungen sein. Es !müßten doch Ähnlichkeiten zu mir=selbst in dem Fremden bestehn; mein Sohn, in den ich, wie auch immer, mich fortgeschrieben habe –; ?sollte vielleicht diese massige unbeholfen wie auf Löschpapier geschmierte, tintfarbene Hieroglyfe: ?!meine sein; bin ich grad in dieser seiner groben Finsternis ?ich=selbst..... Während Alles-Andere an ihm sein=Ureigenes wäre, unabhängig von jedem Äußeren, erinnerungslos an mich, in einem mir vollkommen fremden Menschen in die-Welt geworfen. Und fühlte jetzt = in !diesem Moment dasselbe wie damals vor beinahe vierzig Jahren, als meine Frau mir dies unförmige nach Babyöl & warmer Milch riechende Bündel Mensch auf den Schoß setzte und ich zufassen mußte – : & dabei in dem winzigen Körper in all dem weichen biegsamen Fleisch bei solch Berührung fühlbar alljenes furchtbar Fremde u Strenge, unnachgiebig Forderndes aus einem ungebändigten muskulösen Willen, um plötzlich zu wissen: In dieser tierwarmen Winzigkeit hält schon ein ganzer=Mensch als der Stärkere, als der Feind..... sich für mich bereit –.– Unbeweglich sein Schatten jetzt, er hatte wieder zu spielen und danach zu reden aufgehört so, als hielt er das *Es reicht*, das sowohl von jeder Musik als auch von jedem Sprechen in=sich mitgetragen wird, nun für gekommen. Die verklungenen Töne aus dem Flügel, sie lagen in dem Raum wie kalte finstere Schaumschnüre auf dem hartgespülten Strand eines nächtlichen Meers. Sein Gesicht noch immer unkenntlich im Dunkel; ich spürte, er sah mich an. Aber das war nicht all-1 das Blicken zweier Augen, sein Schatten sandte einen=jener Alles zur Gleichenzeit erfassenden u umschließenden Blicke, einen Blick von ruhender kalter Dunkelheit, als sei aus seinen Augen eine zweite, eine nächtige Gestalt herausgetreten. Und ich ahnte in diesen Momenten den Ausdruck von Nacktheit – Nacktheit die während seiner Erzählung in seine Miene zurückgekehrt sein mußte von Damals, als er die eigene Frau mit Heimlichkeit ausspähte, dort, unterm hoch gewölbten Kuppel-Dach des Grand Central Teminal. Jenes Nacktsein 1 Mannes vor einer Frau, das so traurig wie komisch so erbarmungswürdig wie lächerlich vor den fremden Zuschauer sich stellt, als wäre das in 1-jener Stummfilme der kindsgesichtige Schauspieler, der einen schweren Balken od eine große Kiste mit beiden Händen in der Höhe überm eigenen Kopf halten muß während ihm dabei seine Hose die Beine runterrutscht –. So daß ihm nur 2erlei Tun übrigbleibt: Entweder zum Preis immer weiterer Selbst-Entblößung vor den Tausendaugen von Zu-Schauern das damokleische Gewicht über seinem Kopf auszuhalten od, zwar die Schande der Nacktheit sich zu ersparn, dafür aber das Zerquetschtwerden unterm Gewicht des Balkens od der Kiste in Kauf zu nehmen. Schande od Tod. Und der wohlbekleidete Zuschauer empfindet angesichts solch unerbittlichem Nacktwerden das echte Dilemma genauso wie die echte Scham, die er, der entblößte Schauspieler, durch seinen Anblick weiterzugeben ans Unechte, ans Gemachte seines Spiels, & darin u darunter sich selbst zu verbergen weiß, so daß mithin der eigentlich in die Schmach des Entblößtseins Versetzte immer nur der-Zuschauer selber ist – –

Nacktheit, ja das mußte die !gleiche Nacktheit sein, die ich im Verlauf der Stunden Erzählung jener Frau im Flugzeug, der Fremden mit dem kurzen feuerroten Haar, zu empfinden begann so, als würden bei jedem ihrer Sätze – mit denen sie von !ihrer-Zukunft sprach, die für=sie bereits als fertiggestaltete Welt wie ein Gewölbe sich um-sie zu schließen !längst schon begonnen hatte – dagegen mir langsam aber stetig 1 Kleidungsstück-nach-dem-andern vom Leib gezogen –. Begierde Verlangen, diese schattigen Wege des Fühlens, sooft begangen u alt wie die-Lust – und letzthin immerwieder der !1 Moment: Nachdem alles Sprechen verstummt, alles zu Sagende vorüber, und Fingerspitzen & Handflächen !endlich die anderen Körperformen ertasten & dort, unter Stoffen & Haut spürbar, in fremde Muskelbewegungen geraten –; nachdem alles Verhüllende dann unter matt-leisem Geräusch die nackten Beine herabrieselnder Seide gefallen od kurzheftiger Wegriß derberen Stoffs die mondlichtfarbene Haut preisgibt, in deren Vertiefungen lange ölfarbene Schatten wie Uferwellen bewegten Nachtmeeres fallen, schließlich daraus ein nackter Leib dessen Haut sehr hell erscheint als sei das die Haut an einem soeben neu entstandenen Wesen – im Geruch aus Parfumestaub u die Haut einhüllend ein milder Duft aus jenem erwärmtem weiblichen Fluidum – während sich im Haar verfangen hält der heiße Erdegeruch aus weiten Mittagssonnenfeldern. Auf dem Rücken liegend, die Füße aufgestützt so daß die Kniee schimmernd sich erheben, und langsam die Schenkel spreizend: der !1 Moment: wenn der Blick dort in den Mittelpunkt im Halbschatten die beiden Lippen dieses unvergleichlichen Mundes als 2 einander zugekehrte fleischfarbene Klammern entblößt, und erkennt zwischen feuchtem gekräuseltem Haar rotglänzend zu winzigen Falten gelegt dies Oval: nun sich den Blicken entgegenstreckend und fordernd seidig u feucht sich öffnend dem anderen Fleisch –.– Und hätte ich diese Frau=dort, nur 1 Sitz neben mir, mit meinen Händen berührt, jetzt od später am Ende alles Sprechens berühren dürfen – nach !wie !Langerzeit zum 1. Mal wieder eine Frau !berühren –, es wäre dasselbe Empfinden gewesen wie damals, als ich plötzlich den Leib des Kindes, der mein Sohn war, in Händen halten mußte. In ihrem weichen Körper, gewiß, wäre dieselbe Strenge, dasselbe unnachgiebig Fordernde aus einem ungebändigten Willen, dem Willen nach direkter Tat, deren Anlaß Grund & Ziel allein sie=selbst, die-Frau. Die neben & in aller Suche u Sucht nach dem Selbstdarstellen immer auch die Vergeltung sucht. Eine schwer zu benennende Vergeltung, die zu Allenzeiten neue Gründe fürs Vergelten findet, die jedoch, wie alle Gründe, immer die unzureichenden sind. So daß jene weibliche Sucht ebenso stets nur unzureichend Befriedigung finden kann, woraus das Fortsetzen-, Weitergeben-, Weitersuchen-Wollen nach Immerdemselben folgen muß; Vergeltungssuche, die daher viel älter ist als 1 1zige Frau. Eine Art Vergeltung, die aus dem Geschlecht alles-Weiblichen herrührt, weil von diesem Weiblichen am Leben ein beständig Fehlendes erkannt wird; ein Fehlendes, das nicht einmal mit Versagung, mit Unerfülltheit od Leere zu tun hat, vielmehr ein Mangel an – Ordnung, der geraden Naht aus Tatsachen. (Wobei es gleichgültig wäre, ob wahre od falsche Tatsachen; jenes weibliche Gefühl für Ordnung rührt 1zig her aus der Lückenlosigkeit, mit der Tatsachen-an-Tatsachen sich fügen lassen & aus dieser Möglichkeit lückenlosen An1anderfügens der radikale weibliche=Wille nach der Sicherheit, damit Tatsachen Tatsachen bleiben mögen. Um sie dann, wenn sie dieser Tatsachen erst einmal sich bemächtigt, in-Besitz-genommen & deren grundsätzlicher Tauglichkeit für Ordnung sich vergewissert haben, sie diese wie Möbelstücke Kleider Geschirr & Blumentöpfe zusammenzurangieren, mit-ein-ander zu verkuppeln & gewissermaßen in ihre Hege zu nehmen, um mittels dieser Arrangements, ob von Dingen od Menschen, jedwedem seinen ihm zugehörigen Platz im System weiblicher Einbildung anzuweisen. Und das mit der Überlegung, daß eigentlich keine Ordnung die letzthin gültige sei, um Tatsachen in ihrer naturgemäßen Unordnung ruhen lassen & um sie nicht länger sich kümmern zu müssen. Denn ohne Unordnung gäbs keine anderen neuen Tatsachen, die auch & neu in Besitz-zu-nehmen, zu verkuppeln & zu umhegen wären, und deshalb ist Unordnung eine feine Angelegenheit, denn ohne sie gäbs schließlich nichts Neues mehr zu ordnen.) : Dagegen inmitten aller Gewohnheiten, angelagerter & angeschwemmter Dinge, die wie Wohnungsplunder in ihrer wirren Vielheit Lebenszeit markieren, sind es all-diese Schlichtheiten die als beinah undurchdringlicher Filz das-Leben überwuchern, im Zaum halten & festzurren: All dies Andere, das mit der Hartnäckigkeit & dem Verbreitungswillen der Lebendigkeit als deren feste Attribute von jeher auftritt: Mühsal echte Not & Schinderei, Krankheiten Verluste & Schmerz – :!der vor Allem&immer – geradezu als Inbegriff für *Leben* deutbar sind – darunter die wirkliche Leidenschaft u das echte Verlangen – das !niemals dasselbe ist wie verworren sprunghaft gärendes Gefühl, sondern die wohlgebaute Stärke als festumrißne Gestalt – gar nicht hervordringen kann, vielmehr in der Düsternis beschnittnen Daseins verkümmert..... Und aus diesem als fundamental empfundenen Betrug am wahrhaftigen Lebenkönnen, vielleicht, entkam jener Drang nach aufrührerischer Vergeltung mit dem weiblichen Hang zum Verbrechen; ein Drang, bestehend seit es das-Weibliche gibt (u das ist bekanntlich seit dem Tag der Fall, als Jemand die-Frau aus den Rippen sich schneiden mußte, vermutlich nur um ein Ideal zu haben fürs Blutvergießen, und seither diejenigen Männer die weiblichsten, also die beständigsten Männer sind, die das-Blutvergießen vor dem Fleisch einer Frau kennenlernten –).

Und also noch einmal, während dieser Stunden im Flugzeug neben der Fremden, dasselbe Empfinden sich einstellte wie damals vor beinahe vierzig Jahren : *Neben dir ein fremder ganzer Mensch* = die Stärkere..... – Begierde Verlangen, ausgetretene Wege in die älteste Irre führend, sooft selber darauf entlanggejagt durchs Gestrüpp alles Redens, das Maul-Jogging, letzthin wie das andere Jogging ein Gehetze durch Landschaften ergebnislos, es sei denn man suche rasend nach Gelegenheiten, den eigenen Atem keuchen & stöhnen zu hörn –. Verkuppelung also von Physiologie & Psychologie, die 1heit von Drüsen & Geist – nach dem Reinheits-Gebot von Turnvater Jahn, teils säuisch teils bieder..... Und müßte schließlich nach dem Verstummen im hellen Licht der Unbeschütztheit meinen Körper mir selbst preisgegeben sehn, ein Körper alt & fett, eine wuchtige Masse Fleisch, zu Falten & Hautplacken geworfen (als hätte man fürs Zusammensetzen dieses Leibes zuviel an Material gehabt das zu verbrauchen war &, in letzter Minute, die übriggebliebene Masse einfach ans schon Bestehende rangeklebt & draufgepappt), Fleisch & Haut wie an einem dieser Dickhäuter, Elefant Flußpferd Nashorn, solch wuchtige Thorsgestalt, zwischen den Beinen wie Hoden eines Bullen hängend das blaurot durchäderte Gemächt mit dem hammerförmigen Greisenpenis, vornean wie ausgeglühtes Eisen die Eichel glotzend – & müßte ich bei solchem Anblick meine während der Stunden neben dieser jungen Frau mit dem Geruch von lodernden Flammen heimlich glimmenden Wünsche nach ihrem Leib in greller, unverstellter Nacktheit dann als das Unmögliche mit all-seiner Farcenhaftigkeit wie das scheppernde zu immer schnellerem schrillem Hohnlachen eines auf derbem Steinboden austrudelnden Blechdeckels erfahren –. Denn diese Frau, wie ich sie sah, sie scherte sich einen !Dreck um die Finten einer skrupulösen Moral – *:Moral ist wenn mans trotzdem macht* –, suchte weder Selbstzweifel noch verborgne Wahrheiten –; sie tat nichts anderes, als die Sinne & die Hände nach ihrer Wirklichkeit auszustrecken. Und erinnerte damit an Kleists Marionettentheater: Darin jener Bär, der selbst die gewieftesten Fechter letztendlich dadurch zum Kapitulieren brachte, indem er auf die kunstvoll ausgeführten Finten 1fach !nicht reagierte, während zur Abwehr der echten Bedrohung seine von-Natur gegebenen & bestimmten Waffen ausreichend waren. Denn dieses Geschöpf besaß Etwas, das den verspielt=eitlen Fechtkünstlern längst verlorengegangen war: den tiefen Ernst der-Natur.

Anderes mußte für diese Frau an die Stelle des Zauderns & des Verzögerns, aller quälerischen Suche nach der fintenreichen Hinterlist & dem perfiden Rache-Duell getreten sein. Eine Suche, die ich während der Stunden im Flug von Europa nach New York begonnen, indem ich wieder-&-wieder den Brief meines Sohnes hervorgeholt hatte, um zwischen den Wörtern & Zeilen mit der Manie des irre geleiteten Schatzsuchers steiniges, hartgefrorenes Gelände nach dem Verheißenen durchzuwühlen, wobei dies Verheißene mir die endliche, end!gültige Klarheit gewesen wäre, woran ich bei diesem Mann, meinem Sohn, nun eigentlich sei –, Das war mir bis zu dieser=Stunde verborgen geblieben.

Und dies Verborgene dann in 1 1zigen Moment mit aller Plötzlichkeit nicht langsam sich enthüllen zu sehn, vielmehr als wär ein Stein aus dem Himmel vor meinen Augen niedergeschlagen: mit solch elementarer Deutlichkeit Wucht u Preisgabe im Licht eines Herbsttags mit der metallischen Klarheit seines Blau die Gesamtheit eines bis ins Detail ausgeführten, seit Langerzeit fertigen Bildes zu !begreifen. Und ich daraufhin nicht mehr würde fassen können, daß ich diese Geschichte zuvor in all ihren 1zelheiten nicht nur nicht hatte sehen, sondern nicht mal hatte erahnen können mit der gleichen Unvorstellbarkeit, wie man längst nicht mehr verstehen kann, daß 1fach scheinende Dinge, wie Das Rad od Die Kurbel, nicht bereits von Allem-Anfang-an *dagewesen*, sondern am Ende eines langen Weges, vermutlich mühsam & mit allerlei Rückschlägen versehn, von Menschen erst *erfunden*..... werden mußten.– Und deswegen ich weiter-, immer weiter graben suchen wühlen mußte, denn wie oft schon lag die Fundstelle nur 1 Spatenstich neben der Verzweiflung.

An die Stelle dieser selbstplündernden, räuberischen Suche im frostigen Geröllfeld meiner Wirklichkeit, die auf die Wirklichkeit 1 von meinem Sohn geschriebenen Briefes geschrumpft war, in dessen handgeschriebenen schütteren Zeilen eine andere Wirklichkeit, die endliche=end!gültige Wahrheit, wie aus verkarstetem Grund ich auszugraben suchte, traten augenscheinlich bei dieser Frau=neben mir im Flugzeug die tatsächlichen Körper & Gebilde aus ihrer vorgestellten in die wirkliche = in ihre lebbare Welt hinaus – kamen ihr entgegen und auf sie zu : Alljene Körper & Gebilde, die sie brauchte u die wirklich zu=ihr gehörten. So daß man glauben wollte, !genau an !diesem Ort der Erde – **New York** – läge für diese Frau seit jeher eine Art Lebens-Form wie eine paßgerechte Rüstung bereit, und nun hatte sie begonnen zu werden, was zu sein ihr von-Anfang-an geboten schien; stolz im Triumfgefühl, die-Welt dazu gebracht – gezwungen – überwältigt zu haben, All=dies mittels der ihr=eigenen Weiblichkeit Tat=sächlich !geschehn lassen zu können – –

Und als hätt es dieser Szene im Flugzeug noch der Begleitmusik bedurft, hörte ich zum werweiß wievielten Mal den dicken jungen Mann in der Reihe hinter mir seinen Refrain singen *I'm sitting on top of the – !world*, wobei er das letzte Wort deutlicher als je zuvor absetzte gegen das Vorangegangene, die Silbe dehnend ins Weite & dabei seine Stimme zu verblüffender Klarheit anhebend. Der rauhe Gesang des Dicken geriet ihm fröhlicher, heller – je weiter auf der Videoleinwand Zenons Flugzeug dem Zielpunkt **New York** entgegenruhte. Zitternd die Pfeilspitze über einem grellrot leuchtenden Punkt, der Markierung der nächstgrößeren Stadt nordöstlich von New York, die jetzt unterm dichtverschlossnen Wolkengebirge liegen sollte – *!Baaastn* – hörte ich sogleich den dicken Mr. New-York sagen; seine Stimme, von Geringschätzung langgezogen, war der Sitzlehne der Frau nebenmir inzwischen sehr nahe gekommen so, als sänge & redete dieser Mann nunmehr allein für *sie* –; & noch 1 Mal *!Baaastn* singend, intonierte er den Stadtnamen Boston, als wollte er damit der alten Rivalität zwischen diesen beiden Städten 1 weiteres Spottlied widmen u dieselbe Rivalität nun zwischen sich u: mir hinstellen.

Viel Zeit bis zur Ankunft auf dem Kennedy Airport würde uns nicht mehr bleiben.

In die 1silbigkeit der Frau, die seit dem Anblick jenes Gesichts auf der Videoleinwand – dem Gesicht aller menschlichen Trauer im Wissen *Es ist Alles verloren* – beinah verstummt war, mochte sich zudem in diesen Augen-Blicken der Gewißheit ihrer neuerlichen Ankunft an jenem Großen Ort, von dessen Toren sie bereits 1 Mal brutal abgewiesen & zurückgeworfen wurde, nun Beklemmung & Angst einmischen – noch schweigsamer u in=sich gekehrt saß sie starr neben mir. – *Are you ?ready. ?For !New York* – hörte ich die Stimme des Dicken mit bohrender Hartnäckigkeit den Spalt zwischen ihrer und meiner Kopflehne durchdringen. Dann erschien sein breites, schwammiges Gesicht mit der in schwarzen Gläsern wie für Blinde kreisrund geformten Sonnenbrille direkt neben ihrem Hinterkopf. Die Frau, als sei sie aus schwerem Traum erwacht, wendete erschrocken den Kopf –: Dann lachte sie laut u wie von einem Bann erlöst – ihr im Lachen weitoffenes Gesicht diesem monströsen jungen Mann mit dem fettigen Kräuselhaar, das unter einer schwarzblauen Baseballmütze hervorquoll, zugekehrt. Und als windhelles Traumgespinst lag plötzlich die tierische Witterung eines großen Einverständnisses über diesen beiden Menschen –. Jener maßlos dicke Mann hatte mit seinem unermüdlichen Singsang & dieser 1 Frage zur richtigen Zeit offensichtlich genau das innere Thema dieser Frau begleitet, und jetzt, zu diesem Zeit-Punkt, war jene Resonanz zwischen Beiden zustande gekommen; Resonanz, wie sie jeder Unermüdlichkeit, jeder die kindliche Lust am Wiederholen-des-Immergleichen reizenden Beharrlichkeit irgendwann folgen muß. Dieser Moloch Mr. New-York (mußte ich eifersüchtig feststellen) hatte mir – & mit !Erfolg – diese Frau abspenstig gemacht. Noch einmal hörte ich ihre Stimme, das helle befreite Auflachen – und kaum 1 Stunde später war sie verschwunden.

–Du meinst, ?dieser Dicke sei schuld, daß ihr etwas zugestoßen ist –:sie hätte sich mit ihm eingelassen, und dann wäre Etwas..... passiert. Hm. Du hast ihr Lachen in diesem 1 Augenblick im Flugzeug als befreit empfunden – befreit: ?wovon.

–Befreit von !mir. (Und staunte selbst über den plötzlichen 1fall.) –Denn woran & an wen sie der Anblick dieses Schauspieler Gesichts auf der Leinwand auch erinnert haben mag (ich werde es vermutlich !niemals rausbekommen), so war doch während all-der-Stunden im Flugzeug !ich derjenige, dem sie *ihre Geschichte* erzählt hatte, somit war ich bereits zu 1 Teil ihrer Geschichte geworden, vollgesogen wie ein Schwamm mit alljenem Geschehen aus werweiß wievielen Jahren ihrer Vergangenheit, die sie durchs Erzählen ja grade lossein wollte. Ich wußte zuviel. (Und mußte lachen über diese Formulierung) –Da isses nur natürlich, wenn sie sich – am Ende, nach der Beichte – dann jemandem zuwendet, der von allem Gebeichteten völlig frei u unbelastet sein kann. So frei für sie & ihren Willen, wie diese=**STADT NEW YORK** & ihrem darin vorgestellten Leben. Was mir dagegen in meinem Leben ziemlich abhanden gekommen ist, mein Leben ernst zu nehmen. Frauen dagegen besitzen für die Dinge-des-Lebens einen besonderen, direkten Sinn, der an Kaltblütigkeit grenzen kann. Daher können Frauen sachlich sein.

–Du meinst (ging mein Sohn überflüssigerweise darauf ein; ich wünschte, er hätte geschwiegen.) –Du meinst also, du warst sone Art Beicht-Vater für sie, und den fragt man schließlich auch niemals nach dem Sündenschnee von Gestern, und geht ihm im übrigen, sofern es nicht ums Berufliche, das Beichten, geht, lieber aus dem Weg –. Das ist schmerzhaft. (Und sah den Schatten meines Sohnes verständnisinnig nicken.) –Beichtväter dürfen kein Geschlecht haben, & der-Mann geht unter den Beichten der-Frau verloren, sobald die Frau mit Beichten..... begonnen hat.

–Ich bin Schriftsteller (schnitt ich ihm das Wort ab, und räusperte kalt meine eigene Verletztheit zurecht) –& Schriftsteller, um diesen alten Kalauer noch einmal zu kolportieren, sind wie Mortadella: halb Rindviech, halb Schwein – mit dem Gemüt von beiden-in-1. Das eignet zum Abfluß für andere-Menschen: der Ort, wo Geschichte mit klärender Spülung verschwinden kann, um anderswo als Geschichten wiederzukommen. Essen & Scheißen, Hören & Schreiben: letzteres heißt Kreislauf der seelischen Nahrung.

Meinem Sohn mochte diese Bemerkung peinlich sein (mußte er doch nach den Stunden dieser Nacht auch sich=selbst in dieser Kette wiederfinden), mit heller Stimme nahm er daher das Thema wieder auf: –Sie ist also mit diesem Dicken verschwunden, meinst du. Aber trotzdem: Niemand verschwindet so 1fach, nicht mal in New York. Es sei denn, man !will verschwinden –. !Nein (wehrte er den Einfall ab) –Neinein. Die Lösung dafür, !was mit ihr geschehen ist, sie muß !in *ihrer Geschichte* stecken. Das ahne ich. Versuch dich zu erinnern, !was sie dir erzählt hat während dieser Stunden im Flugzeug. Versuch dich an Namen zu erinnern – an diese Fülle, an diese Sturzbäche von Namen – Erlebnissen – & wieder Namen –, ja ich weiß, kenne das. Darin scheinen diese beiden Frauen, meine u diese Fremde u werweiß wieviele Frauen Aufderganzenwelt, einander gleich. !Versuchs trotzdem. Auch wenn das, was du gefunden hast mit deinem Blick & du mit deinen Worten dann wiedergeben wirst, niemals bis ins Letzte hinein stimmen kann, immer im Ungenügend steckenbleibt, wie die Suche nach *dem Menschen*. Du bist Schriftsteller, Vater: eine, verzeih mir, paradoxe Gestalt. Denn der Schriftsteller bedient mit seiner Schrift ein Gewordenes, indem er unablässig im Schreiben ein Werden behauptet. Daher sein Zwang zum Erinnern. Mit andern Worten, die Lösung für deine Geschichte, sie liegt in deiner Erinnerung, die du erzählen mußt. Also: Versuch dich zu erinnern und !erzähl weiter. !Wo sonst wäre noch zu ?suchen. Jetzt bist !du dran. Von mir hast du 1bißchen von Dem erfahren, was vorgefallen ist zwischen mir u: der Frau, die du mir vor Vielenjahren *gekauft* hast –

–!?Wie (u schrak hoch) –!!Wie: du ??weißt Davon –, ich meine – seit ?wann & ?wer hat dir – (ich biß mir auf die Lippen, da hörte ich ihn lauthals lachen:)

–!Vater. Du redest & redest über *die-Frauen.* Vermutlich sind auch deine Bücher voll mit solch scheinbar 1fühlsamen, tiefsinnigen Betrachtungen über *den gesunden Hang der-Frau zum Verbrechen* – !verzeih mir bitte: Aber du !weißt offenbar !wirklich ?nicht, daß grad solcherlei Verrat das !Erste ist, was Frauen immer tun, und seis aus jenem Sinn-für-Tatsachen, den du ihnen zugeschrieben hast. Vermutlich war deine Absicht Damals recht edel – eine Variante der Alten Geschichte von Juda & Thamar, ?!stimmts, die schwebte dir vor..... !O du siehst, auch ich kenne mich 1bißchen aus im Schnittmusterbogen von euch Schreiberlingen. Nun, hör mir zu, du sollst deine Geschichte bekommen, & mehr als nur 1 Geschichte. Denn – (und er zögerte) –denn wir, sie u ich, haben uns tatsächlich einmal geliebt. Das ist lange her und vorbei. Ich habe dir von diesem Ende erzählt. Jetzt rede !du von deinem Ende. Du wirst sehen: *Es ist !leicht* – (setzte er mit seltsam schmerzhafter Betonung hinzu).

(Ich spürte die Blamage wie kaltes schmutziges Wasser den Rücken hinabfließen, gewiß wurde ich tiefrot im Gesicht, doch sah dies hier im Dunkel niemand. Diese Beschämung, die mein Sohn mir zugefügt hatte –, sie konnte geradezu der Notenschlüssel sein zu allem-Weiteren an Geschehnissen, das er, mein Sohn, mich aufgefordert hatte, in den Worten dieser Fremden über ihren Verbleib zu suchen.) Was also blieb mir jetzt weiter übrig, als zu tun, was er von mir verlangte: mich zu erinnern – zu erzählen – –

–Wenngleich der bereits über-Stunden dauernden Erzählung dieser jungen Frau, deren Kopf mit dem kurzgeschnittnen feuerroten Haar dabei immer lebhafter zu mir herüber sich neigte, in der Fülle aller Details samt der mich verwirrenden

Reihung von Namen ich längst nicht mehr folgen konnte, als einziges Empfinden blieb, es rauschte in hitzeflirrenden Lüften rings-um-mich-her ein Flächenbrand auf, die Feuerlandschaft des Erzählens, in dem keine Stimme, weder ihre noch die eines anderen Menschen, sondern vielmehr die Stimme-des-Erzählens selbst die Erzählung weitertrug & deren Feuer immerfort aufs neu aus-sich=selbst entfachte. Feuer, das nur zufällig das Terrain der Geschichte 1 1zelnen Menschen, dieser Frau, ergriffen und dort auf all die Wirrnisse getroffen war – die Abgebrochenheiten ihrer Berufe die verknäulten Fäden allen einstigen Beginnens, & immerwieder Zäsuren, das Unhaltbare auch im von-Hause-aus zerscherbten Familienleben; angehäufte Leben's Stücke, einst voller Anteilnahme & Ernsthaftigkeit zum Ganzen zu kitten versucht –, um alsbald feststellen zu müssen: das wird !niemals halten, das fällt aus ein ander und zurück in den frühern Zustand von Gescherbe, von Daseinsbruch, der offenbar jener Frau von sich selbst wie von anderen Menschen u deren Geschichten wie stapelweise Bücher aus stockfleckigem Papier aufgeladen worden & verblieben war – nun, nach Etlichenjahren, von Flammenfingern erfaßt, die jede 1zelne dieser Seiten mit ihren Geschichten von Zerstörungen ihrerseits rot aufleuchten ließen, bevor jedes 1zelne Blatt von den Glutfingern der Flammen gewendet und unter trockenem heißen Rascheln verging –, und –

–!Stop. (Rief er.) –Alles schön&gut. Aber du solltest aufhören in Metafern darüber zu reden. ?Was hat sie dir denn !wirklich erzählt –

–Wart ab. Das sind sie ja gerade. !Das u nichts anderes: Diese Geschichten von !wirklichen Zerstörungen, die es nun durch ungebändigtes Brennen ihres Erzählens noch 1 Mal & restelos zu zerstören galt – Verbrennen zu Asche von Wörtern – zu nichts anderem als zu gewichtsloser Asche –, die es mit dem Windstrom aus den eigenen Flammen in alle Richtungen verstreuten –, und die schließlich zum 1. Mal in ihrer Wirklichkeit !wirklich verschwinden konnten.

–Du meinst also, sie hat lediglich –

–Und daraufhin auf solch bereinigtem Grund überm Aschenstaub der Bedrücktheiten, über allem Unbeständigen & Schwanken, das ein-solches Lebenmüssen bislang ausgemacht haben mochte, nach dessen Niederbrand jetzt eine Art des Neulebens hervortreten konnte, zumindest in ihrem Denken & Wollen, wie das auch jenen latenten Selbstmördern widerfährt, die, das Gift od den Revolver fürs eigene Beenden seit langem als sozusagen Eiserne Reserve im Schrank, aus diesem Wissen vom eigenen Beenden-Können dann erst die Freude Lust & den hellen Sinn für *ihr* Leben empfinden können.

(Ich hörte am unverständlichen Gemurmel meines Gegenüber, daß ihn das bisher Gesagte enttäuscht haben mochte. Er wußte schlichtweg nicht, worauf ich hinauswollte.)

–Auch mir blieb während ihrer Geschichten ohne scheinbares Ende das beklemmend unheimliche Empfinden, als sei ich als Ungebildeter in die Gefilde einer mir fremden antiken Mythenerzählung geraten, darin gleichfalls Namen von Göttern ½göttern Menschen Pflanzen & Tieren zum dichten Gewebe wie aus Arachnes Webstuhl fließend über mich, ihren Zuhörer, wie Flutwellen hereinbrachen –. Als ich wiederholt zu ihr hinübersah, erstaunte mich zugleich der Anblick jenes Gespinstes aus allem Krempel weiblicher Besitzdinge, die sie während der Zeit ihres Hierseins & mitsamt ihres Redens mittlerweile über die 2 winzigen Ablagen zu verteilen und auszubreiten begonnen hatte. Und insgeheim die Sorge, ?wie sie wohl später, vor der Landung in New York, all diesen Krempel je wieder in ihren Taschen verstauen wolle – diese gleichfalls wie ihre Rede verwirrende Häufung von Dingen, mit denen sie offenbar einzelne Begebenheiten & Personen in ihrer webhaft fortlaufenden Erzählung zu illustrieren gedachte, & ich zu befürchten begann, eine Art Räumkolonne müsse dann zum Wiedereinpacken vonnöten sein. Und so zum barocken Abbild eines Geschichtennetzes verwoben sich über das Klapptischchen vor ihr sowie mittlerweile über das des freigebliebenen Platzes zu ihrer Linken zu all jenem von-Anfang-an ausgebreiteten Kram neuerlich Bücher Mappen Büroklammern Zettel Kamm&bürste ein Seidenschal, von 1 Paar himmelblauer Lederhandschuhe drapiert, daneben darunter darin Blei&filzstifte wie Mikadostäbchen hingestreut Füller Kugelschreiber 1 Büchse Niveacreme 1 Lippenstift & jetzt 1 grellpinkfarbener Markierstift, mit dem sie erneut eine Flut Zettel Zettel immerwieder neue Zettel –

–Naja: offenbar eine dieser Messies..... Aber ist das denn Alles –

–und nochmals Zettel, mit ihrer Handschrift beschrieben. !Zeig ihn her, den 1 Fetzen vom Notizzettel, den du von deiner Frau mit ihrer Verabredung im Grand Central – !gib ihn her: laß sehen – – !Da: Das ist es: Ich !habs ge!ahnt.

–?!Was: ??Was hast du geahnt – ?was ist daran so –

–Die gleichen leichten geschwungenen Züge mit rhythmischer Verteilung der An-Triebe, die Buchstaben als Zeichen für das Hegende wie für die nach allen möglichen Seiten ausgelegte Suche nach dem-Anschluß ausgemalt –. Wobei dies Malerische in ihrer Schrift, wie ich beim raschen Seitenblick – und desgleichen jetzt, bei diesem Zettel deiner Frau – feststellen muß, bereits auf Kosten der Lesbarkeit geht. Und sämtliche Wörter, deren Bedeutung um *richtig* und *recht* sich finden: aufrecht – aufrichtig – gerecht/ungerecht – rechthaberisch –, ihre Färbung ins Bild dieser Schrift einbrachten, somit letztlich aus dem Schrift-Bild zuvorderst jener Wille spricht, aus dem langezeit ungestillten Hunger nach Sich=Selbst: in dieser entscheidenden Partie sich selbst sowohl als Einsatz als auch als Preis hineinzuwerfen.

(Und wieder das Schnaufen des Enttäuschten, bevor er sagte:) –Na, das ist ja nach Allem, was du in dieser Nacht von mir u: meiner Frau erfahren hast, nicht eben eine verblüffende Deutung. Wenn du nicht mehr zu bieten hast, dann wärs wohl besser, wir –

–Du wirst gleich merken, worum es mir geht. Nur noch 1 Augenblick. Bitte. Versuch es dir vorzustelln, diese Unmengen an leeren unbeschriebenen Zetteln auf den Klapptischchen an ihrem Platz im Flugzeug. Das Konvolut in1andergeschoben sich verdeckend od an Kniff&rißkanten an1ander hängend: ein Arrangement aus beschreibbarer Zukunft & ihres Besitztums – denn ?!was sonst bedeuten leere Zettel –, von denen während ihres Sprechens hin&wieder einige von den Ablagen zu Boden fielen – sie bückte sich danach 1-ums-andere-Mal – hob sie geduldig wieder auf ohne ihre Erzählung auch nur um 1 Atemzug zu unterbrechen, lediglich ihre Stimme verzerrte sich 1wenig vor Anstrengung für diesen kurzen Moment des Bückens – :Und genau=!das ist es, was ich meine.

–Ist ?was. Du meinst ?was. Ich fürchte, ich kann dir nicht folgen. Und Rätselraten bring ich nur, wenn ich n paar Drinks intus hab – (er kehrte wie vorwurfsvoll die leere Whiskyflasche vor meinen Augen um, als hätte ich sie allein leergesoffen.) –Also ich bitte dich: red !Klartext.

–Diese !Ähnlichkeit, meine ich. Nichts weiter. Nur: Diese !Ähnlichkeit, die mir während deiner Erzählung vorhin über deine Beobachtung der drei Frauen in der Halle des Grand Central aufgefallen ist, insbesondre jene zu deiner Frau, als sie Packen Notizzettel in Händen & mit schweren Taschen behängt, vor diesen zwei anderen Fraun jene Geschäfts-Gymnastik, wie du das genannt hast, vollführte sobald 1 ihrer Zettel aus dem Konvolut heraus- und zu Boden fiel; & offenbar mit derselben Unbeirrtheit, Hartnäckigkeit od: vielmehr mit vollkommener Achtlosigkeit dies Bücken Niederknien & Aufheben vollführte –: So daß sie beide – deine Frau genau wie jene Fremde im Flugzeug neben mir – seit deiner Erzählung in meiner Vorstellung zusammmengehn –

–Ist das dein ??Ernst. ?Willst du Allen!?ernstes behaupten, aus solch oberflächlicher Ähnlichkeit, die reiner Zufall ist, sei zu schließen, daß –

–Besser: Die Ähnlichkeit im Verhalten dieser beiden Frauen, zudem durch deine Aufforderung vorhin, Namen zu erinnern; durch diese Bemerkung, die dir vermutlich achtlos geschehen war: *Darin scheinen diese beiden Frauen, meine u diese Fremde u werweiß wieviele Frauen Aufderganzenwelt, einander gleich* –

–!Eben: werweiß!wieviele Frauen Aufderganzenwelt : Und wolltest du etwa behaupten, alle-diese Millionen&milliardenfrauen Aufderganzenwelt müßten das gleiche Schicksal haben, sobald sie in gewisser exponierter Situation Zettel in den Dreck falln ließen – : Also weißt du, das ist doch wohl n !starkes Stück. ?Willstu dich am Ende gar lustigmachen –

–Wir reden nicht von Millionen&milliaradenfrauen, wir reden nur von !zweien. Und du wirst staunen, wenn du dir einmal überlegst, daß – entgegen dem Augenschein – diese zweifellos exponierte Situation dessen ungeachtet od: grad !deshalb eine sehr !seltene Situation sein muß.

–Versteh ich nich.

–?Hast du je die *Metamorphosen* des Ovid gelesen. – Er schwieg. Ich nahm das als Verneinung. – –Ja sicher: du kennst nur das-Andere von ihm. – –Nur. – Sagte er anzüglich, und grinsend: –Ich, der enttäuschte Ars amatöria.

–Die Wege zur Lust u: die Verfehlungen samt deren Gefühlen=dabei, das, kannst du dort lesen, sind Reichtum; die Verwandlungen, beinahe ausschließlich zur Leidabwehr od: gar zur Bestrafung, das ist Verarmung. (Er widersprach nicht, schien zuzuhören; vielleicht wollte er hören, ob ich die selbstgelegte Kurve schaffen würd.) –Liebe & Eifersucht, Treue & Mißgunst, Häme & Freude, Tücke Mordlust & Großmut, Inzest, Jammer, Verrat & Errettung – dies=Alles auf der einen Seite. Auf der andern Seite Miß-Brauch der Götter=Macht, die Brutalität der Spiel-Verderber & Engstirnigkeit zum Machterhalt-um-Jedenpreis : Die Himmel aller irdischen Gelüste u: die ausgelatschten Wege himmlischer Vergeltung – so kommt der Totale-Krieg mit seinen Straflagern in die-Welt.....

–Kannja Alles richtig sein – (unterbrach er ungeduldig) –?Was aber hat Das mit unseren beiden Frauen zu tun. – (Ich hatte vergessen, er gehörte in Diesezeit, die für Argumente, genau wie für Kunst, nur 3 Pfennig & höchstens 3 Sätze Geduld aufbringt; ich mußte abkürzen, das Tempo wechseln, mithin schroff werden & sagte:) –Die Vorstellung von der Hölle ist zwar furchtbar, aber auch furchtbar langweilig, seriell=öde wie Strafgesetzbücher. Nichts als läppische Verrenkungen von Hintertreppensadisten – desgleichen die Vorstellungen vom Paradies: das, in jedem Sinn, als Hohl-Form zur Hölle erscheint. Und beides aus dem !einen Grund: Weil dem-Menschen die sinnfällige Vorstellung des Unendlichen fehlt. Die unendliche Dauer von Glück ebenso wie die unendlich währenden Strafen & Qualen. Die Leerheit aber – dies gewaltige Gähnen des Unendlichen – unwiderruflicher Absturz aller Datensysteme, Erlöschen der Displays, das endgültige Verstummen aller Lärmmaschinen: !Das ist die !größte Angst des-Menschen – aber gerade Die bleibt ihm unvorstellbar. Daher wirft ihn jede Große Idee – ob aus Güte od aus Rache – nurmehr ins Irdische, wieder in seine soziale Welt, zurück.

–Ja und !was ?folgt daraus –

–?Was daraus !folgt: Die in soziale Rüstungen hin1gesteckten Menschen sind, wie alles genormte, zwar brauchbar im Sinn von »funktionabel«, doch im gleichen, wenn nicht im größeren Maß, arm=seelig dazu. Nur die Panne, nur jenes kurze Aus-der-Rüstung-fallen, schafft die Ausnahme, die Besonderheit, schließlich das Einmalige. – Hast du beispielsweise mal ?gezählt, wie!viele Menschen – Frauen wie Männer – auf der-Straße in Hosen umherlaufen. – –Nee, wo?zu auch. – –Eben. Und genauso ist dir damit entgangen, wie !selten man dagegen 1 dieser Hosen rutschen sieht. Jeder ist – !beinahe perfekt – festgezurrt an den Halteseilen in seiner furchtbaren Rüstung..... Bis auf diese kleinen Momente der Panne. Da hastus, was ich unter Seltenheit verstehe.

Schweigen, der Rumor=Draußen des Sturms –

Ich hatte das Gefühl, mein Sohn schaute mich aus dem Dunkeln mehr als skeptisch an, un-1 mit-sich, ob er das Gesagte ernstnehmen od als Spätfolge vom Bourbon betrachten sollte. Schließlich schickte er wie 1 Späher vorsichtig seine

Frage aus: –?Und du willst also ?sagen, diese beiden Frauen – meine u: diese Fremde aus dem Flugzeug – sie seien gleichsam ver?wandelt worden –. In ?Was aber verwandelt –

–Nicht !in etwas, sondern vielmehr: ineinander !übergegangen – so wie zwei Bilder über1andergelegt, 1&dieselbe kongruente Form bekommen, sofern sie auch zuvor schon einander ähnlich waren, ohne jemals ein ander gesehen zu haben. Als wären diese beiden Wesen schon=immer 1 gewesen.– Ja, diese kleinen Pannen mit den runterfallenden Zetteln, dies seltene Herausrutschen aus dem Rollenspiel & die völlig gleichartigen Reaktionen dieser beiden Frauen darauf, ließen mich an eine jener Ovidschen Verwandlungen denken. Wobei, als Besonderheit, Irdisches nicht aus den Launen od Gelüsten von stets eifersüchtigen & zänkisch=eitlen Göttern heraus bestraft, daraufhin sich in tellurisch, pflanzlich od tierisch Niederes zu verwandeln gezwungen ward – sondern hier eine andere Art der Metamorfose (zumindest mit meiner Vorstellungskraft) sich vollzogen zu haben schien : Aus 2 ein ander fremden Frauen die Verschmelzung zweier weiblicher=Willen zu Einem Wesen, schließlich zu !1=u=derselben Frau.

Und, überlegte ich im Stillen weiter, *wenn beider Frauen Weg in !solchem Maß ein=ander gleicht: ?!Sollte dann vielleicht auch alles Weitere, das diesen beiden Frauen widerfuhr, nicht ebenso sich ?!gleichen können –*.– So daß ich fortan, bis zum Punkt des Stockens in der Erzählung meines Sohnes, in seiner Geschichte nicht allein stets nur 1=&=dieselbe Frau erkennen wollte: jene anachronistisch in 1 Kostüm gekleidete, junge Frau im Flugzeug neben mir, sondern ebenso dem Fortgang der Geschichte, die mein Sohn eine Nachtlang erzählen mußte, jetzt mit brennendem Interesse folgen wollte.

Doch schwieg er noch immer. Vielleicht meinte er, meine Geschichte sei noch nicht zuende erzählt; dachte noch nicht daran, seinerseits den nächsten Zug in diesem Erzähl-Spiel zu tun – und die kalte dunkle Leere dieser Stille füllte sich an mit dem Bild der Fremden neben mir im Flugzeug vor acht Tagen – – Und ihr Kopf mit dem rot gefärbten kurzgeschnittenen Haar irrlichterte wie das Feuer an einer schwingenden Fackel vor meinen Augen. Ihr Körper, als habe der während ihres Redens sich an sich=selbst erhitzt, umstellte mit seinem Geruch von lodernden Flammen meine heimlichen Begierden gegenüber dieser Fremden auf dem Platz neben mir – aus den Poren ihrer Haut heraus u stärker als je zuvor der trockene Feuergeruch zupackend, hart schnell & gierig mit dem beinahe fleischlichen Kannibalismus von Flammen prasselnd in dürres Gehölz einfallend – als könne der Geruch der Flammen allein schon die Lüfte ringsumher genau wie meine Sinne erhitzen – (*mir schien, als röche ich aus dem halbdunkeln Raum wie von großen Feuern Rauch, die Spuren scharfer Lüfte aus Brand*) – als zöge ihre Gegenwart all mein Geruchserinnern an erlebte Feuer plötzlich aus der Fantasie heraus – und verwandelte es in tat!sächlich spürbaren Feuergeruch – als hätte ihr Duft den sie verströmte zur sichtbaren Gestalt sich ausgeformt – so brandig bittertrocken & scharf biß von ringsumher jetzt Flammenatem auf mich ein – *Das ist doch längst !stärker, !zupackender, !bemächtigender als pure Fantasie – Das ist –*

–!Feuer !FEUER ES !BRENNT –

Und sprang auf von meinem Stuhl, und hin zum Fenster, den Vorhang beiseite – : Die Nacht, die in diesem Raum eingesperrt geblieben war, verblich u ich schaute Draußen einen Himmel in der Färbung von schmutzigem Salz. In der sturmhoch schäumenden Flut schlugen die während einer Nacht vollkommen ihres Laubs beraubten Baumäste leer u schwarz wie Arme von Ertrinkenden gegen Brandungswogen an –, und immerwieder schnellten die Äste&zweige empor & zurück, als wollten diese Pflanzen der Tobsucht alles vorüberrasenden Stürmens, diesem blindnächtigen Zorn, in ihrer beharrlichen=Biegsamkeit das Stolze u das Unbeirrbare: die Unbesiegbarkeit alles Pflanzlichen u der Erde entgegensetzen.

–!Dort. – Hörte ich die Stimme meines Sohnes dicht neben mir. Er war ohne Eile inzwischen ebenfalls ans Fenster getreten. Sein ausgestreckter Arm wies durch die Scheibe westwärts hinter die Hügelkette vorm Hudson River – dorthin, woher das Stürmen kam. Die Ortschaft Stuyvesant, erinnerte ich, mußte in dieser Gegend sein –. Und als stiege aus diesem Tal=dort ein zweites Sonnenfeuer auf, erglühten die rauchigen Lüfte & das vom Sturm niedergepreßte Grasland rot.

–Die Verwüstungen, die solche Unwetter wie der Sturm heutnacht anrichten hier=auf-dem-Land (erklärte die Stimme neben mir) –bedeuten letztlich nicht für Jedermann Schaden. Du wirst sie gewiß bemerkt haben Diesertage auf deinen Spaziergängen: Praktisch vor jedem zweiten Haus, u beinah so häufig wie PRIVATE PROPERTY, die längs den Straßen aufgestellten Schilder *For sale*. Die Grundstückspreise sind ins Astronomische hinaufgeschossen & die Pacht für Ländereien auch. Das halten viele der Landwirte nicht durch. Seit Jahren schon sind die Versicherungen gegen Schäden aus Naturkatastrofen sehr populär geworden, & ein Feuer – infolge Blitzstrahl od Kurzschluß-in-den-Überlandleitungen, du ?verstehst – sind oftmals der letzte Ausweg vorm endgültigen Ruin. In diesem Jahr ist das in dieser Gegend schon der dritte Heiße Abriß –. So greift Natur ins unnatürliche Leben ein & kehrt fürs Unnatürliche als Lebenshelferin zurück. – Ich sah verblüfft zu ihm hin, seine Miene blieb ernst; er hatte die Sentenz offenbar nicht als Witz gemeint. Fast gleichgroß erschienen unsere Spiegelbilder in den Scheiben der Verandatür, mit jedem Moment einer in morgenhelles Blau sich hebenden Landschaft immer fader werdende Schemen aus den Gefilden einer Nacht; zwei Fantome, die auf ihrer Rückkehr in die Nacht sich hoffnungslos verspätet hatten u nun, wie unselige Gespenster, in einen Tag voll fremden Lichts & unbekannten Lebens..... hineingeraten warn.

Stumm sahen wir beide zu der Hügelkette hinüber, dahinter aus dem Tal ein Glutschimmer das Salz des Morgenhimmels siedete, und bisweilen fuhren zuckend Feuersäulen dort heraus, und stürzte Funkenstaub versprühend in-sich zusammen, sobald dies Stück des Hauses-dort im Flammenmaul verschwunden war. Ich meinte die brennenden Häuser Stallungen & Schuppen zu sehn, skeletthafte Holzgerüste, aufglühend Sparren & Schindeln, dunkle Balkenstriche zitternd in die kochende Luft geschrieben an eine flammengrelle Wand, als wäre dies das feuerfarbene Röntgenbild von einem Haus. Und in das Bild des Feuerkokons, aus dem noch immer Raucharme fahrend in den Sturm hingriffen & Funkengestöber als glühende Hagelkörner die Nacht zerschlugen, stellte sich das andere, das erbleichende Bild des Raums in diesem Haus, das noch immer aus verlassnen Stunden einer Nacht still u gelb glimmende Licht aus der Lampe neben dem wuchtigen Schatten des Flügels, die Schemen des in künstliches Licht gesperrten Mobiliars mitsamt den Schemen unsrer beider Gestalten als Doppelbelichtungen ein: Als seien das gluterhellte Tal, darin die Feuer, mitsamt dem salzfarbenen Morgen plötzlich in unserm Rücken inmitten dieses Zimmers erschienen – –

–Wir sind hier in 1 wenig gesuchten Gegend im Promised Land. (Ich hörte am Klang der Stimme meines Sohnes, daß er grinsend sprach:) –*The American Way of Lie*. Das Blau auch dieses Himmels ist nur 1 optischer Trick aus dem Kabinett des Iren Tyndall, schon mal ?gehört. Der Himmel ist schwarz, ihn gibt es nicht. (Seine Worte, kurzatmig & rauh gegen das Fensterglas gesprochen, prallten klanglos ab.) Ich schaute noch immer zu den Hügeln hinüber, dorthin, wo mittlerweile der Glutschimmer langsam ins Tal zurücksank; die Häuser mochten niedergebrannt sein, die Drohung finanziellen Ruins für 1 Farmer schien mitsamt seinem Anwesen im Feuer verschwunden.

Doch lag Anderes, aus vielen Nächten-davor Gekommenes, unverbrannt & unausgesprochen, noch-immer hier=in diesem Raum.....

Als hätt er meine Gedanken erraten – die Gedanken die meine Angst festhielten u die mich schließlich her in diese Nacht getrieben hatten u mich darauf warten ließen zu erfahren, woran ich sei mit diesem fremden Mann, meinem Sohn, dem ich die restlichen Jahre meines Lebens ausgeliefert hatte – begann er jetzt von neuem zu sprechen.

–Es hatte Damals, Vater, nachdem du mit Allermacht dafür gesorgt hattest, daß ich von-Zuhause fort & zum Studium nach Boston sollte, nicht lange gedauert, bis ich dir für deine Hartnäckigkeit (vom Geld, das du mir regelmäßig schicktest, zu schweigen) wirklich !dankbar geworden bin. Schau nicht so mißtrauisch, das ist die lautere Wahrheit. Hier, in den großen Städten des Ostens, geht rasch die Saat der Wünsche auf. Fortan empfand ich mich lebend im Land meiner Kinder=Träume: Frau und Familie, Geld & Erfolg im Beruf : Mein Leben wie der Text auf 1 Glückwunschkarte. – Du ?glaubst mir noch immer ?nicht. – Ich hab Alles bekommen, was ich gewollt hatte, sogar mehr. Und das, Vater, verdanke ich ganz=allein !dir. Mehr kann ein Vater nicht tun für seinen Sohn.

(Vergebens suchte ich nach Ironie, in seiner Stimme nach der verborgenen Waffe. Ernst, ruhig u gemessen redete er weiter zu mir:)

–Ja, ich habe wirklich Alles & mehr bekommen, als ich jemals gewollt hatte. Aber Nichts von dem, was mir !wirklich !wichtig war, habe ich letztlich halten können. So hat mir Alles Nichts genützt. – (Er schwieg 1 Momentlang. Dann weiter, ebenso ernsthaft wie zuvor:) –Lange habe ich auch diese Worte mir zurechtgelegt – hatte sie, ähnlich wie jene, die ich damals beim vorgestellten Zusammentreffen mit Helen im Grand Central, mir in den letzten Monaten immerwieder aufgesagt –: Heute nun, Vater, ist die Stunde gekommen, zumindest diese Worte an dich laut aussprechen zu können. Daher ist mir das, was ich dir nun sagen werde, schon die halbe Tat. Alles noch Fehlende zur ganzen Tat, das noch hinzukommen muß, ich weiß: Es ist !leicht.

–*Es ist !leicht.* Hatte ich damals geglaubt, und fester je öfter ich diesen von 1 Fremden gesagten Satz wie 1 Beschwörungsformel im Stillen wiederholte. Darauf war all mein Fühlen 1gebrannt: *Es ist !leicht.*

Den Satz hatte er in dieser Nacht schon mehrmals gesagt; zuletzt in einer nun längst vergangnen Stunde, als das Stürmen noch die Nacht zu dunklen Fetzen zerriß, und er endlich wieder zu sprechen begonnen hatte. Er hatte zuvor, im Schweigen steckengeblieben, dem Instrument den Rücken u mir seinen Blick zugekehrt. Das schwache Lampenlicht, von seiner massigen Gestalt verdeckt, mühte sich die Schatten aufzuzehren & den Raum in einer gelben Verkleidung zu bergen. Nun wollte mir diese nächtliche Begegnung mit meinem Sohn tatsächlich wie eine Schach-Partie erscheinen; ein Spiel jedoch mit abweichenden Regeln und, daraus folgend, mit unvorhersehbarem Ausgang. Mattes Schimmern fiel auf das Gesicht meines Sohnes, und ich sah: Hinter seinen Lippen flammten Wörter auf, und als er 1 Mal sein Gesicht direkt in den Schein der kleinen Lampe wandte, lag darauf 1 Art Gespinst das zerreißen wollte, 1 gefährliches heftiges Zucken unter der Haut seiner Wangen, als müsse bald mitsamt dieser Maske auch sein Gesicht in Stücke gehn.

–*Es ist !leicht.* – (Er hatte seinen nächsten Zug begonnen.) –Doch zu-Anfang wars Alles-andere als leicht, es war – das Schändlichste das Gemeinste u das Schäbigste das ich tun konnte doch seltsam: als ich mich entschlossen hatte Das zu tun vielmehr tun zu lassen ist mir Das weder schändlich noch gemein od schäbig noch sonstwie verdammenswert erschienen. Ich fühlte eigentlich Nichts. Meine Welt war plötzlich auf 2 Dinge zusammengelaufen implodiert hattest du deinen Eindruck beschrieben als du das große weite Land=hier plötzlich auf die wenigen öffentlich benutzbaren Landstraßen zusammenschrumpfen sahst. Nur 2 Dinge. Und damit war Alles tatsächlich !leicht geworden : Da war zum einen meine Frau die nicht mehr meine Frau war. Und da war zum andern der-Blick-in-die-Zukunft (in meinen Frühenjahren deine Literaturexerzitien, Vater, zeigten Wirkung jetzt: die Verse des Novalis – !ausgerechnet – kamen mir zu Sinn »Die Zukunft liegt in öder Dürre entsetzlich lang und bang vor ihm –«). Das waren die 2 Dinge die mich betrafen. Mehr gab es nicht, u ich mußte ?was tun. Vielmehr entschloß ich mich Was tun zu lassen, Was einzufädeln, wie das die Krimischreiber nennen in der fettleibig dummen=Gleichgültigkeit ihres Themengeschiebes auf der Oberfläche jeder Tatsächlichkeit von Schmerz. Das war !leicht. Er!staunlich leicht Das zu wollen & Das zu tun – tun zu lassen. Das ist nicht dasselbe wie die Überwindung des Schmerzes. Vielleicht war Das was ich zu tun beabsichtigte vielmehr die Verschiebung des Schmerzes in den Spiegel von Liebe..... Denn Schmerz setzt seine wirklichen Tiefen ins Spätere, unter den glatten Spiegel der ruhenden See, dorthin wo Lebenszeit friedevoll sich stellt..... Und Schmerz schlägt zu, wenn wir uns am stärksten inuns=selbst fühlen. Desgleichen Liebe. Die durchs Erinnern an Liebe=einst in jenen Momenten am schmerzlichsten den Doppelgänger von Liebe im Schatten des Gewesenen noch 1 Mal zu ganzer Helligkeit aufblitzen läßt –. So als hätte jemand plötzlich Feuer in staubtrockene Stapel Papier meiner Erinnerung an diese Frau geworfen, und mehr, ins ewige Erinnern eines Mannes an die Aufgeregtheiten beim Anblick von weißer aufschimmernder Haut an Schenkeln, Hüfte, Oberarmen, den Brüsten einer Frau –

–?Worauf willst du hinaus. (Ich sah seine Gesichtshaut zucken als stächen hunderte unsichtbarer Insekten auf ihn ein) –

–Und jetzt von=Allem geblieben war mir all-1 noch der Wunsch nach ihrem Tod.

–!Nein. (Rief ich, schrie ich auf, als hätte sein Wort, 1 Pfeil, mitten in-mich getroffen.) –!Nicht das. Das ist nicht – das ist nicht: erlaubt –

–Tod um meine Liebe-zu-ihr noch ein Mal u noch schmerzhafter als jemals vorher zu erinnern..... (Fuhr er ohne Rührung fort) –Ja. Ich wollte ihren Tod. Und !das zu wollen war erstaunlich !leicht. Denn wer durch finstre Räume gehen muß, der schließt besser seine Augen – das bewahrt ihn vor dem Zwang, im Finstern den Schrecken aus dem Wohin sehen zu wolln.

Mehr ahnte ich als daß ich es sah, wie er seine Augen aus dem Dunkel hob, er suchte meinen Blick & fand ihn mit 1 Wurf; instinktiv, aus unfertiger Ahnung, hielt ich dagegen; unsere Blicke begegneten sich kalt. So merkte ich plötzlich, daß ich alle vergangenen Stunden dieser Nacht in Sturm u Reden vollkommen falsch verstanden hatte. !Was aber war jetzt das ?Richtige : ?Was versuchte er mir zu sagen – od: ??weshalb eigentlich hatte er mir All=das über sich u: seine Frau bis=lang ?erzählen müssen – :?Was hatte er vor: ??Was hatte er bereits getan.....

Inzwischen war er aufgestanden von seinem Hocker am Flügel und an den geschlossnen Vorhang vor der Tür zur Veranda getreten. Dort war er stehngeblieben in 1 Haltung, als hätt er im letzten Moment sich besonnen, den schweren Vorhang nicht beiseitezuziehn. Und nun hörte ich ihn zu dem dunkel gemusterten, in schwere Längsfalten gelegten Stoff unvermittelt sagen: –?Glaubst du nicht auch, Vater, daß unser=Aller Zusammenleben ?glücklicher verlaufen könnte, wenn jeder Mensch in seinem Leben 1 Mord frei hätte –

Er lauschte 1 Moment seinen Worten nach, als hörte er seine Stimme wie Staub aus den Poren des Vorhangstoffes falln. Dann, seine Arme im Rücken gekreuzt, redete er zu dem trockenen schwarzen Stürmen=Draußen: –Nach einer anfänglichen Periode wüstesten Blutrausches – die indes ginge rasch vorüber & richtete Allesinallem nicht wesentlich mehr Schaden an, als sonsthin auch – träte danach ein vollkommen !anderes Verhalten ein. Ähnlich wie in jenen Märchen, darin 1 armen Schlucker der Ring-mit-Zauberkraft zukommt, der ihm !einen Wunsch freiläßt – der Arme, ans unbedingte Aufsparnmüssen alles Wertvollen durch seine Armut gewöhnt – & für den-Armen ist Alles wertvoll außer seiner Armut –, wird er diesen=einen Wunsch !niemals einlösen. Denn mit 1 Mal erscheint ihm Alles aus eigenen Kräften erreichbar – er spürt, die Zauberkraft liegt nicht im Ring sondern in ihm=selbst. Jede Wette: Genauso würden die-Menschen mit ihrem Freibrief zu 1 Mord umgehn. Und geradezu paradiesische Zustände von Höflichkeit Freundlichkeit u Zartgefühl zögen daraufhin ins Allgemeineleben ein. Denn – das ist alt=bekannt – wahrhaftig ver!bessern kann die-Menschen im Leben nur die allfällige Bedrohung durch den Tod; nur das Schwert, das beständig über den Köpfen der Menschen kreist, bringt Menschen zur Menschlichkeit, wenn du mir den altertümlichen Vergleich mit dem kreisenden Schwert verzeihen kannst. – Er hatte sich mit den letzten Worten wieder mir zugewandt; aber noch immer wußte ich nicht, worauf er hinauswollte, zudem, ob er allen Ernstes sprach od ganz-Anderes im Sinn hatte.–

–Du mußt wissen, Vater: In New York kannst du Alles, wirklich !Alles kaufen, & ein Mord, wenn du zu feilschen verstehst, ist schon für 200 Dollar zu haben. In 1 dieser fensterlosen Bars in Lower West hörte ich einesnachts, als ich wieder mal heimlich nach !ihr ausgespät hatte, in Brooklyn im Viertel der zugereisten Russen, dort seien Auftragskiller besonders preiswert zu finden. In letzter-Zeit wars meine Gewohnheit, in solche Bars 1zukehren, sie lagen ja in-gewisser-Weise auf meinem Weg. Ich war ihr heimlich nachgeschlichen, hatte rausgefunden, daß sie 1 dieser winzigen 3-Zi-Wohnungen im Village, in der Thompson Street, gemietet hatte; klitzekleine Räume, fast Besenkammern, nich mal 10 Quadratmeter, aber !höllenteuer: ihre kostete elfhundert Dollar im Monat (ich sahs auf ihren Kontoauszügen). Vielleicht hatte sie ja bemerkt, daß ich ihr nachgestellt war, und wollte mir vorführen: *!Schau her, jedes noch so kleine Loch ist mir lieber als deine Gegenwart.....* Und 1 Mal bin ich in das Haus eingetreten, bin mit dem Postboten reingekommen, dem zufällig grad geöffnet wurde. (Die Sicherheits-Kombination für die Tür hätte sie mir !niemals verraten.) Reichlich hilflos stand ich im düsteren, muffigen Treppenhaus, dadrin staken wie festgemauert Gerüche von heißem Öl & kaltem Fußschweiß. Ich wußte nicht, was tun hier. Plötzlich flog 1 dieser Wohnungstüren mit zerschabtem braunem Anstrich auf

– eine Vettel sprang auf mich zu, vertrat mir den Weg, sauermilchfarbener Bademantel, von oben-bis-unten besabbert, das Haar wie Strahlen einer erfrornen Sonne gesträubt, sie keifte mich an, schüttelte die dürren Arme gegen mich wie 1 biblischer Rachedämon, aus ihrem zahnlosen Maul Flüche & wüste Beschimpfungen auf Italienisch –, ich schob die verrückte Alte beiseite, machte mich davon. Rüber nach Lower West, in 1 dieser Bars.

–Das war jener Abend, als ich dort auf den Fremden aus Brooklyn traf. (Erzählte er weiter.) –Wie viele Leute, die in Manhattan wohnen, war ich so gut wie niemals zuvor längere Zeit in Brooklyn gewesen. Das ist !grotesk, aber nirgends deutlicher als in den echten Metropolen siehst du die Wiederkehr des-Dorfes & die Gestalt des-Dörflers, dem jeder Schritt über seinen Ortsrand hinaus schon die weite=gefahrvolle-Welt bedeutet, also meidet er diesen Schritt. Wie ich an den Fremden in der Bar geraten bin, ist mir bis=Heute nicht bewußt; auf-1-Mal saß er neben mir am Tresen & hörte zu, was ich ?werweißwem erzählen mußte. 1 Mann im Geruch von schmutziger Wäsche, das Haar in Strähnen am Hinterkopf die Schädelform nachzeichnend als sei es mit Teer dort angeklebt, das Gesicht karg unrasiert u knochig mit dem mürrischen trotzig-verstockten Ausdruck von Exekutierten, mit dem winzigen Kinn unausgesetzt mahlend als müßten die braungelben Zahnstummel Steine zerkleinern, doch in diesem fleckigen Vogelgesicht zwei dunkle große Augen : der Blick des einstigen Fanatikers, dem offensichtlich der Stoff zu seiner Großenidee (was-immer Die auch gewesen sein mochte) mit-den-Jahren verbrannt sein mußte, so daß der Glanz in seinen Augen stumpf geworden, wie vom Rauhreif der Grausamkeit erfroren schien. Dieser Mann hörte mir schweigend zu, kramte hin&wieder in den Taschen seines grauen Filzmantels, den er über seiner Jacke mit hochgeschlagenem Kragen trug, wodurch bei jeder seiner Bewegungen Schwaden kaltklammen wie von Fiebern erhitzten Schweißgeruchs aus den Poren seiner Kleidung wolkten, dazu jene von seinen Füßen, die in hohen Schnürschuhn staken als sei für ihn das Jahr noch mitten im Winter (?vielleicht, neben der Sprache, sein letztmögliches Erinnern an einstige Heimat). Allesinallem 1 Erscheinung, die bestellt & typisiert wie aus 1-jener Endlosserien des Fernsehens erschienen war od wie 1=dieser Comicfiguren, mit deren Kleidungsfarbe bereits auch seine charakterlichen Eigenschaften gewissermaßen als moralische Rüstung in Form & Typik gebracht sind & von der beim 1. Blick schon jedem klarwerden muß, !was es mit dieser Figur auf=sich hat. !Nie hätt ich geglaubt, daß solcherlei Identität zwischen Abbild u Sein existieren könnte, solch Deckungsgleichheit in allem Bildhaften – 1 Jemand, der, kurzgesagt, nirgendwoanders als hier vorgelassen, nirgends auch nur durch die Gesichtskontrolle gekommen wär. Als ich dann zu reden aufhörte, zog er schweigend 1 gilben Zettel aus der Tasche, und für paar Dollarscheine reichte er mir diesen Zettel her: darauf eine Adresse mit Telefonnummer in Brooklyn –. *Es ist !leicht* hatte der Mann mit seinem harten slawischen Akzent gesagt & die Geldscheine unter fettigem Knistern in seiner Jacke verstaut – *Werden sehen: ganz !leicht.* Dann stand er auf, stakte krummbeinig die Treppenstufen zur Straße hoch und verschwand. Und seit jener suffzerriebenen Nachtstunde im Hinterhalt 1 Kellerbar ist jener Satz in mein Hirn gebrannt wie die Glutspur einer Leuchtreklame: *Es ist !leicht. Ganz !leicht* – –

–!?Was – ?!was !hast du – \ Aber er schnitt mit kurzschroffer Geste meinen Ausruf ab; er wollte jetzt nicht unterbrochen werden. Und zögerte 1 Moment wie der Schwimmer, der, auf dem obersten Brett des Turmes stehend, vor seinem Absprung innehält, als würde ihm erst !jetzt die Unumkehrbarkeit seines Vorhabens bewußt. Er holte tief Atem aus der eingesperrten gelbschattigen Stunde.

–Schon am nächsten Tag rief ich dort in Brooklyn an, vereinbarte den Treffpunkt, die Summe..... 1 Fotografie von *ihr* sollte ich mitbringen & – weil ich nichts vom Feilschen versteh – vierhundert Dollar als Rate im-Voraus, die andere

Hälfte nach Erfüllung-des-Auftrags..... *Es ist !leicht* – sagte ich mir – *!ganz leicht* –

–Herr!gott ??!was hastu – \

–Dann kramte ich die Schubfächer durch nach 1 Fotografie – lange brauchte ich nicht zu suchen –, und starrte auf das Bild, auf *!ihr* Bild – !Meingott: Es ist –! Als schnitt 1 Klinge quer durch meine Augen, brannte der Schmerz darin sein flüssiges Feuer. Ich tatterte mit den Händen über *ihr* Abbild als müßte ich darauf Flammen auslöschen –, dann als hätt ich sie gradnoch vor dem Verbrennen gerettet u wollte sie abermals vor den Flammen bewahren, stopfte ich ihr Bild hastig in meine Tasche. : !Niemals würde ich selbst Das fertigbringen – !nie !!niemals – –.

–!Halt. !Halt an. Und !sag !end!lich: ??!Was hast du –

–Immerfort holte ich die Fotografie wieder hervor, heimlich wie einen Raub, und starrte drauf –, hoffte ihr Anblick würde dadurch verlieren, in gewisser Weise stumpf werden durch diese Wiederholung des Ewiggleichen – würde mich erkalten lassen – schließlich unempfindlich machen gegen dieses *Es ist !leicht* – – :!Vergebens. Beim zigsten Mal nichts=anderes als beim 1. Mal. Genau dasselbe, eher noch schlimmer: zwingender: von Mal-zu-Mal mit immer stärkerem Schmerz gesehen –:

(*:!O ich ahnte, von welchem Bild er sprach, es !mußte jene Fotografie sein, die auch ich damals vor mehr als fünfzehn Jahren gesehen hatte von dieser Frau, und die mich schließlich auf die Idee brachte, !diese Frau sei genau die !richtige Frau für meine Pläne mit meinem Sohn & für sein Bleiben in den USA – Pläne einst, von denen, wie ich geglaubt hatte, er bis=Heute nichts wußte & wofür seinerzeit diese Frau mir wie gerufen kam –)*

–1 jugendlich helles Gesicht mit den geraden, energischen Augenbrauen & jenem ironischen Lächeln, zu dem bestimmte Frauen schon in frühen-Jahren ihres Frauseins fähig sind, ein Lächeln sozusagen aus Jugendweisheit, wenn es soswas gibt. So als hätte sie schon damals mit felsenfester Sicherheit gewußt, wie Das nur Frauen wissen können, daß nämlich sie=die-Frau all ihre künftige Umgebung – egal wohin sie auch kommen würde –, all jenes dann dort Antreffbare, das mit dem Fließen Schlingern & allen Paroxysmen der-Zeit zu ebendem geworden war was es ist, nicht nur würde mißachten können, sondern – u sozusagen ohne 1 Finger dafür rühren zu müssen – allein durch ihre bloße Gegenwart, durch das Da-Sein ihres sowohl weichen wie energischen Fleisches, all-diese Umgebung nach ihrem Sinn würde umbiegen od: vielmehr würde !verführen können, so daß jenes sie Umgebende in ebendiese weiblichen Formungen sich runden und sich fügen müßte; & würde dies zuwege bringen, egal wo & zu welcher Zeit –

(:*Ja, er hatte es treffend gesagt: dieses ihr mit=sich-selbst verständnisinnige Lächeln – eine Muskelbewegung in diesem festen Frauengesicht mit dem spitzbübischen Kinn, die aus jener gewissen Sicherheit herrührt, mit der in Wohlstand & Behütung aufgewachsene Menschen Ihrewelt als die-Welt betrachten & so die Selbstverständlichkeit aller ihnen zufliegenden Bevorzugungen auch als selbstverständlich für den Rest Allerwelt annehmen können. Zumal sie, diese junge Frau, seinerzeit aus ebensolcher Behütung herausgetreten war & gewissermaßen nun die Seitenansicht ihres bisherigen Daseins sich gestatten wollte & gestatten konnte. ?!Weshalb also sollte der amerikanischen Diplomatentochter, deren Architektur-Studium sie nach West-Deutschland geweht hatte, ?!nicht auch !dieses Abenteuer zustehn: die Heirat mit einem Deutschen, dem Sohn eines berühmten Schriftstellers, wie das Damals in 1 Atemzug hieß – zumal sie, die-Tochter-aus-Gutemhause, aus ebenjenem Gutenhaus, dem Nachklang eines Modetrends der damaligen Zeit folgend, sagen wir: sich beiseite genommen hatte, das Frieden-für-den-Erdball-Zeichen an der Markenjeansjacke & den väterlichen Scheck allmonatlich in der Hinterntasche ihrer stilvoll zerfledderten Hose. :!Weshalb ?nicht. Denn ihr Lächeln, auf dieser Fotografie geronnen u jenseits des Lügens od gar des Verrats an den eigenen Lebensumständen, jenes zutiefst weibliche Lächeln – hob sie weit hinweg über die mit aller Besserwisserei & Rigorosität des-Modischen herausgeschobenen, von jeder-Zeit ausgeschwitzten, männlichen Geister-Bilder aus Gründen*

& Abgründen von jenen von fanatischen Augen durchglühten Nächten, kämpferisch erhobenen dreckigen Fäusten & Stimmengebell straßenweit durch langzottelig fettige Haargitter hindurch –, die alsbald & ebenso rasch wie sie aufgetaucht, verschwunden warn; & abgeschnitten wurden mit den Bärten auch die Parolen, all-das was mit erhobenen Fäusten der Wahrheitsbehauptungen als die Letzten Taten für eine Andere Zeit sich=selbst beschwörend 1geschüchtert hatte –)

–Aber ich war in keiner anderen Zeit, an keinem anderen Ort, ich war Jetzt & Hier in New York, dem Ort an dem jede Fieberfantasie sich verwirklichen läßt. Und je größer, tiefer der innere Schmerz in-mich 1schnitt – das Messer ihr Bild, ihre Fotografie in der Brusttasche meiner Jacke; ihr Bild das zu meinem Verrat u zu meiner Niedertracht herhalten sollte –, desto schneller liefen die Beine, als könnte diese Flucht sie von ebenjenem Schmerz befrein. Stattdessen jedoch rannte ich mit jedem-Schritt näher ans Zentrum dieses Schmerzes heran, verstrickte mich dadrin nur immer weiter u immer tiefer –

–Herr!gott !was : !?Was hast du getan. So !red doch !endlich – (Aber ich erreichte ihn schon nicht mehr. Er schnitt mir nicht mehr das Wort ab, jetzt rannte er auch in seinem Erzählen davon – überstürzte sich – flüchtete – und ich, als liefe ich hinter ihm her durch die Straßen von Manhattan – Das zu verhindern, was ich längst ahnte, das er zu tun beabsichtigt hatte. Hilflos war ich – ohne Aussicht, ihn einzuholen, blieb ich in seinen Worten stecken wie in dichten zähen Menschenfluten auf den Avenues – als wäre ich in den Wettlauf zweier Zeitabläufe geraten, u mir war jener der Zeitlupe zugefallen – während er dem rasenden Zeitraffer verfallen war – immer größer geriet der Abstand zwischen ihm u: mir – –)

–Wie gesagt (hörte ich ihn wie aus einer Ferne) –ich war niemals wirklich in Brooklyn gewesen, schon gar nichts wußte ich von dem Ort & dem Viertel wo die eingewanderten Russen hausten, wo ihre Geschäfte & ihre Kirchen warn. Hatte keine Vorstellung von dem Mann, dem bestellten Killer; woher mochte er kommen, wie dort in diesem Viertel leben..... Wortkarg stellte ich ihn mir vor inmitten von Eltern Großeltern & Geschwistern in trübklammer Stube sein Essen verschlingend. Dann sah ich ihn behäbig aufstehn, roh den Stuhl an den Tisch zurückschurren & schon an der Tür in den Raum den kurzen Satz wie 1 heiseres Räuspern hinwerfen *Muß weg. Was erledigen*..... So stellte ich mir vor, bräche er auf von-Dort – es gibt ja keine unbekannten Bilder & Szenen mehr –, so käme er unserem Treffpunkt näher und näher, zur Verabredung in den Grand Central Terminal – von mir den-Auftrag zu bekommen mitsamt der 1. Rate, vierhundert Dollar, für einen Mord & für sein Weiterleben. Ich hatte von der Gegend, wo er mit seinen Landsleuten wohnte, nur die Vorstellung von einem großen Marktplatz in der Nähe der Ports zum East River (nicht mal darüber hatte ich Klarheit) – einen Platz dachte ich mir, seine Umgrenzungen überflutend als seien Marktbuden & rohe Tische für alle Arten Fisch Kleider Gemüse & Trödel soeben erst aus dem Atlantik herüber- & hier angeschwemmt worden –, glänzende im Sonnenlicht zuckende Fischleiber – Grünzeug kühl & frisch leuchtend, das seine erdigen Wurzeln in die Lüfte reckt als gälte es sofort hier das-Leben weiterzuführen – sich auch dieses Fleckens zu bemächtigen – in der Lebensschwemme schillernd & treibend, aus der Erde hier wie anderswo Leben saugend um dann Licht & Leben dieser Erde über den Boden hingebreitet an ebenjenem 1 Flecken zusammenlaufen zu lassen so daß diese Fische diese Pflanzen dieses Gemüse wie unter Regenschütten glänzend das Sonnenlicht in Millionen Tropfen Leuchtkraft mit den schreienden Stimmen der Händler zurück- & hinauf in den salzscharfen Himmel werfen –

–Also –

–Strandgutgewirr aus den Stürmen Europas & Asiens, dachte ich mir, in=sich wie auffleddernde Ballen geretteter ausgekramter Habe jener Flüchtlinge noch bewahrend alles heimisch Dunkle, Schwere, Sehnsuchtsvolle, barmend & zeternd hier herübergeworfen aus der weiten russischen Verneinung des Himmels..... Über solch einen Platz ließ ich den

Unbekannten jetzt laufen – rasch (denn ich meinte, es müsse ein junger, gedrungen wirkender Mann sein, den derben Bauernschädel mürrisch in die Schultern gezogen, vom großen Kragen einer Jacke halb verschluckt :Solch Kleidungsstück glaubte ich geeignet für einen Mörder, wegen der besseren Beweglichkeit bei der-Tat & der anschließenden Flucht). Weißderkuckuck woher ich diese Vorstellung hatte, ich war niemals mit Leuten dieser Profession zusammen, war auch niemals in Rußland gewesen, aber !dieses Bild, es blieb vor meinen Augen in greller Schärfe stehn & nun verband sich mit den wässerigen windkalten Gerüchen von Schlammfischalgen&motorenöl aus dem Hafen auch der scharfgeschliffene Brandgeruch von Tod, etwas Außermenschliches, Gewitterhaftes, als würden Messerklingen an Feuersteinen gewetzt –. Denn ich war der kindischen Überzeugung, nur mit einem !Messer müsse Es geschehn. Nur ein !Messer könnte Das –

–!?Was Zum!!teufel – (u sprang auf – zu ihm hinüber –) Aber er schien mich gar nicht zu bemerken – wie in Trance redete er weiter, dort an der Verandatür, hielt den schweren Stoff des noch immer geschlossnen Vorhangs fest in seinen Fäusten, als wäre er im allerletzten Moment vor dem Beiseitereißen mitten in der Bewegung erstarrt. Die Dunkelheit u das tief durch die Nacht schürfende Sturmgetobe hielt er noch ausgesperrt, seine Worte dagegen vermochte jetzt nichts mehr zurückzuhalten – : –Und während ich durch die Straßen lief, erschienen die ins himmellose Blau hinaufgeschnellten Häuser die schnurgeraden Straßenfluchten im scharfen Sonnenlicht, die Luft im Geruch von Metall, wie festgeschraubt. Grell & scharfkantig die Konturen um Häuser Brückenpfeiler, noch um weggeworfene Kartons, wie mit der Stanze aus der hellblauen Luft geschnitten Menschen & Fahrzeuge, die Schatten auf Asfalt & Stein wie herabgestürzte Mauern der schwarzen Behausungen von Toten – :Und Alles – Hochhäuser Brücken Mauern Kirchen Fahrzeuge – in dürre schwankende Rahmengestelle 1gehängt, und mit jedem

Schritt=weiter aufs Zentrum meines Vorhabens schienen alldiese-Dinge voller Angst u Wut heftiger an ihren allzu dürren Rahmen zu rütteln, u in meinem Kopf 1 Klirren grell als schlügen straff gespannte Stahlseile im Sturmwind gegen eiserne Fahnenmasten –, immer heftiger sah ich Häuser Menschen Fahrzeuge an ihren Gestellen rütteln, schon drohten sie aus den Rahmen heraus- und zu den scharfgeschnittenen Schatten niederzustürzen auf den betäubten sonnenharten Asfalt. Ich sah, bis zum vereinbarten Termin ist noch Zeit..... !Zeit. Und irrte rasend weiter – (nur noch !nicht ankommen – nur jetzt noch !nicht) – geriet auf der Westside in die 37ste Straße die zu den Docks hinunterführt – dort, über die schroffen, von Regen & Zeit stumpf u dunkel verfärbten Klinkerbauten mit ihren Feuertreppen & Eisengittern, die wie Aufbauten vor-Jahrzehnten einst versunkener Ozeanprunkschiffe nun wieder aus dem Meer emporgehoben waren, von Menschen verlassen, die Riesenbottiche mit Löschwasser auf den Dächern wie Schornsteinreste auf solch Luxusliner, und all jene üppigen Blumengirlanden Fahnen Zierbänder & Lampionketten von-einst nurmehr als zerfetzter Plunder & rostige Eisenblüten wiedergekehrt u aus den Fassaden heraus sich sträubten so daß diese Häuserblöcke wie gigantische Schiffswracks für eine Hochzeitsreise der Toten erschienen. Und !plötzlich diesen menschleeren verlassenen Straßenabschnitt entlang jagend ein schrilles Läuten, langanhaltend, ein elektronischer Ton, halb Alarmanlage halb Kirchenglocke –, und, als schnellte vor meinen Füßen der Asfalt in den Himmel hinauf, Taubenschwärme stoben senkrecht in die Luft –. Erschrocken lief ich zurück, rannte eiliger, kurzatmig, mit brandig blutigem Geschmack als hätt ich Händevoll Glassplitter..... im Mund. Und spie tatsächlich blutig schäumende Speichelbatzen – und lief noch schneller und immer noch weiter, jetzt die Park Avenue hinauf – ans Ziel=an-den-vereinbarten-Ort, dorthin, wo aus dem ockerfarbenen schwer & breit dahingelagerten Mausoleum des Grand Central Terminal als kolossale dunkle Stele für einen kolossalen Bankrott das alte Pan-Am-Gebäude nun mit neuem Namen Met Life in glatten weißen Buchstaben, jede Letter einige Stockwerke groß, aus dem Marmor&steingrund empor in die scharfblaue Salzluft des Himmels wuchs. Ich war am Ziel.

(Draußen ein langgezogenes Heulen – der ?Sturm der das Land aus den letzten Stunden eines Sommers riß od 1 ausgesetzter streunender ?Hund auf seinem Weg zurück zum Wolf–)

–Wie beim 1. Mal, als ich hier von Bahnsteig-zu-Bahnsteig schnüffelnd wie n angeheuerter räudiger Detektiv ihr aufzulauern trachtete, trat ich auch Heute ein in die hoch hinaufgewölbte Halle, darin bernsteinfarbenes elektrisches Licht den Ewigentag in seinen Dämmerungsfarben gefangen hielt. Diesmal jedoch kreuzten Menschenströme den Marmorboden – & jedes Gesicht schien vor Eile scheibenförmig flachgepreßt zum Warnschild – in jenen pollutionsartigen Schüben der Betriebsamkeit – sie warfen ihre Stimmen wie Händevoll Steine in die hochgewölbte Unbewohnbarkeit dieses in Grün Ocker u Bernstein schwimmenden Doms hinauf–. Wäre auch dieses Mal die Halle menschenleer geblieben, ich hätt !keine Minute=länger hier ausgehalten; Heute, inmitten des dichten Menschen=Lärmens, zerstreute sich jedoch der Block meiner Angst, und wich allmählich der Dumpfheit & Gespanntheit eines Schläfers, der, im Kokon seines lauwarmen Dämmerns geborgen, dennoch weiß, schon !bald mußt du erwachen.....

Und ich packte ihn am Hemdstoff–, der Schmerz aus meinem verletzten Finger schlug mit Wucht gegen meine Faust: Licht grellte zuckend vor den Augen auf, ich hielt die Finger dennoch zusammgepreßt & die Zähne: –!?Was Zum!!teufel hast du ge?!tan. (Und rüttelte ihn, als gälte es diesen Mann tatsächlich aufzuwecken, ihn zu warnen vor der-Gefahr, draußen vor der Tür; aufzuwecken, um ihn wiederholt in die Flucht zu werfen –.) Meine Fäuste zerrten den Mann widerstandslos von dem Vorhang fort, an den er sich noch immer hielt (als drohte von-Dorther, von ebenjenem noch verborgenen Anblick des Draußen, die wirkliche Gefahr), und zwangen ihn zurück vor den dunkel ruhenden Flügel –, schwer sank die Gestalt auf den dünnbeinigen Hocker nieder. Fast bemerkte ich nicht, daß er bereits neu zu sprechen begonnen hatte.

–Dann trat Stille ein in meinem Kopf – Stille bleifarben u aus fernen dunklen Nächten. Und ich wußte nicht, ob dies die Ferne aller Vergangenheiten sei od die Ferne meines Künftigen – : Dasein, weg von Hier, u weg von ihr, der Frau die ich lieben wollte als eine Tote, weil nur die-Toten zurück- & einkehren wolln ins-Leben..... !Das ist mir plötzlich klar geworden, als ich, lange vor der verabredeten Zeit, in der Halle des Grand Central auf einen Unbekannten Killer gewartet hab. Stille in meinem Kopf, als hätte dort eine lange Erzählung mit 1 Mal ihr Ende gefunden. Die Stimmen, inmitten des Gelärmes-ringsum, sie schwiegen in meinem Kopf, endgültig u für=immer wie mir schien. Und inmitten dieser Toten-Stille auch das Gefühl von tiefer Sicherheit : Denn so wie Kinder in ihren Wut- & Verzweiflungsanfällen ihr Spielzeug erst zerschlagen müssen, um danach im Angesicht des Zerstörten dies Gehabte zutiefst wieder lieben zu können, so war auch ich mir sicher, nach Allem diese Frau u endgültig über ihren Tod hinaus zu lieben..... Aber wir sind keine Kinder mehr, zum !Glück, & müssen daher !manchmal nicht in die Wirklichkeit schlagen, um dieselbe Zerstörung anzurichten, die wir zum Wiederlieben brauchen.

–Tod – die Toten – Liebe – Wut & Zerschlagen – (ich starrte auf den vorm stummen Instrument hockenden Leib aus eines Menschen Dunkelheit:) –Das sind mir Schlaglöcher & Fußangeln –: Noch ein Mal: ?!Was hast du ge?!tan – (und rief, wie in einer Beschwörung, seinen Namen.) Denn nun schien mir endgültig Alles klar, und was ich seit geraumer Weile schon ahnte, jetzt wars mir zur !Gewißheit geworden: Genau in !dieser Nacht sollte Es passieren – sein Auftrag galt für !Heutenacht..... Vielleicht grad eben=!jetzt würde der Mord passieren, eine Tat die schon für 800 Dollar zu haben war. Und ich: ich sollte sein Alibi sein. !Deshalb also über all-diese-Stunden hinweg das Gerede, nicht all-1 eine ganze-Nacht=lang, sondern mein Hiersein !überhaupt galt womöglich 1zig der Tarnung eines Mordes. Und ich schrie jetzt mitten in sein dunkles Gesicht: –RAUSMITDERSPRACHE: WESHALB BIN ICH HIER. WESHALB HAST DU MICH HERGEHOLT. ICH WILL ES HÖREN: MIT DEINEN WORTEN WILL ICH ES HÖREN. SAGS.

Unwillig wie den 1fall eines Dummen, stieß er daraufhin meine Hände von sich weg.

–?Was ich ge?!tan habe willstu ?wissen. ?!Weshalb du ?Hier=bist. ?!Weshalb ich die Ganzenacht=lang mit dir verquatscht, vor deinen Augen eine dreckige Unterhose nach der andern gewaschen hab – : !?Was ?glaubst du denn, ?weshalb ich ?!das ge!tan habe !?he – (schrie er mir wütend ins Gesicht) –Bist du !so ?schwer-von-KaPe, daß ich dir auch ?Das noch haarklein aus-1-ander klamüsern muß. !?He –.– Na schön. (Er schien plötzlich seine Fassung wiedergewonnen zu haben angesichts meines für ihn offenbar unvorstellbaren Verdachts.) –Na schön. Ich werds dir zum Mitschreiben sagen. !Hör zu: Wie n verprügelter Hund hab ich Leine gezogen, ausgerückt bin ich vor der verabredeten Zeit, wollte hin zur Subway – zu irgendeinem Bahnsteig – nur !fort wollt ich weit !fort – durch Menschenschübe hab ich mich gewühlt als drohte ich in Morast zu ersaufen –. 1 Mal bin ich dabei mit nem Kerl zusammengeprallt, 1 Mann mit messinggelb gefärbten kurzkräuseligen Haaren, Silberring im Ohrläppchen & gehüllt in ähnlichen Mantel wie der Schlepper damals in der Bar – :!DAS IST ER – meine Blicke fuchtelten dem Fremden ins Gesicht, ich sah unter seinen eisengrauen Bartstoppeln den dünnen Mund zum Grinsen sich verziehn –, dann stieß ich ihn von mir fort (vielleicht hab ich geschrieen) und stürzte davon – in eine der Unterführungen hinein. Schließlich fand ich mich wieder inmitten von aufdringlich warmem Öl&fischgeruch – die Oyster Bar –, der Anblick der in Meeresfarben grün & blau illuminierten Bassins mit den träge drin umherkrabbelnden Hummern hätt mich beinahe zum Kotzen gebracht. Das Ende eines Auftrags, noch bevor er zum Auftrag geworden war. Du kannst mirs glauben od nicht. Das jedenfalls ist die Wahrheit.

Und wieder ruhiger u besonnen atmend setzte er hinzu: –!Diese Stunde im Grand Central Terminal, sie hat mir Eins gebracht: Klarheit, von der ich nichmal wußte, daß es Das war, was mir über all-die-Letztezeit gefehlt hatte. Seither weiß ich, !was tun. (Sagte er im Tonfall von Menschen, die ein über-Langezeit sie bedrückendes Problem losgeworden warn.) –Das körperliche Leben ist 1 eher leidvoller, unlebbarer Rest vom Leben-als-Beruf. Und wo das Leidvolle des Lebens übervoll geworden ist, von dort geht man weg. Die Trennung von Körper u: Leben, das ist der größte !Erfolg der im Netzwerk des Datenaustauschens gefangenen Welt. Denn Das ist wahrscheinlich der tiefe Sinn auch dieser Erfindung: den ältesten Begleiter des-Menschen, den Schmerz, zu überholen – für 1 Augenblick. Und 1 Augenblick, Vater, so heißts doch ?wohl in deiner Profession, 1 Augenblick nur währt unser-Leben.....

–Du willst mir sagen, daß du wieder ?zurückgehst: zurück nach ?Deutschland.

–Ja. Nach Berlin. Jedenfalls fürs Erste. Weiterleben: ob in New York, Berlin, Hong Kong, Sidney – :das ist egal geworden. Wenigstens !dieser=eine Schmerz will tatsächlich schon als überholt erscheinen: der Schmerz des Erdrücktwerdens vom Erde&stein-Gewicht einer Heimat..... Die-Männer, u ich sage nicht das ist ein Verlust, sind im letzten Krieg verschwunden. Und die überlebenden Männer aller Generationen sind zu erschöpft; es ist ihnen von ihrem Anfang an gleichgültig geworden. Entgegen dem Augen-Schein: diese-Welt=danach in ihrem schrecklichen Grund, u ich sage nicht das ist ein Gewinn, sie ist von & für Frauen gemacht. Aber vielleicht auch für gar nichts Menschliches mehr. Die Illusion seit Der Vertreibung ist nicht das Paradies-auf-Erden, sondern daß jeder Mann auf-Erden im Paradies leben könnte. So komisch wie das klingt in meinem Alter, mein Zurück wird auch mein erster=eigener Schritt-Voran ohne dein Zutun sein. Und der erste Schritt seit fünfzehn Jahren ohne *sie*.....

–Dann wirst du dir in Deutschland=heutzutage schnell heimisch vorkommen. Ob in Berlin od Anderswo. Dort nämlich äfft man allerorten AMERIKA nach od: was man an dort= Brauchbarem für AMERIKA hält. Allesinallem erinnert das an Kauboi spielende Gören. Aber man *ist* dort niemals Kauboi geworden & Göre längst nicht mehr, und so stehen sie zumeist reichlich schief in dieser-Welt, das Maul voll eiserner Worte & die Fäuste aus Stahl. Und Brocken Amerika..... fliegen dir entgegen wie Schinderfleisch, ohne die Vorzüge von AMERIKA u von Schinderfleisch. Denn was Menschen wollen seit es Menschen gibt, ist das Zurück-ins-Anorganische. Dazu müssen sie töten. Das sieht zu Allenzeiten nur anders aus. Und Heute können sie töten besser, schneller, umfassender & vor-Allem hygienischer als je zuvor. Es friert 1 grelles Licht, 1 irrsinniges Magnesiumleuchten im Zentrum der Metropolennacht..... von Menschen enträumt. Aber laß dich davon nicht entmutigen.

Er hörte mich zuende an, schweigend, ohne darauf weiter einzugehn. Leider hat er darüber nicht gelacht, also ließ auch ich es bleiben.

–Nun, Vater, wird alles gut. Du wirst Dich hier, bei Helen und den Kindern, ganz schnell einleben. (Hörte ich ihn jetzt seine eigene Formulierung aus dem Brief zitieren; jene Stelle, die all meine Zweifel u all meine Angst vor diesem Menschen, meinem Sohn, einst vor mich hingestellt hatte : !Jetzt also war es soweit.) –Und du sollst noch mehr bekommen. Das hatte ich dir gesagt heutenacht – verzeih mir, Vater, wenn Das wie eine Drohung klang. Aber du weißt, bei den Gaben von Mensch zu Mensch kommen Drohung u: Wohltat manchmal im Gleichschritt daher. Juda & Thamar – wenigstens ungefähr. ?Nicht wahr, du hast Alles von-Anfang-an so eingeplant, nun führe den Rest auch weiter. Sei für Helen, meine Frau, in diesem Haus der feste Platz, egal wohin sie sich auch treiben lassen will. Ich weiß, sie empfindet dir gegenüber Anhänglichkeit – ich drücke mich vorsichtig aus –, sie wird dich nicht enttäuschen. Von Geld werden wir nicht reden müssen; du hast deine Rente aus Deutschland – das Sturmgepäck des späten Abenteurers. (Er lachte.) –Ich werde in Deutschland nicht schlechter verdienen als sonstwo auf der Welt. Damit, Vater, ist Alles gesagt.

Nur eines ließ mich nicht los; beschäftigte mich derart, wie nach einem schweren Traum dieser Traum ins Wachsein greift und dort Verwirrung stiften kann, als wäre auch Wachsein nichts als Traum..... –Die !Fotografie. (Sagte ich laut u fordernd:) –!Ihre Fotografie. – –?Was soll damit sein. – –Du sagtest, du hast sie eingesteckt, um sie zusammen mit den 400 Dollar, der 1. Rate, dem Auftragskiller zu geben. ?Wo ist sie. – –Drüben im Flur. Noch in meiner Jacke.

–!Hol sie her.

Jetzt waren wir, als seis vor Dutzendjahren, wieder Vater u: Sohn, bei der letzten Prüfung ob er, der Sohn, seinem Vater die-volle-Wahrheit gesagt hatte. Er ließ sich darauf ein, auch heute, stand mit 1 Lächeln auf, und ging tatsächlich hinaus.

Ich trat währenddessen ans Fenster, sah ins steinhelle Morgenlicht. Das Stürmen während einer Nacht hatte den Morgen seltsam leer u ausgeräumt erscheinen lassen – blaß u kühl wie einen Mundvoll Wasser, durchzöge nicht die brandige Narbe aus Rauch das helle glattgefegte Land –. Und ein neues Geräusch gesellte sich jetzt zu den Schritten des Sturms durch Laub u Gräser – plötzlich niederfallende Regentropfen, dunkle Punkte aus einem schweren Himmel, als kleine Nagelköpfe in den Sandweg vorm Haus in Erde & in Stein geschlagen. 1zelne zunächst, als beträten sie vorsichtig tastend ein unerprobtes Gelände, alsbald schon zum Rauschen sich verdichtend – glashelle Regenstäbe, schräg vom Himmelsherbst auf die noch in Spätsommerfarben liegende Erde gestellt. Die Erzählung meines Sohnes während einer Nacht, die Worte, selbst wie Flammen die in einem brennenden Gebäude stehn – bald versiegend bald im höhnischen

Triumf hochfahrend sobald sie neues bisher verschont Gebliebenes zu fassen kriegten; diese Worte, mit dem Stürmen=Draußen u dem ausgekühlt schalen Brandgeruch aus jenem Tal (als sei die Atmosfäre gleichfalls mitverbrannt und vom Regenfluß nun ausgekühlt), waren mir jetzt wie der Nachklang eines Brausens aus fernen Feuerzügen, und stehngeblieben, schiens, war ich auf noch heißem, zu mattem Staub hinabgesunkenen Aschenfeld, Gluthitze im Gesicht, die Haut versengt von Angst..... Denn wie am Ende eines Flammensturms, aus der Aschenlandschaft, unverbrannt, der Felsbrocken sich erhebt, ist beiden Frauen – der Fremden aus dem Flugzeug u dieser hier, der Frau meines Sohnes – auf ihrem Weg das gleiche Hindernis geblieben: ein Mann, der ihnen nachstellte auf jedem ihrer Schritte; der ihrer Gegenwart den Anteil Vergangenheit beigab, der alles Gegenwärtige so unfaßlich machte, so flüchtig ungreifbar – der, ohne wirklich Halt zu sein, immer schon Vergangnes war. Mein Sohn u jener Unbekannte, den die Frau neben mir im Flugzeug Schauspieler & Sänger nannte, eine Maske aus Schlamm u getrocknetem Blut, das Gesicht eines Menschen, dem keiner mehr geholfen hat; eines Mannes Gesicht mit einem zum stummen Schrei weit offenen Mund – erschienen als Großaufnahme auf der Filmleinwand während des Fluges von einem Erdteil zum andern : Das wars, was diese Fremde neben mir stocken und starr werden, die beiden rätselhaften Sätze laut vor sich hinsprechen ließ: *–Ein !Film: In einen !Film ist er mir nun wirklich u für=immer !entkommen. Ich werde ihn also !niemals los.....* Schließlich verstummte sie ganz wie Menschen, die sich in das Unabänderliche fügen. Am Ende des letzten Wortes, nachdem Alles gesagt ist, beginnen Glück od eine andere Verzweiflung –

Ein Mann also, den sie ?vielleicht in dem Film als eben=!diesen Mann wiedererkennen mußte, der ihr vorgefolgt war bis Hierher in die Spitze von Zenons Pfeil und weiter, als Film-Erscheinung, jene Gestalt aus dem Morast in dunklem Violett, unentrinnbarer als in ihrem wirklichen Leben zu ihr zurückgekehrt war. Dieser Mann also u mein Sohn, begriff ich jetzt, die Steine die Schatten die Vergangenheit, das Unglück Geschichte, und keine Flammen u keine Wörter konnten sie je verbrennen. Die Anblicke nach dem Feuer: ein Schotterfeld..... hob aus der schwarzen Landschaft sich heraus, u Steine als seien sie vom Himmel gefalln. Abgesehn vom rein=physischen Drang, lassen 1 Mann u: 1 Frau sich auf-einander ein aus Widerwillen gegen den Rest aller übrigen Menschen. Doch aus gerade !diesem Rest der Grund, weshalb sie nicht restlos mit ein=ander bleiben können; der Widerwille, der sie zueinander führte, setzt dem Fleisch auch Grenzen u das Zeitmaß ein.

Der Regenschauer hatte aufgehört, und mit dem neuentfachten Sturm flogen bittere ausgekühlte Rauchfetzen von den niedergebrannten Gebäuden herüber. Und jetzt, als müßten morgenhelles Licht u Sturm wie dünner Stoff zerreißen, von-Draußen von der Auffahrt her, auf dem hellen regenfeuchten Kies das Knirschen von Autoreifen – energisch & hart, dann Bremsen –, 1 Wagentür schlug zu. Von Sturmböen verzerrt die hellen Kleider, trat 1 Frauengestalt ins Blickfeld des Fensterglases hinein.

Helen, die Frau meines Sohnes, war soeben aus dem Auto gestiegen und vor den gluthellen Hintergrund dieser Szene getreten, der neu auffahrende Flammenschein legte sich wie 1 Schleier um ihre Gestalt, dort, am Rand des kieshellen Weges, u Röte beschien auch Wangen u Stirn so, als hätte beim Lügen der Schneid sie verlassen. Aber ich wußte, das war Täuschung. Auf den Fotografien, die mein Sohn (in seiner Ahnungslosigkeit, wie ich vor Stunden noch glaubte) mir von dieser Frau gezeigt hatte, glich sie nur entfernt der Frau, die ich in Erinnerung behalten hatte seit mehr als fünfzehn Jahren –. Jetzt, im feuerlichten Morgen, als sie aus dem Auto stieg, erkannte ich sie sofort wieder: ihren kleinen, so fragilen wie zähen Körper u das Gesicht mit den fein ausgeprägten Zügen u dem spitzbübischen Kinn, vom glatten schulterlangen Haar dunkel umrahmt, die Augen groß u hell, darüber die energischen Brauen gezogen – dieser Anblick stellte sich fugenlos in mein Erinnern hinein, als hätte eine über Langezeit gehende Suche nach dem einen vergessenen Wort od Namen plötzlich Erfolg gehabt. Und der Anblick ihrer Schönheit, die in diesem fünfzehn Jahre währenden Vergessen nichts verloren hatte, traf mich beim Wiedererkennen=Heute zutiefst wie ein Schreck. Auch dies Erschrecken glich aufs=Haar jenem von einst an dem Abend, als mein damaliger Verleger das Fest gerüstet hatte, & sie, diese junge Amerikanerin, Studentin der Architektur, meiner Einladung gefolgt & wirklich zu mir gekommen war, das-Geschäft auszuhandeln das so alt wie die-Menschheit sein mochte, nämlich eines jener alttestamentlichen Machenschaften um Heirat Güter Vieh&weiberdiebstahl & Einnisten in einem fremden-Land..... Und sie war seinerzeit, ebenso wie 1 jener in den frühesten Schriften bezeugten Frauengestalten, in das Zimmer eingetreten, und ich hatte zu ihr hingesehn, ein Bildnis in=sich ruhender Schönheit erblickend wie in einem Frauengemälde aus früherer Zeit –. :?Die Frau, mit der ?ich fortan Hier leben sollte – (:?Ob sie auch Davon bereits weiß, gewissermaßen von der Umkehr jenes Geschäfts von-einst, das ich mit ihr ausgehandelt hatte über meinen Sohn; von diesem Geschäft sie ihm niemals Etwas verraten sollte, wie sie mir das seinerzeit versprochen hatte & ich das in meiner 1falt od: in meiner Selbst-Sucht hatte glauben wolln bis auf die heutige Nacht.....)

Mein Sohn kam ins Zimmer zurückgerannt, freudig wie nach einer großen, unvorhergesehenen Überraschung, mit dem Arm wies er zur Auffahrt nach-Draußen, rufend: –!Das ist ein besserer Beweis für die Wahrheit meiner Erzählung als 1 Fotografie, ?nicht. – Dann rannte er wieder hinaus, seiner Frau entgegen. – Sie würde jetzt, ihr Ausbleiben auch für diese Nacht zu begründen, gewiß etwas vom Sturm von umgestürzten Bäumen & gesperrten Straßen, von zerstörten Telefonleitungen & von Übernachten in 1 Roadhouse erzählen –; ich sah ihre Lippen sich bewegen wie Lippen einer Schauspielerin im Stummfilm – niemals würde jemand erfahren, !was sie gesprochen hatten; es würde auch gleichgültig sein. Ich blieb im Zimmer, am Fenster; ich sah ihn, meinen Sohn, Draußen stehen, vor seiner Frau, in den zitterigen Lüften die das Land, vom helläugigen Morgenlicht erobert, rauschen ließen. Und ich erblickte in der Gestalt meines Sohnes, die dem drängenden Sturmwind sich entgegenstemmte, in seiner dünnen, gezerrten Kleidung Etwas, das ich kannte, das mir diesen fremden Sohn plötzlich als vertraut erscheinen ließ. Da war in seine Gestalt schon die Chiffre aller Flüchtlinge hin1geschrieben, das verwischte Sgraffito der Geschwindigkeit, die poröse fahrige Spur, die für Menschen Not & Mode geworden war – –

Nun, Vater, wird alles gut. Du wirst Dich hier, bei Helen und den Kindern, ganz schnell einleben. : Von allem-Anfang-an hätte ich Bescheid wissen können. Denn Alles steht bereits geschrieben in jenem Satz im Brief meines Sohnes, & ich hatte diesen Satz noch bis vor Kurzem wieder und wieder gelesen auf der Suche nach dem Vergelten von Allem, was Kinder ihren Eltern zu vergelten haben. Ich hätte Bescheid wissen können, doch hatte ich wie 1 Ausgräber mit der verkehrt gehaltenen Karte stets an den falschen Stellen seines Briefes, zwischen-den-Zeilen, gesucht. So war ich nur immer & immerwieder aufs neu in die Falle meiner eigenen Fallen gerannt. Denn Das, woran ich weder bei ihm, meinem Sohn, noch bei irgend anderen Menschen längst nicht mehr hatte glauben können – es sei denn, diese Menschen wären die Toten –, das war für alles Gewesene die schwerste Art von Vergeltung: die Dankbarkeit.....

Unter den aufgeregten Schritten der beiden Menschen dort=Draußen knirschten mit hellem Geräusch die Kiesel.– Da war mir, als würde irgendwo im Haus einigemale 1 Tür schlagen – vom Stürmen=Draußen fuhren Wogen herein, frostig wie aus einem kalten Traum.

Noch zwei Mal auf der Zufahrt zu diesem Haus war unter Rädern dies helle Geräusch der Kiesel – nicht mehr das hastige von dünnem zerreißendem Stoff –, vielmehr ein träges, behäbiges Knirschen, als setzte eine Karawane für ihren Weitenweg durch echolose Wüsten langsam sich in Marsch. Ein schweres, trauriges Geräusch aus den niedergepreßten kleinen Steinchen, als sei es das Geräusch aller Unerbittlichkeit der Zeiten selbst. Zwei Mal, dann hörte ich zu zählen auf.

Das eine Mal, als er, mein Sohn, Flüchtling aus dem Promised Land, die Tür zum vollgepackten Möbeltransportauto zuschlug, & das schwere Gefährt langsam wendete, den Hügel hinab zur Landstraße fuhr – an deren Ende eine große Stadt, ein Flugplatz, ein Ozean, ein anderer Kontinent. Das zweite Mal, als sie, diese zierliche Frau mit den hellen großblickenden Augen & den energischen Händen ihrerseits ein Transportauto mit Möbeln & Körben voller Bücher beladen hatte. An diesem Tag, einem graugesichtigen Herbsttag, regnete es u die Geräusche der Räder auf den hellgewaschenen Kieseln glichen einem Rascheln, dem geflüsterten Versprechen *ich komm dich wieder besuchen*. Denn sie ist nicht hiergeblieben, ist vor Langerzeit endgültig fortgegangen, weiter in die Gefilde ihres gesuchten Lebens hinein. Genau wie mein Sohn mochte auch ich ihr dorthin nicht folgen, ich habe keine Vorstellung von der Topografie des Paradieses.

Die beiden Zwillinge, ihre Kinder, verbrachten stets einige Tage in den Sommermonaten hier – der Kiesel auf der Zufahrt dann kreischend schrill als würden Schiffsschrauben ein stillruhendes Gewässer aufpflügen. Sie brachten dann Kommilitonen von der Universität hierher, eine Schar junger Männer u Frauen, voller Lachen Musik & Gelärm – das fiel mit ihrem Verschwinden wieder ab von diesem Ort wie zu rasch & eilfertig aufgetragene grellfarbige Tünche, und die Ruhe des Kiesweges schloß sich glättend zum hellschimmernden Band. Dann kamen sie nicht mehr hierher zurück. Vermutlich waren die Jahre ihres Studiums vorüber, & Freizeit bekam ihre anderen Ziele.

Helen war tatsächlich einige Male hier zu Besuch, das letzte Mal an einem hohen Wintertag, eiskaltes Licht, blaue

Morgenflut. Ihr Gesicht lag schmal u frostgerötet in dem zu weiten Kragen ihres Anoraks, windsig erschien es dort wie in einer Schale 1 vergessenes Obst, u die Züge darin mit dem Ernst u den Schatten jener gezeichnet, deren Leben auf dünnem Grat verläuft.....

Sie kam dann für Langezeit nicht mehr hierher aufs Land. Dafür 1tags 1 amtliches Schreiben, die Todesnachricht. Sie hatte, hieß es darin, einen Autounfall an der Park Row kurz vor einer der Zufahrten zur Brooklyn Bridge. Später, in einem Brief ihrer Kinder an mich, erfuhr ich Einzelheiten von diesem Unglück. Sie wollte einem streunenden Hund ausweichen, der vor Brooklyn Bridge über die Straße lief – geriet mit dem Auto ins Schleudern, und prallte gegen einen der Brückenpfeiler. Es hieß, dieser Hund – ein ungewöhnlich großes Tier – war seit vielen Tagen dort an 1 Pfeiler angebunden; !jetzt, in !diesem-Moment, als sie auf die Brücke zufuhr, hatte das fast verhungerte Tier die Schnur durchrissen und war quer über die Fahrbahn gerannt, in seine Freiheit hinein. – Dies Schreiben lag über etliche Tage hinweg auf dem Tisch wie ein brennend giftiger Verdacht, ich wagte es nicht mehr zu berühren, genauso, wie ich sie niemals berührt habe. Später sandte eine Mission einige Kartons mit persönlichen Sachen, die Hinterlassenschaft der Toten, wie es hieß. Obenauf im schmalen Holzrahmen ihre Fotografie. Es war das Gesicht, das ich in Erinnerung behalten hatte aus vielen Jahren davor, das Gesicht mit den fein ausgeprägten Zügen u dem spitzbübischen Kinn, vom glatten schulterlangen Haar dunkel umrahmt, die Augen groß u hell, darüber die energischen Brauen gezogen – –

Nur 1 habe ich niemals erfahren, nämlich ob mein Sohn seine Fotografie von dieser Frau, jenes Bild das er zum Treffpunkt im Grand Central Terminal zusammen mit den 400 Dollar als 1. Rate für einen Mord bei-sich trug, !wirklich noch besaß. Damals, zu jener frühen Morgenstunde, hatte ihre Rückkehr verhindert, daß er das Foto mir hätte zeigen können. So gab es über all-diese Vorkommnisse nur seine

Erzählung. ?Vielleicht aber ist damals im Grand Central Terminal, diesem Ort für den Ewigentag u Brennpunkt der Abschiede, Alles ganz-!anders gewesen.....

In derselben Post, mit der ich die Nachricht von ihrem Tod erhalten hatte, war ein feuerroter Briefumschlag, darin in Hochglanzpapier die Einladung zu einer Ausstellungseröffnung in Brooklyn. Als Kopfzeile gedruckt *SEVEN HOURS* Series #1, drunter die Namen dreier Künstler & die Agentur art berlin new york. Keine Unterschrift, auf der Rückseite in der gleichen Druckertype ein Frauenname & zwei Adressen, der Name jener Fremden aus dem Flugzeug mit den kurzen flammenroten Haaren –. Die eine Adresse galt für New York, die andere für Berlin; jene Agentur war offenbar ihre eigene. Das Datum für diese Veranstaltung war das Datum von Helens Unfall; die eine Frau war auf dem Weg nach Brooklyn zu Tode gekommen, während die andere Frau, jene Fremde aus dem Flugzeug, zur gleichen Zeit ihre erste Ausstellung eröffnete. Sie waren beide auf ihrem Weg; vielleicht wären beide an jenem Tag zum 1. Mal ein=ander begegnet.– Damit war die Verwandlung abgeschlossen. Und ich konnte fortan die Fremde aus dem Flugzeug mit neuem Gesicht u neuer Gestalt umso besser wieder erinnern. Mithin lebte eine Verschwundene weiter im Bildnis einer Toten, die dadurch weiter im Leben blieb. Manch-1 muß sehr alt werden, um ein Schweigen zu verstehn, und manchmal reicht dafür ein Ganzesleben nicht.

Danach habe ich alle Post weggeworfen, ungeöffnet, Besuch habe ich keinen mehr bekommen. Täglich bin ich für einige Stunden spazierengegangen, immer dieselben Straßen u Wege entlang. Unter meinen schweren alten Schritten verschwanden die Jahre zwischen den kleinen hellen Steinchen auf dem Weg, wie auch ich selbst allmählich verschwunden bin im Vergessen der übrigen Menschen.

An diesem Morgen beim Geräusch meiner Schritte den Kiesweg entlang spürte ich einen dumpfen von Ferne nahenden Laut in den Lüften, als rollten dort Wogen aus einem unsichtbaren Meer heran, rasch lauter werdend wie nahende Brandung. Ich blickte auf, und ich sah.

Die Kanadagänse fliegen wieder mit laut knatterndem pfeifendem Flügelschlag. Und es scheint, als eile der Himmel aus dem Sommer atemlos in seinen Herbst hinein. Frühjahre und Herbste – das Land breitet sich weiter u schwärzer in seinen Stürmen, der Wald in den ich gegangen bin, scheint tiefer als gedacht. Es ist auf die Nacht=genau vor zehn Jahren gewesen, als ich hoffte, *sie* käme zu mir zurück. Wenigstens in diese eine Nacht DU BIST KEIN SCHRIFTSTELLER MEHR = diese Nacht mit dem grausamen Echo BIST DU JEMALS ?SCHRIFTSTELLER GEWESEN –, die Nacht des Abschieds von einem Lebensalter wie von einem-ganzen Leben..... davor. *Sie* war niemals wieder zu mir gekommen so, wie jene Fremde vor nunmehr beinah ebensovielen Jahren niemals zu mir gekommen ist; die Fremde=damals aus dem Flugzeug, mit ihrem kurzen feuerroten Haar u dem trockenen Geruch von lodernden Flammen. Auch sie blieb eine Verschwundene für mich, seit jenem 1 Augen-Blick vor der Einreise am Kennedy Airport, als ich mich umblickte nach ihr, und da war nur 1 alter, weißhaariger Mann mit seinen erschrockenen Augen. Augen wie Herbstlicht, hell u verwaschen.

Schwarze Nächte aus Eisen – von Stürmen in Frühjahr und Herbst aus der beharrlichen Unentwegtheit dieses hügeligen Landes gerissen – heulend, als trieben Hunde diese Stunden zu Herden nachtgefärbter Jahre zusammen, ausgerechnet hier, in solch bretterdünnen Verschlag 1 Landhauses hinein, in dessen Fenster des Nachts bisweilen Licht noch als 4eck seinen gelben Schimmer gießt.

Nichts weiter. Nur das.

Und das Heulen wie von streunenden Hunden, die inmitten der bebenden schwarzen Fläche der Nacht von dem Flecken Licht angezogen scheinen, das irrlichternd ihnen ein Versprechen zum Überdauern sein mag. Bisweilen auch setzt das herkunftslose Heulen aus, als würden die Stimmen in der

Dunkelheit sich besinnen –. Als würde zwar der Instinkt ihrer Wildnis sie warnen vor diesem Licht, wie er sie stets warnt vor der Falle, vor dem Hinterhalt in der stillstehenden nebelsatten Dämmerungsluft. Aber sie würden dennoch auf das Licht, das hier letztverbliebene Licht, zurasen mit den schwarzen Böen in einer aus Ewigkeiten zurückflutenden Nacht, würden das Verhängnis wittern, den Sog spüren wie alle Lebenden den Sog der Toten aus Erde u Nacht spüren, u: würden trotzdem in ihrem Sturm=Lauf nicht innehalten – sie haben dann ihre Angst überwunden.

Nur manchmal, so wie jetzt, verebbt dies Geheul=Draußen als müsse ein großes Wesen von neuem Atem holen. Nacht steigt herab von den Geröllhängen der Catskill Mountains, streift mit breiten Händen Nebelschwaden vom Hudson River herauf und stöbert in den staubbewahrenden Falten eines in Dunkelheit sich streckenden Landes –. Und in all die unergründliche Luft&himmelsschwärze stechen die Sterne mitsamt ihrer die Jahreszeiten wechselnden Bilder, Licht, seit Milliardenjahren in der scheinbaren Unbeirrbarkeit fort- & wiederkehrend – ?welche mochten auch !jetzt noch eine sengende Lichthölle sein, allem irdischen Leben feind, ?welche sind längst schon erloschen wie dieses Land=ringsum.

Da hebt erneut das Heulen an – lauter, weithin hallend und langezeit mit jener Kraft, die von Angst befreite Stimmen trägt. Dazwischen irgendwo meine eigene Stimme, in dies Schreien getrieben, hin&undfort gerissen –, unhörbar wie das Schreien des Schiffbrüchigen im Schäumeschlagen einer Brandung unterm Tosen grauer Himmel. Seit jener Nacht, will mir scheinen, nichts weiter als nur dies. Die letzten Worte vor dem letzten Satz in meinem Buch. Seit langem das erste, das ich geschrieben habe; mir ist es wieder mein erstes geworden. Für die Wenigen, die meinen Namen Heute noch erinnern, werde ich der schriftlos gewordene Schriftsteller geblieben sein, der Schriftsteller der Nichts mehr schreibt. Was ich in diesen zehn Jahren geschrieben habe, geschrieben für=mich=allein, wird zum Vergessen das Feuer nicht brauchen. Niemand für mich, niemand gegen mich : Immer sind die Vergessenen die Glücklichsten. Der Kampf gegen die schlaflosen Nächte ist letztverbliebner Kampf gegen den letztverbliebenen Feind, und alles Schweigen wird unterschätzt. Wäre mir heute irgendein Mensch geblieben hier, der mich hätte fragen mögen: ?Was ist gewesen in diesen zehn Jahren. Ich hätte diesem Menschen geantwortet: Sturm – nur Sturm ist gewesen – –

Niemand ist hier geblieben.

Inhalt

dtv

Berlin in der Literatur

»Ein Ort für Zufälle«
Ingeborg Bachmann

Bahnhof Berlin
Herausgegeben von
Katja Lange-Müller
dtv 8392

Alfred Döblin
Berlin Alexanderplatz
Die Geschichte vom
Franz Biberkopf
dtv 12868

Bianca Döring
Little Alien
Roman · dtv 24220

Julia Franck
Liebediener
Roman · dtv 12904

Günter Grass
Ein weites Feld
Roman · dtv 12447

Ursula von Kardorff
Berliner Aufzeichnungen 1942 bis 1945
dtv 8391

Erich Kästner
Fabian
Die Geschichte eines
Moralisten
dtv 11006

Michael Kleeberg
Ein Garten im Norden
Roman · dtv 12890

Ulrich Peltzer
Stefan Martinez
Roman · dtv 12789

Hans Sahl
Memoiren eines Moralisten
dtv 11935

Angelika Schrobsdorff
»Du bist nicht so wie andre Mütter«
Die Geschichte einer
leidenschaftlichen Frau
dtv 11916

Barbara Sichtermann
Vicky Victory
Roman · dtv 8388

Uwe Timm
Johannisnacht
Roman · dtv 12592

Christa Wolf
Unter den Linden
Erzählung
dtv 8386

Thomas Bernhard im dtv

»Wer in eine Übereinstimmung gerät mit dem radikalen Ernst, mit der glitzernd hellen Finsternis der Bernhardschen Innenweltaussagen, ist angesteckt, fühlt sich sicher vor Heuchelei und gefälligen Künstlerposen, leeren Gesten, bloßer Attitüde.«
Gabriele Wohmann im ›Spiegel‹

Die Ursache
Eine Andeutung
dtv 1299
Thomas Bernhards Internatsjahre zwischen 1943 und 1946. »Wenn etwas aus diesem Werk zu lernen wäre, dann ist es eine absolute Wahrhaftigkeit.« (Frankfurter Allgemeine Zeitung)

Der Keller
Eine Entziehung
dtv 1426
Die unmittelbare autobiographische Weiterführung seiner Jugenderinnerungen aus ›Die Ursache‹. Der Bericht setzt ein, als der sechzehnjährige Gymnasiast beschließt, sich seinem bisherigen verhassten Leben zu entziehen …

Der Atem
Eine Entscheidung
dtv 1610
»In der Sterbekammer bringt sich der junge Thomas Bernhard selber zur Welt … Aus dem Totenbett befreit er sich, in einem energischen Willensakt, ins zweite Leben.« (Die Zeit)

Die Kälte
Eine Isolation
dtv 10307
Mit der Einweisung in die Lungenheilstätte Grafenhof endet der dritte Teil von Thomas Bernhards Jugenderinnerungen, und ein neues Kapitel in der Lebens- und Leidensgeschichte des Achtzehnjährigen beginnt.

Ein Kind
dtv 10385
Die Schande einer unehelichen Geburt, die Alltagssorgen der Mutter und ihr ständiger Vorwurf: »Du hast mein Leben zerstört« überschatten Thomas Bernhards Kindheitsjahre. »Nur aus Liebe zu meinem Großvater habe ich mich in meiner Kindheit nicht umgebracht«, bekennt Bernhard rückblickend auf jene Zeit.

Martin R. Dean im dtv

»Martin R. Dean ist fast ein Einzelfall in der jungen deutschen Gegenwartsliteratur, seine Geschichten zeugen von einer ungewöhnlichen Bildphantasie und vertrackten Fabulierkunst.«
Frankfurter Allgemeine Zeitung

Die verborgenen Gärten
Roman · dtv 6359

Manuel, ein junger Mann ohne Arbeit, wird von einem exzentrischen Millionär als Hüter seiner abgelegenen, ziemlich verwahrlosten Villa in der Provence engagiert ... Der Roman ist eine Parabel auf den Umgang des Menschen mit der Natur, eine Satire auf den Junggesellenmythos und vor allem eine raffinierte psychologische Kriminalgeschichte.

Die gefiederte Frau
Fünf Variationen über die Liebe
dtv 10758

Der Mann ohne Licht
Roman · dtv 12139

»Dean gelingt das Kunststück, etwas von der Problematik des Edison-Mythos sichtbar zu machen.« (Die Zeit)

Der Guayanaknoten
Roman · dtv 12304

Geschichten, überall Geschichten! Jeder Knoten hat eine Geschichte und alle sind sie an die Biographie des Erzählers geknüpft. Durch seine Erfahrungen in helvetischer, fremdenfeindlicher Enge von der Sehnsucht nach Weite, nach Welt getrieben, erzählt sich dieser so über alle Schweizer Berge hinweg, ja, bis nach Trinidad. »Die Sprache triumphiert.« (Frankfurter Allgemeine Zeitung)